Johann Wolfgang von Goethe

WERKAUSGABE IN ZEHN BÄNDEN

Band 8

Johann Wolfgang von Goethe

Dichtung und Wahrheit
1. und 2. Teil

Könemann

©1998 für diese Ausgabe
Könemann Verlagsgesellschaft mbH
Bonner Straße 126, D-50968 Köln

Herausgegeben von Bettina Hesse
Gestaltung und Satz: Andreas Pohlmann 714
Herstellungsleiter: Detlev Schaper
Covergestaltung: Peter Feierabend
Printed in Hungary
ISBN 3-89508-669-X
10 9 8 7 6 5 4 3 2 1

Inhalt

Band 8	Vorwort	7
ERSTER TEIL	Erstes Buch	13
	Zweites Buch	51
	Drittes Buch	91
	Viertes Buch	125
	Fünftes Buch	178
ZWEITER TEIL	Sechstes Buch	237
	Siebentes Buch	281
	Achtes Buch	335
	Neuntes Buch	383
	Zehntes Buch	430
Band 9		
DRITTER TEIL	Elftes Buch	497
	Zwölftes Buch	554
	Dreizehntes Buch	611
	Vierzehntes Buch	657
	Fünfzehntes Buch	693
VIERTER TEIL	Sechzehntes Buch	735
	Siebzehntes Buch	755
	Achtzehntes Buch	785
	Neunzehntes Buch	815
	Zwanzigstes Buch	841

Vorwort

Als *Vorwort* zu der gegenwärtigen Arbeit, welche desselben vielleicht mehr als eine andere bedürfen möchte, stehe hier der Brief eines Freundes, durch den ein solches, immer bedenkliches Unternehmen veranlaßt worden.

»Wir haben, teurer Freund, nunmehr die zwölf Teile Ihrer dichterischen Werke beisammen und finden, indem wir sie durchlesen, manches Bekannte, manches Unbekannte; ja manches Vergessene wird durch diese Sammlung wieder angefrischt. Man kann sich nicht enthalten, diese zwölf Bände, welche in *einem* Format vor uns stehen, als ein Ganzes zu betrachten, und man möchte sich daraus gern ein Bild des Autors und seines Talents entwerfen. Nun ist nicht zu leugnen, daß für die Lebhaftigkeit, womit derselbe seine schriftstellerische Laufbahn begonnen, für die lange Zeit, die seitdem verflossen, ein Dutzend Bändchen zu wenig scheinen müssen. Eben so kann man sich bei den einzelnen Arbeiten nicht verhehlen, daß meistens besondere Veranlassungen dieselben hervorgebracht und sowohl äußere bestimmte Gegenstände als innere entschiedene Bildungsstufen daraus hervorscheinen, nicht minder auch gewisse temporäre moralische und ästhetische Maximen und Überzeugungen darin obwalten. Im ganzen aber bleiben diese Produktionen immer unzusammenhängend; ja oft sollte man kaum glauben, daß sie von demselben Schriftsteller entsprungen seien.

Ihre Freunde haben indessen die Nachforschung nicht aufgegeben und suchen, als näher bekannt mit Ihrer Lebens- und Denkweise, manches Rätsel zu erraten, manches Problem aufzulösen; ja sie finden, da eine alte Neigung und ein verjährtes Verhältnis ihnen beisteht, selbst in den vorkommenden Schwierigkeiten einigen Reiz. Doch würde uns hie und da eine Nachhilfe nicht unangenehm sein, welche Sie unsern freundschaftlichen Gesinnungen nicht wohl versagen dürfen.

Das erste also, warum wir Sie ersuchen, ist, daß Sie uns Ihre, bei der neuen Ausgabe, nach gewissen innern Beziehungen geordneten Dichtwerke in einer chronologischen Folge aufführen und sowohl die Lebens- und Gemütszustände, die den Stoff dazu hergegeben, als auch die Beispiele, welche auf Sie gewirkt, nicht weniger die theoretischen Grundsätze, denen Sie gefolgt, in einem gewissen Zusammenhange vertrauen möchten. Widmen Sie diese Bemühung einem engern Kreise, vielleicht entspringt daraus etwas, was auch einem größern angenehm und nützlich werden kann. Der Schriftsteller soll bis in sein höchstes Alter den Vorteil nicht aufgeben, sich mit denen, die eine Neigung zu ihm gefaßt, auch in die Ferne zu unterhalten; und wenn es nicht einem jeden verliehen sein möchte, in gewissen Jahren mit unerwarteten, mächtig wirksamen Erzeugnissen von neuem aufzutreten, so sollte doch gerade zu *der* Zeit, wo die Erkenntnis vollständiger, das Bewußtsein deutlicher wird, das Geschäft sehr unterhaltend und neubelebend sein, jenes Hervorgebrachte wieder als Stoff zu behandeln und zu einem Letzten zu bearbeiten, welches denen abermals zur Bildung gereiche, die sich früher mit und an dem Künstler gebildet haben.«

Dieses so freundlich geäußerte Verlangen erweckte bei mir unmittelbar die Lust es zu befolgen. Denn wenn wir in früherer Zeit leidenschaftlich unsern eigenen Weg gehen und, um nicht irre zu werden, die Anforderungen anderer ungeduldig ablehnen, so ist es uns in spätern Tagen höchst erwünscht, wenn irgendeine Teilnahme uns aufregen und zu einer neuen Tätigkeit liebevoll bestimmen mag. Ich unterzog mich daher sogleich der vorläufigen Arbeit, die größeren und kleineren Dichtwerke meiner zwölf Bände auszuzeichnen und den Jahren nach zu ordnen. Ich suchte mir Zeit und Umstände zu vergegenwärtigen, unter welchen ich sie hervorgebracht. Allein das Geschäft ward bald beschwerlicher, weil ausführliche Anzeigen und Erklärungen nötig wurden, um die Lücken zwischen dem bereits Bekanntgemachten auszufüllen. Denn zuvörderst fehlt alles, woran ich mich zuerst geübt, es fehlt manches Angefangene und nicht Vollendete; ja sogar ist die äußere Gestalt manches Vollendeten völlig verschwunden, indem es in der Folge gänzlich umgearbeitet und in eine andere Form gegossen worden. Außer diesem blieb mir auch noch zu gedenken, wie ich mich in Wissenschaften und andern Künsten bemüht, und was ich in solchen fremd scheinenden Fächern, sowohl einzeln als in Verbindung mit Freunden, teils im stillen geübt, teils öffentlich bekannt gemacht.

Alles dieses wünschte ich nach und nach zu Befriedigung meiner Wohlwollenden einzuschalten; allein diese Bemühungen und Betrachtungen führten mich immer weiter. Denn indem ich jener sehr wohl überdachten Forderung zu entsprechen wünschte und mich bemühte, die innern Regungen, die äußern Einflüsse, die theoretisch und praktisch von mir betretenen Stufen der Reihe nach darzustellen, so ward ich aus meinem engen Privatleben in die weite Welt gerückt: die Gestalten von hundert bedeutenden Menschen, welche näher oder entfernter auf mich eingewirkt, traten hervor, ja die ungeheuren Bewegungen des allgemeinen politischen Weltlaufs, die auf mich, wie auf die ganze Masse der Gleichzeitigen, den größten Einfluß gehabt, mußten vorzüglich beachtet werden. Denn dieses scheint die Hauptaufgabe der Biographie zu sein, den Menschen in seinen Zeitverhältnissen darzustellen, und zu zeigen, inwiefern ihm das Ganze widerstrebt, inwiefern es ihn begünstigt, wie er sich eine Welt- und Menschenansicht daraus gebildet und wie er sie, wenn er Künstler, Dichter, Schriftsteller ist, wieder nach außen abgespiegelt. Hierzu wird aber ein kaum Erreichbares gefordert, daß nämlich das Individuum sich und sein Jahrhundert kenne, sich, inwiefern es unter allen Umständen dasselbe geblieben, das Jahrhundert, als welches sowohl den Willigen als Unwilligen mit sich fortreißt, bestimmt und bildet, dergestalt daß man wohl sagen kann, ein jeder, nur zehn Jahre früher oder später geboren, dürfte, was seine eigene Bildung und die Wirkung nach außen betrifft, ein ganz anderer geworden sein.

Auf diesem Wege, aus dergleichen Betrachtungen und Versuchen, aus solchen Erinnerungen und Überlegungen entsprang die gegenwärtige Schilderung, und aus diesem Gesichtspunkt ihres Entstehens wird sie am besten genossen, genutzt und am billigsten beurteilt werden können. Was aber sonst noch, besonders über die halb poetische, halb historische Behandlung etwa zu sagen sein möchte, dazu findet sich wohl im Laufe der Erzählung mehrmals Gelegenheit.

Erster Teil

Ὁ μὴ δαρεὶς ἄνθρωπος οὐ παιδεύεται

Erstes Buch

Am 28. August 1749, mittags mit dem Glockenschlage zwölf, kam ich in Frankfurt am Main auf die Welt. Die Konstellation war glücklich: die Sonne stand im Zeichen der Jungfrau und kulminierte für den Tag; Jupiter und Venus blickten sie freundlich an, Merkur nicht widerwärtig, Saturn und Mars verhielten sich gleichgültig; nur der Mond, der soeben voll ward, übte die Kraft seines Gegenscheins um so mehr, als zugleich seine Planetenstunde eingetreten war. Er widersetzte sich daher meiner Geburt, die nicht eher erfolgen konnte, als bis diese Stunde vorübergegangen.

Diese guten Aspekten, welche mir die Astrologen in der Folgezeit sehr hoch anzurechnen wußten, mögen wohl Ursache an meiner Erhaltung gewesen sein: denn durch Ungeschicklichkeit der Hebamme kam ich für tot auf die Welt, und nur durch vielfache Bemühungen brachte man es dahin, daß ich das Licht erblickte. Dieser Umstand, welcher die Meinigen in große Not versetzt hatte, gereichte jedoch meinen Mitbürgern zum Vorteil, indem mein Großvater, der Schultheiß Johann Wolfgang Textor, daher Anlaß nahm, daß ein Geburtshelfer angestellt, und der Hebammen-Unterricht eingeführt oder erneuert wurde, welches denn manchem der Nachgebornen mag zu gute gekommen sein.

Wenn man sich erinnern will, was uns in der frühsten Zeit der Jugend begegnet ist, so kommt man oft in den Fall, dasjenige, was wir von andern gehört, mit dem zu verwechseln, was wir wirklich aus eigner anschauender Erfahrung besitzen. Ohne also hierüber eine genaue Untersuchung anzustellen, welche ohnehin zu nichts führen kann, bin ich mir bewußt, daß wir in einem alten Hause wohnten, welches eigentlich aus zwei durchgebrochenen Häusern bestand. Eine turmartige Treppe führte zu unzusammenhangenden Zimmern, und die Ungleichheit der Stockwerke war durch Stufen ausgeglichen. Für uns Kinder, eine jüngere Schwester und mich, war der untere weitläufige Hausflur der liebste Raum, welche neben der Türe ein großes hölzernes Gitterwerk hatte, wodurch man unmittelbar mit der Straße und der freien Luft in Verbindung kam. Einen solchen Vogelbauer, mit dem viele Häuser versehen waren, nannte man ein Geräms. Die Frauen saßen darin um zu nähen und zu stricken; die Köchin las ihren Salat; die Nachbarinnen besprachen sich von daher mit einander, und die Straßen gewannen dadurch in der guten Jahrszeit ein südliches Ansehen. Man fühlte sich frei, indem man mit dem Öffentlichen vertraut war. So kamen auch durch diese Gerämse die Kinder mit den Nachbarn in Verbindung, und mich gewannen drei gegenüber wohnende Brüder von Ochsenstein, hinterlassene Söhne des verstorbenen Schultheißen, gar lieb und beschäftigten und neckten sich mit mir auf mancherlei Weise.

Die Meinigen erzählten gern allerlei Eulenspiegeleien, zu denen mich jene sonst ernsten und einsamen Männer angereizt. Ich führe nur einen von diesen Streichen an. Es war eben Topfmarkt gewesen, und man hatte nicht allein die Küche für die nächste Zeit mit solchen Waren versorgt, sondern auch uns Kindern dergleichen Geschirr im kleinen zu spielender Beschäftigung eingekauft. An einem schönen Nachmittag, da alles ruhig im Hause war, trieb ich im Geräms mit meinen Schüsseln und Töpfen mein Wesen, und da weiter nichts dabei herauskommen wollte, warf ich ein Geschirr auf die Straße und freute mich, daß es so lustig zerbrach. Die von Ochsenstein, welche sahen, wie ich mich daran ergötzte, daß ich sogar fröhlich in die Händchen patschte, riefen: Noch mehr! Ich säumte nicht, sogleich einen Topf und, auf immer fortwährendes Rufen: Noch mehr! nach und nach sämtliche Schüsselchen, Tiegelchen, Kännchen gegen das Pflaster zu schleudern. Meine Nachbarn fuhren fort ihren Beifall zu bezeigen, und ich war höchlich froh ihnen Vergnügen zu machen. Mein Vorrat aber war aufgezehrt, und sie riefen immer: Noch mehr! Ich eilte daher stracks in die Küche und holte die irdenen Teller, welche nun freilich im Zerbrechen noch ein lustigeres Schauspiel gaben; und so lief ich hin und wieder, brachte einen Teller nach dem andern, wie ich sie auf dem Topfbrett der Reihe nach erreichen konnte, und weil sich jene gar nicht zufrieden gaben, so stürzte ich alles, was ich von Geschirr erschleppen konnte, in gleiches Verderben. Nur später erschien jemand zu hindern und zu wehren. Das Unglück war geschehen, und man hatte für so viel zerbrochne Töpferware wenigstens eine lustige Geschichte, an der sich besonders die schalkischen Urheber bis an ihr Lebensende ergötzten.

Meines Vaters Mutter, bei der wir eigentlich im Hause wohnten, lebte in einem großen Zimmer hinten hinaus, unmittelbar an der Hausflur, und wir pflegten unsere Spiele bis an ihren Sessel, ja wenn sie krank war, bis an ihr Bett hin auszudehnen. Ich erinnere mich ihrer gleichsam als eines Geistes, als einer schönen, hagern, immer weiß und reinlich gekleideten Frau. Sanft, freundlich, wohlwollend ist sie mir im Gedächtnis geblieben.

Wir hatten die Straße, in welcher unser Haus lag, den Hirschgraben nennen hören; da wir aber weder Graben noch Hirsche sahen, so wollten wir diesen Ausdruck erklärt wissen. Man erzählte sodann, unser Haus stehe auf einem Raum, der sonst außerhalb der Stadt gelegen, und da, wo jetzt die Straße sich befinde, sei ehmals ein Graben gewesen, in welchem eine Anzahl Hirsche unterhalten worden. Man habe diese Tiere hier bewahrt und genährt, weil nach einem alten Herkommen der Senat alle Jahre einen Hirsch öffentlich verspeiset, den man denn für einen solchen Festtag hier im Graben immer zur Hand gehabt, wenn auch auswärts Fürsten und Ritter der Stadt ihre Jagdbefugnis verkümmerten und störten, oder wohl gar Feinde die Stadt eingeschlossen oder belagert hielten. Dies gefiel uns sehr, und wir wünschten, eine solche zahme Wildbahn wäre auch noch bei unsern Zeiten zu sehen gewesen.

Die Hinterseite des Hauses hatte, besonders aus dem oberen

Stock, eine sehr angenehme Aussicht über eine beinah unabsehbare Fläche von Nachbarsgärten, die sich bis an die Stadtmauern verbreiteten. Leider aber war bei Verwandlung der sonst hier befindlichen Gemeindeplätze in Hausgärten, unser Haus und noch einige andere, die gegen die Straßenecke zu lagen, sehr verkürzt worden, indem die Häuser vom Roßmarkt her weitläufige Hintergebäude und große Gärten sich zueigneten, wir aber uns durch eine ziemlich hohe Mauer unseres Hofes von diesen so nah gelegenen Paradiesen ausgeschlossen sahen.

Im zweiten Stock befand sich ein Zimmer, welches man das Gartenzimmer nannte, weil man sich daselbst durch wenige Gewächse vor dem Fenster den Mangel eines Gartens zu ersetzen gesucht hatte. Dort war, wie ich heranwuchs, mein liebster, zwar nicht trauriger, aber doch sehnsüchtiger Aufenthalt. Über jene Gärten hinaus, über Stadtmauern und Wälle sah man in eine schöne fruchtbare Ebene: es ist die, welche sich nach Höchst hinzieht. Dort lernte ich Sommerszeit gewöhnlich meine Lektionen, wartete die Gewitter ab und konnte mich an der untergehenden Sonne, gegen welche die Fenster gerade gerichtet waren, nicht satt genug sehen. Da ich aber zu gleicher Zeit die Nachbarn in ihren Gärten wandeln und ihre Blumen besorgen, die Kinder spielen, die Gesellschaften sich ergötzen sah, die Kegelkugeln rollen und die Kegel fallen hörte; so erregte dies frühzeitig in mir ein Gefühl der Einsamkeit und einer daraus entspringenden Sehnsucht, das, dem von der Natur in mich gelegten Ernsten und Ahnungsvollen entsprechend, seinen Einfluß gar bald und in der Folge noch deutlicher zeigte.

Die alte, winkelhafte, an vielen Stellen düstere Beschaffenheit des Hauses war übrigens geeignet, Schauer und Furcht in kindlichen Gemütern zu erwecken. Unglücklicherweise hatte man noch die Erziehungsmaxime, den Kindern frühzeitig alle Furcht vor dem Ahnungsvollen und Unsichtbaren zu benehmen und sie an das Schauderhafte zu gewöhnen. Wir Kinder sollten daher allein schlafen, und wenn uns dieses unmöglich fiel, und wir uns sacht aus den Betten hervormachten und die Gesellschaft der Bedienten und Mägde suchten, so stellte sich, in umgewandtem Schlafrock und also für uns verkleidet genug, der Vater in den Weg und schreckte uns in unsere Ruhestätte zurück. Die daraus entspringende üble Wirkung denkt sich jedermann. Wie soll derjenige die Furcht los werden, den man zwischen ein doppeltes Furchtbare einklemmt? Meine Mutter, stets heiter und froh und andern das gleiche gönnend, erfand eine bessere pädagogische Auskunft. Sie wußte ihren Zweck durch Belohnungen zu erreichen. Es war die Zeit der Pfirschen, deren reichlichen Genuß sie uns jeden Morgen versprach, wenn wir nachts die Furcht überwunden hätten. Es gelang, und beide Teile waren zufrieden.

Innerhalb des Hauses zog meinen Blick am meisten eine Reihe römischer Prospekte auf sich, mit welchen der Vater einen Vorsaal ausgeschmückt hatte, gestochen von einigen geschickten Vorgängern des Piranesi, die sich auf Architektur und Perspektive wohl verstanden, und deren Nadel sehr deutlich und schätzbar ist. Hier sah ich täglich die Piazza del Popolo, das Coliseo, den Petersplatz, die Peterskirche von außen und innen, die Engelsburg und so manches andere. Diese Gestalten drückten sich tief bei mir ein, und der sonst sehr lakonische Vater hatte wohl manchmal die Gefälligkeit, eine Beschreibung des Gegenstandes vernehmen zu lassen. Seine Vorliebe für die italienische Sprache und für alles, was sich auf jenes Land bezieht, war sehr ausgesprochen. Eine kleine Marmor- und Naturaliensammlung, die er von dorther mitgebracht, zeigte er uns auch manchmal vor, und einen großen Teil seiner Zeit verwendete er auf seine italienisch verfaßte Reisebeschreibung, deren Abschrift und Redaktion er eigenhändig, heftweise, langsam und genau ausfertigte. Ein alter heiterer italienischer Sprachmeister, Giovinazzi genannt, war ihm daran behilflich. Auch sang der Alte nicht übel, und meine Mutter mußte sich bequemen, ihn und sich selbst mit dem Klaviere täglich zu akkompagnieren; da ich denn das *Solitario bosco ombroso* bald kennen lernte, und auswendig wußte, ehe ich es verstand.

Mein Vater war überhaupt lehrhafter Natur, und bei seiner Entfernung von Geschäften wollte er gern dasjenige, was er wußte und vermochte, auf andere übertragen. So hatte er meine Mutter in den ersten Jahren ihrer Verheiratung zum fleißigen Schreiben angehalten, wie zum Klavierspielen und Singen; wobei sie sich genötigt sah, auch in der italienischen Sprache einige Kenntnis und notdürftige Fertigkeit zu erwerben.

Gewöhnlich hielten wir uns in allen unsern Freistunden zur Großmutter, in deren geräumigem Wohnzimmer wir hinlänglich Platz zu unsern Spielen fanden. Sie wußte uns mit allerlei Kleinigkeiten zu beschäftigen, und mit allerlei guten Bissen zu erquicken. An einem Weihnachtsabende jedoch setzte sie allen ihren Wohltaten die Krone auf, indem sie uns ein Puppenspiel vorstellen ließ, und so in dem alten Hause eine neue Welt erschuf. Dieses unerwartete Schauspiel zog die jungen Gemüter mit Gewalt an sich; besonders auf den Knaben machte es einen sehr starken Eindruck, der in eine große langdauernde Wirkung nachklang.

Die kleine Bühne mit ihrem stummen Personal, die man uns anfangs nur vorgezeigt hatte, nachher aber zu eigner Übung und dramatischer Belebung übergab, mußte uns Kindern um so viel werter sein, als es das letzte Vermächtnis unserer guten Großmutter war, die bald darauf durch zunehmende Krankheit unsern Augen erst entzogen und dann für immer durch den Tod entrissen wurde. Ihr Abscheiden war für die Familie von desto größerer Bedeutung, als es eine völlige Veränderung in dem Zustande derselben nach sich zog.

Solange die Großmutter lebte, hatte mein Vater sich gehütet, nur das mindeste im Hause zu verändern oder zu erneuern; aber man wußte wohl, daß er sich zu einem Hauptbau vorbereitete, der nunmehr auch sogleich vorgenommen wurde. In Frankfurt, wie in mehrern alten Städten, hatte man bei Aufführung hölzerner Gebäude, um Platz zu gewinnen, sich erlaubt, nicht allein mit dem ersten, sondern auch mit den folgenden Stocken überzubauen; wodurch denn freilich besonders enge Straßen etwas Düsteres und Ängstliches bekamen. Endlich ging ein Gesetz durch, daß, wer ein neues Haus von Grund auf baue, nur mit dem ersten Stock über das Fundament herausrücken dürfe, die übrigen aber senkrecht aufführen müsse. Mein Vater, um den vorspringenden Raum im zweiten Stock auch nicht aufzugeben, wenig bekümmert um äußeres architektonisches Ansehen und nur um innere gute und bequeme Einrichtung besorgt, bediente sich, wie schon mehrere vor ihm getan, der Ausflucht, die oberen Teile des Hauses zu unterstützen und von unten herauf einen nach dem andern wegzunehmen, und das Neue gleichsam einzuschalten, so daß, wenn zuletzt gewissermaßen nichts von dem Alten übrig blieb, der ganz neue Bau noch immer für eine Reparatur gelten konnte. Da nun also das Einreißen und Aufrichten allmählich geschah, so hatte mein Vater sich vorgenommen, nicht aus dem Hause zu weichen, um desto besser die Aufsicht zu führen und die Anleitung geben zu können: denn aufs Technische des Baues verstand er sich ganz gut; dabei wollte er aber auch seine Familie nicht von sich lassen. Diese neue Epoche war den Kindern sehr überraschend und sonderbar. Die Zimmer, in denen man sie oft enge genug gehalten und mit wenig erfreulichem Lernen und Arbeiten geängstigt, die Gänge, auf denen sie gespielt, die Wände, für deren Reinlichkeit und Erhaltung man sonst so sehr gesorgt, alles das vor der Hacke des Maurers, vor dem Beile des Zimmermanns fallen zu sehen, und zwar von unten herauf, und indessen oben auf unterstützten Balken, gleichsam in der Luft zu schweben, und dabei immer noch zu einer gewissen Lektion, zu einer bestimmten Arbeit angehalten zu werden – dieses alles brachte eine Verwirrung in den jungen Köpfen hervor, die sich so leicht nicht wieder ins Gleiche setzen ließ. Doch wurde die Unbequemlichkeit von der Jugend weniger empfunden, weil ihr etwas mehr Spielraum als bisher und manche Gelegenheit sich auf Balken zu schaukeln und auf Brettern zu schwingen, gelassen ward.

Hartnäckig setzte der Vater die erste Zeit seinen Plan durch; doch als zuletzt auch das Dach teilweise abgetragen wurde, und ungeachtet alles übergespannten Wachstuches von abgenommenen Tapeten, der Regen bis zu unsern Betten gelangte, so entschloß er sich, obgleich ungern, die Kinder wohlwollenden Freunden, welche sich schon früher dazu erboten hatten, auf eine Zeitlang zu überlassen und sie in eine öffentliche Schule zu schicken.

Dieser Übergang hatte manches Unangenehme: denn indem man die bisher zu Hause abgesondert, reinlich, edel, obgleich streng gehaltenen Kinder unter eine rohe Masse von jungen Geschöpfen hinunterstieß, so hatten sie vom Gemeinen, Schlechten, ja Niederträchtigen ganz unerwartet alles zu leiden, weil sie aller Waffen und aller Fähigkeit ermangelten, sich dagegen zu schützen.

Um diese Zeit war es eigentlich, daß ich meine Vaterstadt zuerst gewahr wurde: wie ich denn nach und nach immer freier und ungehinderter, teils allein, teils mit muntern Gespielen, darin auf und ab wandelte. Um den Eindruck, den diese ernsten und würdigen Umgebungen auf mich machten, einigermaßen mitzuteilen, muß ich hier mit der Schilderung meines Geburtsortes vorgreifen, wie er sich in seinen verschiedenen Teilen allmählich vor mir entwickelte. Am liebsten spazierte ich auf der großen Mainbrücke. Ihre Länge, ihre Festigkeit, ihr gutes Ansehen machte sie zu einem bemerkenswerten Bauwerk; auch ist es aus früherer Zeit beinahe das einzige Denkmal jener Vorsorge, welche die weltliche Obrigkeit ihren Bürgern schuldig ist. Der schöne Fluß auf- und abwärts zog meine Blicke nach sich; und wenn auf dem Brückenkreuz der goldene Hahn im Sonnenschein glänzte, so war es mir immer eine erfreuliche Empfindung. Gewöhnlich ward alsdann durch Sachsenhausen spaziert und die Überfahrt für einen Kreuzer gar behaglich genossen. Da befand man sich nun wieder diesseits, da schlich man zum Weinmarkte, bewunderte den Mechanismus der Krane, wenn Waren ausgeladen wurden; besonders aber unterhielt uns die Ankunft der Marktschiffe, wo man so mancherlei und mitunter so seltsame Figuren aussteigen sah. Ging es nun in die Stadt herein, so ward jederzeit der Saalhof, der wenigstens an der Stelle stand, wo die Burg Kaiser Karls des Großen und seiner Nachfolger gewesen sein sollte, ehrfurchtsvoll gegrüßt. Man verlor sich in die alte Gewerbstadt, und besonders Markttages gern in dem Gewühl, das sich um die Bartholomäuskirche herum versammelte. Hier hatte sich, von den frühesten Zeiten an, die Menge der Verkäufer und Krämer über einander gedrängt, und wegen einer solchen Besitznahme konnte nicht leicht in den neuern Zeiten eine geräumige und heitere Anstalt Platz finden. Die Buden des sogenannten Pfarreisens waren uns Kindern sehr bedeutend, und wir trugen manchen Batzen hin, um uns farbige, mit goldenen Tieren bedruckte Bogen anzuschaffen. Nur selten aber mochte man sich über den beschränkten, vollgepfropften und unreinlichen Marktplatz hindrängen. So erinnere ich mich auch, daß ich immer mit Entsetzen vor den daranstoßenden engen und häßlichen Fleischbänken geflohen bin. Der Römerberg war ein desto angenehmerer Spazierplatz. Der Weg nach der neuen Stadt, durch die neue Kräm, war immer aufheiternd und ergötzlich; nur verdroß es uns, daß nicht neben der Liebfrauenkirche eine Straße nach der Zeil zuging, und wir immer den großen Umweg durch die Hasengasse oder die Katharinenpforte machen mußten. Was aber die Aufmerksamkeit des Kindes am meisten an sich zog, waren die vielen kleinen Städte in der Stadt, die Festungen in der Festung, die ummauerten Klosterbezirke nämlich, und die aus frühern Jahrhunderten noch übrigen mehr oder minder burgartigen Räume: so der Nürnberger Hof, das Kompostell, das Braunfels, das Stammhaus derer von Stallburg, und mehrere in den spätern Zeiten zu Wohnungen und Gewerbsbenutzungen eingerichtete Festen. Nichts architektonisch Erhebendes war damals in Frankfurt zu sehen: alles deutete auf eine längst vergangene, für Stadt und Gegend sehr unruhige Zeit. Pforten und Türme, welche die Grenze der alten Stadt bezeichneten, dann weiterhin abermals Pforten, Türme, Mauern, Brücken, Wälle, Gräben, womit die neue Stadt umschlossen war, alles sprach noch zu deutlich aus, daß die Notwendigkeit, in unruhigen Zeiten dem Gemeinwesen Sicherheit zu verschaffen, diese Anstalten hervorgebracht, daß die Plätze, die Straßen, selbst die neuen, breiter und schöner angelegten, alle nur dem Zufall und der Willkür und keinem regelnden Geiste ihren Ursprung zu danken hatten. Eine gewisse Neigung zum Altertümlichen setzte sich bei dem Knaben fest, welche besonders durch alte Chroniken, Holzschnitte, wie z. B. den Graveschen von der Belagerung von Frankfurt, genährt und begünstigt wurde, wobei noch eine andere Lust, bloß menschliche Zustände in ihrer Mannigfaltigkeit und Natürlichkeit, ohne weitern Anspruch auf Interesse oder Schönheit zu erfassen, sich hervortat. So war es eine von unsern liebsten Promenaden, die wir uns des Jahrs ein paarmal zu verschaffen suchten, inwendig auf dem Gange der Stadtmauer herumzuspazieren. Gärten, Höfe, Hintergebäude ziehen sich bis an den Zwinger heran; man sieht mehreren tausend Menschen in ihre häuslichen, kleinen, abgeschlossenen, verborgenen Zustände. Von dem Putz- und Schaugarten des Reichen zu den Obstgärten des für seinen Nutzen besorgten Bürgers, von da zu Fabriken, Bleichplätzen und ähnlichen Anstalten, ja bis zum Gottesacker selbst – denn eine kleine Welt lag innerhalb des Bezirks der Stadt – ging man an dem mannigfaltigsten, wunderlichsten, mit jedem Schritt sich verändernden Schauspiel vorbei, an dem unsere kindische Neugier sich nicht genug ergötzen konnte. Denn fürwahr, der bekannte hinkende Teufel, als er für seinen Freund die Dächer von Madrid in der Nacht abhob, hat kaum mehr für diesen geleistet, als hier vor uns unter freiem Himmel bei hellem Sonnenschein getan war. Die Schlüssel, deren man sich auf diesem Wege bedienen mußte, um durch mancherlei Türme, Treppen und Pförtchen durchzukommen, waren in den Händen der Zeugherren, und wir verfehlten nicht, ihren Subalternen aufs beste zu schmeicheln.

Bedeutender noch und in einem andern Sinne fruchtbarer blieb für uns das Rathaus, der Römer genannt. In seinen untern, gewölbähnlichen Hallen verloren wir uns gar zu gerne. Wir verschafften uns Eintritt in das große, höchst einfache Sessionszimmer des Rates. Bis auf eine gewisse Höhe getäfelt, waren übrigens die Wände so wie die Wölbung weiß, und das Ganze ohne Spur von Malerei oder irgend einem Bildwerk. Nur an der mittelsten Wand in der Höhe las man die kurze Inschrift:

> Eines Mannes Rede
> ist keines Mannes Rede:
> Man soll sie billig hören Beede.

Nach der altertümlichsten Art waren für die Glieder dieser Versammlung Bänke ringsumher an der Vertäfelung angebracht und um eine Stufe von dem Boden erhöht. Da begriffen wir leicht, warum die Rangordnung unseres Senats nach Bänken eingeteilt sei. Von der Türe linker Hand bis in die gegenüberstehende Ecke, als auf der ersten Bank, saßen die Schöffen, in der Ecke selbst der Schultheiß, der einzige der ein kleines Tischchen vor sich hatte; zu seiner Linken bis gegen die Fensterseite saßen nunmehr die Herren der zweiten Bank; an den Fenstern her zog sich die dritte Bank, welche die Handwerker einnahmen; in der Mitte des Saals stand ein Tisch für den Protokollführer.

Waren wir einmal im Römer, so mischten wir uns auch wohl in das Gedränge vor den burgemeisterlichen Audienzen. Aber größeren Reiz hatte alles, was sich auf Wahl und Krönung der Kaiser bezog. Wir wußten uns die Gunst der Schließer zu verschaffen, um die neue, heitre, in Fresko gemalte, sonst durch ein Gitter verschlossene Kaisertreppe hinaufsteigen zu dürfen. Das mit Purpurtapeten und wunderlich verschnörkelten Goldleisten verzierte Wahlzimmer flößte uns Ehrfurcht ein. Die Türstücke, auf welchen kleine Kinder oder Genien mit dem kaiserlichen Ornat bekleidet, und belastet mit den Reichsinsignien, eine gar wunderliche Figur spielen, betrachteten wir mit großer Aufmerksamkeit, und hofften wohl auch noch einmal eine Krönung mit Augen zu erleben. Aus dem großen Kaisersaale konnte man uns nur mit sehr vieler Mühe wieder herausbringen, wenn es uns einmal geglückt war hineinzuschlüpfen; und wir hielten denjenigen für unsern wahrsten Freund, der uns bei den Brustbildern der sämtlichen Kaiser, die in einer gewissen Höhe umher gemalt waren, etwas von ihren Taten erzählen mochte.

Von Karl dem Großen vernahmen wir manches Märchenhafte; aber das historisch Interessante für uns fing erst mit Rudolf von Habsburg an, der durch seine Mannheit so großen Verwirrungen ein Ende gemacht. Auch Karl der Vierte zog unsre Aufmerksamkeit an sich. Wir hatten schon von der Goldnen Bulle und der peinlichen Halsgerichtsordnung gehört, auch daß er den Frankfurtern ihre Anhänglichkeit an seinen edlen Gegenkaiser, Günther von Schwarzburg, nicht entgelten ließ. Maximilianen hörten wir als einen Menschen- und Bürgerfreund loben, und daß von ihm prophezeit worden, er werde der letzte Kaiser aus einem deutschen Hause sein; welches denn auch leider eingetroffen, indem nach seinem Tode die Wahl nur zwischen dem König von Spanien, Karl dem Fünften, und dem König von Frankreich, Franz dem Ersten, geschwankt habe. Bedenklich fügte man hinzu, daß nun abermals eine solche Weissagung oder vielmehr Vorbedeutung umgehe: denn es sei augenfällig, daß nur noch Platz für das Bild *eines* Kaisers übrig bleibe; ein Umstand, der obgleich zufällig scheinend, die Patriotischgesinnten mit Besorgnis erfülle.

Wenn wir nun so einmal unsern Umgang hielten, verfehlten wir auch nicht, uns nach dem Dom zu begeben und daselbst das Grab jenes braven, von Freund und Feinden geschätzten Günther zu besuchen. Der merkwürdige Stein, der es ehemals bedeckte, ist in dem Chor aufgerichtet. Die gleich daneben befindliche Türe, welche ins Conclave führt, blieb uns lange verschlossen, bis wir endlich durch die obern Behörden auch den Eintritt in diesen so bedeutenden Ort zu erlangen wußten. Allein wir hätten besser getan, ihn durch unsre Einbildungskraft, wie bisher, auszumalen: denn wir fanden diesen in der deutschen Geschichte so merkwürdigen Raum, wo die mächtigsten Fürsten sich zu einer Handlung von solcher Wichtigkeit zu versammeln pflegten, keineswegs würdig ausgeziert, sondern noch obenein mit Balken, Stangen, Gerüsten und anderem solchen Gesperr, das man beiseite setzen wollte, verunstaltet. Desto mehr ward unsere Einbildungskraft angeregt und das Herz uns erhoben, als wir kurz nachher die Erlaubnis erhielten, beim Vorzeigen der Goldnen Bulle an einige vornehme Fremden auf dem Rathause gegenwärtig zu sein.

Mit vieler Begierde vernahm der Knabe sodann, was ihm die Seinigen so wie ältere Verwandte und Bekannte gern erzählten und wiederholten, die Geschichten der zuletzt kurz auf einander gefolgten Krönungen. Denn es war kein Frankfurter von einem gewissen Alter, der nicht diese beiden Ereignisse und was sie begleitete, für den Gipfel seines Lebens gehalten hätte. So prächtig die Krönung Karls des Siebenten gewesen war, bei welcher besonders der französische Gesandte, mit Kosten und Geschmack, herrliche Feste gegeben, so war doch die Folge für den guten Kaiser desto trauriger, der seine Residenz München nicht behaupten konnte und gewissermaßen die Gastfreiheit seiner Reichsstädter anflehen mußte.

War die Krönung Franz des Ersten nicht so auffallend prächtig wie jene, so wurde sie doch durch die Gegenwart der Kaiserin Maria Theresia verherrlicht, deren Schönheit eben so einen großen Eindruck auf die Männer scheint gemacht zu haben als die ernste würdige Gestalt und die blauen Augen Karls des Siebenten auf die Frauen. Wenigstens wetteiferten beide Geschlechter, dem aufhorchenden Knaben einen höchst vorteilhaften Begriff von jenen beiden Personen beizubringen. Alle diese Beschreibungen und Erzählungen geschahen mit heitrem und beruhigtem Gemüt: denn der

Aachner Friede hatte für den Augenblick aller Fehde ein Ende gemacht, und wie von jenen Feierlichkeiten, so sprach man mit Behaglichkeit von den vorübergegangenen Kriegszügen, von der Schlacht bei Dettingen, und was die merkwürdigsten Begebenheiten der verflossenen Jahre mehr sein mochten; und alles Bedeutende und Gefährliche schien, wie es nach einem abgeschlossenen Frieden zu gehen pflegt, sich nur ereignet zu haben, um glücklichen und sorgenfreien Menschen zur Unterhaltung zu dienen.

Hatte man in einer solchen patriotischen Beschränkung kaum ein halbes Jahr hingebracht, so traten schon die Messen wieder ein, welche in den sämtlichen Kinderköpfen jederzeit eine unglaubliche Gärung hervorbrachten. Eine durch Erbauung so vieler Buden innerhalb der Stadt in weniger Zeit entspringende neue Stadt, das Wogen und Treiben, das Abladen und Auspacken der Waren, erregte von den ersten Momenten des Bewußtseins an eine unbezwinglich tätige Neugierde und ein unbegrenztes Verlangen nach kindischem Besitz, das der Knabe mit wachsenden Jahren, bald auf diese bald auf jene Weise, wie es die Kräfte seines kleinen Beutels erlauben wollten, zu befriedigen suchte. Zugleich aber bildete sich die Vorstellung von dem, was die Welt alles hervorbringt, was sie bedarf, und was die Bewohner ihrer verschiedenen Teile gegen einander auswechseln.

Diese großen, im Frühjahr und Herbst eintretenden Epochen wurden durch seltsame Feierlichkeiten angekündigt, welche um desto würdiger schienen, als sie die alte Zeit, und was von dorther noch auf uns gekommen, lebhaft vergegenwärtigten. Am Geleitstag war das ganze Volk auf den Beinen, drängte sich nach der Fahrgasse, nach der Brücke, bis über Sachsenhausen hinaus; alle Fenster waren besetzt, ohne daß den Tag über was Besonderes vorging; die Menge schien nur da zu sein, um sich zu drängen, und die Zuschauer, um sich unter einander zu betrachten: denn das, worauf es eigentlich ankam, ereignete sich erst mit sinkender Nacht und wurde mehr geglaubt als mit Augen gesehen.

In jenen ältern, unruhigen Zeiten nämlich, wo ein jeder nach Belieben Unrecht tat oder nach Lust das Rechte beförderte, wurden die auf die Messen ziehenden Handelsleute von Wegelagerern, edlen und unedlen Geschlechts, willkürlich geplagt und geplackt, so daß Fürsten und andere mächtige Stände die Ihrigen mit gewaffneter Hand bis nach Frankfurt geleiten ließen. Hier wollten nun aber die Reichsstädter sich selbst und ihrem Gebiet nichts vergeben; sie zogen den Ankömmlingen entgegen: da gab es denn manchmal Streitigkeiten, wie weit jene Geleitenden herankommen, oder ob sie wohl gar ihren Eintritt in die Stadt nehmen könnten. Weil nun dieses nicht allein bei Handels- und Meßgeschäften stattfand, sondern auch wenn hohe Personen in Kriegs- und Friedenszeiten, vorzüglich aber zu Wahltagen sich heranbegaben, und es auch öfters zu Tätlichkeiten kam, sobald irgend ein Gefolge, das man in der Stadt nicht dulden wollte, sich mit seinem Herrn hereinzudrängen begehrte: so waren zeither darüber manche Verhandlungen gepflogen, es waren viele Rezesse deshalb, obgleich stets mit beiderseitigen Vorbehalten, geschlossen worden, und man gab die Hoffnung nicht auf, den seit Jahrhunderten dauernden Zwist endlich einmal beizulegen, als die ganze Anstalt, weshalb er so lange und oft sehr heftig geführt worden war, beinah für unnütz, wenigstens für überflüssig angesehen werden konnte.

Unterdessen ritt die bürgerliche Kavallerie in mehreren Abteilungen, mit den Oberhäuptern an ihrer Spitze, an jenen Tagen zu verschiedenen Toren hinaus, fand an einer gewissen Stelle einige Reiter oder Husaren der zum Geleit berechtigten Reichsstände, die nebst ihren Anführern wohl empfangen und bewirtet wurden; man zögerte bis gegen Abend und ritt alsdann, kaum von der wartenden Menge gesehen, zur Stadt herein; da denn mancher bürgerliche Reiter weder sein Pferd noch sich selbst auf dem Pferde zu erhalten vermochte. Zu dem Brückentore kamen die bedeutendsten Züge herein, und deswegen war der Andrang dorthin am stärksten. Ganz zuletzt und mit sinkender Nacht langte der auf gleiche

Weise geleitete Nürnberger Postwagen an, und man trug sich mit der Rede, es müsse jederzeit, dem Herkommen gemäß, eine alte Frau darin sitzen; weshalb denn die Straßenjungen bei Ankunft des Wagens in ein gellendes Geschrei auszubrechen pflegten, ob man gleich die im Wagen sitzenden Passagiere keineswegs mehr unterscheiden konnte. Unglaublich und wirklich die Sinne verwirrend war der Drang der Menge, die in diesem Augenblick durch das Brückentor herein dem Wagen nachstürzte; deswegen auch die nächsten Häuser von den Zuschauern am meisten gesucht wurden.

Eine andere, noch viel seltsamere Feierlichkeit, welche am hellen Tage das Publikum aufregte, war das Pfeifergericht. Es erinnerte diese Zeremonie an jene ersten Zeiten, wo bedeutende Handelsstädte sich von den Zöllen, welche mit Handel und Gewerb in gleichem Maße zunahmen, wo nicht zu befreien, doch wenigstens eine Milderung derselben zu erlangen suchten. Der Kaiser, der ihrer bedurfte, erteilte eine solche Freiheit, da wo es von ihm abhing, gewöhnlich aber nur auf ein Jahr, und sie mußte daher jährlich erneuert werden. Dieses geschah durch symbolische Gaben, welche dem kaiserlichen Schultheißen, der auch wohl gelegentlich Oberzöllner sein konnte, vor Eintritt der Bartholomäi-Messe gebracht wurden, und zwar des Anstands wegen, wenn er mit den Schöffen zu Gericht saß. Als der Schultheiß späterhin nicht mehr vom Kaiser gesetzt, sondern von der Stadt selbst gewählt wurde, behielt er doch diese Vorrechte, und sowohl die Zollfreiheiten der Städte als die Zeremonien, womit die Abgeordneten von Worms, Nürnberg und Alt-Bamberg diese uralte Vergünstigung anerkannten, waren bis auf unsere Zeiten gekommen. Den Tag vor Mariä Geburt ward ein öffentlicher Gerichtstag angekündigt. In dem großen Kaisersaale, in einem umschränkten Raume, saßen erhöht die Schöffen, und eine Stufe höher der Schultheiß in ihrer Mitte; die von den Parteien bevollmächtigten Prokuratoren unten zur rechten Seite. Der Aktuarius fängt an, die auf diesen Tag gesparten wichtigen Urteile laut vorzulesen; die Prokuratoren bitten um Abschrift, appellieren, oder was sie sonst zu tun nötig finden.

Auf einmal meldet eine wunderliche Musik gleichsam die Ankunft voriger Jahrhunderte. Es sind drei Pfeifer, deren einer eine alte Schalmei, der andere einen Baß, der dritte einen Pommer oder Hoboe bläst. Sie tragen blaue mit Gold verbrämte Mäntel, auf den Ärmeln die Noten befestigt, und haben das Haupt bedeckt. So waren sie aus ihrem Gasthause, die Gesandten und ihre Begleitung hinterdrein, Punkt zehn ausgezogen, von Einheimischen und Fremden angestaunt, und so treten sie in den Saal. Die Gerichtsverhandlungen halten inne, Pfeifer und Begleitung bleiben vor den Schranken, der Abgesandte tritt hinein und stellt sich dem Schultheißen gegenüber. Die symbolischen Gaben, welche auf das genaueste nach dem alten Herkommen gefordert wurden, bestanden gewöhnlich in solchen Waren, womit die darbringende Stadt vorzüglich zu handeln pflegte. Der Pfeffer galt gleichsam für alle Waren, und so brachte auch hier der Abgesandte einen schön gedrechselten hölzernen Pokal mit Pfeffer angefüllt. Über demselben lagen ein Paar Handschuhe, wundersam geschlitzt, mit Seide besteppt und bequastet, als Zeichen einer gestatteten und angenommenen Vergünstigung, dessen sich auch wohl der Kaiser selbst in gewissen Fällen bediente. Daneben sah man ein weißes Stäbchen, welches vormals bei gesetzlichen und gerichtlichen Handlungen nicht leicht fehlen durfte. Es waren noch einige kleine Silbermünzen hinzugefügt, und die Stadt Worms brachte einen alten Filzhut, den sie immer wieder einlöste, so daß derselbe viele Jahre ein Zeuge dieser Zeremonien gewesen.

Nachdem der Gesandte seine Anrede gehalten, das Geschenk abgegeben, von dem Schultheißen die Versicherung fortdauernder Begünstigung empfangen, so entfernte er sich aus dem geschlossenen Kreise, die Pfeifer bliesen, der Zug ging ab, wie er gekommen war, das Gericht verfolgte seine Geschäfte, bis der zweite und endlich der dritte Gesandte eingeführt wurden: denn sie kamen erst einige Zeit nach einander, teils damit das Vergnügen des Publikums länger daure, teils auch weil es immer dieselben altertümlichen Virtuosen waren, welche Nürnberg für sich und seine Mitstädte zu unterhalten und jedes Jahr an Ort und Stelle zu bringen übernommen hatte.

Wir Kinder waren bei diesem Feste besonders interessiert, weil es uns nicht wenig schmeichelte, unsern Großvater an einer so ehrenvollen Stelle zu sehen, und weil wir gewöhnlich noch selbigen Tag ihn ganz bescheiden zu besuchen pflegten, um, wenn die Großmutter den Pfeffer in ihre Gewürzladen geschüttet hätte, einen Becher und Stäbchen, ein Paar Handschuh oder einen alten Räder-Albus zu erhaschen. Man konnte sich diese symbolischen, das Altertum gleichsam hervorzaubernden Zeremonien nicht erklären lassen, ohne in vergangene Jahrhunderte wieder zurückgeführt zu werden, ohne sich nach Sitten, Gebräuchen und Gesinnungen unserer Altvordern zu erkundigen, die sich durch wieder auferstandene Pfeifer und Abgeordnete, ja durch handgreifliche und für uns besitzbare Gaben auf eine so wunderliche Weise vergegenwärtigten.

Solchen altehrwürdigen Feierlichkeiten folgte in guter Jahrszeit manches für uns Kinder lustreichere Fest außerhalb der Stadt unter freiem Himmel. An dem rechten Ufer des Mains unterwärts, etwa eine halbe Stunde vom Tor, quillt ein Schwefelbrunnen, sauber eingefaßt und mit uralten Linden umgeben. Nicht weit davon steht der Hof zu den guten Leuten, ehmals ein um dieser Quelle willen erbautes Hospital. Auf den Gemeinweiden umher versammelte man zu einem gewissen Tage des Jahres die Rindviehherden aus der Nachbarschaft, und die Hirten samt ihren Mädchen feierten ein ländliches Fest, mit Tanz und Gesang, mit mancherlei Lust und Ungezogenheit. Auf der andern Seite der Stadt lag ein ähnlicher, nur größerer Gemeindeplatz, gleichfalls durch einen Brunnen und durch noch schönere Linden geziert. Dorthin trieb man zu Pfingsten die Schafherden, und zu gleicher Zeit ließ man die armen verbleichten Waisenkinder aus ihren Mauern ins Freie: denn man sollte erst später auf den Gedanken geraten, daß man solche verlassene Kreaturen, die sich einst durch die Welt durchzuhelfen genötigt sind, früh mit der Welt in Verbindung bringen, anstatt sie auf eine traurige Weise zu hegen, sie lieber gleich zum Dienen und Dulden gewöhnen müsse, und alle Ursach habe, sie von Kindesbeinen an sowohl physisch als moralisch zu kräftigen. Die Ammen und Mägde, welche sich selbst immer gern einen Spaziergang bereiten, verfehlten nicht, von den frühsten Zeiten, uns an dergleichen Orte zu tragen und zu führen, so daß diese ländlichen Feste wohl mit zu den ersten Eindrücken gehören, deren ich mich erinnern kann.

Das Haus war indessen fertig geworden, und zwar in ziemlich kurzer Zeit, weil alles wohl überlegt, vorbereitet und für die nötige Geldsumme gesorgt war. Wir fanden uns nun alle wieder versammelt und fühlten uns behaglich; denn ein wohlausgedachter Plan, wenn er ausgeführt dasteht, läßt alles vergessen, was die Mittel, um zu diesem Zweck zu gelangen, Unbequemes mögen gehabt haben. Das Haus war für eine Privatwohnung geräumig genug, durchaus hell und heiter, die Treppe frei, die Vorsäle luftig, und jene Aussicht über die Gärten aus mehreren Fenstern bequem zu genießen. Der innere Ausbau und was zur Vollendung und Zierde gehört, ward nach und nach vollbracht und diente zugleich zur Beschäftigung und zur Unterhaltung.

Das erste, was man in Ordnung brachte, war die Büchersammlung des Vaters, von welcher die besten, in Franz- oder Halbfranzband gebundenen Bücher die Wände seines Arbeits- und Studierzimmers schmücken sollten. Er besaß die schönen holländischen Ausgaben der lateinischen Schriftsteller, welche er der äußern Übereinstimmung wegen sämtlich in Quart anzuschaffen suchte; sodann vieles, was sich auf die römischen Antiquitäten und die elegantere Jurisprudenz bezieht. Die vorzüglichsten italienischen Dichter fehlten nicht, und für den Tasso bezeigte er eine große Vorliebe. Die besten neusten Reisebeschreibungen waren auch vorhanden, und er selbst machte sich ein Vergnügen daraus, den Keyßler und Nemeitz zu berichtigen und zu ergänzen. Nicht weniger hatte er sich mit den nötigsten Hilfsmitteln umgeben, mit Wörterbüchern aus verschiedenen Sprachen, mit Reallexiken, daß man sich also nach Belieben Rats holen konnte, so wie mit manchem andern, was zum Nutzen und Vergnügen gereicht.

Die andere Hälfte dieser Büchersammlung, in saubern Pergamentbinden mit sehr schön geschriebenen Titeln, ward in einem besondern Mansardzimmer aufgestellt. Das Nachschaffen der neuen Bücher so wie das Binden und Einreihen derselben betrieb er mit großer Gelassenheit und Ordnung. Dabei hatten die gelehrten Anzeigen, welche diesem oder jenem Werk besondere Vorzüge beilegten, auf ihn großen Einfluß. Seine Sammlung juristischer Dissertationen vermehrte sich jährlich um einige Bände.

Zunächst aber wurden die Gemälde, die sonst in dem alten Hause zerstreut herumgehangen, nunmehr zusammen an den Wänden eines freundlichen Zimmers neben der Studierstube, alle in schwarzen, mit goldenen Stäbchen verzierten Rahmen, symmetrisch angebracht. Mein Vater hatte den Grundsatz, den er öfters und sogar leidenschaftlich aussprach, daß man die lebenden Meister beschäftigen und weniger auf die abgeschiedenen wenden solle, bei deren Schätzung sehr viel Vorurteil mit unterlaufe. Er hatte die Vorstellung, daß es mit den Gemälden völlig wie mit den Rheinweinen beschaffen sei, die, wenn ihnen gleich das Alter einen vorzüglichen Wert beilege, dennoch in jedem folgenden Jahre eben so vortrefflich als in den vergangenen könnten hervorgebracht werden. Nach Verlauf einiger Zeit werde der neue Wein auch ein alter, eben so kostbar und vielleicht noch schmackhafter. In dieser Meinung bestätigte er sich vorzüglich durch die Bemerkung, daß mehrere alte Bilder hauptsächlich dadurch für die Liebhaber einen großen Wert zu erhalten schienen, weil sie dunkler und bräuner geworden und der harmonische Ton eines solchen Bildes öfters gerühmt wurde. Mein Vater versicherte dagegen, es sei ihm gar nicht bange, daß die neuen Bilder künftig nicht auch schwarz werden sollten; daß sie aber gerade dadurch gewönnen, wollte er nicht zugestehen.

Nach diesen Grundsätzen beschäftigte er mehrere Jahre hindurch die sämtlichen Frankfurter Künstler: den Maler Hirt, welcher Eichen- und Buchenwälder und andere sogenannte ländliche Gegenden sehr wohl mit Vieh zu staffieren wußte; desgleichen Trautmann, der sich den Rembrandt zum Muster genommen und es in eingeschlossenen Lichtern und Widerscheinen, nicht weniger in effektvollen Feuersbrünsten weit gebracht hatte, so daß er einstens aufgefordert wurde, einen Pendant zu einem Rembrandtschen Bilde zu malen; ferner Schütz, der auf dem Wege des Sachtleben die Rheingegenden fleißig bearbeitete; nicht weniger Junckern, der Blumen- und Fruchtstücke, Stilleben und ruhig beschäftigte Personen, nach dem Vorgang der Niederländer, sehr reinlich ausführte. Nun aber ward durch die neue Ordnung, durch einen bequemern Raum, und noch mehr durch die Bekanntschaft eines geschickten Künstlers, die Liebhaberei wieder angefrischt und belebt. Dieses war Seekatz, ein Schüler von Brinckmann, Darmstädtischer Hofmaler, dessen Talent und Charakter sich in der Folge vor uns umständlicher entwickeln wird.

Man schritt auf diese Weise mit Vollendung der übrigen Zimmer, nach ihren verschiedenen Bestimmungen, weiter. Reinlichkeit und Ordnung herrschten im ganzen; vorzüglich trugen große Spiegelscheiben das Ihrige zu einer vollkommenen Helligkeit bei, die in dem alten Hause aus mehreren Ursachen, zunächst aber auch wegen meist runder Fensterscheiben gefehlt hatte. Der Vater zeigte sich heiter, weil ihm alles gut gelungen war; und wäre der gute Humor nicht manchmal dadurch unterbrochen worden, daß nicht immer der Fleiß und die Genauigkeit der Handwerker seinen Forderungen entsprachen, so hätte man kein glücklicheres Leben denken können, zumal da manches Gute teils in der Familie selbst entsprang, teils ihr von außen zufloß.

Durch ein außerordentliches Weltereignis wurde jedoch die Gemütsruhe des Knaben zum ersten Mal im tiefsten erschüttert. Am

1. November 1755 ereignete sich das Erdbeben von Lissabon und verbreitete über die in Frieden und Ruhe schon eingewohnte Welt einen ungeheuren Schrecken. Eine große prächtige Residenz, zugleich Handels- und Hafenstadt, wird ungewarnt von dem furchtbarsten Unglück betroffen. Die Erde bebt und schwankt, das Meer braust auf, die Schiffe schlagen zusammen, die Häuser stürzen ein, Kirchen und Türme darüber her, der königliche Palast zum Teil wird vom Meere verschlungen, die geborstene Erde scheint Flammen zu speien, denn überall meldet sich Rauch und Brand in den Ruinen. Sechzigtausend Menschen, einen Augenblick zuvor noch ruhig und behaglich, gehen mit einander zugrunde, und der glücklichste darunter ist der zu nennen, dem keine Empfindung, keine Besinnung über das Unglück mehr gestattet ist. Die Flammen wüten fort, und mit ihnen wütet eine Schar sonst verborgner oder durch dieses Ereignis in Freiheit gesetzter Verbrecher. Die unglücklichen Übriggebliebenen sind dem Raube, dem Morde, allen Mißhandlungen bloßgestellt; und so behauptet von allen Seiten die Natur ihre schrankenlose Willkür.

Schneller als die Nachrichten hatten schon Andeutungen von diesem Vorfall sich durch große Landstrecken verbreitet; an vielen Orten waren schwächere Erschütterungen zu verspüren, an manchen Quellen, besonders den heilsamen, ein ungewöhnliches Innehalten zu bemerken gewesen; um desto größer war die Wirkung der Nachrichten selbst, welche erst im allgemeinen, dann aber mit schrecklichen Einzelheiten sich rasch verbreiteten. Hierauf ließen es die Gottesfürchtigen nicht an Betrachtungen, die Philosophen nicht an Trostgründen, an Strafpredigten die Geistlichkeit nicht fehlen. So vieles zusammen richtete die Aufmerksamkeit der Welt eine Zeitlang auf diesen Punkt, und die durch fremdes Unglück aufgeregten Gemüter wurden durch Sorgen für sich selbst und die Ihrigen um so mehr geängstigt, als über die weitverbreitete Wirkung dieser Explosion von allen Orten und Enden immer mehrere und umständlichere Nachrichten einliefen. Ja vielleicht hat der

Dämon des Schreckens zu keiner Zeit so schnell und so mächtig seine Schauer über die Erde verbreitet.

Der Knabe, der alles dieses wiederholt vernehmen mußte, war nicht wenig betroffen. Gott, der Schöpfer und Erhalter Himmels und der Erden, den ihm die Erklärung des ersten Glaubensartikels so weise und gnädig vorstellte, hatte sich, indem er die Gerechten mit den Ungerechten gleichem Verderben preisgab, keineswegs väterlich bewiesen. Vergebens suchte das junge Gemüt sich gegen diese Eindrücke herzustellen, welches überhaupt um so weniger möglich war, als die Weisen und Schriftgelehrten selbst sich über die Art, wie man ein solches Phänomen anzusehen habe, nicht vereinigen konnten.

Der folgende Sommer gab eine nähere Gelegenheit, den zornigen Gott, von dem das Alte Testament so viel überliefert, unmittelbar kennen zu lernen. Unversehens brach ein Hagelwetter herein und schlug die neuen Spiegelscheiben der gegen Abend gelegenen Hinterseite des Hauses unter Donner und Blitzen auf das gewaltsamste zusammen, beschädigte die neuen Möbeln, verderbte einige schätzbare Bücher und sonst werte Dinge und war für die Kinder um so fürchterlicher als das ganz außer sich gesetzte Hausgesinde sie in einen dunklen Gang mit fortriß und dort auf den Knien liegend durch schreckliches Geheul und Geschrei die erzürnte Gottheit zu versöhnen glaubte; indessen der Vater, ganz allein gefaßt, die Fensterflügel aufriß und aushob; wodurch er zwar manche Scheiben rettete, aber auch dem auf den Hagel folgenden Regenguß einen desto offnern Weg bereitete, so daß man sich nach endlicher Erholung auf den Vorsälen und Treppen von flutendem und rinnendem Wasser umgeben sah.

Solche Vorfälle, wie störend sie auch im ganzen waren, unterbrachen doch nur wenig den Gang und die Folge des Unterrichts, den der Vater selbst uns Kindern zu geben sich einmal vorgenommen. Er hatte seine Jugend auf dem Koburger Gymnasium zugebracht, welches unter den deutschen Lehranstalten eine der ersten

Stellen einnahm. Er hatte daselbst einen guten Grund in den Sprachen und was man sonst zu einer gelehrten Erziehung rechnete, gelegt, nachher in Leipzig sich der Rechtswissenschaft beflissen, und zuletzt in Gießen promoviert. Seine mit Ernst und Fleiß verfaßte Dissertation: *Electa de aditione hereditatis,* wird noch von den Rechtslehrern mit Lob angeführt.

Es ist ein frommer Wunsch aller Väter, das, was ihnen selbst abgegangen, an den Söhnen realisiert zu sehen, so ungefähr als wenn man zum zweitenmal lebte und die Erfahrungen des ersten Lebenslaufes nun erst recht nutzen wollte. Im Gefühl seiner Kenntnisse, in Gewißheit einer treuen Ausdauer und im Mißtrauen gegen die damaligen Lehrer, nahm der Vater sich vor, seine Kinder selbst zu unterrichten und nur so viel, als es nötig schien, einzelne Stunden durch eigentliche Lehrmeister zu besetzen. Ein pädagogischer Dilettantismus fing sich überhaupt schon zu zeigen an. Die Pedanterie und Trübsinnigkeit der an den öffentlichen Schulen angestellten Lehrer mochte wohl die erste Veranlassung dazu geben. Man suchte nach etwas Besserem, und vergaß, wie mangelhaft aller Unterricht sein muß, der nicht durch Leute vom Metier erteilt wird.

Meinem Vater war sein eigner Lebensgang bis dahin ziemlich nach Wunsch gelungen; ich sollte denselben Weg gehen, aber bequemer und weiter. Er schätzte meine angebornen Gaben um so mehr, als sie ihm mangelten: denn er hatte alles nur durch unsäglichen Fleiß, Anhaltsamkeit und Wiederholung erworben. Er versicherte mir öfters, früher und später, im Ernst und Scherz, daß er mit meinen Anlagen sich ganz anders würde benommen und nicht so liederlich damit würde gewirtschaftet haben.

Durch schnelles Ergreifen, Verarbeiten und Festhalten entwuchs ich sehr bald dem Unterricht, den mir mein Vater und die übrigen Lehrmeister geben konnten, ohne daß ich doch in irgend etwas begründet gewesen wäre. Die Grammatik mißfiel mir, weil ich sie nur als ein willkürliches Gesetz ansah; die Regeln schienen mir lächerlich, weil sie durch so viele Ausnahmen aufgehoben wurden, die ich alle wieder besonders lernen sollte. Und wäre nicht der gereimte angehende Lateiner gewesen, so hätte es schlimm mit mir ausgesehen; doch diesen trommelte und sang ich mir gern vor. So hatten wir auch eine Geographie in solchen Gedächtnisversen, wo uns die abgeschmacktesten Reime das zu Behaltende am besten einprägten, z. B.:

> Ober-Yssel: viel Morast
> macht das gute Land verhaßt.

Die Sprachformen und -wendungen faßte ich leicht; so auch entwickelte ich mir schnell, was in dem Begriff einer Sache lag. In rhetorischen Dingen, Chrien und dergleichen tat es mir niemand zuvor, ob ich schon wegen Sprachfehler oft hintanstehen mußte. Solche Aufsätze waren es jedoch, die meinem Vater besondre Freude machten, und wegen deren er mich mit manchem für einen Knaben bedeutenden Geldgeschenke belohnte.

Mein Vater lehrte die Schwester in demselben Zimmer Italienisch, wo ich den Cellarius auswendig zu lernen hatte. Indem ich nun mit meinem Pensum bald fertig war und doch still sitzen sollte, horchte ich über das Buch weg und faßte das Italienische, das mir als eine lustige Abweichung des Lateinischen auffiel, sehr behende.

Andere Frühzeitigkeiten in Absicht auf Gedächtnis und Kombination hatte ich mit jenen Kindern gemein, die dadurch einen frühen Ruf erlangt haben. Deshalb konnte mein Vater kaum erwarten, bis ich auf die Akademie gehen würde. Sehr bald erklärte er, daß ich in Leipzig, für welches er eine große Vorliebe behalten, gleichfalls Jura studieren, alsdann noch eine andre Universität besuchen und promovieren sollte. Was diese zweite betraf, war es ihm gleichgültig, welche ich wählen würde; nur gegen Göttingen hatte er, ich weiß nicht warum, einige Abneigung, zu meinem Leidwesen: denn ich hatte gerade auf diese viel Zutrauen und große Hoffnungen gesetzt.

Ferner erzählte er mir, daß ich nach Wetzlar und Regensburg, nicht weniger nach Wien und von da nach Italien gehen sollte; ob er gleich wiederholt behauptete, man müsse Paris voraus sehen, weil man aus Italien kommend sich an nichts mehr ergötze.

Dieses Märchen meines künftigen Jugendganges ließ ich mir gern wiederholen, besonders da es in eine Erzählung von Italien und zuletzt in eine Beschreibung von Neapel auslief. Sein sonstiger Ernst und seine Trockenheit schienen sich jederzeit aufzulösen und zu beleben, und so erzeugte sich in uns Kindern der leidenschaftliche Wunsch, auch dieser Paradiese teilhaft zu werden.

Privatstunden, welche sich nach und nach vermehrten, teilte ich mit Nachbarskindern. Dieser gemeinsame Unterricht förderte mich nicht; die Lehrer gingen ihren Schlendrian, und die Unarten, ja manchmal die Bösartigkeiten meiner Gesellen brachten Unruh, Verdruß und Störung in die kärglichen Lehrstunden. Chrestomathien, wodurch die Belehrung heiter und mannigfaltig wird, waren noch nicht bis zu uns gekommen. Der für junge Leute so starre Cornelius Nepos, das allzu leichte und durch Predigten und Religionsunterricht sogar trivial gewordne Neue Testament, Cellarius und Pasor konnten uns kein Interesse geben; dagegen hatte sich eine gewisse Reim- und Versewut, durch Lesung der damaligen deutschen Dichter, unser bemächtigt. Mich hatte sie schon früher ergriffen, als ich es lustig fand, von der rhetorischen Behandlung der Aufgaben zu der poetischen überzugehen.

Wir Knaben hatten eine sonntägliche Zusammenkunft, wo jeder von ihm selbst verfertigte Verse produzieren sollte. Und hier begegnete mir etwas Wunderbares, was mich sehr lang in Unruh setzte. Meine Gedichte, wie sie auch sein mochten, mußte ich immer für die bessern halten. Allein ich bemerkte bald, daß meine Mitwerber, welche sehr lahme Dinge vorbrachten, in dem gleichen Falle waren und sich nicht weniger dünkten; ja was mir noch bedenklicher schien, ein guter, obgleich zu solchen Arbeiten völlig unfähiger Knabe, dem ich übrigens gewogen war, der aber seine Reime sich vom Hofmeister machen ließ, hielt diese nicht allein für die allerbesten, sondern war völlig überzeugt, er habe sie selbst gemacht, wie er mir, in dem vertrauteren Verhältnis, worin ich mit ihm stand, jederzeit aufrichtig behauptete. Da ich nun solchen Irrtum und Wahnsinn offenbar vor mir sah, fiel es mir eines Tages aufs Herz, ob ich mich vielleicht selbst in dem Falle befände, ob nicht jene Gedichte wirklich besser seien als die meinigen, und ob ich nicht mit Recht jenen Knaben eben so toll als sie mir vorkommen möchte? Dieses beunruhigte mich sehr und lange Zeit: denn es war mir durchaus unmöglich, ein äußeres Kennzeichen der Wahrheit zu finden; ja ich stockte sogar in meinen Hervorbringungen, bis mich endlich Leichtsinn und Selbstgefühl und zuletzt eine Probearbeit beruhigten, die uns Lehrer und Eltern, welche auf unsere Scherze aufmerksam geworden, aus dem Stegreif aufgaben, wobei ich gut bestand und allgemeines Lob davontrug.

Man hatte zu der Zeit noch keine Bibliotheken für Kinder veranstaltet. Die Alten hatten selbst noch kindliche Gesinnungen und fanden es bequem, ihre eigene Bildung der Nachkommenschaft mitzuteilen. Außer dem *Orbis pictus* des Amos Comenius kam uns kein Buch dieser Art in die Hände; aber die große Foliobibel mit Kupfern von Merian ward häufig von uns durchblättert; Gottfrieds *Chronik* mit Kupfern desselben Meisters, belehrte uns von den merkwürdigsten Fällen der Weltgeschichte; die *Acerra philologica* tat noch allerlei Fabeln, Mythologien und Seltsamkeiten hinzu; und da ich gar bald die Ovidischen *Verwandlungen* gewahr wurde, und besonders die ersten Bücher fleißig studierte, so war mein junges Gehirn schnell genug mit einer Masse von Bildern und Begebenheiten, von bedeutenden und wunderbaren Gestalten und Ereignissen angefüllt, und ich konnte niemals Langeweile haben, indem ich mich immerfort beschäftigte, diesen Erwerb zu verarbeiten, zu wiederholen, wieder hervorzubringen.

1.

Einen frömmern sittlichern Effekt als jene mitunter rohen und gefährlichen Altertümlichkeiten, machte Fénelons *Telemach*, den ich erst nur in der Neukirchischen Übersetzung kennen lernte, und der, auch so unvollkommen überliefert, eine gar süße und wohltätige Wirkung auf mein Gemüt äußerte. Daß *Robinson Crusoe* sich zeitig angeschlossen, liegt wohl in der Natur der Sache; daß *die Insel Felsenburg* nicht gefehlt habe, läßt sich denken. Lord Ansons *Reise um die Welt* verband das Würdige der Wahrheit mit dem Phantasiereichen des Märchens, und indem wir diesen trefflichen Seemann mit den Gedanken begleiteten, wurden wir weit in alle Welt hinausgeführt und versuchten, ihm mit unsern Fingern auf dem Globus zu folgen. Nun sollte mir auch noch eine reichlichere Ernte bevorstehen, indem ich an eine Masse Schriften geriet, die zwar in ihrer gegenwärtigen Gestalt nicht vortrefflich genannt werden können, deren Inhalt jedoch uns manches Verdienst voriger Zeiten in einer unschuldigen Weise näher bringt.

Der Verlag oder vielmehr die Fabrik jener Bücher, welche in der folgenden Zeit unter dem Titel Volksschriften, Volksbücher, bekannt und sogar berühmt geworden, war in Frankfurt selbst, und sie wurden, wegen des großen Abgangs, mit stehenden Lettern auf das schrecklichste Löschpapier fast unleserlich gedruckt. Wir Kinder hatten also das Glück, diese schätzbaren Überreste der Mittelzeit auf einem Tischchen vor der Haustüre eines Büchertrödlers täglich zu finden und sie uns für ein paar Kreuzer zuzueignen. Der Eulenspiegel, Die vier Haimonskinder, Die schöne Melusine, Der Kaiser Oktavian, Die schöne Magelone, Fortunatus, mit der ganzen Sippschaft bis auf den Ewigen Juden, alles stand uns zu Diensten, sobald uns gelüstete nach diesen Werken, anstatt nach irgend einer Näscherei zu greifen. Der größte Vorteil dabei war, daß wenn wir ein solches Heft zerlesen oder sonst beschädigt hatten, es bald wieder angeschafft und aufs neue verschlungen werden konnte.

Wie eine Familienspazierfahrt im Sommer durch ein plötzliches Gewitter auf eine höchst verdrießliche Weise gestört und ein froher

Zustand in den widerwärtigsten verwandelt wird, so fallen auch die Kinderkrankheiten unerwartet in die schönste Jahreszeit des Frühlebens. Mir erging es auch nicht anders. Ich hatte mir eben den Fortunatus mit seinem Säckel und Wünschhütlein gekauft, als mich ein Mißbehagen und ein Fieber überfiel, wodurch die Pocken sich ankündigten. Die Einimpfung derselben ward bei uns noch immer für sehr problematisch angesehen, und ob sie gleich populäre Schriftsteller schon faßlich und eindringlich empfohlen, so zauderten doch die deutschen Ärzte mit einer Operation, welche der Natur vorzugreifen schien. Spekulierende Engländer kamen daher aufs feste Land und impften gegen ein ansehnliches Honorar die Kinder solcher Personen, die sie wohlhabend und frei von Vorurteil fanden. Die Mehrzahl jedoch war noch immer dem alten Unheil ausgesetzt; die Krankheit wütete durch die Familien, tötete und entstellte viele Kinder, und wenige Eltern wagten es, nach einem Mittel zu greifen, dessen wahrscheinliche Hilfe doch schon durch den Erfolg mannigfaltig bestätigt war. Das Übel betraf nun auch unser Haus und überfiel mich mit ganz besonderer Heftigkeit. Der ganze Körper war mit Blattern übersät, das Gesicht zugedeckt, und ich lag mehrere Tage blind und in großen Leiden. Man suchte die möglichste Linderung und versprach mir goldene Berge, wenn ich mich ruhig verhalten und das Übel nicht durch Reiben und Kratzen vermehren wollte. Ich gewann es über mich; indessen hielt man uns, nach herrschendem Vorurteil, so warm als möglich, und schärfte dadurch nur das Übel. Endlich, nach traurig verflossener Zeit, fiel es mir wie eine Maske vom Gesicht, ohne daß die Blattern eine sichtbare Spur auf der Haut zurückgelassen; aber die Bildung war merklich verändert. Ich selbst war zufrieden, nur wieder das Tageslicht zu sehen und nach und nach die fleckige Haut zu verlieren; aber andere waren unbarmherzig genug, mich öfters an den vorigen Zustand zu erinnern; besonders eine sehr lebhafte Tante, die früher Abgötterei mit mir getrieben hatte, konnte mich, selbst noch in spätern Jahren, selten ansehen, ohne auszurufen:

Pfui Teufel! Vetter, wie garstig ist er geworden! Dann erzählte sie mir umständlich, wie sie sich sonst an mir ergötzt, welches Aufsehen sie erregt, wenn sie mich umhergetragen; und so erfuhr ich frühzeitig, daß uns die Menschen für das Vergnügen, das wir ihnen gewährt haben, sehr oft empfindlich büßen lassen.

Weder von Masern, noch Windblattern, und wie die Quälgeister der Jugend heißen mögen, blieb ich verschont, und jedesmal versicherte man mir, es wäre ein Glück, daß dieses Übel nun für immer vorüber sei; aber leider drohte schon wieder ein andres im Hintergrund und rückte heran. Alle diese Dinge vermehrten meinen Hang zum Nachdenken und da ich, um das Peinliche der Ungeduld von mir zu entfernen, mich schon öfters im Ausdauern geübt hatte, so schienen mir die Tugenden, welche ich an den Stoikern hatte rühmen hören, höchst nachahmenswert, um so mehr, als durch die christliche Duldungslehre ein Ähnliches empfohlen wurde.

Bei Gelegenheit dieses Familienleidens will ich auch noch eines Bruders gedenken, welcher, um drei Jahr jünger als ich, gleichfalls von jener Ansteckung ergriffen wurde und nicht wenig davon litt. Er war von zarter Natur, still und eigensinnig, und wir hatten niemals ein eigentliches Verhältnis zusammen. Auch überlebte er kaum die Kinderjahre. Unter mehreren nachgebornen Geschwistern, die gleichfalls nicht lange am Leben blieben, erinnere ich mich nur eines sehr schönen und angenehmen Mädchens, die aber auch bald verschwand, da wir denn nach Verlauf einiger Jahre, ich und meine Schwester, uns allein übrig sahen und nur um so inniger und liebevoller verbanden.

Jene Krankheiten und andere unangenehme Störungen wurden in ihren Folgen doppelt lästig; denn mein Vater, der sich einen gewissen Erziehungs- und Unterrichtskalender gemacht zu haben schien, wollte jedes Versäumnis unmittelbar wieder einbringen, und belegte die Genesenden mit doppelten Lektionen, welche zu leisten mir zwar nicht schwer, aber insofern beschwerlich fiel, als es meine innere Entwicklung, die eine entschiedene Richtung genommen hatte, aufhielt und gewissermaßen zurückdrängte.

Vor diesen didaktischen und pädagogischen Bedrängnissen flüchteten wir gewöhnlich zu den Großeltern. Ihre Wohnung lag auf der Friedberger Gasse und schien ehemals eine Burg gewesen zu sein: denn wenn man herankam, sah man nichts als ein großes Tor mit Zinnen, welches zu beiden Seiten an zwei Nachbarhäuser stieß. Trat man hinein, so gelangte man durch einen schmalen Gang endlich in einen ziemlich breiten Hof, umgeben von ungleichen Gebäuden, welche nunmehr alle zu *einer* Wohnung vereinigt waren. Gewöhnlich eilten wir sogleich in den Garten, der sich ansehnlich lang und breit hinter den Gebäuden hin erstreckte und sehr gut unterhalten war, die Gänge meistens mit Rebgeländer eingefaßt, ein Teil des Raums den Küchengewächsen, ein andrer den Blumen gewidmet, die vom Frühjahr bis in den Herbst in reichlicher Abwechslung die Rabatten so wie die Beete schmückten. Die lange gegen Mittag gerichtete Mauer war zu wohl gezogenen Spalier-Pfirsichbäumen genützt, von denen uns die verbotenen Früchte den Sommer über gar appetitlich entgegenreiften. Doch vermieden wir lieber diese Seite, weil wir unsere Genäschigkeit hier nicht befriedigen durften, und wandten uns zu der entgegengesetzten, wo eine unabsehbare Reihe Johannis- und Stachelbeerbüsche unserer Gierigkeit eine Folge von Ernten bis in den Herbst eröffnete. Nicht weniger war uns ein alter, hoher, weitverbreiteter Maulbeerbaum bedeutend, sowohl wegen seiner Früchte als auch, weil man uns erzählte, daß von seinen Blättern die Seidenwürmer sich ernährten. In diesem friedlichen Revier fand man jeden Abend den Großvater mit behaglicher Geschäftigkeit eigenhändig die feinere Obst- und Blumenzucht besorgend, indes ein Gärtner die gröbere Arbeit verrichtete. Die vielfachen Bemühungen, welche nötig sind, um einen schönen Nelkenflor zu erhalten und zu vermehren, ließ er sich niemals verdrießen. Er selbst band sorgfältig die Zweige der Pfirsichbäume fächerartig an die Spaliere, um einen reichlichen und bequemen Wachstum der Früchte zu befördern. Das Sortieren der Zwiebeln von Tulpen, Hyazinthen und verwandten Gewächsen, so wie die Sorge für Aufbewahrung derselben überließ er niemanden; und noch erinnere ich mich gern, wie emsig er sich mit dem Okulieren der verschiedenen Rosenarten beschäftigte. Dabei zog er, um sich vor den Dornen zu schützen, jene altertümlichen ledernen Handschuhe an, die ihm beim Pfeifergericht jährlich in Triplo überreicht wurden, woran es ihm deshalb niemals mangelte. So trug er auch immer einen talarähnlichen Schlafrock und auf dem Haupt eine faltige schwarze Sammetmütze, so daß er eine mittlere Person zwischen Alkinous und Laertes hätte vorstellen können.

Alle diese Gartenarbeiten betrieb er eben so regelmäßig und genau als seine Amtsgeschäfte: denn eh' er herunterkam, hatte er immer die Registrande seiner Proponenden für den andern Tag in Ordnung gebracht und die Akten gelesen. Eben so fuhr er Morgens aufs Rathaus, speiste nach seiner Rückkehr, nickte hierauf in seinem Großstuhl, und so ging alles einen Tag wie den andern. Er sprach wenig, zeigte keine Spur von Heftigkeit; ich erinnere mich nicht, ihn zornig gesehen zu haben. Alles, was ihn umgab war altertümlich. In seiner getäfelten Stube habe ich niemals irgend eine Neuerung wahrgenommen. Seine Bibliothek enthielt außer juristischen Werken nur die ersten Reisebeschreibungen, Seefahrten und Länderentdeckungen. Überhaupt erinnere ich mich keines Zustandes, der so wie dieser das Gefühl eines unverbrüchlichen Friedens und einer ewigen Dauer gegeben hätte.

Was jedoch die Ehrfurcht, die wir für diesen würdigen Greis empfanden, bis zum höchsten steigerte, war die Überzeugung, daß derselbe die Gabe der Weissagung besitze, besonders in Dingen, die ihn selbst und sein Schicksal betrafen. Zwar ließ er sich gegen niemand als gegen die Großmutter entschieden und umständlich heraus; aber wir alle wußten doch, daß er durch bedeutende Träume von dem, was sich ereignen sollte, unterrichtet werde. So versicherte er z.B. seiner Gattin, zur Zeit als er noch unter die jüngern

Ratsherren gehörte, daß er bei der nächsten Vakanz auf der Schöffenbank zu der erledigten Stelle gelangen würde. Und als wirklich bald darauf einer der Schöffen vom Schlage gerührt starb, verordnete er am Tage der Wahl und Kugelung, daß zu Hause im stillen alles zum Empfange der Gäste und Gratulanten solle eingerichtet werden, und die entscheidende goldne Kugel ward wirklich für ihn gezogen. Den einfachen Traum, der ihn hievon belehrt, vertraute er seiner Gattin folgendermaßen: Er habe sich in voller gewöhnlicher Ratsversammlung gesehen, wo alles nach hergebrachter Weise vorgegangen. Auf einmal habe sich der nun verstorbene Schöff von seinem Sitz erhoben, sei herabgestiegen und habe ihm auf eine verbindliche Weise das Kompliment gemacht, er möge den verlassenen Platz einnehmen, und sei darauf zur Tür hinausgegangen.

Etwas Ähnliches begegnete, als der Schultheiß mit Tode abging. Man zaudert in solchem Falle nicht lange mit Besetzung dieser Stelle, weil man immer zu fürchten hat, der Kaiser werde sein altes Recht, einen Schultheißen zu bestellen, irgend einmal wieder hervorrufen. Diesmal ward um Mitternacht eine außerordentliche Sitzung auf den andern Morgen durch den Gerichtsboten angesagt. Weil diesem nun das Licht in der Laterne verlöschen wollte, so erbat er sich ein Stümpfchen, um seinen Weg weiter fortsetzen zu können. »Gebt ihm ein ganzes«, sagte der Großvater zu den Frauen: »er hat ja doch die Mühe um meinetwillen.« Dieser Äußerung entsprach auch der Erfolg: er wurde wirklich Schultheiß, wobei der Umstand noch besonders merkwürdig war, daß, obgleich sein Repräsentant bei der Kugelung an der dritten und letzten Stelle zu ziehen hatte, die zwei silbernen Kugeln zuerst herauskamen, und also die goldne für ihn auf dem Grunde des Beutels liegen blieb.

Völlig prosaisch, einfach und ohne Spur von Phantastischem oder Wundersamem waren auch die übrigen der uns bekannt gewordenen Träume. Ferner erinnere ich mich, daß ich als Knabe unter seinen Büchern und Schreibkalendern gestört und darin unter andern auf Gärtnerei bezüglichen Anmerkungen aufgezeichnet gefunden: Heute Nacht kam N. N. zu mir und sagte … Namen und Offenbarung waren in Chiffern geschrieben. Oder es stand auf gleiche Weise: Heute Nacht sah ich … Das Übrige war wieder in Chiffern, bis auf die Verbindungs- und andre Worte, aus denen sich nichts abnehmen ließ.

Bemerkenswert bleibt es hiebei, daß Personen, welche sonst keine Spur von Ahnungsvermögen zeigten, in seiner Sphäre für den Augenblick die Fähigkeit erlangten, daß sie von gewissen gleichzeitigen, obwohl in der Entfernung vorgehenden Krankheits- und Todesereignissen durch sinnliche Wahrzeichen eine Vorempfindung hatten. Aber auf keines seiner Kinder und Enkel hat eine solche Gabe fortgeerbt; vielmehr waren sie meistenteils rüstige Personen, lebensfroh und nur aufs Wirkliche gestellt.

Bei dieser Gelegenheit gedenk' ich derselben mit Dankbarkeit für vieles Gute, das ich von ihnen in meiner Jugend empfangen. So waren wir z. B. auf gar mannigfaltige Weise beschäftigt und unterhalten, wenn wir die an einen Materialienhändler Melber verheiratete zweite Tochter besuchten, deren Wohnung und Laden mitten im lebhaftesten, gedrängtesten Teile der Stadt an dem Markte lag. Hier sahen wir nun dem Gewühl und Gedränge, in welches wir uns scheuten zu verlieren, sehr vergnüglich aus den Fenstern zu; und wenn uns im Laden unter so vielerlei Waren anfänglich nur das Süßholz und die daraus bereiteten braunen gestempelten Zeltlein vorzüglich interessierten, so wurden wir doch allmählich mit der großen Menge von Gegenständen bekannt, welche bei einer solchen Handlung aus- und einfließen. Diese Tante war unter den Geschwistern die lebhafteste. Wenn meine Mutter, in jüngern Jahren, sich in reinlicher Kleidung, bei einer zierlichen weiblichen Arbeit oder im Lesen eines Buches gefiel, so fuhr jene in der Nachbarschaft umher, um sich dort versäumter Kinder anzunehmen, sie zu warten, zu kämmen und herumzutragen, wie sie es denn auch mit mir eine gute Weile so getrieben. Zur Zeit öffentlicher Feierlichkeiten, wie bei Krönungen, war sie nicht zu Hause zu halten.

Als kleines Kind schon hatte sie nach dem bei solchen Gelegenheiten ausgeworfenen Gelde gehascht, und man erzählte sich: wie sie einmal eine gute Partie beisammen gehabt und solches vergnüglich in der flachen Hand beschaut, habe ihr einer dagegen geschlagen, wodurch denn die wohlerworbene Beute auf einmal verloren gegangen. Nicht weniger wußte sie sich viel damit, daß sie dem vorbeifahrenden Kaiser Karl dem Siebenten während eines Augenblicks, da alles Volk schwieg, auf einem Prallsteine stehend, ein heftiges Vivat in die Kutsche gerufen und ihn veranlaßt habe, den Hut vor ihr abzuziehen und für diese kecke Aufmerksamkeit gar gnädig zu danken.

Auch in ihrem Hause war um sie her alles bewegt, lebenslustig und munter, und wir Kinder sind ihr manche frohe Stunde schuldig geworden.

In einem ruhigem, aber auch ihrer Natur angemessenen Zustande befand sich eine zweite Tante, welche mit dem bei der Sankt Katharinen-Kirche angestellten Pfarrer Starck verheiratet war. Er lebte seiner Gesinnung und seinem Stande gemäß sehr einsam und besaß eine schöne Bibliothek. Hier lernte ich zuerst den Homer kennen, und zwar in einer prosaischen Übersetzung, wie sie im siebenten Teil der durch Herrn von Loen besorgten Neuen Sammlung der merkwürdigsten Reisegeschichten, unter dem Titel: Homers Beschreibung der Eroberung des Trojanischen Reichs, zu finden ist, mit Kupfern im französischen Theatersinne geziert. Diese Bilder verdarben mir dermaßen die Einbildungskraft, daß ich lange Zeit die Homerischen Helden mir nur unter diesen Gestalten vergegenwärtigen konnte. Die Begebenheiten selbst gefielen mir unsäglich; nur hatte ich an dem Werke sehr auszusetzen, daß es uns von der Eroberung Trojas keine Nachricht gebe, und so stumpf mit dem Tode Hektors endige. Mein Oheim, gegen den ich diesen Tadel äußerte, verwies mich auf den Vergil, welcher denn meiner Forderung vollkommen Genüge tat.

Es versteht sich von selbst, daß wir Kinder, neben den übrigen

Lehrstunden, auch eines fortwährenden und fortschreitenden Religionsunterrichts genossen. Doch war der kirchliche Protestantismus, den man uns überlieferte, eigentlich nur eine Art von trockner Moral: an einen geistreichen Vortrag ward nicht gedacht, und die Lehre konnte weder der Seele noch dem Herzen zusagen. Deswegen ergaben sich gar mancherlei Absonderungen von der gesetzlichen Kirche. Es entstanden die Separatisten, Pietisten, Herrnhuter, die Stillen im Lande, und wie man sie sonst zu nennen und zu bezeichnen pflegte, die aber alle bloß die Absicht hatten, sich der Gottheit, besonders durch Christum, mehr zu nähern, als es ihnen unter der Form der öffentlichen Religion möglich zu sein schien.

Der Knabe hörte von diesen Meinungen und Gesinnungen unaufhörlich sprechen: denn die Geistlichkeit sowohl als die Laien teilten sich in das Für und Wider. Die mehr oder weniger Abgesonderten waren immer die Minderzahl, aber ihre Sinnesweise zog an durch Originalität, Herzlichkeit, Beharren und Selbständigkeit. Man erzählte von diesen Tugenden und ihren Äußerungen allerlei Geschichten. Besonders ward die Antwort eines frommen Klempnermeisters bekannt, den einer seiner Zunftgenossen durch die Frage zu beschämen gedachte: wer denn eigentlich sein Beichtvater sei? Mit Heiterkeit und Vertrauen auf seine gute Sache erwiderte jener: Ich habe einen sehr vornehmen; es ist niemand Geringeres als der Beichtvater des Königs David.

Dieses und dergleichen mag wohl Eindruck auf den Knaben gemacht und ihn zu ähnlichen Gesinnungen aufgefordert haben. Genug, er kam auf den Gedanken, sich dem großen Gotte der Natur, dem Schöpfer und Erhalter Himmels und der Erden, dessen frühere Zornäußerungen schon lange über die Schönheit der Welt und das mannigfaltige Gute, das uns darin zu teil wird, vergessen waren, unmittelbar zu nähern; der Weg dazu aber war sehr sonderbar.

Der Knabe hatte sich überhaupt an den ersten Glaubensartikel gehalten. Der Gott, der mit der Natur in unmittelbarer Verbindung stehe, sie als sein Werk anerkenne und liebe, dieser schien ihm der eigentliche Gott, der ja wohl auch mit dem Menschen, wie mit allem übrigen in ein genaueres Verhältnis treten könne, und für denselben eben so wie für die Bewegung der Sterne, für Tages- und Jahreszeiten, für Pflanzen und Tiere Sorge tragen werde. Einige Stellen des Evangeliums besagten dieses ausdrücklich. Eine Gestalt konnte der Knabe diesem Wesen nicht verleihen; er suchte ihn also in seinen Werken auf und wollte ihm auf gut alttestamentliche Weise einen Altar errichten. Naturprodukte sollten die Welt im Gleichnis vorstellen, über diesen sollte eine Flamme brennen und das zu seinem Schöpfer sich aufsehnende Gemüt des Menschen bedeuten. Nun wurden aus der vorhandenen und zufällig vermehrten Naturaliensammlung die besten Stufen und Exemplare herausgesucht; allein wie solche zu schichten und aufzubauen sein möchten, das war nun die Schwierigkeit. Der Vater hatte einen schönen, rotlackierten, goldgeblümten Musikpult, in Gestalt einer vierseitigen Pyramide mit verschiedenen Abstufungen, den man zu Quartetten sehr bequem fand, ob er gleich in der letzten Zeit nur wenig gebraucht wurde. Dessen bemächtigte sich der Knabe und baute nun stufenweise die Abgeordneten der Natur über einander, so daß es recht heiter und zugleich bedeutend genug aussah. Nun sollte bei einem frühen Sonnenaufgang die erste Gottesverehrung angestellt werden; nur war der junge Priester nicht mit sich einig, auf welche Weise er eine Flamme hervorbringen sollte, die doch auch zu gleicher Zeit einen guten Geruch von sich geben müsse. Endlich gelang ihm ein Einfall, beides zu verbinden, indem er Räucherkerzchen besaß, welche wo nicht flammend doch glimmend den angenehmsten Geruch verbreiteten. Ja dieses gelinde Verbrennen und Verdampfen schien noch mehr das, was im Gemüte vorgeht, auszudrücken als eine offene Flamme. Die Sonne war schon längst aufgegangen, aber Nachbarhäuser verdeckten den Osten. Endlich erschien sie über den Dächern; sogleich ward ein Brennglas zur

Hand genommen und die in einer schönen Porzellanschale auf dem Gipfel stehenden Räucherkerzen angezündet. Alles gelang nach Wunsch, und die Andacht war vollkommen. Der Altar blieb als eine besondere Zierde des Zimmers, das man ihm im neuen Hause eingeräumt hatte, stehen. Jedermann sah darin nur eine wohl aufgeputzte Naturaliensammlung; der Knabe hingegen wußte besser, was er verschwieg. Er sehnte sich nach der Wiederholung jener Feierlichkeit. Unglücklicherweise war eben, als die gelegenste Sonne hervorstieg, die Porzellantasse nicht bei der Hand; er stellte die Räucherkerzchen unmittelbar auf die obere Fläche des Musikpultes; sie wurden angezündet, und die Andacht war so groß, daß der Priester nicht merkte, welchen Schaden sein Opfer anrichtete, als bis ihm nicht mehr abzuhelfen war. Die Kerzen hatten sich nämlich in den roten Lack und in die schönen goldnen Blumen auf eine schmähliche Weise eingebrannt und, gleich als wäre ein böser Geist verschwunden, ihre schwarzen unauslöschlichen Fußtapfen zurückgelassen. Hierüber kam der junge Priester in die äußerste Verlegenheit. Zwar wußte er den Schaden durch die größesten Prachtstufen zu bedecken, allein der Mut zu neuen Opfern war ihm vergangen; und fast möchte man diesen Zufall als eine Andeutung und Warnung betrachten, wie gefährlich es überhaupt sei, sich Gott auf dergleichen Wegen nähern zu wollen.

Zweites Buch

Alles bisher Vorgetragene deutet auf jenen glücklichen und gemächlichen Zustand, in welchem sich die Länder während eines langen Friedens befinden. Nirgends aber genießt man eine solche schöne Zeit wohl mit größerem Behagen als in Städten, die nach ihren eigenen Gesetzen leben, die groß genug sind, eine ansehnliche Menge Bürger zu fassen, und wohl gelegen, um sie durch Handel und Wandel zu bereichern. Fremde finden ihren Gewinn, da aus- und einzuziehen, und sind genötigt, Vorteil zu bringen, um Vorteil zu erlangen. Beherrschen solche Städte auch kein weites Gebiet, so können sie destomehr im Innern Wohlhäbigkeit bewirken, weil ihre Verhältnisse nach außen sie nicht zu kostspieligen Unternehmungen oder Teilnahmen verpflichten.

Auf diese Weise verfloß den Frankfurtern während meiner Kindheit eine Reihe glücklicher Jahre. Aber kaum hatte ich am 28sten August 1756 mein siebentes Jahr zurückgelegt, als gleich darauf jener weltbekannte Krieg ausbrach, welcher auf die nächsten sieben Jahre meines Lebens auch großen Einfluß haben sollte. Friedrich der Zweite, König von Preußen, war mit 60 000 Mann in Sachsen eingefallen, und statt einer vorgängigen Kriegserklärung folgte ein Manifest, wie man sagte von ihm selbst verfaßt, welches die Ursachen enthielt, die ihn zu einem solchen ungeheuren Schritt bewogen und berechtigt. Die Welt, die sich nicht nur als Zuschauer, sondern auch als Richter aufgefordert fand, spaltete sich sogleich in zwei Parteien, und unsere Familie war ein Bild des großen Ganzen.

Mein Großvater, der als Schöff von Frankfurt über Franz dem Ersten den Krönungshimmel getragen und von der Kaiserin eine gewichtige goldene Kette mit ihrem Bildnis erhalten hatte, war mit einigen Schwiegersöhnen und Töchtern auf österreichischer Seite.

Mein Vater, von Karl dem Siebenten zum kaiserlichen Rat ernannt, und an dem Schicksal dieses unglücklichen Monarchen gemütlich teilnehmend, neigte sich mit der kleinern Familienhälfte gegen Preußen. Gar bald wurden unsere Zusammenkünfte, die man seit mehreren Jahren sonntags ununterbrochen fortgesetzt hatte, gestört. Die unter Verschwägerten gewöhnlichen Mißhelligkeiten fanden nun erst eine Form, in der sie sich aussprechen konnten. Man stritt, man überwarf sich, man schwieg, man brach los. Der Großvater, sonst ein heitrer, ruhiger und bequemer Mann, ward ungeduldig. Die Frauen suchten vergebens das Feuer zu tüschen, und nach einigen unangenehmen Szenen blieb mein Vater zuerst aus der Gesellschaft. Nun freuten wir uns ungestört zu Hause der preußischen Siege, welche gewöhnlich durch jene leidenschaftliche Tante mit großem Jubel verkündigt wurden. Alles andere Interesse mußte diesem weichen, und wir brachten den Überrest des Jahres in beständiger Agitation zu. Die Besitznahme, von Dresden, die anfängliche Mäßigung des Königs, die zwar langsamen aber sichern Fortschritte, der Sieg bei Lowositz, die Gefangennehmung der Sachsen waren für unsere Partei eben so viele Triumphe. Alles, was zum Vorteil der Gegner angeführt werden konnte, wurde geleugnet oder verkleinert, und da die entgegengesetzten Familienglieder das gleiche taten, so konnten sie einander nicht auf der Straße begegnen, ohne daß es Händel setzte, wie in *Romeo und Julie*.

Und so war ich denn auch preußisch oder, um richtiger zu reden, Fritzisch gesinnt: denn was ging uns Preußen an. Es war die Persönlichkeit des großen Königs, die auf alle Gemüter wirkte. Ich freute mich mit dem Vater unserer Siege, schrieb sehr gern die Siegeslieder ab, und fast noch lieber die Spottlieder auf die Gegenpartei, so platt die Reime auch sein mochten.

Als ältester Enkel und Pate hatte ich seit meiner Kindheit jeden Sonntag bei den Großeltern gespeist: es waren meine vergnügtesten Stunden der ganzen Woche. Aber nun wollte mir kein Bissen mehr schmecken: denn ich mußte meinen Helden aufs greulichste verleumden hören. Hier wehte ein anderer Wind, hier klang ein anderer Ton als zu Hause. Die Neigung, ja die Verehrung für meine Großeltern nahm ab. Bei den Eltern durfte ich nichts davon erwähnen; ich unterließ es aus eigenem Gefühl und auch weil die Mutter mich gewarnt hatte. Dadurch war ich auf mich selbst zurückgewiesen, und wie mir in meinem sechsten Jahre, nach dem Erdbeben von Lissabon, die Güte Gottes einigermaßen verdächtig geworden war, so fing ich nun, wegen Friedrichs des Zweiten, die Gerechtigkeit des Publikums zu bezweifeln an. Mein Gemüt war von Natur zur Ehrerbietung geneigt, und es gehörte eine große Erschütterung dazu, um meinen Glauben an irgend ein Ehrwürdiges wanken zu machen. Leider hatte man uns die guten Sitten, ein anständiges Betragen, nicht um ihrer selbst, sondern um der Leute willen anempfohlen; was die Leute sagen würden, hieß es immer, und ich dachte, die Leute müßten auch rechte Leute sein, würden auch alles und jedes zu schätzen wissen. Nun aber erfuhr ich das Gegenteil. Die größten und augenfälligsten Verdienste wurden geschmäht und angefeindet, die höchsten Taten wo nicht geleugnet doch wenigstens entstellt und verkleinert; und ein so schnödes Unrecht geschah dem einzigen, offenbar über alle seine Zeitgenossen erhabenen Manne, der täglich bewies und dartat, was er vermöge – und dies nicht etwa vom Pöbel, sondern von vorzüglichen Männern, wofür ich doch meinen Großvater und meine Oheime zu halten hatte. Daß es Parteien geben könne, ja daß er selbst zu einer Partei gehörte, davon hatte der Knabe keinen Begriff. Er glaubte um so viel mehr Recht zu haben und seine Gesinnung für die bessere erklären zu dürfen, da er und die Gleichgesinnten Marien Theresien, ihre Schönheit und übrigen guten Eigenschaften ja gelten ließen und dem Kaiser Franz seine Juwelen- und Geldliebhaberei weiter auch nicht verargten; daß Graf Daun manchmal eine Schlafmütze geheißen wurde, glaubten sie verantworten zu können.

Bedenke ich es aber jetzt genauer, so finde ich hier den Keim der Nichtachtung, ja der Verachtung des Publikums, die mir eine ganze

Zeit meines Lebens anhing und nur spät durch Einsicht und Bildung ins Gleiche gebracht werden konnte. Genug, schon damals war das Gewahrwerden parteiischer Ungerechtigkeit dem Knaben sehr unangenehm, ja schädlich, indem es ihn gewöhnte, sich von geliebten und geschätzten Personen zu entfernen. Die immer auf einander folgenden Kriegstaten und Begebenheiten ließen den Parteien weder Ruhe noch Rast. Wir fanden ein verdrießliches Behagen, jene eingebildeten Übel und willkürlichen Händel immer von frischem wieder zu erregen und zu schärfen, und so fuhren wir fort, uns unter einander zu quälen, bis einige Jahre darauf die Franzosen Frankfurt besetzten und uns wahre Unbequemlichkeit in die Häuser brachten.

Ob nun gleich die meisten sich dieser wichtigen, in der Ferne vorgehenden Ereignisse nur zu einer leidenschaftlichen Unterhaltung bedienten, so waren doch auch andre, welche den Ernst dieser Zeiten wohl einsahen und befürchteten, daß bei einer Teilnahme Frankreichs der Kriegsschauplatz sich auch in unsern Gegenden auftun könne. Man hielt uns Kinder mehr als bisher zu Hause und suchte uns auf mancherlei Weise zu beschäftigen und zu unterhalten. Zu solchem Ende hatte man das von der Großmutter hinterlassene Puppenspiel wieder aufgestellt, und zwar dergestalt eingerichtet, daß die Zuschauer in meinem Giebelzimmer sitzen, die spielenden und dirigierenden Personen aber, so wie das Theater selbst vom Proszenium an, in einem Nebenzimmer Platz und Raum fanden. Durch die besondere Vergünstigung, bald diesen bald jenen Knaben als Zuschauer einzulassen, erwarb ich mir anfangs viele Freunde; allein die Unruhe, die in den Kindern steckt, ließ sie nicht lange geduldige Zuschauer bleiben. Sie störten das Spiel, und wir mußten uns ein jüngeres Publikum aussuchen, das noch allenfalls durch Ammen und Mägde in der Ordnung gehalten werden konnte. Wir hatten das ursprüngliche Hauptdrama, worauf die Puppengesellschaft eigentlich eingerichtet war, auswendig gelernt und führten es anfangs auch ausschließlich auf; allein dies ermüdete uns bald, wir veränderten die Garderobe, die Dekorationen und wagten uns an verschiedene Stücke, die freilich für einen so kleinen Schauplatz zu weitläufig waren. Ob wir uns nun gleich durch diese Anmaßungen dasjenige, was wir wirklich hätten leisten können, verkümmerten und zuletzt gar zerstörten, so hat doch diese kindliche Unterhaltung und Beschäftigung auf sehr mannigfaltige Weise bei mir das Erfindungs- und Darstellungsvermögen, die Einbildungskraft und eine gewisse Technik geübt und gefördert, wie es vielleicht auf keinem andern Wege, in so kurzer Zeit, in einem so engen Raume, mit so wenigem Aufwand hätte geschehen können.

Ich hatte früh gelernt mit Zirkel und Lineal umzugehen, indem ich den ganzen Unterricht, den man uns in der Geometrie erteilte, sogleich in das Tätige verwandte, und Pappenarbeiten konnten mich höchlich beschäftigen. Doch blieb ich nicht bei geometrischen Körpern, bei Kästchen und solchen Dingen stehen, sondern ersann mir artige Lusthäuser, welche mit Pilastern, Freitreppen und flachen Dächern ausgeschmückt wurden; wovon jedoch wenig zu stande kam.

Weit beharrlicher hingegen war ich, mit Hilfe unsers Bedienten, eines Schneiders von Profession, eine Rüstkammer auszustatten, welche zu unsern Schau- und Trauerspielen dienen sollte, die wir, nachdem wir den Puppen über den Kopf gewachsen waren, selbst aufzuführen Lust hatten. Meine Gespielen verfertigten sich zwar auch solche Rüstungen und hielten sie für eben so schön und gut als die meinigen; allein ich hatte es nicht bei den Bedürfnissen *einer* Person bewenden lassen, sondern konnte mehrere des kleinen Heeres mit allerlei Requisiten ausstatten und machte mich daher unserm kleinen Kreise immer notwendiger. Daß solche Spiele auf Parteiungen, Gefechte und Schläge hinwiesen und gewöhnlich auch mit Händeln und Verdruß ein schreckliches Ende nahmen, läßt sich denken. In solchen Fällen hielten gewöhnlich gewisse bestimmte Gespielen an mir, andere auf der Gegenseite, ob es gleich öfter manchen Parteiwechsel gab. Ein einziger Knabe, den ich Pylades nennen will, verließ nur ein einzigmal, von den andern aufgehetzt, meine Partei, konnte es aber kaum eine Minute aushalten, mir feindselig gegenüberzustehen; wir versöhnten uns unter vielen Tränen und haben eine ganze Weile treulich zusammen gehalten.

Diesen so wie andre Wohlwollende konnte ich sehr glücklich machen, wenn ich ihnen Märchen erzählte, und besonders liebten sie, wenn ich in eigner Person sprach, und hatten eine große Freude, daß mir als ihrem Gespielen so wunderliche Dinge könnten begegnet sein, und dabei gar kein Arges, wie ich Zeit und Raum zu solchen Abenteuern finden können, da sie doch ziemlich wußten, wie ich beschäftigt war und wo ich aus- und einging. Nicht weniger waren zu solchen Begebenheiten Lokalitäten, wo nicht aus einer andern Welt, doch gewiß aus einer andern Gegend nötig, und alles war doch erst heut' oder gestern geschehen. Sie mußten sich daher mehr selbst betrügen, als ich sie zum besten haben konnte. Und wenn ich nicht nach und nach, meinem Naturell gemäß, diese Luftgestalten und Windbeuteleien zu kunstmäßigen Darstellungen hätte verarbeiten lernen, so wären solche aufschneiderische Anfänge gewiß nicht ohne schlimme Folgen für mich geblieben.

Betrachtet man diesen Trieb recht genau, so möchte man in ihm diejenige Anmaßung erkennen, womit der Dichter selbst das Unwahrscheinlichste gebieterisch ausspricht und von einem jeden fordert, er solle dasjenige für wirklich erkennen, was ihm, dem Erfinder, auf irgend eine Weise als wahr erscheinen konnte.

Was jedoch hier nur im allgemeinen und betrachtungsweise vorgetragen worden, wird vielleicht durch ein Beispiel, durch ein Musterstück angenehmer und anschaulicher werden. Ich füge daher ein solches Märchen bei, welches mir, da ich es meinen Gespielen oft wiederholen mußte, noch ganz wohl vor der Einbildungskraft und im Gedächtnis schwebt.

Der Neue Paris
Knabenmärchen

Mir träumte neulich in der Nacht vor Pfingstsonntag, als stünde ich vor einem Spiegel und beschäftigte mich mit den neuen Sommerkleidern, welche mir die lieben Eltern auf das Fest hatten machen lassen. Der Anzug bestand, wie ihr wißt, in Schuhen von sauberem Leder, mit großen silbernen Schnallen, feinen baumwollnen Strümpfen, schwarzen Unterkleidern von Sarsche und einem Rock von grünem Berkan mit goldnen Balletten. Die Weste dazu, von Goldstoff, war aus meines Vaters Bräutigamsweste geschnitten. Ich war frisiert und gepudert, die Locken standen mir wie Flügelchen vom Kopfe; aber ich konnte mit dem Anziehen nicht fertig werden, weil ich immer die Kleidungsstücke verwechselte und weil mir immer das erste vom Leibe fiel, wenn ich das zweite umzunehmen gedachte. In dieser großen Verlegenheit trat ein junger schöner Mann zu mir und begrüßte mich aufs freundlichste. Ei, seid mir willkommen! sagte ich: es ist mir ja gar lieb, daß ich Euch hier sehe. — »Kennt Ihr mich denn?« versetzte jener lächelnd. — Warum nicht? war meine gleichfalls lächelnde Antwort. Ihr seid Merkur, und ich habe Euch oft genug abgebildet gesehen. — »Das bin ich«, sagte jener, »und von den Göttern mit einem wichtigen Auftrag an dich gesandt. Siehst du diese drei Äpfel?« — Er reichte seine Hand her und zeigte mir drei Äpfel, die sie kaum fassen konnte, und die eben so wundersam schön als groß waren, und zwar der eine von roter, der andere von gelber, der dritte von grüner Farbe. Man mußte sie für Edelsteine halten, denen man die Form von Früchten gegeben. Ich wollte darnach greifen; er aber zog zurück und sagte: »Du mußt erst wissen, daß sie nicht für dich sind. Du sollst sie den drei schönsten jungen Leuten von der Stadt geben, welche sodann, jeder nach seinem Lose, Gattinnen finden sollen, wie sie solche nur wünschen können. Nimm, und mach' deine Sachen gut!« sagte er scheidend und gab mir die Äpfel in meine offnen Hände; sie schienen mir noch größer geworden zu sein. Ich hielt sie darauf in die Höhe, gegen das Licht, und fand sie ganz durchsichtig; aber gar bald zogen sie sich aufwärts in die Länge und wurden zu drei schönen, schönen Frauenzimmerchen in mäßiger Puppengröße, deren Kleider von der Farbe der vorherigen Äpfel waren. So gleiteten sie sacht an meinen Fingern hinauf, und als ich nach ihnen haschen wollte, um wenigstens eine festzuhalten, schwebten sie schon weit in der Höhe und Ferne, daß ich nichts als das Nachsehen hatte. Ich stand ganz verwundert und versteinert da, hatte die Hände noch in der Höhe und beguckte meine Finger, als wäre daran etwas zu sehen gewesen. Aber mit einmal erblickte ich auf meinen Fingerspitzen ein allerliebstes Mädchen herumtanzen, kleiner als jene, aber gar niedlich und munter; und weil sie nicht wie die andern fortflog, sondern verweilte und bald auf diese bald auf jene Fingerspitze tanzend hin und her trat, so sah ich ihr eine Zeitlang verwundert zu. Da sie mir aber gar so wohl gefiel, glaubte ich sie endlich haschen zu können und dachte geschickt genug zuzugreifen; allein in dem Augenblick fühlte ich einen Schlag an den Kopf, so daß ich ganz betäubt niederfiel und aus dieser Betäubung nicht eher erwachte, als bis es Zeit war mich anzuziehen und in die Kirche zu gehen.

Unter dem Gottesdienst wiederholte ich mir jene Bilder oft genug; auch am großelterlichen Tische, wo ich zu Mittag speiste. Nachmittags wollte ich einige Freunde besuchen, sowohl um mich in meiner neuen Kleidung, den Hut unter dem Arm und den Degen an der Seite, sehen zu lassen, als auch, weil ich ihnen Besuche schuldig war. Ich fand niemanden zu Hause, und da ich hörte, daß sie in die Gärten gegangen, so gedachte ich ihnen zu folgen und den Abend vergnügt zuzubringen. Mein Weg führte mich den Zwinger hin, und ich kam in die Gegend, welche mit Recht den Namen *schlimme Mauer* führt: denn es ist dort niemals ganz geheuer. Ich ging nur langsam und dachte an meine drei Göttinnen, besonders aber an die kleine Nymphe, und hielt meine Finger manchmal in die Höhe, in Hoffnung sie würde so artig sein, wieder darauf zu balancieren. In diesen Gedanken vorwärts gehend erblickte ich, linker Hand, in der Mauer ein Pförtchen, das ich mich nicht erinnerte je gesehen zu haben. Es schien niedrig, aber der Spitzbogen drüber hätte den größten Mann hindurch gelassen. Bogen und Gewände waren aufs zierlichste vom Steinmetz und Bildhauer ausgemeißelt, die Türe selbst aber zog erst recht meine Aufmerksamkeit an sich. Braunes uraltes Holz, nur wenig verziert, war mit breiten, sowohl erhaben als vertieft gearbeiteten Bändern von Erz beschlagen, deren Laubwerk, worin die natürlichsten Vögel saßen, ich nicht genug bewundern konnte. Doch was mir das Merkwürdigste schien: kein Schlüsselloch war zu sehen, keine Klinke, kein Klopfer, und ich vermutete daraus, daß diese Türe nur von innen aufgemacht werde. Ich hatte mich nicht geirrt: denn als ich ihr näher trat, um die Zieraten zu befühlen, tat sie sich hineinwärts auf, und es erschien ein Mann, dessen Kleidung etwas Langes, Weites und Sonderbares hatte. Auch ein ehrwürdiger Bart umwölkte sein Kinn; daher ich ihn für einen Juden zu halten geneigt war. Er aber, eben als wenn er meine Gedanken erraten hätte, machte das Zeichen des heiligen Kreuzes, wodurch er mir zu erkennen gab, daß er ein guter katholischer Christ sei. — »Junger Herr, wie kommt Ihr hieher, und was macht Ihr da?« sagte er mit freundlicher Stimme und Gebärde. — Ich bewundre, versetzte ich, die Arbeit dieser Pforte: denn ich habe dergleichen noch niemals gesehen; es müßte denn sein auf kleinen Stücken in den Kunstsammlungen der Liebhaber. — »Es freut mich«, versetzte er darauf, »daß Ihr solche Arbeit liebt. Inwendig ist die Pforte noch viel schöner: tretet herein, wenn es Euch gefällt.« Mir war bei der Sache nicht ganz wohl zu Mute. Die wunderliche Kleidung des Pförtners, die Abgelegenheit und ein sonst Ich-weiß-nicht-was, das in der Luft zu liegen schien, beklemmte mich. Ich verweilte daher unter dem

Vorwande, die Außenseite noch länger zu betrachten, und blickte dabei verstohlen in den Garten: denn ein Garten war es, der sich vor mir eröffnet hatte. Gleich hinter der Pforte sah ich einen großen beschatteten Platz: alte Linden, regelmäßig von einander abstehend, bedeckten ihn völlig mit ihren dicht in einander greifenden Ästen, so daß die zahlreichsten Gesellschaften in der größten Tageshitze sich darunter hätten erquicken können. Schon war ich auf die Schwelle getreten, und der Alte wußte mich immer um einen Schritt weiter zu locken. Ich widerstand auch eigentlich nicht: denn ich hatte jederzeit gehört, daß ein Prinz oder Sultan in solchem Falle niemals fragen müsse, ob Gefahr vorhanden sei. Hatte ich doch auch meinen Degen an der Seite; und sollte ich mit dem Alten nicht fertig werden, wenn er sich feindlich erweisen wollte? Ich trat also ganz gesichert hinein; der Pförtner drückte die Türe zu, die so leise einschnappte, daß ich es kaum spürte. Nun zeigte er mir die inwendig angebrachte, wirklich noch viel kunstreichere Arbeit, legte sie mir aus und bewies mir dabei ein besonderes Wohlwollen. Hiedurch nun völlig beruhigt, ließ ich mich in dem belaubten Raume an der Mauer, die sich ins Runde zog, weiter führen, und fand manches an ihr zu bewundern. Nischen, mit Muscheln, Korallen und Metallstufen künstlich ausgeziert, gaben aus Tritonenmäulern reichliches Wasser in marmorne Becken; dazwischen waren Vogelhäuser angebracht und andre Vergitterungen, worin Eichhörnchen herumhüpften, Meerschweinchen hin und wider liefen, und was man nur sonst von artigen Geschöpfen wünschen kann. Die Vögel riefen und sangen uns an, wie wir vorschritten; die Stare besonders schwätzten das närrischste Zeug; der eine rief immer: Paris! Paris! und der andre: Narziß! Narziß! so deutlich, als es ein Schulknabe nur aussprechen kann. Der Alte schien mich immer ernsthaft anzusehen, indem die Vögel dieses riefen; ich tat aber nicht als wenn ich's merkte, und hatte auch wirklich nicht Zeit auf ihn Acht zu geben: denn ich konnte wohl gewahr werden, daß wir in die Runde gingen und daß dieser beschattete Raum eigentlich ein großer Kreis sei, der einen andern viel bedeutendern umschließe. Wir waren auch wirklich wieder bis ans Pförtchen gelangt, und es schien als wenn der Alte mich hinauslassen wolle; allein meine Augen blieben auf ein goldnes Gitter gerichtet, welches die Mitte dieses wunderbaren Gartens zu umzäunen schien, und das ich auf unserm Gange hinlänglich zu beobachten Gelegenheit fand, ob mich der Alte gleich immer an der Mauer und also ziemlich entfernt von der Mitte zu halten wußte. Als er nun eben auf das Pförtchen losging, sagte ich zu ihm, mit einer Verbeugung: Ihr seid so äußerst gefällig gegen mich gewesen, daß ich wohl noch eine Bitte wagen möchte, ehe ich von Euch scheide. Dürfte ich nicht jenes goldne Gitter näher besehen, das in einem sehr weiten Kreise das Innere des Gartens einzuschließen scheint? — »Recht gern«, versetzte jener, »aber sodann müßt Ihr Euch einigen Bedingungen unterwerfen.« — Worin bestehen sie? fragte ich hastig. — »Ihr müßt Euren Hut und Degen hier zurücklassen und dürft mir nicht von der Hand, indem ich Euch begleite.« — Herzlich gern! erwiderte ich, und legte Hut und Degen auf die erste beste steinerne Bank. Sogleich ergriff er mit seiner Rechten meine Linke, hielt sie fest, und führte mich mit einiger Gewalt gerade vorwärts. Als wir ans Gitter kamen, verwandelte sich meine Verwunderung in Erstaunen: so etwas hatte ich nie gesehen. Auf einem hohen Sockel von Marmor standen unzählige Spieße und Partisanen neben einander gereiht, die durch ihre seltsam verzierten oberen Enden zusammenhingen und einen ganzen Kreis bildeten. Ich schaute durch die Zwischenräume und sah gleich dahinter ein sanft fließendes Wasser, auf beiden Seiten mit Marmor eingefaßt, das in seinen klaren Tiefen eine große Anzahl von Gold- und Silberfischen sehen ließ, die sich bald sachte bald geschwind, bald einzeln bald zugsweise hin und her bewegten. Nun hätte ich aber auch gern über den Kanal gesehen, um zu erfahren, wie es in dem Herzen des Gartens beschaffen sei; allein da fand ich zu meiner großen Betrübnis, daß an der Gegenseite das Wasser mit einem gleichen Gitter eingefaßt war, und zwar so künstlicher Weise, daß auf einen Zwischenraum diesseits gerade ein Spieß oder eine Partisane jenseits paßte und man also, die übrigen Zieraten mitgerechnet, nicht hindurchsehen konnte, man mochte sich stellen wie man wollte. Überdies hinderte mich der Alte, der mich noch immer festhielt, daß ich mich nicht frei bewegen konnte. Meine Neugier wuchs indes, nach allem, was ich gesehen, immer mehr, und ich nahm mir ein Herz, den Alten zu fragen, ob man nicht auch hinüber kommen könne. – »Warum nicht?« versetzte jener, »aber auf neue Bedingungen.« – Als ich nach diesen fragte, gab er mir zu erkennen, daß ich mich umkleiden müsse. Ich war es sehr zufrieden; er führte mich zurück nach der Mauer in einen kleinen reinlichen Saal, an dessen Wänden mancherlei Kleidungen hingen, die sich sämtlich dem orientalischen Kostüm zu nähern schienen. Ich war geschwind umgekleidet; er streifte meine gepuderten Haare unter ein buntes Netz, nachdem er sie zu meinem Entsetzen gewaltig ausgestäubt hatte. Nun fand ich mich vor einem großen Spiegel in meiner Vermummung gar hübsch und gefiel mir besser als in meinem steifen Sonntagskleide. Ich machte einige Gebärden und Sprünge, wie ich sie von den Tänzern auf dem Meßtheater gesehen hatte. Unter diesem sah ich in den Spiegel und erblickte zufällig das Bild einer hinter mir befindlichen Nische. Auf ihrem weißen Grunde hingen drei grüne Strickchen, jedes in sich auf eine Weise verschlungen, die mir in der Ferne nicht deutlich werden wollte. Ich kehrte mich daher etwas hastig um und fragte den Alten nach der Nische so wie nach den Strickchen. Er, ganz gefällig, holte eins herunter und zeigte es mir. Es war eine grünseidene Schnur von mäßiger Stärke, deren beide Enden, durch ein zwiefach durchschnittenes grünes Leder geschlungen, ihr das Ansehn gaben, als sei es ein Werkzeug zu einem eben nicht sehr erwünschten Gebrauch. Die Sache schien mir bedenklich, und ich fragte den Alten nach der Bedeutung. Er antwortete mir ganz gelassen und gütig: es sei dieses für diejenigen, welche das Vertrauen mißbrauchten, das man ihnen hier zu schenken bereit sei. Er hing die Schnur wieder an ihre Stelle und verlangte sogleich, daß ich ihm folgen solle: denn diesmal faßte er mich nicht an, und so ging ich frei neben ihm her.

Meine größte Neugier war nunmehr, wo die Türe, wo die Brücke sein möchte, um durch das Gitter, um über den Kanal zu kommen: denn ich hatte dergleichen bis jetzt noch nicht ausfindig machen können. Ich betrachtete daher die goldene Umzäunung sehr genau, als wir darauf zueilten; allein augenblicklich verging mir das Gesicht: denn unerwartet begannen Spieße, Speere, Hellebarden, Partisanen sich zu rütteln und zu schütteln, und diese seltsame Bewegung endigte damit, daß die sämtlichen Spitzen sich gegen einander senkten, eben als wenn zwei altertümliche, mit Piken bewaffnete Heerhaufen gegen einander losgehen wollten. Der Verwirrung fürs Auge, das Geklirr für die Ohren war kaum zu ertragen, aber unendlich überraschend der Anblick, als sie völlig niedergelassen den Kreis des Kanals bedeckten und die herrlichste Brücke bildeten, die man sich denken kann: denn nun lag das bunteste Gartenparterre vor meinem Blick. Es war in verschlungene Beete geteilt, welche zusammen betrachtet ein Labyrinth von Zieraten bildeten; alle mit grünen Einfassungen von einer niedrigen, wollig wachsenden Pflanze, die ich nie gesehen; alle mit Blumen, jede Abteilung von verschiedener Farbe, die ebenfalls niedrig und am Boden, den vorgezeichneten Grundriß leicht verfolgen ließen. Dieser köstliche Anblick, den ich in vollem Sonnenschein genoß, fesselte ganz meine Augen; aber ich wußte fast nicht, wo ich den Fuß hinsetzen sollte: denn die schlängelnden Wege waren aufs reinlichste von blauem Sande gezogen, der einen dunklern Himmel, oder einen Himmel im Wasser, an der Erde zu bilden schien; und so ging ich, die Augen auf den Boden gerichtet, eine Zeitlang neben meinem Führer, bis ich zuletzt gewahr ward, daß in der Mitte von diesem Beeten- und Blumen rund ein großer Kreis von Zypressen oder pappelartigen Bäumen stand, durch den man nicht hindurchsehen konnte, weil die untersten Zweige aus der Erde hervorzutreiben schienen. Mein Führer, ohne mich gerade auf den nächsten Weg zu drängen, leitete mich doch unmittelbar nach jener Mitte, und wie war ich überrascht, als ich in den Kreis der hohen Bäume tretend, die Säulenhalle eines köstlichen Gartengebäudes vor mir sah, das nach den übrigen Seiten hin ähnliche Ansichten und Eingänge zu haben schien. Noch mehr aber als dieses Muster der Baukunst entzückte mich eine himmlische Musik, die aus dem Gebäude hervordrang. Bald glaubte ich eine Laute, bald eine Harfe, bald eine Zither zu hören, und bald noch etwas Klimperndes, das keinem von diesen drei Instrumenten gemäß war. Die Pforte, auf die wir zugingen, eröffnete sich bald nach einer leisen Berührung des Alten; aber wie erstaunt war ich, als die heraustretende Pförtnerin ganz vollkommen dem niedlichen Mädchen glich, das mir im Traume auf den Fingern getanzt hatte. Sie grüßte mich auch auf eine Weise, als wenn wir schon bekannt wären, und bat mich, hereinzutreten. Der Alte blieb zurück, und ich ging mit ihr durch einen gewölbten und schön verzierten kurzen Gang nach dem Mittelsaal, dessen herrliche domartige Höhe beim Eintritt meinen Blick auf sich zog und mich in Verwunderung setzte. Doch konnte mein Auge nicht lange dort verweilen, denn es ward durch ein reizenderes Schauspiel herabgelockt. Auf einem Teppich, gerade unter der Mitte der Kuppel, saßen drei Frauenzimmer im Dreieck, in drei verschiedene Farben gekleidet, die eine rot, die andre gelb, die dritte grün; die Sessel waren vergoldet und der Teppich ein vollkommenes Blumenbeet. In ihren Armen lagen die drei Instrumente, die ich draußen hatte unterscheiden können: denn durch meine Ankunft gestört, hatten sie mit Spielen inne gehalten. – »Seid uns willkommen!« sagte die mittlere, die nämlich, welche mit dem Gesicht nach der Türe saß, im roten Kleide und mit der Harfe. »Setzt Euch zu Alerten und hört zu, wenn Ihr Liebhaber von der Musik seid.« Nun sah ich erst, daß unten quervor ein ziemlich langes Bänkchen stand, worauf eine Mandoline lag. Das artige Mädchen nahm sie auf, setzte sich und zog mich an ihre

Seite. Jetzt betrachtete ich auch die zweite Dame zu meiner Rechten; sie hatte das gelbe Kleid an und eine Zither in der Hand; und wenn jene Harfenspielerin ansehnlich von Gestalt, groß von Gesichtszügen und in ihrem Betragen majestätisch war, so konnte man der Zitherspielerin ein leicht anmutiges heitres Wesen anmerken. Sie war eine schlanke Blondine, da jene dunkelbraunes Haar schmückte. Die Mannigfaltigkeit und Übereinstimmung ihrer Musik konnte mich nicht abhalten, nun auch die dritte Schönheit im grünen Gewande zu betrachten, deren Lautenspiel etwas Rührendes und zugleich Auffallendes für mich hatte. Sie war diejenige, die am meisten auf mich Acht zu geben und ihr Spiel an mich zu richten schien; nur konnte ich aus ihr nicht klug werden: denn sie kam mir bald zärtlich, bald wunderlich, bald offen, bald eigensinnig vor, je nachdem sie die Mienen und ihr Spiel veränderte. Bald schien sie mich rühren, bald mich necken zu wollen. Doch mochte sie sich stellen wie sie wollte, so gewann sie mir wenig ab: denn meine kleine Nachbarin, mit der ich Ellbogen an Ellbogen saß, hatte mich ganz für sich eingenommen; und wenn ich in jenen drei Damen ganz deutlich die Sylphiden meines Traums und die Farben der Äpfel erblickte, so begriff ich wohl, daß ich keine Ursache hätte sie festzuhalten. Die artige Kleine hätte ich lieber angepackt, wenn mir nur nicht der Schlag, den sie mir im Traume versetzt hatte, gar zu erinnerlich gewesen wäre. Sie hielt sich bisher mit ihrer Mandoline ganz ruhig; als aber ihre Gebieterinnen aufgehört hatten, so befahlen sie ihr, einige lustige Stückchen zum besten zu geben. Kaum hatte sie einige Tanzmelodien gar aufregend abgeklimpert, so sprang sie in die Höhe; ich tat das gleiche. Sie spielte und tanzte; ich ward hingerissen ihre Schritte zu begleiten, und wir führten eine Art von kleinem Ballett auf, womit die Damen zufrieden zu sein schienen: denn sobald wir geendigt, befahlen sie der Kleinen, mich derweil mit etwas Gutem zu erquicken, bis das Nachtessen herankäme. Ich hatte freilich vergessen, daß außer diesem Paradiese noch etwas anderes in der Welt wäre. Alerte führte mich sogleich in den Gang zurück, durch den ich hereingekommen war. An der Seite hatte sie zwei wohleingerichtete Zimmer; in dem einen, wo sie wohnte, setzte sie mir Orangen, Feigen, Pfirschen und Trauben vor, und ich genoß sowohl die Früchte fremder Länder als auch die der erst kommenden Monate mit großem Appetit. Zukkerwerk war im Überfluß, auch füllte sie einen Pokal von geschliffenem Kristall mit schäumendem Wein: doch zu trinken bedurfte ich nicht, denn ich hatte mich an den Früchten hinreichend gelabt. — »Nun wollen wir spielen«, sagte sie und führte mich in das andere Zimmer. Hier sah es nun aus wie auf einem Christmarkt; aber so kostbare und feine Sachen hat man niemals in einer Weihnachtsbude gesehen. Da waren alle Arten von Puppen, Puppenkleidern und Puppengerätschaften, Küchen, Wohnstuben und Läden, und einzelne Spielsachen in Unzahl. Sie führte mich an allen Glasschränken herum: denn in solchen waren diese künstlichen Arbeiten aufbewahrt. Die ersten Schränke verschloß sie aber bald wieder und sagte: »Das ist nichts für Euch, ich weiß es wohl. Hier aber«, sagte sie, »könnten wir Baumaterialien finden, Mauern und Türme, Häuser, Paläste, Kirchen, um eine große Stadt zusammenzustellen. Das unterhält mich aber nicht; wir wollen zu etwas anderem greifen, das für Euch und mich gleich vergnüglich ist.« — Sie brachte darauf einige Kasten hervor, in denen ich kleines Kriegsvolk über einander geschichtet erblickte, von dem ich sogleich bekennen mußte, daß ich niemals so etwas Schönes gesehen hätte. Sie ließ mir die Zeit nicht, das einzelne näher zu betrachten, sondern nahm den einen Kasten unter den Arm, und ich packte den andern auf. »Wir wollen auf die goldne Brücke gehen«, sagte sie, »dort spielt sich's am besten mit Soldaten: die Spieße geben gleich die Richtung, wie man die Armeen gegen einander zu stellen hat.« Nun waren wir auf dem goldnen schwankenden Boden angelangt; unter mir hörte ich das Wasser rieseln und die Fische plätschern, indem ich niederkniete meine Linien aufzustellen. Es war alles Reiterei, wie ich nunmehr sah. Sie rühmte sich, die Königin der

Amazonen zum Führer ihres weiblichen Heeres zu besitzen; ich dagegen fand den Achill und eine sehr stattliche griechische Reiterei. Die Heere standen gegen einander, und man konnte nichts Schöneres sehen. Es waren nicht etwa flache bleierne Reiter wie die unsrigen, sondern Mann und Pferd rund und körperlich und auf das feinste gearbeitet; auch konnte man kaum begreifen, wie sie sich im Gleichgewicht hielten: denn sie standen für sich, ohne ein Fußbrettchen zu haben.

Wir hatten nun jedes mit großer Selbstzufriedenheit unsere Heerhaufen beschaut, als sie mir den Angriff verkündigte. Wir hatten auch Geschütz in unsern Kästen gefunden; es waren nämlich Schachteln voll kleiner wohlpolierter Achatkugeln. Mit diesen sollten wir aus einer gewissen Entfernung gegen einander kämpfen, wobei jedoch ausdrücklich bedungen war, daß nicht stärker geworfen werde, als nötig sei die Figuren umzustürzen: denn beschädigt sollte keine werden. Wechselseitig ging nun die Kanonade los, und im Anfang wirkte sie zu unser beider Zufriedenheit. Allein als meine Gegnerin bemerkte, daß ich doch besser zielte als sie und zuletzt den Sieg, der von der Überzahl der Stehngebliebenen abhing, gewinnen möchte, trat sie näher, und ihr mädchenhaftes Werfen hatte denn auch den erwünschten Erfolg. Sie streckte mir eine Menge meiner besten Truppen nieder, und je mehr ich protestierte, desto eifriger warf sie. Dies verdroß mich zuletzt, und ich erklärte, daß ich ein Gleiches tun würde. Ich trat auch wirklich nicht allein näher heran, sondern warf im Unmut viel heftiger, da es denn nicht lange währte als ein paar ihrer kleinen Centaurinnen in Stücke sprangen. In ihrem Eifer bemerkte sie es nicht gleich; aber ich stand versteinert, als die zerbrochnen Figürchen sich von selbst wieder zusammenfügten, Amazone und Pferd wieder ein Ganzes, auch zugleich völlig lebendig wurden, im Galopp von der goldnen Brücke unter die Linden setzten, und in Karriere hin und wider rennend sich endlich gegen die Mauer, ich weiß nicht wie, verloren. Meine schöne Gegnerin war das kaum gewahr worden, als sie in ein lautes Weinen und Jammern ausbrach und rief: daß ich ihr einen unersetzlichen Verlust zugefügt, der weit größer sei, als es sich aussprechen lasse. Ich aber, der ich schon erbost war, freute mich ihr etwas zuleide zu tun, und warf noch ein paar mir übrig gebliebene Achatkugeln blindlings mit Gewalt unter ihren Heerhaufen. Unglücklicherweise traf ich die Königin, die bisher bei unserm regelmäßigen Spiel ausgenommen gewesen. Sie sprang in Stücke, und ihre nächsten Adjutanten wurden auch zerschmettert; aber schnell stellten sie sich wieder her und nahmen Reißaus wie die ersten, galoppierten sehr lustig unter den Linden herum und verloren sich gegen die Mauer.

Meine Gegnerin schalt und schimpfte; ich aber, nun einmal im Gange, bückte mich einige Achatkugeln aufzuheben, welche an den goldnen Spießen herumrollten. Mein ergrimmter Wunsch war, ihr ganzes Heer zu vernichten; sie dagegen nicht faul, sprang auf mich los und gab mir eine Ohrfeige, daß mir der Kopf summte. Ich, der ich immer gehört hatte, auf die Ohrfeige eines Mädchens gehöre ein derber Kuß, faßte sie bei den Ohren und küßte sie zu wiederholten Malen. Sie aber tat einen solchen durchdringenden Schrei, der mich selbst erschreckte; ich ließ sie fahren, und das war mein Glück: denn in dem Augenblick wußte ich nicht, wie mir geschah. Der Boden unter mir fing an, zu beben und zu rasseln, ich merkte geschwind, daß sich die Gitter wieder in Bewegung setzten: allein ich hatte nicht Zeit zu überlegen, noch konnte ich Fuß fassen, um zu fliehen. Ich fürchtete jeden Augenblick gespießt zu werden: denn die Partisanen und Lanzen, die sich aufrichteten, zerschlitzten mir schon die Kleider; genug, ich weiß nicht, wie mir geschah, mir verging Hören und Sehen, und ich erholte mich aus meiner Betäubung, von meinem Schrecken, am Fuß einer Linde, wider den mich das aufschnellende Gitter geworfen hatte. Mit dem Erwachen erwachte auch meine Bosheit, die sich noch heftig vermehrte, als ich von drüben die Spottworte und das Gelächter meiner Gegnerin vernahm, die an der andern Seite etwas gelinder als ich mochte zur Erde gekommen sein. Daher sprang ich auf, und als ich rings um mich das kleine Heer nebst seinem Anführer Achill, welche das auffahrende Gitter mit mir herüber schnellt hatte, zerstreut sah, ergriff ich den Helden zuerst und warf ihn wider einen Baum. Seine Wiederherstellung und seine Flucht gefielen mir nun doppelt, weil sich die Schadenfreude zu dem artigsten Anblick von der Welt gesellte, und ich war im Begriff die sämtlichen Griechen ihm nachzuschicken, als auf einmal zischende Wasser von allen Seiten her, aus Steinen und Mauern, aus Boden und Zweigen hervorsprühten und, wo ich mich hinwendete, kreuzweise auf mich lospeitschten. Mein leichtes Gewand war in kurzer Zeit völlig durchnäßt; zerschlitzt war es schon, und ich säumte nicht, es mir ganz vom Leibe zu reißen. Die Pantoffeln warf ich von mir, und so eine Hülle nach der andern; ja ich fand es endlich bei dem warmen Tage sehr angenehm, ein solches Strahlbad über mich ergehen zu lassen. Ganz nackt schritt ich nun gravitätisch zwischen diesen willkommnen Gewässern einher und dachte mich lange so wohl befinden zu können. Mein Zorn verkühlte sich, und ich wünschte nichts mehr als eine Versöhnung mit meiner kleinen Gegnerin. Doch in einem Nu schnappten die Wasser ab, und ich stand nun feucht auf einem durchnäßten Boden. Die Gegenwart des alten Mannes, der unvermutet vor mich trat, war mir keineswegs willkommen; ich hätte gewünscht, mich wo nicht verbergen, doch wenigstens verhüllen zu können. Die Beschämung, der Frostschauer, das Bestreben mich einigermaßen zu bedecken, ließen mich eine höchst erbärmliche Figur spielen; der Alte benutzte den Augenblick, um mir die größten Vorwürfe zu machen. »Was hindert mich«, rief er aus, »daß ich nicht eine der grünen Schnuren ergreife und sie, wo nicht Eurem Hals, doch Eurem Rücken anmesse!« Diese Drohung nahm ich höchst übel. Hütet Euch, rief ich aus, vor solchen Worten, ja nur vor solchen Gedanken: denn sonst seid Ihr und Eure Gebieterinnen verloren! — »Wer bist denn du«, fragte er trutzig, »daß du so reden darfst?« — Ein Liebling der

Götter, sagte ich, von dem es abhängt, ob jene Frauenzimmer würdige Gatten finden und ein glückliches Leben führen sollen, oder ob er sie will in ihrem Zauberkloster verschmachten und veralten lassen. – Der Alte trat einige Schritte zurück. »Wer hat dir das offenbart?« fragte er erstaunt und bedenklich. – Drei Äpfel, sagte ich, drei Juwelen. – »Und was verlangst du zum Lohn?« rief er aus. – Vor allen Dingen das kleine Geschöpf, versetzte ich, die mich in diesen verwünschten Zustand gebracht hat. – Der Alte warf sich vor mir nieder, ohne sich vor der noch feuchten und schlammigen Erde zu scheuen; dann stand er auf, ohne benetzt zu sein, nahm mich freundlich bei der Hand, führte mich in jenen Saal, kleidete mich behend wieder an, und bald war ich wieder sonntägig geputzt und frisiert wie vorher. Der Pförtner sprach kein Wort weiter; aber ehe er mich über die Schwelle ließ, hielt er mich an und deutete mir auf einige Gegenstände an der Mauer drüben über den Weg, indem er zugleich rückwärts auf das Pförtchen zeigte. Ich verstand ihn wohl: er wollte nämlich, daß ich mir die Gegenstände einprägen möchte, um das Pförtchen desto gewisser wieder zu finden, welches sich unversehens hinter mir zuschloß. Ich merkte mir nun wohl, was mir gegenüber stand. Über eine hohe Mauer ragten die Äste uralter Nußbäume herüber, und bedeckten zum Teil das Gesims, womit sie endigte. Die Zweige reichten bis an eine steinerne Tafel, deren verzierte Einfassung ich wohl erkennen, deren Inschrift ich aber nicht lesen konnte. Sie ruhte auf dem Kragstein einer Nische, in welcher ein künstlich gearbeiteter Brunnen von Schale zu Schale Wasser in ein großes Becken goß, das wie einen kleinen Teich bildete und sich in die Erde verlor. Brunnen, Inschrift, Nußbäume, alles stand senkrecht über einander; ich wollte es malen, wie ich es gesehen habe.

Nun läßt sich wohl denken, wie ich diesen Abend und manchen folgenden Tag zubrachte und wie oft ich mir diese Geschichten, die ich kaum selbst glauben konnte, wiederholte. Sobald mir's nur irgend möglich war, ging ich wieder zur schlimmen Mauer, um wenigstens jene Merkzeichen im Gedächtnis anzufrischen und das köstliche Pförtchen zu beschauen. Allein zu meinem größten Erstaunen fand ich alles verändert. Nußbäume ragten wohl über die Mauer, aber sie standen nicht unmittelbar neben einander. Eine Tafel war auch eingemauert, aber von den Bäumen weit rechts, ohne Verzierung, und mit einer leserlichen Inschrift. Eine Nische mit einem Brunnen findet sich weit links, der aber jenem, den ich gesehen, durchaus nicht zu vergleichen ist; so daß ich beinahe glauben muß, das zweite Abenteuer sei so gut als das erste ein Traum gewesen: denn von dem Pförtchen findet sich überhaupt gar keine Spur. Das einzige, was mich tröstet, ist die Bemerkung, daß jene drei Gegenstände stets den Ort zu verändern scheinen: denn bei wiederholtem Besuch jener Gegend glaube ich bemerkt zu haben, daß die Nußbäume etwas zusammenrücken, und daß Tafel und Brunnen sich ebenfalls zu nähern scheinen. Wahrscheinlich, wenn alles wieder zusammentrifft, wird auch die Pforte von neuem sichtbar sein, und ich werde mein Möglichstes tun, das Abenteuer wieder anzuknüpfen. Ob ich euch erzählen kann, was weiter begegnet, oder ob es mir ausdrücklich verboten wird, weiß ich nicht zu sagen.

Dieses Märchen, von dessen Wahrheit meine Gespielen sich leidenschaftlich zu überzeugen trachteten, erhielt großen Beifall. Sie besuchten, jeder allein, ohne es mir oder den andern zu vertrauen, den angedeuteten Ort, fanden die Nußbäume die Tafel und den Brunnen, aber immer entfernt von einander: wie sie zuletzt bekannten, weil man in jenen Jahren nicht gern ein Geheimnis verschweigen mag. Hier ging aber der Streit erst an. Der eine versicherte: die Gegenstände rückten nicht vom Flecke und blieben immer in gleicher Entfernung unter einander. Der zweite behauptete: sie bewegten sich, aber sie entfernten sich von einander. Mit diesem war der dritte über den ersten Punkt der Bewegung einstimmig, doch schienen ihm Nußbäume, Tafel und Brunnen sich vielmehr zu nähern.

Der vierte wollte noch was Merkwürdigeres gesehen haben: die Nußbäume nämlich in der Mitte, die Tafel aber und den Brunnen auf den entgegengesetzten Seiten, als ich angegeben. In Absicht auf die Spur des Pförtchens variierten sie auch. Und so gaben sie mir ein frühes Beispiel, wie die Menschen von einer ganz einfachen und leicht zu erörternden Sache die widersprechendsten Ansichten haben und behaupten können. Als ich die Fortsetzung meines Märchens hartnäckig verweigerte, ward dieser erste Teil öfters wieder begehrt. Ich hütete mich, an den Umständen viel zu verändern, und durch die Gleichförmigkeit meiner Erzählung verwandelte ich in den Gemütern meiner Zuhörer die Fabel in Wahrheit.

Übrigens war ich den Lügen und der Verstellung abgeneigt und überhaupt keineswegs leichtsinnig; vielmehr zeigte sich der innere Ernst, mit dem ich schon früh mich und die Welt betrachtete, auch in meinem Äußern, und ich ward oft freundlich, oft auch spöttisch, über eine gewisse Würde berufen, die ich mir herausnahm. Denn ob es mir zwar an guten ausgesuchten Freunden nicht fehlte, so waren wir doch immer die Minderzahl gegen jene, die uns mit rohem Mutwillen anzufechten ein Vergnügen fanden und uns freilich oft sehr unsanft aus jenen märchenhaften selbstgefälligen Träumen aufweckten, in die wir uns, ich erfindend und meine Gespielen teilnehmend, nur allzugern verloren. Nun wurden wir abermals gewahr, daß man, anstatt sich der Weichlichkeit und phantastischen Vergnügungen hinzugeben, wohl eher Ursache habe, sich abzuhärten, um die unvermeidlichen Übel entweder zu ertragen oder ihnen entgegen zu wirken.

Unter die Übungen des Stoicismus, den ich deshalb, so ernstlich als es einem Knaben möglich ist, bei mir ausbildete, gehörten auch die Duldungen körperlicher Leiden. Unsere Lehrer behandelten uns oft sehr unfreundlich und ungeschickt mit Schlägen und Püffen, gegen die wir uns um so mehr verhärteten, als Widersetzlichkeit oder Gegenwirkung aufs höchste verpönt war. Sehr viele Scherze der Jugend beruhen auf einem Wettstreit solcher Ertragungen: zum Beispiel, wenn man mit zwei Fingern oder der ganzen Hand sich wechselsweise bis zur Betäubung der Glieder schlägt oder die bei gewissen Spielen verschuldeten Schläge mit mehr oder weniger Gesetztheit aushält; wenn man sich beim Ringen und Balgen durch die Kniffe der Halbüberwundenen nicht irre machen läßt; wenn man einen aus Neckerei zugefügten Schmerz unterdrückt, ja selbst das Zwicken und Kitzeln, womit junge Leute so geschäftig gegen einander sind, als etwas Gleichgültiges behandelt. Dadurch setzt man sich in einen großen Vorteil, der uns von andern so geschwind nicht abgewonnen wird.

Da ich jedoch von einem solchen Leidenstrotz gleichsam Profession machte, so wuchsen die Zudringlichkeiten der andern; und wie eine unartige Grausamkeit keine Grenzen kennt, so wußte sie mich doch aus meiner Grenze hinauszutreiben. Ich erzähle einen Fall statt vieler. Der Lehrer war eine Stunde nicht gekommen; solange wir Kinder alle beisammen waren, unterhielten wir uns recht artig, als aber die mir wohlwollenden, nachdem sie lange genug gewartet, hinweggingen und ich mit drei mißwollenden allein blieb, so dachten diese mich zu quälen, zu beschämen und zu vertreiben. Sie hatten mich einen Augenblick im Zimmer verlassen und kamen mit Ruten zurück, die sie sich aus einem geschwind zerschnittenen Besen verschafft hatten. Ich merkte ihre Absicht, und weil ich das Ende der Stunde nahe glaubte, so setzte ich aus dem Stegreife bei mir fest, mich bis zum Glockenschlage nicht zu wehren. Sie fingen darauf unbarmherzig an, mir die Beine und Waden auf das grausamste zu peitschen. Ich rührte mich nicht, fühlte aber bald, daß ich mich verrechnet hatte und daß ein solcher Schmerz die Minuten sehr verlängert. Mit der Duldung wuchs meine Wut, und mit dem ersten Stundenschlag fuhr ich dem einen, der sich's am wenigsten versah, mit der Hand in die Nackenhaare und stürzte ihn augenblicklich zu Boden, indem ich mit dem Knie seinen Rücken drückte; den andern, einen jüngeren und schwächeren, der mich von hinten anfiel, zog ich bei dem Kopfe durch den Arm und erdrosselte ihn fast, indem ich ihn an mich preßte. Nun war der letzte noch übrig und nicht der schwächste, und mir blieb nur die linke Hand zu meiner Verteidigung. Allein ich ergriff ihn beim Kleide, und durch eine geschickte Wendung von meiner Seite, durch eine übereilte von seiner brachte ich ihn nieder und stieß ihn mit dem Gesicht gegen den Boden. Sie ließen es nicht an Beißen, Kratzen und Treten fehlen; aber ich hatte nur meine Rache im Sinn und in den Gliedern. In dem Vorteil, in dem ich mich befand, stieß ich sie wiederholt mit den Köpfen zusammen. Sie erhuben zuletzt ein entsetzliches Zetergeschrei, und wir sahen uns bald von allen Hausgenossen umgeben. Die umhergestreuten Ruten und meine Beine, die ich von den Strümpfen entblößte, zeugten bald für mich. Man behielt sich die Strafe vor und ließ mich aus dem Hause; ich erklärte aber, daß ich künftig, bei der geringsten Beleidigung, einem oder dem andern die Augen auskratzen, die Ohren abreißen, wo nicht gar ihn erdrosseln würde.

Dieser Vorfall, ob man ihn gleich, wie es in kindischen Dingen zu geschehen pflegt, bald wieder vergaß und sogar belachte, war jedoch Ursache, daß diese gemeinsamen Unterrichtsstunden seltner wurden und zuletzt ganz aufhörten. Ich war also wieder wie vorher mehr ins Haus gebannt, wo ich an meiner Schwester Cornelia, die nur ein Jahr weniger zählte als ich, eine an Annehmlichkeit immer wachsende Gesellschafterin fand.

Ich will jedoch diesen Gegenstand nicht verlassen, ohne noch einige Geschichten zu erzählen, wie mancherlei Unangenehmes mir von meinen Gespielen begegnet: denn das ist ja eben das Lehrreiche solcher sittlichen Mitteilungen, daß der Mensch erfahre, wie es andern ergangen und was auch er vom Leben zu erwarten habe, und daß er, es mag sich ereignen was will, bedenke, dieses widerfahre ihm als Menschen und nicht als einem besonders Glücklichen oder Unglücklichen. Nützt ein solches Wissen nicht viel, um die Übel zu vermeiden, so ist es doch sehr dienlich, daß wir uns in die Zustände finden, sie ertragen, ja sie überwinden lernen.

Noch eine allgemeine Bemerkung steht hier an der rechten Stelle, daß nämlich bei dem Emporwachsen der Kinder aus den gesitteten Ständen ein sehr großer Widerspruch zum Vorschein kommt, ich meine den, daß sie von Eltern und Lehrern angemahnt und angeleitet werden, sich mäßig, verständig, ja vernünftig zu betragen, niemanden aus Mutwillen oder Übermut ein Leids zuzufügen und alle gehässigen Regungen, die sich an ihnen entwickeln möchten, zu unterdrücken; daß nun aber im Gegenteil, während die jungen Geschöpfe mit einer solchen Übung beschäftigt sind, sie von andern das zu leiden haben, was an ihnen gescholten wird und höchlich verpönt ist. Dadurch kommen die armen Wesen zwischen dem Naturzustande und dem der Zivilisation gar erbärmlich in die Klemme und werden, je nachdem die Charakter sind, entweder tückisch oder gewaltsam aufbrausend, wenn sie eine Zeitlang an sich gehalten haben.

Gewalt ist eher mit Gewalt zu vertreiben, aber ein gut gesinntes, zur Liebe und Teilnahme geneigtes Kind weiß dem Hohn und dem bösen Willen wenig entgegenzusetzen. Wenn ich die Tätlichkeiten meiner Gesellen so ziemlich abzuhalten wußte, so war ich doch keineswegs ihren Sticheleien und Mißreden gewachsen, weil in solchen Fällen derjenige, der sich verteidigt, immer verlieren muß. Es wurden also auch Angriffe dieser Art, insofern sie zum Zorn reizten, mit physischen Kräften zurückgewiesen, oder sie regten wundersame Betrachtungen in mir auf, die denn nicht ohne Folgen bleiben konnten. Unter andern Vorzügen mißgönnten mir die Übelwollenden auch, daß ich mir in einem Verhältnis gefiel, welches aus dem Schultheißenamt meines Großvaters für die Familie entsprang: denn indem er als der erste unter seinesgleichen dastand, hatte dieses doch auch auf die Seinigen nicht geringen Einfluß. Und als ich mir einmal nach gehaltenem Pfeifergerichte etwas darauf einzubilden schien, meinen Großvater in der Mitte des Schöffenrats, eine Stufe höher als die andern unter dem Bilde des Kaisers gleichsam thronend gesehen zu haben, so sagte einer der Knaben höhnisch:

ich sollte doch wie der Pfau auf seine Füße, so auf meinen Großvater väterlicher Seite hinsehen, welcher Gastgeber zum Weidenhof gewesen und wohl an die Thronen und Kronen keinen Anspruch gemacht hätte. Ich erwiderte darauf, daß ich davon keineswegs beschämt sei, weil gerade darin das Herrliche und Erhebende unserer Vaterstadt bestehe, daß alle Bürger sich einander gleich halten dürften und daß einem jeden seine Tätigkeit nach seiner Art förderlich und ehrenvoll sein könne. Es sei mir nur leid, daß der gute Mann schon so lange gestorben: denn ich habe mich auch ihn persönlich zu kennen öfters gesehnt sein Bildnis vielmals betrachtet, ja sein Grab besucht und mich wenigstens bei der Inschrift an dem einfachen Denkmal seines vorübergegangenen Daseins gefreut, dem ich das meine schuldig geworden. Ein anderer Mißwollender, der tückischste von allen, nahm jenen ersten beiseite und flüsterte ihm etwas in die Ohren, wobei sie mich immer spöttisch ansahen. Schon fing die Galle mir an zu kochen, und ich forderte sie auf, laut zu reden. — »Nun was ist es denn weiter«, sagte der erste, »wenn du es wissen willst: dieser da meint, du könntest lange herumgehen und suchen, bis du deinen Großvater fändest.« — Ich drohte nun noch heftiger, wenn sie sich nicht deutlicher erklären würden. Sie brachten darauf ein Märchen vor, das sie ihren Eltern wollten abgelauscht haben: mein Vater sei der Sohn eines vornehmen Mannes, und jener gute Bürger habe sich willig finden lassen, äußerlich Vaterstelle zu vertreten. Sie hatten die Unverschämtheit allerlei Argumente vorzubringen, z.B. daß unser Vermögen bloß von der Großmutter herrühre, daß die übrigen Seitenverwandten, die sich in Friedberg und sonst aufhielten, gleichfalls ohne Vermögen seien, und was noch andre solche Gründe waren, die ihr Gewicht bloß von der Bosheit hernehmen konnten. Ich hörte ihnen ruhiger zu als sie erwarteten, denn sie standen schon auf dem Sprung zu entfliehen, wenn ich Miene machte, nach ihren Haaren zu greifen. Aber ich versetzte ganz gelassen: auch dieses könne mir recht sein. Das Leben sei so hübsch, daß man völlig für gleichgültig achten könne, wem man es zu verdanken habe: denn es schriebe sich doch zuletzt von Gott her, vor welchem wir alle gleich wären. So ließen sie, da sie nichts ausrichten konnten, die Sache für diesmal gut sein; man spielte zusammen weiter fort, welches unter Kindern immer ein erprobtes Versöhnungsmittel bleibt.

Mir war jedoch durch diese hämischen Worte eine Art von sittlicher Krankheit eingeimpft, die im stillen fortschlich. Es wollte mir gar nicht mißfallen, der Enkel irgend eines vornehmen Herrn zu sein, wenn es auch nicht auf die gesetzlichste Weise gewesen wäre. Meine Spürkraft ging auf dieser Fährte, meine Einbildungskraft war angeregt und mein Scharfsinn aufgefordert. Ich fing nun an die Angaben jener zu untersuchen, fand und erfand neue Gründe der Wahrscheinlichkeit. Ich hatte von meinem Großvater wenig reden hören, außer daß sein Bildnis mit dem meiner Großmutter in einem Besuchzimmer des alten Hauses gehangen hatte, welche beide, nach Erbauung des neuen, in einer obern Kammer aufbewahrt wurden. Meine Großmutter mußte eine sehr schöne Frau gewesen sein und von gleichem Alter mit ihrem Manne. Auch erinnerte ich mich, in ihrem Zimmer das Miniaturbild eines schönen Herrn, in Uniform mit Stern und Orden, gesehen zu haben, welches nach ihrem Tode mit vielen andern kleinen Gerätschaften, während des alles umwälzenden Hausbaues, verschwunden war. Solche wie manche andre Dinge baute ich mir in meinem kindischen Kopfe zusammen und übte frühzeitig genug jenes moderne Dichtertalent, welches durch eine abenteuerliche Verknüpfung der bedeutenden Zustände des menschlichen Lebens sich die Teilnahme der ganzen kultivierten Welt zu verschaffen weiß.

Da ich nun aber einen solchen Fall niemanden zu vertrauen, oder auch nur von ferne nachzufragen mich unterstand, so ließ ich es an einer heimlichen Betriebsamkeit nicht fehlen, um wo möglich der Sache etwas näher zu kommen. Ich hatte nämlich ganz bestimmt behaupten hören, daß die Söhne den Vätern oder Großvätern oft entschieden ähnlich zu sein pflegen. Mehrere unserer Freunde, besonders auch Rat Schneider, unser Hausfreund, hatten Geschäftsverbindungen mit allen Fürsten und Herren der Nachbarschaft, deren, sowohl regierender als nachgeborner, keine geringe Anzahl am Rhein und Main und in dem Raume zwischen beiden ihre Besitzungen hatten und die aus besonderer Gunst ihre treuen Geschäftsträger zuweilen wohl mit ihren Bildnissen beehrten. Diese, die ich von Jugend auf vielmals an den Wänden gesehen, betrachtete ich nunmehr mit doppelter Aufmerksamkeit, forschend, ob ich nicht eine Ähnlichkeit mit meinem Vater oder gar mit mir entdecken könnte, welches aber zu oft gelang, als daß es mich zu einiger Gewißheit hätte führen können. Denn bald waren es die Augen von diesem, bald die Nase von jenem, die mir auf einige Verwandtschaft zu deuten schienen. So führten mich diese Kennzeichen trüglich genug hin und wider. Und ob ich gleich in der Folge diesen Vorwurf als ein durchaus leeres Märchen betrachten mußte, so blieb mir doch der Eindruck, und ich konnte nicht unterlassen, die sämtlichen Herren, deren Bildnisse mir sehr deutlich in der Phantasie geblieben waren, von Zeit zu Zeit im stillen bei mir zu mustern und zu prüfen. So wahr ist es, daß alles, was den Menschen innerlich in seinem Dünkel bestärkt, seiner heimlichen Eitelkeit schmeichelt, ihm dergestalt höchlich erwünscht ist, daß er nicht weiter fragt, ob es ihm sonst auf irgend eine Weise zur Ehre oder zur Schmach gereichen könne.

Doch anstatt hier ernsthafte, ja rügende Betrachtungen einzumischen, wende ich lieber meinen Blick von jenen schönen Zeiten hinweg: denn wer wäre im stande von der Fülle der Kindheit würdig zu sprechen! Wir können die kleinen Geschöpfe, die vor uns herum wandeln, nicht anders als mit Vergnügen, ja mit Bewunderung ansehen: denn meist versprechen sie mehr als sie halten, und es scheint als wenn die Natur unter andern schelmischen Streichen, die sie uns spielt, auch hier sich ganz besonders vorgesetzt, uns zum besten zu haben. Die ersten Organe, die sie Kindern mit auf die Welt gibt, sind dem nächsten unmittelbaren Zustande des

Geschöpfs gemäß; es bedient sich derselben kunst- und anspruchslos, auf die geschickteste Weise zu den nächsten Zwecken. Das Kind, an und für sich betrachtet, mit seinesgleichen und in Beziehungen, die seinen Kräften angemessen sind, scheint so verständig, so vernünftig, daß nichts drüber geht, und zugleich so bequem, heiter und gewandt, daß man keine weitre Bildung für dasselbe wünschen möchte. Wüchsen die Kinder in der Art fort, wie sie sich andeuten, so hätten wir lauter Genies; aber das Wachstum ist nicht bloß Entwicklung; die verschiednen organischen Systeme, die den einen Menschen ausmachen, entspringen aus einander, folgen einander, verwandeln sich in einander, verdrängen einander, ja zehren einander auf, so daß von manchen Fähigkeiten, von manchen Kraftäußerungen, nach einer gewissen Zeit, kaum eine Spur mehr zu finden ist. Wenn auch die menschlichen Anlagen im ganzen eine entschiedene Richtung haben, so wird es doch dem größten und erfahrensten Kenner schwer sein, sie mit Zuverlässigkeit vorauszuverkünden; doch kann man hinterdrein wohl bemerken, was auf ein Künftiges hingedeutet hat.

Keineswegs gedenke ich daher in diesen ersten Büchern meine Jugendgeschichten völlig abzuschließen, sondern ich werde vielmehr noch späterhin manchen Faden aufnehmen und fortleiten, der sich unbemerkt durch die ersten Jahre schon hindurchzog. Hier muß ich aber bemerken, welchen stärkeren Einfluß nach und nach die Kriegsbegebenheiten auf unsere Gesinnungen und unsere Lebensweise ausübten.

Der ruhige Bürger steht zu den großen Weltereignissen in einem wunderbaren Verhältnis. Schon aus der Ferne regen sie ihn auf und beunruhigen ihn, und er kann sich, selbst wenn sie ihn nicht berühren, eines Urteils, einer Teilnahme nicht enthalten. Schnell ergreift er eine Partei, nachdem ihn sein Charakter oder äußere Anlässe bestimmen. Rücken so große Schicksale, so bedeutende Veränderungen näher, dann bleibt ihm bei manchen äußern Unbequemlichkeiten noch immer jenes innre Mißbehagen, verdoppelt und schärft das Übel meistenteils und zerstört das noch mögliche Gute. Dann hat er von Freunden und Feinden wirklich zu leiden, oft mehr von jenen als von diesen, und er weiß weder, wie er seine Neigung noch wie er seinen Vorteil wahren und erhalten soll.

Das Jahr 1757, das wir noch in völlig bürgerlicher Ruhe verbrachten, wurde dessen ungeachtet in großer Gemütsbewegung verlebt. Reicher an Begebenheiten als dieses war vielleicht kein anderes. Die Siege, die Großtaten, die Unglücksfälle, die Wiederherstellungen folgten auf einander, verschlangen sich und schienen sich aufzuheben; immer aber schwebte die Gestalt Friedrichs, sein Name, sein Ruhm in kurzem wieder oben. Der Enthusiasmus seiner Verehrer ward immer größer und belebter, der Haß seiner Feinde bitterer und die Verschiedenheit der Ansichten, welche selbst Familien zerspaltete, trug nicht wenig dazu bei, die ohnehin schon auf mancherlei Weise von einander getrennten Bürger noch mehr zu isolieren. Denn in einer Stadt wie Frankfurt, wo drei Religionen die Einwohner in drei ungleiche Massen teilen, wo nur wenige Männer, selbst von der herrschenden, zum Regiment gelangen können, muß es gar manchen Wohlhabenden und Unterrichteten geben, der sich auf sich zurück zieht und durch Studien und Liebhabereien sich eine eigne und abgeschlossene Existenz bildet. Von solchen wird gegenwärtig und auch künftig die Rede sein müssen, wenn man sich die Eigenheiten eines Frankfurters Bürgers aus jener Zeit vergegenwärtigen soll.

Mein Vater hatte, sobald er von Reisen zurückgekommen nach seiner eigenen Sinnesart den Gedanken gefaßt, daß er, um sich zum Dienste der Stadt fähig zu machen, eins der subalternen Ämter übernehmen und solches ohne Emolumente führen wolle, wenn man es ihm ohne Ballotage übergäbe. Er glaubte nach seiner Sinnesart, nach dem Begriffe, den er von sich selbst hatte, im Gefühl seines guten Willens, eine solche Auszeichnung zu verdienen, die freilich weder gesetzlich noch herkömmlich war. Daher, als ihm sein Gesuch abgeschlagen wurde, geriet er in Ärger und Mißmut, verschwur, jemals irgend eine Stelle anzunehmen, und um es unmöglich zu machen, verschaffte er sich den Charakter eines kaiserlichen Rates, den der Schultheiß und die ältesten Schöffen als einen besonderen Ehrentitel tragen. Dadurch hatte er sich zum gleichen der Obersten gemacht und konnte nicht mehr von unten anfangen. Derselbe Beweggrund führte ihn auch dazu, um die älteste Tochter des Schultheißen zu werben, wodurch er auch auf dieser Seite von dem Rate ausgeschlossen ward. Er gehörte nun unter die Zurückgezogenen, welche niemals unter sich eine Sozietät machen. Sie stehen so isoliert gegen einander wie gegen das Ganze und um so mehr, als sich in dieser Abgeschiedenheit das Eigentümliche der Charakter immer schroffer ausbildet. Mein Vater mochte sich auf Reisen und in der freien Welt, die er gesehen, von einer elegantern und liberalern Lebensweise einen Begriff gemacht haben, als sie vielleicht unter seinen Mitbürgern gewöhnlich war. Zwar fand er darin Vorgänger und Gesellen.

Der Name von Uffenbach ist bekannt. Ein Schöff von Uffenbach lebte damals in gutem Ansehen. Er war in Italien gewesen, hatte sich besonders auf Musik gelegt, sang einen angenehmen Tenor, und da er eine schöne Sammlung von Musikalien mitgebracht hatte, wurden Konzerte und Oratorien bei ihm aufgeführt. Weil er nun dabei selbst sang und die Musiker begünstigte, so fand man es nicht ganz seiner Würde gemäß, und die eingeladenen Gäste sowohl als die übrigen Landsleute erlaubten sich darüber manche lustige Anmerkung.

Ferner erinnere ich mich eines Barons von Häckel, eines reichen Edelmanns, der verheiratet aber kinderlos ein schönes Haus in der Antoniusgasse bewohnte, mit allem Zubehör eines anständigen Lebens ausgestattet. Auch besaß er gute Gemälde, Kupferstiche, Antiken und manches andre, wie es bei Sammlern und Liebhabern zusammenfließt. Von Zeit zu Zeit lud er die Honoratioren zum Mittagessen und war auf eine eigne achtsame Weise wohltätig, indem er in seinem Hause die Armen kleidete, ihre alten Lumpen aber zurückbehielt und ihnen nur unter der Bedingung ein wöchentliches Almosen reichte, daß sie in jenen geschenkten Kleidern sich ihm jedesmal sauber und ordentlich vorstellten. Ich erinnere mich seiner nur dunkel als eines freundlichen wohlgebildeten Mannes; desto deutlicher aber seiner Auktion, der ich vom Anfang bis zum Ende beiwohnte, und teils auf Befehl meines Vaters, teils aus eigenem Antrieb manches erstand, was sich noch unter meinen Sammlungen befindet.

Früher, und von mir kaum noch mit Augen gesehen, machte Johann Michael von Loen in der literarischen Welt so wie in Frankfurt ziemliches Aufsehen. Nicht von Frankfurt gebürtig, hatte er sich daselbst niedergelassen und war mit der Schwester meiner Großmutter Textor, einer gebornen Lindheimer, verheiratet. Bekannt mit der Hof- und Staatswelt und eines erneuten Adels sich erfreuend, erlangte er dadurch einen Namen, daß er in die verschiedenen Regungen, welche in Kirche und Staat zum Vorschein kamen, einzugreifen den Mut hatte. Er schrieb den *Grafen von Rivera*, einen didaktischen Roman, dessen Inhalt aus dem zweiten Titel *oder der ehrliche Mann am Hofe* ersichtlich ist. Dieses Werk wurde gut aufgenommen, weil es auch von den Höfen, wo sonst nur Klugheit zu Hause ist, Sittlichkeit verlangte; und so brachte ihm seine Arbeit Beifall und Ansehen. Ein zweites Werk sollte dagegen desto gefährlicher für ihn werden. Er schrieb *Die einzige wahre Religion*, ein Buch, das die Absicht hatte, Toleranz, besonders zwischen Lutheranern und Calvinisten zu befördern. Hierüber kam er mit den Theologen in Streit; besonders schrieb Dr. Benner in Gießen gegen ihn. Von Loen erwiderte; der Streit wurde heftig und persönlich, und die daraus entspringenden Unannehmlichkeiten veranlaßten den Verfasser, die Stelle eines Präsidenten zu Lingen anzunehmen, die ihm Friedrich der Zweite anbot, der in ihm einen aufgeklärten und den Neuerungen, die in Frankreich schon viel weiter gediehen waren, nicht abgeneigten vorurteilsfreien Mann zu erkennen glaubte. Seine ehemaligen Landsleute, die er mit einigem

Verdruß verlassen, behaupteten, daß er dort nicht zufrieden sei, ja nicht zufrieden sein könne, weil sich ein Ort wie Lingen mit Frankfurt keineswegs messen dürfe. Mein Vater zweifelte auch an dem Behagen des Präsidenten und versicherte, der gute Oheim hätte besser getan, sich mit dem Könige nicht einzulassen, weil es überhaupt gefährlich sei, sich demselben zu nähern, so ein außerordentlicher Herr er auch übrigens sein möge. Denn man habe ja gesehen, wie schmählich der berühmte Voltaire, auf Requisition des preußischen Residenten Freitag, in Frankfurt sei verhaftet worden, da er doch vorher so hoch in Gunsten gestanden und als des Königs Lehrmeister in der französischen Poesie anzusehen gewesen. Es mangelte bei solchen Gelegenheiten nicht an Betrachtungen und Beispielen, um vor Höfen und Herrendienst zu warnen, wovon sich überhaupt ein geborner Frankfurter kaum einen Begriff machen konnte.

Eines vortrefflichen Mannes, Doktor Orth, will ich nur dem Namen nach gedenken, indem ich verdienten Frankfurtern hier nicht sowohl ein Denkmal zu errichten habe, vielmehr derselben nur insofern erwähne, als ihr Ruf oder ihre Persönlichkeit auf mich in den frühsten Jahren einigen Einfluß gehabt. Doktor Orth war ein reicher Mann und gehörte auch unter die, welche niemals Teil am Regimente genommen, ob ihn gleich seine Kenntnisse und Einsichten wohl dazu berechtigt hätten. Die deutschen und besonders die frankfurtischen Altertümer sind ihm sehr viel schuldig geworden; er gab die Anmerkungen zu der sogenannten Frankfurter Reformation heraus, ein Werk, in welchem die Statuten der Reichsstadt gesammelt sind. Die historischen Kapitel desselben habe ich in meinen Jünglingsjahren fleißig studiert.

Von Ochsenstein, der ältere jener drei Brüder, deren ich oben als unserer Nachbarn gedacht, war, bei seiner eingezogenen Art zu sein, während seines Lebens nicht merkwürdig geworden, desto merkwürdiger aber nach seinem Tode, indem er eine Verordnung hinterließ, daß er Morgens früh ganz im stillen und ohne Begleitung und Gefolg, von Handwerksleuten zu Grabe gebracht sein wolle. Es geschah, und diese Handlung erregte in der Stadt, wo man an prunkhafte Leichenbegängnisse gewöhnt war, großes Aufsehen. Alle diejenigen, die bei solchen Gelegenheiten einen herkömmlichen Verdienst hatten, erhuben sich gegen die Neuerung. Allein der wackre Patrizier fand Nachfolger in allen Ständen, und ob man schon dergleichen Begängnisse spottweise Ochsenleichen nannte, so nahmen sie doch zum Besten mancher wenig bemittelten Familien überhand, und die Prunkbegängnisse verloren sich immer mehr. Ich führe diesen Umstand an, weil er eins der frühern Symptome jener Gesinnungen von Demut und Gleichstellung darbietet, die sich in der zweiten Hälfte des vorigen Jahrhunderts von obenherein auf so manche Weise gezeigt haben und in so unerwartete Wirkungen ausgeschlagen sind.

Auch fehlte es nicht an Liebhabern des Altertums. Es fanden sich Gemäldekabinette, Kupferstichsammlungen, besonders aber wurden vaterländische Merkwürdigkeiten mit Eifer gesucht und aufgehoben. Die älteren Verordnungen und Mandate der Reichsstadt, von denen keine Sammlung veranstaltet war, wurden in Druck und Schrift sorgfältig aufgesucht, nach der Zeitfolge geordnet und als ein Schatz vaterländischer Rechte und Herkommen mit Ehrfurcht verwahrt. Auch die Bildnisse von Frankfurtern, die in großer Anzahl existierten, wurden zusammengebracht und machten eine besondre Abteilung der Kabinette.

Solche Männer scheint mein Vater sich überhaupt zum Muster genommen zu haben. Ihm fehlte keine der Eigenschaften, die zu einem rechtlichen und angesehenen Bürger gehören. Auch brachte er, nachdem er sein Haus erbaut, seine Besitzungen von jeder Art in Ordnung. Eine vortreffliche Landkartensammlung der Schenkischen und anderer damals vorzüglicher geographischen Blätter, jene oberwähnten Verordnungen und Mandate, jene Bildnisse, ein Schrank alter Gewehre, ein Schrank merkwürdiger venezianischer Gläser, Becher und Pokale, Naturalien, Elfenbeinarbeiten, Bronzen und hundert andere Dinge wurden gesondert und aufgestellt, und ich verfehlte nicht, bei vorfallenden Auktionen mir jederzeit einige Aufträge zur Vermehrung des Vorhandenen zu erbitten.

Noch einer bedeutenden Familie muß ich gedenken, von der ich seit meiner frühsten Jugend viel Sonderbares vernahm und von einigen ihrer Glieder selbst noch manches Wunderbare erlebte; es war die Senckenbergische. Der Vater, von dem ich wenig zu sagen weiß, war ein wohlhabender Mann. Er hatte drei Söhne, die sich in ihrer Jugend schon durchgängig als Sonderlinge auszeichneten. Dergleichen wird in einer beschränkten Stadt, wo sich niemand weder im Guten noch im Bösen hervortun soll, nicht zum besten aufgenommen. Spottnamen und seltsame, sich lang im Gedächtnis erhaltende Märchen sind meistens die Frucht einer solchen Sonderbarkeit. Der Vater wohnte an der Ecke der Hasengasse, die von dem Zeichen des Hauses, das einen, wo nicht gar drei Hasen vorstellt, den Namen führte. Man nannte daher diese drei Brüder nur die drei Hasen, welchen Spitznamen sie lange Zeit nicht los wurden. Allein, wie große Vorzüge sich oft in der Jugend durch etwas Wunderliches und Unschickliches ankündigen, so geschah es auch hier. Der älteste war der nachher so rühmlich bekannte Reichshofrat von Senckenberg. Der zweite ward in den Magistrat aufgenommen und zeigte vorzügliche Talente, die er aber auf eine rabulistische, ja verruchte Weise, wo nicht zum Schaden seiner Vaterstadt, doch wenigstens seiner Kollegen in der Folge mißbrauchte. Der dritte Bruder, ein Arzt und ein Mann von großer Rechtschaffenheit, der aber wenig und nur in vornehmen Häusern praktizierte, behielt bis in sein höchstes Alter immer ein etwas wunderliches Äußere. Er war immer sehr nett gekleidet, und man sah ihn nie anders auf der Straße als in Schuh und Strümpfen und einer wohlgepuderten Lockenperücke, den Hut unterm Arm. Er ging schnell, doch mit einem seltsamen Schwanken vor sich hin, so daß er bald auf dieser bald auf jener Seite der Straße sich befand, und im Gehen ein Zickzack bildete. Spottvögel sagten: er suche durch diesen abweichenden Schritt den abgeschiedenen Seelen aus dem Wege zu gehen, die ihn in grader Linie wohl verfolgen möchten, und ahme diejenigen nach, die sich vor einem Krokodil fürchten. Doch aller dieser Scherz und manche lustige Nachrede verwandelte sich zuletzt in Ehrfurcht gegen ihn, als er seine ansehnliche Wohnung mit Hof, Garten und allem Zubehör, auf der Eschenheimer Gasse, zu einer medizinischen Stiftung widmete, wo neben der Anlage eines bloß für Frankfurter Bürger bestimmten Hospitals, ein botanischer Garten, ein anatomisches Theater, ein chemisches Laboratorium, eine ansehnliche Bibliothek und eine Wohnung für den Direktor eingerichtet ward, auf eine Weise, deren keine Akademie sich hätte schämen dürfen.

Ein andrer vorzüglicher Mann, dessen Persönlichkeit nicht sowohl als seine Wirkung in der Nachbarschaft und seine Schriften einen sehr bedeutenden Einfluß auf mich gehabt haben, war Karl Friedrich von Moser, der seiner Geschäftstätigkeit wegen in unserer Gegend immer genannt wurde. Auch er hatte einen gründlich-sittlichen Charakter, der, weil die Gebrechen der menschlichen Natur ihm wohl manchmal zu schaffen machten, ihn sogar zu den sogenannten Frommen hinzog; und so wollte er, wie von Loen das Hofleben, eben so das Geschäftsleben einer gewissenhaften Behandlung entgegenführen. Die große Anzahl der kleinen deutschen Höfe stellte eine Menge von Herren und Dienern dar, wovon die ersten unbedingten Gehorsam verlangten und die andern meistenteils nur nach ihren Überzeugungen wirken und dienen wollten. Es entstand daher ein ewiger Konflikt und schnelle Veränderungen und Explosionen, weil die Wirkungen des unbedingten Handelns im kleinen viel geschwinder merklich und schädlich werden als im großen. Viele Häuser waren verschuldet und kaiserliche Debitkommissionen ernannt; andre fanden sich langsamer oder geschwinder auf demselben Wege, wobei die Diener entweder gewissenlos Vorteil zogen oder gewissenhaft sich unangenehm und verhaßt machten. Moser wollte als Staats- und Geschäftsmann wirken; und hier gab sein ererbtes, bis zum Metier ausgebildetes Talent ihm eine entschiedene Ausbeute; aber er wollte auch zugleich als Mensch und Bürger handeln und seiner sittlichen Würde sowenig als möglich vergeben. Sein *Herr und Diener,* sein *Daniel in der Löwengrube,* seine *Reliquien* schildern durchaus die Lage, in welcher er sich zwar nicht gefoltert, aber doch immer gehemmt fühlte. Sie deuten sämtlich auf eine Ungeduld in einem Zustand, mit dessen Verhältnissen man sich nicht versöhnen und den man doch nicht los werden kann. Bei dieser Art zu denken und zu empfinden mußte er freilich mehrmals andere Dienste suchen, an welchen es ihm seine große Gewandtheit nicht fehlen ließ. Ich erinnere mich seiner als eines angenehmen, beweglichen und dabei zarten Mannes.

Aus der Ferne machte jedoch der Name Klopstock auch schon auf uns eine große Wirkung. Im Anfang wunderte man sich, wie ein so vortrefflicher Mann so wunderlich heißen könne; doch gewöhnte man sich bald daran und dachte nicht mehr an die Bedeutung dieser Silben. In meines Vaters Bibliothek hatte ich bisher nur die früheren, besonders die zu seiner Zeit nach und nach heraufgekommenen und gerühmten Dichter gefunden. Alle diese hatten gereimt, und mein Vater hielt den Reim für poetische Werke unerläßlich. Canitz, Hagedorn, Drollinger, Gellert, Creuz, Haller standen in schönen Franzbänden in einer Reihe. An diese schlossen sich Neukirchs *Telemach,* Koppens *Befreites Jerusalem* und andre Übersetzungen. Ich hatte diese sämtlichen Bände von Kindheit auf fleißig durchgelesen und teilweise memoriert, weshalb ich denn zur Unterhaltung der Gesellschaft öfters aufgerufen wurde. Eine verdrießliche Epoche im Gegenteil eröffnete sich für meinen Vater, als durch Klopstocks *Messias* Verse, die ihm keine Verse schienen, ein Gegenstand der öffentlichen Bewunderung wurden. Er selbst hatte sich wohl gehütet, dieses Werk anzuschaffen; aber unser Hausfreund, Rat Schneider, schwärzte es ein und steckte es der Mutter und den Kindern zu.

Auf diesen geschäftstätigen Mann, welcher wenig las, hatte der

Messias gleich bei seiner Erscheinung einen mächtigen Eindruck gemacht. Diese so natürlich ausgedrückten und doch so schön veredelten frommen Gefühle, diese gefällige Sprache, wenn man sie auch nur für harmonische Prosa gelten ließ, hatten den übrigens trocknen Geschäftsmann so gewonnen, daß er die zehn ersten Gesänge, denn von diesen ist eigentlich die Rede, als das herrlichste Erbauungsbuch betrachtete und solches alle Jahre einmal in der Karwoche, in welcher er sich von allen Geschäften zu entbinden wußte, für sich im stillen durchlas und sich daran fürs ganze Jahr erquickte. Anfangs dachte er seine Empfindungen seinem alten Freunde mitzuteilen; allein er fand sich sehr bestürzt, als er eine unheilbare Abneigung vor einem Werke von so köstlichem Gehalt, wegen einer, wie es ihm schien, gleichgültigen äußern Form, gewahr werden mußte. Es fehlte, wie sich leicht denken läßt, nicht an Wiederholung des Gesprächs über diesen Gegenstand; aber beide Teile entfernten sich immer weiter von einander, es gab heftige Szenen, und der nachgiebige Mann ließ sich endlich gefallen, von seinem Lieblingswerke zu schweigen, damit er nicht zugleich einen Jugendfreund und eine gute Sonntagssuppe verlöre.

Proselyten zu machen, ist der natürlichste Wunsch eines jeden Menschen, und wie sehr fand sich unser Freund im stillen belohnt, als er in der übrigen Familie für seinen Heiligen so offen gesinnte Gemüter entdeckte. Das Exemplar, das er jährlich nur eine Woche brauchte, war uns für die übrige Zeit gewidmet. Die Mutter hielt es heimlich, und wir Geschwister bemächtigten uns desselben, wann wir konnten, um in Freistunden, in irgend einem Winkel verborgen, die auffallendsten Stellen auswendig zu lernen und besonders die zartesten und heftigsten so geschwind als möglich ins Gedächtnis zu fassen.

Portias Traum rezitierten wir um die Wette, und in das wilde verzweifelnde Gespräch zwischen Satan und Adramelech, welche ins tote Meer gestürzt worden, hatten wir uns geteilt. Die erste Rolle, als die gewaltsamste, war auf mein Teil gekommen, die andere, um ein wenig kläglicher, übernahm meine Schwester. Die wechselseitigen, zwar gräßlichen aber doch wohlklingenden Verwünschungen flossen nur so vom Munde, und wir ergriffen jede Gelegenheit, uns mit diesen höllischen Redensarten zu begrüßen.

Es war ein Samstagabend im Winter — der Vater ließ sich immer bei Licht rasieren, um sonntags früh sich zur Kirche bequemlich anziehen zu können — wir saßen auf einem Schemel hinter dem Ofen und murmelten, während der Barbier einseifte, unsere herkömmlichen Flüche ziemlich leise. Nun hatte aber Adramelech den Satan mit eisernen Händen zu fassen; meine Schwester packte mich gewaltig an und rezitierte, zwar leise genug, aber doch mit steigender Leidenschaft:

> Hilf mir! Ich flehe dich an, ich bete, wenn du es forderst,
> Ungeheuer, dich an! ...Verworfner, schwarzer Verbrecher,
> Hilf mir! ich leide die Pein des rächenden ewigen Todes!
> Vormals konnt' ich mit heißem, mit grimmigem Hasse dich hassen!
> Jetzt vermag ich's nicht mehr! Auch dies ist stechender Jammer!

Bisher war alles leidlich gegangen; aber laut, mit fürchterlicher Stimme rief sie die folgenden Worte:

> O wie bin ich zermalmt! ...

Der gute Chirurgus erschrak und goß dem Vater das Seifenbecken in die Brust. Da gab es einen großen Aufstand und eine strenge Untersuchung ward gehalten, besonders in Betracht des Unglücks das hätte entstehen können, wenn man schon im Rasieren begriffen gewesen wäre. Um allen Verdacht des Mutwillens von uns abzulehnen, bekannten wir uns zu unsern teuflischen Rollen, und das Unglück, das die Hexameter angerichtet hatten, war zu offenbar, als daß man sie nicht aufs neue hätte verrufen und verbannen sollen.

2.

So pflegen Kinder und Volk das Große, das Erhabene in ein Spiel, ja in eine Posse zu verwandeln; und wie sollten sie auch sonst im stande sein, es auszuhalten und zu ertragen!

Drittes Buch

Der Neujahrstag ward zu jener Zeit durch den allgemeinen Umlauf von persönlichen Glückwünschungen für die Stadt sehr belebend. Wer sonst nicht leicht aus dem Hause kam, warf sich in seine besten Kleider, um Gönnern und Freunden einen Augenblick freundlich und höflich zu sein. Für uns Kinder war besonders die Festlichkeit in dem Hause des Großvaters an diesem Tage ein höchst erwünschter Genuß. Mit dem frühsten Morgen waren die Enkel schon daselbst versammelt, um die Trommeln, die Hoboen und Klarinetten, die Posaunen und Zinken, wie sie das Militär, die Stadtmusici und wer sonst alles ertönen ließ, zu vernehmen. Die versiegelten und überschriebenen Neujahrsgeschenke wurden von den Kindern unter die geringern Gratulanten ausgeteilt, und wie der Tag wuchs, so vermehrte sich die Anzahl der Honoratioren. Erst erschienen die Vertrauten und Verwandten, dann die untern Staatsbeamten; die Herren vom Rate selbst verfehlten nicht ihren Schultheiß zu begrüßen, und eine auserwählte Anzahl wurde Abends in Zimmern bewirtet, welche das ganze Jahr über kaum sich öffneten. Die Torten, Biskuitkuchen, Marzipane, der süße Wein übte den größten Reiz auf die Kinder aus, wozu noch kam, daß der Schultheiß so wie die beiden Burgemeister aus einigen Stiftungen jährlich etwas Silberzeug erhielten, welches denn den Enkeln und Paten nach einer gewissen Abstufung verehrt ward; genug es fehlte diesem Feste im kleinen an nichts was die größten zu verherrlichen pflegt.

Der Neujahrstag 1759 kam heran, für uns Kinder erwünscht und vergnüglich wie die vorigen, aber den ältern Personen bedenklich und ahnungsvoll. Die Durchmärsche der Franzosen war man zwar gewohnt, und sie ereigneten sich öfters und häufig, aber doch am häufigsten in den letzten Tagen des vergangenen Jahres. Nach alter reichsstädtischer Sitte posaunte der Türmer des Hauptturms so oft Truppen heranrückten, und an diesem Neujahrstage wollte es gar nicht aufhören, welches ein Zeichen war, daß größere Heereszüge von mehreren Seiten in Bewegung seien. Wirklich zogen sie auch in größeren Massen an diesem Tage durch die Stadt; man lief, sie vorbeipassieren zu sehen. Sonst war man gewohnt, daß sie nur in kleinen Partien durchmarschierten; diese aber vergrößerten sich nach und nach, ohne daß man es verhindern konnte oder wollte. Genug, am zweiten Januar, nachdem eine Kolonne durch Sachsenhausen über die Brücke durch die Fahrgasse bis an die Konstablerwache gelangt war, machte sie Halt, überwältigte das kleine, sie durchführende Kommando, nahm Besitz von gedachter Wache, zog die Zeil hinunter, und nach einem geringen Widerstand mußte sich auch die Hauptwache ergeben. Augenblicks waren die friedlichen Straßen in einen Kriegsschauplatz verwandelt. Dort verharrten und biwakierten die Truppen, bis durch regelmäßige Einquartierung für ihr Unterkommen gesorgt wäre.

Diese unerwartete, seit vielen Jahren unerhörte Last drückte die behaglichen Bürger gewaltig, und niemanden konnte sie beschwerlicher sein als dem Vater, der in sein kaum vollendetes Haus fremde militärische Bewohner aufnehmen, ihnen seine wohlaufgeputzten und meist verschlossenen Staatszimmer einräumen, und das, was er so genau zu ordnen und zu regieren pflegte, fremder Willkür preisgeben sollte; er, ohnehin preußisch gesinnt, sollte sich nun von Franzosen in seinen Zimmern belagert sehen: es war das Traurigste was ihm nach seiner Denkweise begegnen konnte. Wäre es ihm jedoch möglich gewesen, die Sache leichter zu nehmen, da er gut französisch sprach und im Leben sich wohl mit Würde und Anmut betragen konnte, so hätte er sich und uns manche trübe Stunde ersparen mögen; denn man quartierte bei uns den Königsleutnant, der, obgleich Militärperson, doch nur die Zivilvorfälle, die Streitigkeiten zwischen Soldaten und Bürgern, Schuldensachen und Händel zu schlichten hatte. Es war Graf Thoranc, von Grasse in der Provence unweit Antibes gebürtig, eine lange, hagre, ernste Gestalt, das Gesicht durch die Blattern sehr entstellt, mit schwarzen feurigen Augen, und von einem würdigen, zusammengenommenen Betragen. Gleich sein Eintritt war für den Hausbewohner günstig. Man sprach von den verschiedenen Zimmern, welche teils abgegeben werden, teils der Familie verbleiben sollten, und als der Graf ein Gemäldezimmer erwähnen hörte, so erbat er sich gleich, ob es schon Nacht war, mit Kerzen die Bilder wenigstens flüchtig zu besehen. Er hatte an diesen Dingen eine übergroße Freude, bezeigte sich gegen den ihn begleitenden Vater auf das verbindlichste, und als er vernahm, daß die meisten Künstler noch lebten, sich in Frankfurt und in der Nachbarschaft aufhielten, so versicherte er, daß er nichts mehr wünsche, als sie baldigst kennen zu lernen und sie zu beschäftigen.

Aber auch diese Annäherung von seiten der Kunst vermochte nicht die Gesinnung meines Vaters zu ändern, noch seinen Charakter zu beugen. Er ließ geschehen was er nicht verhindern konnte, hielt sich aber in unwirksamer Entfernung, und das Außerordentliche, was nun um ihn vorging, war ihm bis auf die geringste Kleinigkeit unerträglich.

Graf Thoranc indessen betrug sich musterhaft. Nicht einmal seine Landkarten wollte er an die Wände genagelt haben, um die neuen Tapeten nicht zu verderben. Seine Leute waren gewandt, still und ordentlich; aber freilich, da den ganzen Tag und einen Teil der Nacht nicht Ruhe bei ihm ward, da ein Klagender dem andern folgte, Arrestanten gebracht und fortgeführt, alle Offiziere und Adjutanten vorgelassen wurden, da der Graf noch überdies täglich offne Tafel hielt, so gab es in dem mäßig großen, nur für eine Familie eingerichteten Hause, das nur eine durch alle Stockwerke unverschlossen durchgehende Treppe hatte, eine Bewegung und ein Gesumme wie in einem Bienenkorbe, obgleich alles sehr gemäßigt, ernsthaft und streng zuging.

Zum Vermittler zwischen einem verdrießlichen, täglich mehr sich hypochondrisch quälenden Hausherrn und einem zwar wohlwollenden aber sehr ernsten und genauen Militärgast fand sich glücklicherweise ein behaglicher Dolmetscher, ein schöner, wohlbeleibter, heitrer Mann, der Bürger von Frankfurt war und gut französisch sprach, sich in alles zu schicken wußte und mit mancherlei kleinen Unannehmlichkeiten nur seinen Spaß trieb. Durch diesen hatte meine Mutter dem Grafen ihre Lage bei dem Gemütszustande ihres Gatten vorstellen lassen; er hatte die Sache so klüglich ausgemalt, das neue noch nicht einmal ganz eingerichtete Haus, die natürliche Zurückgezogenheit des Besitzers, die Beschäftigung mit der Erziehung seiner Familie, und was sich alles sonst noch sagen ließ, zu bedenken gegeben, so daß der Graf, der an seiner Stelle auf die höchste Gerechtigkeit, Unbestechlichkeit und ehrenvollen Wandel den größten Stolz setzte, auch hier sich als Einquartierter musterhaft zu betragen vornahm und es wirklich die einigen Jahre seines Dableibens unter mancherlei Umständen unverbrüchlich gehalten hat.

Meine Mutter besaß einige Kenntnis des Italienischen, welche Sprache überhaupt niemanden von der Familie fremd war; sie entschloß sich daher sogleich Französisch zu lernen, zu welchem Zweck der Dolmetscher, dem sie unter diesen stürmischen Ereignissen ein Kind aus der Taufe gehoben hatte, und der nun auch als Gevatter zu dem Hause eine doppelte Neigung spürte, seiner Gevatterin jeden abgemüßigten Augenblick schenkte (denn er wohnte grade gegenüber) und ihr vor allen Dingen diejenigen Phrasen einlernte, welche sie persönlich dem Grafen vorzutragen habe; welches denn zum besten geriet. Der Graf war geschmeichelt von der Mühe, welche die Hausfrau sich in ihren Jahren gab, und weil er einen heitern geistreichen Zug in seinem Charakter hatte, auch eine gewisse trockne Galanterie gern ausübte, so entstand daraus das beste Verhältnis, und die verbündeten Gevattern konnten erlangen, was sie wollten.

Wäre es, wie schon gesagt, möglich gewesen, den Vater zu erheitern, so hätte dieser veränderte Zustand wenig Drückendes gehabt. Der Graf übte die strengste Uneigennützigkeit: selbst Gaben, die seiner Stelle gebührten, lehnte er ab; das Geringste was einer Bestechung hätte ähnlich sehen können, wurde mit Zorn, ja mit Strafe weggewiesen; seinen Leuten war aufs strengste befohlen, dem Hausbesitzer nicht die mindesten Unkosten zu machen. Dagegen wurde uns Kindern reichlich vom Nachtische mitgeteilt. Bei dieser Gelegenheit muß ich, um von der Unschuld jener Zeiten einen Begriff zu geben, anführen, daß die Mutter uns eines Tages höchlich betrübte, indem sie das Gefrorene, das man uns von der Tafel sendete weggoß, weil es ihr unmöglich vorkam, daß der Magen ein wahrhaftes Eis, wenn es auch noch so durchzuckert sei, vertragen könne.

Außer diesen Leckereien, die wir denn doch allmählich ganz gut genießen und vertragen lernten, deuchte es uns Kindern auch noch gar behaglich, von genauen Lehrstunden und strenger Zucht einigermaßen entbunden zu sein. Des Vaters üble Laune nahm zu, er konnte sich nicht in das Unvermeidliche ergeben. Wie sehr quälte er sich, die Mutter und den Gevatter, die Ratsherren, alle seine Freunde, nur um den Grafen loszuwerden! Vergebens stellte man ihm vor, daß die Gegenwart eines solchen Mannes im Hause, unter den gegebenen Umständen, eine wahre Wohltat sei, daß ein ewiger Wechsel, es sei nun von Offizieren oder Gemeinen, auf die Umquartierung des Grafen folgen würde. Keins von diesen Argumenten wollte bei ihm greifen. Das Gegenwärtige schien ihm so unerträglich, daß ihn sein Unmut ein Schlimmeres, das folgen könnte, nicht gewahr werden ließ.

Auf diese Weise ward seine Tätigkeit gelähmt, die er sonst hauptsächlich auf uns zu wenden gewohnt war. Das, was er uns aufgab, forderte er nicht mehr mit der sonstigen Genauigkeit, und wir suchten, wie es nur möglich schien, unsere Neugierde an militärischen und andern öffentlichen Dingen zu befriedigen, nicht allein im Hause, sondern auch auf den Straßen, welches um so leichter anging, da die Tag und Nacht unverschlossene Haustüre von Schildwachen besetzt war, die sich um das Hin- und Widerlaufen unruhiger Kinder nicht bekümmerten.

Die mancherlei Angelegenheiten, die vor dem Richterstuhle des Königsleutnants geschlichtet wurden, hatten dadurch noch einen ganz besondern Reiz, daß er einen eignen Wert darauf legte, seine Entscheidungen zugleich mit einer witzigen, geistreichen, heitern Wendung zu begleiten. Was er befahl, war streng gerecht; die Art wie er es ausdrückte, war launig und pikant. Er schien sich den Herzog von Osuña zum Vorbilde genommen zu haben. Es verging kaum ein Tag, daß der Dolmetscher nicht eine oder die andere solche Anekdote uns und der Mutter zur Aufheiterung erzählte. Es hatte dieser muntere Mann eine kleine Sammlung solcher salomonischen Entscheidungen gemacht; ich erinnere mich aber nur des Eindrucks im allgemeinen, ohne im Gedächtnis ein Besonderes wieder zu finden.

Den wunderbaren Charakter des Grafen lernte man nach und nach immer mehr kennen. Dieser Mann war sich selbst seiner Eigenheiten aufs deutlichste bewußt, und weil er gewisse Zeiten haben mochte, wo ihn eine Art von Unmut, Hypochondrie, oder wie man den bösen Dämon nennen soll, überfiel, so zog er sich in solchen Stunden, die sich manchmal zu Tagen verlängerten, in sein Zimmer zurück, sah niemanden als seinen Kammerdiener, und war selbst in dringenden Fällen nicht zu bewegen, daß er Audienz gegeben hätte. Sobald aber der böse Geist von ihm gewichen war, erschien er nach wie vor mild, heiter und tätig. Aus den Reden seines Kammerdieners Saint-Jean, eines kleinen hagern Mannes von muntrer Gutmütigkeit, konnte man schließen, daß er in frühern Jahren, von solcher Stimmung überwältigt, großes Unglück angerichtet und sich nun vor ähnlichen Abwegen bei einer so wichtigen, den Blicken aller Welt ausgesetzten Stelle, zu hüten ernstlich vornehme.

Gleich in den ersten Tagen der Anwesenheit des Grafen wurden die sämtlichen Frankfurter Maler als Hirt, Schütz, Trautmann, Nothnagel, Juncker, zu ihm berufen. Sie zeigten ihre fertigen Gemälde vor, und der Graf eignete sich das Verkäufliche zu. Ihm wurde mein hübsches helles Giebelzimmer in der Mansarde eingeräumt und sogleich in ein Kabinett und Atelier umgewandelt: denn er war willens, die sämtlichen Künstler, vor allen aber Seekatz in Darmstadt, dessen Pinsel ihm besonders bei natürlichen und unschuldigen Vorstellungen höchlich gefiel, für eine ganze Zeit in Arbeit zu setzen. Er ließ daher von Grasse, wo sein älterer Bruder ein schönes Gebäude besitzen mochte, die sämtlichen Maße aller Zimmer und Kabinette herbeikommen, überlegte sodann mit den Künstlern die Wandabteilungen und bestimmte die Größe der hiernach zu verfertigenden ansehnlichen Ölbilder, welche nicht in Rahmen eingefaßt, sondern als Tapetenteile auf die Wand befestigt werden sollten. Hier ging nun die Arbeit eifrig an. Seekatz übernahm ländliche Szenen, worin die Greise und Kinder, unmittelbar nach der Natur gemalt, ganz herrlich glückten; die Jünglinge wollten ihm nicht eben so geraten, sie waren meist zu hager; und die Frauen mißfielen aus der entgegengesetzten Ursache. Denn da er eine kleine dicke, gute aber unangenehme Person zur Frau hatte, die ihm außer sich selbst nicht wohl ein Modell zuließ, so wollte nichts Gefälliges zu stande kommen. Zudem war er genötigt gewesen, über das Maß seiner Figuren hinauszugehen. Seine Bäume hatten Wahrheit, aber ein kleinliches Blätterwerk. Er war ein Schüler von Brinckmann, dessen Pinsel in Staffeleigemälden nicht zu schelten ist.

Schütz, der Landschaftsmaler, fand sich vielleicht am besten in die Sache. Die Rheingegenden hatte er ganz in seiner Gewalt so wie den sonnigen Ton, der sie in der schönen Jahreszeit belebt. Er war nicht ganz ungewohnt, in einem größern Maßstabe zu arbeiten, und auch da ließ er es an Ausführung und Haltung nicht fehlen. Er lieferte sehr heitre Bilder.

Trautmann rembrandtisierte einige Auferweckungswunder des

Neuen Testaments und zündete nebenher Dörfer und Mühlen an. Auch ihm war, wie ich aus den Aufrissen der Zimmer bemerken konnte, ein eigenes Kabinett zugeteilt worden. Hirt malte einige gute Eichen- und Buchenwälder. Seine Herden waren lobenswert. Juncker, an die Nachahmung der ausführlichsten Niederländer gewöhnt, konnte sich am wenigsten in diesen Tapetenstil finden; jedoch bequemte er sich, für gute Zahlung, mit Blumen und Früchten manche Abteilung zu verzieren.

Da ich alle diese Männer von meiner frühsten Jugend an gekannt und sie oft in ihren Werkstätten besucht hatte, auch der Graf mich gern um sich leiden mochte, so war ich bei den Aufgaben, Beratschlagungen und Bestellungen wie auch bei den Ablieferungen gegenwärtig und nahm mir, zumal wenn Skizzen und Entwürfe eingereicht wurden, meine Meinung zu eröffnen gar wohl heraus. Ich hatte mir schon früher bei Gemäldeliebhabern, besonders aber auf Auktionen, denen ich fleißig beiwohnte, den Ruhm erworben, daß ich gleich zu sagen wisse, was irgend ein historisches Bild vorstelle, es sei nun aus der biblischen oder der Profan-Geschichte oder aus der Mythologie genommen; und wenn ich auch den Sinn der allegorischen Bilder nicht immer traf, so war doch selten jemand gegenwärtig, der es besser verstand als ich. So hatte ich auch öfters die Künstler vermocht, diesen oder jenen Gegenstand vorzustellen, und solcher Vorteile bediente ich mich gegenwärtig mit Lust und Liebe. Ich erinnere mich noch, daß ich einen umständlichen Aufsatz verfertigte, worin ich zwölf Bilder beschrieb, welche die Geschichte Josephs darstellen sollten; einige davon wurden ausgeführt.

Nach diesen, für einen Knaben allerdings löblichen Verrichtungen, will ich auch einer kleinen Beschämung, die mir innerhalb dieses Künstlerkreises begegnete, Erwähnung tun. Ich war nämlich mit allen Bildern wohl bekannt, welche man nach und nach in jenes Zimmer gebracht hatte. Meine jugendliche Neugierde ließ nichts ungesehen und ununtersucht. Einst fand ich hinter dem Ofen ein schwarzes Kästchen: ich ermangelte nicht, zu forschen was darin verborgen sei, und ohne mich lange zu besinnen, zog ich den Schieber weg. Das darin enthaltene Gemälde war freilich von der Art, die man den Augen nicht auszustellen pflegt, und ob ich es gleich alsobald wieder zuzuschieben Anstalt machte, so konnte ich doch nicht geschwind genug damit fertig werden. Der Graf trat herein und ertappte mich. — »Wer hat Euch erlaubt, dieses Kästchen zu eröffnen?« sagte er mit seiner Königsleutnants-Miene. Ich hatte nicht viel darauf zu antworten, und er sprach sogleich die Strafe sehr ernsthaft aus: »Ihr werdet in acht Tagen«, sagte er, »dieses Zimmer nicht betreten.« — Ich machte eine Verbeugung und ging hinaus. Auch gehorchte ich diesem Gebot aufs pünktlichste, so daß es dem guten Seekatz, der eben in dem Zimmer arbeitete, sehr verdrießlich war — denn er hatte mich gern um sich —, und ich trieb aus einer kleinen Tücke den Gehorsam so weit, daß ich Seekatzen seinen Kaffee, den ich ihm gewöhnlich brachte, auf die Schwelle setzte; da er denn von seiner Arbeit aufstehen und ihn holen mußte, welches er so übel empfand, daß er mir fast gram geworden wäre.

Nun aber scheint es nötig, umständlicher anzuzeigen und begreiflich zu machen, wie ich mir in solchen Fällen in der französischen Sprache, die ich doch nicht gelernt, mit mehr oder weniger Bequemlichkeit durchgeholfen. Auch hier kam mir die angeborne Gabe zu statten, daß ich leicht den Schall und Klang einer Sprache, ihre Bewegung, ihren Akzent, den Ton und was sonst von äußern Eigentümlichkeiten, fassen konnte. Aus dem Lateinischen waren mir viele Worte bekannt; das Italienische vermittelte noch mehr, und so horchte ich in kurzer Zeit von Bedienten und Soldaten, Schildwachen und Besuchen so viel heraus, daß ich mich, wo nicht ins Gespräch mischen, doch wenigstens einzelne Fragen und Antworten bestehen konnte. Aber dieses war alles nur wenig gegen den Vorteil, den mir das Theater brachte. Von meinem Großvater hatte ich ein Freibillett erhalten, dessen ich mich, mit Widerwillen meines Vaters, unter dem Beistand meiner Mutter, täglich bediente. Hier saß ich nun im Parterre vor einer fremden Bühne und paßte um so mehr auf Bewegung, mimischen und Redeausdruck, als ich wenig oder nichts von dem verstand, was da oben gesprochen wurde, und also meine Unterhaltung nur vom Gebärdenspiel und Sprachton nehmen konnte. Von der Komödie verstand ich am wenigsten, weil sie geschwind gesprochen wurde und sich auf Dinge des gemeinen Lebens bezog, deren Ausdrücke mir gar nicht bekannt waren. Die Tragödie kam seltner vor, und der gemessene Schritt, das Taktartige der Alexandriner, das Allgemeine des Ausdrucks machten sie mir in jedem Sinne faßlicher. Es dauerte nicht lange, so nahm ich den Racine, den ich in meines Vaters Bibliothek antraf, zur Hand und deklamierte mir die Stücke nach theatralischer Art und Weise, wie sie das Organ meines Ohrs und das ihm so genau verwandte Sprachorgan gefaßt hatte, mit großer Lebhaftigkeit, ohne daß ich noch eine ganze Rede im Zusammenhang hätte verstehen können. Ja ich lernte ganze Stellen auswendig und rezitierte sie wie ein eingelernter Sprachvogel; welches mir um so leichter ward, als ich früher die für ein Kind meist unverständlichen biblischen Stellen auswendig gelernt und sie in dem Ton der protestantischen Prediger zu rezitieren mich gewöhnt hatte. Das versifizierte französische Lustspiel war damals sehr beliebt: die Stücke von Destouches, Marivaux, La Chaussée kamen häufig vor, und ich erinnere mich noch deutlich mancher charakteristischer Figuren. Von den Molièreschen ist mir weniger im Sinn geblieben. Was am meisten Eindruck auf mich machte, war die *Hypermnestra* von Lemierre, die als neues Stück mit Sorgfalt aufgeführt und wiederholt gegeben wurde. Höchst anmutig war der Eindruck, den der *Devin du Village, Rose et Colas, Annette et Lubin* auf mich machten. Ich kann mir die bebänderten Buben und Mädchen und ihre Bewegungen noch jetzt zurückrufen. Es dauerte nicht lange, so regte sich der Wunsch bei mir, mich auf dem Theater selbst umzusehen, wozu sich mir so mancherlei Gelegenheit darbot. Denn da ich nicht immer die ganzen Stücke auszuhören Geduld hatte und manche Zeit in den Korridors, auch wohl bei gelinderer Jahreszeit vor der Tür, mit andern Kindern meines Alters allerlei Spiele trieb, so gesellte sich ein schöner munterer Knabe zu uns, der zum Theater gehörte und den ich in manchen kleinen Rollen, obwohl nur beiläufig, gesehen hatte. Mit mir konnte er sich am besten verständigen, indem ich mein Französisch bei ihm geltend zu machen wußte; und er knüpfte sich um so mehr an mich, als kein Knabe seines Alters und seiner Nation beim Theater oder sonst in der Nähe war. Wir gingen auch außer der Theaterzeit zusammen, und selbst während der Vorstellungen ließ er mich selten in Ruhe. Er war ein allerliebster kleiner Aufschneider, schwätzte charmant und unaufhörlich und wußte so viel von seinen Abenteuern, Händeln und andern Sonderbarkeiten zu erzählen, daß er mich außerordentlich unterhielt und ich von ihm, was Sprache und Mitteilung durch dieselbe betrifft, in vier Wochen mehr lernte, als man sich hätte vorstellen können; so daß niemand wußte, wie ich auf einmal, gleichsam durch Inspiration, zu der fremden Sprache gelangt war.

Gleich in den ersten Tagen unserer Bekanntschaft zog er mich mit sich aufs Theater und führte mich besonders in die Foyers, wo die Schauspieler und Schauspielerinnen in der Zwischenzeit sich aufhielten und sich an- und auskleideten. Das Lokal war weder günstig noch bequem, indem man das Theater in einen Konzertsaal hineingezwängt hatte, so daß für die Schauspieler hinter der Bühne keine besonderen Abteilungen stattfanden. In einem ziemlich großen Nebenzimmer, das ehedem zu Spielpartien gedient hatte, waren nun beide Geschlechter meist beisammen und schienen sich so wenig unter einander selbst als vor uns Kindern zu scheuen, wenn es beim Anlegen oder Verändern der Kleidungsstücke nicht immer zum anständigsten herging. Mir war dergleichen niemals vorgekommen, und doch fand ich es bald durch Gewohnheit, bei wiederholtem Besuch, ganz natürlich.

Es währte nicht lange, so entspann sich aber für mich ein eignes und besondres Interesse. Der junge Derones, so will ich den Knaben nennen, mit dem ich mein Verhältnis immer fortsetzte, war außer seinen Aufschneidereien ein Knabe von guten Sitten und recht artigem Betragen. Er machte mich mit seiner Schwester bekannt, die ein paar Jahre älter als wir und ein gar angenehmes Mädchen war, gut gewachsen, von einer regelmäßigen Bildung, brauner Farbe, schwarzen Haaren und Augen; ihr ganzes Betragen hatte etwas Stilles, ja Trauriges. Ich suchte ihr auf alle Weise gefällig zu sein; allein ich konnte ihre Aufmerksamkeit nicht auf mich lenken. Junge Mädchen dünken sich gegen jüngere Knaben sehr weit vorgeschritten und nehmen, indem sie nach den Jünglingen hinschauen, ein tantenhaftes Betragen gegen den Knaben an, der ihnen seine erste Neigung zuwendet. Mit einem jüngern Bruder hatte ich kein Verhältnis.

Manchmal, wenn die Mutter auf den Proben oder in Gesellschaft war, fanden wir uns in ihrer Wohnung zusammen, um zu spielen oder uns zu unterhalten. Ich ging niemals hin, ohne der Schönen eine Blume, eine Frucht oder sonst etwas zu überreichen, welches sie zwar jederzeit mit sehr guter Art annahm und auf das höflichste dankte; allein ich sah ihren traurigen Blick sich niemals erheitern und fand keine Spur, daß sie sonst auf mich geachtet hätte. Endlich glaubte ich ihr Geheimnis zu entdecken. Der Knabe zeigte mir hinter dem Bette seiner Mutter, das mit eleganten seidnen Vorhängen aufgeputzt war, ein Pastellbild, das Porträt eines schönen Mannes, und bemerkte zugleich mit schlauer Miene: das sei eigentlich nicht der Papa, aber eben so gut wie der Papa; und indem er diesen Mann rühmte und nach seiner Art umständlich und prahlerisch manches erzählte, so glaubte ich herauszufinden, daß die Tochter wohl dem Vater, die beiden andern Kinder aber dem Hausfreund angehören mochten. Ich erklärte mir nun ihr trauriges Ansehen und hatte sie nur um desto lieber.

Die Neigung zu diesem Mädchen half mir die Schwindeleien des

Bruders übertragen, der nicht immer in seinen Grenzen blieb. Ich hatte oft die weitläufigen Erzählungen seiner Großtaten auszuhalten, wie er sich schon öfter geschlagen, ohne jedoch dem andern schaden zu wollen: es sei alles bloß der Ehre wegen geschehen. Stets habe er gewußt seinen Widersacher zu entwaffnen, und ihm alsdann verziehen; ja er verstehe sich aufs Ligieren so gut, daß er einst selbst in große Verlegenheit geraten, als er den Degen seines Gegners auf einen hohen Baum geschleudert, so daß man ihn nicht leicht wieder habhaft werden können.

Was mir meine Besuche auf dem Theater sehr erleichterte, war, daß mir mein Freibillett, als aus den Händen des Schultheißen, den Weg zu allen Plätzen eröffnete und also auch zu den Sitzen im Proszenium. Dieses war nach französischer Art sehr tief und an beiden Seiten mit Sitzen eingefaßt, die, durch eine niedrige Barriere beschränkt, sich in mehreren Reihen hinter einander aufbauten und zwar dergestalt, daß die ersten Sitze nur wenig über die Bühne erhoben waren. Das Ganze galt für einen besondern Ehrenplatz; nur Offiziere bedienten sich gewöhnlich desselben, obgleich die Nähe der Schauspieler, ich will nicht sagen jede Illusion, sondern gewissermaßen jedes Gefallen aufhob. Sogar jenen Gebrauch oder Mißbrauch, über den sich Voltaire so sehr beschwert, habe ich noch erlebt und mit Augen gesehen. Wenn bei sehr vollem Hause, und etwa zur Zeit von Durchmärschen angesehene Offiziere nach jenem Ehrenplatz strebten, der aber gewöhnlich schon besetzt war, so stellte man noch einige Reihen Bänke und Stühle ins Proszenium auf die Bühne selbst, und es blieb den Helden und Heldinnen nichts übrig, als in einem sehr mäßigen Raume zwischen den Uniformen und Orden ihre Geheimnisse zu enthüllen. Ich habe die *Hypermnestra* selbst unter solchen Umständen aufführen sehen.

Der Vorhang fiel nicht zwischen den Akten; und ich erwähne noch eines seltsamen Gebrauchs, den ich sehr auffallend finden mußte, da mir als einem guten deutschen Knaben das Kunstwidrige daran ganz unerträglich war. Das Theater nämlich ward als das größte Heiligtum betrachtet, und eine vorfallende Störung auf demselben hätte als das größte Verbrechen gegen die Majestät des Publikums sogleich müssen gerügt werden. Zwei Grenadiere, das Gewehr beim Fuß, standen daher in allen Lustspielen ganz öffentlich zu beiden Seiten des hintersten Vorhangs und waren Zeugen von allem, was im Innersten der Familie vorging. Da, wie gesagt, zwischen den Akten der Vorhang nicht niedergelassen wurde, so lösten, bei einfallender Musik, zwei andere dergestalt ab, daß sie aus den Kulissen ganz strack vor jene hintraten, welche sich dann eben so gemessentlich zurückzogen. Wenn nun eine solche Anstalt recht dazu geeignet war, alles, was man beim Theater Illusion nennt, aufzuheben, so fällt es um so mehr auf, da dieses zu einer Zeit geschah, wo nach Diderots Grundsätzen und Beispielen die natürlichste Natürlichkeit auf der Bühne gefordert und eine vollkommene Täuschung als das eigentliche Ziel der theatralischen Kunst angegeben wurde. Von einer solchen militärischen Polizeianstalt war jedoch die Tragödie entbunden, und die Helden des Altertums hatten das Recht sich selbst zu bewachen; die gedachten Grenadiere standen indes nahe genug hinter den Kulissen.

So will ich denn auch noch anführen, daß ich Diderots *Hausvater* und die *Philosophen* von Palissot gesehen habe, und mich im letztern Stück der Figur des Philosophen, der auf allen vieren geht und in ein rohes Salathaupt beißt, noch wohl erinnere.

Alle diese theatralische Mannigfaltigkeit konnte jedoch uns Kinder nicht immer im Schauspielhause festhalten. Wir spielten bei schönem Wetter vor demselben und in der Nähe und begingen allerlei Torheiten, welche besonders an Sonn- und Festtagen keineswegs zu unserm Äußeren paßten: denn ich und meinesgleichen erschienen alsdann, angezogen wie man mich in jenem Märchen gesehen, den Hut unterm Arm, mit einem kleinen Degen, dessen Bügel mit einer großen seidenen Bandschleife geziert war. Einst, als wir eine ganze Zeit unser Wesen getrieben und de Rosne sich unter uns gemischt hatte, fiel es diesem ein, mir zu beteuern, ich hätte ihn beleidigt und müsse ihm Satisfaktion geben. Ich begriff zwar nicht, was ihm Anlaß geben konnte, ließ mir aber seine Ausforderung gefallen und wollte ziehen. Er versicherte mir aber, es sei in solchen Fällen gebräuchlich, daß man an einsame Örter gehe, um die Sache desto bequemer ausmachen zu können. Wir verfügten uns deshalb hinter einige Scheunen und stellten uns in gehörige Positur. Der Zweikampf erfolgte auf eine etwas theatralische Weise, die Klingen klirrten, und die Stöße gingen nebenaus; doch im Feuer der Aktion blieb er mit der Spitze seines Degens an der Bandschleife meines Bügels hangen. Sie ward durchbohrt, und er versicherte mir, daß er nun die vollkommenste Satisfaktion habe, umarmte mich sodann, gleichfalls recht theatralisch, und wir gingen in das nächste Kaffeehaus, um uns mit einem Glase Mandelmilch von unserer Gemütsbewegung zu erholen und den alten Freundschaftsbund nur desto fester zu schließen.

Ein anderes Abenteuer, das mir auch im Schauspielhause, obgleich später, begegnet, will ich bei dieser Gelegenheit erzählen. Ich saß nämlich mit einem meiner Gespielen ganz ruhig im Parterre, und wir sahen mit Vergnügen einem Solotanze zu, den ein hübscher Knabe, ungefähr von unserm Alter, der Sohn eines durchreisenden französischen Tanzmeisters, mit vieler Gewandtheit und Anmut aufführte. Nach Art der Tänzer war er mit einem knappen Wämschen von roter Seide bekleidet, welches, in einen kurzen Reifrock ausgehend, gleich den Lauferschürzen, bis über die Knie schwebte. Wir hatten diesem angehenden Künstler mit dem ganzen Publikum unsern Beifall gezollt, als mir ich weiß nicht wie einfiel, eine moralische Reflexion zu machen. Ich sagte zu meinem Begleiter: Wie schön war dieser Knabe geputzt und wie gut nahm er sich aus; wer weiß in was für einem zerrissenen Jäckchen er heute Nacht schlafen mag! — Alles war schon aufgestanden, nur ließ uns die Menge noch nicht vorwärts. Eine Frau, die neben mir gesessen hatte und nun hart an mir stand, war zufälligerweise die Mutter dieses jungen Künstlers, die sich durch meine Reflexion sehr beleidigt fühlte. Zu meinem Unglück konnte sie Deutsch genug, um mich verstanden zu haben, und sprach es gerade so viel als nötig war, um schelten zu können. Sie machte mich gewaltig herunter: wer ich denn sei, meinte sie, daß ich Ursache hätte an der Familie und an der Wohlhabenheit dieses jungen Menschen zu zweifeln. Auf alle Fälle dürfe sie ihn für so gut halten als mich, und seine Talente könnten ihm wohl ein Glück bereiten, wovon ich mir nicht würde träumen lassen. Diese Strafpredigt hielt sie mir im Gedränge und machte die Umstehenden aufmerksam, welche Wunder dachten, was ich für eine Unart müßte begangen haben. Da ich mich weder entschuldigen noch von ihr entfernen konnte, so war ich wirklich verlegen, und als sie einen Augenblick inne hielt, sagte ich, ohne etwas dabei zu denken: Nun, wozu der Lärm? heute rot, morgen tot! — Auf diese Worte schien die Frau zu verstummen. Sie sah mich an und entfernte sich von mir, sobald es nur einigermaßen möglich war. Ich dachte nicht weiter an meine Worte. Nur einige Zeit hernach fielen sie mir auf, als der Knabe, anstatt sich nochmals sehen zu lassen, krank ward und zwar sehr gefährlich. Ob er gestorben ist, weiß ich nicht zu sagen.

Dergleichen Vordeutungen durch ein unzeitig, ja unschicklich ausgesprochenes Wort standen bei den Alten schon in Ansehen, und es bleibt höchst merkwürdig, daß die Formen des Glaubens und Aberglaubens bei allen Völkern und zu allen Zeiten immer dieselben geblieben sind.

Nun fehlte es von dem ersten Tage der Besitznehmung unserer Stadt, zumal Kindern und jungen Leuten, nicht an immerwährender Zerstreuung. Theater und Bälle, Paraden und Durchmärsche zogen unsere Aufmerksamkeit hin und her. Die letztern besonders nahmen immer zu, und das Soldatenleben schien uns ganz lustig und vergnüglich.

Der Aufenthalt des Königsleutnants in unserm Hause verschaffte uns den Vorteil, alle bedeutenden Personen der französischen Armee nach und nach zu sehen und besonders die Ersten, deren

Name schon durch den Ruf zu uns gekommen war, in der Nähe zu betrachten. So sahen wir von Treppen und Podesten, gleichsam wie von Galerien, sehr bequem die Generalität bei uns vorübergehn. Vor allen erinnere ich mich des Prinzen Soubise als eines schönen leutseligen Herrn; am deutlichsten aber des Marschalls von Broglio als eines jüngern, nicht großen aber wohlgebauten, lebhaften, geistreich um sich blickenden, behenden Mannes.

Er kam mehrmals zum Königsleutnant, und man merkte wohl, daß von wichtigen Dingen die Rede war. Wir hatten uns im ersten Vierteljahr der Einquartierung kaum in diesen neuen Zustand gefunden, als schon die Nachricht sich dunkel verbreitete: die Alliierten seien im Anmarsch, und Herzog Ferdinand von Braunschweig komme, die Franzosen vom Main zu vertreiben. Man hatte von diesen, die sich keines besondern Kriegsglückes rühmen konnten, nicht die größte Vorstellung, und seit der Schlacht von Roßbach glaubte man sie verachten zu dürfen; auf den Herzog Ferdinand setzte man das größte Vertrauen, und alle preußisch Gesinnten erwarteten mit Sehnsucht ihre Befreiung von der bisherigen Last. Mein Vater war etwas heiterer, meine Mutter in Sorgen. Sie war klug genug, einzusehen, daß ein gegenwärtiges geringes Übel leicht mit einem großen Ungemach vertauscht werden könne: denn es zeigte sich nur allzu deutlich, daß man dem Herzog nicht entgegengehen, sondern einen Angriff in der Nähe der Stadt abwarten werde. Eine Niederlage der Franzosen, eine Flucht, eine Verteidigung der Stadt, wäre es auch nur um den Rückzug zu decken und um die Brücke zu behalten, ein Bombardement, eine Plünderung, alles stellte sich der erregten Einbildungskraft dar und machte beiden Parteien Sorge. Meine Mutter, welche alles, nur nicht die Sorge ertragen konnte, ließ durch den Dolmetscher ihre Furcht bei dem Grafen anbringen; worauf sie die in solchen Fällen gebräuchliche Antwort erhielt: sie solle ganz ruhig sein, es sei nichts zu befürchten, sich übrigens still halten und mit niemand von der Sache sprechen.

Mehrere Truppen zogen durch die Stadt; man erfuhr, daß sie bei Bergen haltmachten. Das Kommen und Gehen, das Reiten und Laufen vermehrte sich immer, und unser Haus war Tag und Nacht in Aufruhr. In dieser Zeit habe ich den Marschall Broglio öfter gesehen, immer heiter, ein wie das andere Mal an Gebärden und Betragen völlig gleich, und es hat mich auch nachher gefreut, den Mann, dessen Gestalt einen so guten und dauerhaften Eindruck gemacht hatte, in der Geschichte rühmlich erwähnt zu finden.

So kam denn endlich, nach einer unruhigen Karwoche, 1759, der Karfreitag heran. Eine große Stille verkündigte den nahen Sturm. Uns Kindern war verboten, aus dem Hause zu gehen; der Vater hatte keine Ruhe und ging aus. Die Schlacht begann; ich stieg auf den obersten Boden, wo ich zwar die Gegend zu sehen gehindert war, aber den Donner der Kanonen und das Massenfeuer des kleinen Gewehrs recht gut vernehmen konnte. Nach einigen Stunden sahen wir die ersten Zeichen der Schlacht an einer Reihe Wagen, auf welchen Verwundete in mancherlei traurigen Verstümmelungen und Gebärden sachte bei uns vorbeigefahren wurden, um in das zum Lazarett umgewandelte Liebfrauenkloster gebracht zu werden. Sogleich regte sich die Barmherzigkeit der Bürger. Bier, Wein, Brot, Geld ward denjenigen hingereicht, die noch etwas empfangen konnten. Als man aber einige Zeit darauf blessierte und gefangene Deutsche unter diesem Zug gewahr wurde, fand das Mitleid keine Grenze, und es schien, als wollte jeder sich von allem entblößen, was er nur Bewegliches besaß, um seinen bedrängten Landsleuten beizustehen.

Diese Gefangenen waren jedoch Anzeichen einer für die Alliierten unglücklichen Schlacht. Mein Vater, in seiner Parteilichkeit ganz sicher, daß diese gewinnen würden, hatte die leidenschaftliche Verwegenheit den gehofften Siegern entgegenzugehen, ohne zu bedenken, daß die geschlagene Partei erst über ihn wegfliehen müßte. Erst begab er sich in seinen Garten vor dem Friedberger Tore, wo er alles einsam und ruhig fand; dann wagte er sich auf die Bornheimer Heide, wo er aber bald verschiedene zerstreute Nachzügler und Troßknechte ansichtig ward, die sich den Spaß machten, nach den Grenzsteinen zu schießen, so daß dem neugierigen Wandrer das abprallende Blei um den Kopf sauste. Er hielt es deshalb doch für geratener zurückzugehen und erfuhr bei einiger Nachfrage, was ihm schon der Schall des Feuerns hätte klar machen sollen, daß alles für die Franzosen gut stehe und an kein Weichen zu denken sei. Nach Hause gekommen, voll Unmut, geriet er beim Erblicken der verwundeten und gefangenen Landsleute ganz aus der gewöhnlichen Fassung. Auch er ließ den Vorbeiziehenden mancherlei Spende reichen; aber nur die Deutschen sollten sie erhalten, welches nicht immer möglich war, weil das Schicksal Freunde und Feinde zusammen aufgepackt hatte.

Die Mutter und wir Kinder, die wir schon früher auf des Grafen Wort gebaut und deshalb einen ziemlich beruhigten Tag hingebracht hatten, waren höchlich erfreut, und die Mutter doppelt getröstet, da sie des Morgens, als sie das Orakel ihres Schatzkästleins durch einen Nadelstich befragt, eine für die Gegenwart sowohl als für die Zukunft sehr tröstliche Antwort erhalten hatte. Wir wünschten unserm Vater gleichen Glauben und gleiche Gesinnung, wir schmeichelten ihm was wir konnten, wir baten ihn etwas Speise zu sich zu nehmen, die er den ganzen Tag entbehrt hatte; er verweigerte unsre Liebkosungen und jeden Genuß, und begab sich auf sein Zimmer. Unsre Freude ward indessen nicht gestört; die Sache war entschieden; der Königsleutnant, der diesen Tag gegen seine Gewohnheit zu Pferde gewesen, kehrte endlich zurück, seine Gegenwart zu Hause war nötiger als je. Wir sprangen ihm entgegen, küßten seine Hände und bezeigten ihm unsre Freude. Es schien ihm sehr zu gefallen. »Wohl!« sagte er freundlicher als sonst, »ich bin auch um euertwillen vergnügt, liebe Kinder!« Er befahl sogleich uns Zuckerwerk, süßen Wein, überhaupt das Beste zu reichen, und ging auf sein Zimmer, schon von einer großen Masse Dringender, Fordernder und Bittender umgeben.

Wir hielten nun eine köstliche Kollation, bedauerten den guten Vater, der nicht teil daran nehmen mochte, und drangen in die Mutter, ihn herbei zu rufen; sie aber klüger als wir, wußte wohl, wie unerfreulich ihm solche Gaben sein würden. Indessen hatte sie etwas Abendbrot zurecht gemacht und hätte ihm gern eine Portion auf das Zimmer geschickt: aber eine solche Unordnung litt er nie, auch nicht in den äußersten Fällen, und nachdem man die süßen Gaben beiseite geschafft, suchte man ihn zu bereden, herab in das gewöhnliche Speisezimmer zu kommen. Endlich ließ er sich bewegen, ungern, und wir ahneten nicht, welches Unheil wir ihm und uns bereiteten. Die Treppe lief frei durchs ganze Haus an allen Vorsälen vorbei. Der Vater mußte, indem er herabstieg, unmittelbar an des Grafen Zimmer vorübergehen. Sein Vorsaal stand so voller Leute, daß der Graf sich entschloß, um mehreres auf einmal abzutun, herauszutreten; und dies geschah leider in dem Augenblick, als der Vater herabkam. Der Graf ging ihm heiter entgegen, begrüßte ihn und sagte: »Ihr werdet uns und Euch Glück wünschen, daß diese gefährliche Sache so glücklich abgelaufen ist.« — Keineswegs! versetzte mein Vater mit Ingrimm: ich wollte, sie hätten euch zum Teufel gejagt, und wenn ich hätte mitfahren sollen. — Der Graf hielt einen Augenblick inne, dann aber fuhr er mit Wut auf: »Dieses sollt Ihr büßen!« rief er, »Ihr sollt nicht umsonst der gerechten Sache und mir eine solche Beleidigung zugefügt haben!«

Der Vater war indes gelassen heruntergestiegen, setzte sich zu uns, schien heiterer als bisher und fing an, zu essen. Wir freuten uns darüber und wußten nicht, auf welche bedenkliche Weise er sich den Stein vom Herzen gewälzt hatte. Kurz darauf wurde die Mutter herausgerufen, und wir hatten große Lust, dem Vater auszuplaudern, was uns der Graf für Süßigkeiten verehrt habe. Die Mutter kam nicht zurück. Endlich trat der Dolmetscher herein. Auf seinen Wink schickte man uns zu Bette: es war schon spät und wir gehorchten gern. Nach einer ruhig durchschlafenen Nacht erfuhren wir die gewaltsame Bewegung, die gestern Abend das Haus erschüttert hatte. Der Königsleutnant hatte sogleich befohlen, den Vater auf die Wache zu führen. Die Subalternen wußten wohl, daß ihm niemals zu widersprechen war; doch hatten sie sich manchmal Dank verdient, wenn sie mit der Ausführung zauderten. Diese Gesinnung wußte der Gevatter Dolmetsch, den die Geistesgegenwart niemals verließ, aufs lebhafteste bei ihnen rege zu machen. Der Tumult war ohnehin so groß, daß eine Zögerung sich von selbst versteckte und entschuldigte. Er hatte meine Mutter herausgerufen, und ihr den Adjutanten gleichsam in die Hände gegeben, daß sie durch Bitten und Vorstellungen nur einigen Aufschub erlangen möchte. Er selbst eilte schnell hinauf zum Grafen, der sich bei der großen Beherrschung seiner selbst sogleich ins innere Zimmer zurückgezogen hatte, und das dringendste Geschäft lieber einen Augenblick stocken ließ, als daß er den einmal in ihm erregten bösen Mut an einem Unschuldigen gekühlt und eine seiner Würde nachteilige Entscheidung gegeben hätte.

Die Anrede des Dolmetschers an den Grafen, die Führung des ganzen Gesprächs hat uns der dicke Gevatter, der sich auf den glücklichen Erfolg nicht wenig zu gute tat, oft genug wiederholt, so daß ich sie aus dem Gedächtnis wohl noch aufzeichnen kann.

Der Dolmetsch hatte gewagt, das Kabinett zu eröffnen und hineinzutreten, eine Handlung die höchst verpönt war. »Was wollt Ihr?« rief ihm der Graf zornig entgegen. »Hinaus mit Euch! Hier hat niemand das Recht hereinzutreten als Saint Jean.«

So haltet mich einen Augenblick für Saint Jean, versetzte der Dolmetsch.

»Dazu gehört eine gute Einbildungskraft. Seiner zwei machen noch nicht einen wir Ihr seid. Entfernt Euch!«

Herr Graf, Ihr habt eine große Gabe vom Himmel empfangen, und an die appelliere ich.

»Ihr denkt mir zu schmeicheln! Glaubt nicht, daß es Euch gelingen werde.«

Ihr habt die große Gabe, Herr Graf, auch in Augenblicken der

Leidenschaft, in Augenblicken des Zorns, die Gesinnungen anderer anzuhören.

»Wohl, wohl! Von Gesinnungen ist eben die Rede, die ich zu lange angehört habe. Ich weiß nur zu gut, daß man uns hier nicht liebt, daß uns diese Bürger scheel ansehn.«

Nicht alle!

»Sehr viele! Was! diese Städter, Reichsstädter wollen sie sein? Ihren Kaiser haben sie wählen und krönen sehen, und wenn dieser, ungerecht angegriffen, seine Länder zu verlieren und einem Usurpator zu unterliegen Gefahr läuft, wenn er glücklicherweise getreue Alliierte findet, die ihr Geld, ihr Blut zu seinem Vorteil verwenden, so wollen sie die geringe Last nicht tragen, die zu ihrem Teil sie trifft, daß der Reichsfeind gedemütigt werde.«

Freilich kennt Ihr diese Gesinnungen schon lange und habt sie als ein weiser Mann geduldet; auch ist es nur die geringere Zahl. Wenige, verblendet durch die glänzenden Eigenschaften des Feindes, den Ihr ja selbst als einen außerordentlichen Mann schätzt, wenige nur, Ihr wißt es!

»Ja wohl! zu lange habe ich es gewußt und geduldet, sonst hätte dieser sich nicht unterstanden, mir in den bedeutendsten Augenblicken solche Beleidigungen ins Gesicht zu sagen. Es mögen sein so viel ihrer wollen, sie sollen in diesem ihrem kühnen Repräsentanten gestraft werden und sich merken, was sie zu erwarten haben.«

Nur Aufschub, Herr Graf!

»In gewissen Dingen kann man nicht zu geschwind verfahren.«

Nur einen kurzen Aufschub!

»Nachbar! Ihr denkt mich zu einem falschen Schritt zu verleiten; es soll Euch nicht gelingen.«

Weder verleiten will ich Euch zu einem falschen Schritt, noch von einem falschen zurückhalten; Euer Entschluß ist gerecht: er geziemt dem Franzosen, dem Königsleutnant; aber bedenkt, daß Ihr auch Graf Thoranc seid.

»Der hat hier nicht mitzusprechen.«

Man sollte den braven Mann doch auch hören.

»Nun, was würde er denn sagen?«

Herr Königsleutnant! würde er sagen: Ihr habt so lange mit so viel dunkeln, unwilligen, ungeschickten Menschen Geduld gehabt, wenn sie es Euch nur nicht gar zu arg machten. Dieser hat's freilich sehr arg gemacht; aber gewinnt es über Euch, Herr Königsleutnant! und jedermann wird Euch deswegen loben und preisen.

»Ihr wißt, daß ich Eure Possen manchmal leiden kann, aber mißbraucht nicht mein Wohlwollen. Diese Menschen, sind sie denn ganz verblendet? Hätten wir die Schlacht verloren in diesem Augenblick, was würde ihr Schicksal sein? Wir schlagen uns bis vor die Tore, wir sperren die Stadt, wir halten, wir verteidigen uns, um unsere Retirade über die Brücke zu decken. Glaubt Ihr, daß der Feind die Hände in den Schoß gelegt hätte? Er wirft Granaten und was er bei der Hand hat, und sie zünden, wo sie können. Dieser Hausbesitzer da, was will er? In diesen Zimmern hier platzte jetzt wohl eine Feuerkugel, und eine andere folgte hinterdrein; in diesen Zimmern deren vermaledeite Pekingtapeten ich geschont, mich geniert habe, meine Landkarten nicht aufzunageln! Den ganzen Tag hätten sie auf den Knien liegen sollen.«

Wie viele haben das getan!

»Sie hätten sollen den Segen für uns erflehen, den Generalen und Offizieren mit Ehren- und Freudenzeichen, den ermatteten Gemeinen mit Erquickung entgegen gehen. Anstatt dessen verdirbt mir der Gift dieses Parteigeistes die schönsten glücklichsten, durch so viel Sorgen und Anstrengungen erworbenen Augenblicke meines Lebens!«

Es ist ein Parteigeist; aber Ihr werdet ihn durch die Bestrafung dieses Mannes nur vermehren. Die mit ihm Gleichgesinnten werden Euch als einen Tyrannen, als einen Barbaren ausschreien; sie werden ihn als einen Märtyrer betrachten, der für die gute Sache gelitten hat; und selbst die anders Gesinnten, die jetzt seine Gegner sind, werden in ihm nur den Mitbürger sehen, werden ihn bedauern und, indem sie Euch Recht geben, dennoch finden, daß Ihr zu hart verfahren seid.

»Ich habe Euch schon zu lange angehört; macht, daß Ihr fortkommt!«

So hört nur noch dieses! Bedenkt, daß es das Unerhörteste ist, was diesem Manne, was dieser Familie begegnen könnte. Ihr hattet nicht Ursache, von dem guten Willen des Hausherrn erbaut zu sein; aber die Hausfrau ist allen Euren Wünschen zuvorgekommen, und die Kinder haben Euch als ihren Oheim betrachtet. Mit diesem einzigen Schlag werdet Ihr den Frieden und das Glück dieser Wohnung auf ewig zerstören. Ja, ich kann wohl sagen, eine Bombe, die ins Haus gefallen wäre, würde nicht größere Verwüstungen darin angerichtet haben. Ich habe Euch so oft über Eure Fassung bewundert, Herr Graf; gebt mir diesmal Gelegenheit, Euch anzubeten. Ein Krieger ist ehrwürdig, der sich selbst in Feindes Haus als einen Gastfreund betrachtet; hier ist kein Feind, nur ein Verirrter. Gewinnt es über Euch, und es wird Euch zu ewigem Ruhme gereichen!

»Das müßte wunderlich zugehen«, versetzte der Graf mit einem Lächeln.

Nur ganz natürlich, erwiderte der Dolmetscher. Ich habe die Frau, die Kinder nicht zu Euren Füßen geschickt: denn ich weiß, daß Euch solche Szenen verdrießlich sind; aber ich will Euch die Frau, die Kinder schildern, wie sie Euch danken; ich will sie Euch schildern, wie sie sich zeitlebens von dem Tage der Schlacht bei Bergen und von Eurer Großmut an diesem Tage unterhalten, wie sie es Kindern und Kindeskindern erzählen und auch Fremden ihr Interesse für Euch einzuflößen wissen: eine Handlung dieser Art kann nicht untergehen!

»Ihr trefft meine schwache Seite nicht, Dolmetscher. An den Nachruhm pfleg' ich nicht zu denken, der ist für andere, nicht für mich; aber im Augenblick Recht zu tun, meine Pflicht nicht zu versäumen, meiner Ehre nichts zu vergeben, das ist meine Sorge. Wir haben schon zu viel Worte gemacht; jetzt geht hin – und laßt Euch von den Undankbaren danken, die ich verschone!«

Der Dolmetsch, durch diesen unerwartet glücklichen Ausgang überrascht und bewegt, konnte sich der Tränen nicht enthalten, und wollte dem Grafen die Hände küssen; der Graf wies ihn ab und sagte streng und ernst: »Ihr wißt, daß ich dergleichen nicht leiden kann!« Und mit diesen Worten trat er auf den Vorsaal, um die andringenden Geschäfte zu besorgen und das Begehren so vieler wartenden Menschen zu vernehmen. So ward die Sache beigelegt, und wir feierten den andern Morgen, bei den Überbleibseln der gestrigen Zuckergeschenke, das Vorübergehen eines Übels, dessen Androhen wir glücklich verschlafen hatten.

Ob der Dolmetsch wirklich so weise gesprochen, oder ob er sich die Szene nur so ausgemalt, wie man es wohl nach einer guten und glücklichen Handlung zu tun pflegt, will ich nicht entscheiden; wenigstens hat er bei Wiedererzählung derselben niemals variiert. Genug, dieser Tag dünkte ihm, so wie der sorgenvollste, so auch der glorreichste seines Lebens.

Wie sehr übrigens der Graf alles falsche Zeremoniell abgelehnt, keinen Titel, der ihm nicht gebührte, jemals angenommen, und wie er in seinen heitern Stunden immer geistreich gewesen, davon soll eine kleine Begebenheit ein Zeugnis ablegen.

Ein vornehmer Mann, der aber auch unter die abstrusen einsamen Frankfurter gehörte, glaubte sich über seine Einquartierung beklagen zu müssen. Er kam persönlich, und der Dolmetsch bot ihm seine Dienste an; jener aber meinte derselben nicht zu bedürfen. Er trat vor den Grafen mit einer anständigen Verbeugung und sagte: »Exzellenz!« Der Graf gab ihm die Verbeugung zurück, so wie die Exzellenz. Betroffen von dieser Ehrenbezeigung, nicht anders glaubend als der Titel sei zu gering, bückte er sich tiefer und sagte: »Monseigneur!« — »Mein Herr«, sagte der Graf ganz ernsthaft, »wir wollen nicht weitergehen, denn sonst könnten wir es leicht bis zur Majestät bringen.« — Der andere war äußerst verlegen und wußte kein Wort zu sagen. Der Dolmetsch, in einiger Entfernung stehend und von der ganzen Sache unterrichtet, war boshaft genug, sich nicht zu rühren, der Graf aber, mit großer Heiterkeit, fuhr fort: »Zum Beispiel, mein Herr, wie heißen Sie?« — »Spangenberg«, versetzte jener — »und ich«, sagte der Graf, »heiße Thoranc. Spangenberg, was wollt Ihr von Thoranc? Und nun setzen wir uns, die Sache soll gleich abgetan sein.«

Und so wurde die Sache auch gleich zu großer Zufriedenheit desjenigen abgetan, den ich hier Spangenberg genannt habe, und die Geschichte noch an selbigem Abend von dem schadenfrohen Dolmetsch in unserm Familienkreise nicht nur erzählt, sondern mit allen Umständen und Gebärden aufgeführt.

Nach solchen Verwirrungen, Unruhen und Bedrängnissen fand sich gar bald die vorige Sicherheit und der Leichtsinn wieder, mit welchem besonders die Jugend von Tag zu Tage lebt, wenn es nur einigermaßen angehen will. Meine Leidenschaft zu dem französischen Theater wuchs mit jeder Vorstellung; ich versäumte keinen Abend, ob ich gleich jedesmal, wenn ich nach dem Schauspiel mich zur speisenden Familie an den Tisch setzte und mich gar oft nur mit einigen Resten begnügte, die steten Vorwürfe des Vaters zu dulden hatte: das Theater sei zu gar nichts nütze und könne zu gar nichts führen. Ich rief in solchem Falle gewöhnlich alle und jede Argumente hervor, welche den Verteidigern des Schauspiels zur Hand sind, wenn sie in eine gleiche Not wie die meinige geraten. Das Laster im Glück, die Tugend im Unglück wurden zuletzt durch die poetische Gerechtigkeit wieder ins Gleichgewicht gebracht. Die schönen Beispiele von bestraften Vergehungen, Miß Sara Sampson und der Kaufmann von London wurden sehr lebhaft von mir hervorgehoben; aber ich zog dagegen öfters den kürzern, wenn die Schelmstreiche Scapins und dergleichen auf dem Zettel standen und ich mir das Behagen mußte vorwerfen lassen, das man über die Betrügereien ränkevoller Knechte und über den guten Erfolg der Torheiten ausgelassener Jünglinge im Publikum empfinde. Beide Parteien überzeugten einander nicht; doch wurde mein Vater sehr bald mit der Bühne ausgesöhnt, als er sah, daß ich mit unglaublicher Schnelligkeit in der französischen Sprache zunahm.

Die Menschen sind nun einmal so, daß jeder, was er tun sieht, lieber selbst vornähme, er habe nun Geschick dazu oder nicht. Ich hatte nun bald den ganzen Kursus der französischen Bühne durchgemacht; mehrere Stücke kamen schon zum zweiten- und drittenmal; von der würdigsten Tragödie bis zum leichtfertigsten Nachspiel war mir alles vor Augen und Geist vorbeigegangen. Und wie ich als Kind den Terenz nachzuahmen wagte, so verfehlte ich nunmehr nicht als Knabe, bei einem viel lebhafter dringenden Anlaß, auch die französischen Formen nach meinem Vermögen und Unvermögen zu wiederholen. Es wurden damals einige halb mythologische, halb allegorische Stücke im Geschmack des Piron gegeben; sie hatten etwas von der Parodie und gefielen sehr. Diese Vorstellungen zogen mich besonders an: die goldnen Flügelchen eines heitern Merkur, der Donnerkeil des verkappten Jupiter, eine galante Danae, oder wie eine von Göttern besuchte Schöne heißen mochte, wenn es nicht gar eine Schäferin oder Jägerin war, zu der sie sich herunterließen. Und da mir dergleichen Elemente aus Ovids *Verwandlungen* und Pomeys *Pantheon Mythicum* sehr häufig im Kopfe herum summten, so hatte ich bald ein solches Stückchen in meiner Phantasie zusammengestellt, wovon ich nur so viel zu sagen weiß, daß die Szene ländlich war, daß es aber doch darin weder an Königstöchtern noch Prinzen noch Göttern fehlte. Der Merkur besonders war mir dabei so lebhaft im Sinne, daß ich noch schwören wollte, ich hätte ihn mit Augen gesehen.

Eine von mir selbst sehr reinlich gefertigte Abschrift legte ich meinem Freund Derones vor, welcher sie mit ganz besonderm Anstand und einer wahrhaften Gönnermiene aufnahm, das Manuskript flüchtig durchsah, mir einige Sprachfehler nachwies, einige Reden zu lang fand und zuletzt versprach, das Werk bei gehöriger Muße näher zu betrachten und zu beurteilen. Auf meine bescheidene Frage, ob das Stück wohl aufgeführt werden könne, versicherte er mir, daß es gar nicht unmöglich sei. Sehr vieles komme beim Theater auf Gunst an, und er beschütze mich von ganzem Herzen; nur müsse man die Sache geheim halten; denn er habe selbst einmal mit einem von ihm verfertigten Stück die Direktion überrascht, und es wäre gewiß aufgeführt worden, wenn man nicht zu früh entdeckt hätte, daß er der Verfasser sei. Ich versprach ihm alles mögliche Stillschweigen, und sah schon im Geist den Titel meiner Piece an den Ecken der Straßen und Plätze mit großen Buchstaben angeschlagen.

So leichtsinnig übrigens der Freund war, so schien ihm doch die Gelegenheit den Meister zu spielen allzu erwünscht. Er las das Stück mit Aufmerksamkeit durch, und indem er sich mit mir hinsetzte, um einige Kleinigkeiten zu ändern, kehrte er im Laufe der Unterhaltung das ganze Stück um und um, so daß auch kein Stein auf dem andern blieb. Er strich aus, setzte zu, nahm eine Person weg, substituierte eine andere, genug er verfuhr mit der tollsten Willkür von der Welt, daß mir die Haare zu Berge standen. Mein Vorurteil, daß er es doch verstehen müsse, ließ ihn gewähren: denn er hatte mir schon öfters von den drei Einheiten des Aristoteles, von der Regelmäßigkeit der französischen Bühne, von der Wahrscheinlichkeit, von der Harmonie der Verse und allem, was daran hängt, so viel vorerzählt, daß ich ihn nicht nur für unterrichtet, sondern auch für begründet halten mußte. Er schalt auf die Engländer und verachtete die Deutschen; genug, er trug mir die ganze dramaturgische Litanei vor, die ich in meinem Leben so oft mußte wiederholen hören.

Ich nahm, wie der Knabe in der Fabel, meine zerfetzte Geburt mit nach Hause und suchte sie wieder herzustellen, aber vergebens. Weil ich sie jedoch nicht ganz aufgeben wollte, so ließ ich aus meinem ersten Manuskript, nach wenigen Veränderungen, eine saubere Abschrift durch unsern Schreibenden anfertigen, die ich denn meinem Vater überreichte und dadurch so viel erlangte, daß er mich nach vollendetem Schauspiel meine Abendkost eine Zeitlang ruhig verzehren ließ.

Dieser mißlungene Versuch hatte mich nachdenklich gemacht, und ich wollte nunmehr diese Theorien, diese Gesetze, auf die sich jedermann berief, und die mir besonders durch die Unart meines anmaßlichen Meisters verdächtig geworden waren, unmittelbar an den Quellen kennen lernen, welches mir zwar nicht schwer, doch mühsam wurde. Ich las zunächst Corneilles Abhandlung über die drei Einheiten und ersah wohl daraus, wie man es haben wollte; warum man es aber so verlangte, ward mir keineswegs deutlich, und was das Schlimmste war, ich geriet sogleich in noch größere Verwirrung, indem ich mich mit den Händeln über den *Cid* bekannt machte, und die Vorreden las, in welchen Corneille und Racine sich gegen Kritiker und Publikum zu verteidigen genötigt sind. Hier sah ich wenigstens auf das deutlichste, daß kein Mensch wußte was er wollte, daß ein Stück wie *Cid*, das die herrlichste Wirkung hervorgebracht, auf Befehl eines allmächtigen Kardinals absolut sollte für schlecht erklärt werden, daß Racine, der Abgott der zu meiner Zeit lebenden Franzosen, der nun auch mein Abgott geworden war (denn ich hatte ihn näher kennen lernen, als Schöff von Olenschlager durch uns Kinder den *Britannicus* aufführen ließ, worin mir die Rolle des Nero zu teil ward), daß Racine, sage ich, auch zu seiner Zeit weder mit Liebhabern noch Kunstrichtern fertig werden können. Durch alles dieses ward ich verworrner als jemals und nachdem ich mich lange mit diesem Hin- und Herreden, mit dieser theoretischen Salbaderei des vorigen Jahrhunderts gequält hatte, schüttete ich das Kind mit dem Bade aus und warf den ganzen Plunder desto entschiedener von mir, je mehr ich zu bemerken glaubte, daß die Autoren selbst, welche vortreffliche Sachen hervorbrachten, wenn sie darüber zu reden anfingen, wenn sie den Grund ihres Handelns angaben, wenn sie sich verteidigen, entschuldigen, beschönigen wollten, doch auch nicht immer den rechten Fleck zu treffen wußten. Ich eilte daher wieder zu dem lebendig Vorhandenen, besuchte das Schauspiel weit eifriger, las gewissenhafter und ununterbrochener, so daß ich in dieser Zeit Racine und Molière ganz und von Corneille einen großen Teil durchzuarbeiten die Anhaltsamkeit hatte.

Der Königsleutnant wohnte noch immer in unserm Hause. Er hatte sein Betragen in nichts geändert, besonders gegen uns; allein es war merklich, und der Gevatter Dolmetsch wußte es uns noch deutlicher zu machen, daß er sein Amt nicht mehr mit der Heiterkeit, nicht mehr mit dem Eifer verwaltete wie anfangs, obgleich immer mit derselben Rechtschaffenheit und Treue. Sein Wesen und Betragen, das eher einen Spanier als einen Franzosen ankündigte, seine Launen, die doch mitunter Einfluß auf ein Geschäft hatten, seine Unbiegsamkeit gegen die Umstände, seine Reizbarkeit gegen alles, was seine Person oder Charakter berührte, dieses zusammen mochte ihn doch zuweilen mit seinen Vorgesetzten in Konflikt bringen. Hiezu kam noch, daß er in einem Duell, welches sich im Schauspiel entsponnen hatte, verwundet wurde und man dem Königsleutnant übelnahm, daß er selbst eine verpönte Handlung als oberster Polizeimeister begangen. Alles dieses mochte, wie gesagt, dazu beitragen, daß er in sich gezogner lebte und hier und da vielleicht weniger energisch verfuhr.

Indessen war nun schon eine ansehnliche Partie der bestellten Gemälde abgeliefert. Graf Thoranc brachte seine Freistunden mit der Betrachtung derselben zu, indem er sie in gedachtem Giebelzimmer, Bahne für Bahne, breiter und schmäler, neben einander und, weil es an Platz mangelte, sogar über einander nageln, wieder abnehmen und aufrollen ließ. Immer wurden die Arbeiten aufs neue untersucht, man erfreute sich wiederholt an den Stellen, die man für die gelungensten hielt; aber es fehlte auch nicht an Wünschen, dieses oder jenes anders geleistet zu sehen.

Hieraus entsprang eine neue und ganz wundersame Operation. Da nämlich der eine Maler Figuren, der andere die Mittelgründe und Fernen, der dritte die Bäume, der vierte die Blumen am besten arbeitete, so kam der Graf auf den Gedanken, ob man nicht diese Talente in den Bildern vereinigen und auf diesem Wege vollkommene Werke hervorbringen könne. Der Anfang ward sogleich damit gemacht, daß man z.B. in eine fertige Landschaft noch schöne Herden hineinmalen ließ. Weil nun aber nicht immer der gehörige Platz dazu da war, es auch dem Tiermaler auf ein paar Schafe mehr oder weniger nicht ankam, so war endlich die weiteste Landschaft zu enge. Nun hatte der Menschenmaler auch noch die Hirten und einige Wanderer hineinzubringen; diese nahmen sich wiederum einander gleichsam die Luft, und man war verwundert, wie sie nicht sämtlich in der freiesten Gegend erstickten. Man konnte niemals voraussehen, was aus der Sache werden würde, und wenn sie fertig war, befriedigte sie nicht. Die Maler wurden verdrießlich. Bei den ersten Bestellungen hatten sie gewonnen, bei diesen Nacharbeiten verloren sie, obgleich der Graf auch diese sehr großmütig bezahlte. Und da die von mehrern auf einem Bilde durch einander gearbeiteten Teile, bei aller Mühe, keinen guten Effekt hervorbrachten, so glaubte zuletzt ein jeder, daß seine Arbeit durch die Arbeiten der andern verdorben und vernichtet worden; daher wenig fehlte, die Künstler hätten sich hierüber entzweit und wären in unversöhnliche Feindschaft geraten. Dergleichen Veränderungen oder vielmehr Zutaten wurden in gedachtem Atelier, wo ich mit den Künstlern ganz allein blieb, ausgefertiget; und es unterhielt mich, aus den Studien, besonders der Tiere, dieses und jenes Einzelne, diese oder jene Gruppe auszusuchen und sie für die Nähe oder die Ferne in Vorschlag zu bringen; worin man mir denn manchmal aus Überzeugung oder Geneigtheit zu willfahren pflegte.

Die Teilnehmenden an diesem Geschäft wurden also höchst mutlos, besonders Seekatz, ein sehr hypochondrischer und in sich gezogener Mann, der zwar unter Freunden durch eine unvergleichlich heitre Laune sich als den besten Gesellschafter bewies, aber wenn er arbeitete, allein, in sich gekehrt und völlig frei wirken wollte. Dieser sollte nun, wenn er schwere Aufgaben gelöst, sie mit dem größten Fleiß und der wärmsten Liebe, deren er immer fähig war, vollendet hatte, zu wiederholten Malen von Darmstadt nach Frankfurt reisen, um entweder an seinen eigenen Bildern etwas zu verändern, oder fremde zu staffieren, oder gar unter seinem Beistand durch einen Dritten seine Bilder ins Buntscheckige arbeiten zu lassen. Sein Mißmut nahm zu, sein Widerstand entschied sich, und es brauchte große Bemühungen von unserer Seite, um diesen Gevatter — denn auch er war's geworden — nach des Grafen Wünschen zu lenken. Ich erinnere mich noch, daß, als schon die Kasten bereitstanden, um die sämtlichen Bilder in der Ordnung einzupacken, in welcher sie an dem Ort ihrer Bestimmung der Tapezierer ohne weiteres aufheften konnte, daß, sage ich, nur eine kleine, doch unumgängliche Nacharbeit erfordert wurde, Seekatz aber nicht zu bewegen war, herüberzukommen. Er hatte freilich noch zu guter Letzt das Beste getan was er vermochte, indem er die vier Elemente in Kindern und Knaben, nach dem Leben, in Türstücken dargestellt und nicht allein auf die Figuren, sondern auch auf die Beiwerke den größten Fleiß gewendet hatte. Diese waren abgeliefert, bezahlt, und er glaubte auf immer aus der Sache geschieden zu sein, nun aber sollte er wieder herüber, um einige Bilder, deren Maße etwas zu klein genommen worden, mit wenigen Pinselzügen zu erweitern. Ein anderer, glaubte er, könne das auch tun; er hatte sich schon zu neuer Arbeit eingerichtet; kurz, er wollte nicht kommen. Die Absendung war vor der Türe, trocknen sollte es auch noch, jeder Verzug war mißlich; der Graf, in Verzweiflung, wollte ihn militärisch abholen lassen. Wir alle wünschten die Bilder endlich fort zu sehen, und fanden zuletzt keine Auskunft, als daß der Gevatter Dolmetsch sich in einen Wagen setzte und den Widerspenstigen mit Frau und Kind herüberholte, der dann von dem Grafen freundlich empfangen, wohl gepflegt, und zuletzt reichlich beschenkt entlassen wurde.

Nach den fortgeschafften Bildern zeigte sich ein großer Friede im

Hause. Das Giebelzimmer im Mansard wurde gereinigt und mir übergeben, und mein Vater, wie er die Kasten fortschaffen sah, konnte sich des Wunsches nicht erwehren, den Grafen hinterdrein zu schicken. Denn wie sehr die Neigung des Grafen auch mit der seinigen übereinstimmte, wie sehr es den Vater freuen mußte, seinen Grundsatz, für lebende Meister zu sorgen, durch einen Reicheren so fruchtbar befolgt zu sehen, wie sehr es ihm schmeicheln konnte, daß seine Sammlung Anlaß gegeben, einer Anzahl braver Künstler in bedrängter Zeit einen so ansehnlichen Erwerb zu verschaffen: so fühlte er doch eine solche Abneigung gegen den Fremden, der in sein Haus eingedrungen, daß ihm an dessen Handlungen nichts recht dünken konnte. Man solle Künstler beschäftigen, aber nicht zu Tapetenmalern erniedrigen; man solle mit dem, was sie nach ihrer Überzeugung und Fähigkeit geleistet, wenn es einem auch nicht durchgängig behage, zufrieden sein und nicht immer daran markten und mäkeln: genug, es gab, ungeachtet des Grafen eigner liberaler Bemühung, ein für allemal kein Verhältnis. Mein Vater besuchte jenes Zimmer bloß, wenn sich der Graf bei Tafel befand, und ich erinnere mich nur ein einziges Mal, als Seekatz sich selbst übertroffen hatte und das Verlangen, diese Bilder zu sehen, das ganze Haus herbeitrieb, daß mein Vater und der Graf zusammentretend an diesen Kunstwerken ein gemeinsames Gefallen bezeigten, das sie an einander selbst nicht finden konnten.

Kaum hatten also die Kisten und Kasten das Haus geräumt, als der früher eingeleitete aber unterbrochene Betrieb, den Grafen zu entfernen, wieder angeknüpft wurde. Man suchte durch Vorstellungen die Gerechtigkeit, die Billigkeit durch Bitten, durch Einfluß die Neigung zu gewinnen und brachte es endlich dahin, daß die Quartierherren den Beschluß faßten: es solle der Graf umlogiert, und unser Haus, in Betracht der seit einigen Jahren unausgesetzt Tag und Nacht getragnen Last, künftig mit Einquartierung verschont werden. Damit sich aber hierzu ein scheinbarer Vorwand finde, so solle man in eben den ersten Stock, den bisher der Königsleutnant besetzt gehabt, Mietleute einnehmen und dadurch eine neue Bequartierung gleichsam unmöglich machen. Der Graf, der nach der Trennung von seinen geliebten Gemälden kein besonderes Interesse mehr am Hause fand, auch ohnehin bald abgerufen und versetzt zu werden hoffte, ließ es sich ohne Widerrede gefallen, eine andere gute Wohnung zu beziehen, und schied von uns in Frieden und gutem Willen. Auch verließ er bald darauf die Stadt und erhielt stufenweise noch verschiedene Chargen, doch, wie man hörte, nicht zu seiner Zufriedenheit. Er hatte indes das Vergnügen, jene so emsig von ihm besorgten Gemälde in dem Schlosse seines Bruders glücklich angebracht zu sehen, schrieb einige Male, sendete Maße und ließ von den mehr genannten Künstlern verschiedenes nacharbeiten. Endlich vernahmen wir nichts weiter von ihm, außer daß man uns nach mehreren Jahren versichern wollte, er sei in Westindien, auf einer der französischen Kolonien, als Gouverneur gestorben.

Viertes Buch

So viel Unbequemlichkeit uns auch die französische Einquartierung mochte verursacht haben, so waren wir sie doch zu gewohnt geworden, als daß wir sie nicht hätten vermissen, daß uns Kindern das Haus nicht hätte tot scheinen sollen. Auch war es uns nicht bestimmt, wieder zur völligen Familieneinheit zu gelangen. Neue Mietleute waren schon besprochen, und nach einigem Kehren und Scheuern, Hobeln und Bohnen, Malen und Anstreichen war das Haus völlig wieder hergestellt. Der Kanzleidirektor Moritz mit den Seinigen, sehr werte Freunde meiner Eltern, zogen ein. Dieser, kein geborner Frankfurter, aber ein tüchtiger Jurist und Geschäftsmann, besorgte die Rechtsangelegenheiten mehrerer kleiner Fürsten, Grafen und Herren. Ich habe ihn niemals anders als heiter und gefällig und über seinen Akten emsig gesehen. Frau und Kinder, sanft, still und wohlwollend, vermehrten zwar nicht die Geselligkeit in unserm Hause: denn sie blieben für sich; aber es war eine Stille, ein Friede zurückgekehrt, den wir lange Zeit nicht genossen hatten. Ich bewohnte nun wieder mein Mansardzimmer, in welchem die Gespenster der vielen Gemälde mir zuweilen vorschwebten, die ich denn durch Arbeiten und Studien zu verscheuchen suchte.

Der Legationsrat Moritz, ein Bruder des Kanzleidirektors, kam von jetzt an auch öfters in unser Haus. Er war schon mehr Weltmann, von einer ansehnlichen Gestalt und dabei von bequem gefälligem Betragen. Auch er besorgte die Angelegenheiten verschiedener Standespersonen, und kam mit meinem Vater, bei Anlaß von Konkursen und kaiserlichen Kommissionen, mehrmals in Berührung. Beide hielten viel auf einander und standen gemeiniglich auf der Seite der Kreditoren, mußten aber zu ihrem Verdruß gewöhnlich erfahren, daß die Mehrheit der bei solcher Gelegenheit Abgeordneten für die Seite der Debitoren gewonnen zu werden pflegt. Der Legationsrat teilte seine Kenntnisse gern mit, war ein Freund der Mathematik, und weil diese in seinem gegenwärtigen Lebensgange gar nicht vorkam, so machte er sich ein Vergnügen daraus, mir in diesen Kenntnissen weiter zu helfen. Dadurch ward ich in den Stand gesetzt, meine architektonischen Risse genauer als bisher auszuarbeiten und den Unterricht eines Zeichenmeisters, der uns jetzt auch täglich eine Stunde beschäftigte, besser zu nutzen.

Dieser gute alte Mann war freilich nur ein Halbkünstler. Wir mußten Striche machen und sie zusammensetzen, woraus denn Augen und Nasen, Lippen und Ohren, ja zuletzt ganze Gesichter und Köpfe entstehen sollten; allein es war dabei weder an natürliche noch künstliche Form gedacht. Wir wurden eine Zeitlang mit diesem Qui pro Quo der menschlichen Gestalt gequält, und man glaubte uns zuletzt sehr weit gebracht zu haben, als wir die sogenannten Affekten von Lebrun zur Nachzeichnung erhielten. Aber auch diese Zerrbilder förderten uns nicht. Nun schwankten wir zu den Landschaften, zum Baumschlag und zu allen den Dingen, die im gewöhnlichen Unterricht ohne Folge und ohne Methode geübt werden. Zuletzt fielen wir auf die genaue Nachahmung und auf die Sauberkeit der Striche, ohne uns weiter um den Wert des Originals oder dessen Geschmack zu bekümmern.

In diesem Bestreben ging uns der Vater auf eine musterhafte Weise vor. Er hatte nie gezeichnet, wollte nun aber, da seine Kinder diese Kunst trieben, nicht zurückbleiben, sondern ihnen, selbst in seinem Alter, ein Beispiel geben, wie sie in ihrer Jugend verfahren sollten. Er kopierte also einige Köpfe des Piazzetta, nach dessen bekannten Blättern in klein Oktav, mit englischem Bleistift auf das feinste holländische Papier. Er beobachtete dabei nicht allein die größte Reinlichkeit im Umriß, sondern ahmte auch die Schraffierung des Kupferstichs aufs genauste nach, mit einer leichten Hand, nur allzu leise, da er denn, weil er die Härte vermeiden wollte, keine Haltung in seine Blätter brachte. Doch waren sie durchaus zart und gleichförmig. Sein anhaltender unermüdlicher Fleiß ging so weit, daß er die ganze ansehnliche Sammlung nach allen ihren Nummern durchzeichnete, indessen wir Kinder von einem Kopf zum andern sprangen und uns nur die auswählten, die uns gefielen.

Um diese Zeit ward auch der schon längst in Beratung gezogene Vorsatz, uns in der Musik unterrichten zu lassen, ausgeführt; und zwar verdient der letzte Anstoß dazu wohl einige Erwähnung. Daß wir das Klavier lernen sollten, war ausgemacht; allein über die Wahl des Meisters war man immer streitig gewesen. Endlich komme ich einmal zufälligerweise in das Zimmer eines meiner Gesellen, der eben Klavierstunde nimmt, und finde den Lehrer als einen ganz allerliebsten Mann. Für jeden Finger der rechten und der linken Hand hat er einen Spitznamen, womit er ihn aufs lustigste bezeichnet, wenn er gebraucht werden soll. Die schwarzen und weißen Tasten werden gleichfalls bildlich benannt, ja die Töne selbst erscheinen unter figürlichen Namen. Eine solche bunte Gesellschaft arbeitet nun ganz vergnüglich durch einander. Applikatur und Takt scheinen ganz leicht und anschaulich zu werden, und indem der Schüler zu dem besten Humor aufgeregt wird, geht auch alles zum schönsten von statten.

Kaum war ich nach Hause gekommen, als ich den Eltern anlag, nunmehr Ernst zu machen und uns diesen unvergleichlichen Mann zum Klaviermeister zu geben. Man nahm noch einigen Anstand, man erkundigte sich; man hörte zwar nichts Übles von dem Lehrer, aber auch nichts sonderlich Gutes. Ich hatte indessen meiner Schwester alle die lustigen Benennungen erzählt, wir konnten den Unterricht kaum erwarten und setzten es durch, daß der Mann angenommen wurde.

Das Notenlesen ging zuerst an, und als dabei kein Spaß vorkommen wollte, trösteten wir uns mit der Hoffnung, daß wenn es erst ans Klavier gehen würde, wenn es an die Finger käme, das scherzhafte Wesen seinen Anfang nehmen würde. Allein weder Tastatur noch Fingersetzung schien zu einigem Gleichnis Gelegenheit zu geben. So trocken wie die Noten, mit ihren Strichen auf und zwischen den fünf Linien, blieben auch die schwarzen und weißen Claves, und weder von einem Däumerling noch Deuterling noch Goldfinger war mehr eine Silbe zu hören; und das Gesicht verzog der Mann so wenig beim trocknen Unterricht, als er es vorher beim trocknen Spaß verzogen hatte. Meine Schwester machte mir die bittersten Vorwürfe, daß ich sie getäuscht habe, und glaubte wirklich, es sei nur Erfindung von mir gewesen. Ich war aber selbst betäubt und lernte wenig, ob der Mann gleich ordentlich genug zu Werke ging; denn ich wartete immer noch, die frühern Späße sollten zum Vorschein kommen, und vertröstete meine Schwester von einem Tage zum andern. Aber sie blieben aus, und ich hätte mir dieses Rätsel niemals erklären können, wenn es mir nicht gleichfalls ein Zufall aufgelöst hätte.

Einer meiner Gespielen trat herein, mitten in der Stunde, und auf einmal eröffneten sich die sämtlichen Röhren des humoristischen Springbrunnens: die Däumerlinge und Deuterlinge, die Krabler und Zabler, wie er die Finger zu bezeichnen pflegte, die Fakchen und Gakchen, wie er z. B. die Noten f und g, die Fiekchen und Gickchen, wie er fis und gis benannte, waren auf einmal wieder vorhanden und machten die wundersamsten Männerchen. Mein junger Freund kam nicht aus dem Lachen und freute sich, daß man auf eine so lustige Weise so viel lernen könne. Er schwur, daß er seinen Eltern keine Ruhe lassen würde, bis sie ihm einen solchen vortrefflichen Mann zum Lehrer gegeben.

Und so war mir, nach den Grundsätzen einer neuern Erziehungslehre, der Weg zu zwei Künsten früh genug eröffnet, bloß auf gut Glück, ohne Überzeugung, daß ein angebornes Talent mich darin weiter fördern könne. Zeichnen müsse jedermann lernen, behauptete mein Vater und verehrte deshalb besonders Kaiser Maximilian, welcher dieses ausdrücklich sollte befohlen haben. Auch hielt er mich ernstlicher dazu an als zur Musik, welche er dagegen meiner Schwester vorzüglich empfahl, ja dieselbe außer ihren Lehrstunden eine ziemliche Zeit des Tages am Klaviere festhielt.

Je mehr ich aber auf diese Weise zu treiben veranlaßt wurde, desto mehr wollte ich treiben, und selbst die Freistunden wurden zu allerlei wunderlichen Beschäftigungen verwendet. Schon seit meinen frühsten Zeiten fühlte ich einen Untersuchungstrieb gegen natürliche Dinge. Man legt es manchmal als eine Anlage zur Grausamkeit aus, daß Kinder solche Gegenstände, mit denen sie eine Zeitlang gespielt, die sie bald so, bald so gehandhabt, endlich zerstücken, zerreißen und zerfetzen. Doch pflegt sich auch die Neugierde, das Verlangen, zu erfahren wie solche Dinge zusammenhängen, wie sie inwendig aussehen, auf diese Weise an den Tag zu legen. Ich erinnere mich, daß ich als Kind Blumen zerpflückt, um zu sehen, wie die Blätter in den Kelch, oder auch Vögel berupft, um zu beobachten, wie die Federn in die Flügel eingefügt waren. Ist doch Kindern dieses nicht zu verdenken, da ja selbst Naturforscher öfter durch Trennen und Sondern als durch Vereinigen und Verknüpfen, mehr durch Töten als durch Beleben sich zu unterrichten glauben.

Ein bewaffneter Magnetstein, sehr zierlich in Scharlachtuch eingenäht, mußte auch eines Tages die Wirkung einer solchen Forschungslust erfahren. Denn diese geheime Anziehungskraft, die er nicht allein gegen das ihm angepaßte Eisenstäbchen ausübte, sondern die noch überdies von der Art war, daß sie sich verstärken und täglich ein größres Gewicht tragen konnte, diese geheimnisvolle Tugend hatte mich dergestalt zur Bewunderung hingerissen, daß ich mir lange Zeit bloß im Anstaunen ihrer Wirkung gefiel. Zuletzt aber glaubte ich doch einige nähere Aufschlüsse zu erlangen, wenn ich die äußere Hülle wegtrennte. Dies geschah, ohne daß ich dadurch klüger geworden wäre: denn die nackte Armatur belehrte mich nicht weiter. Auch diese nahm ich herab und behielt nun den bloßen Stein in Händen, mit dem ich durch Feilspäne und Nähnadeln mancherlei Versuche zu machen nicht ermüdete, aus denen jedoch mein jugendlicher Geist, außer einer mannigfaltigen Erfahrung, keinen weitern Vorteil zog. Ich wußte die ganze Vorrichtung nicht wieder zusammenzubringen, die Teile zerstreuten sich, und ich verlor das eminente Phänomen zugleich mit dem Apparat.

Nicht glücklicher ging es mir mit der Zusammensetzung einer Elektrisiermaschine. Ein Hausfreund, dessen Jugend in die Zeit gefallen war, in welcher die Elektrizität alle Geister beschäftigte, erzählte uns öfter, wie er als Knabe eine solche Maschine zu besitzen gewünscht, wie er sich die Hauptbedingungen abgesehen und mit Hilfe eines alten Spinnrades und einiger Arzneigläser ziemliche Wirkungen hervorgebracht. Da er dieses gern und oft wiederholte und uns dabei von der Elektrizität überhaupt unterrichtete, so fanden wir Kinder die Sache sehr plausibel und quälten uns mit einem alten Spinnrade und einigen Arzneigläsern lange Zeit herum, ohne auch nur die mindeste Wirkung hervorbringen zu können. Wir hielten dessen ungeachtet am Glauben fest und waren sehr vergnügt, als zur Meßzeit, unter andern Raritäten, Zauber- und Taschenspielerkünsten, auch eine Elektrisiermaschine ihre Kunststücke machte, welche, so wie die magnetischen, für jene Zeit schon sehr vervielfältigt waren.

Das Mißtrauen gegen den öffentlichen Unterricht vermehrte sich von Tage zu Tage. Man sah sich nach Hauslehrern um, und weil einzelne Familien den Aufwand nicht bestreiten konnten, so traten mehrere zusammen, um eine solche Absicht zu erreichen. Allein die Kinder vertrugen sich selten; der junge Mann hatte nicht Autorität genug, und nach oft wiederholtem Verdruß, gab es nur gehässige Trennungen. Kein Wunder daher, daß man auf andere Anstalten dachte, welche sowohl beständiger als vorteilhafter sein sollten.

Auf den Gedanken, Pensionen zu errichten, war man durch die Notwendigkeit gekommen, welche jedermann empfand, daß die französische Sprache lebendig gelehrt und überliefert werden müsse. Mein Vater hatte einen jungen Menschen erzogen, der bei ihm Bedienter, Kammerdiener, Sekretär, genug, nach und nach alles in allem gewesen war. Dieser, namens Pfeil, sprach gut französisch und verstand es gründlich. Nachdem er sich verheiratet hatte, und seine Gönner für ihn auf einen Zustand denken mußten, so fielen sie auf den Gedanken, ihm eine Pension errichten zu lassen, die sich nach und nach zu einer kleinen Schulanstalt erweiterte, in der man alles Notwendige, ja zuletzt sogar Lateinisch und Griechisch lehrte. Die weitverbreiteten Konnexionen von Frankfurt gaben Gelegenheit, daß junge Franzosen und Engländer, um Deutsch zu lernen und sonst sich auszubilden, dieser Anstalt anvertraut wurden. Pfeil, der ein Mann in seinen besten Jahren, von der wundersamsten Energie und Tätigkeit war, stand dem Ganzen sehr lobenswürdig vor, und weil er nie genug beschäftigt sein konnte, so warf er sich bei Gelegenheit, da er seinen Schülern Musikmeister halten mußte, selbst in die Musik und betrieb das Klavierspielen mit solchem Eifer, daß er, der niemals vorher eine Taste angerührt hatte, sehr bald recht fertig und brav spielte. Er schien die Maxime meines Vaters angenommen zu haben, daß junge Leute nichts mehr aufmuntern und anregen könne, als wenn man selbst schon in gewissen Jahren sich wieder zum Schüler erklärte und in einem Alter worin man sehr schwer neue Fertigkeiten erlangt, dennoch durch Eifer und Anhaltsamkeit, Jüngern von der Natur mehr Begünstigten den Rang abzulaufen suche.

Durch diese Neigung zum Klavierspielen ward Pfeil auf die Instrumente selbst geführt, und indem er sich die besten zu verschaffen hoffte, kam er in Verhältnisse mit Friederici in Gera, dessen Instrumente weit und breit berühmt waren. Er nahm eine Anzahl davon in Kommission, und hatte nun die Freude, nicht nur etwa *einen* Flügel, sondern mehrere in seiner Wohnung aufgestellt zu sehen, sich darauf zu üben und hören zu lassen.

Auch in unser Haus brachte die Lebendigkeit dieses Mannes einen größern Musikbetrieb. Mein Vater blieb mit ihm, bis auf die strittigen Punkte, in einem dauernden guten Verhältnisse. Auch für uns ward ein großer Friedericischer Flügel angeschafft, den ich, bei meinem Klavier verweilend, wenig berührte, der aber meiner Schwester zu desto größerer Qual gedieh, weil sie, um das neue Instrument gehörig zu ehren, täglich noch einige Zeit mehr auf ihre Übungen zu wenden hatte; wobei mein Vater als Aufseher, Pfeil aber als Musterbild und antreibender Hausfreund, abwechselnd zur Seite standen.

Eine besondere Liebhaberei meines Vaters machte uns Kindern viel Unbequemlichkeit. Es war nämlich die Seidenzucht, von deren Vorteil, wenn sie allgemeiner verbreitet würde, er einen großen Begriff hatte. Einige Bekanntschaften in Hanau, wo man die Zucht der Würmer sehr sorgfältig betrieb, gaben ihm die nächste Veranlassung. Von dorther wurden ihm zu rechter Zeit die Eier gesendet; und sobald die Maulbeerbäume genugsames Laub zeigten, ließ man sie ausschlüpfen und wartete der kaum sichtbaren Geschöpfe mit großer Sorgfalt. In einem Mansardzimmer waren Tische und Gestelle mit Brettern aufgeschlagen, um ihnen mehr Raum und Unterhalt zu bereiten: denn sie wuchsen schnell und waren nach der letzten Häutung so heißhungrig, daß man kaum Blätter genug herbeischaffen konnte, sie zu nähren; ja sie mußten Tag und Nacht gefüttert werden, weil eben alles darauf ankommt, daß sie der Nahrung ja nicht zu einer Zeit ermangeln, wo die große und wundersame Veränderung in ihnen vorgehen soll. War die Witterung günstig, so konnte man freilich dieses Geschäft als eine lustige Unterhaltung ansehen; trat aber Kälte ein, daß die Maulbeerbäume litten, so machte es große Not. Noch unangenehmer aber war es, wenn in der letzten Epoche Regen einfiel: denn diese Geschöpfe können die Feuchtigkeit gar nicht vertragen; und so mußten die benetzten Blätter sorgfältig abgewischt und getrocknet werden, welches denn doch nicht immer so genau geschehen konnte, und aus dieser oder vielleicht auch einer andern Ursache kamen mancherlei Krankheiten unter die Herde, wodurch die armen Kreaturen zu Tausenden hingerafft wurden. Die daraus entstehende Fäulnis erregte einen wirklich pestartigen Geruch, und da man die Toten und Kranken wegschaffen und von den Gesunden absondern mußte, um nur einige zu retten, so war es in der Tat ein äußerst beschwerliches und widerliches Geschäft, das uns Kindern manche böse Stunde verursachte.

Nachdem wir nun eines Jahrs die schönsten Frühlings- und Sommerwochen mit Wartung der Seidenwürmer hingebracht, mußten wir dem Vater in einem andern Geschäft beistehen, das, obgleich einfacher, uns dennoch nicht weniger schwerlich ward. Die römischen Prospekte nämlich, welche in dem alten Hause, in schwarze Stäbe oben und unten eingefaßt, an den Wänden mehrere Jahre gehangen hatten, waren durch Licht, Staub und Rauch sehr vergilbt und durch die Fliegen nicht wenig unscheinbar geworden. War nun eine solche Unreinlichkeit in dem neuen Hause nicht zulässig, so hatten diese Bilder für meinen Vater auch durch seine längere Entferntheit von den vorgestellten Gegenden an Wert gewonnen. Denn im Anfange dienen uns dergleichen Abbildungen, die erst kurz vorher empfangenen Eindrücke aufzufrischen und zu beleben. Sie scheinen uns gering gegen diese und meistens nur ein trauriges Surrogat. Verlischt hingegen das Andenken der Urgestalten immer mehr und mehr, so treten die Nachbildungen unvermerkt an ihre Stelle, sie werden uns so teuer als es jene waren, und was wir anfangs mißgeachtet, erwirbt sich nunmehr unsre Schätzung und Neigung. So geht es mit allen Abbildungen, besonders auch mit Porträten. Nicht leicht ist jemand mit dem Konterfei eines Gegenwärtigen zufrieden, und wie erwünscht ist uns jeder Schattenriß eines Abwesenden oder gar Abgeschiedenen.

Genug, in diesem Gefühl seiner bisherigen Verschwendung wollte mein Vater jene Kupferstiche so viel wie möglich wieder hergestellt wissen. Daß dieses durch Bleichen möglich sei, war bekannt: und diese bei großen Blättern immer bedenkliche Operation wurde unter ziemlich ungünstigen Lokalumständen vorgenommen; denn die großen Bretter, worauf die angerauchten Kupfer befeuchtet und der Sonne ausgestellt wurden, standen vor Mansardfenstern in den Dachrinnen an das Dach gelehnt und waren daher manchen Unfällen ausgesetzt. Dabei war die Hauptsache, daß das Papier niemals austrocknen durfte, sondern immer feucht gehalten werden mußte. Diese Obliegenheit hatte ich und meine Schwester, wobei uns denn wegen der Langenweile und Ungeduld, wegen der Aufmerksamkeit die uns keine Zerstreuung zuließ, ein sonst so sehr erwünschter Müßiggang zur höchsten Qual gereichte. Die Sache ward gleichwohl durchgesetzt, und der Buchbinder, der jedes Blatt auf starkes Papier aufzog, tat sein Bestes, die hier und da durch unsre Fahrlässigkeit zerrissenen Ränder auszugleichen und herzustellen. Die sämtlichen Blätter wurden in einem Band zusammengefaßt und waren für diesmal gerettet.

Damit es uns Kindern aber ja nicht an dem Allerlei des Lebens und Lernens fehlen möchte, so mußte sich gerade um diese Zeit ein englischer Sprachmeister melden, welcher sich anheischig machte, innerhalb vier Wochen einen jeden, der nicht ganz roh in Sprachen sei, die englische zu lehren und ihn so weit zu bringen, daß er sich mit einigem Fleiß weiter helfen könne. Er nahm ein mäßiges Honorar: die Anzahl der Schüler in einer Stunde war ihm gleichgültig. Mein Vater entschloß sich auf der Stelle, den Versuch zu machen, und nahm mit mir und meiner Schwester bei dem expediten Meister Lektion. Die Stunden wurden treulich gehalten, am Repetieren fehlte es auch nicht: man ließ die vier Wochen über eher einige andere Übungen liegen; der Lehrer schied von uns und wir von ihm mit Zufriedenheit. Da er sich länger in der Stadt aufhielt und viele Kunden fand, so kam er von Zeit zu Zeit nachzusehen und nachzuhelfen, dankbar, daß wir unter die ersten gehörten, welche Zutrauen zu ihm gehabt, und stolz, uns den übrigen als Muster anführen zu können.

In Gefolg von diesem hegte mein Vater eine neue Sorgfalt, daß auch das Englische hübsch in der Reihe der übrigen Sprachbeschäftigungen bliebe. Nun bekenne ich, daß es mir immer lästiger wurde, bald aus dieser bald aus jener Grammatik oder Beispielsammlung, bald aus diesem oder jenem Autor den Anlaß zu meinen Arbeiten zu nehmen und so meinen Anteil an den Gegenständen zugleich mit den Stunden zu verzetteln. Ich kam daher auf den Gedanken alles mit einmal abzutun, und erfand einen Roman von sechs bis sieben Geschwistern, die von einander entfernt und in der Welt zerstreut sich wechselseitig Nachricht von ihren Zuständen und Empfindungen mitteilen. Der älteste Bruder gibt in gutem Deutsch Bericht von allerlei Gegenständen und Ereignissen seiner Reise. Die Schwester, in einem frauenzimmerlichen Stil, mit lauter Punkten und in kurzen Sätzen, ungefähr wie nachher *Siegwart* geschrieben wurde, erwidert bald ihm, bald den andern Geschwistern, was sie teils von häuslichen Verhältnissen, teils von Herzensangelegenheiten zu erzählen hat. Ein Bruder studiert Theologie und schreibt ein sehr förmliches Latein, dem er manchmal ein griechisches Postskript hinzufügt. Einem folgenden, in Hamburg als Handlungsdiener angestellt, ward natürlich die englische Korrespondenz zu teil, so wie einem jüngern, der sich in Marseille aufhielt, die französische. Zum Italienischen fand sich ein Musikus auf seinem ersten Ausflug in die Welt, und der jüngste eine Art von naseweisem Nestquackelchen, hatte, da ihm die übrigen Sprachen abgeschnitten waren, sich aufs Judendeutsch gelegt, und brachte durch seine schrecklichen Chiffern die übrigen in Verzweiflung und die Eltern über den guten Einfall zum Lachen.

Für diese wunderliche Form suchte ich mir einigen Gehalt, indem ich die Geographie der Gegenden, wo meine Geschöpfe sich aufhielten, studierte und zu jenen trockenen Lokalitäten allerlei Menschlichkeiten hinzu erfand, die mit dem Charakter der Personen und ihrer Beschäftigung einige Verwandtschaft hatten. Auf diese Weise wurden meine Exerzitienbücher viel voluminöser; der Vater war zufriedener, und ich ward eher gewahr, was mir an eigenem Vorrat und an Fertigkeiten abging.

Wie nun dergleichen Dinge, wenn sie einmal im Gange sind, kein Ende und keine Grenzen haben, so ging es auch hier: denn indem ich mir das barocke Judendeutsch zuzueignen und es ebensogut zu schreiben suchte, als ich es lesen konnte, fand ich bald, daß mir die Kenntnis des Hebräischen fehlte, wovon sich das moderne verdorbene und verzerrte allein ableiten und mit einiger Sicherheit behandeln ließ. Ich eröffnete daher meinem Vater die Notwendigkeit, Hebräisch zu lernen, und betrieb sehr lebhaft seine Einwilligung: denn ich hatte noch einen höhern Zweck. Überall hörte ich sagen, daß zum Verständnis des Alten Testaments so wie des Neuen die Grundsprachen nötig wären. Das letzte las ich ganz bequem, weil die sogenannten Evangelien und Episteln, damit es ja auch sonntags nicht an Übung fehle, nach der Kirche rezitiert, übersetzt und einigermaßen erklärt werden mußten. Eben so dachte ich es nun auch mit dem Alten Testament zu halten, das mir wegen seiner Eigentümlichkeit ganz besonders von jeher zugesagt hatte.

Mein Vater, der nicht gern etwas halb tat, beschloß den Rektor unseres Gymnasiums, Doktor Albrecht, um Privatstunden zu ersuchen, die er mir wöchentlich so lange geben sollte, bis ich von einer so einfachen Sprache das Nötigste gefaßt hätte: denn er hoffte, sie werde, wo nicht so schnell, doch wenigstens in doppelter Zeit als die englische sich abtun lassen.

Der Rektor Albrecht war eine der originalsten Figuren von der Welt, klein, nicht dick aber breit, unförmlich ohne verwachsen zu sein, kurz ein Äsop mit Chorrock und Perücke. Sein über siebenzigjähriges Gesicht war durchaus zu einem sarkastischen Lächeln verzogen, wobei seine Augen immer groß blieben und, obgleich rot, doch immer leuchtend und geistreich waren. Er wohnte in dem alten Kloster zu den Barfüßern, dem Sitz des Gymnasiums. Ich hatte schon als Kind, meine Eltern begleitend, ihn manchmal besucht und die langen dunklen Gänge, die in Visitenzimmer verwandelten Kapellen, das unterbrochene treppen- und winkelhafte

Lokal mit schaurigem Behagen durchstrichen. Ohne mir unbequem zu sein, examinierte er mich so oft er mich sah, und lobte und ermunterte mich. Eines Tages, bei der Translokation nach öffentlichem Examen, sah er mich als einen auswärtigen Zuschauer, während er die silbernen *praemia virtutis et diligentiae* austeilte, nicht weit von seinem Katheder stehen. Ich mochte gar sehnlich nach dem Beutelchen blicken, aus welchem er die Schaumünzen hervorzog; er winkte mir, trat eine Stufe herunter und reichte mir einen solchen Silberling. Meine Freude war groß, obgleich andre diese einem Nicht-Schulknaben gewährte Gabe außer aller Ordnung fanden. Allein daran war dem guten Alten wenig gelegen, der überhaupt den Sonderling und zwar in einer auffallenden Weise spielte. Er hatte als Schulmann einen sehr guten Ruf und verstand sein Handwerk, ob ihm gleich das Alter solches auszuüben nicht mehr ganz gestattete. Aber beinahe noch mehr als durch eigene Gebrechlichkeit fühlte er sich durch äußere Umstände gehindert, und wie ich schon früher wußte, war er weder mit dem Konsistorium, noch den Scholarchen, noch den Geistlichen, noch auch den Lehrern zufrieden. Seinem Naturell, das sich zum Aufpassen auf Fehler und Mängel und zur Satire hinneigte, ließ er sowohl in Programmen als in öffentlichen Reden freien Lauf, und wie Lucian fast der einzige Schriftsteller war, den er las und schätzte, so würzte er alles, was er sagte und schrieb, mit beizenden Ingredienzien.

Glücklicherweise für diejenigen, mit welchen er unzufrieden war, ging er niemals direkt zu Werke, sondern schraubte nur mit Bezügen, Anspielungen, klassischen Stellen und biblischen Sprüchen auf die Mängel hin, die er zu rügen gedachte. Dabei war sein mündlicher Vortrag (er las seine Reden jederzeit ab) unangenehm, unverständlich und über alles dieses manchmal durch einen Husten, öfters aber durch ein hohles bauchschütterndes Lachen unterbrochen, womit er die beißenden Stellen anzukündigen und zu begleiten pflegte. Diesen seltsamen Mann fand ich mild und willig, als ich anfing meine Stunden bei ihm zu nehmen. Ich ging nun täglich Abends um sechs Uhr zu ihm und fühlte immer ein heimliches Behagen, wenn sich die Klingeltüre hinter mir schloß und ich nun den langen düstern Klostergang durchzuwandern hatte. Wir saßen in seiner Bibliothek an einem mit Wachstuch beschlagenen Tische; ein sehr durchlesener Lucian kam nie von seiner Seite.

Ungeachtet alles Wohlwollens gelangte ich doch nicht ohne Einstand zur Sache: denn mein Lehrer konnte gewisse spöttische Anmerkungen, und was es denn mit dem Hebräischen eigentlich solle, nicht unterdrücken. Ich verschwieg ihm die Absicht auf das Judendeutsch und sprach vom besseren Verständnis des Grundtextes. Darauf lächelte er und meinte, ich solle schon zufrieden sein, wenn ich nur lesen lernte. Dies verdroß mich im stillen, und ich nahm alle meine Aufmerksamkeit zusammen, als es an die Buchstaben kam. Ich fand ein Alphabet, das ungefähr dem griechischen zur Seite ging, dessen Gestalten faßlich, dessen Benennungen mir zum größten Teil nicht fremd waren. Ich hatte dies alles sehr bald begriffen und behalten und dachte, es sollte nun ans Lesen gehen. Daß dieses von der rechten zur linken Seite geschehe, war mir wohl bewußt. Nun aber trat auf einmal ein neues Heer von kleinen Buchstäbchen und Zeichen hervor, von Punkten und Strichelchen aller Art, welche eigentlich die Vokale vorstellen sollten, worüber ich mich um so mehr verwunderte, als sich in dem größern Alphabete offenbar Vokale befanden und die übrigen nur unter fremden Benennungen verborgen zu sein schienen. Auch ward gelehrt, daß die jüdische Nation, so lange sie geblüht, wirklich sich mit jenen ersten Zeichen begnügt und keine andere Art zu schreiben und zu lesen gekannt habe. Ich wäre nun gar zu gern auf diesem altertümlichen, wie mir schien bequemeren Wege gegangen; allein mein Alter erklärte etwas streng: man müsse nach der Grammatik verfahren wie sie einmal beliebt und verfaßt worden. Das Lesen ohne diese Punkte und Striche sei eine sehr schwere Aufgabe und könne nur von Gelehrten und den Geübtesten geleistet werden. Ich mußte mich also bequemen auch diese kleinen

Merkzeichen kennen zu lernen; aber die Sache ward mir immer verworrener. Nun sollten einige der ersten größern Urzeichen an ihrer Stelle gar nichts gelten, damit ihre kleinen Nachgebornen doch ja nicht umsonst dastehen möchten. Dann sollten sie einmal wieder einen leisen Hauch, dann einen mehr oder weniger harten Kehllaut andeuten, bald gar nur als Stütze und Widerlage dienen. Zuletzt aber, wenn man sich alles wohl gemerkt zu haben glaubte, wurden einige der großen sowohl als der kleinen Personagen in den Ruhestand versetzt, so daß das Auge immer sehr viel und die Lippe sehr wenig zu tun hatte.

Indem ich nun dasjenige, was mir dem Inhalt nach schon bekannt war, in einem fremden kauderwelschen Idiom herstottern sollte, wobei mir denn ein gewisses Näseln und Gurgeln als ein Unerreichbares nicht wenig empfohlen wurde, so kam ich gewissermaßen von der Sache ganz ab und amüsierte mich auf eine kindische Weise an den seltsamen Namen dieser gehäuften Zeichen. Da waren Kaiser, Könige und Herzoge, die als Akzente hie und da dominierend, mich nicht wenig unterhielten. Aber auch diese schalen Späße verloren bald ihren Reiz. Doch wurde ich dadurch schadlos gehalten, daß mir beim Lesen, Übersetzen, Wiederholen, Auswendiglernen der Inhalt des Buchs um so lebhafter entgegentrat, und dieser war es eigentlich, über welchen ich von meinem alten Herrn Aufklärung verlangte. Denn schon vorher waren mir die Widersprüche der Überlieferung mit dem Wirklichen und Möglichen sehr auffallend gewesen, und ich hatte meine Hauslehrer durch die Sonne, die zu Gibeon, und den Mond, der im Tal Ajalon still stand, in manche Not versetzt, gewisser anderer Unwahrscheinlichkeiten und Inkongruenzen nicht zu gedenken. Alles dergleichen ward nun aufgeregt, indem ich mich, um von dem Hebräischen Meister zu werden, mit dem Alten Testament ausschließlich beschäftigte und solches nicht mehr in Luthers Übersetzung, sondern in der wörtlichen beigedruckten Version des Sebastian Schmid, den mir mein Vater sogleich angeschafft hatte, durchstudierte. Hier fingen unsere Stunden leider an, was die Sprachübungen betrifft, lückenhaft zu werden. Lesen, Exponieren, Grammatik, Aufschreiben und Hersagen von Wörtern dauerte selten eine völlige halbe Stunde: denn ich fing sogleich an, auf den Sinn der Sache loszugehen und, ob wir gleich noch in dem ersten Buche Mosis befangen waren, mancherlei Dinge zur Sprache zu bringen, welche mir aus den spätern Büchern im Sinne lagen. Anfangs suchte der gute Alte mich von solchen Abschweifungen zurückzuführen, zuletzt aber schien es ihn selbst zu unterhalten. Er kam nach seiner Art nicht aus dem Husten und Lachen, und wiewohl er sich hütete mir eine Auskunft zu geben, die ihn hätte kompromittieren können, so ließ meine Zudringlichkeit doch nicht nach; ja da mir mehr daran gelegen war, meine Zweifel vorzubringen als die Auflösung derselben zu erfahren, so wurde ich immer lebhafter und kühner, wozu er mich durch sein Betragen zu berechtigen schien. Übrigens konnte ich nichts aus ihm bringen, als daß er ein über das andere Mal mit seinem bauchschütternden Lachen ausrief: »Er närrischer Kerl! Er närrischer Junge!«

Indessen mochte ihm meine die Bibel nach allen Seiten durchkreuzende kindische Lebhaftigkeit doch ziemlich ernsthaft und einiger Nachhilfe wert geschienen haben. Er verwies mich daher nach einiger Zeit auf das große englische Bibelwerk, welches in seiner Bibliothek bereitstand und in welchem die Auslegung schwerer und bedenklicher Stellen auf eine verständige und kluge Weise unternommen war. Die Übersetzung hatte durch die großen Bemühungen deutscher Gottesgelehrten Vorzüge vor dem Original erhalten. Die verschiedenen Meinungen waren angeführt, und zuletzt eine Art von Vermittelung versucht, wobei die Würde des Buchs, der Grund der Religion und der Menschenverstand einigermaßen neben einander bestehen konnten. So oft ich nun gegen Ende der Stunde mit hergebrachten Fragen und Zweifeln auftrat, so oft deutete er auf das Repositorium; ich holte mir den Band, er ließ mich lesen, blätterte in seinem Lucian, und wenn ich über das

Buch meine Anmerkungen machte, war sein gewöhnliches Lachen alles wodurch er meinen Scharfsinn erwiderte. In den langen Sommertagen ließ er mich sitzen so lange ich lesen konnte, manchmal allein; nur dauerte es eine Weile, bis er mir erlaubte, einen Band nach dem andern mit nach Hause zu nehmen.

Der Mensch mag sich wenden, wohin er will, er mag unternehmen, was es auch sei, stets wird er auf jenen Weg wieder zurückkehren, den ihm die Natur einmal vorgezeichnet hat. So erging es auch mir im gegenwärtigen Falle. Die Bemühungen um die Sprache, um den Inhalt der heiligen Schriften selbst, endigten zuletzt damit, daß von jenem schönen und viel gepriesenen Lande, seiner Umgebung und Nachbarschaft so wie von den Völkern und Ereignissen, welche jenen Fleck der Erde durch Jahrtausende hindurch verherrlichten, eine lebhaftere Vorstellung in meiner Einbildungskraft hervorging.

Dieser kleine Raum sollte den Ursprung und das Wachstum des Menschengeschlechts sehen; von dorther sollten die ersten und einzigsten Nachrichten der Urgeschichte zu uns gelangen, und ein solches Lokal sollte zugleich so einfach und faßlich als mannigfaltig und zu den wundersamsten Wanderungen und Ansiedelungen geeignet, vor unserer Einbildungskraft liegen. Hier zwischen vier benannten Flüssen, war aus der ganzen zu bewohnenden Erde ein kleiner, höchst anmutiger Raum dem jugendlichen Menschen ausgesondert. Hier sollte er seine ersten Fähigkeiten entwickeln, und hier sollte ihn zugleich das Los treffen, das seiner ganzen Nachkommenschaft beschieden war, seine Ruhe zu verlieren, indem er nach Erkenntnis strebte. Das Paradies war verscherzt; die Menschen mehrten und verschlimmerten sich; die an die Unarten dieses Geschlechts noch nicht gewohnten Elohim wurden ungeduldig und vernichteten es von Grund aus. Nur wenige wurden aus der allgemeinen Überschwemmung gerettet; und kaum hatte sich diese greuliche Flut verlaufen, als der bekannte vaterländische Boden schon wieder vor den Blicken der dankbaren Geretteten lag. Zwei

Flüsse von vieren, Euphrat und Tigris, flossen noch in ihren Betten. Der Name des ersten blieb; den andern schien sein Lauf zu bezeichnen. Genauere Spuren des Paradieses wären nach einer so großen Umwälzung nicht zu fordern gewesen. Das erneute Menschengeschlecht ging von hier zum zweitenmal aus; es fand Gelegenheit sich auf alle Arten zu nähren und zu beschäftigen, am meisten aber große Herden zahmer Geschöpfe um sich zu versammeln und mit ihnen nach allen Seiten hinzuziehen.

Diese Lebensweise, so wie die Vermehrung der Stämme, nötigte die Völker bald sich von einander zu entfernen. Sie konnten sich sogleich nicht entschließen, ihre Verwandten und Freunde für immer fahren zu lassen; sie kamen auf den Gedanken einen hohen Turm zu bauen, der ihnen aus weiter Ferne den Weg wieder zurückweisen sollte. Aber dieser Versuch mißlang wie jenes erste Bestreben. Sie sollten nicht zugleich glücklich und klug, zahlreich und einig sein. Die Elohim verwirrten sie, der Bau unterblieb, die Menschen zerstreuten sich; die Welt war bevölkert, aber entzweit.

Unser Blick, unser Anteil bleibt aber noch immer an diese Gegenden geheftet. Endlich geht abermals ein Stammvater von hier aus, der so glücklich ist, seinen Nachkommen einen entschiedenen Charakter aufzuprägen, und sie dadurch für ewige Zeiten zu einer großen und bei allem Glücks- und Ortswechsel zusammenhaltenden Nation zu vereinigen.

Vom Euphrat aus, nicht ohne göttlichen Fingerzeig, wandert Abraham gegen Westen. Die Wüste setzt seinem Zug kein entschiedenes Hindernis entgegen; er gelangt an den Jordan, zieht über den Fluß und verbreitet sich in den schönen mittägigen Gegenden von Palästina. Dieses Land war schon früher in Besitz genommen und ziemlich bewohnt. Berge, nicht allzu hoch aber steinig und unfruchtbar, waren von vielen bewässerten, dem Anbau günstigen Tälern durchschnitten. Städte, Flecken, einzelne Ansiedelungen lagen zerstreut auf der Fläche, auf Abhängen des großen Tals, dessen Wasser sich im Jordan sammeln. So bewohnt, so bebaut war das Land, aber die Welt noch groß genug und die Menschen nicht auf den Grad sorgfältig, bedürfnisvoll und tätig, um sich gleich aller ihrer Umgebungen zu bemächtigen. Zwischen jenen Besitzungen erstreckten sich große Räume, in welchen weidende Züge sich bequem hin und her bewegen konnten. In solchen Räumen hält sich Abraham auf, sein Bruder Lot ist bei ihm; aber sie können nicht lange an solchen Orten verbleiben. Eben jene Verfassung des Landes, dessen Bevölkerung bald zu- bald abnimmt, und dessen Erzeugnisse sich niemals mit dem Bedürfnis im Gleichgewicht erhalten, bringt unversehens eine Hungersnot hervor, und der Eingewanderte leidet mit dem Einheimischen, dem er durch seine zufällige Gegenwart die eigne Nahrung verkümmert hat. Die beiden chaldäischen Brüder ziehen nach Ägypten, und so ist uns der Schauplatz vorgezeichnet, auf dem einige tausend Jahre die bedeutendsten Begebenheiten der Welt vorgehen sollten. Vom Tigris zum Euphrat, vom Euphrat zum Nil sehen wir die Erde bevölkert und in diesem Raume einen bekannten, den Göttern geliebten, uns schon wert gewordnen Mann mit Herden und Gütern hin und wider ziehen und sie in kurzer Zeit aufs reichlichste vermehren. Die Brüder kommen zurück; allein gewitzigt durch die ausgestandene Not, fassen sie den Entschluß, sich von einander zu trennen. Beide verweilen zwar im mittägigen Kanaan; aber indem Abraham zu Hebron gegen den Hain Mamre bleibt, zieht sich Lot nach dem Tale Siddim, das, wenn unsere Einbildungskraft kühn genug ist, dem Jordan einen unterirdischen Ausfluß zu geben, um an der Stelle des gegenwärtigen Asphaltsees einen trocknen Boden zu gewinnen, uns als ein zweites Paradies erscheinen kann und muß; um so mehr, weil die Bewohner und Umwohner desselben als Weichlinge und Frevler berüchtigt, uns dadurch auf ein bequemes und üppiges Leben schließen lassen. Lot wohnt unter ihnen, jedoch abgesondert.

Aber Hebron und der Hain Mamre erscheinen uns als die wichtige Stätte, wo der Herr mit Abraham spricht und ihm alles Land verheißt, soweit sein Blick nur in vier Weltgegenden reichen mag. Aus diesen stillen Bezirken, von diesen Hirtenvölkern, die mit den Himmlischen umgehen dürfen, sie als Gäste bewirten und manche Zwiesprache mit ihnen halten, werden wir genötigt, den Blick abermals gegen Osten zu wenden und an die Verfassung der Nebenwelt zu denken, die im ganzen wohl der einzelnen Verfassung von Kanaan gleichen mochte.

Familien halten zusammen; sie vereinigen sich, und die Lebensart der Stämme wird durch das Lokal bestimmt, das sie sich zugeeignet haben oder zueignen. Auf den Gebirgen, die ihr Wasser nach dem Tigris hinuntersenden, finden wir kriegerische Völker, die schon sehr früh auf jene Welteroberer und Weltbeherrscher hindeuten und in einem für jene Zeiten ungeheuren Feldzug uns ein Vorspiel künftiger Großtaten geben. Kedor Laomor, König von Elam, wirkt schon mächtig auf Verbündete. Er herrscht lange Zeit: denn schon zwölf Jahre vor Abrahams Ankunft in Kanaan hatte er bis an den Jordan die Völker zinsbar gemacht. Sie waren endlich abgefallen, und die Verbündeten rüsteten sich zum Kriege. Wir finden sie unvermutet auf einem Wege, auf dem wahrscheinlich auch Abraham nach Kanaan gelangte. Die Völker an der linken und untern Seite des Jordans wurden bezwungen. Kedor Laomor richtet seinen Zug südwärts nach den Völkern der Wüste, sodann sich nordwärts wendend schlägt er die Amalekiter, und als er auch die Amoriter überwunden, gelangt er nach Kanaan, überfällt die Könige des Tals Siddim, schlägt und zerstreut sie und zieht mit großer Beute den Jordan aufwärts, um seinen Siegerzug bis gegen den Libanon auszudehnen.

Unter den Gefangenen, Beraubten, mit ihrer Habe Fortgeschleppten befindet sich auch Lot, der das Schicksal des Landes teilt, worin er als Gast sich befindet. Abraham vernimmt es, und hier sehen wir sogleich den Erzvater als Krieger und Helden. Er rafft seine Knechte zusammen, teilt sie in Haufen, fällt auf den beschwerlichen Beutetroß, verwirrt die Sieghaften, die im Rücken keinen

Feind mehr vermuten konnten, und bringt seinen Bruder und dessen Habe nebst manchem von der Habe der überwundenen Könige zurück. Durch diesen kurzen Kriegszug nimmt Abraham gleichsam von dem Lande Besitz. Den Einwohnern erscheint er als Beschützer, als Retter, und durch seine Uneigennützigkeit als König. Dankbar empfangen ihn die Könige des Tals, segnend Melchisedek, der König und Priester.

Nun werden die Weissagungen einer unendlichen Nachkommenschaft erneut, ja sie gehen immer mehr ins Weite. Vom Wasser des Euphrat bis zum Fluß Ägyptens werden ihm die sämtlichen Landstrecken versprochen; aber noch sieht es mit seinen unmittelbaren Leibeserben mißlich aus. Er ist achtzig Jahre alt und hat keinen Sohn. Sara, weniger den Göttern vertrauend als er, wird ungeduldig: sie will nach orientalischer Sitte durch ihre Magd einen Nachkommen haben. Aber kaum ist Hagar dem Hausherrn vertraut, kaum ist Hoffnung zu einem Sohne, so zeigt sich der Zwiespalt im Hause. Die Frau begegnet ihrer eignen Beschützten übel genug, und Hagar flieht, um bei andern Horden einen bessern Zustand zu finden. Nicht ohne höhern Wink kehrt sie zurück, und Ismael wird geboren.

Abraham ist nun neunundneunzig Jahre alt, und die Verheißungen einer zahlreichen Nachkommenschaft werden noch immer wiederholt, so daß am Ende beide Gatten sie lächerlich finden. Und doch wird Sara zuletzt guter Hoffnung und bringt einen Sohn, dem der Name Isaak zu teil wird.

Auf gesetzmäßiger Fortpflanzung des Menschengeschlechts ruht größtenteils die Geschichte. Die bedeutendsten Weltbegebenheiten ist man bis in die Geheimnisse der Familien zu verfolgen genötigt; und so geben uns auch die Ehen der Erzväter zu eignen Betrachtungen Anlaß. Es ist, als ob die Gottheiten, welche das Schicksal der Menschen zu leiten beliebten, die ehelichen Ereignisse jeder Art hier gleichsam im Vorbilde hätten darstellen wollen. Abraham, so lange Jahre mit einer schönen, von vielen umworbenen Frau in kinderloser Ehe, findet sich in seinem hundertsten als Gatte zweier Frauen, als Vater zweier Söhne, und in diesem Augenblick ist sein Hausfriede gestört. Zwei Frauen neben einander, so wie zwei Söhne von zwei Müttern gegen einander über, vertragen sich unmöglich. Derjenige Teil, der durch Gesetze, Herkommen und Meinung weniger begünstigt ist, muß weichen. Abraham muß die Neigung zu Hagar, zu Ismael aufopfern; beide werden entlassen und Hagar genötigt, den Weg, den sie auf einer freiwilligen Flucht eingeschlagen, nunmehr wider Willen anzutreten, anfangs, wie es scheint, zu des Kindes und ihrem Untergang; aber der Engel des Herrn, der sie früher zurückgewiesen, rettet sie auch diesmal, damit Ismael auch zu einem großen Volke werde, und die unwahrscheinlichste aller Verheißungen selbst über ihre Grenzen hinaus in Erfüllung gehe.

Zwei Eltern in Jahren und ein einziger spätgeborner Sohn: hier sollte man doch endlich eine häusliche Ruhe, ein irdisches Glück erwarten! Keineswegs. Die Himmlischen bereiten dem Erzvater noch die schwerste Prüfung. Doch von dieser können wir nicht reden, ohne vorher noch mancherlei Betrachtungen anzustellen.

Sollte eine natürliche allgemeine Religion entspringen und sich eine besondere geoffenbarte daraus entwickeln, so waren die Länder, in denen bisher unsere Einbildungskraft verweilt, die Lebensweise, die Menschenart wohl am geschicktesten dazu; wenigstens finden wir nicht, daß in der ganzen Welt sich etwas ähnlich Günstiges und Heitres hervorgetan hätte. Schon zur natürlichen Religion, wenn wir annehmen, daß sie früher in dem menschlichen Gemüte entsprungen, gehört viel Zartheit der Gesinnung: denn sie ruht auf der Überzeugung einer allgemeinen Vorsehung, welche die Weltordnung im ganzen leite. Eine besondre Religion, eine von den Göttern diesem oder jenem Volk geoffenbarte, führt den Glauben an eine besondere Vorsehung mit sich, die das göttliche Wesen gewissen begünstigten Menschen, Familien, Stämmen und Völkern zusagt. Diese scheint sich schwer aus dem Innern des Menschen zu entwickeln. Sie verlangt Überlieferung, Herkommen, Bürgschaft aus uralter Zeit.

Schön ist es daher, daß die israelitische Überlieferung gleich die ersten Männer, welche dieser besondern Vorsehung vertrauen, als Glaubenshelden darstellt, welche von jenem hohen Wesen, dem sie sich abhängig erkennen, alle und jede Gebote eben so blindlings befolgen, als sie ohne zu zweifeln, die späten Erfüllungen seiner Verheißungen abzuwarten nicht ermüden.

So wie eine besondere geoffenbarte Religion den Begriff zum Grunde legt, daß einer mehr von den Göttern begünstigt sein könne als der andre, so entspringt sie auch vorzüglich aus der Absonderung der Zustände. Nahe verwandt schienen sich die ersten Menschen, aber ihre Beschäftigungen trennten sie bald. Der Jäger war der freieste von allen; aus ihm entwickelte sich der Krieger und der Herrscher. Der Teil, der den Acker baute, sich der Erde verschrieb, Wohnungen und Scheuern aufführte, um das Erworbene zu erhalten, konnte sich schon etwas dünken, weil sein Zustand Dauer und Sicherheit versprach. Dem Hirten an seiner Stelle schien der ungemessenste Zustand so wie ein grenzenloser Besitz zu teil geworden. Die Vermehrung der Herden ging ins Unendliche, und der Raum, der sie ernähren sollte, erweiterte sich nach allen Seiten. Diese drei Stände scheinen sich gleich anfangs mit Verdruß und Verachtung angesehn zu haben; und wie der Hirte dem Städter ein Greuel war, so sonderte er auch sich wieder von diesem ab. Die Jäger verlieren sich aus unsern Augen in die Gebirge und kommen nur als Eroberer wieder zum Vorschein.

Zum Hirtenstande gehörten die Erzväter. Ihre Lebensweise auf dem Meere der Wüsten und Weiden gab ihren Gesinnungen Breite und Freiheit, das Gewölbe des Himmels unter dem sie wohnten, mit allen seinen nächtlichen Sternen, ihren Gefühlen Erhabenheit, und sie bedurften mehr als der tätige gewandte Jäger, mehr als der sichre sorgfältige hausbewohnende Ackersmann, des unerschütterlichen Glaubens, daß ein Gott ihnen zur Seite ziehe, daß er sie besuche, an ihnen Anteil nehme, sie führe und rette.

Zu noch einer andern Betrachtung werden wir genötigt, indem wir zur Geschichtsfolge übergehen. So menschlich, schön und heiter auch die Religion der Erzväter erscheint, so gehen doch Züge von Wildheit und Grausamkeit hindurch, aus welcher der Mensch herankommen oder worein er wieder versinken kann.

Daß der Haß sich durch das Blut, durch den Tod des überwundenen Feindes versöhne, ist natürlich; daß man auf dem Schlachtfelde zwischen den Reihen der Getöteten einen Frieden schloß, läßt sich wohl denken; daß man eben so durch geschlachtete Tiere ein Bündnis zu befestigen glaubte, fließt aus dem Vorhergehenden; auch daß man die Götter, die man doch immer als Partei, als Widersacher oder als Beistand ansah, durch Getötetes herbeiziehen, sie versöhnen, sie gewinnen könne, über diese Vorstellung hat man sich gleichfalls nicht zu verwundern. Bleiben wir aber bei den Opfern stehen und betrachten die Art, wie sie in jener Urzeit dargebracht wurden, so finden wir einen seltsamen, für uns ganz widerlichen Gebrauch, der wahrscheinlich auch aus dem Kriege hergenommen, diesen nämlich: die geopferten Tiere jeder Art, und wenn ihrer noch so viel gewidmet wurden, mußten in zwei Hälften zerhauen, an zwei Seiten gelegt werden, und in der Straße dazwischen befanden sich diejenigen, die mit der Gottheit einen Bund schließen wollten.

Wunderbar und ahnungsvoll geht durch jene schöne Welt noch ein anderer schrecklicher Zug, daß alles, was geweiht, was verlobt war, sterben mußte: wahrscheinlich auch ein auf den Frieden übertragener Kriegsgebrauch. Den Bewohnern einer Stadt, die sich gewaltsam wehrt, wird mit einem solchen Gelübde gedroht; sie geht über, durch Sturm oder sonst; man läßt nichts am Leben, Männer keineswegs, und manchmal teilen auch Frauen, Kinder, ja das Vieh ein gleiches Schicksal. Übereilter- und abergläubischerweise werden, bestimmter oder unbestimmter, dergleichen Opfer den Göttern versprochen; und so kommen die, welche man schonen möchte, ja sogar die Nächsten, die eigenen Kinder, in den Fall, als Sühnopfer eines solchen Wahnsinns zu bluten.

In dem sanften, wahrhaft urväterlichen Charakter Abrahams konnte eine so barbarische Anbetungsweise nicht entspringen; aber die Götter, welche manchmal, um uns zu versuchen, jene Eigenschaften hervorzukehren scheinen, die der Mensch ihnen anzudichten geneigt ist, befehlen ihm das Ungeheure. Er soll seinen Sohn opfern, als Pfand des neuen Bundes, und, wenn es nach dem Hergebrachten geht, ihn nicht etwa nur schlachten und verbrennen, sondern ihn in zwei Stücke teilen, und zwischen seinen rauchenden Eingeweiden sich von den gütigen Göttern eine neue Verheißung erwarten. Ohne Zaudern und blindlings schickt Abraham sich an, den Befehl zu vollziehen: den Göttern ist der Wille hinreichend. Nun sind Abrahams Prüfungen vorüber: denn weiter konnten sie nicht gesteigert werden. Aber Sara stirbt, und dies gibt Gelegenheit, daß Abraham von dem Lande Kanaan vorbildlich Besitz nimmt. Er bedarf eines Grabes, und dies ist das erstemal, daß er sich nach einem Eigentum auf dieser Erde umsieht. Eine zweifache Höhle gegen den Hain Mamre mag er sich schon früher ausgesucht haben. Diese kauft er mit dem daranstoßenden Acker, und die Form Rechtens, die er dabei beobachtet, zeigt wie wichtig ihm dieser Besitz ist. Er war es auch, mehr als er sich vielleicht selbst denken konnte: denn er, seine Söhne und Enkel sollten daselbst ruhen und der nächste Anspruch auf das ganze Land, so wie die immerwährende Neigung seiner Nachkommenschaft sich hier zu versammeln, dadurch am eigentlichsten begründet werden.

Von nun an gehen die mannigfaltigen Familienszenen abwechselnd vor sich. Noch immer hält sich Abraham streng abgesondert von den Einwohnern, und wenn Ismael, der Sohn einer Ägypterin, auch eine Tochter dieses Landes geheiratet hat, so soll nun Isaak sich mit einer Blutsfreundin, einer Ebenbürtigen, vermählen.

Abraham sendet seinen Knecht nach Mesopotamien zu den Verwandten, die er dort zurückgelassen. Der kluge Eleasar kommt unerkannt an, und um die rechte Braut nach Hause zu bringen, prüft er die Dienstfertigkeit der Mädchen am Brunnen. Er verlangt zu trinken für sich, und ungebeten tränkt Rebekka auch seine Kamele. Er beschenkt sie, er freit um sie, die ihm nicht versagt wird. So führt er sie in das Haus seines Herrn, und sie wird Isaak angetraut. Auch hier muß die Nachkommenschaft lange Zeit erwartet werden. Erst nach einigen Prüfungsjahren wird Rebekka gesegnet, und derselbe Zwiespalt, der in Abrahams Doppelehe von zwei Müttern entstand, entspringt hier von einer. Zwei Knaben von entgegengesetztem Sinne balgen sich schon unter dem Herzen der Mutter. Sie treten ans Licht: der ältere lebhaft und mächtig, der jüngere zart und klug; jener wird des Vaters, dieser der Mutter Liebling. Der Streit um den Vorrang, der schon bei der Geburt beginnt, setzt sich immer fort. Esau ist ruhig und gleichgültig über die Erstgeburt, die ihm das Schicksal zugeteilt; Jakob vergißt nicht, daß ihn sein Bruder zurückgedrängt. Aufmerksam auf jede Gelegenheit, den erwünschten Vorteil zu gewinnen, handelt er seinem Bruder das Recht der Erstgeburt ab, und bevorteilt ihn um des Vaters Segen. Esau ergrimmt und schwört dem Bruder den Tod, Jakob entflieht, um in dem Lande seiner Vorfahren sein Glück zu versuchen.

Nun, zum erstenmal in einer so edlen Familie, erscheint ein Glied, das kein Bedenken trägt, durch Klugheit und List die Vorteile zu erlangen, welche Natur und Zustände ihm versagten. Es ist oft genug bemerkt und ausgesprochen worden, daß die heiligen Schriften uns jene Erzväter und andere von Gott begünstigte Männer keineswegs als Tugendbilder aufstellen wollen. Auch sie sind Menschen von den verschiedensten Charakteren, mit mancherlei Mängeln und Gebrechen; aber eine Haupteigenschaft darf solchen Männern nach dem Herzen Gottes nicht fehlen: es ist der unerschütterliche Glaube, daß Gott sich ihrer und der Ihrigen besonders annehme.

Die allgemeine, die natürliche Religion bedarf eigentlich keines

Glaubens: denn die Überzeugung, daß ein großes, hervorbringendes, ordnendes und leitendes Wesen sich gleichsam hinter der Natur verberge, um sich uns faßlich zu machen, eine solche Überzeugung dringt sich einem jeden auf; ja wenn er auch den Faden derselben, der ihn durchs Leben führt, manchmal fahren ließe, so wird er ihn doch gleich und überall wieder aufnehmen können. Ganz anders verhält sich's mit der besondern Religion, die uns verkündigt, daß jenes große Wesen sich eines Einzelnen, eines Stammes, eines Volkes, einer Landschaft entschieden und vorzüglich annehme. Diese Religion ist auf den Glauben gegründet, der unerschütterlich sein muß, wenn er nicht sogleich von Grund aus zerstört werden soll. Jeder Zweifel gegen eine solche Religion ist ihr tödlich. Zur Überzeugung kann man zurückkehren, aber nicht zum Glauben. Daher die unendlichen Prüfungen, das Zaudern der Erfüllung so wiederholter Verheißungen, wodurch die Glaubensfähigkeit jener Ahnherren ins hellste Licht gesetzt wird.

Auch in diesem Glauben tritt Jakob seinen Zug an, und wenn er durch List und Betrug unsere Neigung nicht erworben hat, so gewinnt er sie durch die dauernde und unverbrüchliche Liebe zu Rahel, um die er selbst aus dem Stegreife wirbt, wie Eleasar für seinen Vater um Rebekka geworben hatte. In ihm sollte sich die Verheißung eines unermeßlichen Volkes zuerst vollkommen entfalten; er sollte viele Söhne um sich sehen, aber auch durch sie und ihre Mütter manches Herzeleid erleben.

Sieben Jahre dient er um die Geliebte, ohne Ungeduld und ohne Wanken. Sein Schwiegervater, ihm gleich an List, gesinnt wie er, um jedes Mittel zum Zweck für rechtmäßig zu halten, betrügt ihn, vergilt ihm, was er an seinem Bruder getan: Jakob findet eine Gattin, die er nicht liebt, in seinen Armen. Zwar, um ihn zu besänftigen, gibt Laban nach kurzer Zeit ihm die Geliebte dazu, aber unter der Bedingung sieben neuer Dienstjahre; und so entspringt nun Verdruß aus Verdruß. Die nicht geliebte Gattin ist fruchtbar, die geliebte bringt keine Kinder; diese will wie Sara durch eine

Magd Mutter werden, jene mißgönnt ihr auch diesen Vorteil. Auch sie führt ihrem Gatten eine Magd zu, und nun ist der gute Erzvater der geplagteste Mann von der Welt: vier Frauen, Kinder von dreien, und keins von der geliebten! Endlich wird auch diese beglückt, und Joseph kommt zur Welt, ein Spätling der leidenschaftlichsten Liebe. Jakobs vierzehn Dienstjahre sind um; aber Laban will in ihm den ersten, treusten Knecht nicht entbehren. Sie schließen neue Bedingungen und teilen sich in die Herden. Laban behält die von weißer Farbe, als die der Mehrzahl; die scheckigen, gleichsam nur den Ausschuß, läßt sich Jakob gefallen. Dieser weiß aber auch hier seinen Vorteil zu wahren, und wie er durch ein schlechtes Gericht die Erstgeburt und durch eine Vermummung den väterlichen Segen gewonnen, so versteht er nun durch Kunst und Sympathie den besten und größten Teil der Herde sich zuzueignen, und wird auch von dieser Seite der wahrhaft würdige Stammvater des Volks Israel und ein Musterbild für seine Nachkommen. Laban und die Seinigen bemerken, wo nicht das Kunststück, doch den Erfolg. Es gibt Verdruß; Jakob flieht mit allen den Seinigen, mit aller Habe, und entkommt dem nachsetzenden Laban teils durch Glück, teils durch List. Nun soll ihm Rahel noch einen Sohn schenken; sie stirbt aber in der Geburt; der Schmerzenssohn Benjamin überlebt sie, aber noch größern Schmerz soll der Altvater bei dem anscheinenden Verlust seines Sohnes Joseph empfinden.

Vielleicht möchte jemand fragen, warum ich diese allgemein bekannten, so oft wiederholten und ausgelegten Geschichten hier abermals umständlich vortrage. Diesem dürfte zur Antwort dienen, daß ich auf keine andere Weise darzustellen wüßte, wie ich bei meinem zerstreuten Leben, bei meinem zerstückelten Lernen dennoch meinen Geist, meine Gefühle auf einen Punkt zu einer stillen Wirkung versammelte; weil ich auf keine andere Weise den Frieden zu schildern vermöchte, der mich umgab, wenn es auch draußen noch so wild und wunderlich herging. Wenn eine stets geschäftige

Einbildungskraft, wovon jenes Märchen ein Zeugnis ablegen mag, mich bald da bald dorthin führte, wenn das Gemisch von Fabel und Geschichte, Mythologie und Religion mich zu verwirren drohte, so flüchtete ich gern nach jenen morgenländischen Gegenden, ich versenkte mich in die ersten Bücher Mosis und fand mich dort unter den ausgebreiteten Hirtenstämmen zugleich in der größten Einsamkeit und in der größten Gesellschaft.

Diese Familienauftritte, ehe sie sich in eine Geschichte des israelitischen Volks verlieren sollten, lassen uns nun zum Schluß noch eine Gestalt sehen, an der sich besonders die Jugend mit Hoffnungen und Einbildungen gar artig schmeicheln kann: Joseph, das Kind der leidenschaftlichsten ehelichen Liebe. Ruhig erscheint er uns und klar, und prophezeit sich selbst die Vorzüge, die ihn über seine Familie erheben sollten. Durch seine Geschwister ins Unglück gestoßen, bleibt er standhaft und rechtlich in der Sklaverei, widersteht den gefährlichsten Versuchungen, rettet sich durch Weissagung und wird zu hohen Ehren nach Verdienst erhoben. Erst zeigt er sich einem großen Königreiche, sodann den Seinigen hilfreich und nützlich. Er gleicht seinem Urvater Abraham an Ruhe und Großheit, seinem Großvater Isaak an Stille und Ergebenheit. Den von seinem Vater ihm angestammten Gewerbsinn übt er im großen: es sind nicht mehr Herden, die man einem Schwiegervater, die man für sich selbst gewinnt, es sind Völker mit allen ihren Besitzungen, die man für einen König einzuhandeln versteht. Höchst anmutig ist diese natürliche Erzählung, nur erscheint sie zu kurz, und man fühlt sich berufen, sie ins Einzelne auszumalen.

Ein solches Ausmalen biblischer, nur im Umriß angegebener Charaktere und Begebenheiten war den Deutschen nicht mehr fremd. Die Personen des Alten und Neuen Testaments hatten durch Klopstock ein zartes und gefühlvolles Wesen gewonnen, das dem Knaben so wie vielen seiner Zeitgenossen höchlich zusagte. Von den Bodmerischen Arbeiten dieser Art kam wenig oder nichts zu ihm; aber *Daniel in der Löwengrube* von Moser, machte große

Wirkung auf das junge Gemüt. Hier gelangt ein wohldenkender Geschäfts- und Hofmann durch mancherlei Trübsale zu hohen Ehren, und seine Frömmigkeit, durch die man ihn zu verderben drohte, ward früher und später sein Schild und seine Waffe. Die Geschichte Josephs zu bearbeiten war mir lange schon wünschenswert gewesen; allein ich konnte mit der Form nicht zurecht kommen, besonders da mir keine Versart geläufig war, die zu einer solchen Arbeit gepaßt hätte. Aber nun fand ich eine prosaische Behandlung sehr bequem und legte mich mit aller Gewalt auf die Bearbeitung. Nun suchte ich die Charaktere zu sondern und auszumalen und durch Einschaltung von Inzidenzien und Episoden die alte einfache Geschichte zu einem neuen und selbständigen Werke zu machen. Ich bedachte nicht, was freilich die Jugend nicht bedenken kann, daß hiezu ein Gehalt nötig sei und daß dieser uns nur durch das Gewahrwerden der Erfahrung selbst entspringen könne. Genug, ich vergegenwärtigte mir alle Begebenheiten bis ins kleinste Detail und erzählte sie mir der Reihe nach auf das genaueste.

Was mir diese Arbeit sehr erleichterte, war ein Umstand, der dieses Werk und überhaupt meine Autorschaft höchst voluminos zu machen drohte. Ein junger Mann von vielen Fähigkeiten, der aber durch Anstrengung und Dünkel blödsinnig geworden war, wohnte als Mündel in meines Vaters Hause, lebte ruhig mit der Familie und war sehr still und in sich gekehrt, und wenn man ihn auf seine gewohnte Weise verfahren ließ, zufrieden und gefällig. Dieser hatte seine akademischen Hefte mit großer Sorgfalt geschrieben, und sich eine flüchtige leserliche Hand erworben. Er beschäftigte sich am liebsten mit Schreiben und sah es gern, wenn man ihm etwas zu kopieren gab; noch lieber aber, wenn man ihm diktierte, weil er sich alsdann in seine glücklichen akademischen Jahre versetzt fühlte. Meinem Vater, der keine expedite Hand schrieb und dessen deutsche Schrift klein und zittrig war, konnte nichts erwünschter sein, und er pflegte daher bei Besorgung eigner sowohl als fremder

Geschäfte, diesem jungen Manne gewöhnlich einige Stunden des Tags zu diktieren. Ich fand es nicht minder bequem, in der Zwischenzeit alles, was mir flüchtig durch den Kopf ging, von einer fremden Hand auf dem Papier fixiert zu sehen, und meine Erfindungs- und Nachahmungsgabe wuchs mit der Leichtigkeit des Auffassens und Aufbewahrens.

Ein so großes Werk als jenes biblische prosaisch-epische Gedicht hatte ich noch nicht unternommen. Es war eben eine ziemlich ruhige Zeit, und nichts rief meine Einbildungskraft aus Palästina und Ägypten zurück. So quoll mein Manuskript täglich um so mehr auf, als das Gedicht streckenweise, wie ich es mir selbst gleichsam in die Luft erzählte, auf dem Papier stand und nur wenige Blätter von Zeit zu Zeit umgeschrieben zu werden brauchten.

Als das Werk fertig war, denn es kam zu meiner eignen Verwunderung wirklich zu stande, bedachte ich, daß von den vorigen Jahren mancherlei Gedichte vorhanden seien, die mir auch jetzt nicht verwerflich schienen, welche, in ein Format mit *Joseph* zusammengeschrieben, einen ganz artigen Quartband ausmachen würden, dem man den Titel *Vermischte Gedichte* geben könnte; welches mir sehr wohl gefiel, weil ich dadurch im stillen bekannte und berühmte Autoren nachzuahmen Gelegenheit fand. Ich hatte eine gute Anzahl sogenannter Anakreontischer Gedichte verfertigt, die mir wegen der Bequemlichkeit des Silbenmaßes und der Leichtigkeit des Inhalts sehr wohl von der Hand gingen. Allein diese durfte ich nicht wohl aufnehmen, weil sie keine Reime hatten und ich doch vor allem meinem Vater etwas Angenehmes zu erzeigen wünschte. Destomehr schienen mir geistliche Oden hier am Platz, dergleichen ich zur Nachahmung des *Jüngsten Gerichts* von Elias Schlegel sehr eifrig versucht hatte. Eine zur Feier der Höllenfahrt Christi geschriebene erhielt von meinen Eltern und Freunden viel Beifall, und sie hatte das Glück mir selbst noch einige Jahre zu gefallen. Die sogenannten Texte der sonntägigen Kirchenmusiken, welche jedesmal gedruckt zu haben waren, studierte ich fleißig. Sie waren freilich sehr schwach, und ich durfte wohl glauben, daß die meinigen, deren ich mehrere nach der vorgeschriebenen Art verfertigt hatte, ebensogut verdienten komponiert und zur Erbauung der Gemeinde vorgetragen zu werden. Diese und mehrere dergleichen hatte ich seit länger als einem Jahre mit eigener Hand abgeschrieben, weil ich durch diese Privatübung von den Vorschriften des Schreibemeisters entbunden wurde. Nunmehr aber ward alles redigiert und in gute Ordnung gestellt, und es bedurfte keines großen Zuredens, um solche von jenem schreibelustigen jungen Manne reinlich abgeschrieben zu sehen. Ich eilte damit zum Buchbinder, und als ich gar bald den saubern Band meinem Vater überreichte, munterte er mich mit besonderem Wohlgefallen auf, alle Jahre einen solchen Quartanten zu liefern; welches er mit desto größerer Überzeugung tat, als ich das alles nur in sogenannten Nebenstunden geleistet hatte.

Noch ein anderer Umstand vermehrte den Hang zu diesen theologischen oder vielmehr biblischen Studien. Der Senior des Ministeriums, Johann Philipp Fresenius, ein sanfter Mann von schönem gefälligen Ansehen, welcher von seiner Gemeinde, ja von der ganzen Stadt als ein exemplarischer Geistlicher und guter Kanzelredner verehrt ward, der aber, weil er gegen die Herrnhuter aufgetreten, bei den abgesonderten Frommen nicht im besten Rufe stand, vor der Menge hingegen sich durch die Bekehrung eines bis zum Tode blessierten freigeistischen Generals berühmt und gleichsam heilig gemacht hatte, dieser starb, und sein Nachfolger Plitt, ein großer, schöner, würdiger Mann, der jedoch vom Katheder (er war Professor in Marburg gewesen) mehr die Gabe zu lehren als zu erbauen mitgebracht hatte, kündigte sogleich eine Art von Religionskursus an, dem er seine Predigten in einem gewissen methodischen Zusammenhang widmen wolle. Schon früher, da ich doch einmal in die Kirche gehen mußte, hatte ich mir die Einteilung gemerkt und konnte dann und wann mit ziemlich vollständiger Rezitation einer Predigt großtun. Da nun über den neuen Senior manches für und wider in der Gemeinde gesprochen wurde und viele kein sonderliches Zutrauen in seine angekündigten didaktischen Predigten setzen wollten, so nahm ich mir vor, sorgfältiger nachzuschreiben, welches mir um so eher gelang, als ich auf einem zum Hören sehr bequemen, übrigens aber verborgenen Sitz schon geringere Versuche gemacht hatte. Ich war höchst aufmerksam und behend; in dem Augenblick da er Amen sagte, eilte ich aus der Kirche und wendete ein paar Stunden daran, das, was ich auf dem Papier und im Gedächtnis fixiert hatte, eilig zu diktieren, so daß ich die geschriebene Predigt noch vor Tische überreichen konnte. Mein Vater war sehr glorios über dieses Gelingen, und der gute Hausfreund, der eben zu Tische kam, mußte die Freude teilen. Dieser war mir ohnehin höchst günstig, weil ich mir seinen Messias so zu eigen gemacht hatte, daß ich ihm (bei meinen öftern Besuchen, um Siegelabdrücke für meine Wappensammlung zu holen) große Stellen davon vortragen konnte, so daß ihm die Tränen in den Augen standen.

Den nächsten Sonntag setzte ich die Arbeit mit gleichem Eifer fort, und weil mich der Mechanismus derselben sogar unterhielt, so dachte ich nicht nach über das, was ich schrieb und aufbewahrte. Das erste Vierteljahr mochten sich diese Bemühungen ziemlich gleich bleiben; als ich aber zuletzt, nach meinem Dünkel, weder besondere Aufklärung über die Bibel selbst, noch eine freiere Ansicht des Dogmas zu finden glaubte, so schien mir die kleine Eitelkeit, die dabei befriedigt wurde, zu teuer erkauft, als daß ich mit gleichem Eifer das Geschäft hätte fortsetzen sollen. Die erst so blätterreichen Kanzelreden wurden immer magerer, und ich hätte zuletzt diese Bemühung ganz abgebrochen, wenn nicht mein Vater, der ein Freund der Vollständigkeit war, mich durch gute Worte und Versprechungen dahin gebracht, daß ich bis auf den letzten Sonntag Trinitatis aushielt, obgleich am Schlusse kaum etwas mehr als der Text, die Proposition und die Einteilung auf kleine Blätter verzeichnet wurden.

Was das Vollbringen betrifft, darin hatte mein Vater eine besondere Hartnäckigkeit. Was einmal unternommen ward, sollte ausgeführt werden, und wenn auch inzwischen das Unbequeme, Langweilige, Verdrießliche, ja Unnütze des Begonnenen sich deutlich offenbarte. Es schien, als wenn ihm das Vollbringen der einzige Zweck, das Beharren die einzige Tugend deuchte. Hatten wir in langen Winterabenden im Familienkreise ein Buch angefangen vorzulesen, so mußten wir es auch durchbringen, wenn wir gleich sämtlich dabei verzweifelten, und er mitunter selbst der erste war, der zu gähnen anfing. Ich erinnere mich noch eines solchen Winters, wo wir Bowers *Geschichte der Päpste* so durchzuarbeiten hatten. Es war ein fürchterlicher Zustand, indem wenig oder nichts, was in jenen kirchlichen Verhältnissen vorkommt, Kinder und junge Leute ansprechen kann. Indessen ist mir bei aller Unachtsamkeit und allem Widerwillen doch von jener Vorlesung so viel geblieben, daß ich in späteren Zeiten manches daran zu knüpfen im stande war.

Bei allen diesen fremdartigen Beschäftigungen und Arbeiten, die so schnell auf einander folgten, daß man sich kaum besinnen konnte, ob sie zulässig und nützlich wären, verlor mein Vater seinen Hauptzweck nicht aus den Augen. Er suchte mein Gedächtnis, meine Gabe, etwas zu fassen und zu kombinieren, auf juristische Gegenstände zu lenken, und gab mir daher ein kleines Buch, in Gestalt eines Katechismus, von Hoppe, nach Form und Inhalt der Institutionen gearbeitet, in die Hände. Ich lernte Fragen und Antworten bald auswendig und konnte so gut den Katecheten als den Katechumenen vorstellen; und wie bei dem damaligen Religionsunterricht eine der Hauptübungen war, daß man auf das behendeste in der Bibel aufschlagen lernte, so wurde auch hier eine gleiche Bekanntschaft mit dem Corpus juris für nötig befunden, worin ich auch bald auf das vollkommenste bewandert war. Mein Vater wollte weitergehen, und der Kleine Struve ward vorgenommen; aber hier ging es nicht so rasch. Die Form des Buches war für den Anfänger nicht so günstig, daß er sich selbst hätte aushelfen können, und meines Vaters Art zu dozieren nicht so liberal, daß sie mich angesprochen hätte.

Nicht allein durch die kriegerischen Zustände, in denen wir uns seit einigen Jahren befanden, sondern auch durch das bürgerliche Leben selbst, durch Lesen von Geschichten und Romanen, war es uns nur allzu deutlich, daß es sehr viele Fälle gebe, in welchen die Gesetze schweigen und dem einzelnen nicht zu Hilfe kommen, der dann sehen mag, wie er sich aus der Sache zieht. Wir waren nun herangewachsen, und dem Schlendriane nach sollten wir auch neben andern Dingen fechten und reiten lernen, um uns gelegentlich unserer Haut zu wehren und zu Pferde kein schülerhaftes Ansehn zu haben. Was den ersten Punkt betrifft, so war uns eine solche Übung sehr angenehm: denn wir hatten uns schon längst Hau-Rapiere von Haselstöcken, mit Körben von Weiden sauber geflochten, um die Hand zu schützen, zu verschaffen gewußt. Nun durften wir uns wirklich stählerne Klingen zulegen, und das Gerassel, was wir damit machten, war sehr lebhaft.

Zwei Fechtmeister befanden sich in der Stadt: ein älterer ernster Deutscher, der auf die strenge und tüchtige Weise zu Werke ging, und ein Franzose, der seinen Vorteil durch Avancieren und Retirieren, durch leichte flüchtige Stöße, welche stets mit einigen Ausrufungen begleitet waren, zu erreichen suchte. Die Meinungen, welche Art die beste sei, waren geteilt. Der kleinen Gesellschaft, mit welcher ich Stunde nehmen sollte, gab man den Franzosen, und wir gewöhnten uns bald vorwärts und rückwärts zu gehen, auszufallen und uns zurückzuziehen, und dabei immer in die herkömmlichen Schreilaute auszubrechen. Mehrere von unsern Bekannten aber hatten sich zu dem deutschen Fechtmeister gewendet und übten gerade das Gegenteil. Diese verschiedenen Arten, eine so wichtige Übung zu behandeln, die Überzeugung eines jeden, daß sein Meister der bessere sei, brachte wirklich eine Spaltung unter die jungen Leute, die ungefähr von einem Alter waren, und es fehlte wenig, so hätten die Fechtschulen ganz ernstliche Gefechte veranlaßt; denn fast ward eben sosehr mit Worten gestritten als mit der Klinge gefochten, und um zuletzt der Sache ein Ende zu machen, ward ein Wettkampf zwischen beiden Meistern veranstaltet, dessen Erfolg ich nicht umständlich zu beschreiben brauche. Der Deutsche stand in seiner Positur wie eine Mauer, paßte auf seinen Vorteil und wußte mit Battieren und Ligieren seinen Gegner ein über das andre Mal zu entwaffnen. Dieser behauptete, das sei nicht Raison, und fuhr mit seiner Beweglichkeit fort, den andern in Atem zu setzen. Auch brachte er dem Deutschen wohl einige Stöße bei, die ihn aber selbst, wenn es Ernst gewesen wäre, in die andere Welt geschickt hätten.

Im ganzen ward nichts entschieden, noch gebessert, nur wendeten sich einige zu dem Landsmann, worunter ich auch gehörte. Allein ich hatte schon zu viel von dem ersten Meister angenommen, daher eine ziemliche Zeit darüber hinging, bis der neue mir es wieder abgewöhnen konnte, der überhaupt mit uns Renegaten weniger als mit seinen Urschülern zufrieden war.

Mit dem Reiten ging es mir noch schlimmer. Zufälligerweise schickte man mich im Herbst auf die Bahn, so daß ich in der kühlen und feuchten Jahreszeit meinen Anfang machte. Die pedantische Behandlung dieser schönen Kunst war mir höchlich zuwider. Zum ersten und letzten war immer vom Schließen die Rede, und es konnte einem doch niemand sagen, worin denn eigentlich der Schluß bestehe, worauf doch alles ankommen solle: denn man fuhr ohne Steigbügel auf dem Pferde hin und her. Übrigens schien der Unterricht nur auf Prellerei und Beschämung der Scholaren angelegt. Vergaß man die Kinnkette ein- oder auszuhängen, ließ man die Gerte fallen oder wohl gar den Hut, jedes Versäumnis, jedes Unglück mußte mit Geld gebüßt werden, und man ward noch obenein ausgelacht. Dies gab mir den allerschlimmsten Humor, besonders da ich den Übungsort selbst ganz unerträglich fand. Der garstige, große, entweder feuchte oder staubige Raum, die Kälte, der Modergeruch, alles zusammen war mir im höchsten Grade zuwider; und da der Stallmeister den andern, weil sie ihn vielleicht durch Frühstücke und sonstige Gaben, vielleicht auch durch ihre Geschicklichkeit bestachen, immer die besten Pferde, mir aber die schlechtesten zu reiten gab, mich auch wohl warten ließ und mich wie es schien hintansetzte, so brachte ich die allerverdrießlichsten Stunden über einem Geschäft hin, das eigentlich das lustigste von der Welt sein sollte. Ja der Eindruck von jener Zeit, von jenen Zuständen ist mir so lebhaft geblieben, daß, ob ich gleich nachher leidenschaftlich und verwegen zu reiten gewohnt war, auch tage- und wochenlang kaum vom Pferde kam, daß ich bedeckte Reitbahnen sorgfältig vermied und höchstens nur wenig Augenblicke darin verweilte. Es kommt übrigens der Fall oft genug vor, daß wenn die Anfänge einer abgeschlossenen Kunst uns überliefert werden sollen, dieses auf eine peinliche und abschreckende Art geschieht. Die Überzeugung, wie lästig und schädlich dieses sei, hat in spätern Zeiten die Erziehungsmaxime aufgestellt, daß alles der Jugend auf eine leichte, lustige und bequeme Art beigebracht werden müsse; woraus denn aber auch wieder andere Übel und Nachteile entsprungen sind.

Mit der Annäherung des Frühlings ward es bei uns auch wieder ruhiger, und wenn ich mir früher das Anschauen der Stadt, ihrer geistlichen und weltlichen, öffentlichen und Privatgebäude zu verschaffen suchte und besonders an dem damals noch vorherrschenden Altertümlichen das größte Vergnügen fand, so war ich nachher bemüht durch die Lersnersche Chronik und durch andre unter meines Vaters Frankofurtensien befindliche Bücher und Hefte, die Personen vergangener Zeiten mir zu vergegenwärtigen; welches mir denn auch durch große Aufmerksamkeit auf das Besondere der Zeiten und Sitten und bedeutender Individualitäten ganz gut zu gelingen schien.

Unter den altertümlichen Resten war mir, von Kindheit an, der auf dem Brückenturm aufgesteckte Schädel eines Staatsverbrechers merkwürdig gewesen, der von dreien oder vieren, wie die leeren eisernen Spitzen auswiesen, seit 1616 sich durch alle Unbilden der Zeit und Witterung erhalten hatte. So oft man von Sachsenhausen nach Frankfurt zurückkehrte, hatte man den Turm vor sich und der Schädel fiel ins Auge. Ich ließ mir als Knabe schon gern die Geschichte dieser Aufrührer des Fettmilch und seiner Genossen, erzählen, wie sie mit dem Stadtregiment unzufrieden gewesen, sich gegen dasselbe empört, Meuterei angesponnen, die Judenstadt geplündert und gräßliche Händel erregt, zuletzt aber gefangen und von kaiserlichen Abgeordneten zum Tode verurteilt worden. Späterhin lag mir daran, die nähern Umstände zu erfahren und, was es denn für Leute gewesen, zu vernehmen. Als ich nun aus einem alten, gleichzeitigen, mit Holzschnitten versehenen Buche erfuhr, daß zwar diese Menschen zum Tode verurteilt, aber zugleich auch viele Ratsherren abgesetzt worden, weil mancherlei Unordnung und sehr viel Unverantwortliches im Schwange gewesen; da ich nun die nähern Umstände vernahm, wie alles hergegangen: so bedauerte ich die unglücklichen Menschen, welche man wohl als Opfer, die einer künftigen bessern Verfassung gebracht worden, ansehen dürfe; denn von jener Zeit schrieb sich die Einrichtung her, nach welcher sowohl das altadlige Haus Limpurg, das aus einem Klub entsprungene Haus Frauenstein, ferner Juristen, Kaufleute und Handwerker an einem Regimente teil nehmen sollten, das durch eine auf venezianische Weise verwickelte Ballotage ergänzt, von bürgerlichen Kollegien eingeschränkt, das Rechte zu tun berufen war, ohne zu dem Unrechten sonderliche Freiheit zu behalten.

Zu den ahnungsvollen Dingen, die den Knaben und auch wohl den Jüngling bedrängten, gehörte besonders der Zustand der Judenstadt, eigentlich die Judengasse genannt, weil sie kaum aus etwas mehr als einer einzigen Straße besteht, welche in frühen Zeiten zwischen Stadtmauer und Graben wie in einen Zwinger mochte eingeklemmt worden sein. Die Enge, der Schmutz, das Gewimmel, der Akzent einer unerfreulichen Sprache, alles zusammen machte den unangenehmsten Eindruck, wenn man auch nur am Tore vorbeigehend hineinsah. Es dauerte lange bis ich allein mich hineinwagte, und ich kehrte nicht leicht wieder dahin zurück, wenn ich einmal den Zudringlichkeiten so vieler etwas zu schachern unermüdet fordernder oder anbietender Menschen entgangen war. Dabei schwebten die alten Märchen von Grausamkeit der Juden gegen die Christenkinder, die wir in Gottfrieds Chronik gräßlich abgebildet gesehen, düster vor dem jungen Gemüt. Und ob man gleich in der neuern Zeit besser von ihnen dachte, so zeugte doch das große Spott- und Schandgemälde, welches unter dem Brückenturm an einer Bogenwand, zu ihrem Unglimpf, noch ziemlich zu sehen war, außerordentlich gegen sie: denn es war nicht etwa durch einen Privatmutwillen, sondern aus öffentlicher Anstalt verfertigt worden.

Indessen blieben sie doch das auserwählte Volk Gottes und gingen, wie es nun mochte gekommen sein, zum Andenken der ältesten Zeiten umher. Außerdem waren sie ja auch Menschen, tätig, gefällig, und selbst dem Eigensinn, womit sie an ihren Gebräuchen hingen, konnte man seine Achtung nicht versagen. Überdies waren die Mädchen hübsch und mochten es wohl leiden, wenn ein Christenknabe ihnen am Sabbat auf dem Fischerfelde begegnend, sich freundlich und aufmerksam bewies. Äußerst neugierig war ich daher, ihre Zeremonien kennen zu lernen. Ich ließ nicht ab, bis ich ihre Schule öfters besucht, einer Beschneidung, einer Hochzeit beigewohnt und von dem Lauberhüttenfest mir ein Bild gemacht hatte. Überall war ich wohl aufgenommen, gut bewirtet und zur Wiederkehr eingeladen: denn es waren Personen von Einfluß, die mich entweder hinführten oder empfahlen.

So wurde ich denn als ein junger Bewohner einer großen Stadt von einem Gegenstand zum andern hin und wider geworfen, und es fehlte mitten in der bürgerlichen Ruhe und Sicherheit nicht an gräßlichen Auftritten. Bald weckte ein näherer oder entfernter Brand uns aus unserm häuslichen Frieden, bald setzte ein entdecktes großes Verbrechen, dessen Untersuchung und Bestrafung die Stadt auf viele Wochen in Unruhe. Wir mußten Zeugen von verschiedenen Exekutionen sein, und es ist wohl wert, zu gedenken, daß ich auch bei Verbrennung eines Buchs gegenwärtig gewesen bin. Es war der Verlag eines französischen komischen Romans, der zwar den Staat, aber nicht Religion und Sitten schonte. Es hatte wirklich etwas Fürchterliches, eine Strafe an einem leblosen Wesen ausgeübt zu sehen. Die Ballen platzten im Feuer und wurden durch Ofengabeln aus einander geschürt und mit den Flammen mehr in Berührung gebracht. Es dauerte nicht lange, so flogen die angebrannten Blätter in der Luft herum, und die Menge haschte begierig darnach. Auch ruhten wir nicht, bis wir ein Exemplar auftrieben, und es waren nicht wenige die sich das verbotne Vergnügen gleichfalls zu verschaffen wußten. Ja, wenn es dem Autor um Publizität zu tun war, so hätte er selbst nicht besser dafür sorgen können.

Jedoch auch friedlichere Anlässe führten mich in der Stadt hin und wider. Mein Vater hatte mich früh gewöhnt kleine Geschäfte für ihn zu besorgen. Besonders trug er mir auf, die Handwerker die er in Arbeit setzte, zu mahnen, da sie ihn gewöhnlich länger als billig aufhielten, weil er alles genau wollte gearbeitet haben und zuletzt bei prompter Bezahlung die Preise zu mäßigen pflegte. Ich gelangte dadurch fast in alle Werkstätten, und da es mir angeboren war, mich in die Zustände anderer zu finden, eine jede besondere Art des menschlichen Daseins zu fühlen und mit Gefallen daran teilzunehmen, so brachte ich manche vergnügliche Stunde durch Anlaß solcher Aufträge zu, lernte eines jeden Verfahrungsart kennen, und was die unerläßlichen Bedingungen dieser und jener Lebensweise für Freude, für Leid, Beschwerliches und Günstiges mit sich führen. Ich näherte mich dadurch dieser tätigen, das Untere und Obere verbindenden Klasse. Denn wenn an der einen Seite diejenigen stehen, die sich mit den einfachen und rohen Erzeugnissen beschäftigen, an der andern solche, die schon etwas Verarbeitetes genießen wollen, so vermittelt der Gewerker durch Sinn und Hand, daß jene beiden etwas von einander empfangen und jeder nach seiner Art seiner Wünsche teilhaft werden kann. Das Familienwesen eines jeden Handwerks, das Gestalt und Farbe von der Beschäftigung erhielt, war gleichfalls der Gegenstand meiner stillen Aufmerksamkeit, und so entwickelte, so bestärkte sich in mir das Gefühl der Gleichheit, wo nicht aller Menschen, doch aller menschlichen Zustände, indem mir das nackte Dasein als die Hauptbedingung, das Übrige alles aber als gleichgültig und zufällig erschien.

Da mein Vater sich nicht leicht eine Ausgabe erlaubte, die durch einen augenblicklichen Genuß sogleich wäre aufgezehrt worden – wie ich mich denn kaum erinnere, daß wir zusammen spazieren gefahren und auf einem Lustorte etwas verzehrt hätten – so war er dagegen nicht karg mit Anschaffung solcher Dinge, die bei innerm Wert auch einen guten äußern Schein haben. Niemand konnte den Frieden mehr wünschen als er, ob er gleich in der letzten Zeit vom Kriege nicht die mindeste Beschwerlichkeit empfand. In diesen Gesinnungen hatte er meiner Mutter eine goldne mit Diamanten besetzte Dose versprochen, welche sie erhalten sollte, sobald der Friede publiziert würde. In Hoffnung dieses glücklichen Ereignisses arbeitete man schon einige Jahre an diesem Geschenk. Die Dose selbst, von ziemlicher Größe, ward in Hanau verfertigt: denn mit den dortigen Goldarbeitern so wie mit den Vorstehern der Seidenanstalt stand mein Vater in gutem Vernehmen. Mehrere Zeichnungen wurden dazu verfertigt; den Deckel zierte ein Blumenkorb, über welchem eine Taube mit dem Ölzweige schwebte. Der Raum für die Juwelen war gelassen, die teils an der Taube, teils an den Blumen, teils auch an der Stelle wo man die Dose zu öffnen pflegt, angebracht werden sollten. Der Juwelier, dem die völlige Ausführung nebst den dazu nötigen Steinen übergeben ward, hieß Lautensack und war ein geschickter, muntrer Mann, der wie mehrere geistreiche Künstler selten das Notwendige, gewöhnlich aber das Willkürliche tat, was ihm Vergnügen machte. Die Juwelen, in der Figur wie sie auf dem Dosendeckel angebracht werden sollten, waren zwar bald auf schwarzes Wachs gesetzt und nahmen sich ganz gut aus; allein sie wollten sich von da gar nicht ablösen, um aufs Gold zu gelangen. Im Anfange ließ mein Vater die Sache noch so anstehen; als aber die Hoffnung zum Frieden immer lebhafter wurde, als man zuletzt schon die Bedingungen, besonders die Erhebung des Erzherzogs Joseph zum Römischen König, genauer wissen wollte, so ward mein Vater immer ungeduldiger, und ich mußte wöchentlich ein paarmal, ja zuletzt fast täglich den saumseligen Künstler besuchen. Durch mein unablässiges Quälen und Zureden rückte die Arbeit, wiewohl langsam genug, vorwärts: denn weil sie von der Art war, daß man sie bald vornehmen, bald wieder aus den Händen legen konnte, so fand sich immer etwas, wodurch sie verdrängt und beiseite geschoben wurde.

Die Hauptursache dieses Benehmens indes war eine Arbeit, die der Künstler für eigene Rechnung unternommen hatte. Jedermann wußte, daß Kaiser Franz eine große Neigung zu Juwelen, besonders auch zu farbigen Steinen hege. Lautensack hatte eine ansehnliche Summe, (und, wie sich später fand, größer als sein Vermögen) auf dergleichen Edelsteine verwandt und daraus einen Blumenstrauß zu bilden angefangen, in welchem jeder Stein nach seiner Form und Farbe günstig hervortreten und das Ganze ein Kunststück geben sollte, wert in dem Schatzgewölbe eines Kaisers aufbewahrt zu stehen. Er hatte nach seiner zerstreuten Art mehrere Jahre daran gearbeitet und eilte nun, weil man nach dem bald zu hoffenden Frieden die Ankunft des Kaisers zur Krönung seines Sohns in Frankfurt erwartete, es vollständig zu machen und endlich zusammenzubringen. Meine Lust, dergleichen Gegenstände kennen zu lernen, benutzte er sehr gewandt, um mich als einen Mahnboten zu zerstreuen und von meinem Vorsatz abzulenken. Er suchte mir die Kenntnis dieser Steine beizubringen, machte mich auf ihre Eigenschaften, ihren Wert aufmerksam, so daß ich sein ganzes Bukett zuletzt auswendig wußte und es ebensogut wie er einem Kunden hätte anpreisend vordemonstrieren können. Es ist mir noch jetzt gegenwärtig, und ich habe wohl kostbarere aber nicht anmutigere Schau- und Prachtstücke dieser Art gesehen. Außerdem besaß er noch eine hübsche Kupfersammlung und andere Kunstwerke, über die er sich gern unterhielt, und ich brachte viele Stunden nicht ohne Nutzen bei ihm zu. Endlich, als wirklich der Kongreß zu Hubertusburg schon festgesetzt war, tat er aus Liebe zu mir ein übriges, und die Taube zusamt den Blumen gelangte am Friedensfeste wirklich in die Hände meiner Mutter.

Manchen ähnlichen Auftrag erhielt ich denn auch, um bei den Malern bestellte Bilder zu betreiben. Mein Vater hatte bei sich den Begriff festgesetzt, und wenig Menschen waren davon frei, daß ein Bild auf Holz gemalt einen großen Vorzug vor einem andern habe, das nur auf Leinwand aufgetragen sei. Gute eichene Bretter von jeder Form zu besitzen, war deswegen meines Vaters große Sorgfalt, indem er wohl wußte, daß die leichtsinnigern Künstler sich gerade in dieser wichtigen Sache auf den Tischer verließen. Die ältesten Bohlen wurden aufgesucht, der Tischer mußte mit Leimen, Hobeln und Zurichten derselben aufs genaueste zu Werke gehen, und dann blieben sie jahrelang in einem obern Zimmer verwahrt, wo sie genugsam austrocknen konnten. Ein solches köstliches Brett ward dem Maler Juncker anvertraut, der einen verzierten Blumentopf mit den bedeutendsten Blumen nach der Natur in seiner künstlichen und zierlichen Weise darauf darstellen sollte. Es war gerade im Frühling, und ich versäumte nicht, ihm wöchentlich einigemal die schönsten Blumen zu bringen die mir unter die Hand kamen, welche er denn auch sogleich einschaltete und das Ganze nach und nach aus diesen Elementen auf das treulichste und fleißigste zusammenbildete. Gelegentlich hatte ich auch wohl einmal eine Maus gefangen, die ich ihm brachte und die er als ein gar so zierliches Tier nachzubilden Lust hatte, auch sie wirklich aufs genaueste vorstellte, wie sie am Fuße des Blumentopfes eine Kornähre benascht. Mehr dergleichen unschuldige Naturgegenstände, als Schmetterlinge und Käfer, wurden herbeigeschafft und dargestellt, so daß zuletzt, was Nachahmung und Ausführung betraf, ein höchst schätzbares Bild beisammen war.

Ich wunderte mich daher nicht wenig, als der gute Mann mir eines Tages, da die Arbeit bald abgeliefert werden sollte, umständlich eröffnete, wie ihm das Bild nicht mehr gefalle, indem es wohl im einzelnen ganz gut geraten, im ganzen aber nicht gut komponiert sei, weil es so nach und nach entstanden, und er im Anfange das Versehen begangen, sich nicht wenigstens einen allgemeinen Plan für Licht und Schatten so wie für Farben zu entwerfen, nach welchem man die einzelnen Blumen hätte einordnen können. Er ging mit mir das während eines halben Jahrs vor meinen Augen entstandene und mir teilweise gefällige Bild umständlich durch, und wußte mich zu meiner Betrübnis vollkommen zu überzeugen. Auch hielt er die nachgebildete Maus für einen Mißgriff: denn, sagte er, solche Tiere haben für viele Menschen etwas Schauderhaftes, und man sollte sie da nicht anbringen, wo man Gefallen erregen will. Ich hatte nun, wie es demjenigen zu gehen pflegt, der sich von einem Vorurteile geheilt sieht und sich viel klüger dünkt als er vorher gewesen, eine wahre Verachtung gegen dies Kunstwerk, und stimmte dem Künstler völlig bei, als er eine andere Tafel von gleicher Größe verfertigen ließ, worauf er, nach dem Geschmack den er besaß, ein besser geformtes Gefäß und einen kunstreicher geordneten Blumenstrauß anbrachte, auch die lebendigen kleinen Beiwesen zierlich und erfreulich sowohl zu wählen als zu verteilen wußte. Auch diese Tafel malte er mit der größten Sorgfalt, doch freilich nur nach jener schon abgebildeten, oder aus dem Gedächtnis, das ihm aber bei einer sehr langen und emsigen Praxis gar wohl zu Hilfe kam. Beide Gemälde waren nun fertig, und wir hatten eine entschiedene Freude an dem letzten, das wirklich kunstreicher und mehr in die Augen fiel. Der Vater ward anstatt mit einem mit zwei Stücken überrascht und ihm die Wahl gelassen. Er billigte unsere Meinung und die Gründe derselben, besonders auch den guten Willen und die Tätigkeit; entschied sich aber, nachdem er beide Bilder einige Tage betrachtet, für das erste, ohne über diese Wahl weiter viele Worte zu machen. Der Künstler, ärgerlich, nahm sein zweites, wohlgemeintes Bild zurück, und konnte sich gegen mich der Bemerkung nicht enthalten, daß die gute eichne Tafel, worauf das erste gemalt stehe, zum Entschluß des Vaters gewiß das ihrige beigetragen habe.

Da ich hier wieder der Malerei gedenke, so tritt in meiner Erinnerung eine große Anstalt hervor, in der ich viele Zeit zubrachte, weil sie und deren Vorsteher mich besonders an sich zog. Es war die große Wachstuchfabrik, welche der Maler Nothnagel errichtet hatte: ein geschickter Künstler, der aber sowohl durch sein Talent als durch seine Denkweise mehr zum Fabrikwesen als zur Kunst hinneigte. In einem sehr großen Raume von Höfen und Gärten wurden alle Arten von Wachstuch gefertigt, von dem rohsten an, das mit der Spatel aufgetragen wird und das man zu Rüstwagen und ähnlichem Gebrauch benutzte, durch die Tapeten hindurch, welche mit Formen abgedruckt wurden, bis zu den feinern und feinsten, auf welchen bald chinesische und phantastische, bald natürliche Blumen abgebildet, bald Figuren, bald Landschaften durch den Pinsel geschickter Arbeiter dargestellt wurden. Diese Mannigfaltigkeit, die ins Unendliche ging, ergötzte mich sehr. Die Beschäftigung so vieler Menschen von der gemeinsten Arbeit bis zu solchen, denen man einen gewissen Kunstwert kaum versagen konnte, war für mich höchst anziehend. Ich machte Bekanntschaft mit dieser Menge in vielen Zimmern hinter einander arbeitenden jüngern und älteren Männern und legte auch wohl selbst mitunter Hand an. Der Vertrieb dieser Ware ging außerordentlich stark. Wer damals baute oder ein Gebäude möblierte, wollte für seine Lebenszeit versorgt sein, und diese Wachstuchtapeten waren allerdings unverwüstlich. Nothnagel selbst hatte genug mit Leitung des Ganzen zu tun, und saß in seinem Comptoir umgeben von Faktoren und Handlungsdienern. Die Zeit die ihm übrig blieb, beschäftigte er sich mit seiner Kunstsammlung, die vorzüglich aus Kupferstichen bestand, mit denen er so wie mit Gemälden, die er besaß, auch wohl gelegentlich Handel trieb. Zugleich hatte er das Radieren lieb gewonnen; er ätzte verschiedene Blätter und setzte diesen Kunstzweig bis in seine spätesten Jahre fort.

Da seine Wohnung nahe am Eschenheimer Tore lag, so führte mich, wenn ich ihn besucht hatte, mein Weg gewöhnlich zur Stadt hinaus und zu den Grundstücken, welche mein Vater vor den Toren besaß. Das eine war ein großer Baumgarten, dessen Boden als Wiese benutzt wurde, und worin mein Vater das Nachpflanzen der Bäume, und was sonst zur Erhaltung diente, sorgfältig beobachtete, obgleich das Grundstück verpachtet war. Noch mehr Beschäftigung gab ihm ein sehr gut unterhaltener Weinberg vor dem Friedberger Tore, woselbst zwischen den Reihen der Weinstöcke Spargelreihen mit großer Sorgfalt gepflanzt und gewartet wurden. Es verging in der guten Jahreszeit fast kein Tag, daß nicht mein Vater sich hinaus begab, da wir ihn denn meist begleiten durften, und so von den ersten Erzeugnissen des Frühlings bis zu den letzten des Herbstes Genuß und Freude hatten. Wir lernten nun auch mit den Gartengeschäften umgehen, die, weil sie sich jährlich wiederholten, uns endlich ganz bekannt und geläufig wurden. Nach mancherlei Früchten des Sommers und Herbstes war aber doch zuletzt die Weinlese das Lustigste und am meisten Erwünschte; ja es ist keine Frage, daß wie der Wein selbst den Orten und Gegenden, wo er wächst und getrunken wird, einen freiern Charakter gibt, so auch diese Tage der Weinlese, indem sie den Sommer schließen und zugleich den Winter eröffnen, eine unglaubliche Heiterkeit verbreiten. Lust und Jubel erstreckt sich über eine ganze Gegend. Des Tages hört man von allen Ecken und Enden Jauchzen und Schießen, und des Nachts verkünden bald da bald dort Raketen und Leuchtkugeln, daß man noch überall wach und munter diese Feier gern so lange als möglich ausdehnen möchte. Die nachherigen Bemühungen beim Keltern und während der Gärung im Keller gaben uns auch zu Hause eine heitere Beschäftigung, und so kamen wir gewöhnlich in den Winter hinein, ohne es recht gewahr zu werden.

Dieser ländlichen Besitzungen erfreuten wir uns im Frühling 1763 um so mehr, als uns der 15te Februar dieses Jahrs durch den Abschluß des Hubertusburger Friedens, zum festlichen Tage geworden, unter dessen glücklichen Folgen der größte Teil meines Lebens verfließen sollte. Ehe ich jedoch weiterschreite, halte ich es für meine Schuldigkeit, einiger Männer zu gedenken, welche einen bedeutenden Einfluß auf meine Jugend ausgeübt.

Von Olenschlager, Mitglied des Hauses Frauenstein, Schöff und Schwiegersohn des oben erwähnten Doktor Orth, ein schöner, behaglicher, sanguinischer Mann. Er hätte in seiner burgemeisterlichen Festtracht gar wohl den angesehensten französischen Prälaten vorstellen können. Nach seinen akademischen Studien hatte er sich in Hof- und Staatsgeschäften umgetan und seine Reisen auch zu diesen Zwecken eingeleitet. Er hielt mich besonders wert und sprach oft mit mir von den Dingen, die ihn vorzüglich interessierten. Ich war um ihn, als er eben seine *Erläuterung der Güldnen Bulle* schrieb; da er mir denn den Wert und die Würde dieses Dokuments sehr deutlich herauszusetzen wußte. Auch dadurch wurde meine Einbildungskraft in jene wilden und unruhigen Zeiten zurückgeführt, daß ich nicht unterlassen konnte, dasjenige, was er mir geschichtlich erzählte, gleichsam als gegenwärtig, mit Ausmalung der Charakter und Umstände und manchmal sogar mimisch darzustellen; woran er denn große Freude hatte und durch seinen Beifall mich zur Wiederholung aufregte.

Ich hatte von Kindheit auf die wunderliche Gewohnheit, immer die Anfänge der Bücher und Abteilungen eines Werks auswendig zu lernen, zuerst der fünf Bücher Mosis, sodann der *Aeneide* und der *Metamorphosen.* So machte ich es nun auch mit der Goldenen Bulle und reizte meinen Gönner oft zum Lächeln, wenn ich ganz ernsthaft unversehens ausrief: *Omne regnum in se divisum desola-*

bitur: nam principes ejus facti sunt socii furum. Der kluge Mann schüttelte lächelnd den Kopf und sagte bedenklich: »Was müssen das für Zeiten gewesen sein, in welchen der Kaiser auf einer großen Reichsversammlung seinen Fürsten dergleichen Worte ins Gesicht publizieren ließ.«

Von Olenschlager hatte viel Anmut im Umgang. Man sah wenig Gesellschaft bei ihm, aber zu einer geistreichen Unterhaltung war er sehr geneigt, und er veranlaßte uns junge Leute von Zeit zu Zeit ein Schauspiel aufzuführen: denn man hielt dafür, daß eine solche Übung der Jugend besonders nützlich sei. Wir gaben den *Kanut* von Schlegel, worin mir die Rolle des Königs, meiner Schwester die Estrithe, und Ulfo dem jüngern Sohn des Hauses zugeteilt wurde. Sodann wagten wir uns an den *Britannicus,* denn wir sollten nebst dem Schauspielertalent auch die Sprache zur Übung bringen. Ich erhielt den Nero, meine Schwester die Agrippine, und der jüngere Sohn den Britannicus. Wir wurden mehr gelobt als wir verdienten, und glaubten es noch besser gemacht zu haben, als wie wir gelobt wurden. So stand ich mit dieser Familie in dem besten Verhältnis und bin ihr manches Vergnügen und eine schnellere Entwicklung schuldig geworden.

Von Reineck, aus einem altadligen Hause, tüchtig, rechtschaffen, aber starrsinnig, ein hagrer schwarzbrauner Mann, den ich niemals lächeln gesehen. Ihm begegnete das Unglück, daß seine einzige Tochter durch einen Hausfreund entführt wurde. Er verfolgte seinen Schwiegersohn mit dem heftigsten Prozeß, und weil die Gerichte, in ihrer Förmlichkeit, seiner Rachsucht weder schnell noch stark genug willfahren wollten, überwarf er sich mit diesen, und es entstanden Händel aus Händeln, Prozesse aus Prozessen. Er zog sich ganz in sein Haus und einen daranstoßenden Garten zurück, lebte in einer weitläufigen aber traurigen Unterstube, in die seit vielen Jahren kein Pinsel eines Tünchers, vielleicht kaum der Kehrbesen einer Magd gekommen war. Mich konnte er gar gern leiden und hatte mir seinen jüngern Sohn besonders empfohlen. Seine ältesten Freunde, die sich nach ihm zu richten wußten, seine Geschäftsleute, seine Sachwalter sah er manchmal bei Tische, und unterließ dann niemals auch mich einzuladen. Man aß sehr gut bei ihm und trank noch besser. Den Gästen erregte jedoch ein großer, aus vielen Ritzen rauchender Ofen die ärgste Pein. Einer der Vertrautesten wagte einmal dies zu bemerken, indem er den Hausherrn fragte: ob er denn so eine Unbequemlichkeit den ganzen Winter aushalten könne. Er antwortete darauf, als ein zweiter Timon und Heautontimorumenos: »Wollte Gott, dies wäre das größte Übel von denen, die mich plagen!« Nur spät ließ er sich bereden, Tochter und Enkel wiederzusehen. Der Schwiegersohn durfte ihm nicht wieder vor Augen.

Auf diesen so braven als unglücklichen Mann wirkte meine Gegenwart sehr günstig: denn indem er sich gern mit mir unterhielt und mich besonders von Welt- und Staatsverhältnissen belehrte, schien er selbst sich erleichtert und erheitert zu fühlen. Die wenigen alten Freunde, die sich noch um ihn versammelten, gebrauchten mich daher oft, wenn sie seinen verdrießlichen Sinn zu mildern und ihn zu irgend einer Zerstreuung zu bereden wünschten. Wirklich fuhr er nunmehr manchmal mit uns aus und besah sich die Gegend wieder, auf die er so viele Jahre keinen Blick geworfen hatte. Er gedachte der alten Besitzer, erzählte von ihren Charaktern und Begebenheiten, wo er sich denn immer streng, aber doch öfters heiter und geistreich erwies. Wir suchten ihn nun auch wieder unter andere Menschen zu bringen, welches uns aber beinah übel geraten wäre.

Von gleichem, wenn nicht noch von höherem Alter als er, war ein Herr von Malapart, ein reicher Mann, der ein sehr schönes Haus am Roßmarkt besaß und gute Einkünfte von Salinen zog. Auch er lebte sehr abgesondert; doch war er Sommers viel in seinem Garten vor dem Bockenheimer Tore, wo er einen sehr schönen Nelkenflor wartete und pflegte.

Von Reineck war auch ein Nelkenfreund; die Zeit des Flors war da, und es geschahen einige Anregungen, ob man sich nicht wechselseitig besuchen wollte. Wir leiteten die Sache ein und trieben es so lange, bis endlich von Reineck sich entschloß mit uns einen Sonntagnachmittag hinaus zu fahren. Die Begrüßung der beiden alten Herren war sehr lakonisch, ja bloß pantomimisch, und man ging mit wahrhaft diplomatischem Schritt an den langen Nelkengerüsten hin und her. Der Flor war wirklich außerordentlich schön, und die besondern Formen und Farben der verschiedenen Blumen, die Vorzüge der einen vor der andern und ihre Seltenheit machten denn doch zuletzt eine Art von Gespräch aus, welches ganz freundlich zu werden schien; worüber wir andern uns um so mehr freuten, als wir in einer benachbarten Laube den kostbarsten alten Rheinwein in geschliffenen Flaschen, schönes Obst und andere gute Dinge aufgetischt sahen. Leider aber sollten wir sie nicht genießen. Denn unglücklicherweise sah von Reineck eine sehr schöne Nelke vor sich, die aber den Kopf etwas niedersenkte; er griff daher sehr zierlich mit dem Zeige- und Mittelfinger vom Stengel herauf gegen den Kelch und hob die Blume von hinten in die Höhe, so daß er sie wohl betrachten konnte. Aber auch diese zarte Berührung verdroß den Besitzer: von Malapart erinnerte, zwar höflich aber doch steif genug und eher etwas selbstgefällig, an das *oculis, non manibus.* Von Reineck hatte die Blume schon losgelassen, fing aber auf jenes Wort gleich Feuer und sagte mit seiner gewöhnlichen Trockenheit und Ernst: es sei einem Kenner und Liebhaber wohl gemäß, eine Blume auf die Weise zu berühren und zu betrachten; worauf er denn jenen Gest wiederholte und sie noch einmal zwischen die Finger nahm. Die beiderseitigen Hausfreunde — denn auch von Malapart hatte einen bei sich — waren nun in der größten Verlegenheit. Sie ließen einen Hasen nach dem andern laufen (dies war unsre sprüchwörtliche Redensart, wenn ein Gespräch sollte unterbrochen und auf einen andern Gegenstand gelenkt werden); allein es wollte nichts verfangen: die alten Herren waren ganz stumm geworden, und wir fürchteten jeden Augenblick, von Reineck möchte jenen Akt wiederholen; da wäre es denn um uns alle geschehen gewesen. Die beiden Hausfreunde hielten ihre Herren aus einander, indem sie selbige bald da bald dort beschäftigten, und das Klügste war, daß wir endlich aufzubrechen Anstalt machten; und so mußten wir leider den reizenden Kredenztisch ungenossen mit dem Rücken ansehen.

Hofrat Hüsgen, nicht von Frankfurt gebürtig, reformierter Religion und deswegen keiner öffentlichen Stelle noch auch der Advokatur fähig, die er jedoch, weil man ihm als vortrefflichem Juristen viel Vertrauen schenkte, unter fremder Signatur ganz gelassen sowohl in Frankfurt als bei den Reichsgerichten zu führen wußte, war wohl schon sechzig Jahre alt, als ich mit seinem Sohne Schreibstunde hatte und dadurch ins Haus kam. Seine Gestalt war groß, lang ohne hager, breit ohne beleibt zu sein. Sein Gesicht, nicht allein von den Blattern entstellt, sondern auch des einen Auges beraubt, sah man die erste Zeit nur mit Apprehension. Er trug auf einem kahlen Haupte immer eine ganz weiße Glockenmütze, oben mit einem Bande gebunden. Seine Schlafröcke von Kalmank oder Damast waren durchaus sehr sauber. Er bewohnte eine gar heitre Zimmerflucht auf gleicher Erde an der Allee, und die Reinlichkeit seiner Umgebung entsprach dieser Heiterkeit. Die größte Ordnung seiner Papiere, Bücher, Landkarten machte einen angenehmen Eindruck. Sein Sohn, Heinrich Sebastian, der sich durch verschiedene Schriften im Kunstfach bekannt gemacht, versprach in seiner Jugend wenig. Gutmütig, aber täppisch, nicht roh, aber doch geradezu und ohne besondere Neigung sich zu unterrichten, suchte er lieber die Gegenwart des Vaters zu vermeiden, indem er von der Mutter alles, was er wünschte, erhalten konnte. Ich hingegen näherte mich dem Alten immer mehr, je mehr ich ihn kennen lernte. Da er sich nur bedeutender Rechtsfälle annahm, so hatte er Zeit genug, sich auf andere Weise zu beschäftigen und zu unterhalten. Ich hatte nicht lange um ihn gelebt und seine Lehren vernommen, als ich wohl merken konnte, daß er mit Gott und der Welt in

Opposition stehe. Eins seiner Lieblingsbücher war *Agrippa, De vanitate scientiarum,* das er mir besonders empfahl und mein junges Gehirn dadurch eine Zeitlang in ziemliche Verwirrung setzte. Ich war im Behagen der Jugend zu einer Art von Optimismus geneigt und hatte mich mit Gott oder den Göttern ziemlich wieder ausgesöhnt: denn durch eine Reihe von Jahren war ich zu der Erfahrung gekommen, daß es gegen das Böse manches Gleichgewicht gebe, daß man sich von den Übeln wohl wieder herstelle und daß man sich aus Gefahren rette und nicht immer den Hals breche. Auch was die Menschen taten und trieben sah ich läßlich an und fand manches Lobenswürdige, womit mein alter Herr keineswegs zufrieden sein wollte. Ja, als er einmal mir die Welt ziemlich von ihrer fratzenhaften Seite geschildert hatte, merkte ich ihm an, daß er noch mit einem bedeutenden Trumpfe zu schließen gedenke. Er drückte, wie in solchen Fällen seine Art war, das blinde linke Auge stark zu, blickte mit dem andern scharf hervor und sagte mit einer näselnden Stimme: »Auch in Gott entdeck' ich Fehler.«

Mein Timonischer Mentor war auch Mathematiker; aber seine praktische Natur trieb ihn zur Mechanik, ob er gleich nicht selbst arbeitete. Eine, für damalige Zeiten wenigstens, wundersame Uhr, welche neben den Stunden und Tagen auch die Bewegungen von Sonne und Mond anzeigte, ließ er nach seiner Angabe verfertigen. Sonntags früh um zehn Uhr zog er sie jedesmal selbst auf, welches er um so gewisser tun konnte, als er niemals in die Kirche ging. Gesellschaft oder Gäste habe ich nie bei ihm gesehen. Angezogen und aus dem Hause gehend erinnere ich mir ihn in zehn Jahren kaum zweimal.

Die verschiedenen Unterhaltungen mit diesen Männern waren nicht unbedeutend, und jeder wirkte auf mich nach seiner Weise. Für einen jeden hatte ich so viel, oft noch mehr Aufmerksamkeit als die eigenen Kinder, und jeder suchte an mir, als an einem geliebten Sohne, sein Wohlgefallen zu vermehren, indem er an mir sein moralisches Ebenbild herzustellen trachtete. Olenschlager wollte mich zum Hofmann, Reineck zum diplomatischen Geschäftsmann bilden; beide, besonders letzterer, suchten mir Poesie und Schriftstellerei zu verleiden. Hüsgen wollte mich zum Timon seiner Art, dabei aber zum tüchtigen Rechtsgelehrten haben: ein notwendiges Handwerk, wie er meinte, damit man sich und das Seinige gegen das Lumpenpack von Menschen regelmäßig verteidigen, einem Unterdrückten beistehen und allenfalls einem Schelmen etwas am Zeuge flicken könne; letzteres jedoch sei weder besonders tunlich noch ratsam.

Hielt ich mich gern an der Seite jener Männer, um ihren Rat, ihren Fingerzeig zu benutzen, so forderten jüngere, an Alter mir nur wenig vorausgeschrittene mich auf zum unmittelbaren Nacheifern. Ich nenne hier vor allen andern die Gebrüder Schlosser, und Griesbach. Da ich jedoch mit diesen in der Folge in genauere Verbindung trat, welche viele Jahre ununterbrochen dauerte, so sage ich gegenwärtig nur so viel, daß sie uns damals als ausgezeichnet in Sprachen und andern, die akademische Laufbahn eröffnenden Studien gepriesen und zum Muster aufgestellt wurden und daß jedermann die gewisse Erwartung hegte, sie würden einst im Staat und in der Kirche etwas Ungemeines leisten.

Was mich betrifft, so hatte ich auch wohl im Sinne, etwas Außerordentliches hervorzubringen; worin es aber bestehen könne, wollte mir nicht deutlich werden. Wie man jedoch eher an den Lohn denkt, den man erhalten möchte, als an das Verdienst, das man sich erwerben sollte, so leugne ich nicht, daß, wenn ich an ein wünschenswertes Glück dachte, dieses mir am reizendsten in der Gestalt des Lorbeerkranzes erschien, der den Dichter zu zieren geflochten ist.

Fünftes Buch

Für alle Vögel gibt es Lockspeisen, und jeder Mensch wird auf seine eigene Art geleitet und verleitet. Natur, Erziehung, Umgebung, Gewohnheit hielten mich von allem Rohen abgesondert, und ob ich gleich mit den untern Volksklassen, besonders den Handwerkern, öfters in Berührung kam, so entstand doch daraus kein näheres Verhältnis. Etwas Ungewöhnliches, vielleicht Gefährliches zu unternehmen, hatte ich zwar Verwegenheit genug und fühlte mich wohl manchmal dazu aufgelegt; allein es mangelte mir die Handhabe es anzugreifen und zu fassen.

Indessen wurde ich auf eine völlig unerwartete Weise in Verhältnisse verwickelt, die mich ganz nahe an große Gefahr und, wenigstens für eine Zeitlang, in Verlegenheit und Not brachten. Mein früheres gutes Verhältnis zu jenem Knaben, den ich oben Pylades genannt, hatte sich bis ins Jünglingsalter fortgesetzt. Zwar sahen wir uns seltner, weil unsre Eltern nicht zum besten mit einander standen; wo wir uns aber trafen, sprang immer sogleich der alte freundschaftliche Jubel hervor. Einst begegneten wir uns in den Alleen, die zwischen dem innern und äußern Sankt-Gallen-Tor einen sehr angenehmen Spaziergang darboten. Wir hatten uns kaum begrüßt, als er zu mir sagte: »Es geht mir mit deinen Versen noch immer wie sonst. Diejenigen, die du mir neulich mitteiltest, habe ich einigen lustigen Gesellen vorgelesen, und keiner will glauben, daß du sie gemacht habest.« — Laß es gut sein, versetzte ich; wir wollen sie machen, uns daran ergötzen, und die andern mögen davon denken und sagen was sie wollen.

»Da kommt eben der Ungläubige!« sagte mein Freund. — Wir wollen nicht davon reden, war meine Antwort. Was hilft's, man bekehrt sie doch nicht. — »Mit nichten«, sagte der Freund, »ich kann es ihm nicht so hingehen lassen.«

Nach einer kurzen gleichgültigen Unterhaltung konnte es der für mich nur allzuwohlgesinnte junge Gesell nicht lassen, und sagte mit einiger Empfindlichkeit gegen jenen: »Hier ist nun der Freund, der die hübschen Verse gemacht hat, und die ihr ihm nicht zutrauen wollt.« — »Er wird es gewiß nicht übelnehmen«, versetzte jener: »denn es ist ja eine Ehre, die wir ihm erweisen, wenn wir glauben, daß weit mehr Gelehrsamkeit dazu gehöre, solche Verse zu machen, als er bei seiner Jugend besitzen kann.« — Ich erwiderte etwas Gleichgültiges, mein Freund aber fuhr fort: »Es wird nicht viel Mühe kosten, euch zu überzeugen. Gebt ihm irgend ein Thema auf, und er macht Euch ein Gedicht aus dem Stegreif.« — Ich ließ es mir gefallen, wir wurden einig, und der dritte fragte mich: ob ich mich wohl getraue, einen recht artigen Liebesbrief in Versen aufzusetzen, den ein verschämtes junges Mädchen an einen Jüngling schriebe, um ihre Neigung zu offenbaren. — Nichts ist leichter als das, versetzte ich: wenn wir nur ein Schreibzeug hätten. — Jener brachte seinen Taschenkalender hervor, worin sich weiße Blätter in Menge befanden, und ich setzte mich auf eine Bank, zu schreiben. Sie gingen indes auf und ab und ließen mich nicht aus den Augen. Sogleich faßte ich die Situation in den Sinn und dachte mir, wie artig es sein müßte, wenn irgend ein hübsches Kind mir wirklich gewogen wäre und es mir in Prosa oder in Versen entdecken wollte. Ich begann daher ohne Anstand meine Erklärung und führte sie in einem, zwischen dem Knüttelvers und Madrigal schwebenden Silbenmaße mit möglichster Naivetät in kurzer Zeit dergestalt aus, daß, als ich dies Gedichtchen den beiden vorlas, der Zweifler in Verwunderung und mein Freund in Entzücken versetzt wurde. Jenem konnte ich auf sein Verlangen das Gedicht um so weniger verweigern, als es in seinem Kalender geschrieben war und ich das Dokument meiner Fähigkeiten gern in seinen Händen sah. Er schied unter vielen Versicherungen von Bewunderung und Neigung, und wünschte nichts mehr als uns öfters zu begegnen, und wir machten aus, bald zusammen aufs Land zu gehen.

Unsre Partie kam zu stande, zu der sich noch mehrere junge Leute von jenem Schlage gesellten. Es waren Menschen aus dem mittlern, ja wenn man will, aus dem niedern Stande, denen es an Kopf nicht fehlte und die auch, weil sie durch die Schule gelaufen, manche Kenntnis und eine gewisse Bildung hatten. In einer großen reichen Stadt gibt es vielerlei Erwerbzweige. Sie halfen sich durch, indem sie für die Advokaten schrieben, Kinder der geringern Klasse durch Hausunterricht etwas weiter brachten, als es in Trivialschulen zu geschehen pflegt. Mit erwachsenern Kindern, welche konfirmiert werden sollten, repetierten sie den Religionsunterricht, liefen dann wieder den Mäklern oder Kaufleuten einige Wege und taten sich Abends, besonders aber an Sonn- und Feiertagen, auf eine frugale Weise etwas zu gute.

Indem sie nun unterwegs meine Liebesepistel auf das beste herausstrichen, gestanden sie mir, daß sie einen sehr lustigen Gebrauch davon gemacht hätten: sie sei nämlich mit verstellter Hand abgeschrieben und mit einigen nähern Beziehungen einem eingebildeten jungen Manne zugeschoben worden, der nun in der festen Überzeugung stehe, ein Frauenzimmer, dem er von fern den Hof gemacht, sei in ihn aufs äußerste verliebt und suche Gelegenheit, ihm näher bekannt zu werden. Sie vertrauten mir dabei, er wünsche nichts mehr als ihr auch in Versen antworten zu können; aber weder bei ihm noch bei ihnen finde sich Geschick dazu, weshalb sie mich inständig bäten, die gewünschte Antwort selbst zu verfassen.

Mystifikationen sind und bleiben eine Unterhaltung für müßige, mehr oder weniger geistreiche Menschen. Eine läßliche Bosheit, eine selbstgefällige Schadenfreude sind ein Genuß für diejenigen, die sich weder mit sich selbst beschäftigen noch nach außen heilsam wirken können. Kein Alter ist ganz frei von einem solchen Kitzel. Wir hatten uns in unsern Knabenjahren einander oft angeführt: viele Spiele beruhen auf solchen Mystifikationen und Attrappen. Der gegenwärtige Scherz schien mir nicht weiter zu gehen, ich willigte ein; sie teilten mir manches Besondere mit, was der Brief enthalten sollte, und wir brachten ihn schon fertig mit nach Hause.

Kurze Zeit darauf wurde ich durch meinen Freund dringend eingeladen, an einem Abendfeste jener Gesellschaft teilzunehmen. Der Liebhaber wolle es diesmal ausstatten und verlange dabei ausdrücklich, dem Freunde zu danken, der sich so vortrefflich als poetischer Sekretär erwiesen.

Wir kamen spät genug zusammen, die Mahlzeit war die frugalste, der Wein trinkbar; und was die Unterhaltung betraf, so drehte sie sich fast gänzlich um die Verhöhnung des gegenwärtigen, freilich nicht sehr aufgeweckten Menschen, der nach wiederholter Lesung des Briefes nicht weit davon war, zu glauben, er habe ihn selbst geschrieben.

Meine natürliche Gutmütigkeit ließ mich an einer solchen boshaften Verstellung wenig Freude finden, und die Wiederholung desselben Themas ekelte mich bald an. Gewiß, ich brachte einen verdrießlichen Abend hin, wenn nicht eine unerwartete Erscheinung mich wieder belebt hätte. Bei unserer Ankunft stand bereits der Tisch reinlich und ordentlich gedeckt, hinreichender Wein aufgestellt; wir setzten uns und blieben allein, ohne Bedienung nötig zu haben. Als es aber doch zuletzt an Wein gebrach, rief einer nach der Magd, allein statt derselben trat ein Mädchen herein, von ungemeiner, und, wenn man sie in ihrer Umgebung sah, von unglaublicher Schönheit. — »Was verlangt ihr?« sagte sie, nachdem sie auf eine freundliche Weise guten Abend geboten: »die Magd ist krank und zu Bette. Kann ich euch dienen?« — Es fehlt an Wein, sagte der eine. Wenn du uns ein paar Flaschen holtest, so wäre es sehr hübsch. — Tu es, Gretchen, sagte der andere, es ist ja nur ein Katzensprung. — »Warum nicht!« versetzte sie, nahm ein paar leere Flaschen vom Tisch und eilte fort. Ihre Gestalt war von der Rückseite fast noch zierlicher. Das Häubchen saß so nett auf dem kleinen Kopfe den ein schlanker Hals gar anmutig mit Nacken und Schultern verband. Alles an ihr schien auserlesen, und man konnte der ganzen Gestalt um so ruhiger folgen, als die Aufmerksamkeit nicht mehr durch die stillen treuen Augen und den lieblichen Mund allein angezogen und gefesselt wurde. Ich machte den Gesellen Vorwürfe, daß sie das Kind in der Nacht allein ausschickten; sie lachten mich aus, und ich war bald getröstet, als sie schon wiederkam: denn der Schenkwirt wohnte nur über die Straße. – »Setze dich dafür auch zu uns«, sagte der eine. Sie tat es, aber leider kam sie nicht neben mich. Sie trank ein Glas auf unsre Gesundheit und entfernte sich bald, indem sie uns riet, nicht gar lange beisammenzubleiben und überhaupt nicht so laut zu werden: denn die Mutter wolle sich eben zu Bette legen. Es war nicht ihre Mutter, sondern die unserer Wirte.

Die Gestalt dieses Mädchens verfolgte mich von dem Augenblick an auf allen Wegen und Stegen: es war der erste bleibende Eindruck, den ein weibliches Wesen auf mich gemacht hatte; und da ich einen Vorwand sie im Hause zu sehen, weder finden konnte noch suchen mochte, ging ich ihr zu Liebe in die Kirche und hatte bald ausgespürt wo sie saß; und so konnte ich während des langen protestantischen Gottesdienstes mich wohl satt an ihr sehen. Beim Herausgehen getraute ich mich nicht sie anzureden, noch weniger sie zu begleiten, und war schon selig, wenn sie mich bemerkt und gegen einen Gruß genickt zu haben schien. Doch ich sollte das Glück, mich ihr zu nähern, nicht lange entbehren. Man hatte jenen Liebenden, dessen poetischer Sekretär ich geworden war, glauben gemacht, der in seinem Namen geschriebene Brief sei wirklich an das Frauenzimmer abgegeben worden, und zugleich seine Erwartung aufs äußerste gespannt, daß nun bald eine Antwort darauf erfolgen müsse. Auch diese sollte ich schreiben, und die schalkische Gesellschaft ließ mich durch Pylades aufs inständigste ersuchen, allen meinen Witz aufzubieten und alle meine Kunst zu verwenden, daß dieses Stück recht zierlich und vollkommen werde.

In Hoffnung, meine Schöne wiederzusehen, machte ich mich sogleich ans Werk und dachte mir nun alles, was mir höchst wohlgefällig sein würde, wenn Gretchen es mir schriebe. Ich glaubte alles so aus ihrer Gestalt, ihrem Wesen, ihrer Art, ihrem Sinn herausgeschrieben zu haben, daß ich mich des Wunsches nicht enthalten konnte, es möchte wirklich so sein, und mich in Entzücken verlor, nur zu denken, daß etwas Ähnliches von ihr an mich könnte gerichtet werden. So mystifizierte ich mich selbst, indem ich meinte einen andern zum besten zu haben, und es sollte mir daraus noch manche Freude und manches Ungemach entspringen. Als ich abermals gemahnt wurde, war ich fertig, versprach zu kommen und fehlte nicht zur bestimmten Stunde. Es war nur einer von den jungen Leuten zu Hause; Gretchen saß am Fenster und spann; die Mutter ging ab und zu. Der junge Mensch verlangte, daß ich's ihm vorlesen sollte; ich tat es und las nicht ohne Rührung, indem ich über das Blatt weg nach dem schönen Kinde hinschielte, und da ich eine gewisse Unruhe ihres Wesens, eine leichte Röte ihrer Wangen zu bemerken glaubte, drückte ich nur besser und lebhafter aus, was ich von ihr zu vernehmen wünschte. Der Vetter, der mich oft durch Lobeserhebungen unterbrochen hatte, ersuchte mich zuletzt um einige Abänderungen. Sie betrafen einige Stellen, die freilich mehr auf Gretchens Zustand, als auf den jenes Frauenzimmers paßten, das von gutem Hause, wohlhabend, in der Stadt bekannt und angesehen war. Nachdem der junge Mann mir die gewünschten Änderungen artikuliert und ein Schreibzeug herbeigeholt hatte, sich aber wegen eines Geschäfts auf kurze Zeit beurlaubte, blieb ich auf der Wandbank hinter dem großen Tische sitzen und probierte die zu machenden Veränderungen auf der großen, fast den ganzen Tisch einnehmenden Schieferplatte, mit einem Griffel, der stets im Fenster lag, weil man auf dieser Steinfläche oft rechnete, sich mancherlei notierte, ja die Gehenden und Kommenden sich sogar Notizen dadurch mitteilten.

Ich hatte eine Zeitlang verschiedenes geschrieben und wieder ausgelöscht, als ich ungeduldig ausrief: Es will nicht gehen! — »Desto besser!« sagte das liebe Mädchen, mit einem gesetzten Tone,

»ich wünschte, es ginge gar nicht. Sie sollten sich mit solchen Händeln nicht befassen.« — Sie stand vom Spinnrocken auf, und zu mir an den Tisch tretend hielt sie mir mit viel Verstand und Freundlichkeit eine Strafpredigt. »Die Sache scheint ein unschuldiger Scherz; es ist ein Scherz, aber nicht unschuldig. Ich habe schon mehrere Fälle erlebt, wo unsere jungen Leute wegen eines solchen Frevels in große Verlegenheit kamen.« — Was soll ich aber tun? versetzte ich: der Brief ist geschrieben, und sie verlassen sich drauf, daß ich ihn umändern werde. — »Glauben Sie mir«, versetzte sie, »und ändern ihn nicht um; ja nehmen Sie ihn zurück, stecken Sie ihn ein, gehen Sie fort und suchen die Sache durch Ihren Freund ins Gleiche zu bringen. Ich will auch ein Wörtchen mit drein reden: denn, sehen Sie, so ein armes Mädchen, als ich bin, und abhängig von diesen Verwandten, die zwar nichts Böses tun, aber doch oft um der Lust und des Gewinns willen manches Wagehalsige vornehmen, ich habe widerstanden und den ersten Brief nicht abgeschrieben, wie man von mir verlangte; sie haben ihn mit verstellter Hand kopiert, und so mögen sie auch, wenn es nicht anders ist, mit diesem tun. Und Sie, ein junger Mann aus gutem Hause, wohlhabend, unabhängig, warum wollen Sie sich zum Werkzeug in einer Sache gebrauchen lassen, aus der gewiß nichts Gutes und vielleicht manches Unangenehme für Sie entspringen kann?« — Ich war glücklich sie in einer Folge reden zu hören: denn sonst gab sie nur wenige Worte in das Gespräch. Meine Neigung wuchs unglaublich, ich war nicht Herr von mir selbst, und erwiderte: Ich bin so unabhängig nicht, als Sie glauben, und was hilft mir wohlhabend zu sein, da mir das Köstlichste fehlt, was ich wünschen dürfte!

Sie hatte mein Konzept der poetischen Epistel vor sich hingezogen und las es halb laut, gar hold und anmutig. »Das ist recht hübsch«, sagte sie, indem sie, bei einer Art naiver Pointe, innehielt: »nur schade, daß es nicht zu einem bessern, zu einem wahren Gebrauch bestimmt ist.« — Das wäre freilich sehr wünschenswert, rief ich aus: wie glücklich müßte der sein, der von einem Mädchen, das er unendlich liebt, eine solche Versicherung ihrer Neigung erhielte! — »Es gehört freilich viel dazu«, versetzte sie, »und doch wird manches möglich.« — Zum Beispiel, fuhr ich fort, wenn jemand der Sie kennt, schätzt, verehrt und anbetet, Ihnen ein solches Blatt vorlegte und Sie recht dringend, recht herzlich und freundlich bäte, was würden Sie tun? — Ich schob ihr das Blatt näher hin, das sie schon wieder mir zugeschoben hatte. Sie lächelte, besann sich einen Augenblick, nahm die Feder und unterschrieb. Ich kannte mich nicht vor Entzücken, sprang auf und wollte sie umarmen. — »Nicht küssen!« sagte sie: »das ist so was Gemeines; aber lieben wenn's möglich ist.« Ich hatte das Blatt zu mir genommen und eingesteckt. Niemand soll es erhalten, sagte ich, und die Sache ist abgetan! Sie haben mich gerettet. — »Nun vollenden Sie die Rettung«, rief sie aus: »und eilen fort, ehe die andern kommen, und Sie in Pein und Verlegenheit geraten.« Ich konnte mich nicht von ihr losreißen; sie aber bat mich so freundlich, indem sie mit beiden Händen meine Rechte nahm und liebevoll drückte. Die Tränen waren mir nicht weit: ich glaubte ihre Augen feucht zu sehen; ich drückte mein Gesicht auf ihre Hände und eilte fort. In meinem Leben hatte ich mich nicht in einer solchen Verwirrung befunden.

Die ersten Liebesneigungen einer unverdorbenen Jugend nehmen durchaus eine geistige Wendung. Die Natur scheint zu wollen, daß ein Geschlecht in dem andern das Gute und Schöne sinnlich gewahr werde. Und so war auch mir durch den Anblick dieses Mädchens, durch meine Neigung zu ihr eine neue Welt des Schönen und Vortrefflichen aufgegangen. Ich las meine poetische Epistel hundertmal durch, beschaute die Unterschrift, küßte sie, drückte sie an mein Herz und freute mich dieses liebenswürdigen Bekenntnisses. Je mehr sich aber mein Entzücken steigerte, desto weher tat es mir, sie nicht unmittelbar besuchen, sie nicht wieder sehen und sprechen zu können: denn ich fürchtete die Vorwürfe der Vettern und ihre Zudringlichkeit. Den guten Pylades, der die

Sache vermitteln konnte, wußte ich nicht anzutreffen. Ich machte mich daher den nächsten Sonntag auf nach Niederrad, wohin jene Gesellen gewöhnlich zu gehen pflegten, und fand sie auch wirklich. Sehr verwundert war ich jedoch, da sie mir, anstatt verdrießlich und fremd zu tun, mit frohem Gesicht entgegenkamen. Der Jüngste besonders war sehr freundlich, nahm mich bei der Hand und sagte: »Ihr habt uns neulich einen schelmischen Streich gespielt, und wir waren auf Euch recht böse; doch hat uns Euer Entweichen und das Entwenden der poetischen Epistel auf einen guten Gedanken gebracht, der uns vielleicht sonst niemals aufgegangen wäre. Zur Versöhnung möget Ihr uns heute bewirten, und dabei sollt Ihr erfahren, was es denn ist, worauf wir uns etwas einbilden, und was Euch gewiß auch Freude machen wird.« Diese Anrede setzte mich in nicht geringe Verlegenheit: denn ich hatte ungefähr so viel Geld bei mir, um mir selbst und einem Freunde etwas zu gute zu tun; aber eine Gesellschaft, und besonders eine solche, die nicht immer zur rechten Zeit ihre Grenzen fand, zu gastieren, war ich keineswegs eingerichtet; ja dieser Antrag verwunderte mich um so mehr, als sie sonst durchaus sehr ehrenvoll darauf hielten, daß jeder nur seine Zeche bezahlte. Sie lächelten über meine Verlegenheit, und der Jüngere fuhr fort: »Laßt uns erst in der Laube sitzen, und dann sollt Ihr das weitere erfahren.« Wir saßen, und er sagte: »Als Ihr die Liebesepistel neulich mitgenommen hattet, sprachen wir die ganze Sache noch einmal durch und machten die Betrachtung, daß wir so ganz umsonst, andern zum Verdruß und uns zur Gefahr, aus bloßer leidiger Schadenfreude, Euer Talent mißbrauchen, da wir es doch zu unser aller Vorteil benutzen könnten. Seht, ich habe hier eine Bestellung auf ein Hochzeitgedicht, so wie auf ein Leichencarmen. Das zweite muß gleich fertig sein, das erste hat noch acht Tage Zeit. Mögt Ihr sie machen, welches Euch ein leichtes ist, so traktiert Ihr uns zweimal, und wir bleiben auf lange Zeit Eure Schuldner.« — Dieser Vorschlag gefiel mir von allen Seiten: denn ich hatte schon von Jugend auf die Gelegenheitsgedichte, deren damals in jeder Woche mehrere zirkulierten, ja besonders bei ansehnlichen Verheiratungen dutzendweise zum Vorschein kamen, mit einem gewissen Neid betrachtet, weil ich solche Dinge ebensogut, ja noch besser zu machen glaubte. Nun ward mir die Gelegenheit angeboten, mich zu zeigen, und besonders mich gedruckt zu sehen. Ich erwies mich nicht abgeneigt. Man machte mich mit den Personalien, mit den Verhältnissen der Familie bekannt; ich ging etwas abseits, machte meinen Entwurf und führte einige Strophen aus. Da ich mich jedoch wieder zur Gesellschaft begab und der Wein nicht geschont wurde, so fing das Gedicht an, zu stocken, und ich konnte es diesen Abend nicht abliefern. »Es hat noch bis morgen Abend Zeit«, sagten sie, »und wir wollen Euch nur gestehen, das Honorar, welches wir für das Leichencarmen erhalten, reicht hin, uns morgen noch einen lustigen Abend zu verschaffen. Kommt zu uns: denn es ist billig, daß Gretchen auch mit genieße, die uns eigentlich auf diesen Einfall gebracht hat.« — Meine Freude war unsäglich. Auf dem Heimwege hatte ich nur die noch fehlenden Strophen im Sinne, schrieb das Ganze noch vor Schlafengehn nieder und den andern Morgen sehr sauber ins Reine. Der Tag ward mir unendlich lang, und kaum war es dunkel geworden, so fand ich mich wieder in der kleinen engen Wohnung neben dem allerliebsten Mädchen.

Die jungen Leute, mit denen ich auf diese Weise immer in nähere Verbindung kam, waren nicht eigentlich gemeine, aber doch gewöhnliche Menschen. Ihre Tätigkeit war lobenswürdig, und ich hörte ihnen mit Vergnügen zu, wenn sie von den vielfachen Mitteln und Wegen sprachen, wie man sich etwas erwerben könne; auch erzählten sie am liebsten von gegenwärtig sehr reichen Leuten, die mit nichts angefangen. Andere hätten als arme Handlungsdiener sich ihren Patronen notwendig gemacht und wären endlich zu ihren Schwiegersöhnen erhoben worden; noch andere hätten einen kleinen Kram mit Schwefelfaden und dergleichen so erweitert und veredelt, daß sie nun als reiche Kauf- und Handelsmänner erschienen. Besonders sollte jungen Leuten, die gut auf den Beinen wären, das Beiläufer- und Mäklerhandwerk und die Übernahme von allerlei Aufträgen und Besorgungen für unbehilfliche Wohlhabende durchaus ernährend und einträglich sein. Wir alle hörten das gern, und jeder dünkte sich etwas, wenn er sich in dem Augenblick vorstellte, daß in ihm selbst so viel vorhanden sei, nicht nur um in der Welt fortzukommen, sondern sogar ein außerordentliches Glück zu machen. Niemand jedoch schien dies Gespräch ernstlicher zu führen als Pylades, der zuletzt gestand, daß er ein Mädchen außerordentlich liebe und sich wirklich mit ihr versprochen habe. Die Vermögensumstände seiner Eltern litten es nicht, daß er auf Akademien gehe; er habe sich aber einer sehr schönen Handschrift, des Rechnens und der neuern Sprachen befleißigt, und wolle nun, in Hoffnung auf jenes häusliche Glück, sein Möglichstes versuchen. Die Vettern lobten ihn deshalb, ob sie gleich das frühzeitige Versprechen an ein Mädchen nicht billigen wollten, und setzten hinzu, sie müßten ihn zwar für einen braven und guten Jungen anerkennen, hielten ihn aber weder für tätig noch für unternehmend genug, etwas Außerordentliches zu leisten. Indem er nun, zu seiner Rechtfertigung, umständlich auseinandersetzte, was er sich zu leisten getraue und wie er es anzufangen gedenke, so wurden die übrigen auch angereizt, und jeder fing nun an zu erzählen, was er schon vermöge, tue, treibe, welchen Weg er zurückgelegt und was er zunächst vor sich sehe. Die Reihe kam zuletzt an mich. Ich sollte nun auch meine Lebensweise und Aussichten darstellen, und indem ich mich besann, sagte Pylades: »Das einzige behalte ich mir vor, damit wir nicht gar zu kurz kommen, daß er die äußern Vorteile seiner Lage nicht mit in Anrechnung bringe. Er mag uns lieber ein Märchen erzählen, wie er es anfangen würde, wenn er in diesem Augenblick, so wie wir, ganz auf sich selbst gestellt wäre.«

Gretchen, die bis diesen Augenblick fortgesponnen hatte, stand auf und setzte sich wie gewöhnlich ans Ende des Tisches. Wir hatten schon einige Flaschen geleert, und ich fing mit dem besten Humor meine hypothetische Lebensgeschichte zu erzählen an. Zuvörderst also empfehle ich mich euch, sagte ich, daß ihr mir die Kundschaft erhaltet, welche mir zuzuweisen ihr den Anfang gemacht habt. Wenn ihr mir nach und nach den Verdienst der sämtlichen Gelegenheitsgedichte zuwendet und wir ihn nicht bloß verschmausen, so will ich schon zu etwas kommen. Alsdann müßt ihr mir nicht übelnehmen, wenn ich auch in euer Handwerk pfusche. Worauf ich ihnen denn vorerzählte, was ich mir aus ihren Beschäftigungen gemerkt hatte, und zu welchen ich mich allenfalls fähig hielt. Ein jeder hatte vorher sein Verdienst zu Gelde angeschlagen, und ich ersuchte sie, mir auch zu Fertigung meines Etats behilflich zu sein. Gretchen hatte alles Bisherige sehr aufmerksam mit angehört, und zwar in der Stellung, die sie sehr gut kleidete, sie mochte nun zuhören oder sprechen. Sie faßte mit beiden Händen ihre über einander geschlagenen Arme und legte sie auf den Rand des Tisches. So konnte sie lange sitzen, ohne etwas anders als den Kopf zu bewegen, welches niemals ohne Anlaß oder Bedeutung geschah. Sie hatte manchmal ein Wörtchen mit eingesprochen und über dieses und jenes, wenn wir in unsern Einrichtungen stockten, nachgeholfen; dann war sie aber wieder still und ruhig wie gewöhnlich. Ich ließ sie nicht aus den Augen, und daß ich meinen Plan nicht ohne Bezug auf sie gedacht und ausgesprochen, kann man sich leicht denken, und die Neigung zu ihr gab dem, was ich sagte, einen Anschein von Wahrheit und Möglichkeit, daß ich mich selbst einen Augenblick täuschte, mich so abgesondert und hilflos dachte, wie mein Märchen mich voraussetzte, und mich dabei in der Aussicht, sie zu besitzen, höchst glücklich fühlte. Pylades hatte seine Konfession mit der Heirat geendigt, und bei uns andern war nun auch die Frage, ob wir es in unsern Planen so weit gebracht hätten. Ich zweifle ganz und gar nicht daran, sagte ich: denn eigentlich ist einem jeden von uns eine Frau nötig, um das im Hause zu bewahren und uns im ganzen genießen zu lassen, was wir von außen auf eine so wunderliche Weise zusammenstoppeln. Ich machte die Schilderung von einer Gattin, wie ich sie wünschte, und es müßte seltsam zugegangen sein, wenn sie nicht Gretchens vollkommenes Ebenbild gewesen wäre.

Das Leichencarmen war verzehrt, das Hochzeitgedicht stand nun auch wohltätig in der Nähe; ich überwand alle Furcht und Sorge und wußte, weil ich viele Bekannte hatte, meine eigentlichen Abendunterhaltungen vor den Meinigen zu verbergen. Das liebe Mädchen zu sehen und neben ihr zu sein, war nun bald eine unerläßliche Bedingung meines Wesens. Jene hatten sich eben so an mich gewöhnt, und wir waren fast täglich zusammen, als wenn es nicht anders sein könnte. Pylades hatte indessen seine Schöne auch in das Haus gebracht, und dieses Paar verlebte manchen Abend mit uns. Sie als Brautleute, obgleich noch sehr im Keime, verbargen doch nicht ihre Zärtlichkeit; Gretchens Betragen gegen mich war nur geschickt, mich in Entfernung zu halten. Sie gab niemanden die Hand, auch nicht mir; sie litt keine Berührung; nur setzte sie sich manchmal neben mich, besonders wenn ich schrieb oder vorlas, und dann legte sie mir vertraulich den Arm auf die Schulter, sah mir ins Buch oder aufs Blatt; wollte ich mir aber eine ähnliche Freiheit gegen sie herausnehmen, so wich sie und kam sobald nicht wieder. Doch wiederholte sie oft diese Stellung, so wie alle ihre Gesten und Bewegungen sehr einförmig waren, aber immer gleich gehörig, schön und reizend. Allein jene Vertraulichkeit habe ich sie gegen niemanden weiter ausüben sehen.

Eine der unschuldigsten und zugleich unterhaltendsten Lustpartien, die ich mit verschiedenen Gesellschaften junger Leute unternahm, war, daß wir uns in das Höchster Marktschiff setzten, die darin eingepackten seltsamen Passagiere beobachteten und uns bald mit diesem bald mit jenem, wie uns Lust oder Mutwille trieb, scherzhaft und neckend einließen. Zu Höchst stiegen wir aus, wo zu gleicher Zeit das Marktschiff von Mainz eintraf. In einem Gasthofe fand man eine gut besetzte Tafel, wo die besseren der Auf- und Abfahrenden mit einander speisten und alsdann jeder seine

Fahrt weiter fortsetzte, denn beide Schiffe gingen wieder zurück. Wir fuhren dann jedesmal nach eingenommenem Mittagsessen hinauf nach Frankfurt und hatten in sehr großer Gesellschaft die wohlfeilste Wasserfahrt gemacht, die nur möglich war. Einmal hatte ich auch mit Gretchens Vettern diesen Zug unternommen, als am Tisch in Höchst sich ein junger Mann zu uns gesellte, der etwas älter als wir sein mochte. Jene kannten ihn, und er ließ sich mir vorstellen. Er hatte in seinem Wesen etwas sehr Gefälliges, ohne sonst ausgezeichnet zu sein. Von Mainz heraufgekommen fuhr er nun mit uns nach Frankfurt zurück, und unterhielt sich mit mir von allerlei Dingen, welche das innere Stadtwesen, die Ämter und Stellen betrafen, worin er mir ganz wohl unterrichtet schien. Als wir uns trennten, empfahl er sich mir und fügte hinzu: er wünsche, daß ich gut von ihm denken möge, weil er sich gelegentlich meiner Empfehlung zu erfreuen hoffe. Ich wußte nicht was er damit sagen wollte, aber die Vettern klärten mich nach einigen Tagen auf; sie sprachen Gutes von ihm und ersuchten mich um ein Fürwort bei meinem Großvater, da jetzt eben eine mittlere Stelle offen sei, zu welcher dieser Freund gern gelangen möchte. Ich entschuldigte mich anfangs, weil ich mich niemals in dergleichen Dinge gemischt hatte; allein sie setzten mir so lange zu, bis ich mich es zu tun entschloß. Hatte ich doch schon manchmal bemerkt, daß bei solchen Ämtervergebungen, welche leider oft als Gnadensachen betrachtet werden, die Vorsprache der Großmutter oder einer Tante nicht ohne Wirkung gewesen. Ich war so weit herangewachsen, um mir auch einigen Einfluß anzumaßen. Deshalb überwand ich meinen Freunden zulieb, welche sich auf alle Weise für eine solche Gefälligkeit verbunden erklärten, die Schüchternheit eines Enkels und übernahm es, ein Bittschreiben, das mir eingehändigt wurde, zu überreichen.

Eines Sonntags nach Tische, als der Großvater in seinem Garten beschäftigt war, um so mehr als der Herbst herannahte und ich ihm allenthalben behilflich zu sein suchte, rückte ich nach einigem Zögern mit meinem Anliegen und dem Bittschreiben hervor. Er sah es an und fragte mich, ob ich den jungen Menschen kenne. Ich erzählte ihm im allgemeinen, was zu sagen war, und er ließ es dabei bewenden. »Wenn er Verdienst und sonst ein gutes Zeugnis hat, so will ich ihm um seinet- und deinetwillen günstig sein.« Mehr sagte er nicht, und ich erfuhr lange nichts von der Sache.

Seit einiger Zeit hatte ich bemerkt, daß Gretchen nicht mehr spann, und sich dagegen mit Nähen beschäftigte und zwar mit sehr feiner Arbeit, welches mich um so mehr wunderte, da die Tage schon abgenommen hatten und der Winter herankam. Ich dachte darüber nicht weiter nach, nur beunruhigte es mich, daß ich sie einigemal des Morgens nicht wie sonst zu Hause fand und ohne Zudringlichkeit nicht erfahren konnte, wo sie hingegangen sei. Doch sollte ich eines Tages sehr wunderlich überrascht werden. Meine Schwester, die sich zu einem Balle vorbereitete, bat mich, ihr bei einer Galanteriehändlerin sogenannte italienische Blumen zu holen. Sie wurden in Klöstern gemacht, waren klein und niedlich. Myrten besonders, Zwergröslein und dergleichen fielen gar schön und natürlich aus. Ich tat ihr die Liebe und ging in den Laden, in welchem ich schon öfter mit ihr gewesen war. Kaum war ich hineingetreten und hatte die Eigentümerin begrüßt, als ich im Fenster ein Frauenzimmer sitzen sah, das mir unter einem Spitzenhäubchen gar jung und hübsch, und unter einer seidnen Mantille sehr wohl gebaut schien. Ich konnte leicht an ihr eine Gehilfin erkennen, denn sie war beschäftigt, Band und Federn auf ein Hütchen zu stecken. Die Putzhändlerin zeigte mir den langen Kasten mit einzelnen mannigfaltigen Blumen vor; ich besah sie, und blickte, indem ich wählte, wieder nach dem Frauenzimmerchen im Fenster: aber wie groß war mein Erstaunen, als ich eine unglaubliche Ähnlichkeit mit Gretchen gewahr wurde, ja zuletzt mich überzeugen mußte, es sei Gretchen selbst. Auch blieb mir kein Zweifel übrig, als sie mir mit den Augen winkte und ein Zeichen gab, daß ich unsre Bekanntschaft nicht verraten sollte. Nun brachte ich mit

Wählen und Verwerfen die Putzhändlerin in Verzweiflung, mehr als ein Frauenzimmer selbst hätte tun können. Ich hatte wirklich keine Wahl, denn ich war aufs äußerste verwirrt, und zugleich liebte ich mein Zaudern, weil es mich in der Nähe des Kindes hielt, dessen Maske mich verdroß und das mir doch in dieser Maske reizender vorkam als jemals. Endlich mochte die Putzhändlerin alle Geduld verlieren und suchte mir eigenhändig einen ganzen Pappenkasten voll Blumen aus, den ich meiner Schwester vorstellen und sie selbst sollte wählen lassen. So wurde ich zum Laden gleichsam hinausgetrieben, indem sie den Kasten durch ihr Mädchen vorausschickte.

Kaum war ich zu Hause angekommen, als mein Vater mich berufen ließ und mir die Eröffnung tat, es sei nun ganz gewiß, daß der Erzherzog Joseph zum Römischen König gewählt und gekrönt werden solle. Ein so höchst bedeutendes Ereignis müsse man nicht unvorbereitet erwarten und etwa nur gaffend und staunend an sich vorbei gehen lassen. Er wolle daher die Wahl- und Krönungsdiarien der beiden letzten Krönungen mit mir durchgehen, nicht weniger die letzten Wahlkapitulationen um alsdann zu bemerken, was für neue Bedingungen man im gegenwärtigen Falle hinzufügen werde. Die Diarien wurden aufgeschlagen, und wir beschäftigten uns den ganzen Tag damit bis tief in die Nacht, indessen mir das hübsche Mädchen bald in ihrem alten Hauskleide, bald in ihrem neuen Kostüm, immer zwischen den höchsten Gegenständen des heiligen Römischen Reichs hin und wider schwebte. Für diesen Abend war es unmöglich, sie zu sehen, und ich durchwachte eine sehr unruhige Nacht. Das gestrige Studium wurde den andern Tag eifrig fortgesetzt, und nur gegen Abend machte ich es möglich, meine Schöne zu besuchen, die ich wieder in ihrem gewöhnlichen Hauskleide fand. Sie lächelte, indem sie mich ansah, aber ich getraute mich nicht vor den andern etwas zu erwähnen. Als die ganze Gesellschaft wieder ruhig zusammensaß, fing sie an und sagte: »Es ist unbillig, daß ihr unserm Freunde nicht vertrauet, was in diesen Tagen von uns beschlossen worden.« Sie fuhr darauf fort zu erzählen, daß nach unsrer neulichen Unterhaltung, wo die Rede war, wie ein jeder sich in der Welt wolle geltend machen, auch unter ihnen zur Sprache gekommen, auf welche Art ein weibliches Wesen seine Talente und Arbeiten steigern und seine Zeit vorteilhaft anwenden könne. Darauf habe der Vetter vorgeschlagen, sie solle es bei einer Putzmacherin versuchen, die jetzt eben eine Gehilfin brauche. Man sei mit der Frau einig geworden, sie gehe täglich so viele Stunden hin, werde gut gelohnt; nur müsse sie dort, um des Anstandes willen, sich zu einem gewissen Anputz bequemen, den sie aber jederzeit zurücklasse, weil er zu ihrem übrigen Leben und Wesen sich gar nicht schicken wolle. Durch diese Erklärung war ich zwar beruhigt, nur wollte es mir nicht recht gefallen, das hübsche Kind in einem öffentlichen Laden und an einem Orte zu wissen, wo die galante Welt gelegentlich ihren Sammelplatz hatte. Doch ließ ich mir nichts merken und suchte meine eifersüchtige Sorge im stillen bei mir zu verarbeiten. Hierzu gönnte mir der jüngere Vetter nicht lange Zeit, der alsbald wieder mit dem Auftrag zu einem Gelegenheitsgedicht hervortrat, mir die Personalien erzählte und sogleich verlangte, daß ich mich zur Erfindung und Disposition des Gedichtes anschicken möchte. Er hatte schon einigemal über die Behandlung einer solchen Aufgabe mit mir gesprochen, und wie ich in solchen Fällen sehr redselig war, gar leicht von mir erlangt, daß ich ihm, was an diesen Dingen rhetorisch ist, umständlich auslegte, ihm einen Begriff von der Sache gab und meine eigenen und fremden Arbeiten dieser Art als Beispiele benutzte. Der junge Mensch war ein guter Kopf, obgleich ohne Spur von poetischer Ader, und nun ging er so sehr ins einzelne und wollte von allem Rechenschaft haben, daß ich mit der Bemerkung laut ward: Sieht es doch aus, als wolltet Ihr mir ins Handwerk greifen und mir die Kundschaft entziehen. — »Ich will es nicht leugnen«, sagte jener lächelnd: »denn ich tue Euch dadurch keinen Schaden. Wie lange wird's währen, so geht Ihr auf die Akademie, und bis dahin laßt mich noch immer etwas bei Euch profitieren.« -- Herzlich gern, versetzte ich und munterte ihn auf, selbst eine Disposition zu machen, ein Silbenmaß nach dem Charakter des Gegenstandes zu wählen, und was etwa sonst noch nötig scheinen möchte. Er ging mit Ernst an die Sache; aber es wollte nicht glücken. Ich mußte zuletzt immer daran so viel umschreiben, daß ich es leichter und besser von vornherein selbst geleistet hätte. Dieses Lehren und Lernen jedoch, dieses Mitteilen, diese Wechselarbeit gab uns eine gute Unterhaltung; Gretchen nahm teil daran und hatte manchen artigen Einfall, so daß wir alle vergnügt, ja man darf sagen glücklich waren. Sie arbeitete des Tags bei der Putzmacherin; Abends kamen wir gewöhnlich zusammen, und unsre Zufriedenheit ward selbst dadurch nicht gestört, daß es mit den Bestellungen zu Gelegenheitsgedichten endlich nicht recht mehr fortwollte. Schmerzlich jedoch empfanden wir es, daß uns eins einmal mit Protest zurückkam, weil es dem Besteller nicht gefiel. Indes trösteten wir uns, weil wir es gerade für unsere beste Arbeit hielten und jenen für einen schlechten Kenner erklären durften. Der Vetter, der ein für allemal etwas lernen wollte, veranlaßte nunmehr fingierte Aufgaben, bei deren Auflösung wir uns zwar noch immer gut genug unterhielten, aber freilich, da sie nichts einbrachten, unsre kleinen Gelage viel mäßiger einrichten mußten.

Mit jenem großen staatsrechtlichen Gegenstande, der Wahl und Krönung eines Römischen Königs, wollte es nun immer mehr Ernst werden. Der anfänglich auf Augsburg im Oktober 1763 ausgeschriebene kurfürstliche Kollegialtag ward nun nach Frankfurt verlegt, und sowohl zu Ende dieses Jahrs als zu Anfang des folgenden regten sich die Vorbereitungen, welche dieses wichtige Geschäft einleiten sollten. Den Anfang machte ein von uns noch nie gesehener Aufzug. Eine unserer Kanzleipersonen zu Pferde, von vier gleichfalls berittenen Trompetern begleitet und von einer Fußwache umgeben, verlas mit lauter und vernehmlicher Stimme an allen Ecken der Stadt ein weitläufiges Edikt, das uns von dem Bevorstehenden benachrichtigte und den Bürgern ein geziemendes und den Umständen angemessenes Betragen einschärfte. Bei Rat wurden große Überlegungen gepflogen, und es dauerte nicht lange, so zeigte sich der Reichsquartiermeister vom Erbmarschall abgesendet, um die Wohnungen der Gesandten und ihres Gefolges nach altem Herkommen anzuordnen und zu bezeichnen. Unser Haus lag im kurpfälzischen Sprengel, und wir hatten uns einer neuen, obgleich erfreulichern Einquartierung zu versehen. Der mittlere Stock, welchen ehemals Graf Thoranc innegehabt, wurde einem kurpfälzischen Kavalier eingeräumt, und da Baron von Königsthal, nürnbergischer Geschäftsträger, den obern Stock eingenommen hatte, so waren wir noch mehr als zur Zeit der Franzosen zusammengedrängt. Dieses diente mir zu einem neuen Vorwand außer dem Hause zu sein und die meiste Zeit des Tages auf der Straße zuzubringen, um das, was öffentlich zu sehen war, ins Auge zu fassen.

Nachdem uns die vorhergegangene Veränderung und Einrichtung der Zimmer auf dem Rathause sehenswert geschienen, nachdem die Ankunft der Gesandten eines nach dem andern und ihre erste solenne Gesamtauffahrt den 6ten Februar stattgefunden, so bewunderten wir nachher die Ankunft der kaiserlichen Kommissarien und deren Auffahrt, ebenfalls auf den Römer, welche mit großem Pomp geschah. Die würdige Persönlichkeit des Fürsten von Liechtenstein machte einen guten Eindruck; doch wollten Kenner behaupten, die prächtigen Livreen seien schon einmal bei einer andern Gelegenheit gebraucht worden, und auch diese Wahl und Krönung werde schwerlich an Glanz jener von Karl dem Siebenten gleichkommen. Wir Jüngern ließen uns das gefallen, was wir vor Augen hatten: uns deuchte alles sehr gut, und manches setzte uns in Erstaunen.

Der Wahlkonvent war endlich auf den 3ten März anberaumt. Nun kam die Stadt durch neue Förmlichkeiten in Bewegung, und die wechselseitigen Zeremoniellbesuche der Gesandten hielten uns immer auf den Beinen. Auch mußten wir genau aufpassen, weil wir nicht nur gaffen, sondern alles wohl bemerken sollten, um zu Hause gehörig Rechenschaft zu geben, ja manchen kleinen Aufsatz auszufertigen, worüber sich mein Vater und Herr von Königsthal, teils zu unserer Übung teils zu eigner Notiz, beredet hatten. Und wirklich gereichte mir dies zu besondrem Vorteil, indem ich über das Äußerliche so ziemlich ein lebendiges Wahl- und Krönungsdiarium vorstellen konnte.

Die Persönlichkeiten der Abgeordneten, welche auf mich einen bleibenden Eindruck gemacht haben, waren zunächst die des kurmainzischen ersten Botschafters, Baron von Erthal, nachmaligen Kurfürsten. Ohne irgend etwas Auffallendes in der Gestalt zu haben, wollte er mir in seinem schwarzen, mit Spitzen besetzten Talar immer gar wohlgefallen. Der zweite Botschafter, Baron von Groschlag, war ein wohlgebauter, im Äußern bequem aber höchst anständig sich betragender Weltmann. Er machte überhaupt einen sehr behaglichen Eindruck. Fürst Esterhazy, der böhmische Gesandte, war nicht groß aber wohlgebaut, lebhaft und zugleich vornehm anständig, ohne Stolz und Kälte. Ich hatte eine besondere Neigung zu ihm, weil er mich an den Marschall von Broglio erinnerte. Doch verschwand gewissermaßen die Gestalt und Würde dieser trefflichen Personen über dem Vorurteil, das man für den brandenburgischen Gesandten, Baron von Plotho, gefaßt hatte. Dieser Mann, der durch eine gewisse Spärlichkeit, sowohl in eigner Kleidung, als in Livreen und Equipagen sich auszeichnete, war vom Siebenjährigen Kriege her als diplomatischer Held berühmt, hatte zu Regensburg den Notarius April, der ihm die gegen seinen König ergangene Achtserklärung von einigen Zeugen begleitet zu insinuieren gedachte, mit der lakonischen Gegenrede: »Was! Er insinuieren?« die Treppe hinunter geworfen oder werfen lassen. Das erste glaubten wir, weil es uns besser gefiel und wir es auch dem kleinen gedrungnen, mit schwarzen Feueraugen hin und wider blickenden Manne gar wohl zutrauten. Aller Augen waren auf ihn gerichtet, besonders wo er ausstieg. Es entstand jederzeit eine Art von frohem Zischeln, und wenig fehlte, daß man ihm applaudiert, Vivat oder Bravo zugerufen hätte. So hoch stand der König, und alles, was ihm mit Leib und Seele ergeben war, in der Gunst der Menge, unter der sich außer den Frankfurtern schon Deutsche aus allen Gegenden befanden.

Einerseits hatte ich an diesen Dingen manche Lust: weil alles, was vorging, es mochte sein, von welcher Art es wollte, doch immer eine gewisse Deutung verbarg, irgend ein innres Verhältnis anzeigte, und solche symbolische Zeremonien das durch so viele Pergamente, Papiere und Bücher beinah verschüttete Deutsche Reich wieder für einen Augenblick lebendig darstellten; andererseits aber konnte ich mir ein geheimes Mißfallen nicht verbergen, wenn ich nun zu Hause die innern Verhandlungen zum Behuf meines Vaters abschreiben und dabei bemerken mußte, daß hier mehrere Gewalten einander gegenüber standen, die sich das Gleichgewicht hielten, und nur insofern einig waren, als sie den neuen Regenten noch mehr als den alten zu beschränken gedachten; daß jedermann sich nur insofern seines Einflusses freute, als er seine Privilegien zu erhalten und zu erweitern und seine Unabhängigkeit mehr zu sichern hoffte. Ja man war diesmal noch aufmerksamer als sonst, weil man sich vor Joseph dem Zweiten, vor seiner Heftigkeit und seinen vermutlichen Planen zu fürchten anfing.

Bei meinem Großvater und den übrigen Ratsverwandten, deren Häuser ich zu besuchen pflegte, war es auch keine gute Zeit: denn sie hatten so viel mit Einholen der vornehmen Gäste, mit Bekomplimentieren, mit Überreichung von Geschenken zu tun. Nicht weniger hatte der Magistrat im ganzen wie im einzelnen sich immer zu wehren, zu widerstehn und zu protestieren, weil bei solchen Gelegenheiten ihm jedermann etwas abzwacken oder aufbürden will und ihm wenige von denen, die er anspricht, beistehn oder zu Hilfe kommen. Genug, mir trat alles nunmehr lebhaft vor Augen, was ich in der Lersnerschen Chronik von ähnlichen Vorfällen bei ähnlichen Gelegenheiten, mit Bewunderung der Geduld und Ausdauer jener guten Ratsmänner, gelesen hatte.

Mancher Verdruß entspringt auch daher, daß sich die Stadt nach und nach mit nötigen und unnötigen Personen anfüllt. Vergebens werden die Höfe von seiten der Stadt an die Vorschriften der freilich veralteten Goldnen Bulle erinnert. Nicht allein die zum Geschäft Verordneten und ihre Begleiter, sondern manche Standes- und andere Personen, die aus Neugier oder zu Privatzwecken herankommen, stehen unter Protektion, und die Frage: wer eigentlich einquartiert wird und wer selbst sich eine Wohnung mieten soll, ist nicht immer sogleich entschieden. Das Getümmel wächst, und selbst diejenigen, die nichts dabei zu leisten oder zu verantworten haben, fangen an, sich unbehaglich zu fühlen.

Selbst wir jungen Leute, die wir das alles wohl mit ansehen konnten, fanden doch immer nicht genug Befriedigung für unsere Augen, für unsere Einbildungskraft. Die spanischen Mantelkleider, die großen Federhüte der Gesandten und hie und da noch einiges andere gaben wohl ein echt altertümliches Ansehen; manches dagegen war wieder so halb neu oder ganz modern, daß überall nur ein buntes, unbefriedigendes, öfter sogar geschmackloses Wesen hervortrat. Sehr glücklich machte es uns daher, zu vernehmen, daß wegen der Herreise des Kaisers und des künftigen Königs große Anstalten gemacht wurden, daß die kurfürstlichen Kollegialhandlungen, bei welchen die letzte Wahlkapitulation zum Grunde lag, eifrig vorwärts gingen, und daß der Wahltag auf den 27sten März festgesetzt sei. Nun ward an die Herbeischaffung der Reichsinsignien von Nürnberg und Aachen gedacht, und man erwartete zunächst den Einzug des Kurfürsten von Mainz, während mit seiner Gesandtschaft die Irrungen wegen der Quartiere immer fortdauerten.

Indessen betrieb ich meine Kanzlistenarbeit zu Hause sehr lebhaft und wurde dabei freilich mancherlei kleinliche Monita gewahr, die aber von vielen Seiten einliefen und bei der neuen Kapitulation berücksichtigt werden sollten. Jeder Stand wollte in diesem Dokument seine Gerechtsame gewahrt und sein Ansehen vermehrt wissen. Gar viele solcher Bemerkungen und Wünsche wurden jedoch beiseite geschoben; vieles blieb wie es gewesen war: gleichwohl erhielten die Monenten die bündigsten Versicherungen, daß ihnen jene Übergehung keineswegs zum Präjudiz gereichen solle.

Sehr vielen und beschwerlichen Geschäften mußte sich indessen das Reichsmarschallamt unterziehen: die Masse der Fremden wuchs, es wurde immer schwieriger, sie unterzubringen. Über die Grenzen der verschiedenen kurfürstlichen Bezirke war man nicht einig. Der Magistrat wollte von den Bürgern die Lasten abhalten, zu denen sie nicht verpflichtet schienen, und so gab es, bei Tag und bei Nacht, stündlich Beschwerden, Rekurse, Streit und Mißhelligkeiten.

Der Einzug des Kurfürsten von Mainz erfolgte den 21sten März. Hier fing nun das Kanonieren an, mit dem wir auf lange Zeit mehrmals betäubt werden sollten. Wichtig in der Reihe der Zeremonien war diese Festlichkeit: denn alle die Männer, die wir bisher auftreten sahen, waren, so hoch sie auch standen, doch immer nur Untergeordnete; hier aber erschien ein Souverän, ein selbständiger Fürst, der erste nach dem Kaiser, von einem großen, seiner würdigen Gefolge eingeführt und begleitet. Von dem Pompe dieses Einzugs würde ich hier manches zu erzählen haben, wenn ich nicht später wieder darauf zurückzukommen gedächte, und zwar bei einer Gelegenheit, die niemand leicht erraten sollte.

An demselben Tage nämlich kam Lavater, auf seinem Rückwege von Berlin nach Hause begriffen, durch Frankfurt und sah diese Feierlichkeit mit an. Ob nun gleich solche weltliche Äußerlichkeiten für ihn nicht den mindesten Wert hatten, so mochte doch dieser Zug mit seiner Pracht und allem Beiwesen deutlich in seine sehr lebhafte Einbildungskraft sich eingedrückt haben: denn nach mehreren Jahren, als mir dieser vorzügliche, aber eigene Mann eine poetische Paraphrase, ich glaube der Offenbarung Sankt Johannis, mitteilte, fand ich den Einzug des Antichrist Schritt vor Schritt, Gestalt vor Gestalt, Umstand vor Umstand, dem Einzug des Kurfürsten von Mainz in Frankfurt nachgebildet, dergestalt, daß sogar die Quasten an den Köpfen der Isabellpferde nicht fehlten. Es wird sich mehr davon sagen lassen, wenn ich zur Epoche jener wunderlichen Dichtungsart gelange, durch welche man die alt- und neutestamentlichen Mythen dem Anschauen und Gefühl näher zu bringen glaubte, wenn man sie völlig ins Moderne travestierte, und ihnen aus dem gegenwärtigen Leben, es sei nun gemeiner oder vornehmer, ein Gewand umhinge. Wie diese Behandlungsart sich nach und nach beliebt gemacht, davon muß gleichfalls künftig die Rede sein; doch bemerke ich hier so viel, daß sie weiter als durch Lavater und seine Nacheiferer wohl nicht getrieben worden, indem einer derselben die Heiligen Drei Könige, wie sie zu Bethlehem einreiten, so modern schilderte, daß die Fürsten und Herren, welche Lavatern zu besuchen pflegten, persönlich darin nicht zu verkennen waren.

Wir lassen also für diesmal den Kurfürsten Emmerich Joseph sozusagen inkognito im Kompostell eintreffen, und wenden uns zu Gretchen, die ich, eben als die Volksmenge sich verlief, von Pylades und seiner Schönen begleitet (denn diese drei schienen nun unzertrennlich zu sein), im Getümmel erblickte. Wir hatten uns kaum erreicht und begrüßt, als schon ausgemacht war, daß wir diesen Abend zusammen zubringen wollten, und ich fand mich beizeiten ein. Die gewöhnliche Gesellschaft war beisammen, und jedes hatte etwas zu erzählen, zu sagen, zu bemerken; wie denn dem einen dies, dem andern jenes am meisten aufgefallen war. »Eure Reden«, sagte Gretchen zuletzt, »machen mich fast noch verworrener als die Begebenheiten dieser Tage selbst. Was ich gesehen, kann ich nicht zusammenreimen, und möchte von manchem gar zu gern wissen, wie es sich verhält.« Ich versetzte, daß es mir ein leichtes sei, ihr diesen Dienst zu erzeigen. Sie solle nur sagen, wofür sie sich eigentlich interessiere. Dies tat sie, und indem ich ihr einiges erklären wollte, fand sich's, daß es besser wäre, in der Ordnung zu verfahren. Ich verglich nicht unschicklich diese Feierlichkeiten und Funktionen mit einem Schauspiel, wo der Vorhang nach Belieben heruntergelassen würde, indessen die Schauspieler fortspielten, dann werde er wieder aufgezogen und der Zuschauer könne an jenen Verhandlungen einigermaßen wieder teil nehmen. Weil ich nun sehr redselig war, wenn man mich gewähren ließ, so erzählte ich alles von Anfang an bis auf den heutigen Tag, in der besten Ordnung, und versäumte nicht, um meinen Vortrag anschaulicher zu machen, mich des vorhandenen Griffels und der großen Schieferplatte zu bedienen. Nur durch einige Fragen und Rechthabereien der andern wenig gestört, brachte ich meinen Vortrag zu allgemeiner Zufriedenheit ans Ende, indem mich Gretchen durch ihre fortgesetzte Aufmerksamkeit höchlich ermuntert hatte. Sie dankte mir zuletzt und beneidete, nach ihrem Ausdruck, alle diejenigen, die von den Sachen dieser Welt unterrichtet seien und wüßten, wie dieses und jenes zugehe und was es zu bedeuten habe. Sie wünschte sich, ein Knabe, zu sein, und wußte mit vieler Freundlichkeit anzuerkennen, daß sie mir schon manche Belehrung schuldig geworden. Wenn ich ein Knabe wäre, sagte sie, so wollten wir auf Universitäten zusammen etwas Rechtes lernen. Das Gespräch ward in der Art fortgeführt, sie setzte sich bestimmt vor, Unterricht im Französischen zu nehmen, dessen Unerläßlichkeit sie im Laden der Putzhändlerin wohl gewahr worden. Ich fragte sie, warum sie nicht mehr dorthin gehe: denn in der letzten Zeit, da ich des Abends nicht viel abkommen konnte, war ich manchmal bei Tage, ihr zu Gefallen, am Laden vorbeigegangen, um sie nur einen Augenblick zu sehen. Sie erklärte mir, daß sie in dieser unruhigen Zeit sich dort nicht hätte aussetzen wollen. Befände sich die Stadt wieder in ihrem vorigen Zustande, so denke sie auch wieder hinzugehen.

Nun war von dem nächst bevorstehenden Wahltag die Rede. Was und wie es vorgehe, wußte ich weitläufig zu erzählen und meine Demonstration durch umständliche Zeichnungen auf der Tafel zu unterstützen; wie ich denn den Raum des Conclave mit seinen Altären, Thronen, Sesseln und Sitzen vollkommen gegenwärtig hatte. – Wir schieden zu rechter Zeit und mit sonderlichem Wohlbehagen.

Denn einem jungen Paare, das von der Natur einigermaßen harmonisch gebildet ist, kann nichts zu einer schönern Vereinigung gereichen, als wenn das Mädchen lehrbegierig und der Jüngling lehrhaft ist. Es entsteht daraus ein so gründliches als angenehmes Verhältnis. Sie erblickt in ihm den Schöpfer ihres geistigen Daseins, und er in ihr ein Geschöpf, das nicht der Natur, dem Zufall oder einem einseitigen Wollen, sondern einem beiderseitigen Willen seine Vollendung verdankt; und diese Wechselwirkung ist so süß, daß wir uns nicht wundern dürfen, wenn seit dem alten und neuen Abälard aus einem solchen Zusammentreffen zweier Wesen die gewaltsamsten Leidenschaften und so viel Glück als Unglück entsprungen sind.

Gleich den nächsten Tag war große Bewegung in der Stadt, wegen der Visiten und Gegenvisiten, welche nunmehr mit dem größten Zeremoniell abgestattet wurden. Was mich aber als einen Frankfurter Bürger besonders interessierte und zu vielen Betrachtungen veranlaßte, war die Ablegung des Sicherheitseides, den der Rat, das Militär, die Bürgerschaft, nicht etwa durch Repräsentanten, sondern persönlich und in Masse leisteten: erst auf dem großen Römersaale der Magistrat und die Stabsoffiziere, dann auf dem großen Platze, dem Römerberg, die sämtliche Bürgerschaft nach ihren verschiedenen Graden, Abstufungen und Quartieren, und zuletzt das übrige Militär. Hier konnte man das ganze Gemeinwesen mit einem Blick überschauen, versammelt zu dem ehrenvollen Zweck, dem Haupt und den Gliedern des Reichs Sicherheit, und bei dem bevorstehenden großen Werke unverbrüchliche Ruhe anzugeloben. Nun waren auch Kur-Trier und Kur-Köln in Person angekommen. Am Vorabend des Wahltags werden alle Fremden aus der Stadt gewiesen, die Tore sind geschlossen, die Juden in ihre Gasse eingesperrt, und der Frankfurter Bürger dünkt sich nicht wenig, daß er allein Zeuge einer so großen Feierlichkeit bleiben darf.

Bisher war alles noch ziemlich modern hergegangen: die höchsten und hohen Personen bewegten sich nur in Kutschen hin und wider; nun aber sollten wir sie, nach uralter Weise, zu Pferde sehen. Der Zulauf und das Gedränge war außerordentlich. Ich wußte mich in dem Römer, den ich, wie eine Maus den heimischen Kornboden, genau kannte, so lange herumzuschmiegen, bis ich an den Haupteingang gelangte, vor welchem die Kurfürsten und Gesandten, die zuerst in Prachtkutschen herangefahren und sich oben versammelt hatten, nunmehr zu Pferde steigen sollten. Die stattlichsten, wohlzugerittenen Rosse waren mit reich gestickten Waldrappen überhangen und auf alle Weise geschmückt. Kurfürst Emmerich Joseph, ein schöner, behaglicher Mann, nahm sich zu Pferde gut aus. Der beiden andern erinnere ich mich weniger, als nur überhaupt, daß uns diese roten, mit Hermelin ausgeschlagenen Fürstenmäntel, die wir sonst nur auf Gemälden zu sehen gewohnt waren, unter freiem Himmel sehr romantisch vorkamen. Auch die Botschafter der abwesenden weltlichen Kurfürsten in ihren goldstoffnen, mit Gold überstickten, mit goldnen Spitzentressen reich besetzten spanischen Kleidern taten unsern Augen wohl; besonders wehten die großen Federn von den altertümlich aufgekrempten Hüten aufs prächtigste. Was mir aber gar nicht dabei gefallen wollte, waren die kurzen modernen Beinkleider, die weißseidenen Strümpfe und modischen Schuhe. Wir hätten Halbstiefelchen, so golden als man gewollt, Sandalen oder dergleichen gewünscht, um nur ein etwas konsequenteres Kostüm zu erblicken.

Im Betragen unterschied sich auch hier der Gesandte von Plotho wieder vor allen andern. Er zeigte sich lebhaft und munter, und schien vor der ganzen Zeremonie nicht sonderlichen Respekt zu haben. Denn als sein Vordermann, ein ältlicher Herr, sich nicht sogleich aufs Pferd schwingen konnte, und er deshalb eine Weile an dem großen Eingang warten mußte, enthielt er sich des Lachens nicht, bis sein Pferd auch vorgeführt wurde, auf welches er sich denn sehr behend hinaufschwang und von uns abermals als ein würdiger Abgesandter Friedrichs des Zweiten bewundert wurde.

Nun war für uns der Vorhang wieder gefallen. Ich hatte mich zwar in die Kirche zu drängen gesucht; allein es fand sich auch dort mehr Unbequemlichkeit als Lust. Die Wählenden hatten sich ins Allerheiligste zurückgezogen, in welchem weitläufige Zeremonien die Stelle einer bedächtigen Wahlüberlegung vertraten. Nach langem Harren, Drängen und Wogen vernahm denn zuletzt das Volk den Namen Josephs des Zweiten, der zum Römischen König ausgerufen wurde.

Der Zudrang der Fremden in die Stadt ward nun immer stärker. Alles fuhr und ging in Galakleidern, so daß man zuletzt nur die ganz goldenen Anzüge bemerkenswert fand. Kaiser und König waren schon in Heusenstamm, einem gräflich Schönbornischen Schlosse, angelangt und wurden dort herkömmlich begrüßt und willkommen geheißen; die Stadt aber feierte diese wichtige Epoche durch geistliche Feste sämtlicher Religionen, durch Hochämter und Predigten, und von weltlicher Seite, zu Begleitung des Tedeum, durch unablässiges Kanonieren.

Hätte man alle diese öffentlichen Feierlichkeiten von Anfang bis hierher als ein überlegtes Kunstwerk angesehen, so würde man nicht viel daran auszusetzen gefunden haben. Alles war gut vorbereitet; sachte fingen die öffentlichen Auftritte an und wurden immer bedeutender: die Menschen wuchsen an Zahl, die Personen an Würde, ihre Umgebungen wie sie selbst an Pracht, und so stieg es mit jedem Tage, so daß zuletzt auch ein vorbereitetes gefaßtes Auge in Verwirrung geriet.

Der Einzug des Kurfürsten von Mainz, welchen ausführlicher zu beschreiben wir abgelehnt, was prächtig und imposant genug, um in der Einbildungskraft eines vorzüglichen Mannes die Ankunft eines großen geweissagten Weltherrschers zu bedeuten. Auch wir waren dadurch nicht wenig geblendet worden. Nun aber spannte sich unsere Erwartung aufs höchste, als es hieß, der Kaiser und der künftige König näherten sich der Stadt. In einiger Entfernung von Sachsenhausen war ein Zelt errichtet, in welchem der ganze Magistrat sich aufhielt, um dem Oberhaupte des Reichs die gehörige Verehrung zu bezeigen und die Stadtschlüssel anzubieten. Weiter hinaus, auf einer schönen geräumigen Ebene, stand ein anderes, ein Prachtgezelt, wohin sich die sämtlichen Kurfürsten und Wahlbotschafter zum Empfang der Majestäten verfügten, indessen ihr Gefolge sich den ganzen Weg entlang erstreckte, um nach und nach, wie die Reihe an sie käme, sich wieder gegen die Stadt in Bewegung zu setzen und gehörig in den Zug einzutreten. Nunmehr fuhr der Kaiser bei dem Zelt an, betrat solches, und nach ehrfurchtsvollem Empfange beurlaubten sich die Kurfürsten und Gesandten, um ordnungsgemäß dem höchsten Herrscher den Weg zu bahnen.

Wir andern, die wir in der Stadt geblieben, um diese Pracht innerhalb der Mauern und Straßen noch mehr zu bewundern, als es auf freiem Felde hätte geschehen können, waren durch das von der Bürgerschaft in den Gassen aufgestellte Spalier, durch den Zudrang des Volks, durch mancherlei dabei vorkommende Späße und Unschicklichkeiten einstweilen gar wohl unterhalten, bis uns das Geläute der Glocken und der Kanonendonner die unmittelbare Nähe des Herrschers ankündigten. Was einem Frankfurter besonders wohltun mußte, war, daß bei dieser Gelegenheit, bei der Gegenwart so vieler Souveräne und ihrer Repräsentanten, die Reichsstadt Frankfurt auch als ein kleiner Souverän erschien: denn ihr Stallmeister eröffnete den Zug, Reitpferde mit Wappendecken, worauf der weiße Adler im roten Felde sich gar gut ausnahm, folgten ihm, Bediente und Offizianten, Pauker und Trompeter, Deputierte des Rats, von Ratsbedienten in der Stadtlivree zu Fuße begleitet. Hieran schlossen sich die drei Kompagnien der Bürgerkavallerie, sehr wohl beritten, dieselbigen, die wir von Jugend auf bei Einholung des Geleites und andern öffentlichen Gelegenheiten gekannt hatten. Wir erfreuten uns an dem Mitgefühl dieser Ehre und an dem Hunderttausendteilchen einer Souveränetät, welche gegenwärtig in ihrem vollen Glanz erschien. Die verschiedenen Gefolge des Reichs-Erbmarschalls und der von den sechs weltlichen Kurfürsten abgeordneten Wahlgesandten zogen sodann schrittweise daher. Keins derselben bestand aus weniger denn zwanzig Bedienten und zwei Staatswagen, bei einigen aus einer noch größern Anzahl. Das Gefolge der geistlichen Kurfürsten war nun immer im Steigen; die Bedienten und Hausoffizianten schienen unzählig, Kur-Köln und Kur-Trier hatten über zwanzig Staatswagen, Kur-Mainz allein eben so viel. Die Dienerschaft zu Pferde und zu Fuß war durchaus aufs prächtigste gekleidet, die Herren in den Equipagen, geistliche und weltliche, hatten es auch nicht fehlen lassen, reich und ehrwürdig angetan und geschmückt mit allen Ordenszeichen zu erscheinen. Das Gefolg der kaiserlichen Majestät übertraf nunmehr wie billig die übrigen. Die Bereiter, die Handpferde, die Reitzeuge, Schabracken und Decken zogen aller Augen auf sich, und sechzehn sechsspinnige Galawagen der kaiserlichen Kammerherren, Geheimenräte, des Oberkämmerers, Oberhofmeisters, Oberstallmeisters beschlossen mit großem Prunk diese Abteilung des Zugs, welche ungeachtet ihrer Pracht und Ausdehnung doch nur der Vortrab sein sollte.

Nun aber konzentrierte sich die Reihe, indem sich Würde und Pracht steigerten, immer mehr. Denn unter einer ausgewählten Begleitung eigener Hausdienerschaft, die meisten zu Fuß, wenige zu Pferde, erschienen die Wahlbotschafter so wie die Kurfürsten in Person, nach aufsteigender Ordnung, jeder in einem prächtigen Staatswagen. Unmittelbar hinter Kur-Mainz kündigten zehn kaiserliche Läufer, einundvierzig Lakaien und acht Heiducken die Majestäten selbst an. Der prächtigste Staatswagen, auch im Rücken mit einem ganzen Spiegelglas versehen, mit Malerei, Lackierung,

Schnitzwerk und Vergoldung ausgeziert, mit rotem gesticktem Samt obenher und inwendig bezogen, ließ uns ganz bequem Kaiser und König, die längst erwünschten Häupter, in aller ihrer Herrlichkeit betrachten. Man hatte den Zug einen weiten Umweg geführt, teils aus Notwendigkeit, damit er sich nur entfalten könne, teils um ihn der großen Menge Menschen sichtbar zu machen. Er war durch Sachsenhausen, über die Brücke, die Fahrgasse, sodann die Zeil hinuntergegangen und wendete sich nach der innern Stadt durch die Katharinenpforte, ein ehemaliges Tor und seit Erweiterung der Stadt ein offner Durchgang. Hier hatte man glücklich bedacht, daß die äußere Herrlichkeit der Welt seit einer Reihe von Jahren sich immer mehr in die Höhe und Breite ausgedehnt. Man hatte gemessen und gefunden, daß durch diesen Torweg, durch welchen so mancher Fürst und Kaiser aus- und eingezogen, der jetzige kaiserliche Staatswagen, ohne mit seinem Schnitzwerk und andern Äußerlichkeiten anzustoßen, nicht hindurchkommen könne. Man beratschlagte, und zu Vermeidung eines unbequemen Umwegs entschloß man sich, das Pflaster aufzuheben und eine sanfte Ab- und Auffahrt zu veranstalten. In eben dem Sinne hatte man auch alle Wetterdächer der Läden und Buden in den Straßen ausgehoben, damit weder die Krone noch der Adler noch die Genien Anstoß und Schaden nehmen möchten.

So sehr wir auch, als dieses kostbare Gefäß mit so kostbarem Inhalt sich uns näherte, auf die hohen Personen unsere Augen gerichtet hatten, so konnten wir doch nicht umhin, unsern Blick auf die herrlichen Pferde, das Geschirr und dessen Posamentschmuck zu wenden; besonders aber fielen uns die wunderlichen, beide auf den Pferden sitzenden Kutscher und Vorreiter auf. Sie sahen wie aus einer andern Nation, ja wie aus einer andern Welt, in langen schwarz- und gelbsamtnen Röcken und Kappen mit großen Federbüschen, nach kaiserlicher Hofsitte. Nun drängte sich so viel zusammen, daß man wenig mehr unterscheiden konnte. Die Schweizergarde zu beiden Seiten des Wagens, der Erbmarschall, das sächsische Schwert aufwärts in der rechten Hand haltend, die Feldmarschälle als Anführer der kaiserlichen Garden hinter dem Wagen reitend, die kaiserlichen Edelknaben in Masse und endlich die Hatschiergarde selbst, in schwarzsamtnen Flügelröcken, alle Nähte reich mit Gold galoniert, darunter rote Leibröcke und lederfarbne Kamisole, gleichfalls reich mit Gold besetzt — man kam vor lauter Sehen, Deuten und Hinweisen gar nicht zu sich selbst, so daß die nicht minder prächtig gekleideten Leibgarden der Kurfürsten kaum beachtet wurden; ja wir hätten uns vielleicht von den Fenstern zurückgezogen, wenn wir nicht noch unsern Magistrat, der in fünfzehn zweispännigen Kutschen den Zug beschloß, und besonders in der letzten den Ratsschreiber mit den Stadtschlüsseln auf rotsamtenem Kissen hätten in Augenschein nehmen wollen. Daß unsere Stadtgrenadier-Kompagnie das Ende deckte, deuchte uns auch ehrenvoll genug, und wir fühlten uns als Deutsche und als Frankfurter von diesem Ehrentag doppelt und höchlich erbaut.

Wir hatten in einem Hause Platz genommen, wo der Aufzug, wenn er aus dem Dom zurückkam, ebenfalls wieder an uns vorbei mußte. Des Gottesdienstes, der Musik, der Zeremonien und Feierlichkeiten, der Anreden und Antworten, der Vorträge und Vorlesungen waren in Kirche, Chor und Conclave so viel, bis es zur Beschwörung der Wahlkapitulation kam, daß wir Zeit genug hatten, eine vortreffliche Kollation einzunehmen, und auf die Gesundheit des alten und jungen Herrschers manche Flasche zu leeren. Das Gespräch verlor sich indes, wie es bei solchen Gelegenheiten zu gehen pflegt, in die vergangene Zeit, und es fehlte nicht an bejahrten Personen, welche jener vor der gegenwärtigen den Vorzug gaben, wenigstens in Absicht auf ein gewisses menschliches Interesse und einer leidenschaftlichen Teilnahme, welche dabei vorgewaltet. Bei Franz des Ersten Krönung war noch nicht alles so ausgemacht wie gegenwärtig: der Friede war noch nicht abgeschlossen, Frankreich, Kur-Brandenburg und Kur-Pfalz widersetzten sich der Wahl; die Truppen des künftigen Kaisers standen bei

Heidelberg, wo er sein Hauptquartier hatte, und fast wären die von Aachen heraufkommenden Reichsinsignien von den Pfälzern weggenommen worden. Indessen unterhandelte man doch und nahm von beiden Seiten die Sache nicht aufs strengste. Maria Theresia selbst, obgleich in gesegneten Umständen, kommt, um die endlich durchgesetzte Krönung ihres Gemahls in Person zu sehen. Sie traf in Aschaffenburg ein und bestieg eine Jacht, um sich nach Frankfurt zu begeben. Franz, von Heidelberg aus, denkt seiner Gemahlin zu begegnen, allein er kommt zu spät, sie ist schon abgefahren. Ungekannt wirft er sich in einen kleinen Nachen, eilt ihr nach, erreicht ihr Schiff, und das liebende Paar erfreut sich dieser überraschenden Zusammenkunft. Das Märchen davon verbreitet sich sogleich, und alle Welt nimmt teil an diesem zärtlichen mit Kindern reich gesegneten Ehepaar, das seit seiner Verbindung so unzertrennlich gewesen, daß sie schon einmal auf einer Reise von Wien nach Florenz zusammen an der venezianischen Grenze Quarantäne halten müssen. Maria Theresia wird in der Stadt mit Jubel bewillkommt, sie betritt den Gasthof zum Römischen Kaiser, indessen auf der Bornheimer Heide das große Zelt zum Empfang ihres Gemahls errichtet ist. Dort findet sich von den geistlichen Kurfürsten nur Mainz allein, von den Abgeordneten der weltlichen nur Sachsen, Böhmen und Hannover. Der Einzug beginnt, und was ihm an Vollständigkeit und Pracht abgehen mag, ersetzt reichlich die Gegenwart einer schönen Frau. Sie steht auf dem Balkon des wohlgelegnen Hauses und begrüßt mit Vivatruf und Händeklatschen ihren Gemahl: das Volk stimmt ein, zum größten Enthusiasmus aufgeregt. Da die Großen nun auch einmal Menschen sind, so denkt sie der Bürger, wenn er sie lieben will, als seinesgleichen, und das kann er am füglichsten, wenn er sie als liebende Gatten, als zärtliche Eltern, als anhängliche Geschwister, als treue Freunde sich vorstellen darf. Man hatte damals alles Gute gewünscht und prophezeit und heute sah man es erfüllt an dem erstgebornen Sohne, dem jedermann wegen seiner schönen Jünglingsgestalt geneigt war und auf den die Welt bei den hohen Eigenschaften, die er ankündigte, die größten Hoffnungen setzte.

Wir hatten uns ganz in die Vergangenheit und Zukunft verloren, als einige hereintretende Freunde uns wieder in die Gegenwart zurückriefen. Sie waren von denen die den Wert einer Neuigkeit einsehn und sich deswegen beeilen, sie zuerst zu verkündigen. Sie wußten auch einen schönen menschlichen Zug dieser hohen Personen zu erzählen, die wir soeben in dem größten Prunk vorbeiziehen gesehn. Es war nämlich verabredet worden, daß unterwegs, zwischen Heusenstamm und jenem großen Gezelte, Kaiser und König den Landgrafen von Darmstadt im Wald antreffen sollten. Dieser alte, dem Grabe sich nähernde Fürst wollte noch einmal den Herrn sehen, dem er in früherer Zeit sich gewidmet. Beide mochten sich jenes Tages erinnern, als der Landgraf das Dekret der Kurfürsten, das Franzen zum Kaiser erwählte, nach Heidelberg überbrachte und die erhaltenen kostbaren Geschenke mit Beteurung einer unverbrüchlichen Anhänglichkeit erwiderte. Diese hohen Personen standen in einem Tannicht, und der Landgraf, vor Alter schwach, hielt sich an eine Fichte, um das Gespräch noch länger fortsetzen zu können, das von beiden Teilen nicht ohne Rührung geschah. Der Platz ward nachher auf eine unschuldige Weise bezeichnet, und wir jungen Leute sind einigemal hingewandert.

So hatten wir mehrere Stunden mit Erinnerung des Alten, mit Erwägung des Neuen hingebracht, als der Zug abermals, jedoch abgekürzt und gedrängter, vor unsern Augen vorbeiwogte; und wir konnten das einzelne näher beobachten, bemerken und uns für die Zukunft einprägen.

Von dem Augenblick an war die Stadt in ununterbrochener Bewegung: denn bis alle und jede, denen es zukommt und von denen es gefordert wird, den höchsten Häuptern ihre Aufwartung gemacht und sich einzeln denselben dargestellt hatten, war des Hin- und Widerziehens kein Ende, und man konnte den Hofstaat eines jeden der hohen Gegenwärtigen ganz bequem im einzelnen wiederholen.

Nun kamen auch die Reichsinsignien heran. Damit es aber auch hier nicht an hergebrachten Händeln fehlen möge, so mußten sie auf freiem Felde den halben Tag bis in die späte Nacht zubringen, wegen einer Territorial- und Geleitsstreitigkeit zwischen Kur-Mainz und der Stadt. Die letzte gab nach, die Mainzischen geleiteten die Insignien bis an den Schlagbaum, und somit war die Sache für diesmal abgetan.

In diesen Tagen kam ich nicht zu mir selbst. Zu Hause gab es zu schreiben und zu kopieren; sehen wollte und sollte man alles, und so ging der März zu Ende, dessen zweite Hälfte für uns so festreich gewesen war. Von dem, was zuletzt vorgegangen und was am Krönungstag zu erwarten sei, hatte ich Gretchen eine treuliche und ausführliche Belehrung versprochen. Der große Tag nahte heran: ich hatte mehr im Sinne, wie ich es ihr sagen wollte, als was eigentlich zu sagen sei; ich verarbeitete alles, was mir unter die Augen und unter die Kanzleifeder kam, nur geschwind zu diesem nächsten und einzigen Gebrauch. Endlich erreichte ich noch eines Abends ziemlich spät ihre Wohnung und tat mir schon im voraus nicht wenig darauf zu gute, wie mein diesmaliger Vortrag noch viel besser als der erste unvorbereitete gelingen sollte. Allein gar oft bringt uns selbst, und andern durch uns, ein augenblicklicher Anlaß mehr Freude, als der entschiedenste Vorsatz nicht gewähren kann. Zwar fand ich ziemlich dieselbe Gesellschaft, allein es waren einige Unbekannte darunter. Sie setzten sich hin, zu spielen; nur Gretchen und der jüngere Vetter hielten sich zu mir und der Schiefertafel. Das liebe Mädchen äußerte gar anmutig ihr Behagen, daß sie, als eine Fremde, am Wahltage für eine Bürgerin gegolten habe, und ihr dieses einzige Schauspiel zu teil geworden sei. Sie dankte mir aufs verbindlichste, daß ich für sie zu sorgen gewußt und ihr zeither durch Pylades allerlei Einlässe mittels Billette, Anweisungen, Freunde und Fürsprache zu verschaffen die Aufmerksamkeit gehabt.

Von den Reichskleinodien hörte sie gern erzählen. Ich versprach ihr, daß wir diese womöglich zusammen sehen wollten. Sie machte einige scherzhafte Anmerkungen, als sie erfuhr, daß man Gewänder und Krone dem jungen König anprobiert habe. Ich wußte, wo sie den Feierlichkeiten des Krönungstages zusehen würde, und machte sie aufmerksam auf alles, was bevorstand und was besonders von ihrem Platze genau beobachtet werden konnte.

So vergaßen wir an die Zeit zu denken; es war schon über Mitternacht geworden, und ich fand, daß ich unglücklicherweise den Hausschlüssel nicht bei mir hatte. Ohne das größte Aufsehen zu erregen, konnte ich nicht ins Haus. Ich teilte ihr meine Verlegenheit mit. »Am Ende«, sagte sie, »ist es das beste, die Gesellschaft bleibt zusammen.« Die Vettern und jene Fremden hatten schon den Gedanken gehabt, weil man nicht wußte, wo man diese für die Nacht unterbringen sollte. Die Sache war bald entschieden; Gretchen ging um Kaffee zu kochen, nachdem sie, weil die Lichter auszubrennen drohten, eine große messingene Familienlampe mit Docht und Öl versehen und angezündet herein gebracht hatte.

Der Kaffee diente für einige Stunden zur Ermunterung; nach und nach ermattete das Spiel das Gespräch ging aus: die Mutter schlief im großen Sessel, die Fremden, von der Reise müde, nickten da und dort, Pylades und seine Schöne saßen in einer Ecke. Sie hatte ihren Kopf auf seine Schulter gelegt und schlief; auch er wachte nicht lange. Der jüngere Vetter, gegen uns über am Schiefertische sitzend, hatte seine Arme vor sich über einander geschlagen und schlief mit aufliegendem Gesicht. Ich saß in der Fensterecke hinter dem Tische und Gretchen neben mir. Wir unterhielten uns leise; aber endlich übermannte auch sie der Schlaf, sie lehnte ihr Köpfchen an meine Schulter und war gleich eingeschlummert. So saß ich nun allein, wachend, in der wunderlichsten Lage, in der auch mich der freundliche Bruder des Todes zu beruhigen wußte. Ich schlief ein, und als ich wieder erwachte, war es schon heller Tag. Gretchen stand vor dem Spiegel und rückte ihr Häubchen zurechte; sie war liebenswürdiger als je, und drückte mir als ich schied gar herzlich die Hände. Ich schlich durch einen Umweg nach unserm Hause: denn an der Seite, nach dem kleinen Hirschgraben zu, hatte sich mein Vater in der Mauer ein kleines Guckfenster, nicht ohne Widerspruch des Nachbarn, angelegt. Diese Seite vermieden wir, wenn wir nach Hause kommend von ihm nicht bemerkt sein wollten. Meine Mutter, deren Vermittelung uns immer zu gute kam, hatte meine Abwesenheit des Morgens beim Tee durch ein frühzeitiges Ausgehen meiner zu beschönigen gesucht, und ich empfand also von dieser unschuldigen Nacht keine unangenehmen Folgen.

Überhaupt und im ganzen genommen machte diese unendlich mannigfaltige Welt, die mich umgab, auf mich nur sehr einfachen Eindruck. Ich hatte kein Interesse als das Äußere der Gegenstände genau zu bemerken, kein Geschäft als das mir mein Vater und Herr von Königsthal auftrugen, wodurch ich freilich den innern Gang der Dinge gewahr ward. Ich hatte keine Neigung als zu Gretchen und keine andere Absicht, als nur alles recht gut zu sehen und zu fassen, um es mit ihr wiederholen und ihr erklären zu können. Ja ich beschrieb oft, indem ein solcher Zug vorbei ging, diesen Zug halb laut vor mir selbst, um mich alles einzelnen zu versichern, und dieser Aufmerksamkeit und Genauigkeit wegen von meiner Schönen gelobt zu werden; und nur als eine Zugabe betrachtete ich den Beifall und die Anerkennung der andern.

Zwar ward ich manchen hohen und vornehmen Personen vorgestellt; aber teils hatte niemand Zeit, sich um andere zu bekümmern, und teils wissen auch Ältere nicht gleich, wie sie sich mit einem jungen Menschen unterhalten und ihn prüfen sollen. Ich von meiner Seite war auch nicht sonderlich geschickt, mich den Leuten bequem darzustellen. Gewöhnlich erwarb ich ihre Gunst, aber nicht ihren Beifall. Was mich beschäftigte, war mir vollkommen gegenwärtig; aber ich fragte nicht, ob es auch andern gemäß sein könne. Ich war meist zu lebhaft oder zu still und schien entweder zudringlich oder stöckig, je nachdem die Menschen mich anzogen oder abstießen; und so wurde ich zwar für hoffnungsvoll gehalten, aber dabei für wunderlich erklärt.

Der Krönungstag brach endlich an, den 3ten April 1764; das Wetter war günstig und alle Menschen in Bewegung. Man hatte mir, nebst mehrern Verwandten und Freunden, in dem Römer selbst, in einer der obern Etagen, einen guten Platz angewiesen, wo wir das Ganze vollkommen übersehen konnten. Mit dem frühesten begaben wir uns an Ort und Stelle, und beschauten nunmehr von oben, wie in der Vogelperspektive, die Anstalten, die wir tags vorher in nähern Augenschein genommen hatten. Da war der neuerrichtete Springbrunnen mit zwei großen Kufen rechts und links, in welche der Doppeladler auf dem Ständer weißen Wein hüben und roten Wein drüben aus seinen zwei Schnäbeln ausgießen sollte. Aufgeschüttet zu einem Haufen lag dort der Hafer, hier stand die große Bretterhütte, in der man schon einige Tage den ganzen fetten Ochsen an einem ungeheuren Spieße bei Kohlenfeuer braten und schmoren sah. Alle Zugänge, die vom Römer aus dahin und von andern Straßen nach dem Römer führen, waren zu beiden Seiten durch Schranken und Wachen gesichert. Der große Platz füllte sich nach und nach, und das Wogen und Drängen ward immer stärker und bewegter, weil die Menge womöglich immer nach der Gegend hinstrebte, wo ein neuer Auftritt erschien und etwas Besonderes angekündigt wurde.

Bei alle dem herrschte eine ziemliche Stille, und als die Sturmglocke geläutet wurde, schien das ganze Volk von Schauer und Erstaunen ergriffen. Was nun zuerst die Aufmerksamkeit aller, die von oben herab den Platz übersehen konnten, erregte, war der Zug, in welchem die Herren von Aachen und Nürnberg die Reichskleinodien nach dem Dome brachten. Diese hatten als Schutzheiligtümer den ersten Platz im Wagen eingenommen, und die Deputierten saßen vor ihnen in anständiger Verehrung auf dem Rücksitz. Nunmehr begeben sich die drei Kurfürsten in den Dom.

Nach Überreichung der Insignien an Kur-Mainz werden Krone und Schwert sogleich nach dem kaiserlichen Quartier gebracht. Die weiteren Anstalten und mancherlei Zeremoniell beschäftigen mittlerweile die Hauptpersonen so wie die Zuschauer in der Kirche, wie wir andern Unterrichteten uns wohl denken konnten.

Vor unsern Augen fuhren indessen die Gesandten auf den Römer, aus welchem der Baldachin von Unteroffizieren in das kaiserliche Quartier getragen wird. Sogleich besteigt der Erbmarschall Graf von Pappenheim sein Pferd, ein sehr schöner schlankgebildeter Herr, den die spanische Tracht, das reiche Wams, der goldne Mantel, der hohe Federhut und die gestrählten fliegenden Haare sehr wohl kleideten. Er setzt sich in Bewegung, und unter dem Geläute aller Glocken folgen ihm zu Pferde die Gesandten nach dem kaiserlichen Quartier in noch größerer Pracht als am Wahltage. Dort hätte man auch sein mögen, wie man sich an diesem Tage durchaus zu vervielfältigen wünschte. Wir erzählten einander indessen, was dort vorgehe. Nun zieht der Kaiser seinen Hausornat an, sagten wir, eine neue Bekleidung nach dem Muster der alten Karolingischen verfertigt. Die Erbämter erhalten die Reichsinsignien und setzen sich damit zu Pferde. Der Kaiser im Ornat der Römische König im spanischen Habit, besteigen gleichfalls ihre Rosse, und indem dieses geschieht, hat sie uns der vorausgeschrittene unendliche Zug bereits angemeldet.

Das Auge war schon ermüdet durch die Menge der reichgekleideten Dienerschaft und der übrigen Behörden, durch den stattlich einherwandelnden Adel; und als nunmehr die Wahlbotschafter, die Erbämter und zuletzt unter dem reichgestickten, von zwölf Schöffen und Ratsherrn getragenen Baldachin der Kaiser in romantischer Kleidung, zur Linken, etwas hinter ihm, sein Sohn in spanischer Tracht, langsam auf prächtig geschmückten Pferden einherschwebten, war das Auge nicht mehr sich selbst genug. Man hätte gewünscht, durch eine Zauberformel die Erscheinung nur einen Augenblick zu fesseln; aber die Herrlichkeit zog unaufhaltsam vorbei, und den kaum verlassenen Raum erfüllte sogleich wieder das hereinwogende Volk.

Nun aber entstand ein neues Gedränge: denn es mußte ein anderer Zugang, von dem Markte her, nach der Römertür eröffnet und ein Bretterweg aufgebrückt werden, welchen der aus dem Dom zurückkehrende Zug beschreiten sollte.

Was in dem Dome vorgegangen, die unendlichen Zeremonien, welche die Salbung, die Krönung, den Ritterschlag vorbereiten und begleiten, alles dieses ließen wir uns in der Folge gar gern von denen erzählen, die manches andere aufgeopfert hatten, um in der Kirche gegenwärtig zu sein.

Wir andern verzehrten mittlerweile auf unsern Plätzen eine frugale Mahlzeit: denn wir mußten an dem festlichsten Tage, den wir erlebten, mit kalter Küche vorlieb nehmen. Dagegen aber war der beste und älteste Wein aus allen Familienkellern herangebracht worden, so daß wir von dieser Seite wenigstens dies altertümliche Fest altertümlich feierten.

Auf dem Platze war jetzt das Sehenswürdigste die fertig gewordene und mit rotgelb- und weißem Tuch überlegte Brücke, und wir sollten den Kaiser, den wir zuerst im Wagen, dann zu Pferde sitzend angestaunt, nun auch zu Fuße wandelnd bewundern; und sonderbar genug, auf das letzte freuten wir uns am meisten; denn uns deuchte diese Weise, sich darzustellen, so wie die natürlichste, so auch die würdigste.

Ältere Personen, welche der Krönung Franz des Ersten beigewohnt, erzählten: Maria Theresia, über die Maßen schön, habe jener Feierlichkeit an einem Balkonfenster des Hauses Frauenstein, gleich neben dem Römer, zugesehen. Als nun ihr Gemahl in der seltsamen Verkleidung aus dem Dome zurückgekommen und sich ihr so zu sagen als ein Gespenst Karls des Großen dargestellt, habe er wie zum Scherz beide Hände erhoben und ihr den Reichsapfel, den Scepter und die wundersamen Handschuh hingewiesen, worüber sie in ein unendliches Lachen ausgebrochen, welches dem ganzen zuschauenden Volke zur größten Freude und Erbauung gedient, indem es darin das gute und natürliche Ehgattenverhältnis des allerhöchsten Paares der Christenheit mit Augen zu sehen gewürdiget worden. Als aber die Kaiserin, ihren Gemahl zu begrüßen, das Schnupftuch geschwungen und ihm selbst ein lautes Vivat zugerufen, sei der Enthusiasmus und der Jubel des Volks aufs höchste gestiegen, so daß das Freudengeschrei gar kein Ende finden können.

Nun verkündigte der Glockenschall und nun die Vordersten des langen Zuges, welche über die bunte Brücke ganz sachte einherschritten, daß alles getan sei. Die Aufmerksamkeit war größer denn je, der Zug deutlicher als vorher, besonders für uns, da er jetzt gerade nach uns zuging. Wir sahen ihn so wie den ganzen volkserfüllten Platz beinah im Grundriß. Nur zu sehr drängte sich am Ende die Pracht; denn die Gesandten, die Erbämter, Kaiser und König unter dem Baldachin, die drei geistlichen Kurfürsten die sich anschlossen, die schwarz gekleideten Schöffen und Ratsherren, der goldgestickte Himmel, alles schien nur eine Masse zu sein, die, nur von *einem* Willen bewegt, prächtig harmonisch und soeben unter dem Geläute der Glocken aus dem Tempel tretend, als ein Heiliges uns entgegenstrahlte.

Eine politisch-religiöse Feierlichkeit hat einen unendlichen Reiz. Wir sehen die irdische Majestät vor Augen, umgeben von allen Symbolen ihrer Macht; aber indem sie sich vor der himmlischen beugt, bringt sie uns die Gemeinschaft beider vor die Sinne. Denn auch der einzelne vermag seine Verwandtschaft mit der Gottheit nur dadurch zu betätigen, daß er sich unterwirft und anbetet.

Der von dem Markt her ertönende Jubel verbreitete sich nun auch über den großen Platz, und ein ungestümes Vivat erscholl aus tausend und abertausend Kehlen, und gewiß auch aus den Herzen. Denn dieses große Fest sollte ja das Pfand eines dauerhaften Friedens werden, der auch wirklich lange Jahre hindurch Deutschland beglückte.

Mehrere Tage vorher war durch öffentlichen Ausruf bekannt gemacht, daß weder die Brücke noch der Adler über dem Brunnen preisgegeben und also nicht vom Volke wie sonst angetastet werden solle. Es geschah dies, um manches bei solchem Anstürmen unvermeidliche Unglück zu verhüten. Allein um doch einigermaßen dem Genius des Pöbels zu opfern, gingen eigens bestellte Personen hinter dem Zuge her, lösten das Tuch von der Brücke, wickelten es bahnenweise zusammen und warfen es in die Luft. Hiedurch entstand nun zwar kein Unglück, aber ein lächerliches Unheil: denn das Tuch entrollte sich in der Luft und bedeckte, wie es niederfiel, eine größere oder geringere Anzahl Menschen. Diejenigen nun, welche die Enden faßten und solche an sich zogen, rissen alle die Mittleren zu Boden, umhüllten und ängstigten sie so lange, bis sie sich durchgerissen oder durchgeschnitten und jeder nach seiner Weise einen Zipfel dieses durch die Fußtritte der Majestäten geheiligten Gewebes davongetragen hatte.

Dieser wilden Belustigung sah ich nicht lange zu, sondern eilte von meinem hohen Standorte durch allerlei Treppchen und Gänge hinunter an die große Römerstiege, wo die aus der Ferne angestaunte so vornehme als herrliche Masse heraufwallen sollte. Das Gedräng war nicht groß, weil die Zugänge des Rathauses wohl besetzt waren, und ich kam glücklich unmittelbar oben an das eiserne Geländer. Nun stiegen die Hauptpersonen an mir vorüber, indem das Gefolge in den untern Gewölbgängen zurückblieb, und ich konnte sie auf der dreimal gebrochenen Treppe von allen Seiten und zuletzt ganz in der Nähe betrachten.

Endlich kamen auch die beiden Majestäten herauf. Vater und Sohn waren wie Menächmen überein gekleidet. Des Kaisers Hausornat von purpurfarbner Seide, mit Perlen und Steinen reich geziert, so wie Krone, Scepter und Reichsapfel fielen wohl in die Augen: denn alles war neu daran, und die Nachahmung des Altertums geschmackvoll. So bewegte er sich auch in seinem Anzuge ganz bequem, und sein treuherzig würdiges Gesicht gab zugleich den Kaiser und den Vater zu erkennen. Der junge König hingegen schleppte sich in den ungeheuren Gewandstücken mit den Kleinodien Karls des Großen wie in einer Verkleidung einher, so daß er selbst, von Zeit zu Zeit seinen Vater ansehend, sich des Lächelns nicht enthalten konnte. Die Krone, welche man sehr hatte füttern müssen, stand wie ein übergreifendes Dach vom Kopf ab. Die Dalmatika, die Stola, so gut sie auch angepaßt und eingenäht worden, gewährte doch keineswegs ein vorteilhaftes Aussehen. Scepter und Reichsapfel setzten in Verwunderung; aber man konnte sich nicht leugnen, daß man lieber eine mächtige, dem Anzuge gewachsene Gestalt, um der günstigern Wirkung willen, damit bekleidet und ausgeschmückt gesehen hätte.

Kaum waren die Pforten des großen Saales hinter diesen Gestalten wieder geschlossen, so eilte ich auf meinen vorigen Platz, der, von andern bereits eingenommen, nur mit einiger Not mir wieder zu teil wurde.

Es war eben die rechte Zeit, daß ich von meinem Fenster wieder Besitz nahm: denn das Merkwürdigste, was öffentlich zu erblicken war, sollte eben vorgehen. Alles Volk hatte sich gegen den Römer zu gewendet, und ein abermaliges Vivatschreien gab uns zu erkennen, daß Kaiser und König an dem Balkonfenster des großen Saales in ihrem Ornate sich dem Volke zeigten. Aber sie sollten nicht allein zum Schauspiel dienen, sondern vor ihren Augen sollte ein seltsames Schauspiel vorgehen. Vor allen schwang sich nun der schöne schlanke Erbmarschall auf sein Roß; er hatte das Schwert abgelegt, in seiner Rechten hielt er ein silbernes gehenkeltes Gemäß und ein Streichblech in der Linken. So ritt er in den Schranken auf den großen Haferhaufen zu, sprengte hinein, schöpfte das Gefäß übervoll, strich es ab und trug es mit großem Anstande wieder zurück. Der kaiserliche Marstall war nunmehr versorgt. Der Erbkämmerer ritt sodann gleichfalls auf jene Gegend zu und brachte ein Handbecken nebst Gießfaß und Handquehle zurück. Unterhaltender aber für die Zuschauer war der Erbtruchseß, der ein Stück von dem gebratenen Ochsen zu holen kam. Auch er ritt mit einer silbernen Schüssel durch die Schranken bis zu der großen Bretterküche und kam bald mit verdecktem Gericht wieder hervor, um seinen Weg nach dem Römer zu nehmen. Die Reihe traf nun den Erbschenken, der zu dem Springbrunnen ritt und Wein holte. So war nun auch die kaiserliche Tafel bestellt, und aller Augen warteten auf den Erbschatzmeister, der das Geld auswerfen sollte. Auch er bestieg ein schönes Roß, dem zu beiden Seiten des Sattels anstatt der Pistolenhalftern ein paar prächtige mit dem kurpfälzischen Wappen gestickte Beutel befestigt hingen. Kaum hatte er sich in Bewegung gesetzt, als er in diese Taschen griff und rechts und links Gold- und Silbermünzen freigebig ausstreute, welche jedesmal in der Luft als ein metallner Regen gar lustig glänzten. Tausend Hände zappelten augenblicklich in der Höhe, um die Gaben aufzufangen; kaum aber waren die Münzen niedergefallen, so wühlte die Masse in sich selbst gegen den Boden und rang gewaltig um die Stücke, welche zur Erde mochten gekommen sein. Da nun diese Bewegung von beiden Seiten sich immer wiederholte, wie der Geber vorwärts ritt, so war es für die Zuschauer ein sehr belustigender Anblick. Zum Schlusse ging es am allerlebhaftesten her, als er die Beutel selbst auswarf und ein jeder noch diesen höchsten Preis zu erhaschen trachtete.

Die Majestäten hatten sich vom Balkon zurückgezogen, und nun sollte dem Pöbel abermals ein Opfer gebracht werden, der in solchen Fällen lieber die Gaben rauben als sie gelassen und dankbar empfangen will. In rohern und derberen Zeiten herrschte der Gebrauch, den Hafer, gleich nachdem der Erbmarschall das Teil weggenommen, den Springbrunnen, nachdem der Erbschenk, die Küche, nachdem der Erbtruchseß sein Amt verrichtet, auf der Stelle preiszugeben. Diesmal aber hielt man, um alles Unglück zu verhüten, so viel es sich tun ließ, Ordnung und Maß. Doch fielen die alten schadenfrohen Späße wieder vor, daß wenn einer einen Sack Hafer aufgepackt hatte, der andere ihm ein Loch hinein schnitt, und was dergleichen Artigkeiten mehr waren. Um den gebratnen Ochsen aber wurde diesmal wie sonst ein ernsterer Kampf geführt. Man konnte sich denselben nur in Masse streitig machen. Zwei Innungen, die Metzger und Weinschröter, hatten sich hergebrachtermaßen wieder so postiert, daß einer von beiden dieser ungeheure Braten zu teil werden mußte. Die Metzger glaubten das größte Recht an einen Ochsen zu haben, den sie unzerstückt in die Küche geliefert; die Weinschröter dagegen machten Anspruch, weil die Küche in der Nähe ihres zunftmäßigen Aufenthalts erbaut war und weil sie das letztemal obgesiegt hatten: wie denn aus dem vergitterten Giebelfenster ihres Zunft- und Versammlungshauses die Hörner jenes erbeuteten Stiers als Siegeszeichen hervorstarrend zu sehen waren. Beide zahlreichen Innungen hatten sehr kräftige und tüchtige Mitglieder; wer aber diesmal den Sieg davon getragen, ist mir nicht mehr erinnerlich.

Wie nun aber eine Feierlichkeit dieser Art mit etwas Gefährlichem und Schreckhaften schließen soll, so war es wirklich ein fürchterlicher Augenblick, als die bretterne Küche selbst preisgemacht wurde. Das Dach derselben wimmelte so gleich von Menschen, ohne daß man wußte wie sie hinaufgekommen; die Bretter wurden losgerissen und heruntergestürzt, so daß man, besonders in der Ferne, denken mußte, ein jedes werde ein paar der Zudringenden totschlagen. In einem Nu war die Hütte abgedeckt, und einzelne Menschen hingen an Sparren und Balken, um auch diese aus den Fugen zu reißen; ja manche schwebten noch oben herum, als schon unten die Pfosten abgesägt waren, das Gerippe hin- und widerschwankte und jähen Einsturz drohte. Zarte Personen wandten die Augen hinweg, und jedermann erwartete sich ein großes Unglück; allein man hörte nicht einmal von irgend einer Beschädigung, und alles war, obgleich heftig und gewaltsam, doch glücklich vorübergegangen.

Jedermann wußte nun, daß Kaiser und König aus dem Kabinett, wohin sie vom Balkon abgetreten, sich wieder hervorbegeben und in dem großen Römersaale speisen würden. Man hatte die Anstalten dazu Tages vorher bewundern können, und mein sehnlichster Wunsch war, heute wo möglich nur einen Blick hinein zu tun. Ich begab mich daher auf gewohnten Pfaden wieder an die große Treppe, welcher die Tür des Saals gerade gegenübersteht. Hier staunte ich nun die vornehmen Personen an, welche sich heute als Diener des Reichsoberhauptes bekannten. Vierundvierzig Grafen, die Speisen aus der Küche herantragend, zogen an mir vorbei, alle prächtig gekleidet, so daß der Kontrast ihres Anstandes mit der Handlung für einen Knaben wohl sinnverwirrend sein konnte. Das Gedränge war nicht groß, doch wegen des kleinen Raums merklich genug. Die Saaltür war bewacht, indes gingen die Befugten häufig aus und ein. Ich erblickte einen pfälzischen Hausoffizianten, den ich anredete, ob er mich nicht mit hineinbringen könne. Er besann sich nicht lange, gab mir eins der silbernen Gefäße, die er eben trug, welches er um so eher konnte, als ich sauber gekleidet war; und so gelangte ich denn in das Heiligtum. Das pfälzische Büfett stand links, unmittelbar an der Tür, und mit einigen Schritten befand ich mich auf der Erhöhung desselben hinter den Schranken.

Am andern Ende des Saals, unmittelbar an den Fenstern, saßen auf Thronstufen erhöht, unter Baldachinen, Kaiser und König in ihren Ornaten; Krone und Scepter aber lagen auf goldnen Kissen rückwärts in einiger Entfernung. Die drei geistlichen Kurfürsten hatten, ihre Büfette hinter sich, auf einzelnen Estraden Platz genommen: Kur-Mainz den Majestäten gegenüber, Kur-Trier zur Rechten und Kur-Köln zur Linken. Dieser obere Teil des Saals war würdig und erfreulich anzusehen, und erregte die Bemerkung, daß die Geistlichkeit sich so lange als möglich mit dem Herrscher halten mag. Dagegen ließen die zwar prächtig aufgeputzten, aber herrenleeren Büfette und Tische der sämtlichen weltlichen Kurfürsten an das Mißverhältnis denken, welches zwischen ihnen und dem Reichsoberhaupt durch Jahrhunderte allmählich entstanden war. Die Gesandten derselben hatten sich schon entfernt, um in einem

Seitenzimmer zu speisen; und wenn dadurch der größte Teil des Saales ein gespensterhaftes Ansehn bekam, daß so viele unsichtbare Gäste auf das prächtigste bedient wurden, so war eine große unbesetzte Tafel in der Mitte noch betrübter anzusehen: denn hier standen auch so viele Couverte leer, weil alle die, welche allenfalls ein Recht hatten sich daran zu setzen, anstandshalber, um an dem größten Ehrentage ihrer Ehre nichts zu vergeben, ausblieben, wenn sie sich auch dermalen in der Stadt befanden.

Viele Betrachtungen anzustellen, erlaubten mir weder meine Jahre noch das Gedräng der Gegenwart. Ich bemühte mich, alles möglichst ins Auge zu fassen, und wie der Nachtisch aufgetragen wurde, da die Gesandten, um ihren Hof zu machen, wieder hereintraten, suchte ich das Freie und wußte mich bei guten Freunden in der Nachbarschaft nach dem heutigen Halbfasten wieder zu erquicken und zu den Illuminationen des Abends vorzubereiten.

Diesen glänzenden Abend gedachte ich auf eine gemütliche Weise zu feiern: denn ich hatte mit Gretchen, mit Pylades und der Seinigen abgeredet, daß wir uns zur nächtlichen Stunde irgendwo treffen wollten. Schon leuchtete die Stadt an allen Ecken und Enden, als ich meine Geliebten antraf. Ich reichte Gretchen den Arm, wir zogen von einem Quartier zum andern und befanden uns zusammen sehr glücklich. Die Vettern waren anfangs auch bei der Gesellschaft, verloren sich aber nachher unter der Masse des Volks. Vor den Häusern einiger Gesandten, wo man prächtige Illuminationen angebracht hatte (die kurpfälzische zeichnete sich vorzüglich aus), war es so hell wie es am Tage nur sein kann. Um nicht erkannt zu werden, hatte ich mich einigermaßen vermummt, und Gretchen fand es nicht übel. Wir bewunderten die verschiedenen glänzenden Darstellungen und die feenmäßigen Flammengebäude, womit immer ein Gesandter den andern zu überbieten gedacht hatte. Die Anstalt des Fürsten Esterhazy jedoch übertraf alle die übrigen. Unsere kleine Gesellschaft war von der Erfindung und Ausführung entzückt, und wir wollten eben das einzelne recht genießen, als uns die Vettern wieder begegneten und von der herrlichen Erleuchtung sprachen, womit der brandenburgische Gesandte sein Quartier ausgeschmückt habe. Wir ließen uns nicht verdrießen, den weiten Weg von dem Roßmarkte bis zum Saalhof zu machen, fanden aber, daß man uns auf eine frevle Weise zum besten gehabt hatte.

Der Saalhof ist nach dem Main zu ein regelmäßiges und ansehnliches Gebäude, dessen nach der Stadt gerichteter Teil aber uralt, unregelmäßig und unscheinbar. Kleine, weder in Form noch Größe übereinstimmende, noch auf eine Linie, noch in gleicher Entfernung gesetzte Fenster, unsymmetrisch angebrachte Tore und Türen, ein meist in Kramläden verwandeltes Untergeschoß, bilden eine verworrene Außenseite, die von niemand jemals betrachtet wird. Hier war man nun der zufälligen, unregelmäßigen, unzusammenhängenden Architektur gefolgt, und hatte jedes Fenster, jede Tür, jede Öffnung für sich mit Lampen umgeben, wie man es allenfalls bei einem wohlgebauten Hause tun kann, wodurch aber hier die schlechteste und mißgebildetste aller Fassaden ganz unglaublich in das hellste Licht gesetzt wurde. Hatte man sich nun hieran, wie etwa an den Späßen des Pagliasso ergötzt, obgleich nicht ohne Bedenklichkeiten, weil jedermann etwas Vorsätzliches darin erkennen mußte — wie man denn schon vorher über das sonstige äußere Benehmen des übrigens sehr geschätzten Plotho glossiert und, da man ihm nun einmal gewogen war, auch den Schalk in ihm bewundert hatte, der sich über alles Zeremoniell wie sein König hinauszusetzen pflege — so ging man doch lieber in das Esterházysche Feenreich wieder zurück.

Dieser hohe Botschafter hatte, diesen Tag zu ehren, sein ungünstig gelegenes Quartier ganz übergangen, und dafür die große Linden-Esplanade am Roßmarkt vorn mit einem farbig erleuchteten Portal, im Hintergrund aber mit einem wohl noch prächtigern Prospekte verzieren lassen. Die ganze Einfassung bezeichneten Lampen. Zwischen den Bäumen standen Licht-Pyramiden und

Kugeln auf durchscheinenden Piedestalen; von einem Baum zum andern zogen sich leuchtende Girlanden, an welchen Hängeleuchter schwebten. An mehreren Orten verteilte man Brot und Würste unter das Volk und ließ es an Wein nicht fehlen.

Hier gingen wir nun zu vieren aneinandergeschlossen höchst behaglich auf und ab, und ich an Gretchens Seite deuchte mir wirklich in jenen glücklichen Gefilden Elysiums zu wandeln, wo man die kristallnen Gefäße vom Baume bricht, die sich mit dem gewünschten Wein sogleich füllen, und wo man Früchte schüttelt, die sich in jede beliebige Speise verwandeln. Ein solches Bedürfnis fühlten wir denn zuletzt auch, und geleitet von Pylades fanden wir ein ganz artig eingerichtetes Speisehaus; und da wir keine Gäste weiter antrafen, indem alles auf den Straßen umherzog, ließen wir es uns um so wohler sein und verbrachten den größten Teil der Nacht im Gefühl von Freundschaft, Liebe und Neigung auf das heiterste und glücklichste. Als ich Gretchen bis an ihre Tür begleitet hatte, küßte sie mich auf die Stirn. Es war das erste und letzte Mal, daß sie mir diese Gunst erwies: denn leider sollte ich sie nicht wiedersehen.

Den andern Morgen lag ich noch im Bette, als meine Mutter verstört und ängstlich hereintrat. Man konnte es ihr gar leicht ansehen, wenn sie sich irgend bedrängt fühlte. — »Steh auf«, sagte sie, »und mache dich auf etwas Unangenehmes gefaßt. Es ist herausgekommen, daß du sehr schlechte Gesellschaft besuchst und dich in die gefährlichsten und schlimmsten Händel verwickelt hast. Der Vater ist außer sich, und wir haben nur so viel von ihm erlangt, daß er die Sache durch einen Dritten untersuchen will. Bleib auf deinem Zimmer und erwarte, was bevorsteht. Der Rat Schneider wird zu dir kommen; er hat sowohl vom Vater als von der Obrigkeit den Auftrag: denn die Sache ist schon anhängig und kann eine sehr böse Wendung nehmen.«

Ich sah wohl, daß man die Sache viel schlimmer nahm, als sie war; doch fühlte ich mich nicht wenig beunruhigt, wenn auch nur das eigentliche Verhältnis entdeckt werden sollte. Der alte messianische Freund trat endlich herein, die Tränen standen ihm in den Augen; er faßte mich beim Arm und sagte: »Es tut mir herzlich leid, daß ich in solcher Angelegenheit zu Ihnen komme. Ich hätte nicht gedacht, daß Sie sich so weit verirren könnten. Aber was tut nicht schlechte Gesellschaft und böses Beispiel; und so kann ein junger unerfahrner Mensch Schritt vor Schritt bis zum Verbrechen geführt werden.« — Ich bin mir keines Verbrechens bewußt, versetzte ich darauf, sowenig als schlechte Gesellschaft besucht zu haben. — »Es ist jetzt nicht von einer Verteidigung die Rede«, fiel er mir ins Wort, »sondern von einer Untersuchung, und Ihrerseits von einem aufrichtigen Bekenntnis.« — Was verlangen Sie zu wissen? sagte ich dagegen. Er setzte sich und zog ein Blatt hervor und fing an zu fragen: »Haben Sie nicht den N. N. Ihrem Großvater als einen Klienten zu einer *** Stelle empfohlen?« Ich antwortete: ja. — »Wo haben Sie ihn kennengelernt?« — Auf Spaziergängen. — »In welcher Gesellschaft?« — Ich stutzte: denn ich wollte nicht gerne meine Freunde verraten. — »Das Verschweigen wird nichts helfen«, fuhr er fort, »denn es ist alles schon genugsam bekannt.« — Was ist denn bekannt? sagte ich. — »Daß Ihnen dieser Mensch durch andere seinesgleichen ist vorgeführt worden und zwar durch ***.« Hier nannte er die Namen von drei Personen, die ich niemals gesehen noch gekannt hatte; welches ich dem Fragenden denn sogleich erklärte. — »Sie wollen«, fuhr jener fort, »diese Menschen nicht kennen und haben doch mit ihnen öftere Zusammenkünfte gehabt!« — Auch nicht die geringste, versetzte ich: denn wie gesagt, außer dem ersten, kenne ich keinen und habe auch den niemals in einem Hause gesehen. — »Sind Sie nicht oft in der *** Straße gewesen?« — Niemals, versetzte ich. Dies war nicht ganz der Wahrheit gemäß. Ich hatte Pylades einmal zu seiner Geliebten begleitet, die in der Straße wohnte; wir waren aber zur Hintertür hereingegangen und im Gartenhause geblieben. Daher glaubte ich mir die Ausflucht erlauben zu können, in der Straße selbst nicht gewesen zu sein.

Der gute Mann tat noch mehr Fragen, die ich alle verneinen konnte; denn es war mir von alledem, was er zu wissen verlangte, nichts bekannt. Endlich schien er verdrießlich zu werden und sagte: »Sie belohnen mein Vertrauen und meinen guten Willen sehr schlecht; ich komme, um Sie zu retten. Sie können nicht leugnen, daß Sie für diese Leute selbst oder für ihre Mitschuldigen Briefe verfaßt, Aufsätze gemacht und so zu ihren schlechten Streichen behilflich gewesen. Ich komme, um Sie zu retten: denn es ist von nichts Geringerem als nachgemachten Handschriften, falschen Testamenten, untergeschobenen Schuldscheinen und ähnlichen Dingen die Rede. Ich komme nicht allein als Hausfreund; ich komme im Namen und auf Befehl der Obrigkeit, die in Betracht Ihrer Familie und Ihrer Jugend, Sie und einige andere Jünglinge verschonen will, die gleich Ihnen ins Netz gelockt worden.« — Es war mir auffallend, daß unter den Personen die er nannte, sich gerade die nicht fanden, mit denen ich Umgang gepflogen. Die Verhältnisse trafen nicht zusammen, aber sie berührten sich, und ich konnte noch immer hoffen, meine jungen Freunde zu schonen. Allein der wackre Mann ward immer dringender. Ich konnte nicht leugnen, daß ich manche Nächte spät nach Hause gekommen war, daß ich mir einen Hausschlüssel zu verschaffen gewußt, daß ich mit Personen von geringem Stand und verdächtigem Aussehen an Lustorten mehr als einmal bemerkt worden, daß Mädchen mit in die Sache verwickelt seien; genug, alles schien entdeckt bis auf die Namen. Dies gab mir Mut, standhaft im Schweigen zu sein. — »Lassen Sie mich«, sagte der brave Freund, »nicht von Ihnen weggehen. Die Sache leidet keinen Aufschub; unmittelbar nach mir wird ein andrer kommen, der Ihnen nicht so viel Spielraum läßt. Verschlimmern Sie die ohnehin böse Sache nicht durch Ihre Hartnäckigkeit.«

Nun stellte ich mir die guten Vettern, und Gretchen besonders, recht lebhaft vor; ich sah sie gefangen, verhört, bestraft, geschmäht, und mir fuhr wie ein Blitz durch die Seele, daß die Vettern denn doch, ob sie gleich gegen mich alle Rechtlichkeit beobachtet, sich in so böse Händel konnten eingelassen haben, wenigstens der älteste, der mir niemals recht gefallen wollte, der immer später nach Hause kam und wenig Heiteres zu erzählen wußte. Noch immer hielt ich mein Bekenntnis zurück. – Ich bin mir, sagte ich, persönlich nichts Böses bewußt, und kann von der Seite ganz ruhig sein; aber es wäre nicht unmöglich, daß diejenigen mit denen ich umgegangen bin, sich einer verwegnen oder gesetzwidrigen Handlung schuldig gemacht hätten. Man mag sie suchen, man mag sie finden, sie überführen und bestrafen, ich habe mir bisher nichts vorzuwerfen, und will auch gegen die nichts verschulden, die sich freundlich und gut gegen mich benommen haben. – Er ließ mich nicht ausreden, sondern rief mit einiger Bewegung: »Ja, man wird sie finden. In drei Häusern kamen diese Bösewichter zusammen. (Er nannte die Straßen, er bezeichnete die Häuser, und zum Unglück befand sich auch das darunter, wohin ich zu gehen pflegte.) Das erste Nest ist schon ausgehoben«, fuhr er fort, »und in diesem Augenblick werden es die beiden andern. In wenig Stunden wird alles im klaren sein. Entziehen Sie sich durch ein redliches Bekenntnis einer gerichtlichen Untersuchung, einer Konfrontation und wie die garstigen Dinge alle heißen.« – Das Haus war genannt und bezeichnet. Nun hielt ich alles Schweigen für unnütz; ja, bei der Unschuld unserer Zusammenkünfte, konnte ich hoffen, jenen noch mehr als mir nützlich zu sein. – Setzen Sie sich, rief ich aus und holte ihn von der Tür zurück: ich will Ihnen alles erzählen und zugleich mir und Ihnen das Herz erleichtern: nur das *eine* bitte ich: von nun an keine Zweifel in meine Wahrhaftigkeit.

Ich erzählte nun dem Freunde den ganzen Hergang der Sache, anfangs ruhig und gefaßt; doch je mehr ich mir die Personen, Gegenstände, Begebenheiten ins Gedächtnis rief und vergegenwärtigte, und so manche unschuldige Freude, so manchen heitern Genuß gleichsam vor einem Kriminalgericht deponieren sollte, desto mehr wuchs die schmerzlichste Empfindung, so daß ich zuletzt in Tränen ausbrach und mich einer unbändigen Leidenschaft überließ.

Der Hausfreund, welcher hoffte, daß eben jetzt das rechte Geheimnis auf dem Wege sein möchte sich zu offenbaren (denn er hielt meinen Schmerz für ein Symptom, daß ich im Begriff stehe mit Widerwillen ein Ungeheures zu bekennen) suchte mich, da ihm an der Entdeckung alles gelegen war, aufs beste zu beruhigen; welches ihm zwar nur zum Teil gelang, aber doch insofern, daß ich meine Geschichte notdürftig auserzählen konnte. Er war, obgleich zufrieden über die Unschuld der Vorgänge, doch noch einigermaßen zweifelhaft, und erließ neue Fragen an mich, die mich abermals aufregten und in Schmerz und Wut versetzten. Ich versicherte endlich, daß ich nichts weiter zu sagen habe, und wohl wisse, daß ich nichts zu fürchten brauche: denn ich sei unschuldig, von gutem Hause und wohl empfohlen; aber jene könnten eben so unschuldig sein, ohne daß man sie dafür anerkenne oder sonst begünstige. Ich erklärte zugleich, daß wenn man jene nicht wie mich schonen, ihren Torheiten nachsehen und ihre Fehler verzeihen wolle, wenn ihnen nur im mindesten hart und unrecht geschehe, so würde ich mir ein Leids antun, und daran solle mich niemand hindern. Auch hierüber suchte mich der Freund zu beruhigen; aber ich traute ihm nicht und war, als er mich zuletzt verließ, in der entsetzlichsten Lage. Ich machte mir nun doch Vorwürfe, die Sache erzählt und alle die Verhältnisse ans Licht gebracht zu haben. Ich sah voraus, daß man die kindlichen Handlungen, die jugendlichen Neigungen und Vertraulichkeiten ganz anders auslegen würde und daß ich vielleicht den guten Pylades mit in diesen Handel verwickeln und sehr unglücklich machen könnte. Alle diese Vorstellungen drängten sich lebhaft hinter einander vor meiner Seele, schärften und spornten meinen Schmerz, so daß ich mir vor Jammer nicht zu helfen wußte, mich die Länge lang auf die Erde warf und den Fußboden mit meinen Tränen benetzte.

Ich weiß nicht, wie lange ich mochte gelegen haben, als meine Schwester hereintrat, über meine Gebärde erschrak und alles mögliche tat, mich aufzurichten. Sie erzählte mir, daß eine Magistratsperson unten beim Vater die Rückkunft des Hausfreundes erwartet, und nachdem sie sich eine Zeitlang eingeschlossen gehalten, seien die beiden Herren weggegangen und hätten unter einander sehr zufrieden, ja mit Lachen geredet, und sie glaube die Worte verstanden zu haben: es ist recht gut, die Sache hat nichts zu bedeuten. — »Freilich«, fuhr ich auf, »hat die Sache nichts zu bedeuten, für mich, für uns: denn ich habe nichts verbrochen, und wenn ich es hätte, so würde man mir durchzuhelfen wissen; aber jene, jene«, rief ich aus, »wer wird ihnen beistehn!« — Meine Schwester suchte mich umständlich mit dem Argumente zu trösten, daß wenn man die Vornehmeren retten wolle, man auch über die Fehler der Geringern einen Schleier werfen müsse. Das alles half nichts. Sie war kaum weggegangen, als ich mich wieder meinem Schmerz überließ, und sowohl die Bilder meiner Neigung und Leidenschaft als auch des gegenwärtigen und möglichen Unglücks immer wechselsweise hervorrief. Ich erzählte mir Märchen auf Märchen, sah nur Unglück auf Unglück und ließ es besonders daran nicht fehlen, Gretchen und mich recht elend zu machen.

Der Hausfreund hatte mir geboten, auf meinem Zimmer zu bleiben und mit niemand mein Geschäft zu pflegen, außer den Unsrigen. Es war mir ganz recht, denn ich befand mich am liebsten allein. Meine Mutter und Schwester besuchten mich von Zeit zu Zeit, und ermangelten nicht mir mit allerlei gutem Trost auf das kräftigste beizustehn; ja sie kamen sogar schon den zweiten Tag, im Namen des nun besser unterrichteten Vaters mir eine völlige Amnestie anzubieten, die ich zwar dankbar annahm, allein den Antrag, daß ich mit ihm ausgehen und die Reichsinsignien, welche man nunmehr den Neugierigen vorzeigte, beschauen sollte, hartnäckig ablehnte und versicherte, daß ich weder von der Welt noch von dem Römischen Reiche etwas weiter wissen wolle, bis mir bekannt geworden, wie jener verdrießliche Handel, der für mich weiter keine Folgen haben würde, für meine armen Bekannten ausgegangen. Sie wußten hierüber selbst nichts zu sagen und ließen mich allein. Doch machte man die folgenden Tage noch einige Versuche, mich aus dem Hause und zur Teilnahme an den öffentlichen Feierlichkeiten zu bewegen. Vergebens! weder der große Galatag, noch was bei Gelegenheit so vieler Standeserhöhungen vorfiel, noch die öffentliche Tafel des Kaisers und Königs, nichts konnte mich rühren. Der Kurfürst von der Pfalz mochte kommen um den beiden Majestäten aufzuwarten, diese mochten die Kurfürsten besuchen, man mochte zur letzten kurfürstlichen Sitzung zusammenfahren, um die rückständigen Punkte zu erledigen und den Kurverein zu erneuern, nichts konnte mich aus meiner leidenschaftlichen Einsamkeit hervorrufen. Ich ließ am Dankfeste die Glocken läuten, den Kaiser sich in die Kapuzinerkirche begeben, die Kurfürsten und den Kaiser abreisen, ohne deshalb einen Schritt von meinem Zimmer zu tun. Das letzte Kanonieren, so unmäßig es auch sein mochte, regte mich nicht auf, und wie der Pulverdampf sich verzog und der Schall verhallte, so war auch alle diese Herrlichkeit vor meiner Seele weggeschwunden.

Ich empfand nun keine Zufriedenheit als im Wiederkäuen meines Elends und in der tausendfachen imaginären Vervielfältigung desselben. Meine ganze Erfindungsgabe, meine Poesie und Rhetorik hatten sich auf diesen kranken Fleck geworfen, und drohten, gerade durch diese Lebensgewalt, Leib und Seele in eine unheilbare Krankheit zu verwickeln. In diesem traurigen Zustande kam mir nichts mehr wünschenswert, nichts begehrenswert mehr vor. Zwar ergriff mich manchmal ein unendliches Verlangen, zu wissen, wie es meinen armen Freunden und Geliebten ergehe, was sich bei näherer Untersuchung ergeben, inwiefern sie mit in jene Verbrechen verwickelt oder unschuldig möchten erfunden sein. Auch dies malte ich mir auf das mannigfaltigste umständlich aus, und ließ es nicht fehlen sie für unschuldig und recht unglücklich zu halten. Bald wünschte ich mich von dieser Ungewißheit befreit zu sehen und schrieb heftig drohende Briefe an den Hausfreund, daß er mir den weitern Gang der Sache nicht vorenthalten solle. Bald zerriß ich sie wieder, aus Furcht mein Unglück recht deutlich zu erfahren und des phantastischen Trostes zu entbehren, mit dem ich mich bis jetzt wechselsweise gequält und aufgerichtet hatte.

So verbrachte ich Tag und Nacht in großer Unruhe, in Rasen und Ermattung, so daß ich mich zuletzt glücklich fühlte, als eine körperliche Krankheit mit ziemlicher Heftigkeit eintrat, wobei man den Arzt zu Hilfe rufen und darauf denken mußte, mich auf alle Weise zu beruhigen. Man glaubte es im allgemeinen tun zu können, indem man mir heilig versicherte, daß alle in jene Schuld mehr oder weniger Verwickelten mit der größten Schonung behandelt worden, daß meine nächsten Freunde, so gut wie ganz schuldlos, mit einem leichten Verweise entlassen worden, und daß Gretchen sich aus der Stadt entfernt habe und wieder in ihre Heimat gezogen sei. Mit dem letztern zauderte man am längsten, und ich nahm es auch nicht zum besten auf: denn ich konnte darin keine freiwillige Abreise, sondern nur eine schmähliche Verbannung entdecken. Mein körperlicher und geistiger Zustand verbesserte sich dadurch nicht: die Not ging nun erst recht an, und ich hatte Zeit genug mir den seltsamsten Roman von traurigen Ereignissen und einer unvermeidlich tragischen Katastrophe selbstquälerisch auszumalen.

Zweiter Teil

*Was man in der Jugend wünscht,
hat man im Alter die Fülle.*

Sechstes Buch

So trieb es mich wechselsweise, meine Genesung zu befördern und zu verhindern, und ein gewisser heimlicher Ärger gesellte sich noch zu meinen übrigen Empfindungen: denn ich bemerkte wohl, daß man mich beobachtete, daß man mir nicht leicht etwas Versiegeltes zustellte, ohne darauf Acht zu haben, was es für Wirkungen hervorbringe, ob ich es geheim hielt oder ob ich es offen hinlegte, und was dergleichen mehr war. Ich vermutete daher, daß Pylades, ein Vetter oder wohl gar Gretchen selbst, den Versuch möchte gemacht haben, mir zu schreiben, um Nachricht zu geben oder zu erhalten. Ich war nun erst recht verdrießlich neben meiner Bekümmernis, und hatte wieder neue Gelegenheit, meine Vermutungen zu üben und mich in die seltsamsten Verknüpfungen zu verirren.

Es dauerte nicht lange, so gab man mir noch einen besondern Aufseher. Glücklicherweise war es ein Mann, den ich liebte und schätzte: er hatte eine Hofmeisterstelle in einem befreundeten Hause bekleidet, sein bisheriger Zögling war allein auf die Akademie gegangen. Er besuchte mich öfters in meiner traurigen Lage, und man fand zuletzt nichts natürlicher, als ihm ein Zimmer neben dem meinigen einzuräumen: da er mich denn beschäftigen, beruhigen und, wie ich wohl merken konnte, im Auge behalten sollte. Weil ich ihn jedoch von Herzen schätzte und ihm auch früher gar manches, nur nicht die Neigung zu Gretchen, vertraut hatte, so beschloß ich um so mehr, ganz offen und gerade gegen ihn zu sein, als es mir unerträglich war, mit jemand täglich zu leben und auf einem unsicheren gespannten Fuß mit ihm zu stehen. Ich säumte daher nicht lange, sprach ihm von der Sache, erquickte mich in Erzählung und Wiederholung der kleinsten Umstände meines vergangenen Glücks, und erreichte dadurch so viel, daß er, als ein verständiger Mann, einsah, es sei besser, mich mit dem Ausgang der Geschichte bekannt zu machen, und zwar im einzelnen und besonderen, damit ich klar über das Ganze würde und man mir mit Ernst und Eifer zureden könne, daß ich mich fassen, das Vergangene hinter mich werfen und ein neues Leben anfangen müsse. Zuerst vertraute er mir, wer die anderen jungen Leute von Stande gewesen, die sich anfangs zu verwegenen Mystifikationen, dann zu possenhaften Polizeiverbrechen, ferner zu lustigen Geldschneidereien und anderen solchen verfänglichen Dingen hatten verleiten lassen. Es war dadurch wirklich eine kleine Verschwörung entstanden, zu der sich gewissenlose Menschen gesellten, durch Verfälschung von Papieren, Nachbildung von Unterschriften manches Strafwürdige begingen und noch Strafwürdigeres vorbereiteten. Die Vettern, nach denen ich zuletzt ungeduldig fragte, waren ganz unschuldig, nur im allgemeinsten mit jenen andern bekannt, keineswegs aber vereinigt befunden worden. Mein Klient, durch dessen Empfehlung an den Großvater man mir eigentlich auf die Spur gekommen, war einer der Schlimmsten, und bewarb sich um jenes Amt hauptsächlich, um gewisse Bubenstücke unternehmen oder bedecken zu können. Nach allem diesem konnte ich mich zuletzt nicht halten und fragte, was aus Gretchen geworden sei, zu der ich ein für allemal die größte Neigung bekannte. Mein Freund schüttelte den Kopf und lächelte: »Beruhigen Sie sich«, versetzte er: »dieses Mädchen ist sehr wohl bestanden und hat ein herrliches Zeugnis davon getragen. Man konnte nichts als Gutes und Liebes an ihr finden, die Herren Examinatoren selbst wurden ihr gewogen, und haben ihr die Entfernung aus der Stadt, die sie wünschte, nicht versagen können. Auch das, was sie in Rücksicht auf Sie, mein Freund, bekannt hat, macht ihr Ehre; ich habe ihre Aussage in den geheimen Akten selbst gelesen und ihre Unterschrift gesehen.« Die Unterschrift! rief ich aus, die mich so glücklich und so unglücklich macht. Was hat sie denn bekannt? was hat sie unterschrieben? Der Freund zauderte zu antworten; aber die Heiterkeit seines Gesichts zeigte mir an, daß er nichts Gefährliches verberge. »Wenn Sie's denn wissen wollen«, versetzte er endlich, »als von Ihnen und Ihrem Umgang mit ihr die Rede war, sagte sie ganz freimütig: ich kann es nicht leugnen, daß ich ihn oft und gern gesehen habe; aber ich habe ihn immer als ein Kind betrachtet und meine Neigung zu ihm war wahrhaft schwesterlich. In manchen Fällen habe ich ihn gut beraten, und anstatt ihn zu einer zweideutigen Handlung aufzuregen, habe ich ihn verhindert, an mutwilligen Streichen teilzunehmen, die ihm hätten Verdruß bringen können.«

Der Freund fuhr noch weiter fort, Gretchen als eine Hofmeisterin reden zu lassen; ich hörte ihm aber schon lange nicht mehr zu: denn daß sie mich für ein Kind zu den Akten erklärt, nahm ich ganz entsetzlich übel, und glaubte mich auf einmal von aller Leidenschaft für sie geheilt; ja ich versicherte hastig meinen Freund, daß nun alles abgetan sei! Auch sprach ich nicht mehr von ihr, nannte ihren Namen nicht mehr; doch konnte ich die böse Gewohnheit nicht lassen, an sie zu denken, mir ihre Gestalt, ihr Wesen, ihr Betragen zu vergegenwärtigen, das mir denn nun freilich jetzt in einem ganz anderen Lichte erschien. Ich fand es unerträglich, daß ein Mädchen, höchstens ein paar Jahre älter als ich, mich für ein Kind halten sollte, der ich doch für einen ganz gescheiten und geschickten Jungen zu gelten glaubte. Nun kam mir ihr kaltes abstoßendes Wesen, das mich sonst so angereizt hatte, ganz widerlich vor, die Familiaritäten, die sie sich gegen mich erlaubte, mir aber zu erwidern nicht gestattete, waren mir ganz verhaßt. Das alles wäre jedoch noch gut gewesen, wenn ich sie nicht wegen des Unterschreibens jener poetischen Liebesepistel, wodurch sie mir denn doch eine förmliche Neigung erklärte, für eine verschmitzte und selbstsüchtige Kokette zu halten berechtigt gewesen wäre. Auch maskiert zur Putzmacherin kam sie mir nicht mehr so unschuldig vor, und ich kehrte diese ärgerlichen Betrachtungen so lange bei mir hin und wider, bis ich ihr alle liebenswürdigen Eigenschaften sämtlich abgestreift hatte. Dem Verstande nach war ich überzeugt und glaubte sie verwerfen zu müssen: nur ihr Bild! ihr Bild strafte mich Lügen, so oft es mir wieder vorschwebte, welches freilich noch oft genug geschah.

Indessen war denn doch dieser Pfeil mit seinen Widerhaken aus dem Herzen gerissen, und es fragte sich, wie man der inneren jugendlichen Heilkraft zu Hilfe käme? Ich ermannte mich wirklich, und das erste, was sogleich abgetan wurde, war das Weinen und Rasen, welches ich nun für höchst kindisch ansah. Ein großer Schritt zur Besserung! Denn ich hatte oft halbe Nächte durch mich mit dem größten Ungestüm diesen Schmerzen überlassen, so daß es durch Tränen und Schluchzen zuletzt dahin kam, daß ich kaum mehr schlingen konnte und der Genuß von Speise und Trank mir schmerzlich ward, auch die so nah verwandte Brust zu leiden schien. Der Verdruß, den ich über jene Entdeckung immerfort empfand, ließ mich jede Weichlichkeit verbannen; ich fand es schrecklich, daß ich um eines Mädchens willen Schlaf und Ruhe und Gesundheit aufgeopfert hatte, die sich darin gefiel, mich als einen Säugling zu betrachten und sich höchst ammenhaft weise gegen mich zu dünken.

Diese kränkenden Vorstellungen waren, wie ich mich leicht überzeugte, nur durch Tätigkeit zu verbannen; aber was sollte ich ergreifen? Ich hatte in gar vielen Dingen freilich manches nachzuholen und mich in mehr als einem Sinne auf die Akademie vorzubereiten, die ich nun beziehen sollte; aber nichts wollte mir schmecken noch gelingen. Gar manches erschien mir bekannt und trivial; zu mehrerer Begründung fand ich weder eigne Kraft noch äußere Gelegenheit, und ließ mich daher durch die Liebhaberei meines braven Stubennachbarn zu einem Studium bewegen, das mir ganz neu und fremd war und für lange Zeit ein weites Feld von Kenntnissen und Betrachtungen darbot. Mein Freund fing nämlich an, mich mit den philosophischen Geheimnissen bekannt zu machen. Er hatte unter Daries in Jena studiert und, als ein sehr wohlgeordneter Kopf den Zusammenhang jener Lehre scharf gefaßt, und so suchte er sie auch mir beizubringen. Aber leider wollten diese Dinge in meinem Gehirn auf eine solche Weise nicht zusammenhängen. Ich tat Fragen, die er später zu beantworten, ich machte Forderungen, die er künftig zu befriedigen versprach. Unsere wichtigste Differenz war jedoch diese, daß ich behauptete, eine abgesonderte Philosophie sei nicht nötig, indem sie schon in der Religion und Poesie vollkommen enthalten sei. Dieses wollte er nun keineswegs gelten lassen, sondern suchte mir vielmehr zu beweisen, daß erst diese durch jene begründet werden müßten; welches ich hartnäckig leugnete, und im Fortgange unserer Unterhaltung bei jedem Schritt Argumente für meine Meinung fand. Denn da in der Poesie ein gewisser Glaube an das Unmögliche, in der Religion ein ebensolcher Glaube an das Unergründliche stattfinden muß, so schienen mir die Philosophen in einer sehr üblen Lage zu sein, die auf ihrem Felde beides beweisen und erklären wollten; wie sich denn auch aus der Geschichte der Philosophie sehr geschwind dartun ließ, daß immer einer einen andern Grund suchte als der andre, und der Skeptiker zuletzt alles für grund- und bodenlos ansprach.

Eben diese Geschichte der Philosophie jedoch, die mein Freund mit mir zu treiben sich genötigt sah, weil ich dem dogmatischen Vortrag gar nichts abgewinnen konnte, unterhielt mich sehr, aber nur in dem Sinne, daß mir eine Lehre, eine Meinung so gut wie die andre vorkam, insofern ich nämlich in dieselbe einzudringen fähig war. An den ältesten Männern und Schulen gefiel mir am besten, daß Poesie, Religion und Philosophie ganz in eins zusammenfielen, und ich behauptete jene meine erste Meinung nur um desto lebhafter, als mir das Buch Hiob, das Hohelied und die Sprüchwörter Salomonis ebensogut als die Orphischen und Hesiodischen Gesinge dafür ein gültiges Zeugnis abzulegen schienen. Mein Freund hatte den Kleinen Brucker zum Grunde seines Vortrags gelegt, und je weiter wir vorwärtskamen, je weniger wußte ich daraus zu machen. Was die ersten griechischen Philosophen wollten, konnte mir nicht deutlich werden. Sokrates galt mir für einen trefflichen weisen Mann, der wohl, im Leben und Tod, sich mit Christo vergleichen lasse. Seine Schüler hingegen schienen mir große Ähnlichkeit mit den Aposteln zu haben, die sich nach des Meisters Tode sogleich entzweiten und offenbar jeder nur eine beschränkte Sinnesart für das Rechte erkannte. Weder die Schärfe des Aristoteles noch die Fülle des Plato fruchteten bei mir im mindesten. Zu den Stoikern hingegen hatte ich schon früher einige Neigung gefaßt, und schaffte nun den Epiktet herbei, den ich mit vieler Teilnahme studierte. Mein Freund ließ mich ungern in dieser Einseitigkeit hingehen, von der er mich nicht abzuziehen vermochte: denn ungeachtet seiner mannigfaltigen Studien, wußte er doch die Hauptfrage nicht ins Enge zu bringen. Er hätte mir nur sagen dürfen, daß es im Leben bloß aufs Tun ankomme, das Genießen und Leiden finde sich von selbst. Indessen darf man die Jugend nur gewähren lassen: nicht sehr lange haftet sie an falschen Maximen; das Leben reißt oder lockt sie bald davon wieder los.

Die Jahrszeit war schön geworden, wir gingen oft zusammen ins Freie und besuchten die Lustörter, die in großer Anzahl um die Stadt umherliegen. Aber gerade hier konnte es mir am wenigsten wohl sein: denn ich sah noch die Gespenster der Vettern überall, und fürchtete, bald da bald dort einen hervortreten zu sehen. Auch waren mir die gleichgültigsten Blicke der Menschen beschwerlich. Ich hatte jene bewußtlose Glückseligkeit verloren, unbekannt und unbescholten umherzugehen und in dem größten Gewühle an keinen Beobachter zu denken. Jetzt fing der hypochondrische Dünkel an mich zu quälen, als erregte ich die Aufmerksamkeit der Leute, als wären ihre Blicke auf mein Wesen gerichtet, es festzuhalten, zu untersuchen und zu tadeln.

Ich zog daher meinen Freund in die Wälder und, indem ich die einförmigen Fichten floh, sucht' ich jene schönen belaubten Haine, die sich zwar nicht weit und breit in der Gegend erstrecken, aber doch immer von solchem Umfange sind, daß ein armes verwundetes Herz sich darin verbergen kann. In der größten Tiefe des Waldes hatte ich mir einen ernsten Platz ausgesucht, wo die ältesten Eichen und Buchen einen herrlich großen beschatteten Raum bildeten. Etwas abhängig war der Boden und machte das Verdienst der alten Stämme nur desto bemerkbarer. Rings an diesen freien Kreis schlossen sich die dichtesten Gebüsche, aus denen bemooste Felsen mächtig und würdig hervorblickten und einem wasserreichen Bach einen raschen Fall verschafften.

Kaum hatte ich meinen Freund, der sich lieber in freier Landschaft am Strom unter Menschen befand, hierher genötigt, als er mir scherzend versicherte, ich erweise mich wie ein wahrer Deutscher. Umständlich erzählte er mir aus dem Tacitus, wie sich unsere Urväter an den Gefühlen begnügt, welche uns die Natur in solchen Einsamkeiten mit ungekünstelter Bauart so herrlich vorbereitet. Er hatte mir nicht lange davon erzählt, als ich ausrief: Oh! warum liegt dieser köstliche Platz nicht in tiefer Wildnis, warum dürfen wir nicht einen Zaun umher führen, ihn und uns zu heiligen und von der Welt abzusondern! Gewiß, es ist keine schönere Gottesverehrung als die, zu der man kein Bild bedarf, die bloß aus dem Wechselgespräch mit der Natur in unserem Busen entspringt! – Was ich damals fühlte, ist mir noch gegenwärtig; was ich sagte, wüßte ich nicht wieder zu finden. So viel ist aber gewiß, daß die unbestimmten, sich weit ausdehnenden Gefühle der Jugend und ungebildeter Völker allein zum Erhabenen geeignet sind, das, wenn es durch äußere Dinge in uns erregt werden soll, formlos, oder zu unfaßlichen Formen gebildet, uns mit einer Größe umgeben muß, der wir nicht gewachsen sind.

Eine solche Stimmung der Seele empfinden mehr oder weniger alle Menschen, so wie sie dieses edle Bedürfnis auf mancherlei Weise zu befriedigen suchen. Aber wie das Erhabene von Dämmerung und Nacht, wo sich die Gestalten vereinigen, gar leicht erzeugt wird, so wird es dagegen vom Tage verscheucht, der alles sondert und trennt, und so muß es auch durch jede wachsende Bildung vernichtet werden, wenn es nicht glücklich genug ist, sich zu dem Schönen zu flüchten und sich innig mit ihm zu vereinigen, wodurch denn beide gleich unsterblich und unverwüstlich sind.

Die kurzen Augenblicke solcher Genüsse verkürzte mir noch mein denkender Freund; aber ganz umsonst versuchte ich, wenn ich heraus an die Welt trat, in der lichten und mageren Umgebung ein solches Gefühl bei mir wieder zu erregen: ja kaum die Erinnerung davon vermochte ich zu erhalten. Mein Herz war jedoch zu verwöhnt, als daß es sich hätte beruhigen können: es hatte geliebt, der Gegenstand war ihm entrissen; es hatte gelebt, und das Leben war ihm verkümmert. Ein Freund, der es zu deutlich merken läßt, daß er an euch zu bilden gedenkt, erregt kein Behagen; indessen eine Frau, die euch bildet, indem sie euch zu verwöhnen scheint, wie ein himmlisches freudebringendes Wesen angebetet wird. Aber jene Gestalt, an der sich der Begriff des Schönen mir hervortat, war in die Ferne weggeschwunden; sie besuchte mich oft unter dem Schatten meiner Eichen, aber ich konnte sie nicht festhalten, und ich fühlte einen gewaltigen Trieb, etwas Ähnliches in der Weite zu suchen.

Ich hatte meinen Freund und Aufseher unvermerkt gewöhnt, ja genötigt, mich allein zu lassen; denn selbst in meinem heiligen Walde taten mir jene unbestimmten riesenhaften Gefühle nicht genug. Das Auge war vor allen anderen das Organ, womit ich die Welt faßte. Ich hatte von Kindheit auf zwischen Malern gelebt und mich gewöhnt, die Gegenstände, wie sie, in Bezug auf die Kunst anzusehen. Jetzt, da ich mir selbst und der Einsamkeit überlassen war, trat diese Gabe, halb natürlich, halb erworben, hervor; wo ich hinsah erblickte ich ein Bild, und was mir auffiel, was mich erfreute, wollte ich festhalten, und ich fing an, auf die ungeschickteste Weise nach der Natur zu zeichnen. Es fehlte mir hierzu nichts weniger als alles; doch blieb ich hartnäckig daran, ohne irgend ein technisches

Mittel, das Herrlichste nachbilden zu wollen, was sich meinen Augen darstellte. Ich gewann freilich dadurch eine große Aufmerksamkeit auf die Gegenstände, aber ich faßte sie nur im ganzen, insofern sie Wirkung taten; und sowenig mich die Natur zu einem deskriptiven Dichter bestimmt hatte, ebensowenig wollte sie mir die Fähigkeit eines Zeichners fürs Einzelne verleihen. Da jedoch nur dies allein die Art war, die mir übrig blieb, mich zu äußern, so hing ich mit eben so viel Hartnäckigkeit, ja mit Trübsinn daran, daß ich immer eifriger meine Arbeiten fortsetzte, je weniger ich etwas dabei herauskommen sah.

Leugnen will ich jedoch nicht, daß sich eine gewisse Schelmerei mit einmischte: denn ich hatte bemerkt, daß wenn ich einen halbbeschatteten alten Stamm, an dessen mächtig gekrümmte Wurzeln sich wohlbeleuchtete Farrenkräuter anschmiegten, von blinkenden Graslichtern begleitet, mir zu einem qualreichen Studium ausgesucht hatte, mein Freund, der aus Erfahrung wußte, daß unter einer Stunde da nicht loszukommen sei, sich gewöhnlich entschloß, mit einem Buche ein anderes gefälliges Plätzchen zu suchen. Nun störte mich nichts, meiner Liebhaberei nachzuhängen, die um desto emsiger war, als mir meine Blätter dadurch lieb wurden, daß ich mich gewöhnte, an ihnen nicht sowohl das zu sehen, was darauf stand, als dasjenige, was ich zu jeder Zeit und Stunde dabei gedacht hatte. So können uns Kräuter und Blumen der gemeinsten Art ein liebes Tagebuch bilden, weil nichts, was die Erinnerung eines glücklichen Moments zurückruft, unbedeutend sein kann; und noch jetzt würde es mir schwer fallen, manches dergleichen, was mir aus verschiedenen Epochen übrig geblieben, als wertlos zu vertilgen, weil es mich unmittelbar in jene Zeiten versetzt, deren ich mich zwar mit Wehmut, doch nicht ungern erinnere.

Wenn aber solche Blätter irgend ein Interesse an und für sich haben könnten, so wären sie diesen Vorzug der Teilnahme und Aufmerksamkeit meines Vaters schuldig. Dieser, durch meinen Aufseher benachrichtigt, daß ich mich nach und nach in meinen

Zustand finde und besonders mich leidenschaftlich auf das Zeichnen nach der Natur gewendet habe, war damit gar wohl zufrieden, teils weil er selbst sehr viel auf Zeichnung und Malerei hielt, teils weil Gevatter Seekatz ihm einigemal gesagt hatte, es sei schade, daß ich nicht zum Maler bestimmt sei. Allein hier kamen die Eigenheiten des Vaters und Sohns wieder zum Konflikt: denn es war mir fast unmöglich, bei meinen Zeichnungen ein gutes, weißes, völlig reines Papier zu gebrauchen; graue veraltete, ja schon von einer Seite beschriebene Blätter reizten mich am meisten, eben als wenn meine Unfähigkeit sich vor dem Prüfstein eines weißen Grundes gefürchtet hätte. So war auch keine Zeichnung ganz ausgefüllt; und wie hätte ich denn ein Ganzes leisten sollen, das ich wohl mit Augen sah, aber nicht begriff, und wie ein Einzelnes, das ich zwar kannte, aber dem zu folgen ich weder Fertigkeit noch Geduld hatte! Wirklich war auch in diesem Punkte die Pädagogik meines Vaters zu bewundern. Er fragte wohlwollend nach meinen Versuchen und zog Linien um jede unvollkommene Skizze: er wollte mich dadurch zur Vollständigkeit und Ausführlichkeit nötigen; die unregelmäßigen Blätter schnitt er zurecht und machte damit den Anfang zu einer Sammlung, in der er sich dereinst der Fortschritte seines Sohnes freuen wollte. Es war ihm daher keineswegs unangenehm, wenn mich mein wildes unstetes Wesen in der Gegend unhertrieb, vielmehr zeigte er sich zufrieden, wenn ich nur irgend ein Heft zurückbrachte, an dem er seine Geduld üben und seine Hoffnungen einigermaßen stärken konnte.

Man sorgte nicht mehr, daß ich in meine früheren Neigungen und Verhältnisse zurückfallen könnte, man ließ mir nach und nach vollkommene Freiheit. Durch zufällige Anregung, so wie in zufälliger Gesellschaft stellte ich manche Wanderungen nach dem Gebirge an, das von Kindheit auf so fern und ernsthaft vor mir gestanden hatte. So besuchten wir Homburg, Kronberg, bestiegen den Feldberg, von dem uns die weite Aussicht immer mehr in die Ferne lockte. Da blieb denn Königstein nicht unbesucht; Wiesbaden,

Schwalbach mit seinen Umgebungen beschäftigten uns mehrere Tage; wir gelangten an den Rhein, den wir, von den Höhen herab, weit her schlängeln gesehen. Mainz setzte uns in Verwunderung, doch konnte es den jugendlichen Sinn nicht fesseln, der ins Freie ging; wir erheiterten uns an der Lage von Biebrich und nahmen zufrieden und froh unsern Rückweg.

Diese ganze Tour, von der sich mein Vater manches Blatt versprach, wäre beinahe ohne Frucht gewesen: denn welcher Sinn, welches Talent, welche Übung gehört nicht dazu, eine weite und breite Landschaft als Bild zu begreifen! Unmerklich wieder zog es mich jedoch ins Enge, wo ich einige Ausbeute fand: denn ich traf kein verfallenes Schloß, kein Gemäuer, das auf die Vorzeit hindeutete, daß ich es nicht für einen würdigen Gegenstand gehalten und so gut als möglich nachgebildet hätte. Selbst den Drusenstein auf dem Walle zu Mainz zeichnete ich mit einiger Gefahr und mit Unstatten, die ein jeder erleben muß, der sich von Reisen einige bildliche Erinnerungen mit nach Hause nehmen will. Leider hatte ich abermals nur das schlechteste Konzeptpapier mitgenommen und mehrere Gegenstände unschicklich auf ein Blatt gehäuft; aber mein väterlicher Lehrer ließ sich dadurch nicht irre machen: er schnitt die Blätter aus einander, ließ das Zusammenpassende durch den Buchbinder aufziehen, faßte die einzelnen Blätter in Linien und nötigte mich dadurch wirklich, die Umrisse verschiedener Berge bis an den Rand zu ziehen und den Vordergrund mit einigen Kräutern und Steinen auszufüllen.

Konnten seine treuen Bemühungen auch mein Talent nicht steigern, so hatte doch dieser Zug seiner Ordnungsliebe einen geheimen Einfluß auf mich, der sich späterhin auf mehr als eine Weise lebendig erwies.

Von solchen halb lebenslustigen, halb künstlerischen Streifpartien, welche sich in kurzer Zeit vollbringen und öfters wiederholen ließen, ward ich jedoch wieder nach Hause gezogen, und zwar durch einen Magneten, der von jeher stark auf mich wirkte: es war meine Schwester. Sie, nur ein Jahr jünger als ich, hatte mein ganzes bewußtes Leben mit mir herangelebt und sich dadurch mit mir aufs innigste verbunden. Zu diesen natürlichen Anlässen gesellte sich noch ein aus unserer häuslichen Lage hervorgehender Drang: ein zwar liebevoller und wohlgesinnter, aber ernster Vater, der, weil er innerlich ein sehr zartes Gemüt hegte, äußerlich mit unglaublicher Konsequenz eine eherne Strenge vorbildete, damit er zu dem Zwecke gelangen möchte, seinen Kindern die beste Erziehung zu geben, sein wohlgegründetes Haus zu erbauen, zu ordnen und zu erhalten; dagegen eine Mutter fast noch Kind, welche erst mit und in ihren beiden Ältesten zum Bewußtsein heranwuchs; diese drei, wie sie die Welt mit gesundem Blicke gewahr wurden, lebensfähig und nach gegenwärtigem Genuß verlangend. Ein solcher in der Familie schwebender Widerstreit vermehrte sich mit den Jahren. Der Vater verfolgte seine Absicht unerschüttert und ununterbrochen; Mutter und Kinder konnten ihre Gefühle, ihre Anforderungen, ihre Wünsche nicht aufgeben.

Unter diesen Umständen war es natürlich, daß Bruder und Schwester sich fest an einander schlossen und sich zur Mutter hielten, um die im ganzen versagten Freuden wenigstens einzeln zu erhaschen. Da aber die Stunden der Eingezogenheit und Mühe sehr lang und weit waren gegen die Augenblicke der Erholung und des Vergnügens, besonders für meine Schwester, die das Haus niemals auf so lange Zeit als ich verlassen konnte, so ward ihr Bedürfnis, sich mit mir zu unterhalten, noch durch die Sehnsucht geschärft, mit der sie mich in die Ferne begleitete.

Und so wie in den ersten Jahren Spiel und Lernen, Wachstum und Bildung den Geschwistern völlig gemein war, so daß sie sich wohl für Zwillinge halten konnten, so blieb auch unter ihnen diese Gemeinschaft, dieses Vertrauen bei Entwicklung physischer und moralischer Kräfte. Jenes Interesse der Jugend, jenes Erstaunen beim Erwachen sinnlicher Triebe, die sich in geistige Formen, geistiger Bedürfnisse, die sich in sinnliche Gestalten einkleiden, alle

Betrachtungen darüber, die uns eher verdüstern als aufklären, wie ein Nebel das Tal, woraus er sich emporheben will, zudeckt und nicht erhellt, manche Irrungen und Verirrungen, die daraus entspringen, teilten und bestanden die Geschwister Hand in Hand, und wurden über ihre seltsamen Zustände um desto weniger aufgeklärt, als die heilige Scheu der nahen Verwandtschaft sie, indem sie sich einander mehr nähern, ins klare treten wollten, nur immer gewaltiger aus einander hielt.

Ungern spreche ich dies im allgemeinen aus, was ich vor Jahren darzustellen unternahm, ohne daß ich es hätte ausführen können. Da ich dieses geliebte, unbegreifliche Wesen nur zu bald verlor, fühlte ich genugsamen Anlaß, mir ihren Wert zu vergegenwärtigen, und so entstand bei mir der Begriff eines dichterischen Ganzen, in welchem es möglich gewesen wäre, ihre Individualität darzustellen; allein es ließ sich dazu keine andere Form denken als die der Richardsonschen Romane. Nur durch das genaueste Detail, durch unendliche Einzelheiten, die lebendig alle den Charakter des Ganzen tragen und, indem sie aus einer wundersamen Tiefe hervorspringen, eine Ahnung von dieser Tiefe geben, nur auf solche Weise hätte es einigermaßen gelingen können, eine Vorstellung dieser merkwürdigen Persönlichkeit mitzuteilen: denn die Quelle kann nur gedacht werden, insofern sie fließt. Aber von diesem schönen und frommen Vorsatz zog mich, wie von so vielen anderen, der Tumult der Welt zurück, und nun bleibt mir nichts übrig, als den Schatten jenes seligen Geistes nur, wie durch Hilfe eines magischen Spiegels, auf einen Augenblick heranzurufen.

Sie war groß, wohl und zart gebaut und hatte etwas natürlich Würdiges in ihrem Betragen, das in eine angenehme Weichheit verschmolz. Die Züge ihres Gesichts, weder bedeutend noch schön, sprachen von einem Wesen, das weder mit sich einig war noch werden konnte. Ihre Augen waren nicht die schönsten, die ich jemals sah, aber die tiefsten, hinter denen man am meisten erwartete, und wenn sie irgend eine Neigung, eine Liebe ausdrückten, einen Glanz hatten ohnegleichen; und doch war dieser Ausdruck eigentlich nicht zärtlich, wie der, der aus dem Herzen kommt und zugleich etwas Sehnsüchtiges und Verlangendes mit sich führt: dieser Ausdruck kam aus der Seele, er war voll und reich, er schien nur geben zu wollen, nicht des Empfangens zu bedürfen.

Was ihr Gesicht aber ganz eigentlich entstellte, so daß sie manchmal wirklich häßlich aussehen konnte, war die Mode jener Zeit, welche nicht allein die Stirn entblößte, sondern auch alles tat, um sie scheinbar oder wirklich, zufällig oder vorsätzlich zu vergrößern. Da sie nun die weiblichste reingewölbteste Stirn hatte und dabei ein Paar starke schwarze Augenbrauen und vorliegende Augen, so entstand aus diesen Verhältnissen ein Kontrast, der einen jeden Fremden für den ersten Augenblick, wo nicht abstieß, doch wenigstens nicht anzog. Sie empfand es früh, und dieses Gefühl ward immer peinlicher, je mehr sie in die Jahre trat, wo beide Geschlechter eine unschuldige Freude empfinden, sich wechselseitig angenehm zu werden.

Niemanden kann seine eigene Gestalt zuwider sein, der Häßlichste wie der Schönste hat das Recht sich seiner Gegenwart zu freuen; und da das Wohlwollen verschönt, und sich jedermann mit Wohlwollen im Spiegel besieht, so kann man behaupten, daß jeder sich auch mit Wohlgefallen erblicken müsse, selbst wenn er sich dagegen sträuben wollte. Meine Schwester hatte jedoch eine so entschiedene Anlage zum Verstand, daß sie hier unmöglich blind und albern sein konnte, sie wußte vielmehr, vielleicht deutlicher als billig, daß sie hinter ihren Gespielinnen an äußerer Schönheit sehr weit zurückstehe, ohne zu ihrem Troste zu fühlen, daß sie ihnen an inneren Vorzügen unendlich überlegen sei.

Kann ein Frauenzimmer für den Mangel von Schönheit entschädigt werden, so war sie es reichlich durch das unbegrenzte Vertrauen, die Achtung und Liebe, welche sämtliche Freundinnen zu ihr trugen; sie mochten älter oder jünger sein, alle hegten die gleichen Empfindungen. Eine sehr angenehme Gesellschaft hatte sich um sie versammelt, es fehlte nicht an jungen Männern, die sich einzuschleichen wußten, fast jedes Mädchen fand einen Freund; nur sie war ohne Hälfte geblieben. Freilich, wenn ihr Äußeres einigermaßen abstoßend war, so wirkte das Innere, das hindurchblickte, mehr ablehnend als anziehend: denn die Gegenwart einer jeden Würde weist den andern auf sich selbst zurück. Sie fühlte es lebhaft, sie verbarg mir's nicht, und ihre Neigung wendete sich desto kräftiger zu mir. Der Fall war eigen genug. So wie Vertraute, denen man ein Liebesverständnis offenbart durch aufrichtige Teilnahme wirklich Mitliebende werden, ja zu Rivalen heranwachsen und die Neigung zuletzt wohl auf sich selbst hinziehen, so war es mit uns Geschwistern: denn indem mein Verhältnis zu Gretchen zerriß, tröstete mich meine Schwester um desto ernstlicher, als sie heimlich die Zufriedenheit empfand, eine Nebenbuhlerin losgeworden zu sein; und so mußte auch ich mit einer stillen Halbschadenfreude empfinden, wenn sie mir Gerechtigkeit widerfahren ließ, daß ich der einzige sei, der sie wahrhaft liebe, sie kenne und sie verehre. Wenn sich nun bei mir von Zeit zu Zeit der Schmerz über Gretchens Verlust erneuerte und ich aus dem Stegreife zu weinen, zu klagen und mich ungebärdig zu stellen anfing, so erregte meine Verzweiflung über das Verlorene bei ihr eine gleichfalls verzweifelnde Ungeduld über das Niebesessene, Mißlungene und Vorübergestrichene solcher jugendlichen Neigungen, daß wir uns beide grenzenlos unglücklich hielten, und um so mehr, als in diesem seltsamen Falle die Vertrauenden sich nicht in Liebende umwandeln durften.

Glücklicherweise mischte sich jedoch der wunderliche Liebesgott, der ohne Not so viel Unheil anrichtet, hier einmal wohltätig mit ein, um uns aus aller Verlegenheit zu ziehen. Mit einem jungen Engländer, der sich in der Pfeilischen Pension bildete, hatte ich viel Verkehr. Er konnte von seiner Sprache gute Rechenschaft geben, ich übte sie mit ihm und erfuhr dabei manches von seinem Lande und Volke. Er ging lange genug bei uns aus und ein, ohne daß ich eine Neigung zu meiner Schwester an ihm bemerkte, doch mochte er sie im stillen bis zur Leidenschaft genährt haben: denn endlich erklärte sich's unversehens und auf einmal. Sie kannte ihn, sie schätzte ihn, und er verdiente es. Sie war oft bei unsern englischen Unterhaltungen die dritte gewesen, wir hatten aus seinem Munde uns beide die Wunderlichkeiten der englischen Aussprache anzueignen gesucht, und uns dadurch nicht nur das Besondere ihres Tones und Klanges, sondern sogar das Besonderste der persönlichen Eigenheiten unseres Lehrers angewöhnt, so daß es zuletzt seltsam genug klang, wenn wir zusammen wie aus *einem* Munde zu reden schienen. Seine Bemühung, von uns auf gleiche Weise so viel vom Deutschen zu lernen, wollte nicht gelingen, und ich glaube bemerkt zu haben, daß auch jener kleine Liebeshandel, sowohl schriftlich als mündlich, in englischer Sprache durchgeführt wurde. Beide jungen Personen schickten sich recht gut für einander: er war groß und wohlgebaut wie sie, nur noch schlanker; sein Gesicht, klein und eng beisammen, hätte wirklich hübsch sein können, wäre es durch die Blattern nicht allzusehr entstellt gewesen; sein Betragen war ruhig, bestimmt, man durfte es wohl manchmal trocken und kalt nennen; aber sein Herz war voll Güte und Liebe, seine Seele voll Edelmut und seine Neigungen so dauernd als entschieden und gelassen. Nun zeichnete sich dieses ernste Paar, das sich erst neuerlich zusammengefunden hatte, unter den andern ganz eigen aus, die schon mehr mit einander bekannt, von leichteren Charakteren, sorglos wegen der Zukunft, sich in jenen Verhältnissen leichtsinnig herumtrieben, die gewöhnlich nur als ein fruchtloses Vorspiel künftiger ernsterer Verbindungen vorübergehen und sehr selten eine dauernde Folge auf das Leben bewirken.

Die gute Jahrszeit, die schöne Gegend blieb für eine so muntere Gesellschaft nicht unbenutzt; Wasserfahrten stellte man häufig an, weil diese die geselligsten von allen Lustpartien sind. Wir mochten uns jedoch zu Wasser oder zu Lande bewegen, so zeigten sich gleich die einzelnen anziehenden Kräfte; jedes Paar schloß sich zusammen, und für einige Männer, die nicht versagt waren, worunter ich auch gehörte, blieb entweder gar keine weibliche Unterhaltung, oder eine solche, die man an einem lustigen Tage nicht würde gewählt haben. Ein Freund, der sich in gleichem Falle befand und dem es an einer Hälfte hauptsächlich deswegen ermangeln mochte, weil es ihm bei dem besten Humor an Zärtlichkeit und bei viel Verstand an jener Aufmerksamkeit fehlte, ohne welche sich Verbindungen solcher Art nicht denken lassen; dieser, nachdem er öfters seinen Zustand launig und geistreich beklagt, versprach, bei der nächsten Versammlung einen Vorschlag zu tun, wodurch ihm und dem Ganzen geholfen werden sollte. Auch verfehlte er nicht sein Versprechen zu erfüllen: denn als wir, nach einer glänzenden Wasserfahrt und einem sehr anmutigen Spaziergang, zwischen schattigen Hügeln gelagert im Gras oder sitzend auf bemoosten Felsen und Baumwurzeln, heiter und froh ein ländliches Mahl verzehrt hatten, und uns der Freund alle heiter und guter Dinge sah, gebot er mit schalkhafter Würde einen Halbkreis sitzend zu schließen, vor den er hintrat und folgendermaßen emphatisch zu perorieren anfing:

»Höchst werte Freunde und Freundinnen, Gepaarte und Ungepaarte! — Schon aus dieser Anrede erhellet, wie nötig es sei, daß ein Bußprediger auftrete und der Gesellschaft das Gewissen schärfe. Ein Teil meiner edlen Freunde ist gepaart, und mag sich dabei ganz wohl befinden, ein anderer ungepaart, der befindet sich höchst schlecht, wie ich aus eigener Erfahrung versichern kann, und wenn nun gleich die lieben Gepaarten hier die Mehrzahl ausmachen, so gebe ich ihnen doch zu bedenken, ob es nicht eben gesellige Pflicht sei, für alle zu sorgen? Warum vereinigen wir uns zahlreich, als um an einander wechselseitig teilzunehmen? und wie kann das geschehen, wenn sich in unserm Kreise wieder so viele kleine Absonderungen bemerken lassen? Weit entfernt bin ich, etwas gegen so schöne Verhältnisse meinen, oder nur daran rühren zu wollen; aber alles hat seine Zeit! ein schönes großes Wort, woran freilich niemand denkt, wenn ihm für Zeitvertreib hinreichend gesorgt ist.«

Er fuhr darauf immer lebhafter und lustiger fort, die geselligen Tugenden den zärtlichen Empfindungen gegenüberzustellen. »Diese«, sagte er, »können uns niemals fehlen, wir tragen sie immer bei uns, und jeder wird darin leicht ohne Übung ein Meister; aber jene müssen wir aufsuchen, wir müssen uns um sie bemühen, und wir mögen darin so viel wir wollen fortschreiten, so lernt man sie doch niemals ganz aus.« — Nun ging er ins Besondere. Mancher mochte sich getroffen fühlen, und man konnte nicht unterlassen, sich unter einander anzusehen; doch hatte der Freund das Privilegium, daß man ihm nichts übel nahm, und so konnte er ungestört fortfahren:

»Die Mängel aufdecken ist nicht genug; ja man hat Unrecht solches zu tun, wenn man nicht zugleich das Mittel zu dem besseren Zustande anzugeben weiß. Ich will euch, meine Freunde, daher nicht etwa wie ein Karwochenprediger zur Buße und Besserung im allgemeinen ermahnen, vielmehr wünsche ich sämtlichen liebenswürdigen Paaren das längste und dauerhafteste Glück, und um hiezu selbst auf das sicherste beizutragen, tue ich den Vorschlag, für unsere geselligen Stunden diese kleinen allerliebsten Absonderungen zu trennen und aufzuheben. Ich habe«, fuhr er fort, »schon für die Ausführung gesorgt, wenn ich Beifall finden sollte. Hier ist ein Beutel, in dem die Namen der Herren befindlich sind; ziehen Sie nun, meine Schönen, und lassen Sie sich's gefallen, denjenigen auf acht Tage als Diener zu begünstigen, den Ihnen das Los zuweist. Dies gilt nur innerhalb unseres Kreises; sobald er aufgehoben ist, sind auch diese Verbindungen aufgehoben, und wer Sie nach Hause führen soll, mag das Herz entscheiden.«

Ein großer Teil der Gesellschaft war über diese Anrede und die Art, wie er sie vortrug, froh geworden und schien den Einfall zu billigen; einige Paare jedoch sahen vor sich hin, als glaubten sie dabei nicht ihre Rechnung zu finden; deshalb rief er mit launiger Heftigkeit:

»Fürwahr! es überrascht mich, daß nicht jemand aufspringt, und obgleich noch andere zaudern, meinen Vorschlag anpreist, dessen Vorteile auseinandersetzt und mir erspart mein eigener Lobredner zu sein. Ich bin der Älteste unter Ihnen; daß mir Gott verzeihe! Schon habe ich eine Glatze, daran ist mein großes Nachdenken schuld.« –

Hier nahm er den Hut ab –

»aber ich würde sie mit Freuden und Ehren zur Schau stellen, wenn meine eigenen Überlegungen, die mir die Haut austrocknen und mich des schönsten Schmucks berauben, nur auch mir und andern einigermaßen förderlich sein könnten. Wir sind jung, meine Freunde, das ist schön; wir werden älter werden, das ist dumm; wir nehmen uns unter einander wenig übel, das ist hübsch und der Jahreszeit gemäß. Aber bald, meine Freunde, werden die Tage kommen, wo wir uns selbst manches übelzunehmen haben: da mag denn jeder sehen, wie er mit sich zurechte kommt; aber zugleich werden uns andere manches übel nehmen, und zwar wo wir es gar nicht begreifen; darauf müssen wir uns vorbereiten, und dieses soll nunmehr geschehen.«

Er hatte die ganze Rede, besonders aber die letzte Stelle, mit Ton und Gebärden eines Kapuziners vorgetragen: denn da er katholisch war, so mochte er genugsame Gelegenheit gehabt haben, die Redekunst dieser Väter zu studieren. Nun schien er außer Atem, trocknete sein jung-kahles Haupt, das ihm wirklich das Ansehen eines Pfaffen gab, und setzte durch diese Possen die leichtgesinnte Sozietät in so gute Laune, daß jedermann begierig war, ihn weiter zu hören. Allein anstatt fortzufahren, zog er den Beutel und wendete sich zur nächsten Dame: »Es kommt auf einen Versuch an!« rief er aus, »das Werk wird den Meister loben. Wenn es in acht Tagen nicht gefällt, so geben wir es auf, und es mag bei dem Alten bleiben.«

Halb willig, halb genötigt zogen die Damen ihre Röllchen, und gar leicht bemerkte man, daß bei dieser geringen Handlung mancherlei Leidenschaften im Spiel waren. Glücklicherweise traf sich's, daß die Heitergesinnten getrennt wurden, die Ernsteren zusammenblieben; und so behielt auch meine Schwester ihren Engländer, welches sie beiderseits dem Gott der Liebe und des Glücks sehr gut aufnahmen. Die neuen Zufallspaare wurden sogleich von dem Antistes zusammengegeben, auf ihre Gesundheit getrunken und allen um so mehr Freude gewünscht, als ihre Dauer nur kurz sein sollte. Gewiß aber war dies der heiterste Moment, den unsere Gesellschaft seit langer Zeit genossen. Die jungen Männer, denen kein Frauenzimmer zu teil geworden, erhielten nunmehr das Amt, diese Woche über für Geist, Seele und Leib zu sorgen, wie sich unser Redner ausdrückte, besonders aber, meinte er, für die Seele, weil die beiden anderen sich schon eher selbst zu helfen wüßten.

Die Vorsteher, die sich gleich Ehre machen wollten, brachten ganz artige neue Spiele schnell in Gang, bereiteten in einiger Ferne eine Abendkost, auf die man nicht gerechnet hatte, illuminierten bei unserer nächtlichen Rückkehr die Jacht, ob es gleich, bei dem hellen Mondschein, nicht nötig gewesen wäre; sie entschuldigten sich aber damit, daß es der neuen geselligen Einrichtung ganz gemäß sei, die zärtlichen Blicke des himmlischen Mondes durch irdische Lichter zu überscheinen. In dem Augenblick als wir ans Land stiegen, rief unser Solon: »*Ite, missa est!*« ein jeder führte die ihm durchs Los zugefallene Dame noch aus dem Schiffe und übergab sie alsdann ihrer eigentlichen Hälfte, wogegen er sich wieder die seinige eintauschte.

Bei der nächsten Zusammenkunft ward diese wöchentliche Einrichtung für den Sommer festgesetzt und die Verlosung abermals vorgenommen. Es war keine Frage, daß durch diesen Scherz eine neue und unerwartete Wendung in die Gesellschaft kam, und ein jeder angeregt ward, was ihm von Geist und Anmut beiwohnte an den Tag zu bringen und seiner augenblicklichen Schönen auf das verbindlichste den Hof zu machen, indem er sich wohl zutraute, wenigstens für eine Woche genugsamen Vorrat zu Gefälligkeiten zu haben.

Man hatte sich kaum eingerichtet, als man unserem Redner, statt ihm zu danken, den Vorwurf machte, er habe das Beste seiner Rede, den Schluß für sich behalten. Er versicherte darauf, das Beste einer Rede sei die Überredung, und wer nicht zu überreden gedenke, müsse gar nicht reden: denn mit der Überzeugung sei es eine mißliche Sache. Als man ihm dessen ungeachtet keine Ruhe ließ, begann er sogleich eine Kapuzinade, fratzenhafter als je, vielleicht gerade darum, weil er die ernsthaftesten Dinge zu sagen gedachte. Er führte nämlich mit Sprüchen aus der Bibel, die nicht zur Sache paßten, mit Gleichnissen, die nicht trafen, mit Anspielungen, die nichts erläuterten, den Satz aus, daß wer seine Leidenschaften, Neigungen, Wünsche, Vorsätze, Plane nicht zu verbergen wisse, in der Welt zu nichts komme, sondern aller Orten und Enden gestört und zum besten gehabt werde; vorzüglich aber, wenn man in der Liebe glücklich sein wolle, habe man sich des tiefsten Geheimnisses zu befleißigen.

Dieser Gedanke schlang sich durch das Ganze durch, ohne daß eigentlich ein Wort davon wäre ausgesprochen worden. Will man sich einen Begriff von diesem seltsamen Menschen machen, so bedenke man, daß er, mit viel Anlage geboren, seine Talente und besonders seinen Scharfsinn in Jesuiterschulen ausgebildet und eine große Welt- und Menschenkenntnis, aber nur von der schlimmen Seite, zusammengewonnen hatte. Er war etwa zweiundzwanzig Jahre alt, und hätte mich gern zum Proselyten seiner Menschenverachtung gemacht; aber es wollte nicht bei mir greifen, denn ich hatte noch immer große Lust, gut zu sein und andere gut zu finden. Indessen bin ich durch ihn auf vieles aufmerksam geworden.

Das Personal einer jeden heiteren Gesellschaft vollständig zu machen, gehört notwendig ein Akteur, welcher Freude daran hat, wenn die übrigen, um so manchen gleichgültigen Moment zu beleben, die Pfeile des Witzes gegen ihn richten mögen. Ist er nicht bloß ein ausgestopfter Sarazene wie derjenige, an dem bei Lustkämpfen die Ritter ihre Lanzen übten, sondern versteht er selbst zu scharmutzieren, zu necken und aufzufordern, leicht zu verwunden und sich zurückzuziehen und, indem er sich preiszugeben scheint, anderen eins zu versetzen, so kann nicht wohl etwas Anmutigeres gefunden werden. Einen solchen besaßen wir an unserem Freund Horn, dessen Name schon zu allerlei Scherzen Anlaß gab und der, wegen seiner kleinen Gestalt, immer nur Hörnchen genannt wurde. Er war wirklich der Kleinste in der Gesellschaft, von derben, aber gefälligen Formen; eine Stumpfnase, ein etwas aufgeworfener Mund, kleine funkelnde Augen bildeten ein schwarzbraunes Gesicht, das immer zum Lachen aufzufordern schien. Sein kleiner gedrungener Schädel war mit krausen schwarzen Haaren reich besetzt, sein Bart frühzeitig blau, den er gar zu gern hätte wachsen lassen, um als komische Maske die Gesellschaft immer im Lachen zu erhalten. Übrigens war er nett und behend, behauptete aber krumme Beine zu haben, welches man ihm zugab, weil er es gern so wollte, worüber denn mancher Scherz entstand: denn weil er als ein sehr guter Tänzer gesucht wurde, so rechnete er es unter die Eigenheiten des Frauenzimmers, daß sie die krummen Beine immer auf dem Plane sehen wollten. Seine Heiterkeit war unverwüstlich und seine Gegenwart bei jeder Zusammenkunft unentbehrlich. Wir beide schlossen uns um so enger an einander, als er mir auf die Akademie folgen sollte; und er verdient wohl, daß ich seiner in allen Ehren gedenke, da er viele Jahre mit unendlicher Liebe, Treue und Geduld an mir gehalten hat.

Durch meine Leichtigkeit zu reimen und gemeinen Gegenständen eine poetische Seite abzugewinnen, hatte er sich gleichfalls zu solchen Arbeiten verführen lassen. Unsere kleinen geselligen Reisen, Lustpartien und die dabei vorkommenden Zufälligkeiten stutzten wir poetisch auf, und so entstand durch die Schilderung einer Begebenheit immer eine neue Begebenheit. Weil aber gewöhnlich dergleichen gesellige Scherze auf Verspottung hinauslaufen, und mein Freund Horn mit seinen burlesken Darstellungen nicht immer in den gehörigen Grenzen blieb, so gab es manchmal Verdruß, der aber bald wieder gemildert und getilgt werden konnte.

So versuchte er sich auch in einer Dichtungsart, welche sehr an der Tagesordnung war, im komischen Heldengedicht. Popes *Lockenraub* hatte viele Nachahmungen erweckt; Zachariä kultivierte diese Dichtart auf deutschem Grund und Boden, und jedermann gefiel sie, weil der gewöhnliche Gegenstand derselben irgend ein täppischer Mensch war, den die Genien zum besten hatten, indem sie den besseren begünstigten.

Es ist nicht wunderbar, aber es erregt doch Verwunderung, wenn man bei Betrachtung einer Literatur, besonders der deutschen, beobachtet, wie eine ganze Nation von einem einmal gegebenen und in einer gewissen Form mit Glück behandelten Gegenstand nicht wieder loskommen kann, sondern ihn auf alle Weise wiederholt haben will; da denn zuletzt, unter den angehäuften Nachahmungen, das Original selbst verdeckt und erstickt wird.

Das Heldengedicht meines Freundes war ein Beleg zu dieser Bemerkung. Bei einer großen Schlittenfahrt wird einem täppischen Menschen ein Frauenzimmer zu teil, das ihn nicht mag; ihm begegnet neckisch genug ein Unglück nach dem andern, das bei einer solchen Gelegenheit sich ereignen kann, bis er zuletzt, als er sich das Schlittenrecht erbittet, von der Pritsche fällt, wobei ihm denn, wie natürlich, die Geister ein Bein gestellt haben. Die Schöne ergreift die Zügel und fährt allein nach Hause; ein begünstigter Freund empfängt sie und triumphiert über den anmaßlichen Nebenbuhler. Übrigens war es sehr artig ausgedacht, wie ihn die vier verschiedenen Geister nach und nach beschädigen, bis ihn endlich die Gnomen gar aus dem Sattel heben. Das Gedicht, in Alexandrinern geschrieben, auf eine wahre Geschichte gegründet, ergötzte unser kleines Publikum gar sehr, und man war überzeugt, daß es sich mit der *Walpurgisnacht* von Löwen oder dem *Renommisten* von Zachariä gar wohl messen könne.

Indem nun unsere geselligen Freuden nur einen Abend und die Vorbereitungen dazu wenige Stunden erforderten, so hatte ich Zeit genug zu lesen und, wie ich glaubte, zu studieren. Meinem Vater zuliebe repetierte ich fleißig den kleinen Hoppe, und konnte mich vorwärts und rückwärts darin examinieren lassen, wodurch ich mir denn den Hauptinhalt der Institutionen vollkommen zu eigen machte. Allein unruhige Wißbegierde trieb mich weiter; ich geriet in die Geschichte der alten Literatur und von da in einen Enzyklopädismus, indem ich Gesners *Isagoge* und Morhofs *Polyhistor* durchlief und mir dadurch einen allgemeinen Begriff erwarb, wie manches Wunderliche in Lehr' und Leben schon mochte vorgekommen sein. Durch diesen anhaltenden und hastigen, Tag und Nacht fortgesetzten Fleiß verwirrte ich mich eher als ich mich bildete; ich verlor mich aber in ein noch größeres Labyrinth, als ich Baylen in meines Vaters Bibliothek fand und mich in denselben vertiefte.

Eine Hauptüberzeugung aber, die sich immer in mir erneuerte, war die Wichtigkeit der alten Sprachen: denn so viel drängte sich mir aus dem literarischen Wirrwarr immer wieder entgegen, daß in ihnen alle Muster der Redekünste und zugleich alles andere Würdige, was die Welt jemals besessen, aufbewahrt sei. Das Hebräische so wie die biblischen Studien waren in den Hintergrund getreten, das Griechische gleichfalls, da meine Kenntnisse desselben sich nicht über das Neue Testament hinaus erstreckten. Desto ernstlicher hielt ich mich ans Lateinische, dessen Musterwerke uns näher liegen und das uns, nebst so herrlichen Originalproduktionen, auch den übrigen Erwerb aller Zeiten in Übersetzungen und Werken der größten Gelehrten darbietet. Ich las daher viel in dieser Sprache mit großer Leichtigkeit, und durfte glauben die Autoren zu verstehen, weil mir am buchstäblichen Sinne nichts abging. Ja es verdroß mich gar sehr, als ich vernahm Grotius habe übermütig geäußert, er lese den Terenz anders als die Knaben. Glückliche Beschränkung der Jugend! ja der Menschen überhaupt, daß sie sich in jedem Augenblicke ihres Daseins für vollendet halten können, und weder nach Wahrem noch Falschem, weder nach Hohem noch Tiefem fragen, sondern bloß nach dem, was ihnen gemäß ist.

So hatte ich denn das Lateinische gelernt, wie das Deutsche, das Französische, das Englische, nur aus dem Gebrauch, ohne Regel und ohne Begriff. Wer den damaligen Zustand des Schulunterrichts kennt, wird nicht seltsam finden, daß ich die Grammatik übersprang, so wie die Redekunst: mir schien alles natürlich zuzugehen, ich behielt die Worte, ihre Bildungen und Umbildungen in Ohr und Sinn und bediente mich der Sprache mit Leichtigkeit zum Schreiben und Schwätzen.

Michael, die Zeit, da ich die Akademie besuchen sollte, rückte heran, und mein Inneres ward eben so sehr vom Leben als von der Lehre bewegt. Eine Abneigung gegen meine Vaterstadt ward mir immer deutlicher. Durch Gretchens Entfernung war der Knaben- und Jünglingspflanze das Herz ausgebrochen; sie brauchte Zeit, um an den Seiten wieder auszuschlagen und den ersten Schaden durch neues Wachstum zu überwinden. Meine Wanderungen durch die Straßen hatten aufgehört, ich ging nur, wie andere, die notwendigen Wege. Nach Gretchens Viertel kam ich nie wieder, nicht einmal in die Gegend; und wie mir meine alten Mauern und Türme nach und nach verleideten, so mißfiel mir auch die Verfassung der Stadt, alles, was mir sonst so ehrwürdig vorkam, erschien mir in verschobenen Bildern. Als Enkel des Schultheißen waren mir die heimlichen Gebrechen einer solchen Republik nicht unbekannt geblieben, um so weniger, als Kinder ein ganz eignes Erstaunen fühlen und zu emsigen Untersuchungen angereizt werden, sobald ihnen etwas, das sie bisher unbedingt verehrt, einigermaßen verdächtig wird. Der vergebliche Verdruß rechtschaffener Männer im Widerstreit mit solchen, die von Parteien zu gewinnen, wohl gar zu bestechen sind, war mir nur zu deutlich geworden, ich haßte jede Ungerechtigkeit über die Maßen: denn die Kinder sind alle moralische Rigoristen. Mein Vater, in die Angelegenheiten der Stadt nur als Privatmann verflochten, äußerte sich im Verdruß über manches Mißlungene sehr lebhaft. Und sah ich ihn nicht nach so viel Studien, Bemühungen, Reisen und mannigfaltiger Bildung endlich zwischen seinen

Brandmauern ein einsames Leben führen, wie ich mir es nicht wünschen konnte? Dies zusammen lag als eine entsetzliche Last auf meinem Gemüte, von der ich mich nur zu befreien wußte, indem ich mir einen ganz anderen Lebensplan als den mir vorgeschriebenen zu ersinnen trachtete. Ich warf in Gedanken die juristischen Studien weg und widmete mich allein den Sprachen, den Altertümern, der Geschichte und allem, was daraus hervorquillt.

Zwar machte mir jederzeit die poetische Nachbildung dessen, was ich an mir selbst, an andern und an der Natur gewahr worden, das größte Vergnügen. Ich tat es mit immer wachsender Leichtigkeit, weil es aus Instinkt geschah und keine Kritik mich irre gemacht hatte; und wenn ich auch meinen Produktionen nicht recht traute, so konnte ich sie wohl als fehlerhaft, aber nicht als ganz verwerflich ansehen. Ward mir dieses oder jenes daran getadelt, so blieb es doch im stillen meine Überzeugung, daß es nach und nach immer besser werden müßte, und daß ich wohl einmal neben Hagedorn, Gellert und andern solchen Männern mit Ehre dürfte genannt werden. Aber eine solche Bestimmung allein schien mir allzu leer und unzulänglich; ich wollte mich mit Ernst zu jenen gründlichen Studien bekennen, und indem ich, bei einer vollständigeren Ansicht des Altertums, in meinen eigenen Werken rascher vorzuschreiten dachte, mich zu einer akademischen Lehrstelle fähig machen, welche mir das Wünschenswerteste schien für einen jungen Mann, der sich selbst auszubilden und zur Bildung anderer beizutragen gedachte.

Bei diesen Gesinnungen hatte ich immer Göttingen im Auge. Auf Männern, wie Heyne, Michaelis und so manchem andern ruhte mein ganzes Vertrauen; mein sehnlichster Wunsch war, zu ihren Füßen zu sitzen und auf ihre Lehren zu merken. Aber mein Vater blieb unbeweglich. Was auch einige Hausfreunde, die meiner Meinung waren, auf ihn zu wirken suchten, er bestand darauf, daß ich nach Leipzig gehen müsse. Nun hielt ich den Entschluß, daß ich, gegen seine Gesinnungen und Willen eine eigne Studien- und

Lebensweise ergreifen wollte, erst recht für Notwehr. Die Hartnäckigkeit meines Vaters, der, ohne es zu wissen, sich meinen Planen entgegensetzte, bestärkte mich in meiner Impietät, daß ich mir gar kein Gewissen daraus machte, ihm stundenlang zuzuhören, wenn er mir den Kursus der Studien und des Lebens, wie ich ihn auf Akademien und in der Welt zu durchlaufen hätte, vorerzählte und wiederholte.

Da mir alle Hoffnung nach Göttingen abgeschnitten war, wendete ich nun meinen Blick nach Leipzig. Dort erschien mir Ernesti als ein helles Licht, auch Morus erregte schon viel Vertrauen. Ich ersann mir im stillen einen Gegenkursus, oder vielmehr ich baute ein Luftschloß auf einen ziemlich soliden Grund; und es schien mir sogar romantisch ehrenvoll, sich seine eigene Lebensbahn vorzuzeichnen, die mir um so weniger phantastisch vorkam, als Griesbach auf dem ähnlichen Wege schon große Fortschritte gemacht hatte und deshalb von jedermann gerühmt wurde. Die heimliche Freude eines Gefangenen, wenn er seine Ketten abgelöst und die Kerkergitter bald durchgefeilt hat, kann nicht größer sein, als die meine war, indem ich die Tage schwinden und den Oktober herannahen sah. Die unfreundliche Jahreszeit, die bösen Wege, von denen jedermann zu erzählen wußte, schreckten mich nicht. Der Gedanke, an einem fremden Orte zu Winterszeit Einstand geben zu müssen, machte mich nicht trübe; genug, ich sah nur meine gegenwärtigen Verhältnisse düster, und stellte mir die übrige unbekannte Welt licht und heiter vor. So bildete ich mir meine Träume, denen ich ausschließlich nachhing, und versprach mir in der Ferne nichts als Glück und Zufriedenheit.

So sehr ich auch gegen jedermann von diesen meinen Vorsätzen ein Geheimnis machte, so konnte ich sie doch meiner Schwester nicht verbergen, die, nachdem sie anfangs darüber sehr erschrocken war, sich zuletzt beruhigte, als ich ihr versprach, sie nachzuholen, damit sie sich meines erworbenen glänzenden Zustandes mit mir erfreuen und an meinem Wohlbehagen teil nehmen könnte.

Michael kam endlich, sehnlich erwartet, heran, da ich denn mit dem Buchhändler Fleischer und dessen Gattin, einer geborenen Triller, welche ihren Vater in Wittenberg besuchen wollte, mit Vergnügen abfuhr, und die werte Stadt, die mich geboren und erzogen, gleichgültig hinter mir ließ, als wenn ich sie nie wieder betreten wollte.

So lösen sich in gewissen Epochen Kinder von Eltern, Diener von Herren, Begünstigte von Gönnern los, und ein solcher Versuch, sich auf seine Füße zu stellen, sich unabhängig zu machen, für sein eigen Selbst zu leben, er gelinge oder nicht, ist immer dem Willen der Natur gemäß.

Wir waren zur Allerheiligen-Pforte hinausgefahren und hatten bald Hanau hinter uns, da ich denn zu Gegenden gelangte, die durch ihre Neuheit meine Aufmerksamkeit erregten, wenn sie auch in der jetzigen Jahreszeit wenig Erfreuliches darboten. Ein anhaltender Regen hatte die Wege äußerst verdorben, welche überhaupt noch nicht in den guten Stand gesetzt waren, in welchem wir sie nachmals finden; und unsere Reise war daher weder angenehm noch glücklich. Doch verdankte ich dieser feuchten Witterung den Anblick eines Naturphänomens, das wohl höchst selten sein mag; denn ich habe nichts Ähnliches jemals wiedergesehen, noch auch von andern, daß sie es gewahrt hätten, vernommen. Wir fuhren nämlich zwischen Hanau und Gelnhausen bei Nachtzeit eine Anhöhe hinauf, und wollten, ob es gleich finster war, doch lieber zu Fuße gehen, als uns der Gefahr und Beschwerlichkeit dieser Wegstrecke aussetzen. Auf einmal sah ich an der rechten Seite des Wegs, in einer Tiefe eine Art von wundersam erleuchtetem Amphitheater. Es blinkten nämlich in einem trichterförmigen Raume unzählige Lichtchen stufenweise über einander und leuchteten so lebhaft, daß das Auge davon geblendet wurde. Was aber den Blick noch mehr verwirrte, war, daß sie nicht etwa stillsaßen, sondern hin und wider hüpften, sowohl von oben nach unten, als umgekehrt und nach allen Seiten. Die meisten jedoch blieben ruhig und flimmerten fort. Nur höchst ungern ließ ich mich von diesem Schauspiel abrufen, das ich genauer zu beobachten gewünscht hätte. Auf Befragen wollte der Postillon zwar von einer solchen Erscheinung nichts wissen, sagte aber, daß in der Nähe sich ein alter Steinbruch befinde, dessen mittlere Vertiefung mit Wasser angefüllt sei. Ob dieses nun ein Pandämonium von Irrlichtern oder eine Gesellschaft von leuchtenden Geschöpfen gewesen sei, will ich nicht entscheiden.

Durch Thüringen wurden die Wege noch schlimmer, und leider blieb unser Wagen in der Gegend von Auerstädt bei einbrechender Nacht stecken. Wir waren von allen Menschen entfernt, und taten das Mögliche, uns los zu arbeiten. Ich ermangelte nicht, mich mit Eifer anzustrengen, und mochte mir dadurch die Bänder der Brust übermäßig ausgedehnt haben; denn ich empfand bald nachher einen Schmerz, der verschwand und wiederkehrte und erst nach vielen Jahren mich völlig verließ.

Doch sollte ich noch in derselbigen Nacht, als wenn sie recht zu abwechselnden Schicksalen bestimmt gewesen wäre, nach einem unerwartet glücklichen Ereignis, einen neckischen Verdruß empfinden. Wir trafen nämlich in Auerstädt ein vornehmes Ehepaar, das, durch ähnliche Schicksale verspätet, eben auch erst angekommen war; einen ansehnlichen würdigen Mann in den besten Jahren mit einer sehr schönen Gemahlin. Zuvorkommend veranlaßten sie uns, in ihrer Gesellschaft zu speisen, und ich fand mich sehr glücklich, als die treffliche Dame ein freundliches Wort an mich wenden wollte. Als ich aber hinausgesandt ward, die gehoffte Suppe zu beschleunigen, überfiel mich, der ich freilich des Wachens und der Reisebeschwerden nicht gewohnt war, eine so unüberwindliche Schlafsucht, daß ich ganz eigentlich im Gehen schlief, mit dem Hut auf dem Kopfe wieder in das Zimmer trat, mich, ohne zu bemerken, daß die andern ihr Tischgebet verrichteten, bewußtlos-gelassen gleichfalls hinter den Stuhl stellte, und mir nicht träumen ließ, daß ich durch mein Betragen ihre Andacht auf eine sehr lustige

Weise zu stören gekommen sei. Madame Fleischer, der es weder an Geist und Witz noch an Zunge fehlte, ersuchte die Fremden, noch ehe man sich setzte, sie möchten nicht auffallend finden, was sie hier mit Augen sähen; der junge Reisegefährte habe große Anlage zum Quäker, welche Gott und den König nicht besser zu verehren glaubten, als mit bedecktem Haupte. Die schöne Dame, die sich des Lachens nicht enthalten konnte, ward dadurch nur noch schöner, und ich hätte alles in der Welt darum gegeben, nicht Ursache an einer Heiterkeit gewesen zu sein, die ihr so fürtrefflich zu Gesicht stand. Ich hatte jedoch den Hut kaum beiseite gebracht, als die Personen, nach ihrer Weltsitte, den Scherz sogleich fallen ließen, und durch den besten Wein aus ihrem Flaschenkeller Schlaf, Mißmut und das Andenken an alle vergangenen Übel völlig auslöschten.

Als ich in Leipzig ankam, war es gerade Meßzeit, woraus mir ein besonderes Vergnügen entsprang: denn ich sah hier die Fortsetzung eines vaterländischen Zustandes vor mir, bekannte Waren und Verkäufer, nur an andern Plätzen und in einer andern Folge. Ich durchstrich den Markt und die Buden mit vielem Anteil; besonders aber zogen meine Aufmerksamkeit an sich, in ihren seltsamen Kleidern, jene Bewohner der östlichen Gegenden, die Polen und Russen, vor allen aber die Griechen, deren ansehnlichen Gestalten und würdigen Kleidungen ich gar oft zu Gefallen ging.

Diese lebhafte Bewegung war jedoch bald vorüber, und nun trat mir die Stadt selbst, mit ihren schönen, hohen und unter einander gleichen Gebäuden entgegen. Sie machte einen sehr guten Eindruck auf mich, und es ist nicht zu leugnen, daß sie überhaupt, besonders aber in stillen Momenten der Sonn- und Feiertage etwas Imposantes hat, so wie denn auch im Mondschein die Straßen, halb beschattet, halb beleuchtet, mich oft zu nächtlichen Promenaden einluden.

Indessen genügte mir gegen das, was ich bisher gewohnt war, dieser neue Zustand keineswegs. Leipzig ruft dem Beschauer keine altertümliche Zeit zurück; es ist eine neue, kurz vergangene, von Handelstätigkeit, Wohlhabenheit, Reichtum zeugende Epoche, die sich uns in diesen Denkmalen ankündet. Jedoch ganz nach meinem Sinn waren die mir ungeheuer scheinenden Gebäude, die, nach zwei Straßen ihr Gesicht wendend, in großen, himmelhoch umbauten Hofräumen eine bürgerliche Welt umfassend, großen Burgen, ja Halbstädten ähnlich sind. In einem dieser seltsamen Räume quartierte ich mich ein, und zwar in der Feuerkugel zwischen dem alten und neuen Neumarkt. Ein paar artige Zimmer, die in den Hof sahen, der wegen des Durchgangs nicht unbelebt war, bewohnte der Buchhändler Fleischer während der Messe und ich für die übrige Zeit um einen leidlichen Preis. Als Stubennachbar fand ich einen Theologen, der in seinem Fache gründlich unterrichtet, wohldenkend, aber arm war und, was ihm große Sorge für die Zukunft machte, sehr an den Augen litt. Er hatte sich dieses Übel durch übermäßiges Lesen bis in die tiefste Dämmerung, ja sogar, um das wenige Öl zu ersparen, bei Mondschein zugezogen. Unsere alte Wirtin erzeigte sich wohltätig gegen ihn, gegen mich jederzeit freundlich und gegen beide sorgsam.

Nun eilte ich mit meinem Empfehlungsschreiben zu Hofrat Böhme, der, ein Zögling von Mascov, nunmehr sein Nachfolger, Geschichte und Staatsrecht lehrte. Ein kleiner, untersetzter, lebhafter Mann empfing mich freundlich genug und stellte mich seiner Gattin vor. Beide so wie die übrigen Personen, denen ich aufwartete, gaben mir die beste Hoffnung wegen meines künftigen Aufenthaltes; doch ließ ich mich anfangs gegen niemand merken, was ich im Schilde führte, ob ich gleich den schicklichen Moment kaum erwarten konnte, wo ich mich von der Jurisprudenz frei und dem Studium der Alten verbunden erklären wollte. Vorsichtig wartete ich ab, bis Fleischers wieder abgereist waren, damit mein Vorsatz nicht allzu geschwind den Meinigen verraten würde. Sodann aber ging ich ohne Anstand zu Hofrat Böhmen, dem ich vor allen die Sache glaubte vertrauen zu müssen, und erklärte ihm, mit vieler

Konsequenz und Parrhesie, meine Absicht. Allein ich fand keineswegs eine gute Aufnahme meines Vortrags. Als Historiker und Staatsrechtler hatte er einen erklärten Haß gegen alles, was nach schönen Wissenschaften schmeckte. Unglücklicherweise stand er mit denen, welche sie kultivierten, nicht im besten Vernehmen, und Gellerten besonders, für den ich, ungeschickt genug, viel Zutrauen geäußert hatte, konnte er nun gar nicht leiden. Jenen Männern also einen treuen Zuhörer zuzuweisen, sich selbst aber einen zu entziehen, und noch dazu unter solchen Umständen, schien ihm ganz und gar unzulässig. Er hielt mir daher aus dem Stegreif eine gewaltige Strafpredigt, worin er beteuerte, daß er ohne Erlaubnis meiner Eltern einen solchen Schritt nicht zugeben könne, wenn er ihn auch, wie hier der Fall nicht sei, selbst billigte. Er verunglimpfte darauf leidenschaftlich Philologie und Sprachstudien, noch mehr aber die poetischen Übungen, die ich freilich im Hintergrunde hatte durchblicken lassen. Er schloß zuletzt, daß wenn ich ja dem Studium der Alten mich nähern wolle, solches viel besser auf dem Wege der Jurisprudenz geschehen könne. Er brachte mir so manchen eleganten Juristen, Everhard Otto und Heineccius, ins Gedächtnis, versprach mir von den römischen Altertümern und der Rechtsgeschichte goldene Berge, und zeigte mir sonnenklar, daß ich hier nicht einmal einen Umweg mache, wenn ich auch späterhin noch jenen Vorsatz, nach reiferer Überlegung und mit Zustimmung meiner Eltern, auszuführen gedächte. Er ersuchte mich freundlich, die Sache nochmals zu überlegen und ihm meine Gesinnungen bald zu eröffnen, weil es nötig sei, wegen bevorstehenden Anfangs der Kollegien, sich zunächst zu entschließen.

Es war noch ganz artig von ihm, nicht auf der Stelle in mich zu dringen. Seine Argumente und das Gewicht, womit er sie vortrug, hatten meine biegsame Jugend schon überzeugt, und ich sah nun erst die Schwierigkeiten und Bedenklichkeiten einer Sache, die ich mir im stillen so tulich ausgebildet hatte. Frau Hofrat Böhme ließ mich kurz darauf zu sich einladen. Ich fand sie allein. Sie war nicht mehr jung und sehr kränklich, unendlich sanft und zart, und machte gegen ihren Mann, dessen Gutmütigkeit sogar polterte, einen entschiedenen Kontrast. Sie brachte mich auf das von ihrem Manne neulich geführte Gespräch und stellte mir die Sache nochmals so freundlich, liebevoll und verständig im ganzen Umfange vor, daß ich mich nicht enthalten konnte, nachzugeben; die wenigen Reservationen, auf denen ich bestand, wurden von jener Seite denn auch bewilligt.

Der Gemahl regulierte darauf meine Stunden: da sollte ich denn Philosophie, Rechtsgeschichte und Institutionen und noch einiges andere hören. Ich ließ mir das gefallen; doch setzte ich durch, Gellerts Literargeschichte über Stockhausen und außerdem sein Praktikum zu frequentieren.

Die Verehrung und Liebe, welche Gellert von allen jungen Leuten genoß, war außerordentlich. Ich hatte ihn schon besucht und war freundlich von ihm aufgenommen worden. Nicht groß von Gestalt, zierlich, aber nicht hager, sanfte, eher traurige Augen, eine sehr schöne Stirn, eine nicht übertriebene Habichtsnase, ein feiner Mund, ein gefälliges Oval des Gesichts: alles machte seine Gegenwart angenehm und wünschenswert. Es kostete einige Mühe, zu ihm zu gelangen. Seine zwei Famuli schienen Priester, die ein Heiligtum bewahren, wozu nicht jedem, noch zu jeder Zeit, der Zutritt erlaubt ist; und eine solche Vorsicht war wohl notwendig: denn er würde seinen ganzen Tag aufgeopfert haben, wenn er alle die Menschen, die sich ihm vertraulich zu nähern gedachten, hätte aufnehmen und befriedigen wollen.

Meine Kollegia besuchte ich anfangs emsig und treulich: die Philosophie wollte mich jedoch keineswegs aufklären. In der Logik kam es mir wunderlich vor, daß ich diejenigen Geistesoperationen, die ich von Jugend auf mit der größten Bequemlichkeit verrichtete, so aus einander zerren, vereinzelen und gleichsam zerstören sollte, um den rechten Gebrauch derselben einzusehen. Von dem Dinge, von der Welt, von Gott glaubte ich ungefähr so viel zu wissen als der Lehrer selbst, und es schien mir an mehr als einer Stelle gewaltig zu hapern. Doch ging alles noch in ziemlicher Folge bis gegen Fastnacht, wo in der Nähe des Professors Winckler auf dem Thomasplan, gerade um die Stunde, die köstlichsten Kräpfel heiß aus der Pfanne kamen, welche uns denn dergestalt verspäteten, daß unsere Hefte locker wurden, und das Ende derselben gegen das Frühjahr mit dem Schnee zugleich verschmolz und sich verlor.

Mit den juristischen Kollegien ward es bald eben so schlimm: denn ich wußte gerade schon so viel, als uns der Lehrer zu überliefern für gut fand. Mein erst hartnäckiger Fleiß im Nachschreiben wurde nach und nach gelähmt, indem ich es höchst langweilig fand, dasjenige nochmals aufzuzeichnen, was ich bei meinem Vater, teils fragend, teils antwortend, oft genug wiederholt hatte, um es für immer im Gedächtnis zu behalten. Der Schaden den man anrichtet, wenn man junge Leute auf Schulen in manchen Dingen zu weit führt, hat sich späterhin noch mehr ergeben, da man den Sprachübungen und der Begründung in dem, was eigentliche Vorkenntnisse sind, Zeit und Aufmerksamkeit abbrach, um sie an sogenannte Realitäten zu wenden, welche mehr zerstreuen als bilden, wenn sie nicht methodisch und vollständig überliefert werden.

Noch ein anderes Übel wodurch Studierende sehr bedrängt sind, erwähne ich hier beiläufig. Professoren, so gut wie andere in Ämtern angestellte Männer, können nicht alle von *einem* Alter sein; da aber die jüngeren eigentlich nur lehren, um zu lernen, und noch dazu, wenn sie gute Köpfe sind, dem Zeitalter voreilen, so erwerben sie ihre Bildung durchaus auf Unkosten der Zuhörer, weil diese nicht in dem unterrichtet werden, was sie eigentlich brauchen, sondern in dem, was der Lehrer für sich zu bearbeiten nötig findet. Unter den ältesten Professoren dagegen sind manche schon lange Zeit stationär: sie überliefern im ganzen nur fixe Ansichten und, was das einzelne betrifft, vieles, was die Zeit schon als unnütz und falsch verurteilt hat. Durch beides entsteht ein trauriger Konflikt, zwischen welchem junge Geister hin und her gezerrt werden, und welcher kaum durch die Lehrer des mittleren Alters, die, obschon genugsam unterrichtet und gebildet, doch immer noch ein tätiges Streben zu Wissen und Nachdenken bei sich empfinden, ins Gleiche gebracht werden kann.

Wie ich nun auf diesem Wege viel mehreres kennen als zurechte legen lernte, wodurch sich ein immer wachsendes Mißbehagen in mir hervordrang, so hatte ich auch vom Leben manche kleine Unannehmlichkeiten; wie man denn, wenn man den Ort verändert und in neue Verhältnisse tritt, immer Einstand geben muß. Das erste, was die Frauen an mir tadelten, bezog sich auf die Kleidung; denn ich war vom Hause freilich etwas wunderlich equipiert auf die Akademie gelangt.

Mein Vater, dem nichts so sehr verhaßt war, als wenn etwas vergeblich geschah, wenn jemand seine Zeit nicht zu brauchen wußte, oder sie zu benutzen keine Gelegenheit fand, trieb seine Ökonomie mit Zeit und Kräften so weit, daß ihm nichts mehr Vergnügen machte, als zwei Fliegen mit *einer* Klappe zu schlagen. Er hatte deswegen niemals einen Bedienten, der nicht im Hause zu noch etwas nützlich gewesen wäre. Da er nun von jeher alles mit eigener Hand schrieb und später die Bequemlichkeit hatte, jenem jungen Hausgenossen in die Feder zu diktieren, so fand er am vorteilhaftesten, Schneider zu Bedienten zu haben, welche die Stunden gut anwenden mußten, indem sie nicht allein ihre Livreien, sondern auch die Kleider für Vater und Kinder zu fertigen, nicht weniger alles Flickwerk zu besorgen hatten. Mein Vater war selbst um die besten Tücher und Zeuge bemüht, indem er auf den Messen von auswärtigen Handelsherren feine Ware bezog und sie in seinen Vorrat legte; wie ich mich denn noch recht wohl erinnere, daß er die Herren von Löwenich von Aachen jederzeit besuchte und mich von meiner frühesten Jugend an mit diesen und anderen vorzüglichen Handelsherren bekannt machte.

Für die Tüchtigkeit des Zeugs war also gesorgt und genugsamer Vorrat verschiedener Sorten Tücher, Sarschen, Göttinger Zeug, nicht weniger das nötige Unterfutter vorhanden, so daß wir, dem Stoff nach, uns wohl hätten dürfen sehen lassen; aber die Form verdarb meist alles: denn wenn ein solcher Hausschneider allenfalls ein guter Geselle gewesen wäre, um einen meisterhaft zugeschnittenen Rock wohl zu nähen und zu fertigen, so sollte er nun auch das Kleid selbst zuschneiden, und dieses geriet nicht immer zum besten. Hiezu kam noch, daß mein Vater alles, was zu seinem Anzuge gehörte, sehr gut und reinlich hielt und viele Jahre mehr bewahrte als benutzte, daher eine Vorliebe für gewissen alten Zuschnitt und Verzierungen trug, wodurch unser Putz mitunter ein wunderliches Ansehen bekam.

Auf eben diesem Wege hatte man auch meine Garderobe, die ich mit auf die Akademie nahm, zu stande gebracht; sie war recht vollständig und ansehnlich und sogar ein Tressenkleid darunter. Ich, diese Art von Aufzug schon gewohnt, hielt mich für geputzt genug; allein es währte nicht lange, so überzeugten mich meine Freundinnen, erst durch leichte Neckereien, dann durch vernünftige Vorstellungen, daß ich wie aus einer fremden Welt hereingeschneit aussehe. Soviel Verdruß ich auch hierüber empfand, sah ich doch anfangs nicht, wie ich mir helfen sollte. Als aber Herr von Masuren, der so beliebte poetische Dorfjunker, einst auf dem Theater in einer ähnlichen Kleidung auftrat und mehr wegen seiner äußeren als inneren Abgeschmacktheit herzlich belacht wurde, faßte ich Mut und wagte, meine sämtliche Garderobe gegen eine neumodische dem Ort gemäße, auf einmal umzutauschen, wodurch sie aber freilich sehr zusammenschrumpfte.

Nach dieser überstandenen Prüfung sollte abermals eine neue eintreten, welche mir weit unangenehmer auffiel, weil sie eine Sache betraf, die man nicht so leicht ablegt und umtauscht.

Ich war nämlich in dem oberdeutschen Dialekt geboren und erzogen, und obgleich mein Vater sich stets einer gewissen Reinheit der Sprache befliß und uns Kinder auf das, was man wirklich Mängel jenes Idioms nennen kann, von Jugend an aufmerksam gemacht und zu einem besseren Sprechen vorbereitet hatte, so blieben mir doch gar manche tiefer liegende Eigenheiten, die ich, weil sie mir ihrer Naivetät wegen gefielen, mit Behagen hervorhob, und mir dadurch von meinen neuen Mitbürgern jedesmal einen strengen Verweis zuzog. Der Oberdeutsche nämlich, und vielleicht vorzüglich derjenige, welcher dem Rhein und Main anwohnt (denn große Flüsse haben wie das Meeresufer immer etwas Belebendes), drückt sich viel in Gleichnissen und Anspielungen aus, und bei einer inneren menschenverständigenden Tüchtigkeit bedient er sich sprüchwörtlicher Redensarten. In beiden Fällen ist er öfters derb, doch, wenn man auf den Zweck des Ausdruckes sieht, immer gehörig; nur mag freilich manchmal etwas mit unterlaufen, was gegen ein zarteres Ohr sich anstößig erweist.

Jede Provinz liebt ihren Dialekt: denn er ist doch eigentlich das Element, in welchem die Seele ihren Atem schöpft. Mit welchem Eigensinn aber die Meißnische Mundart die übrigen zu beherrschen, ja eine Zeitlang auszuschließen gewußt hat, ist jedermann bekannt. Wir haben viele Jahre unter diesem pedantischen Regimente gelitten, und nur durch vielfachen Widerstreit haben sich die sämtlichen Provinzen in ihre alten Rechte wieder eingesetzt. Was ein junger lebhafter Mensch unter diesem beständigen Hofmeister ausgestanden habe, wird derjenige leicht ermessen, der bedenkt, daß nun mit der Aussprache, in deren Veränderung man sich endlich wohl ergäbe, zugleich Denkweise, Einbildungskraft, Gefühl, vaterländischer Charakter sollten aufgeopfert werden. Und diese unerträgliche Forderung wurde von gebildeten Männern und Frauen gemacht, deren Überzeugung ich mir nicht zueignen konnte, deren Unrecht ich zu empfinden glaubte, ohne mir es deutlich machen zu können. Mir sollten die Anspielungen auf biblische Kernstellen untersagt sein, so wie die Benutzung treuherziger Chronikenausdrücke. Ich sollte vergessen, daß ich den Geiler von Kaysersberg gelesen hatte, und des Gebrauchs der Sprüchwörter entbehren, die doch, statt vieles Hin- und Herfackelns den

Nagel gleich auf den Kopf treffen; alles dies, das ich mir mit jugendlicher Heftigkeit angeeignet, sollte ich missen, ich fühlte mich in meinem Innersten paralysiert und wußte kaum mehr, wie ich mich über die gemeinsten Dinge zu äußern hatte. Daneben hörte ich, man solle reden, wie man schreibt und schreiben, wie man spricht, da mir Reden und Schreiben ein für allemal zweierlei Dinge schienen, von denen jedes wohl seine eigenen Rechte behaupten möchte. Und hatte ich doch auch im Meißner Dialekt manches zu hören, was sich auf dem Papier nicht sonderlich würde ausgenommen haben.

Jedermann, der hier vernimmt, welchen Einfluß auf einen jungen Studierenden gebildete Männer und Frauen, Gelehrte und sonst in einer feinen Sozietät sich gefallende Personen so entschieden ausüben, würde, wenn es auch nicht ausgesprochen wäre, sich sogleich überzeugt halten, daß wir uns in Leipzig befinden. Jede der deutschen Akademien hat eine besondere Gestalt: denn weil in unserem Vaterlande keine allgemeine Bildung durchdringen kann, so beharrt jeder Ort auf seiner Art und Weise und treibt seine charakteristischen Eigenheiten bis aufs letzte; eben dieses gilt von den Akademien. In Jena und Halle war die Roheit aufs höchste gestiegen, körperliche Stärke, Fechtergewandtheit, die wildeste Selbsthilfe war dort an der Tagesordnung; und ein solcher Zustand kann sich nur durch den gemeinsten Saus und Braus erhalten und fortpflanzen.

Das Verhältnis der Studierenden zu den Einwohnern jener Städte, so verschieden es auch sein mochte, kam doch darin überein, daß der wilde Fremdling keine Achtung vor dem Bürger hatte und sich als ein eigenes, zu aller Freiheit und Frechheit privilegiertes Wesen ansah. Dagegen konnte in Leipzig ein Student kaum anders als galant sein, sobald er mit reichen, wohl und genau gesitteten Einwohnern in einigem Bezug stehen wollte.

Alle Galanterie freilich, wenn sie nicht als Blüte einer großen und weiten Lebensweise hervortritt, muß beschränkt, stationär und aus gewissen Gesichtspunkten vielleicht albern erscheinen; und so glaubten jene wilden Jäger von der Saale über die zahmen Schäfer an der Pleiße ein großes Übergewicht zu haben. Zachariäs *Renommist* wird immer ein schätzbares Dokument bleiben, woraus die damalige Lebens- und Sinnesart anschaulich hervortritt; wie überhaupt seine Gedichte jedem willkommen sein müssen, der sich einen Begriff von dem zwar schwachen, aber wegen seiner Unschuld und Kindlichkeit liebenswürdigen Zustande des damaligen geselligen Lebens und Wesens machen will.

Alle Sitten, die aus einem gegebenen Verhältnis eines gemeinen Wesens entspringen, sind unverwüstlich, und zu meiner Zeit erinnerte noch manches an Zachariäs Heldengedicht. Ein einziger unserer akademischen Mitbürger hielt sich für reich und unabhängig genug, der öffentlichen Meinung ein Schnippchen zu schlagen. Er trank Schwägerschaft mit allen Lohnkutschern, die er, als wären's die Herren, sich in die Wagen setzen ließ und selbst vom Bocke fuhr, sie einmal umzuwerfen für einen großen Spaß hielt, die zerbrochenen Halbchaisen so wie die zufälligen Beulen zu vergüten wußte, übrigens aber niemanden beleidigte, sondern nur das Publikum in Masse zu verhöhnen schien. Einst bemächtigte er und ein Spießgesell sich, am schönsten Promenadentage, der Esel des Thomasmüllers; sie ritten wohl gekleidet, in Schuhen und Strümpfen mit dem größten Ernst um die Stadt, angestaunt von allen Spaziergängern, von denen das Glacis wimmelte. Als ihm einige Wohldenkende hierüber Vorstellungen taten, versicherte er ganz unbefangen, er habe nur sehen wollen, wie sich der Herr Christus in einem ähnlichen Falle möchte ausgenommen haben. Nachahmer fand er jedoch keinen und wenig Gesellen.

Denn der Studierende von einigem Vermögen und Ansehen hatte alle Ursache, sich gegen den Handelsstand ergeben zu erweisen und sich um so mehr schicklicher äußerer Formen zu befleißigen, als die Kolonie ein Musterbild französischer Sitten darstellte. Die Professoren, wohlhabend durch eigenes Vermögen und gute Pfründen waren von ihren Schülern nicht abhängig, und der Landeskinder mehrere, auf den Fürstenschulen oder sonstigen Gymnasien gebildet und Beförderung hoffend, wagten es nicht, sich von der herkömmlichen Sitte loszusagen. Die Nähe von Dresden, die Aufmerksamkeit von daher, die wahre Frömmigkeit der Oberaufseher des Studienwesens konnte nicht ohne sittlichen, ja religiösen Einfluß bleiben.

Mir war diese Lebensart im Anfange nicht zuwider; meine Empfehlungsbriefe hatten mich in gute Häuser eingeführt, deren verwandte Zirkel mich gleichfalls wohl aufnahmen. Da ich aber bald empfinden mußte, daß die Gesellschaft gar manches an mir auszusetzen hatte, und ich, nachdem ich mich ihrem Sinne gemäß gekleidet, ihr nun auch nach dem Munde reden sollte, und dabei doch deutlich sehen konnte, daß mir dagegen von alledem wenig geleistet wurde, was ich mir von Unterricht und Sinnesförderung bei meinem akademischen Aufenthalt versprochen hatte, so fing ich an, lässig zu werden und die geselligen Pflichten der Besuche und sonstigen Attentionen zu versäumen, und ich wäre noch früher aus allen solchen Verhältnissen herausgetreten, hätte mich nicht an Hofrat Böhmen Scheu und Achtung und an seine Gattin Zutrauen und Neigung festgeknüpft. Der Gemahl hatte leider nicht die glückliche Gabe, mit jungen Leuten umzugehen, sich ihr Vertrauen zu erwerben und sie für den Augenblick nach Bedürfnis zu leiten. Ich fand niemals Gewinn davon, wenn ich ihn besuchte; seine Gattin dagegen zeigte ein aufrichtiges Interesse an mir. Ihre Kränklichkeit hielt sie stets zu Hause. Sie lud mich manchen Abend zu sich und wußte mich, der ich zwar gesittet war, aber doch eigentlich was man Lebensart nennt, nicht besaß, in manchen kleinen Äußerlichkeiten zurecht zu führen und zu verbessern. Nur eine einzige Freundin brachte die Abende bei ihr zu; diese war aber schon herrischer und schulmeisterlicher, deswegen sie mir äußerst mißfiel und ich ihr zum Trutz öfters jene Unarten wieder annahm, welche mir die andere schon abgewöhnt hatte. Sie übten unterdessen noch immer Geduld genug an mir, lehrten mich Piquet, l'Hombre und was andere dergleichen Spiele sind, deren Kenntnis und Ausübung in der Gesellschaft für unerläßlich gehalten wird.

Worauf aber Madame Böhme den größten Einfluß bei mir hatte, war auf meinen Geschmack, freilich auf eine negative Weise, worin sie jedoch mit den Kritikern vollkommen übereintraf. Das Gottschedische Gewässer hatte die deutsche Welt mit einer wahren Sündflut überschwemmt, welche sogar über die höchsten Berge hinaufzusteigen drohte. Bis sich eine solche Flut wieder verläuft, bis der Schlamm austrocknet, dazu gehört viele Zeit, und da es der nachäffenden Poeten in jeder Epoche eine Unzahl gibt, so brachte die Nachahmung des Seichten, Wässerigen einen solchen Wust hervor, von dem gegenwärtig kaum ein Begriff mehr geblieben ist. Das Schlechte schlecht zu finden, war daher der größte Spaß, ja der Triumph damaliger Kritiker. Wer nur einigen Menschenverstand besaß, oberflächlich mit den Alten, etwas näher mit den Neueren bekannt war, glaubte sich schon mit einem Maßstabe versehen, den er überall anlegen könne. Madame Böhme war eine gebildete Frau, welcher das Unbedeutende, Schwache und Gemeine widerstand; sie war noch überdies Gattin eines Mannes, der mit der Poesie überhaupt in Unfrieden lebte und dasjenige nicht gelten ließ, was sie allenfalls noch gebilligt hätte. Nun hörte sie mir zwar einige Zeit mit Geduld zu, wenn ich ihr Verse oder Prose von namhaften, schon in gutem Ansehen stehenden Dichtern zu rezitieren mir herausnahm: denn ich behielt nach wie vor alles auswendig, was mir nur einigermaßen gefallen mochte; allein ihre Nachgiebigkeit war nicht von langer Dauer. Das erste, was sie mir ganz entsetzlich heruntermachte, waren die *Poeten nach der Mode* von Weiße, welche soeben mit großem Beifall öfters wiederholt wurden, und mich ganz besonders ergötzt hatten. Besah ich nun freilich die Sache näher, so konnte ich ihr nicht unrecht geben. Auch einigemal hatte ich gewagt, ihr etwas von meinen eigenen Gedichten, jedoch anonym, vorzutragen, denen es denn nicht besser ging als der übrigen Gesellschaft. Und so waren mir in kurzer Zeit die schönen bunten Wiesen in den Gründen des deutschen Parnasses, wo ich so gern lustwandelte, unbarmherzig niedergemäht und ich sogar genötigt, das trocknende Heu selbst mit umzuwenden und dasjenige als tot zu verspotten, was mir kurz vorher eine so lebendige Freude gemacht hatte.

Diesen ihren Lehren kam, ohne es zu wissen, der Professor Morus zu Hilfe, ein ungemein sanfter und freundlicher Mann, den ich an dem Tische des Hofrats Ludwig kennen lernte und der mich sehr gefällig aufnahm, wenn ich mir die Freiheit ausbat, ihn zu besuchen. Indem ich mich nun bei ihm um das Altertum erkundigte, so verbarg ich ihm nicht, was mich unter den Neueren ergötzte, da er denn mit mehr Ruhe als Madame Böhme, was aber noch schlimmer war, mit mehr Gründlichkeit über solche Dinge sprach und mir, anfangs zum größten Verdruß, nachher aber doch zum Erstaunen und zuletzt zur Erbauung die Augen öffnete.

Hiezu kamen noch die Jeremiaden, mit denen uns Gellert in seinem Praktikum von der Poesie abzumahnen pflegte. Er wünschte nur prosaische Aufsätze und beurteilte auch diese immer zuerst. Die Verse behandelte er nur als eine traurige Zugabe, und was das Schlimmste war, selbst meine Prose fand wenig Gnade vor seinen Augen: denn ich pflegte, nach meiner alten Weise, immer einen kleinen Roman zum Grunde zu legen, den ich in Briefen auszuführen liebte. Die Gegenstände waren leidenschaftlich, der Stil ging über die gewöhnliche Prose hinaus, und der Inhalt mochte freilich nicht sehr für eine tiefe Menschenkenntnis des Verfassers zeugen; und so war ich denn von unserem Lehrer sehr wenig begünstigt, ob er gleich meine Arbeiten, so gut als die der andern, genau durchsah, mit roter Tinte korrigierte und hie und da eine sittliche Anmerkung hinzufügte. Mehrere Blätter dieser Art, welche ich lange Zeit mit Vergnügen bewahrte, sind leider endlich auch im Laufe der Jahre aus meinen Papieren verschwunden.

Wenn ältere Personen recht pädagogisch verfahren wollten, so sollten sie einem jungen Manne etwas, was ihm Freude macht, es sei von welcher Art es wolle, weder verbieten noch verleiden, wenn sie nicht zu gleicher Zeit ihm etwas anderes dafür einzusetzen hätten oder unterzuschieben wüßten. Jedermann protestierte gegen meine Liebhabereien und Neigungen, und das, was man mir dagegen anpries, lag teils so weit von mir ab, daß ich seine Vorzüge nicht erkennen konnte, oder es stand mir so nah, daß ich es eben nicht für besser hielt als das Gescholtene. Ich kam darüber durchaus in Verwirrung und hatte mir aus einer Vorlesung Ernestis über Ciceros *Orator* das Beste versprochen; ich lernte wohl auch etwas in diesem Kollegium, jedoch über das, woran mir eigentlich gelegen war, wurde ich nicht aufgeklärt. Ich forderte einen Maßstab des Urteils, und glaubte gewahr zu werden, daß ihn gar niemand besitze: denn keiner war mit dem andern einig, selbst wenn sie Beispiele vorbrachten; und wo sollten wir ein Urteil hernehmen, wenn man einem Manne wie Wieland so manches Tadelhafte in seinen liebenswürdigen, uns Jüngere völlig einnehmenden Schriften aufzuzählen wußte.

In solcher vielfachen Zerstreuung, ja Zerstückelung meines Wesens und meiner Studien traf sich's, daß ich bei Hofrat Ludwig den Mittagstisch hatte. Er war Medikus, Botaniker, und die Gesellschaft bestand, außer Morus, in lauter angehenden oder der Vollendung näheren Ärzten. Ich hörte nun in diesen Stunden gar kein ander Gespräch als von Medizin oder Naturhistorie, und meine Einbildungskraft wurde in ein ganz ander Feld hinüber gezogen. Die Namen Haller, Linné, Buffon hörte ich mit großer Verehrung nennen; und wenn auch manchmal wegen Irrtümer, in die sie gefallen sein sollten, ein Streit entstand, so kam doch zuletzt, dem anerkannten Übermaß ihrer Verdienste zu Ehren, alles wieder ins Gleiche. Die Gegenstände waren unterhaltend und bedeutend, und spannten meine Aufmerksamkeit. Viele Benennungen und eine weitläufige Terminologie wurden mir nach und nach bekannt, die ich um so lieber auffaßte, weil ich mich fürchtete, einen Reim niederzuschreiben, wenn er sich mir auch noch so freiwillig darbot, oder ein Gedicht zu lesen, indem mir bange war, es möchte mir gegenwärtig gefallen und ich müsse es denn doch, wie so manches andere, vielleicht nächstens für schlecht erklären.

Diese Geschmacks- und Urteilsungewißheit beunruhigte mich täglich mehr, so daß ich zuletzt in Verzweiflung geriet. Ich hatte von meinen Jugendarbeiten was ich für das Beste hielt, mitgenommen, teils weil ich mir denn doch einige Ehre dadurch zu verschaffen hoffte, teils um meine Fortschritte desto sicherer prüfen zu können; aber ich befand mich in dem schlimmen Falle, in den man gesetzt ist, wenn eine vollkommene Sinnesänderung verlangt wird, eine Entsagung alles dessen, was man bisher geliebt und für gut befunden hat. Nach einiger Zeit und nach manchem Kampfe warf ich jedoch eine so große Verachtung auf meine begonnenen und geendigten Arbeiten, daß ich eines Tages Poesie und Prose, Plane, Skizzen und Entwürfe sämtlich zugleich auf dem Küchenherd verbrannte, und durch den das ganze Haus erfüllenden Rauchqualm unsere gute alte Wirtin in nicht geringe Furcht und Angst versetzte.

Siebentes Buch

Über den Zustand der deutschen Literatur jener Zeit ist so vieles und Ausreichendes geschrieben worden, daß wohl jedermann, der einigen Anteil hieran nimmt, vollkommen unterrichtet sein kann; wie denn auch das Urteil darüber wohl ziemlich übereinstimmen dürfte; und was ich gegenwärtig stück- und sprungweise davon zu sagen gedenke, ist nicht sowohl, wie sie an und für sich beschaffen sein mochte, als vielmehr, wie sie sich zu mir verhielt. Ich will deshalb zuerst von solchen Dingen sprechen, durch welche das Publikum besonders aufgeregt wird, von den beiden Erbfeinden alles behaglichen Lebens und aller heiteren, selbstgenügsamen, lebendigen Dichtkunst: von der Satire und der Kritik.

In ruhigen Zeiten will jeder nach seiner Weise leben, der Bürger sein Gewerb, sein Geschäft treiben und sich nachher vergnügen: so mag auch der Schriftsteller gern etwas verfassen, seine Arbeiten bekanntmachen und wo nicht Lohn doch Lob dafür hoffen, weil er glaubt, etwas Gutes und Nützliches getan zu haben. In dieser Ruhe wird der Bürger durch den Satiriker, der Autor durch den Kritiker gestört, und so die friedliche Gesellschaft in eine unangenehme Bewegung gesetzt.

Die literarische Epoche, in der ich geboren bin, entwickelte sich aus der vorhergehenden durch Widerspruch. Deutschland, so lange von auswärtigen Völkern überschwemmt, von andern Nationen durchdrungen, in gelehrten und diplomatischen Verhandlungen an fremde Sprachen gewiesen, konnte seine eigne unmöglich ausbilden. Es drangen sich ihr, zu so manchen neuen Begriffen, auch unzählige fremde Worte nötiger- und unnötigerweise mit auf, und auch für schon bekannte Gegenstände ward man veranlaßt, sich ausländischer Ausdrücke und Wendungen zu bedienen. Der Deutsche, seit beinahe zwei Jahrhunderten in einem unglücklichen tumultuarischen Zustande verwildert, begab sich bei den Franzosen in die Schule, um lebensartig zu werden, und bei den Römern, um sich würdig auszudrücken. Dies sollte aber auch in der Muttersprache geschehen; da denn die unmittelbare Anwendung jener Idiome und deren Halbverdeutschung sowohl den Welt- als Geschäfts-Stil lächerlich machte. Überdies faßte man die Gleichnisreden der südlichen Sprachen unmäßig auf und bediente sich derselben höchst übertrieben. Eben so zog man den vornehmen Anstand der fürstengleichen römischen Bürger auf deutsche kleinstädtische Gelehrtenverhältnisse herüber und war eben nirgends, am wenigsten bei sich zu Hause.

Wie aber schon in dieser Epoche genialische Werke entsprangen, so regte sich auch hier der deutsche Frei- und Frohsinn. Dieser, begleitet von einem aufrichtigen Ernste, drang darauf, daß rein und natürlich, ohne Einmischung fremder Worte, und wie es der gemeine verständliche Sinn gab, geschrieben würde. Durch diese löblichen Bemühungen ward jedoch der vaterländischen breiten Plattheit Tür und Tor geöffnet, ja der Damm durchstochen, durch welchen das große Gewässer zunächst eindringen sollte. Indessen hielt ein steifer Pedantismus in allen vier Fakultäten lange Stand, bis er sich endlich viel später aus einer in die andere flüchtete.

Gute Köpfe, freiaufblickende Naturkinder hatten daher zwei Gegenstände, an denen sie sich üben, gegen die sie wirken und, da die Sache von keiner großen Bedeutung war, ihren Mutwillen auslassen konnten; diese waren eine durch fremde Worte, Wortbildungen und Wendungen verunzierte Sprache, und sodann die Wertlosigkeit solcher Schriften, die sich von jenem Fehler frei zu erhalten besorgt waren, wobei niemanden einfiel, daß, indem man ein Übel bekämpfte, das andere zu Hilfe gerufen ward.

Liscow, ein junger kühner Mensch, wagte zuerst, einen seichten albernen Schriftsteller persönlich anzufallen, dessen ungeschicktes Benehmen ihm bald Gelegenheit gab, heftiger zu verfahren. Er griff sodann weiter um sich und richtete seinen Spott immer gegen bestimmte Personen und Gegenstände, die er verachtete und verächtlich zu machen suchte, ja mit leidenschaftlichem Haß verfolgte. Allein seine Laufbahn war kurz; er starb gar bald, verschollen als ein unruhiger, unregelmäßiger Jüngling. In dem, was er getan, ob er gleich wenig geleistet, mochte seinen Landsleuten das Talent, der Charakter schätzenswert vorkommen; wie denn die Deutschen immer gegen frühabgeschiedene, Gutes versprechende Talente eine besondere Frömmigkeit bewiesen haben; genug, uns ward Liscow sehr früh als ein vorzüglicher Satiriker, der sogar den Rang vor dem allgemein beliebten Rabener verlangen könnte, gepriesen und anempfohlen. Hierbei sahen wir uns freilich nicht gefördert; denn wir konnten in seinen Schriften weiter nichts erkennen, als daß er das Alberne albern gefunden habe, welches uns eine ganz natürliche Sache schien.

Rabener, wohl erzogen, unter gutem Schulunterricht aufgewachsen, von heiterer und keineswegs leidenschaftlicher oder gehässiger Natur, ergriff die allgemeine Satire. Sein Tadel der sogenannten Laster und Torheiten entspringt aus reinen Ansichten des ruhigen Menschenverstandes und aus einem bestimmten sittlichen Begriff, wie die Welt sein sollte. Die Rüge der Fehler und Mängel ist harmlos und heiter; und damit selbst die geringe Kühnheit seiner Schriften entschuldigt werde, so wird vorausgesetzt, daß die Besserung der Toren durchs Lächerliche kein fruchtloses Unternehmen sei.

Rabeners Persönlichkeit wird nicht leicht wieder erscheinen. Als tüchtiger genauer Geschäftsmann tut er seine Pflicht, und erwirbt sich dadurch die gute Meinung seiner Mitbürger und das Vertrauen seiner Oberen; nebenher überläßt er sich zur Erholung einer heiteren Nichtachtung alles dessen, was ihn zunächst umgibt. Pedantische Gelehrte, eitle Jünglinge, jede Art von Beschränktheit und Dünkel bescherzt er mehr als daß er sie bespottete, und selbst sein Spott drückt keine Verachtung aus. Eben so spaßt er über seinen eigenen Zustand, über sein Unglück, sein Leben und seinen Tod.

Die Art, wie dieser Schriftsteller seine Gegenstände behandelt, hat wenig Ästhetisches. In den äußern Formen ist er zwar mannigfaltig genug, aber durchaus bedient er sich der direkten Ironie zu viel, daß er nämlich das Tadelnswürdige lobt und das Lobenswürdige tadelt, welches rednerische Mittel nur höchst selten angewendet werden sollte; denn auf die Dauer fällt es einsichtigen Menschen verdrießlich, die schwachen macht es irre, und behagt freilich der großen Mittelklasse, welche, ohne besondern Geistesaufwand, sich klüger dünken kann als andere. Was er aber und wie er es auch vorbringt, zeugt von seiner Rechtlichkeit, Heiterkeit und Gleichmütigkeit, wodurch wir uns immer eingenommen fühlen; der unbegrenzte Beifall seiner Zeit war eine Folge solcher sittlichen Vorzüge.

Daß man zu seinen allgemeinen Schilderungen Musterbilder suchte und fand, war natürlich; daß einzelne sich über ihn beschwerten, folgte daraus; seine allzulangen Verteidigungen, daß seine Satire keine persönliche sei, zeugen von dem Verdruß, den man ihm erregt hat. Einige seiner Briefe setzen ihm als Menschen und Schriftsteller den Kranz auf. Das vertrauliche Schreiben, worin er die Dresdner Belagerung schildert, wie er sein Haus, seine Habseligkeiten, seine Schriften und Perücken verliert, ohne auch im mindesten seinen Gleichmut erschüttert, seine Heiterkeit getrübt zu sehen, ist höchst schätzenswert, ob ihm gleich seine Zeit- und Stadtgenossen diese glückliche Gemütsart nicht verzeihen konnten. Der Brief, wo er von der Abnahme seiner Kräfte, von seinem nahen Tode spricht, ist äußerst respektabel, und Rabener verdient, von allen heiteren, verständigen, in die irdischen Ereignisse froh ergebenen Menschen als Heiliger verehrt zu werden.

Ungern reiße ich mich von ihm los, nur das bemerke ich noch: seine Satire bezieht sich durchaus auf den Mittelstand; er läßt hie und da vermerken, daß er die höheren auch wohl kenne, es aber nicht für rätlich halte, sie zu berühren. Man kann sagen, daß er keinen Nachfolger gehabt, daß sich niemand gefunden, der sich ihm gleich oder ähnlich hätte halten dürfen.

Nun zur Kritik! und zwar vorerst zu den theoretischen Versuchen. Wir holen nicht zu weit aus, wenn wir sagen, daß damals das Ideelle sich aus der Welt in die Religion geflüchtet hatte, ja sogar in der Sittenlehre kaum zum Vorschein kam; von einem höchsten Prinzip der Kunst hatte niemand eine Ahnung. Man gab uns Gottscheds *Kritische Dichtkunst* in die Hände; sie war brauchbar und belehrend genug: denn sie überlieferte von allen Dichtungsarten eine historische Kenntnis, so wie vom Rhythmus und den verschiedenen Bewegungen desselben, das poetische Genie ward vorausgesetzt! Übrigens aber sollte der Dichter Kenntnisse haben, ja gelehrt sein, er sollte Geschmack besitzen, und was dergleichen mehr war. Man wies uns zuletzt auf Horazens *Dichtkunst;* wir staunten einzelne Goldsprüche dieses unschätzbaren Werks mit Ehrfurcht an, wußten aber nicht im geringsten, was wir mit dem Ganzen machen, noch wie wir es nutzen sollten.

Die Schweizer traten auf als Gottscheds Antagonisten; sie mußten doch also etwas anderes tun, etwas Besseres leisten wollen: so hörten wir denn auch, daß sie wirklich vorzüglicher seien. Breitingers *Kritische Dichtkunst* ward vorgenommen. Hier gelangten wir nun in ein weiteres Feld, eigentlich aber nur in einen größeren Irrgarten, der desto ermüdender war, als ein tüchtiger Mann, dem wir vertrauten, uns darin herumtrieb. Eine kurze Übersicht rechtfertige diese Worte.

Für die Dichtkunst an und für sich hatte man keinen Grundsatz finden können: sie war zu geistig und flüchtig. Die Malerei, eine Kunst, die man mit den Augen festhalten, der man mit den äußeren Sinnen Schritt vor Schritt nachgehen konnte, schien zu solchem Ende günstiger; Engländer und Franzosen hatten schon über die bildende Kunst theoretisiert, und man glaubte nun durch ein Gleichnis von daher die Poesie zu begründen. Jene stellte Bilder vor die Augen, diese vor die Phantasie; die poetischen Bilder also waren das erste, was in Betrachtung gezogen wurde. Man fing von den Gleichnissen an, Beschreibungen folgten, und was nur immer den äußeren Sinnen darstellbar gewesen wäre, kam zur Sprache.

Bilder also! Wo sollte man nun aber diese Bilder anders hernehmen als aus der Natur? Der Maler ahmte die Natur offenbar nach; warum der Dichter nicht auch? Aber die Natur, wie sie vor uns liegt, kann doch nicht nachgeahmt werden: sie enthält so vieles Unbedeutende, Unwürdige, man muß also wählen; was bestimmt aber die Wahl? man muß das Bedeutende aufsuchen; was ist aber bedeutend?

Hierauf zu antworten, mögen sich die Schweizer lange bedacht haben: denn sie kommen auf einen zwar wunderlichen, doch artigen, ja lustigen Einfall, indem sie sagen, am bedeutendsten sei immer das Neue; und nachdem sie dies eine Weile überlegt haben, so finden sie, das Wunderbare sei immer neuer als alles andere.

Nun hatten sie die poetischen Erfordernisse ziemlich beisammen; allein es kam noch zu bedenken, daß ein Wunderbares auch leer sein könne und ohne Bezug auf den Menschen. Ein solcher notwendig geforderter Bezug müsse aber moralisch sein, woraus denn offenbar die Besserung des Menschen folge, und so habe ein Gedicht das letzte Ziel erreicht, wenn es, außer allem anderen Geleisteten, noch nützlich werde. Nach diesen sämtlichen Erfordernissen wollte man nun die verschiedenen Dichtungsarten prüfen, und diejenige, welche die Natur nachahmte, sodann wunderbar und zugleich auch von sittlichem Zweck und Nutzen sei, sollte für die erste und oberste gelten. Und nach vieler Überlegung ward endlich dieser große Vorrang, mit höchster Überzeugung, der Äsopischen Fabel zugeschrieben.

So wunderlich uns jetzt eine solche Ableitung vorkommen mag, so hatte sie doch auf die besten Köpfe den entschiedensten Einfluß. Daß Gellert und nachher Lichtwer sich diesem Fache widmeten, daß selbst Lessing darin zu arbeiten versuchte, daß so viele andere ihr Talent dahin wendeten, spricht für das Zutrauen, welches sich diese Gattung erworben hatte. Theorie und Praxis wirken immer auf einander; aus den Werken kann man sehen, wie es die Menschen meinen, und aus den Meinungen voraussagen, was sie tun werden.

Doch wir dürfen unsere Schweizer Theorie nicht verlassen, ohne daß ihr von uns auch Gerechtigkeit widerfahre. Bodmer, so viel er sich auch bemüht, ist theoretisch und praktisch zeitlebens ein Kind geblieben. Breitinger war ein tüchtiger, gelehrter, einsichtsvoller Mann, dem, als er sich recht umsah, die sämtlichen Erfordernisse einer Dichtung nicht entgingen, ja es läßt sich nachweisen, daß er die Mängel seiner Methode dunkel fühlen mochte. Merkwürdig ist z.B. seine Frage: ob ein gewisses beschreibendes Gedicht von König auf das Lustlager Augusts des Zweiten wirklich ein Gedicht sei? so wie die Beantwortung derselben guten Sinn zeigt. Zu seiner völligen Rechtfertigung aber mag dienen, daß er, von einem falschen Punkte ausgehend, nach beinahe schon durchlaufenem Kreise, doch noch auf die Hauptsache stößt, und die Darstellung der Sitten, Charaktere, Leidenschaften, kurz, des innern Menschen, auf den die Dichtkunst doch wohl vorzüglich angewiesen ist, am Ende seines Buchs gleichsam als Zugabe anzuraten sich genötigt findet.

In welche Verwirrung junge Geister durch solche ausgerenkte Maximen, halb verstandene Gesetze und zersplitterte Lehren sich versetzt fühlten, läßt sich wohl denken. Man hielt sich an Beispiele, und war auch da nicht gebessert; die ausländischen standen zu weit ab, so sehr wie die alten, und aus den besten inländischen blickte jedesmal eine entschiedene Individualität hervor, deren Tugenden man sich nicht anmaßen konnte, und in deren Fehler zu fallen man fürchten mußte. Für den, der etwas Produktives in sich fühlte, war es ein verzweiflungsvoller Zustand.

Betrachtet man genau, was der deutschen Poesie fehlte, so war es ein Gehalt, und zwar ein nationeller; an Talenten war niemals Mangel. Hier gedenken wir nur Günthers, der ein Poet im vollen Sinne des Wortes genannt werden darf. Ein entschiedenes Talent, begabt mit Sinnlichkeit, Einbildungskraft, Gedächtnis, Gabe des

Fassens und Vergegenwärtigens, fruchtbar im höchsten Grade, rhythmisch-bequem, geistreich, witzig und dabei vielfach unterrichtet; genug er besaß alles, was dazu gehört, im Leben ein zweites Leben durch Poesie hervorzubringen, und zwar in dem gemeinen wirklichen Leben. Wir bewundern seine große Leichtigkeit, in Gelegenheitsgedichten alle Zustände durchs Gefühl zu erhöhen und mit passenden Gesinnungen, Bildern, historischen und fabelhaften Überlieferungen zu schmücken. Das Rohe und Wilde daran gehört seiner Zeit, seiner Lebensweise und besonders seinem Charakter, oder wenn man will, seiner Charakterlosigkeit. Er wußte sich nicht zu zähmen, und so zerrann ihm sein Leben wie sein Dichten.

Durch sein unfertiges Betragen hatte sich Günther das Glück verscherzt, an dem Hofe Augusts des Zweiten angestellt zu werden, wo man, zu allem übrigen Prunk, sich auch nach einem Hofpoeten umsah, der den Festlichkeiten Schwung und Zierde geben und eine vorübergehende Pracht verewigen könnte. Von König war gesitteter und glücklicher, er bekleidete diese Stelle mit Würde und Beifall.

In allen souveränen Staaten kommt der Gehalt für die Dichtkunst von oben herunter, und vielleicht war das Lustlager bei Mühlberg der erste würdige, wo nicht nationelle, doch provinzielle Gegenstand, der vor einem Dichter auftrat. Zwei Könige, die sich in Gegenwart eines großen Heers begrüßen, ihr sämtlicher Hof- und Kriegsstaat um sie her, wohlgehaltene Truppen, ein Scheinkrieg, Feste aller Art: Beschäftigung genug für den äußeren Sinn und überfließender Stoff für schildernde und beschreibende Poesie.

Freilich hatte dieser Gegenstand einen inneren Mangel, eben daß es nur Prunk und Schein war, aus dem keine Tat hervortreten konnte. Niemand, außer den Ersten, machte sich bemerkbar, und wenn es ja geschehen wäre, durfte der Dichter den einen nicht hervorheben, um andere nicht zu verletzen. Er mußte den Hof- und

Staatskalender zu Rate ziehen, und die Zeichnung der Personen lief daher ziemlich trocken ab; ja schon die Zeitgenossen machten ihm den Vorwurf, er habe die Pferde besser geschildert als die Menschen. Sollte dies aber nicht gerade zu seinem Lobe gereichen, daß er seine Kunst gleich da bewies, wo sich ein Gegenstand für dieselbe darbot? Auch scheint die Hauptschwierigkeit sich ihm bald offenbart zu haben: denn das Gedicht hat sich nicht über den ersten Gesang hinaus erstreckt.

Unter solchen Studien und Betrachtungen überraschte mich ein unvermutetes Ereignis und vereitelte das löbliche Vorhaben, unsere neuere Literatur von vorneherein kennen zu lernen. Mein Landsmann Johann Georg Schlosser hatte, nachdem er seine akademischen Jahre mit Fleiß und Anstrengung zugebracht, sich zwar in Frankfurt am Main auf den gewöhnlichen Weg der Advokatur begeben; allein sein strebender und das Allgemeine suchender Geist konnte sich aus mancherlei Ursachen in diese Verhältnisse nicht finden. Er nahm eine Stelle als Geheimsekretär bei dem Herzog Friedrich Eugen von Württemberg, der sich in Treptow aufhielt, ohne Bedenken an: denn der Fürst war unter denjenigen Großen genannt, die auf eine edle und selbständige Weise sich, die Ihrigen und das Ganze aufzuklären, zu bessern und zu höheren Zwecken zu vereinigen gedachten. Dieses Fürsten Bruder, Herzog Ludwig Eugen ist es, welcher, um sich wegen der Kinderzucht Rats zu erholen, an Rousseau geschrieben hatte, dessen bekannte Antwort mit der bedenklichen Phrase anfängt: *Si j'avais le malheur d'être né prince* —.

Den Geschäften des Fürsten nicht allein, sondern auch der Erziehung seiner Kinder sollte nun Schlosser wo nicht vorstehen, doch mit Rat und Tat willig zu Handen sein. Dieser junge, edle, den besten Willen hegende Mann, der sich einer vollkommenen Reinigkeit der Sitten befliß, hätte durch eine gewisse trockene Strenge die Menschen leicht von sich entfernt, wenn nicht eine schöne und seltene literarische Bildung, seine Sprachkenntnisse, seine Fertigkeit sich schriftlich, sowohl in Versen als in Prosa, auszudrücken, jedermann angezogen und das Leben mit ihm erleichtert hätte. Daß dieser durch Leipzig kommen würde war mir angekündigt, und ich erwartete ihn mit Sehnsucht. Er kam und trat in einem kleinen Gast- oder Weinhause ab, das im Brühl lag und dessen Wirt Schönkopf hieß. Dieser hatte eine Frankfurterin zur Frau, und ob er gleich die übrige Zeit des Jahres wenig Personen bewirtete, und in das kleine Haus keine Gäste aufnehmen konnte, so war er doch messenzeits von vielen Frankfurtern besucht, welche dort zu speisen und im Notfall auch wohl Quartier zu nehmen pflegten. Dorthin eilte ich, um Schlossern aufzusuchen, als er mir seine Ankunft melden ließ. Ich erinnerte mich kaum, ihn früher gesehen zu haben, und fand einen jungen, wohlgebauten Mann mit einem runden zusammengefaßten Gesicht, ohne daß die Züge deshalb stumpf gewesen wären. Die Form seiner gerundeten Stirn, zwischen schwarzen Augenbrauen und Locken deutete auf Ernst, Strenge und vielleicht Eigensinn. Er war gewissermaßen das Gegenteil von mir, und eben dies begründete wohl unsere dauerhafte Freundschaft. Ich hatte die größte Achtung für seine Talente, um so mehr, als ich gar wohl bemerkte, daß er mir in der Sicherheit dessen, was er tat und leistete, durchaus überlegen war. Die Achtung und das Zutrauen, das ich ihm bewies, bestätigten seine Neigung, und vermehrten die Nachsicht, die er mit meinem lebhaften, fahrigen und immer regsamen Wesen, im Gegensatz mit dem seinigen, haben mußte. Er studierte die Engländer fleißig, Pope war, wo nicht sein Muster, doch sein Augenmerk, und er hatte im Widerstreit mit dem *Versuch über den Menschen* jenes Schriftstellers, ein Gedicht in gleicher Form und Silbenmaß geschrieben, welches der christlichen Religion über jenen Deismus den Triumph verschaffen sollte. Aus dem großen Vorrat von Papieren, die er bei sich führte, ließ er mir sodann poetische und prosaische Aufsätze in allen Sprachen sehen, die, indem sie mich zur Nachahmung aufriefen, mich abermals unendlich beunruhigten. Doch wußte ich mir durch Tätigkeit sogleich zu helfen. Ich schrieb an ihn gerichtete deutsche, französische, englische, italienische Gedichte, wozu ich den Stoff aus unseren Unterhaltungen nahm, welche durchaus bedeutend und unterrichtend waren.

Schlosser wollte nicht Leipzig verlassen, ohne die Männer, welche Namen hatten, von Angesicht zu Angesicht gesehen zu haben. Ich führte ihn gern zu denen mir bekannten, die von mir noch nicht besuchten lernte ich auf diese Weise ehrenvoll kennen, weil er als ein unterrichteter, schon charakterisierter Mann mit Auszeichnung empfangen wurde und den Aufwand des Gesprächs recht gut zu bestreiten wußte. Unsern Besuch bei Gottsched darf ich nicht übergehen, indem die Sinnes- und Sittenweise dieses Mannes daraus hervortritt. Er wohnte sehr anständig in dem ersten Stock des Goldenen Bären, wo ihm der ältere Breitkopf, wegen des großen Vorteils, den die Gottschedischen Schriften, Übersetzungen und sonstigen Assistenzen der Handlung gebracht, eine lebenslängliche Wohnung zugesagt hatte.

Wir ließen uns melden. Der Bediente führte uns in ein großes Zimmer, indem er sagte, der Herr werde gleich kommen. Ob wir nun eine Gebärde, die er machte, nicht recht verstanden, wüßte ich nicht zu sagen; genug wir glaubten, er habe uns in das anstoßende Zimmer gewiesen. Wir traten hinein zu einer sonderbaren Szene: denn in dem Augenblick trat Gottsched, der große, breite, riesenhafte Mann, in einem gründamastnen, mit rotem Taft gefütterten Schlafrock zur entgegengesetzten Tür herein; aber sein ungeheures Haupt war kahl und ohne Bedeckung. Dafür sollte jedoch sogleich gesorgt sein: denn der Bediente sprang mit einer großen Allongeperücke auf der Hand (die Locken fielen bis an den Ellenbogen) zu einer Seitentüre herein und reichte den Hauptschmuck seinem Herrn mit erschrockner Gebärde. Gottsched, ohne den mindesten Verdruß zu äußern, hob mit der linken Hand die Perücke von dem Arme des Dieners, und indem er sie sehr geschickt auf den Kopf schwang, gab er mit seiner rechten Tatze dem armen Menschen eine Ohrfeige, so daß dieser, wie es im Lustspiel zu geschehen pflegt, sich zur Tür hinaus wirbelte, worauf der ansehnliche Altvater uns ganz gravitätisch zu sitzen nötigte und einen ziemlich langen Diskurs mit gutem Anstand durchführte.

So lange Schlosser in Leipzig blieb, speiste ich täglich mit ihm und lernte eine sehr angenehme Tischgesellschaft kennen. Einige Livländer und der Sohn des Oberhofpredigers Hermann in Dresden, nachheriger Burgemeister in Leipzig, und ihre Hofmeister, Hofrat Pfeil (Verfasser des *Grafen von P.*, eines Pendants zu Gellerts *Schwedischer Gräfin*) Zachariä, ein Bruder des Dichters, und Krebel, Redakteur geographischer und genealogischer Handbücher, waren gesittete, heitere und freundliche Menschen. Zachariä der stillste; Pfeil ein feiner, beinahe etwas Diplomatisches an sich habender Mann, doch ohne Ziererei und mit großer Gutmütigkeit; Krebel ein wahrer Falstaff, groß, wohlbeleibt, blond, vorliegende, heitere, himmelhelle Augen, immer froh und guter Dinge. Diese Personen begegneten mir sämtlich, teils wegen Schlossers, teils auch wegen meiner eignen offenen Gutmütigkeit und Zutätigkeit, auf das allerartigste, und es brauchte kein großes Zureden, künftig mit ihnen den Tisch zu teilen. Ich blieb wirklich nach Schlossers Abreise bei ihnen, gab den Ludwigischen Tisch auf und befand mich in dieser geschlossenen Gesellschaft um so wohler, als mir die Tochter vom Hause, ein gar hübsches nettes Mädchen, sehr wohl gefiel, und mir Gelegenheit ward, freundliche Blicke zu wechseln, ein Behagen, das ich seit dem Unfall mit Gretchen weder gesucht noch zufällig gefunden hatte. Die Stunden des Mittagsessens brachte ich mit meinen Freunden heiter und nützlich zu. Krebel hatte mich wirklich lieb und wußte mich mit Maßen zu necken und anzuregen; Pfeil hingegen bewies mir eine ernste Neigung, indem er mein Urteil über manches zu leiten und zu bestimmen suchte.

Bei diesem Umgange wurde ich durch Gespräche, durch Beispiele und durch eigenes Nachdenken gewahr, daß der erste Schritt, um aus der wässerigen, weitschweifigen, nullen Epoche sich herauszuretten, nur durch Bestimmtheit, Präzision und Kürze getan werden könne. Bei dem bisherigen Stil konnte man das Gemeine nicht vom Besseren unterscheiden, weil alles unter einander ins Flache gezogen ward. Schon hatten Schriftsteller diesem breiten Unheil zu entgehen gesucht, und es gelang ihnen mehr oder weniger. Haller und Ramler waren von Natur zum Gedrängten geneigt; Lessing und Wieland sind durch Reflexion dazu geführt worden. Der erste wurde nach und nach ganz epigrammatisch in seinen Gedichten, knapp in der *Minna*, lakonisch in *Emilia Galotti*, später kehrte er erst zu einer heiteren Naivetät zurück, die ihn so wohl kleidet im *Nathan*. Wieland, der noch im *Agathon*, *Don Sylvio*, den *Komischen Erzählungen* mitunter prolix gewesen war, wird in *Musarion* und *Idris* auf eine wundersame Weise gefaßt und genau, mit großer Anmut. Klopstock, in den ersten Gesängen der *Messiade*, ist nicht ohne Weitschweifigkeit; in den Oden und anderen kleinen Gedichten erscheint er gedrängt, so auch in seinen Tragödien. Durch seinen Wettstreit mit den Alten, besonders dem Tacitus, sieht er sich immer mehr ins Enge genötigt, wodurch er zuletzt unverständlich und ungenießbar wird. Gerstenberg, ein schönes aber bizarres Talent, nimmt sich auch zusammen, sein Verdienst wird geschätzt, macht aber im ganzen wenig Freude. Gleim, weitschweifig, behaglich von Natur, wird kaum *einmal* konzis in den Kriegsliedern. Ramler ist eigentlich mehr Kritiker als Poet. Er fängt an, was Deutsche im Lyrischen geleistet, zu sammeln. Nun findet er, daß ihm kaum *ein* Gedicht völlig genug tut; er muß auslassen, redigieren, verändern, damit die Dinge nur einige Gestalt bekommen. Hierdurch macht er sich fast so viel Feinde als es Dichter und Liebhaber gibt, da sich jeder eigentlich nur an seinen Mängeln wieder erkennt, und das Publikum sich eher für ein fehlerhaftes Individuelle interessiert, als für das, was nach einer allgemeinen Geschmacksregel hervorgebracht oder verbessert wird. Die Rhythmik lag damals noch in der Wiege, und niemand wußte ein Mittel, ihre Kindheit zu verkürzen. Die poetische Prosa nahm überhand. Geßner und Klopstock erregten manche Nachahmer; andere wieder forderten doch ein Silbenmaß und übersetzten diese Prose in faßliche Rhythmen. Aber auch diese machten es niemand zu Dank: denn sie mußten auslassen und zusetzen, und das prosaische Original galt immer für das Bessere. Je mehr aber bei allem diesem das Gedrungene gesucht wird, desto mehr wird Beurteilung möglich, weil das Bedeutende, enger zusammengebracht, endlich eine sichere Vergleichung zuläßt. Es ergab sich auch zugleich, daß mehrere Arten von wahrhaft poetischen Formen entstanden: denn indem man von einem jeden Gegenstande, den man nachbilden wollte, nur das Notwendige darzustellen suchte, so mußte man einem jeden Gerechtigkeit widerfahren lassen, und auf diese Weise, ob es gleich niemand mit Bewußtsein tat, vermannigfaltigten sich die Darstellungsweisen, unter welchen es freilich auch fratzenhafte gab und mancher Versuch unglücklich ablief.

Ganz ohne Frage besaß Wieland unter allen das schönste Naturell. Er hatte sich früh in jenen ideellen Regionen ausgebildet, wo die Jugend so gern verweilt; da ihm aber diese durch das, was man Erfahrung nennt, durch Begegnisse an Welt und Weibern verleidet wurden, so warf er sich auf die Seite des Wirklichen, und gefiel sich und andern im Widerstreit beider Welten, wo sich zwischen Scherz und Ernst, im leichten Gefecht, sein Talent am allerschönsten zeigte. Wie manche seiner glänzenden Produktionen fallen in die Zeit meiner akademischen Jahre. *Musarion* wirkte am meisten auf mich, und ich kann mich noch des Ortes und der Stelle erinnern, wo ich den ersten Aushängebogen zu Gesicht bekam, welchen mir Oeser mitteilte. Hier war es, wo ich das Antike lebendig und neu wieder zu sehen glaubte. Alles, was in Wielands Genie plastisch ist, zeigte sich hier aufs vollkommenste, und da jener zur unglücklichen Nüchternheit verdammte Phanias-Timon sich zuletzt wieder mit seinem Mädchen und der Welt versöhnt, so mag man die menschenfeindliche Epoche wohl auch mit ihm durchleben. Übrigens gab man diesen Werken sehr gern einen heiteren Widerwillen gegen erhöhte Gesinnungen zu, welche, bei leicht verfehlter Anwendung aufs Leben, öfters der Schwärmerei verdächtig werden. Man verzieh dem Autor, wenn er das, was man für wahr und ehrwürdig hielt, mit Spott verfolgte, um so eher, als er dadurch zu erkennen gab, daß es ihm selbst immerfort zu schaffen mache.

Wie kümmerlich die Kritik solchen Arbeiten damals entgegen kam, läßt sich aus den ersten Bänden der *Allgemeinen Deutschen Bibliothek* ersehen. Der *Komischen Erzählungen* geschieht ehrenvolle Erwähnung; aber hier ist keine Spur von Einsicht in den Charakter der Dichtart selbst. Der Rezensent hatte seinen Geschmack, wie damals alle, an Beispielen gebildet. Hier ist nicht bedacht, daß man vor allen Dingen bei Beurteilung solcher parodistischen Werke den originalen, edlen, schönen Gegenstand vor Augen haben müsse, um zu sehen, ob der Parodist ihm wirklich eine schwache und komische Seite abgewonnen, ob er ihm etwas geborgt, oder, unter dem Schein einer solchen Nachahmung, vielleicht gar selbst eine treffliche Erfindung geliefert. Von allem dem ahnet man nichts, sondern die Gedichte werden stellenweis gelobt und getadelt. Der Rezensent hat, wie er selbst gesteht, so viel, was ihm gefallen angestrichen, daß er nicht einmal im Druck alles anführen kann. Kommt man nun gar der höchst verdienstlichen Übersetzung Shakespeares mit dem Ausruf entgegen: »Von Rechts wegen sollte man einen Mann wie Shakespeare gar nicht übersetzt haben«, so begreift sich ohne weiteres, wie unendlich weit die *Allgemeine Deutsche Bibliothek* in Sachen des Geschmacks zurück war, und daß junge Leute, von wahrem Gefühl belebt, sich nach anderen Leitsternen umzusehen hatten.

Den Stoff, der auf diese Weise mehr oder weniger die Form bestimmte, suchten die Deutschen überall auf. Sie hatten wenig oder keine Nationalgegenstände behandelt. Schlegels *Hermann* deutete nur darauf hin. Die idyllische Tendenz verbreitete sich unendlich. Das Charakterlose der Geßnerschen, bei großer Anmut und kindlicher Herzlichkeit, machte jeden glauben, daß er etwas Ähnliches vermöge. Eben so bloß aus dem Allgemeinmenschlichen gegriffen waren jene Gedichte, die ein Fremdnationelles darstellen sollten, z.B. die jüdischen Schäfergedichte, überhaupt die patriarchalischen und was sich sonst auf das Alte Testament bezog. Bodmers *Noachide* war ein vollkommenes Symbol der um den deutschen Parnaß angeschwollenen Wasserflut, die sich nur langsam verlief. Das anakreontische Gegängel ließ gleichfalls unzählige mittelmäßige Köpfe im Breiten herumschwanken. Die Präzision des Horaz nötigte die Deutschen, doch nur langsam, sich ihm gleichzustellen. Komische Heldengedichte, meist nach dem Vorbild von Popes *Lockenraub*, dienten auch nicht, eine bessere Zeit herbeizuführen.

Noch muß ich hier eines Wahnes gedenken, der so ernsthaft wirkte als er lächerlich sein muß, wenn man ihn näher beleuchtet. Die Deutschen hatten nunmehr genugsam historische Kenntnis von allen Dichtarten, worin sich die verschiedenen Nationen ausgezeichnet hatten. Von Gottsched war schon dieses Fächerwerk, welches eigentlich den innern Begriff von Poesie zu Grunde richtet, in seiner *Kritischen Dichtkunst* ziemlich vollständig zusammengezimmert und zugleich nachgewiesen, daß auch schon deutsche Dichter mit vortrefflichen Werken alle Rubriken auszufüllen gewußt. Und so ging es denn immer fort. Jedes Jahr wurde die Kollektion ansehnlicher, aber auch jedes Jahr vertrieb eine Arbeit die andere aus dem Lokat, in dem sie bisher geglänzt hatte. Wir besaßen nunmehr, wo nicht Homere, doch Vergile und Miltone, wo nicht einen Pindar, doch einen Horaz; an Theokriten war kein Mangel; und so wiegte man sich mit Vergleichungen nach außen, indem die Masse poetischer Werke immer wuchs, damit auch endlich eine Vergleichung nach innen stattfinden konnte.

Stand es nun mit den Sachen des Geschmacks auf einem sehr schwankenden Fuße, so konnte man jener Epoche auf keine Weise streitig machen, daß innerhalb des protestantischen Teils von Deutschland und der Schweiz sich dasjenige gar lebhaft zu regen anfing, was man Menschenverstand zu nennen pflegt. Die Schulphilosophie, welche jederzeit das Verdienst hat, alles dasjenige wonach der Mensch nur fragen kann, nach angenommenen Grundsätzen, in einer beliebten Ordnung, unter bestimmten Rubriken vorzutragen, hatte sich durch das oft Dunkle und Unnützscheinende ihres Inhalts, durch unzeitige Anwendung einer an sich respektabeln Methode und durch die allzugroße Verbreitung über so viele Gegenstände der Menge fremd, ungenießbar und endlich entbehrlich gemacht. Mancher gelangte zur Überzeugung, daß ihm wohl die Natur so viel guten und geraden Sinn zur Ausstattung gegönnt habe, als er ungefähr bedürfe, sich von den Gegenständen einen so deutlichen Begriff zu machen, daß er mit ihnen fertig werden und zu seinem und anderer Nutzen damit gebaren könne, ohne gerade sich um das Allgemeinste mühsam zu bekümmern und zu forschen, wie doch die entferntesten Dinge, die uns nicht sonderlich berühren, wohl zusammenhängen möchten? Man machte den Versuch, man tat die Augen auf, sah gerade vor sich hin, war aufmerksam, fleißig, tätig, und glaubte, wenn man in seinem Kreis richtig urteile und handle, sich auch wohl herausnehmen zu dürfen, über anderes, was entfernter lag, mitzusprechen.

Nach einer solchen Vorstellung war nun jeder berechtigt, nicht allein zu philosophieren, sondern sich auch nach und nach für einen Philosophen zu halten. Die Philosophie war also ein mehr oder weniger gesunder und geübter Menschenverstand, der es wagte, ins Allgemeine zu gehen und über innere und äußere Erfahrungen abzusprechen. Ein heller Scharfsinn und eine besondere Mäßigkeit, indem man durchaus die Mittelstraße und Billigkeit gegen alle Meinungen für das Rechte hielt, verschaffte solchen Schriften und mündlichen Äußerungen Ansehen und Zutrauen, und so fanden sich zuletzt Philosophen in allen Fakultäten, ja in allen Ständen und Hantierungen.

Auf diesem Wege mußten die Theologen sich zu der sogenannten natürlichen Religion hinneigen, und wenn zur Sprache kam, inwiefern das Licht der Natur uns in der Erkenntnis Gottes, der

Verbesserung und Veredlung unserer selbst zu fördern hinreichend sei, so wagte man gewöhnlich sich zu dessen Gunsten ohne viel Bedenken zu entscheiden. Aus jenem Mäßigkeitsprinzip gab man sodann sämtlichen positiven Religionen gleiche Rechte, wodurch denn eine mit der andern gleichgültig und unsicher wurde. Übrigens ließ man denn doch aber alles bestehen, und weil die Bibel so voller Gehalt ist, daß sie mehr als jedes andere Buch Stoff zum Nachdenken und Gelegenheit zu Betrachtungen über die menschlichen Dinge darbietet, so konnte sie durchaus nach wie vor bei allen Kanzelreden und sonstigen religiösen Verhandlungen zum Grunde gelegt werden.

Allein diesem Werke stand, so wie den sämtlichen Profan-Skribenten, noch ein eigenes Schicksal bevor, welches im Laufe der Zeit nicht abzuwenden war. Man hatte nämlich bisher auf Treu und Glauben angenommen, daß dieses Buch der Bücher in *einem* Geiste verfaßt, ja daß es von dem göttlichen Geiste eingehaucht und gleichsam diktiert sei. Doch waren schon längst von Gläubigen und Ungläubigen die Ungleichheiten der verschiedenen Teile desselben bald gerügt, bald verteidigt worden. Engländer, Franzosen, Deutsche hatten die Bibel mit mehr oder weniger Heftigkeit, Scharfsinn, Frechheit, Mutwillen angegriffen, und eben so war sie wieder von ernsthaften wohldenkenden Menschen einer jeden Nation in Schutz genommen worden. Ich für meine Person hatte sie lieb und wert: denn fast ihr allein war ich meine sittliche Bildung schuldig, und die Begebenheiten, die Lehren, die Symbole, die Gleichnisse, alles hatte sich tief bei mir eingedrückt und war auf eine oder die andere Weise wirksam gewesen. Mir mißfielen daher die ungerechten, spöttlichen und verdrehenden Angriffe; doch war man damals schon so weit, daß man teils als einen Hauptverteidigungsgrund vieler Stellen sehr willig annahm, Gott habe sich nach der Denkweise und Fassungskraft der Menschen gerichtet, ja die vom Geiste getriebenen hätten doch deswegen nicht ihren Charakter, ihre Individualität verleugnen können, und Amos als Kuhhirte führte nicht die Sprache Jesaias', welcher ein Prinz solle gewesen sein.

Aus solchen Gesinnungen und Überzeugungen entwickelte sich, besonders bei immer wachsenden Sprachkenntnissen, gar natürlich jene Art des Studiums, daß man die orientalischen Lokalitäten, Nationalitäten, Naturprodukte und Erscheinungen genauer zu studieren und sich auf diese Weise jene alte Zeit zu vergegenwärtigen suchte. Michaelis legte die ganze Gewalt seines Talents und seiner Kenntnisse auf diese Seite. Reisebeschreibungen wurden ein kräftiges Hilfsmittel zur Erklärung der Heiligen Schriften, und neuere Reisende, mit vielen Fragen ausgerüstet, sollten durch Beantwortung derselben für die Propheten und Apostel zeugen.

Indessen aber man von allen Seiten bemüht war, die Heiligen Schriften zu einem natürlichen Anschauen heranzuführen, und die eigentliche Denk- und Vorstellungsweise derselben allgemeiner faßlich zu machen, damit durch diese historisch-kritische Ansicht mancher Einwurf beseitigt, manches Anstößige getilgt und jede schale Spötterei unwirksam gemacht würde, so trat in einigen Männern gerade die entgegengesetzte Sinnesart hervor, indem solche die dunkelsten geheimnisvollsten Schriften zum Gegenstand ihrer Betrachtungen wählten, und solche aus sich selbst durch Konjekturen, Rechnungen und andere geistreiche und seltsame Kombinationen, zwar nicht aufhellen, aber doch bekräftigen und, insofern sie Weissagungen enthielten, durch den Erfolg begründen und dadurch einen Glauben an das Nächstzuerwartende rechtfertigen wollten.

Der ehrwürdige Bengel hatte seinen Bemühungen um die Offenbarung Johannis dadurch einen entschiedenen Eingang verschafft, daß er als ein verständiger, rechtschaffener, gottesfürchtiger, als ein Mann ohne Tadel bekannt war. Tiefe Gemüter sind genötigt, in der Vergangenheit so wie in der Zukunft zu leben. Das gewöhnliche Treiben der Welt kann ihnen von keiner Bedeutung sein, wenn sie nicht, in dem Verlauf der Zeiten bis zur Gegenwart, enthüllte

Prophezeiungen, und in der nächsten wie in der fernsten Zukunft, verhüllte Weissagungen verehren. Hierdurch entspringt ein Zusammenhang, der in der Geschichte vermißt wird, die uns nur ein zufälliges Hin- und Widerschwanken in einem notwendig geschlossenen Kreise zu überliefern scheint. Doktor Crusius gehörte zu denen, welchen der prophetische Teil der Heiligen Schriften am meisten zusagte, indem er die zwei entgegengesetztesten Eigenschaften des menschlichen Wesens zugleich in Tätigkeit setzt, das Gemüt und den Scharfsinn. Dieser Lehre hatten sich viele Jünglinge gewidmet, und bildeten schon eine ansehnliche Masse, die um desto mehr in die Augen fiel, als Ernesti mit den Seinigen das Dunkel, in welchem jene sich gefielen, nicht aufzuhellen, sondern völlig zu vertreiben drohte. Daraus entstanden Händel, Haß und Verfolgung und manches Unannehmliche. Ich hielt mich zur klaren Partei und suchte mir ihre Grundsätze und Vorteile zuzueignen, ob ich mir gleich zu ahnen erlaubte, daß durch diese höchst löbliche verständige Auslegungsweise zuletzt der poetische Gehalt jener Schriften mit dem prophetischen verloren gehen müsse.

Näher aber lag denen, welche sich mit deutscher Literatur und schönen Wissenschaften abgaben, die Bemühung solcher Männer, die, wie Jerusalem, Zollikofer, Spalding, in Predigten und Abhandlungen durch einen guten und reinen Stil der Religion und der ihr so nah verwandten Sittenlehre, auch bei Personen von einem gewissen Sinn und Geschmack, Beifall und Anhänglichkeit zu erwerben suchten. Eine gefällige Schreibart fing an durchaus nötig zu werden, und weil eine solche vor allen Dingen faßlich sein muß, so standen von vielen Seiten Schriftsteller auf, welche von ihren Studien, ihrem Metier klar, deutlich, eindringlich und sowohl für die Kenner als für die Menge zu schreiben unternahmen.

Nach dem Vorgange eines Ausländers, Tissot, fingen nunmehr auch die Ärzte mit Eifer an auf die allgemeine Bildung zu wirken. Sehr großen Einfluß hatten Haller, Unzer, Zimmermann, und was man im einzelnen gegen sie, besonders gegen den letzten, auch sagen mag, sie waren zu ihrer Zeit sehr wirksam. Und davon sollte in der Geschichte, vorzüglich aber in der Biographie die Rede sein; denn nicht insofern der Mensch etwas zurückläßt, sondern insofern er wirkt und genießt und andere zu wirken und zu genießen anregt, bleibt er von Bedeutung.

Die Rechtsgelehrten, von Jugend auf gewöhnt an einen abstrusen Stil, welcher sich in allen Expeditionen, von der Kanzlei des unmittelbaren Ritters bis auf den Reichstag zu Regensburg, auf die barockste Weise erhielt, konnten sich nicht leicht zu einer gewissen Freiheit erheben, um so weniger, als die Gegenstände, welche sie zu behandeln hatten, mit der äußern Form und folglich auch mit dem Stil aufs genaueste zusammenhingen. Doch hatte der jüngere von Moser sich schon als ein freier und eigentümlicher Schriftsteller bewiesen und Pütter durch die Klarheit seines Vortrags auch Klarheit in seinen Gegenstand und den Stil gebracht, womit er behandelt werden sollte. Alles, was aus seiner Schule hervorging, zeichnete sich dadurch aus. Und nun fanden die Philosophen selbst sich genötigt, um popular zu sein, auch deutlich und faßlich zu schreiben. Mendelssohn, Garve traten auf und erregten allgemeine Teilnahme und Bewunderung.

Mit der Bildung der deutschen Sprache und des Stils in jedem Fache wuchs auch die Urteilsfähigkeit, und wir bewundern in jener Zeit Rezensionen von Werken über religiöse und sittliche Gegenstände, so wie über ärztliche; wenn wir dagegen bemerken, daß die Beurteilungen von Gedichten, und was sich sonst auf schöne Literatur beziehen mag, wo nicht erbärmlich, doch wenigstens sehr schwach befunden werden. Dieses gilt sogar von den Literaturbriefen und von der Allgemeinen Deutschen Bibliothek, wie von der Bibliothek der schönen Wissenschaften, wovon man gar leicht bedeutende Beispiele anführen könnte.

Dieses alles mochte jedoch so bunt durch einander gehen als es wollte, so blieb einem jeden, der etwas aus sich zu produzieren gedachte, der nicht seinen Vorgängern die Worte und Phrasen nur aus dem Munde nehmen wollte, nichts weiter übrig, als sich früh und spät nach einem Stoffe umzusehen, den er zu benutzen gedächte. Auch hier wurden wir sehr in der Irre herumgeführt. Man trug sich mit einem Worte von Kleist, das wir oft genug hören mußten. Er hatte nämlich gegen diejenigen, welche ihn wegen seiner öftern einsamen Spaziergänge beriefen, scherzhaft, geistreich und wahrhaft geantwortet: er sei dabei nicht müßig, er gehe auf die Bilderjagd. Einem Edelmann und Soldaten ziemte dies Gleichnis wohl, der sich dadurch Männern seines Standes gegenüberstellte, die mit der Flinte im Arm auf die Hasen- und Hühnerjagd, so oft sich nur Gelegenheit zeigte, auszugehen nicht versäumten. Wir finden daher in Kleistens Gedichten von solchen einzelnen, glücklich aufgehaschten, obgleich nicht immer glücklich verarbeiteten Bildern gar manches, was uns freundlich an die Natur erinnert. Nun aber ermahnte man uns auch ganz ernstlich, auf die Bilderjagd auszugehen, die uns denn doch zuletzt nicht ganz ohne Frucht ließ, obgleich Apels Garten, die Kuchengärten, das Rosental, Gohlis, Raschwitz und Connewitz das wunderlichste Revier sein mochte, um poetisches Wildbret darin aufzusuchen. Und doch ward ich aus jenem Anlaß öfters bewogen, meinen Spaziergang einsam anzustellen, und weil weder von schönen, noch erhabenen Gegenständen dem Beschauer viel entgegentrat, und in dem wirklich herrlichen Rosentale zur besten Jahreszeit die Mücken keinen zarten Gedanken aufkommen ließen, so ward ich, bei unermüdet fortgesetzter Bemühung, auf das Kleinleben der Natur (ich möchte dieses Wort nach der Analogie von Stilleben gebrauchen) höchst aufmerksam, und weil die zierlichen Begebenheiten, die man in diesem Kreise gewahr wird, an und für sich wenig vorstellen, so gewöhnte ich mich, in ihnen eine Bedeutung zu sehen, die sich bald gegen die symbolische, bald gegen die allegorische Seite hinneigte, je nachdem Anschauung, Gefühl oder Reflexion das Übergewicht behielt. Ein Ereignis, statt vieler, gedenke ich zu erzählen.

Ich war, nach Menschenweise, in meinen Namen verliebt und

schrieb ihn, wie junge und ungebildete Leute zu tun pflegen, überall an. Einst hatte ich ihn auch sehr schön und genau in die glatte Rinde eines Lindenbaums von mäßigem Alter geschnitten. Den Herbst darauf, als meine Neigung zu Annetten in ihrer besten Blüte war, gab ich mir die Mühe, den ihrigen oben darüber zu schneiden. Indessen hatte ich gegen Ende des Winters, als ein launischer Liebender, manche Gelegenheit vom Zaune gebrochen, um sie zu quälen und ihr Verdruß zu machen: Frühjahrs besuchte ich zufällig die Stelle, und der Saft, der mächtig in die Bäume trat, war durch die Einschnitte, die ihren Namen bezeichneten und die noch nicht verharscht waren, hervorgequollen und benetzte mit unschuldigen Pflanzentränen die schon hart gewordenen Züge des meinigen. Sie also hier über mich weinen zu sehen, der ich oft ihre Tränen durch meine Unarten hervorgerufen hatte, setzte mich in Bestürzung. In Erinnerung meines Unrechts und ihrer Liebe kamen mir selbst die Tränen in die Augen, ich eilte, ihr alles doppelt und dreifach abzubitten, verwandelte dies Ereignis in eine Idylle, die ich niemals ohne Neigung lesen und ohne Rührung andern vortragen konnte.

Indem ich nun, als ein Schäfer an der Pleiße, mich in solche zarte Gegenstände kindlich genug vertiefte und immer nur solche wählte, die ich geschwind in meinen Busen zurückführen konnte, so war für deutsche Dichter von einer größeren und wichtigeren Seite her längst gesorgt gewesen.

Der erste wahre und höhere eigentliche Lebensgehalt kam durch Friedrich den Großen und die Taten des Siebenjährigen Krieges in die deutsche Poesie. Jede Nationaldichtung muß schal sein oder schal werden, die nicht auf dem Menschlich-Ersten ruht, auf den Ereignissen der Völker und ihrer Hirten, wenn beide für *einen* Mann stehn. Könige sind darzustellen in Krieg und Gefahr, wo sie eben dadurch als die Ersten erscheinen, weil sie das Schicksal des Allerletzten bestimmen und teilen, und dadurch viel interessanter werden als die Götter selbst, die, wenn sie Schicksale bestimmt haben, sich der Teilnahme derselben entziehen. In diesem Sinne muß jede Nation, wenn sie für irgend etwas gelten will, eine Epopöe besitzen, wozu nicht gerade die Form des epischen Gedichts nötig ist.

Die Kriegslieder, von Gleim angestimmt, behaupten deswegen einen so hohen Rang unter den deutschen Gedichten, weil sie mit und in der Tat entsprungen sind, und noch überdies, weil an ihnen die glückliche Form, als hätte sie ein Mitstreitender in den höchsten Augenblicken hervorgebracht, uns die vollkommenste Wirksamkeit empfinden läßt.

Ramler singt auf eine andere, höchst würdige Weise die Taten seines Königs. Alle seine Gedichte sind gehaltvoll, beschäftigen uns mit großen, herzerhebenden Gegenständen und behaupten schon dadurch einen unzerstörlichen Wert.

Denn der innere Gehalt des bearbeiteten Gegenstandes ist der Anfang und das Ende der Kunst. Man wird zwar nicht leugnen, daß das Genie, das ausgebildete Kunsttalent, durch Behandlung aus allem alles machen und den widerspenstigsten Stoff bezwingen könne. Genau besehen entsteht aber alsdann immer mehr ein Kunststück als ein Kunstwerk, welches auf einem würdigen Gegenstande ruhen soll, damit uns zuletzt die Behandlung, durch Geschick, Mühe und Fleiß die Würde des Stoffes nur desto glücklicher und herrlicher entgegenbringe.

Die Preußen und mit ihnen das protestantische Deutschland gewannen also für ihre Literatur einen Schatz, welcher der Gegenpartei fehlte und dessen Mangel sie durch keine nachherige Bemühung hat ersetzen können. An dem großen Begriffe, den die preußischen Schriftsteller von ihrem König hegen durften, bauten sie sich erst heran, und um desto eifriger, als derjenige, in dessen Namen sie alles taten, ein für allemal nichts von ihnen wissen wollte. Schon früher war durch die französische Kolonie, nachher durch die Vorliebe des Königs für die Bildung dieser Nation und für ihre Finanzanstalten, eine Masse französischer Kultur nach Preußen gekommen, welche den Deutschen höchst förderlich ward, indem sie dadurch zu Widerspruch und Widerstreben aufgefordert wurden, eben so war die Abneigung Friedrichs gegen das Deutsche für die Bildung des Literarwesens ein Glück. Man tat alles, um sich von dem König bemerken zu machen, nicht etwa, um von ihm geachtet, sondern nur beachtet zu werden; aber man tat's auf deutsche Weise, nach innerer Überzeugung, man tat was man für recht erkannte, und wünschte und wollte, daß der König dieses deutsche Rechte anerkennen und schätzen solle. Dies geschah nicht und konnte nicht geschehen: denn wie kann man von einem König, der geistig leben und genießen will, verlangen, daß er seine Jahre verliere, um das, was er für barbarisch hält, nur allzuspät entwickelt und genießbar zu sehen? In Handwerks- und Fabriksachen mochte er wohl sich, besonders aber seinem Volke, statt fremder vortrefflicher Waren, sehr mäßige Surrogate aufnötigen; aber hier geht alles geschwinder zur Vollkommenheit, und es braucht kein Menschenleben, um solche Dinge zur Reife zu bringen.

Eines Werks aber, der wahrsten Ausgeburt des Siebenjährigen Krieges, von vollkommenem norddeutschem Nationalgehalt muß ich hier vor allen ehrenvoll erwähnen; es ist die erste, aus dem bedeutenden Leben gegriffene Theaterproduktion, von spezifisch temporärem Gehalt, die deswegen auch eine nie zu berechnende Wirkung tat: *Minna von Barnhelm.* Lessing, der im Gegensatze von Klopstock und Gleim, die persönliche Würde gern wegwarf, weil er sich zutraute, sie jeden Augenblick wieder ergreifen und aufnehmen zu können, gefiel sich in einem zerstreuten Wirtshaus- und Weltleben, da er gegen sein mächtig arbeitendes Innere stets ein gewaltiges Gegengewicht brauchte, und so hatte er sich auch in das Gefolge des Generals Tauentzien begeben. Man erkennt leicht, wie genanntes Stück zwischen Krieg und Frieden, Haß und Neigung erzeugt ist. Diese Produktion war es, die den Blick in eine höhere bedeutendere Welt aus der literarischen und bürgerlichen, in welcher sich die Dichtkunst bisher bewegt hatte, glücklich eröffnete.

Die gehässige Spannung, in welcher Preußen und Sachsen sich während dieses Kriegs gegen einander befanden, konnte durch die Beendigung desselben nicht aufgehoben werden. Der Sachse fühlte nun erst recht schmerzlich die Wunden, die ihm der überstolz gewordene Preuße geschlagen hatte. Durch den politischen Frieden konnte der Friede zwischen den Gemütern nicht sogleich hergestellt werden. Dieses aber sollte gedachtes Schauspiel im Bilde bewirken. Die Anmut und Liebenswürdigkeit der Sächsinnen überwindet den Wert, die Würde, den Starrsinn der Preußen, und sowohl an den Hauptpersonen als den Subalternen wird eine glückliche Vereinigung bizarrer und widerstrebender Elemente kunstgemäß dargestellt.

Habe ich durch diese kursorischen und desultorischen Bemerkungen über deutsche Literatur meine Leser in einige Verwirrung gesetzt, so ist es mir geglückt, eine Vorstellung von jenem chaotischen Zustande zu geben, in welchem sich mein armes Gehirn befand, als, im Konflikt zweier, für das literarische Vaterland so bedeutender Epochen, so viel Neues auf mich eindrängte, ehe ich mich mit dem Alten hatte abfinden können, so viel Altes sein Recht noch über mich gelten machte, da ich schon Ursache zu haben glaubte, ihm völlig entsagen zu dürfen. Welchen Weg ich einschlug, mich aus dieser Not, wenn auch nur Schritt vor Schritt zu retten, will ich gegenwärtig möglichst zu überliefern suchen.

Die weitschweifige Periode, in welche meine Jugend gefallen war, hatte ich treufleißig, in Gesellschaft so vieler würdigen Männer, durchgearbeitet. Die mehreren Quartbände Manuskript, die ich meinem Vater zurückließ, konnten zum genugsamen Zeugnisse dienen, und welche Masse von Versuchen Entwürfen, bis zur Hälfte ausgeführten Vorsätzen war mehr aus Mißmut als aus Überzeugung in Rauch aufgegangen! Nun lernte ich durch Unterredung überhaupt, durch Lehre, durch so manche widerstreitende Meinung, besonders aber durch meinen Tischgenossen, den Hofrat Pfeil, das Bedeutende des Stoffs und das Konzise der Behandlung mehr und mehr schätzen, ohne mir jedoch klar machen zu können, wo jenes zu suchen und wie dieses zu erreichen sei. Denn bei der großen Beschränktheit meines Zustandes, bei der Gleichgültigkeit der Gesellen, dem Zurückhalten der Lehrer, der Abgesondertheit gebildeter Einwohner, bei ganz unbedeutenden Naturgegenständen war ich genötigt, alles in mir selbst zu suchen. Verlangte ich nun zu meinen Gedichten eine wahre Unterlage Empfindung oder Reflexion, so mußte ich in meinen Busen greifen; forderte ich zu poetischer Darstellung eine unmittelbare Anschauung des Gegenstandes, der Begebenheit, so durfte ich nicht aus dem Kreise heraustreten, der mich zu berühren, mir ein Interesse einzuflößen geeignet war. In diesem Sinne schrieb ich zuerst gewisse kleine Gedichte in Liederform oder freierem Silbenmaß; sie entspringen aus Reflexion, handeln vom Vergangenen und nehmen meist eine epigrammatische Wendung.

Und so begann diejenige Richtung, von der ich mein ganzes Leben über nicht abweichen konnte, nämlich dasjenige, was mich erfreute oder quälte, oder sonst beschäftigte in ein Bild, ein Gedicht zu verwandeln und darüber mit mir selbst abzuschließen, um sowohl meine Begriffe von den äußern Dingen zu berichtigen, als mich im Innern deshalb zu beruhigen. Die Gabe hierzu war wohl niemand nötiger als mir, den seine Natur immerfort aus einem Extreme in das andere warf. Alles, was daher von mir bekannt geworden, sind nur Bruchstücke einer großen Konfession, welche vollständig zu machen dieses Büchlein ein gewagter Versuch ist.

Meine frühere Neigung zu Gretchen hatte ich nun auf ein Ännchen übergetragen, von der ich nicht mehr zu sagen wüßte, als daß sie jung, hübsch, munter, liebevoll und so angenehm war, daß sie wohl verdiente, in dem Schrein des Herzens eine Zeitlang als eine kleine Heilige aufgestellt zu werden, um ihr jede Verehrung zu widmen, welche zu erteilen oft mehr Behagen erregt als zu empfangen. Ich sah sie täglich ohne Hindernisse, sie half die Speisen bereiten, die ich genoß, sie brachte mir wenigstens Abends den

Wein, den ich trank, und schon unsere mittägige abgeschlossene Tischgesellschaft war Bürge, daß das kleine, von wenig Gästen außer der Messe besuchte Haus seinen guten Ruf wohl verdiente. Es fand sich zu mancherlei Unterhaltung Gelegenheit und Lust. Da sie sich aber aus dem Hause wenig entfernen konnte noch durfte, so wurde denn doch der Zeitvertreib etwas mager. Wir sangen die Lieder von Zachariä, spielten den Herzog Michel von Krüger, wobei ein zusammengeknüpftes Schnupftuch die Stelle der Nachtigall vertreten mußte, und so ging es eine Zeitlang noch ganz leidlich. Weil aber dergleichen Verhältnisse, je unschuldiger sie sind, desto weniger Mannigfaltigkeit auf die Dauer gewähren, so ward ich von jener bösen Sucht befallen, die uns verleitet, aus der Quälerei der Geliebten eine Unterhaltung zu schaffen und die Ergebenheit eines Mädchens mit willkürlichen und tyrannischen Grillen zu beherrschen. Die böse Laune über das Mißlingen meiner poetischen Versuche, über die anscheinende Unmöglichkeit, hierüber ins klare zu kommen, und über alles, was mich hie und da sonst kneipen mochte, glaubte ich an ihr auslassen zu dürfen, weil sie mich wirklich von Herzen liebte und was sie nur immer konnte, mir zu Gefallen tat. Durch ungegründete und abgeschmackte Eifersüchteleien verdarb ich mir und ihr die schönsten Tage. Sie ertrug es eine Zeitlang mit unglaublicher Geduld, die ich grausam genug war, aufs Äußerste zu treiben. Allein zu meiner Beschämung und Verzweiflung mußte ich endlich bemerken, daß sich ihr Gemüt von mir entfernt habe und daß ich nun wohl zu den Tollheiten berechtigt sein möchte, die ich mir ohne Not und Ursache erlaubt hatte. Es gab auch schreckliche Szenen unter uns, bei welchen ich nichts gewann; und nun fühlte ich erst, daß ich sie wirklich liebte und daß ich sie nicht entbehren könne. Meine Leidenschaft wuchs und nahm alle Formen an, deren sie unter solchen Umständen fähig ist; ja zuletzt trat ich in die bisherige Rolle des Mädchens. Alles Mögliche suchte ich hervor, um ihr gefällig zu sein, ihr sogar durch andere Freude zu verschaffen: denn ich konnte mir die Hoffnung, sie wieder zu gewinnen, nicht versagen. Allein es war zu spät! ich hatte sie wirklich verloren, und die Tollheit, mit der ich meinen Fehler an mir selbst rächte, indem ich auf mancherlei unsinnige Weise in meine physische Natur stürmte, um der sittlichen etwas zuleide zu tun, hat sehr viel zu den körperlichen Übeln beigetragen, unter denen ich einige der besten Jahre meines Lebens verlor; ja ich wäre vielleicht an diesem Verlust völlig zu Grunde gegangen, hätte sich nicht hier das poetische Talent mit seinen Heilkräften besonders hilfreich erwiesen.

Schon früher hatte ich in manchen Intervallen meine Unart deutlich genug wahrgenommen. Das arme Kind dauerte mich wirklich, wenn ich sie so ganz ohne Not von mir verletzt sah. Ich stellte mir ihre Lage, die meinige und dagegen den zufriedenen Zustand eines andern Paares aus unserer Gesellschaft so oft und so umständlich vor, daß ich endlich nicht lassen konnte, diese Situation, zu einer quälenden und belehrenden Buße dramatisch zu behandeln. Daraus entsprang die älteste meiner überbliebenen dramatischen Arbeiten, das kleine Stück, *Die Laune des Verliebten,* an dessen unschuldigem Wesen man zugleich den Drang einer siedenden Leidenschaft gewahr wird.

Allein mich hatte eine tiefe, bedeutende, drangvolle Welt schon früher angesprochen. Bei meiner Geschichte mit Gretchen und an den Folgen derselben hatte ich zeitig in die seltsamen Irrgänge geblickt, mit welchen die bürgerliche Sozietät unterminiert ist. Religion, Sitte, Gesetz, Stand, Verhältnisse, Gewohnheit, alles beherrscht nur die Oberfläche des städtischen Daseins. Die von herrlichen Häusern eingefaßten Straßen werden reinlich gehalten, und jedermann beträgt sich daselbst anständig genug; aber im Innern sieht es öfters um desto wüster aus, und ein glattes Äußere übertüncht, als ein schwacher Bewurf, manches morsche Gemäuer, das über Nacht zusammenstürzt, und eine desto schrecklichere Wirkung hervorbringt, als es mitten in den friedlichen Zustand hereinbricht. Wie viele Familien hatte ich nicht schon näher und ferner durch Bankrotte, Ehescheidungen, verführte Töchter, Morde, Hausdiebstähle, Vergiftungen entweder ins Verderben stürzen oder auf dem Rande kümmerlich erhalten sehen und hatte, so jung ich war, in solchen Fällen zu Rettung und Hilfe öfters die Hand geboten: denn da meine Offenheit Zutrauen erweckte, meine Verschwiegenheit erprobt war, meine Tätigkeit keine Opfer scheute und in den gefährlichsten Fällen am liebsten wirken mochte, so fand ich oft genug Gelegenheit zu vermitteln, zu vertuschen, den Wetterstrahl abzuleiten, und was sonst nur alles geleistet werden kann; wobei es nicht fehlen konnte, daß ich sowohl an mir selbst, als durch andere zu manchen kränkenden und demütigenden Erfahrungen gelangen mußte. Um mir Luft zu verschaffen, entwarf ich mehrere Schauspiele und schrieb die Expositionen von den meisten. Da aber die Verwickelungen jederzeit ängstlich werden mußten und fast alle diese Stücke mit einem tragischen Ende drohten, ließ ich eins nach dem andern fallen. *Die Mitschuldigen* sind das einzige fertig gewordene, dessen heiteres und burleskes Wesen auf dem düsteren Familiengrunde als von etwas Bänglichem begleitet erscheint, so daß es bei der Vorstellung im ganzen ängstigt, wenn es im einzelnen ergötzt. Die hart ausgesprochenen widergesetzlichen Handlungen verletzen das ästhetische und moralische Gefühl, und deswegen konnte das Stück auf dem deutschen Theater keinen Eingang gewinnen, obgleich die Nachahmungen desselben, welche sich fern von jenen Klippen gehalten, mit Beifall aufgenommen worden.

Beide genannte Stücke jedoch sind, ohne daß ich mir dessen bewußt gewesen wäre, in einem höheren Gesichtspunkte geschrieben. Sie deuten auf eine vorsichtige Duldung bei moralischer Zurechnung, und sprechen in etwas herben und derben Zügen jenes höchst christliche Wort spielend aus: wer sich ohne Sünde fühlt, der hebe den ersten Stein auf.

Über diesen Ernst, der meine ersten Stücke verdüsterte, beging ich den Fehler, sehr günstige Motive zu versäumen, welche ganz entschieden in meiner Natur lagen. Es entwickelte sich nämlich unter jenen ernsten, für einen jungen Menschen fürchterlichen Erfahrungen in mir ein verwegener Humor, der sich dem Augenblick überlegen fühlt, nicht allein keine Gefahr scheut, sondern sie vielmehr mutwillig herbeilockt. Der Grund davon lag in dem Übermute, in welchem sich das kräftige Alter so sehr gefällt und der, wenn er sich possenhaft äußert, sowohl im Augenblick als in der Erinnerung viel Vergnügen macht. Diese Dinge sind so gewöhnlich, daß sie in dem Wörterbuche unserer jungen akademischen Freunde Suiten genannt werden und daß man, wegen der nahen Verwandtschaft, eben so gut Suiten reißen sagt als Possen reißen.

Solche humoristische Kühnheiten, mit Geist und Sinn auf das Theater gebracht, sind von der größten Wirkung. Sie unterscheiden sich von der Intrige dadurch, daß sie momentan sind und daß ihr Zweck, wenn sie ja einen haben sollten, nicht in der Ferne liegen darf. Beaumarchais hat ihren ganzen Wert gefaßt, und die Wirkungen seiner Figaros entspringen vorzüglich daher. Wenn nun solche gutmütige Schalks- und Halbschelmenstreiche zu edlen Zwecken, mit persönlicher Gefahr ausgeübt werden, so sind die daraus entspringenden Situationen, ästhetisch und moralisch betrachtet, für das Theater von dem größten Wert; wie denn z.B. die Oper *Der Wasserträger* vielleicht das glücklichste Sujet behandelt, das wir je auf dem Theater gesehen haben.

Um die unendliche Langeweile des täglichen Lebens zu erheitern übte ich unzählige solcher Streiche, teils ganz vergeblich, teils zu Zwecken meiner Freunde, denen ich gern gefällig war. Für mich selbst wüßte ich nicht, daß ich ein einzig Mal hiebei absichtlich gehandelt hätte, auch kam ich niemals darauf, ein Unterfangen dieser Art als einen Gegenstand für die Kunst zu betrachten; hätte ich aber solche Stoffe, die mir so nahe zur Hand lagen, ergriffen und ausgebildet, so wären meine ersten Arbeiten heiterer und brauchbarer gewesen. Einiges, was hierher gehört, kommt zwar später bei mir vor, aber einzeln und absichtslos.

Denn da uns das Herz immer näher liegt als der Geist und uns dann zu schaffen macht, wenn dieser sich wohl zu helfen weiß, so waren mir die Angelegenheiten des Herzens immer als die wichtigsten erschienen. Ich ermüdete nicht, über Flüchtigkeit der Neigungen, Wandelbarkeit des menschlichen Wesens, sittliche Sinnlichkeit und über alle das Hohe und Tiefe nachzudenken, dessen Verknüpfung in unserer Natur als das Rätsel des Menschenlebens betrachtet werden kann. Auch hier suchte ich das, was mich quälte, in einem Lied, einem Epigramm, in irgend einem Reim loszuwerden, die, weil sie sich auf die eigensten Gefühle und auf die besondersten Umstände bezogen, kaum jemand anderes interessieren konnten als mich selbst.

Meine äußeren Verhältnisse hatten sich indessen nach Verlauf weniger Zeit gar sehr verändert. Madame Böhme war nach einer langen und traurigen Krankheit endlich gestorben; sie hatte mich zuletzt nicht mehr vor sich gelassen. Ihr Mann konnte nicht sonderlich mit mir zufrieden sein: ich schien ihm nicht fleißig genug und zu leichtsinnig. Besonders nahm er es mir sehr übel, als ihm verraten wurde, daß ich im deutschen Staatsrechte, anstatt gehörig nachzuschreiben, die darin aufgeführten Personen, als den Kammerrichter, die Präsidenten und Beisitzer, mit seltsamen Perücken an dem Rand meines Heftes abgebildet und durch diese Possen meine aufmerksamen Nachbarn zerstreut und zum Lachen gebracht hatte. Er lebte nach dem Verlust seiner Frau noch eingezogener als vorher, und ich vermied ihn zuletzt, um seinen Vorwürfen auszuweichen. Besonders aber war es ein Unglück, daß Gellert sich nicht der Gewalt bedienen wollte, die er über uns hätte ausüben können. Freilich hatte er nicht Zeit den Beichtvater zu machen und sich nach der Sinnesart und den Gebrechen eines jeden zu erkundigen; daher nahm er die Sache sehr im Ganzen und glaubte uns mit den kirchlichen Anstalten zu bezwingen; deswegen er gewöhnlich, wenn er uns einmal vor sich ließ, mit gesenktem Köpfchen und der weinerlich angenehmen Stimme zu fragen pflegte, ob wir denn auch fleißig in die Kirche gingen, wer unser Beichtvater sei und ob wir das heilige Abendmahl genössen? Wenn wir nun bei diesem Examen schlecht bestanden, so wurden wir mit Wehklagen entlassen; wir waren mehr verdrießlich als erbaut, konnten aber doch nicht umhin, den Mann herzlich lieb zu haben.

Bei dieser Gelegenheit kann ich nicht unterlassen, aus meiner frühern Jugend etwas nachzuholen, um anschaulich zu machen, wie die großen Angelegenheiten der kirchlichen Religion mit Folge und Zusammenhang behandelt werden müssen, wenn sie sich fruchtbar, wie man von ihr erwartet, beweisen soll. Der protestantische Gottesdienst hat zu wenig Fülle und Konsequenz, als daß er die Gemeine zusammenhalten könnte; daher geschieht es leicht, daß Glieder sich von ihr absondern und entweder kleine Gemeinen bilden oder, ohne kirchlichen Zusammenhang, neben einander geruhig ihr bürgerliches Wesen treiben. So klagte man schon vor geraumer Zeit, die Kirchgänger verminderten sich von Jahr zu Jahr und in eben dem Verhältnis die Personen, welche den Genuß des Nachtmahls verlangten. Was beides, besonders aber das letztere betrifft, liegt die Ursache sehr nah; doch wer wagt, sie auszusprechen? Wir wollen es versuchen.

In sittlichen und religiosen Dingen, ebensowohl als in physischen und bürgerlichen, mag der Mensch nicht gern etwas aus dem Stegreife tun: eine Folge, woraus Gewohnheit entspringt, ist ihm nötig; das, was er lieben und leisten soll, kann er sich nicht einzeln, nicht abgerissen denken, und um etwas gern zu wiederholen, muß es ihm nicht fremd geworden sein. Fehlt es dem protestantischen Kultus im Ganzen an Fülle, so untersuche man das einzelne, und man wird finden, der Protestant hat zu wenig Sakramente, ja er hat nur *eins,* bei dem er sich tätig erweist, das Abendmahl; denn die Taufe sieht er nur an andern vollbringen, und es wird ihm nicht wohl dabei. Die Sakramente sind das Höchste der Religion, das sinnliche Symbol einer außerordentlichen göttlichen Gunst und Gnade. In dem Abendmahle sollen die irdischen Lippen ein göttliches Wesen verkörpert empfangen und unter der Form irdischer Nahrung einer himmlischen teilhaftig werden. Dieser Sinn ist in allen christlichen Kirchen ebenderselbe, es werde nun das Sakrament mit mehr oder weniger Ergebung in das Geheimnis, mit mehr oder weniger Akkommodation an das, was verständlich ist, genossen; immer bleibt es eine heilige große Handlung, welche sich in der Wirklichkeit an die Stelle des Möglichen oder Unmöglichen, an die Stelle desjenigen setzt, was der Mensch weder erlangen noch entbehren kann. Ein solches Sakrament dürfte aber nicht allein stehen; kein Christ kann es mit wahrer Freude, wozu es gegeben ist, genießen, wenn nicht der symbolische oder sakramentalische Sinn in ihm genährt ist. Er muß gewohnt sein, die innere Religion des Herzens und die der äußeren Kirche, als vollkommen *eins* anzusehen, als das große allgemeine Sakrament, das sich wieder in so viel andere zergliedert und diesen Teilen seine Heiligkeit, Unzerstörlichkeit und Ewigkeit mitteilt.

Hier reicht ein jugendliches Paar sich einander die Hände, nicht zum vorübergehenden Gruß oder zum Tanze; der Priester spricht seinen Segen darüber aus, und das Band ist unauflöslich. Es währt nicht lange, so bringen diese Gatten ein Ebenbild an die Schwelle des Altars; es wird mit heiligem Wasser gereinigt und der Kirche dergestalt einverleibt, daß es diese Wohltat nur durch den ungeheuersten Abfall verscherzen kann. Das Kind übt sich im Leben an den irdischen Dingen selbst heran, in himmlischen muß es unterrichtet werden. Zeigt sich bei der Prüfung, daß dies vollständig geschehen sei, so wird es nunmehr als wirklicher Bürger, als wahrhafter und freiwilliger Bekenner in den Schoß der Kirche aufgenommen, nicht ohne äußere Zeichen der Wichtigkeit dieser Handlung. Nun ist er erst entschieden ein Christ, nun kennt er erst die Vorteile, jedoch auch die Pflichten. Aber inzwischen ist ihm als Menschen manches Wunderliche begegnet, durch Lehren und Strafen ist ihm aufgegangen, wie bedenklich es mit seinem Innern aussehe, und immerfort wird noch von Lehren und von Übertretungen die Rede sein; aber die Strafe soll nicht mehr stattfinden. Hier ist ihm nun in der unendlichen Verworrenheit, in die er sich bei dem Widerstreit natürlicher und religiöser Forderungen verwickeln muß, ein herrliches Auskunftsmittel gegeben, seine Taten und Untaten, seine Gebrechen und seine Zweifel einem würdigen, eigens dazu bestellten Manne zu vertrauen, der ihn zu beruhigen, zu warnen, zu stärken, durch gleichfalls symbolische Strafen zu züchtigen und ihn zuletzt, durch ein völliges Auslöschen seiner Schuld, zu beseligen und ihm rein und abgewaschen die Tafel seiner Menschheit wieder zu übergeben weiß. So, durch mehrere sakramentliche Handlungen, welche sich wieder, bei genauerer Ansicht, in sakramentliche kleinere Züge verzweigen, vorbereitet und rein beruhigt, kniet er hin, die Hostie zu empfangen; und daß ja das Geheimnis dieses hohen Akts noch gesteigert werde, sieht er den Kelch nur in der Ferne: es ist kein gemeines Essen und Trinken, was befriedigt, es ist eine Himmelsspeise, die nach himmlischem Tranke durstig macht.

Jedoch glaube der Jüngling nicht, daß es damit abgetan sei; selbst der Mann glaube es nicht! Denn wohl in irdischen Verhältnissen gewöhnen wir uns zuletzt auf uns selber zu stehen, und auch da wollen nicht immer Kenntnisse, Verstand und Charakter hinreichen; in himmlischen Dingen dagegen lernen wir nie aus. Das höhere Gefühl in uns, das sich oft selbst nicht einmal recht zu Hause findet, wird noch überdies von so viel Äußerem bedrängt, daß unser eignes Vermögen wohl schwerlich alles darreicht, was zu Rat, Trost und Hilfe nötig wäre. Dazu aber verordnet findet sich nun auch jenes Heilmittel für das ganze Leben, und stets harrt ein einsichtiger frommer Mann, um Irrende zurecht zu weisen und Gequälte zu erledigen.

Und was nun durch das ganze Leben so erprobt worden, soll an der Pforte des Todes alle seine Heilkräfte zehnfach tätig erweisen. Nach einer von Jugend auf eingeleiteten zutraulichen Gewohnheit nimmt der Hinfällige jene symbolischen deutsamen Versicherungen mit Inbrunst an, und ihm wird da, wo jede irdische Garantie verschwindet, durch eine himmlische für alle Ewigkeit ein seliges Dasein zugesichert. Er fühlt sich entschieden überzeugt, daß weder ein feindseliges Element, noch ein mißwollender Geist ihn hindern könne, sich mit einem verklärten Leibe zu umgeben, um in unmittelbaren Verhältnissen zur Gottheit an den unermeßlichen Seligkeiten teilzunehmen, die von ihr ausfließen.

Zum Schlusse werden sodann, damit der ganze Mensch geheiligt sei, auch die Füße gesalbt und gesegnet. Sie sollen, selbst bei möglicher Genesung, einen Widerwillen empfinden, diesen irdischen, harten, undurchdringlichen Boden zu berühren. Ihnen soll eine wundersame Schnellkraft mitgeteilt werden, wodurch sie den Erdschollen, der sie bisher anzog, unter sich abstoßen. Und so ist durch einen glänzenden Zirkel gleichwürdig heiliger Handlungen, deren Schönheit von uns nur kurz angedeutet worden, Wiege und Grab, sie mögen zufällig noch so weit aus einander gerückt liegen, in einem stetigen Kreise verbunden.

Aber alle diese geistigen Wunder entsprießen nicht, wie andere Früchte, dem natürlichen Boden; da können sie weder gesäet noch gepflanzt noch gepflegt werden. Aus einer andern Region muß man sie herüberflehen, welches nicht jedem, noch zu jeder Zeit gelingen würde. Hier entgegnet uns nun das höchste dieser Symbole aus alter, frommer Überlieferung. Wir hören, daß ein Mensch vor dem andern von oben begünstigt, gesegnet und geheiligt werden könne. Damit aber dies ja nicht als Naturgabe erscheine, so muß diese große, mit einer schweren Pflicht verbundene Gunst von einem Berechtigten auf den andern übertragen und das größte Gut, was ein Mensch erlangen kann, ohne daß er jedoch dessen Besitz von sich selbst weder erringen, noch ergreifen könne, durch geistige Erbschaft auf Erden erhalten und verewigt werden. Ja, in der Weihe des Priesters ist alles zusammengefaßt, was nötig ist, um diejenigen heiligen Handlungen wirksam zu begehen, wodurch die Menge begünstigt wird, ohne daß sie irgend eine andere Tätigkeit dabei nötig hätte, als die des Glaubens und des unbedingten Zutrauens. Und so tritt der Priester in der Reihe seiner Vorfahren und Nachfolger, in dem Kreise seiner Mitgesalbten, den höchsten Segnenden darstellend, um so herrlicher auf, als es nicht er ist, den wir verehren, sondern sein Amt, nicht sein Wink, vor dem wir die Kniee beugen, sondern der Segen, den er erteilt und der um desto heiliger, unmittelbarer vom Himmel zu kommen scheint, weil ihn das irdische Werkzeug nicht einmal durch sündhaftes, ja lasterhaftes Wesen schwächen oder gar entkräften könnte.

Wie ist nicht dieser wahrhaft geistige Zusammenhang im Protestantismus zersplittert, indem ein Teil gedachter Symbole für apokryphisch und nur wenige für kanonisch erklärt werden! und wie will man uns durch das Gleichgültige der einen zu der hohen Würde der andern vorbereiten?

Ich ward zu meiner Zeit bei einem guten, alten, schwachen Geistlichen, der aber seit vielen Jahren der Beichtvater des Hauses gewesen, in den Religionsunterricht gegeben. Den Katechismus, eine Paraphrase desselben, die Heilsordnung wußte ich an den Fingern herzuerzählen, von den kräftig beweisenden biblischen Sprüchen fehlte mir keiner, aber von alledem erntete ich keine Frucht: denn als man mir versicherte, daß der brave alte Mann seine Hauptprüfung nach einer alten Formel einrichte, so verlor ich alle Lust und Liebe zur Sache, ließ mich die letzten acht Tage in allerlei Zerstreuungen ein, legte die von einem ältern Freund erborgten, dem Geistlichen abgewonnenen Blätter in meinen Hut und las gemüt- und sinnlos alles dasjenige her, was ich mit Gemüt und Überzeugung wohl zu äußern gewußt hätte.

Aber ich fand meinen guten Willen und mein Aufstreben in diesem wichtigen Falle durch trocknen geistlosen Schlendrian noch schlimmer paralysiert, als ich mich nunmehr dem Beichtstuhle nahen sollte. Ich war mir wohl mancher Gebrechen, aber doch keiner großen Fehler bewußt, und gerade das Bewußtsein verringerte sie, weil es mich auf die moralische Kraft wies, die in mir lag und die mit Vorsatz und Beharrlichkeit doch wohl zuletzt über den alten Adam Herr werden sollte. Wir waren belehrt, daß wir eben darum viel besser als die Katholiken seien, weil wir im Beichtstuhl nichts Besonderes zu bekennen brauchten, ja daß es auch nicht einmal schicklich wäre, selbst wenn wir es tun wollten. Dieses letzte war mir gar nicht recht: denn ich hatte die seltsamsten religiösen Zweifel, die ich gern bei einer solchen Gelegenheit berichtiget hätte. Da nun dieses nicht sein sollte, so verfaßte ich mir eine Beichte, die, indem sie meine Zustände wohl ausdrückte, einem verständigen Manne dasjenige im allgemeinen bekennen sollte, was mir im einzelnen zu sagen verboten war. Aber als ich in das alte Barfüßer-Chor hineintrat, mich den wunderlichen vergitterten Schränken näherte, in welchen die geistlichen Herren sich zu diesem Akte einzufinden pflegten, als mir der Glöckner die Tür eröffnete und ich mich nun gegen meinen geistlichen Großvater in dem engen Raume eingesperrt sah und er mich mit seiner schwachen näselnden Stimme willkommen hieß, erlosch auf einmal alles Licht meines Geistes und Herzens, die wohl memorierte Beichtrede wollte mir nicht über die Lippen, ich schlug in der Verlegenheit das Buch auf, das ich in Händen hatte, und las daraus die erste beste kurze Formel, die so allgemein war, daß ein jeder sie ganz geruhig hätte aussprechen können. Ich empfing die Absolution und entfernte mich weder warm noch kalt, ging den andern Tag mit meinen Eltern zu dem Tische des Herrn und betrug mich ein paar Tage, wie es sich nach einer so heiligen Handlung wohl ziemte.

In der Folge trat jedoch bei mir das Übel hervor, welches aus unserer durch mancherlei Dogmen komplizierten, auf Bibelsprüche, die mehrere Auslegungen zulassen, gegründeten Religion bedenkliche Menschen dergestalt anfällt, daß es hypochondrische Zustände nach sich zieht und diese, bis zu ihrem höchsten Gipfel, zu fixen Ideen steigert. Ich habe mehrere Menschen gekannt, die, bei einer ganz verständigen Sinnes- und Lebensweise, sich von dem Gedanken an die Sünde in den Heiligen Geist und von der

Angst, solche begangen zu haben, nicht losmachen konnten. Ein gleiches Unheil drohte mir in der Materie von dem Abendmahl. Es hatte nämlich schon sehr früh der Spruch, daß einer, der das Sakrament unwürdig genieße, sich selbst das Gericht esse und trinke, einen ungeheuren Eindruck auf mich gemacht. Alles Furchtbare, was ich in den Geschichten der Mittelzeit von Gottesurteilen, den seltsamsten Prüfungen durch glühendes Eisen, flammendes Feuer, schwellendes Wasser gelesen hatte, selbst was uns die Bibel von der Quelle erzählt, die dem Unschuldigen wohl bekommt, den Schuldigen aufbläht und bersten macht, das alles stellte sich meiner Einbildungskraft dar und vereinigte sich zu dem höchsten Furchtbaren, indem falsche Zusage, Heuchelei, Meineid, Gotteslästerung, alles bei der heiligsten Handlung auf dem Unwürdigen zu lasten schien, welches um so schrecklicher war, als ja niemand sich für würdig erklären durfte und man die Vergebung der Sünden, wodurch zuletzt alles ausgeglichen werden sollte, doch auf so manche Weise bedingt fand, daß man nicht sicher war, sie sich mit Freiheit zueignen zu dürfen.

Dieser düstre Skrupel quälte mich dergestalt, und die Auskunft, die man mir als hinreichend vorstellen wollte, schien mir so kahl und schwach, daß jenes Schreckbild nur an furchtbarem Ansehen dadurch gewann und ich mich, sobald ich Leipzig erreicht hatte, von der kirchlichen Verbindung ganz und gar loszuwinden suchte. Wie drückend mußten mir daher Gellerts Anmahnungen werden, den ich, bei seiner ohnehin lakonischen Behandlungsart, womit er unsere Zudringlichkeit abzulehnen genötigt war, mit solchen wunderlichen Fragen nicht belästigen wollte, um so weniger, als ich mich derselben in heitern Stunden selbst schämte und zuletzt diese seltsame Gewissensangst mit Kirche und Altar völlig hinter mir ließ.

Gellert hatte sich nach seinem frommen Gemüt eine Moral aufgesetzt, welche er von Zeit zu Zeit öffentlich ablas und sich dadurch gegen das Publikum auf eine ehrenvolle Weise seiner Pflicht entledigte. Gellerts Schriften waren so lange schon das Fundament der deutschen sittlichen Kultur, und jedermann wünschte sehnlich, jenes Werk gedruckt zu sehen, und da dieses nur nach des guten Mannes Tode geschehen sollte, so hielt man sich sehr glücklich, es bei seinem Leben von ihm selbst vortragen zu hören. Das philosophische Auditorium war in solchen Stunden gedrängt voll, und die schöne Seele, der reine Wille, die Teilnahme des edlen Mannes an unserem Wohl, seine Ermahnungen, Warnungen und Bitten, in einem etwas hohlen und traurigen Tone vorgebracht, machten wohl einen augenblicklichen Eindruck; allein er hielt nicht lange nach, um so weniger als sich doch manche Spötter fanden, welche diese weiche und, wie sie glaubten, entnervende Manier uns verdächtig zu machen wußten. Ich erinnere mich eines durch reisenden Franzosen, der sich nach den Maximen und Gesinnungen des Mannes erkundigte, welcher einen so ungeheuern Zulauf hatte. Als wir ihm den nötigen Bericht gegeben, schüttelte er den Kopf und sagte lächelnd: »*Laissez le faire, il nous forme des dupes.*«

Und so wußte denn auch die gute Gesellschaft, die nicht leicht etwas Würdiges in ihrer Nähe dulden kann, den sittlichen Einfluß, welchen Gellert auf uns haben mochte, gelegentlich zu verkümmern. Bald wurde es ihm übelgenommen, daß er die vornehmen und reichen Dänen, die ihm besonders empfohlen waren, besser als die übrigen Studierenden unterrichte und eine ausgezeichnete Sorge für sie trage; bald wurde es ihm als Eigennutz und Nepotismus angerechnet, daß er eben für diese jungen Männer einen Mittagstisch bei seinem Bruder einrichten lassen. Dieser, ein großer, ansehnlicher, derber, kurz gebundener, etwas roher Mann sollte Fechtmeister gewesen sein und, bei allzugroßer Nachsicht seines Bruders, die edlen Tischgenossen manchmal hart und rauh behandeln; daher glaubte man nun wieder sich dieser jungen Leute annehmen zu müssen, und zerrte so den guten Namen des trefflichen Gellert dergestalt hin und wider, daß wir zuletzt, um nicht irre an ihm zu werden, gleichgültig gegen ihn wurden und uns nicht mehr vor ihm sehen ließen; doch grüßten wir ihn immer auf das beste, wenn er auf seinem zahmen Schimmel einhergeritten kam. Dieses Pferd hatte ihm der Kurfürst geschenkt, um ihn zu einer seiner Gesundheit so nötigen Bewegung zu verbinden eine Auszeichnung, die ihm nicht leicht zu verzeihen war.

Und so rückte nach und nach der Zeitpunkt heran, wo mir alle Autorität verschwinden und ich selbst an den größten und besten Individuen, die ich gekannt oder mir gedacht hatte, zweifeln, ja verzweifeln sollte.

Friedrich der Zweite stand noch immer über allen vorzüglichen Männern des Jahrhunderts in meinen Gedanken, und es mußte mir daher sehr befremdend vorkommen, daß ich ihn sowenig vor den Einwohnern von Leipzig als sonst in meinem großväterlichen Hause loben durfte. Sie hatten freilich die Hand des Krieges schwer gefühlt, und es war ihnen deshalb nicht zu verargen, daß sie von demjenigen, der ihn begonnen und fortgesetzt, nicht das Beste dachten. Sie wollten ihn daher wohl für einen vorzüglichen, aber keineswegs für einen großen Mann gelten lassen. Es sei keine Kunst, sagten sie, mit großen Mitteln einiges zu leisten; und wenn man weder Länder, noch Geld, noch Blut schone, so könne man zuletzt schon seinen Vorsatz ausführen. Friedrich habe sich in keinem seiner Pläne und in nichts, was er sich eigentlich vorgenommen, groß bewiesen. So lange es von ihm abgehangen, habe er nur immer Fehler gemacht, und das Außerordentliche sei nur alsdann zum Vorschein gekommen, wenn er genötigt gewesen, eben diese Fehler wieder gut zu machen; und bloß daher sei er zu dem großen Rufe gelangt, weil jeder Mensch sich dieselbige Gabe wünsche, die Fehler, die man häufig begehet, auf eine geschickte Weise wieder ins Gleiche zu bringen. Man dürfe den Siebenjährigen Krieg nur Schritt vor Schritt durchgehen, so werde man finden, daß der König seine treffliche Armee ganz unnützerweise aufgeopfert und selbst schuld daran gewesen, daß diese verderbliche Fehde sich so sehr in die Länge gezogen. Ein wahrhaft großer Mann und Heerfahrer wäre mit seinen Feinden viel geschwinder fertig geworden. Sie hatten, um diese Gesinnungen zu behaupten, ein unendliches Detail anzuführen, welches ich nicht zu leugnen wußte und nach und nach die unbedingte Verehrung erkalten fühlte, die ich diesem merkwürdigen Fürsten von Jugend auf gewidmet hatte.

Wie mich nun die Einwohner von Leipzig um das angenehme Gefühl brachten, einen großen Mann zu verehren, so verminderte ein neuer Freund, den ich zu der Zeit gewann, gar sehr die Achtung, welche ich für meine gegenwärtigen Mitbürger hegte. Dieser Freund war einer der wunderlichsten Käuze, die es auf der Welt geben kann. Er hieß Behrisch und befand sich als Hofmeister bei dem jungen Grafen Lindenau. Schon sein Äußeres war sonderbar genug. Hager und wohlgebaut, weit in den Dreißigen, eine sehr große Nase und überhaupt markierte Züge; eine Haartour, die man wohl eine Perücke hätte nennen können, trug er vom Morgen bis in die Nacht, kleidete sich sehr nett und ging niemals aus, als den Degen an der Seite und den Hut unter dem Arm. Er war einer von den Menschen, die eine ganz besondere Gabe haben, die Zeit zu verderben, oder vielmehr die aus Nichts Etwas zu machen wissen, um sie zu vertreiben. Alles, was er tat, mußte mit Langsamkeit und einem gewissen Anstand geschehen, den man affektiert hätte nennen können, wenn Behrisch nicht schon von Natur etwas Affektiertes in seiner Art gehabt hätte. Er ähnelte einem alten Franzosen, auch sprach und schrieb er sehr gut und leicht französisch. Seine größte Lust war, sich ernsthaft mit possenhaften Dingen zu beschäftigen und irgend einen albernen Einfall bis ins Unendliche zu verfolgen. So trug er sich beständig grau, und weil die verschiedenen Teile seines Anzuges von verschiedenen Zeugen und also auch Schattierungen waren, so konnte er tagelang darauf sinnen, wie er sich noch ein Grau mehr auf den Leib schaffen wollte, und war glücklich, wenn ihm das gelang und er uns beschämen konnte, die wir daran gezweifelt oder es für unmöglich erklärt hatten. Alsdann hielt er uns lange Strafpredigten über unsern Mangel an Erfindungskraft und über unsern Unglauben an seine Talente.

Übrigens hatte er gute Studien, war besonders in den neueren Sprachen und ihren Literaturen bewandert und schrieb eine vortreffliche Hand. Mir war er sehr gewogen, und ich, der ich immer gewohnt und geneigt war mit ältern Personen umzugehen, attachierte mich bald an ihn. Mein Umgang diente auch ihm zur besondern Unterhaltung, indem er Vergnügen daran fand, meine Unruhe und Ungeduld zu zähmen, womit ich ihm dagegen auch genug zu schaffen machte. In der Dichtkunst hatte er dasjenige, was man Geschmack nannte: ein gewisses allgemeines Urteil über das Gute und Schlechte, das Mittelmäßige und Zulässige; doch war sein Urteil mehr tadelnd, und er zerstörte noch den wenigen Glauben, den ich an gleichzeitige Schriftsteller bei mir hegte, durch lieblose Anmerkungen, die er über die Schriften und Gedichte dieses und jenes mit Witz und Laune vorzubringen wußte. Meine eigenen Sachen nahm er mit Nachsicht auf und ließ mich gewähren; nur unter der Bedingung, daß ich nichts sollte drucken lassen. Er versprach mir dagegen, daß er diejenigen Stücke, die er für gut hielt, selbst abschreiben und in einem schönen Bande mir verehren wolle. Dieses Unternehmen gab nun Gelegenheit zu dem größtmöglichsten Zeitverderb. Denn ehe er das rechte Papier finden, ehe er mit sich über das Format einig werden konnte, ehe er die Breite des Randes und die innere Form der Schrift bestimmt hatte, ehe die Rabenfedern herbeigeschafft, geschnitten und Tusche eingerieben war, vergingen ganze Wochen, ohne daß auch das Mindeste geschehen wäre. Mit eben solchen Umständen begab er sich denn jedesmal ans Schreiben und brachte wirklich nach und nach ein allerliebstes Manuskript zusammen. Die Titel der Gedichte waren Fraktur, die Verse selbst von einer stehenden sächsischen Handschrift, an dem Ende eines jeden Gedichtes eine analoge Vignette, die er entweder irgendwo ausgewählt oder auch wohl selbst erfunden hatte, wobei er die Schraffuren der Holzschnitte und Druckerstöcke, die man bei solcher Gelegenheit braucht, gar zierlich nachzuahmen wußte. Mir diese

Dinge, indem er fortrückte, vorzuzeigen, mir das Glück auf eine komisch-pathetische Weise vorzurühmen, daß ich mich in so vortrefflicher Handschrift verewigt sah, und zwar auf eine Art, die keine Druckerpresse zu erreichen im stande sei, gab abermals Veranlassung, die schönsten Stunden durchzubringen. Indessen war sein Umgang wegen der schönen Kenntnisse, die er besaß, doch immer im stillen lehrreich, und, weil er mein unruhiges heftiges Wesen zu dämpfen wußte, auch im sittlichen Sinne für mich ganz heilsam. Auch hatte er einen ganz besonderen Widerwillen gegen alles Rohe, und seine Späße waren durchaus barock, ohne jemals ins Derbe oder Triviale zu fallen. Gegen seine Landsleute erlaubte er sich eine fratzenhafte Abneigung, und schilderte was sie auch vornehmen mochten, mit lustigen Zügen. Besonders war er unerschöpflich, einzelne Menschen komisch darzustellen; wie er denn an dem Äußeren eines jeden etwas auszusetzen fand. So konnte er sich, wenn wir zusammen am Fenster lagen, stundenlang beschäftigen, die Vorübergehenden zu rezensieren und, wenn er genugsam an ihnen getadelt, genau und umständlich anzuzeigen, wie sie sich eigentlich hätten kleiden sollen, wie sie gehen, wie sie sich betragen müßten, um als ordentliche Leute zu erscheinen. Dergleichen Vorschläge liefen meistenteils auf etwas Ungehöriges und Abgeschmacktes hinaus, so daß man nicht sowohl lachte über das, wie der Mensch aussah, sondern darüber, wie er allenfalls hätte aussehen können, wenn er verrückt genug gewesen wäre, sich zu verbilden. In allen solchen Dingen ging er ganz unbarmherzig zu Werk, ohne daß er nur im mindesten boshaft gewesen wäre. Dagegen wußten wir ihn von unserer Seite zu quälen, wenn wir versicherten, daß man ihn nach seinem Äußeren wo nicht für einen französischen Tanzmeister, doch wenigstens für den akademischen Sprachmeister ansehen müsse. Dieser Vorwurf war denn gewöhnlich das Signal zu stundenlangen Abhandlungen, worin er den himmelweiten Unterschied herauszusetzen pflegte, der zwischen ihm und einem alten Franzosen obwalte. Hierbei bürdete er uns gewöhnlich allerlei ungeschickte Vorschläge auf, die wir ihm zur Veränderung und Modifizierung seiner Garderobe hätten tun können.

Die Richtung meines Dichtens, das ich nur um desto eifriger trieb, als die Abschrift schöner und sorgfältiger vorrückte, neigte sich nunmehr gänzlich zum Natürlichen, zum Wahren; und wenn die Gegenstände auch nicht immer bedeutend sein konnten, so suchte ich sie doch immer rein und scharf auszudrücken, um so mehr als mein Freund mir öfters zu bedenken gab, was das heißen wolle, einen Vers mit der Rabenfeder und Tusche auf holländisch Papier schreiben, was dazu für Zeit, Talent und Anstrengung gehöre, die man an nichts Leeres und Überflüssiges verschwenden dürfe. Dabei pflegte er gewöhnlich ein fertiges Heft aufzuschlagen und umständlich aus einanderzusetzen, was an dieser oder jener Stelle nicht stehen dürfe, und uns glücklich zu preisen, daß es wirklich nicht da stehe. Er sprach hierauf mit großer Verachtung von der Buchdruckerei, agierte den Setzer, spottete über dessen Gebärden, über das eilige Hin- und Wiedergreifen, und leitete aus diesem Manöver alles Unglück der Literatur her. Dagegen erhob er den Anstand und die edle Stellung eines Schreibenden, und setzte sich sogleich hin, um sie uns vorzuzeigen, wobei er uns denn freilich ausschalt, daß wir uns nicht nach seinem Beispiel und Muster eben so am Schreibtisch beträgen. Nun kam er wieder auf den Kontrast mit dem Setzer zurück, kehrte einen angefangenen Brief das Oberste zuunterst und zeigte, wie unanständig es sei, etwa von unten nach oben, oder von der Rechten zur Linken zu schreiben, und was dergleichen Dinge mehr waren, womit man ganze Bände anfüllen könnte.

Mit solchen unschädlichen Torheiten vergeudeten wir die schöne Zeit, wobei keinem eingefallen wäre, daß aus unserm Kreis zufällig etwas ausgehen würde, welches allgemeine Sensation erregen und uns nicht in den besten Leumund bringen sollte.

Gellert mochte wenig Freude an seinem Praktikum haben, und wenn er allenfalls Lust empfand, einige Anleitung im prosaischen und poetischen Stil zu geben, so tat er es privatissime nur wenigen, unter die wir uns nicht zählen durften. Die Lücke, die sich dadurch in dem öffentlichen Unterricht ergab, gedachte Professor Clodius auszufüllen, der sich im Literarischen, Kritischen und Poetischen einigen Ruf erworben hatte und als ein junger, munterer, zutätiger Mann, sowohl bei der Akademie als in der Stadt viel Freunde fand. An die nunmehr von ihm übernommene Stunde wies uns Gellert selbst, und was die Hauptsache betraf, so merkten wir wenig Unterschied. Auch er kritisierte nur das einzelne, korrigierte gleichfalls mit roter Tinte, und man befand sich in Gesellschaft von lauter Fehlern, ohne eine Aussicht zu haben, worin das Rechte zu suchen sei. Ich hatte ihm einige von meinen kleinen Arbeiten gebracht, die er nicht übel behandelte. Allein gerade zu jener Zeit schrieb man mir von Hause, daß ich auf die Hochzeit meines Oheims notwendig ein Gedicht liefern müsse. Ich fühlte mich so weit von jener leichten und leichtfertigen Periode entfernt, in welcher mir ein Ähnliches Freude gemacht hätte, und da ich der Lage selbst nichts abgewinnen konnte, so dachte ich meine Arbeit mit äußerlichem Schmuck auf das beste herauszustutzen. Ich versammelte daher den ganzen Olymp, um über die Heirat eines Frankfurter Rechtsgelehrten zu ratschlagen; und zwar ernsthaft genug, wie es sich zum Feste eines solchen Ehrenmanns wohl schickte. Venus und Themis hatten sich um seinetwillen überworfen; doch ein schelmischer Streich, den Amor der letzteren spielte, ließ jene den Prozeß gewinnen, und die Götter entschieden für die Heirat.

Die Arbeit mißfiel mir keineswegs. Ich erhielt von Hause darüber ein schönes Belobigungsschreiben, bemühte mich mit einer nochmaligen guten Abschrift und hoffte meinem Lehrer doch auch einigen Beifall abzunötigen. Allein hier hatte ich's schlecht getroffen. Er nahm die Sache streng, und indem er das Parodistische, was denn doch in dem Einfall lag, gar nicht beachtete, so erklärte er den großen Aufwand von göttlichen Mitteln zu einem so geringen menschlichen Zweck für äußerst tadelnswert, verwies den Gebrauch und Mißbrauch solcher mythologischen Figuren als eine falsche, aus pedantischen Zeiten sich herschreibende Gewohnheit, fand den Ausdruck bald zu hoch, bald zu niedrig, und hatte zwar im einzelnen der roten Tinte nicht geschont, versicherte jedoch, daß er noch zu wenig getan habe.

Solche Stücke wurden zwar anonym vorgelesen und rezensiert; allein man paßte einander auf, und es blieb kein Geheimnis, daß diese verunglückte Götterversammlung mein Werk gewesen sei. Da mir jedoch seine Kritik, wenn ich seinen Standpunkt annahm, ganz richtig zu sein schien, und jene Gottheiten, näher besehen, freilich nur hohle Scheingestalten waren, so verwünschte ich den gesamten Olymp, warf das ganze mythische Pantheon weg, und seit jener Zeit sind Amor und Luna die einzigen Gottheiten, die in meinen kleinen Gedichten allenfalls auftreten.

Unter den Personen, welche sich Behrisch zu Zielscheiben seines Witzes erlesen hatte, stand gerade Clodius obenan; auch war es nicht schwer, ihm eine komische Seite abzugewinnen. Als eine kleine, etwas starke, gedrängte Figur war er in seinen Bewegungen heftig, etwas fahrig in seinen Äußerungen und unstet in seinem Betragen. Durch alles dies unterschied er sich von seinen Mitbürgern, die ihn jedoch, wegen seiner guten Eigenschaften und der schönen Hoffnungen, die er gab, recht gern gelten ließen.

Man übertrug ihm gewöhnlich die Gedichte, welche sich bei feierlichen Gelegenheiten notwendig machten. Er folgte in der sogenannten Ode der Art, deren sich Ramler bediente, den sie aber auch ganz allein kleidete. Clodius aber hatte sich als Nachahmer besonders die fremden Worte gemerkt, wodurch jene Ramlerschen Gedichte mit einem majestätischen Pompe auftreten, der, weil er der Größe seines Gegenstandes und der übrigen poetischen Behandlung gemäß ist, auf Ohr, Gemüt und Einbildungskraft eine sehr gute Wirkung tut. Bei Clodius hingegen erschienen diese Ausdrücke fremdartig, indem seine Poesie übrigens nicht geeignet war, den Geist auf irgend eine Weise zu erheben.

Solche Gedichte mußten wir nun oft schön gedruckt und höchlich gelobt vor uns sehen, und wir fanden es höchst anstößig, daß er, der uns die heidnischen Götter verkümmert hatte, sich nun eine andere Leiter auf den Parnaß aus griechischen und römischen Wortsprossen zusammenzimmern wollte. Diese oft wiederkehrenden Ausdrücke prägten sich fest in unser Gedächtnis, und zu lustiger Stunde, da wir in den Kohlgärten den trefflichsten Kuchen verzehrten, fiel mir auf einmal ein, jene Kraft- und Machtworte in ein Gedicht an den Kuchenbäcker Händel zu versammeln. Gedacht, getan! Und so stehe es denn auch hier, wie es an eine Wand des Hauses mit Bleistift angeschrieben wurde:

> O Händel, dessen Ruhm vom *Süd* zum *Norden* reicht,
> Vernimm den *Päan*, der zu deinen Ohren steigt!
> Du bäckst, was *Gallier* und *Briten* emsig suchen:
> Mit *schöpfrischem Genie originelle* Kuchen.
> Des Kaffees *Ozean*, der sich vor dir ergießt,
> Ist süßer als der Saft, der vom *Hymettus* fließt.
> Dein Haus, ein *Monument*, wie wir den Künsten lohnen,
> Umhangen mit *Trophän*, erzählt den *Nationen*:
> Auch ohne *Diadem* fand Händel hier sein Glück,
> Und raubte dem *Kothurn* gar manch Achtgroschenstück.
> Glänzt deine *Urn'* dereinst in majestät'schem *Pompe*,
> Dann weint der *Patriot* an deiner *Katakombe*.
> Doch leb'! dein *Torus* sei von edler Brut ein Nest,
> Steh hoch wie der *Olymp*, wie der *Parnassus* fest!
> Kein *Phalanx* Griechenlands mit römischen *Ballisten*
> Vermög' *Germanien* und Händeln zu verwüsten.
> Dein *Wohl* ist unser *Stolz*, dein *Leiden* unser *Schmerz*,
> Und Händels *Tempel* ist der *Musensöhne* Herz.

Dieses Gedicht stand lange Zeit unter so vielen anderen, welche die Wände jener Zimmer verunzierten, ohne bemerkt zu werden, und wir, die wir uns genugsam daran ergötzt hatten, vergaßen es ganz und gar über anderen Dingen. Geraume Zeit hernach trat Clodius mit seinem *Medon* hervor, dessen Weisheit, Großmut und Tugend wir unendlich lächerlich fanden, so sehr auch die erste Vorstellung des Stücks beklatscht wurde. Ich machte gleich Abends, als wir zusammen in unser Weinhaus kamen, einen Prolog in Knittelversen, wo Arlekin mit zwei großen Säcken auftritt, sie an beide Seiten des Proszeniums stellt und nach verschiedenen vorläufigen Späßen den Zuschauern vertraut, daß in den beiden Säcken moralisch-ästhetischer Sand befindlich sei, den ihnen die Schauspieler sehr häufig in die Augen werfen würden. Der eine sei nämlich mit Wohltaten gefüllt, die nichts kosteten, und der andere mit prächtig ausgedrückten Gesinnungen, die nichts hinter sich hätten. Er entfernte sich ungern und kam einigemal wieder, ermahnte die Zuschauer ernstlich, sich an seine Warnung zu kehren und die Augen zuzumachen, erinnerte sie, wie er immer ihr Freund gewesen und es gut mit ihnen gemeint, und was dergleichen Dinge mehr waren. Dieser Prolog wurde auf der Stelle von Freund Horn im Zimmer gespielt, doch blieb der Spaß ganz unter uns, es ward nicht einmal eine Abschrift genommen, und das Papier verlor sich bald. Horn jedoch, der den Arlekin ganz artig vorgestellt hatte, ließ sich's einfallen, mein Gedicht an Händel um mehrere Verse zu erweitern und es zunächst auf den Medon zu beziehen. Er las es uns vor, und wir konnten keine Freude daran haben, weil wir die Zusätze nicht eben geistreich fanden und das erste, in einem ganz anderen Sinn geschriebene Gedicht uns entstellt vorkam. Der Freund, unzufrieden über unsere Gleichgültigkeit, ja unseren Tadel, mochte es andern vorgezeigt haben, die es neu und lustig fanden. Nun machte man Abschriften davon, denen der Ruf des Clodiusschen Medons sogleich eine schnelle Publizität verschaffte. Allgemeine Mißbilligung erfolgte hierauf, und die Urheber (man hatte bald erfahren, daß es aus unserer Clique hervorgegangen war) wurden höchlich getadelt: denn seit Cronegks und Rosts Angriffen auf Gottsched war dergleichen nicht wieder vorgekommen. Wir hatten uns ohnehin früher schon zurückgezogen, und nun befanden wir uns gar im Falle der Schuhus gegen die übrigen Vögel. Auch in Dresden mochte man die Sache nicht gut finden, und sie hatte für uns wo nicht unangenehme, doch ernste Folgen. Der Graf Lindenau war schon eine Zeitlang mit dem Hofmeister seines Sohns nicht ganz zufrieden. Denn obgleich der junge Mann keineswegs vernachlässigt wurde und Behrisch sich entweder in dem Zimmer des jungen Grafen oder wenigstens daneben hielt, wenn die Lehrmeister ihre täglichen Stunden gaben, die Kollegia mit ihm sehr ordentlich frequentierte, bei Tage nicht ohne ihn ausging, auch denselben auf allen Spaziergängen begleitete, so waren wir andern doch auch immer in Apels Hause zu finden und zogen mit, wenn man lustwandelte; das machte schon einiges Aufsehen. Behrisch gewöhnte sich auch an uns, gab zuletzt meistenteils Abends gegen neun Uhr seinen Zögling in die Hände des Kammerdieners und suchte uns im Weinhause auf, wohin er jedoch niemals anders als in Schuhen und Strümpfen, den Degen an der Seite und gewöhnlich den Hut unterm Arm zu kommen pflegte. Die Späße und Torheiten, die er insgemein angab, gingen ins Unendliche. So hatte z. B. einer unserer Freunde die Gewohnheit, punkt Zehne wegzugehen, weil er mit einem hübschen Kinde in Verbindung stand, mit welchem er sich nur um diese Zeit unterhalten konnte. Wir vermißten ihn ungern und Behrisch nahm sich eines Abends, wo wir sehr vergnügt zusammen waren, im stillen vor, ihn diesmal nicht wegzulassen. Mit dem Schlage Zehn stand jener auf und empfahl sich. Behrisch rief ihn an und bat, einen Augenblick zu warten, weil er gleich mitgehen wolle. Nun begann er auf die anmutigste Weise erst nach seinem Degen zu suchen, der doch ganz vor den Augen stand und gebärdete sich beim Anschnallen desselben so ungeschickt, daß er damit niemals zu stande kommen konnte. Er machte es auch anfangs so natürlich, daß niemand ein Arges dabei hatte. Als er aber, um das Thema zu variieren, zuletzt weiter ging, daß der Degen bald auf die rechte Seite, bald zwischen die Beine kam, so entstand ein allgemeines Gelächter, in das der Forteilende, welcher gleichfalls ein lustiger Geselle war, mit einstimmte und Behrisch so lange gewähren ließ, bis die Schäferstunde vorüber war, da denn nun erst eine gemeinsame Lust und vergnügliche Unterhaltung bis tief in die Nacht erfolgte.

Unglücklicherweise hatte Behrisch, und wir durch ihn, noch einen gewissen anderen Hang zu einigen Mädchen, welche besser waren als ihr Ruf; wodurch denn aber unser Ruf nicht gefördert werden konnte. Man hatte uns manchmal in ihrem Garten gesehen, und wir lenkten auch wohl unsern Spaziergang dahin, wenn der junge Graf dabei war. Dieses alles mochte zusammen aufgespart und dem Vater zuletzt berichtet worden sein: genug, er suchte auf eine glimpfliche Weise den Hofmeister los zu werden, dem es jedoch zum Glück gereichte. Sein gutes Äußere, seine Kenntnisse und Talente, seine Rechtschaffenheit, an der niemand etwas auszusetzen wußte, hatten ihm die Neigung und Achtung vorzüglicher Personen erworben, auf deren Empfehlung er zu dem Erbprinzen von Dessau als Erzieher berufen wurde und an dem Hofe eines in jeder Rücksicht trefflichen Fürsten ein solides Glück fand.

Der Verlust eines Freundes wie Behrisch war für mich von der größten Bedeutung. Er hatte mich verzogen, indem er mich bildete, und seine Gegenwart war nötig, wenn das einigermaßen für die Sozietät Frucht bringen sollte, was er an mich zu wenden für gut gefunden hatte. Er wußte mich zu allerlei Artigem und Schicklichem zu bewegen, was gerade am Platz war, und meine geselligen Talente herauszusetzen. Weil ich aber in solchen Dingen keine Selbständigkeit erworben hatte, so fiel ich gleich, da ich wieder allein war, in mein wirriges störrisches Wesen zurück, welches immer zunahm, je unzufriedner ich über meine Umgebung war, indem ich mir einbildete, daß sie nicht mit mir zufrieden sei. Mit der willkürlichsten Laune nahm ich übel auf, was ich mir hätte zum Vorteil rechnen können, entfernte manchen dadurch, mit dem ich bisher in leidlichem Verhältnis gestanden hatte, und mußte bei mancherlei Widerwärtigkeiten, die ich mir und andern, es sei nun im Tun oder Unterlassen, im Zuviel oder Zuwenig zugezogen hatte, von Wohlwollenden die Bemerkung hören, daß es mir an Erfahrung fehle. Das gleiche sagte mir wohl irgend ein Gutdenkender, der meine Produktionen sah, besonders wenn sie sich auf die Außenwelt bezogen. Ich beobachtete diese so gut ich konnte, fand aber daran wenig Erbauliches und mußte noch immer genug von dem Meinigen hinzutun, um sie nur erträglich zu finden. Auch meinem Freunde Behrisch hatte ich manchmal zugesetzt, er solle mir deutlich machen, was Erfahrung sei? Weil er aber voller Torheiten steckte, so vertröstete er mich von einem Tage zum andern und eröffnete mir zuletzt, nach großen Vorbereitungen: die wahre Erfahrung sei ganz eigentlich, wenn man erfahre, wie ein Erfahrner die Erfahrung erfahrend erfahren müsse. Wenn wir ihn nun hierüber äußerst ausschalten und zur Rede setzten, so versicherte er, hinter diesen Worten stecke ein großes Geheimnis, das wir alsdann erst begreifen würden, wenn wir erfahren hätten — und immer so weiter: denn es kostete ihm nichts, viertelstundenlang so fortzusprechen; da denn das Erfahren immer erfahrner und zuletzt zur wahrhaften Erfahrung werden würde. Wollten wir über solche Possen verzweifeln, so beteuerte er, daß er diese Art sich deutlich und eindrücklich zu machen von den neusten und größten Schriftstellern gelernt, welche uns aufmerksam gemacht, wie man eine ruhige Ruhe ruhen und wie die Stille im stillen immer stiller werden könnte.

Zufälligerweise rühmte man in guter Gesellschaft einen Offizier, der sich unter uns auf Urlaub befand, als einen vorzüglich wohldenkenden und erfahrnen Mann, der den Siebenjährigen Krieg mitgefochten und sich ein allgemeines Zutrauen erworben habe. Es fiel nicht schwer, mich ihm zu nähern, und wir spazierten öfters mit einander. Der Begriff von Erfahrung war beinah fix in meinem Gehirne geworden, und das Bedürfnis, mir ihn klar zu machen, leidenschaftlich. Offenmütig wie ich war, entdeckte ich ihm die Unruhe, in der ich mich befand. Er lächelte und war freundlich genug, mir, im Gefolg meiner Fragen, etwas von seinem Leben und von der nächsten Welt überhaupt zu erzählen, wobei freilich zuletzt wenig Besseres herauskam als, daß die Erfahrung uns überzeuge, daß unsere besten Gedanken, Wünsche und Vorsätze unerreichbar seien, und daß man denjenigen, welcher dergleichen Grillen hege und sie mit Lebhaftigkeit äußere, vornehmlich für einen unerfahrnen Menschen halte.

Da er jedoch ein wackerer tüchtiger Mann war, so versicherte er mir, er habe diese Grillen selbst noch nicht ganz aufgegeben und befinde sich bei dem wenigen Glaube, Liebe und Hoffnung, was ihm übrig geblieben, noch ganz leidlich. Er mußte mir darauf vieles vom Krieg erzählen, von der Lebensweise im Feld, von Scharmützeln und Schlachten, besonders insofern er Anteil daran genommen; da denn diese ungeheuren Ereignisse, indem sie auf ein einzelnes Individuum bezogen wurden, ein gar wunderliches Ansehen gewannen. Ich bewog ihn alsdann zu einer offenen Erzählung der kurz vorher bestandenen Hofverhältnisse, welche ganz märchenhaft zu sein schienen. Ich hörte von der körperlichen Stärke Augusts des Zweiten, den vielen Kindern desselben und seinem ungeheuren Aufwand, sodann von des Nachfolgers Kunst- und Sammlungslust, vom Grafen Brühl und dessen grenzenloser Prunkliebe, deren einzelnes beinahe abgeschmackt erschien, von so viel Festen und Prachtergötzungen, welche sämtlich durch den Einfall Friedrichs in Sachsen abgeschnitten worden. Nun lagen die königlichen Schlösser zerstört, die Brühlschen Herrlichkeiten vernichtet, und es war von allem nur ein sehr beschädigtes herrliches Land übrig geblieben.

Als er mich über jenen unsinnigen Genuß des Glücks verwundert und sodann über das erfolgte Unglück betrübt sah und mich bedeutete, wie man von einem erfahrnen Manne geradezu verlange, daß er über keins von beiden erstaunen, noch daran einen zu lebhaften Anteil nehmen solle, so fühlte ich große Lust, in meiner bisherigen Unerfahrenheit noch eine Weile zu verharren, worin er mich denn bestärkte und recht angelegentlich bat, ich möchte mich, bis auf weiteres, immer an die angenehmen Erfahrungen halten und die unangenehmen so viel als möglich abzulehnen suchen, wenn sie sich mir aufdringen sollten. Einst aber, als wieder im allgemeinen die Rede von Erfahrung war und ich ihm jene possenhaften Phrasen des Freundes Behrisch erzählte, schüttelte er lächelnd den Kopf und sagte: Da sieht man, wie es mit Worten geht, die nur einmal ausgesprochen sind! Diese da klingen so neckisch, ja so albern, daß es fast unmöglich scheinen dürfte, einen vernünftigen Sinn hineinzulegen; und doch ließe sich vielleicht ein Versuch machen.

Und als ich in ihn drang, versetzte er mit seiner verständig heitern Weise: Wenn Sie mir erlauben, indem ich Ihren Freund kommentiere und supplire, in seiner Art fortzufahren, so dünkt mich, er habe sagen wollen, daß die Erfahrung nichts anderes sei, als daß man erfährt, was man nicht zu erfahren wünscht, worauf es wenigstens in dieser Welt meistens hinausläuft.

Achtes Buch

Ein anderer Mann, obgleich in jedem Betracht von Behrisch unendlich verschieden, konnte doch in einem gewissen Sinne mit ihm verglichen werden: ich meine Oesern, welcher auch unter diejenigen Menschen gehörte, die ihr Leben in einer bequemen Geschäftigkeit hinträumen. Seine Freunde selbst bekannten im stillen, daß er, bei einem sehr schönen Naturell, seine jungen Jahre nicht in genugsamer Tätigkeit verwendet, deswegen er auch nie dahin gelangt sei, die Kunst mit vollkommner Technik auszuüben. Doch schien ein gewisser Fleiß seinem Alter vorbehalten zu sein, und es fehlte ihm die vielen Jahre, die ich ihn kannte, niemals an Erfindung noch Arbeitsamkeit. Er hatte mich gleich den ersten Augenblick sehr an sich gezogen; schon seine Wohnung, wundersam und ahnungsvoll, war für mich höchst reizend. In dem alten Schlosse Pleißenburg ging man rechts in der Ecke eine erneute heitre Wendeltreppe hinauf. Die Säle der Zeichenakademie, deren Direktor er war, fand man sodann links, hell und geräumig; aber zu ihm selbst gelangte man nur durch einen engen dunklen Gang, an dessen Ende man erst den Eintritt zu seinen Zimmern suchte, zwischen deren Reihe und einem weitläufigen Kornboden man soeben hergegangen war. Das erste Gemach war mit Bildern geschmückt aus der späteren italienischen Schule, von Meistern, deren Anmut er höchlich zu preisen pflegte. Da ich Privatstunden mit einigen Edelleuten bei ihm genommen hatte, so war uns erlaubt, hier zu zeichnen, und wir gelangten auch manchmal in sein daranstoßendes inneres Kabinett, welches zugleich seine wenigen Bücher, Kunst- und Naturaliensammlungen und was ihn sonst zunächst interessieren mochte, enthielt. Alles war mit Geschmack, einfach und dergestalt geordnet, daß der kleine Raum sehr vieles umfaßte. Die

Möbel, Schränke, Portefeuilles elegant ohne Ziererei oder Überfluß. So war auch das erste, was er uns empfahl und worauf er immer wieder zurückkam, die Einfalt in allem, was Kunst und Handwerk vereint hervorzubringen berufen sind. Als ein abgesagter Feind des Schnörkel- und Muschelwesens und des ganzen barocken Geschmacks zeigte er uns dergleichen in Kupfer gestochne und gezeichnete alte Muster im Gegensatz mit bessern Verzierungen und einfacheren Formen der Möbel sowohl als anderer Zimmerumgebungen, und weil alles um ihn her mit diesen Maximen übereinstimmte, so machten die Worte und Lehren auf uns einen guten und dauernden Eindruck. Auch außerdem hatte er Gelegenheit, uns seine Gesinnungen praktisch sehen zu lassen, indem er sowohl bei Privat- als Regimentspersonen in gutem Ansehen stand und bei neuen Bauten und Veränderungen um Rat gefragt wurde. Überhaupt schien er geneigter zu sein, etwas gelegentlich, zu einem gewissen Zweck und Gebrauch zu verfertigen, als daß er für sich bestehende Dinge, welche eine größere Vollendung verlangen, unternommen und ausgearbeitet hätte: deshalb er auch immer bereit und zur Hand war, wenn die Buchhändler größere und kleinere Kupfer zu irgend einem Werk verlangten, wie denn die Vignetten zu Winckelmanns ersten Schriften von ihm radiert sind. Oft aber machte er nur sehr skizzenhafte Zeichnungen, in welche sich Geyser ganz gut zu schicken verstand. Seine Figuren hatten durchaus etwas Allgemeines, um nicht zu sagen Ideelles. Seine Frauen waren angenehm und gefällig, seine Kinder naiv genug, nur mit den Männern wollte es nicht fort, die, bei seiner zwar geistreichen, aber doch immer nebulistischen und zugleich abbreviierenden Manier, meistenteils das Ansehen von Lazzaroni erhielten. Da er seine Kompositionen überhaupt weniger auf Form, als auf Licht, Schatten und Massen berechnete, so nahmen sie sich im ganzen gut aus; wie denn alles, was er tat und hervorbrachte, von einer eignen Grazie begleitet war. Weil er nun dabei eine eingewurzelte Neigung zum Bedeutenden, Allegorischen, einen Nebengedanken Erregenden nicht bezwingen konnte noch wollte, so gaben seine Werke immer etwas zu sinnen und wurden vollständig durch einen Begriff, da sie es der Kunst und der Ausführung nach nicht sein konnten. Diese Richtung, welche immer gefährlich ist, führte ihn manchmal bis an die Grenze des guten Geschmacks, wo nicht gar darüber hinaus. Seine Absichten suchte er oft durch die wunderlichsten Einfälle und durch grillenhafte Scherze zu erreichen; ja seinen besten Arbeiten ist stets ein humoristischer Anstrich verliehen. War das Publikum mit solchen Dingen nicht immer zufrieden, so rächte er sich durch eine neue, noch wunderlichere Schnurre. So stellte er später in dem Vorzimmer des großen Konzertsaales eine ideale Frauenfigur seiner Art vor, die eine Lichtschere nach einer Kerze hinbewegte, und er freute sich außerordentlich, wenn er veranlassen konnte, daß man über die Frage stritt, ob diese seltsame Muse das Licht zu putzen oder auszulöschen gedenke? wo er denn allerlei neckische Beigedanken schelmisch hervorblicken ließ.

Doch machte die Erbauung des neuen Theaters zu meiner Zeit das größte Aufsehen, in welchem sein Vorhang, da er noch ganz neu war, gewiß eine außerordentlich liebliche Wirkung tat. Oeser hatte die Musen aus den Wolken, auf denen sie bei solchen Gelegenheiten gewöhnlich schweben, auf die Erde versetzt. Einen Vorhof zum Tempel des Ruhms schmückten die Statuen des Sophokles und Aristophanes, um welche sich alle neueren Schauspieldichter versammelten. Hier nun waren die Göttinnen der Künste gleichfalls gegenwärtig und alles würdig und schön. Nun aber kommt das Wunderliche! Durch die freie Mitte sah man das Portal des fernstehenden Tempels, und ein Mann in leichter Jacke ging zwischen beiden obgedachten Gruppen, ohne sich um sie zu bekümmern, hindurch, gerade auf den Tempel los; man sah ihn daher im Rücken, er war nicht besonders ausgezeichnet. Dieser nun sollte Shakespearen bedeuten, der ohne Vorgänger und Nachfolger, ohne sich um die Muster zu bekümmern, auf seine eigne Hand der Unsterblichkeit entgegengehe. Auf dem großen Boden über dem neuen Theater ward dieses Werk vollbracht. Wir versammelten uns dort oft um ihn, und ich habe ihm daselbst die Aushängebogen von Musarion vorgelesen.

Was mich betraf, so rückte ich in Ausübung der Kunst keineswegs weiter. Seine Lehre wirkte auf unsern Geist und unsern Geschmack; aber seine eigne Zeichnung war zu unbestimmt, als daß sie mich, der ich an den Gegenständen der Kunst und Natur auch nur hindämmerte, hätte zu einer strengen und entschiedenen Ausübung anleiten sollen. Von den Gesichtern und Körpern selbst überlieferte er uns mehr die Ansichten als die Formen, mehr die Gebärden als die Proportionen. Er gab uns die Begriffe von den Gestalten und verlangte, wir sollten sie in uns lebendig werden lassen. Das wäre denn auch schön und recht gewesen, wenn er nicht bloß Anfänger vor sich gehabt hätte. Konnte man ihm daher ein vorzügliches Talent zum Unterricht wohl absprechen, so mußte man dagegen bekennen, daß er sehr gescheit und weltklug sei und daß eine glückliche Gewandtheit des Geistes ihn, in einem höhern Sinne, recht eigentlich zum Lehrer qualifiziere. Die Mängel, an denen jeder litt, sah er recht gut ein; er verschmähte jedoch, sie direkt zu rügen, und deutete vielmehr Lob und Tadel indirekt sehr lakonisch an. Nun mußte man über die Sache denken und kam in der Einsicht schnell um vieles weiter. So hatte ich z.B. auf blaues Papier einen Blumenstrauß, nach einer vorhandenen Vorschrift, mit schwarzer und weißer Kreide sehr sorgfältig ausgeführt und teils mit Wischen, teils mit Schraffieren das kleine Bild hervorzuheben gesucht. Nachdem ich mich lange dergestalt bemüht, trat er einstens hinter mich und sagte: »Mehr Papier!« worauf er sich sogleich entfernte. Mein Nachbar und ich zerbrachen uns den Kopf, was das heißen könne: denn mein Bouquet hatte auf einem großen halben Bogen Raum genug um sich her. Nachdem wir lange nachgedacht, glaubten wir endlich seinen Sinn zu treffen, wenn wir bemerkten, daß ich durch das Ineinanderarbeiten des Schwarzen und Weißen den blauen Grund ganz zugedeckt, die Mitteltinte zerstört und wirklich eine unangenehme Zeichnung mit großem Fleiß hervorgebracht hatte. Übrigens ermangelte er nicht, uns von der Perspektive, von Licht und Schatten zwar genugsam, doch immer nur so zu unterrichten, daß wir uns anzustrengen und zu quälen hatten, um eine Anwendung der überlieferten Grundsätze zu treffen. Wahrscheinlich war seine Absicht, an uns, die wir doch nicht Künstler werden sollten, nur die Einsicht und den Geschmack zu bilden und uns mit den Erfordernissen eines Kunstwerks bekannt zu machen, ohne gerade zu verlangen, daß wir es hervorbringen sollten. Da nun der Fleiß ohnehin meine Sache nicht war (denn es machte mir nichts Vergnügen als was mich anflog), so wurde ich nach und nach, wo nicht lässig, doch mißmutig, und weil die Kenntnis bequemer ist als das Tun, so ließ ich mir gefallen, wohin er uns nach seiner Weise zu führen gedachte.

Zu jener Zeit war *Das Leben der Maler* von d'Argenville ins Deutsche übersetzt; ich erhielt es ganz frisch und studierte es emsig genug. Dies schien Oesern zu gefallen, und er verschaffte uns Gelegenheit, aus den großen Leipziger Sammlungen manches Portefeuille zu sehen, und leitete uns dadurch zur Geschichte der Kunst ein. Aber auch diese Übungen brachten bei mir eine andere Wirkung hervor, als er im Sinn haben mochte. Die mancherlei Gegenstände, welche ich von den Künstlern behandelt sah, erweckten das poetische Talent in mir, und wie man ja wohl ein Kupfer zu einem Gedicht macht, so machte ich nun Gedichte zu den Kupfern und Zeichnungen, indem ich mir die darauf vorgestellten Personen in ihrem vorhergehenden und nachfolgenden Zustande zu vergegenwärtigen, bald auch ein kleines Lied, das ihnen wohl geziemt hätte, zu dichten wußte und so mich gewöhnte, die Künste in Verbindung mit einander zu betrachten. Ja selbst die Fehlgriffe, die ich tat, daß meine Gedichte manchmal beschreibend wurden, waren mir in der Folge, als ich zu mehrerer Besinnung kam, nützlich, indem sie mich auf den Unterschied der Künste aufmerksam machten. Von solchen kleinen Dingen standen mehrere in der Sammlung, welche Behrisch veranstaltet hatte; es ist aber nichts davon übrig geblieben.

Das Kunst- und Geschmackselement, worin Oeser lebte und auf welchem man selbst, insofern man ihn fleißig besuchte, getragen wurde, ward auch dadurch immer würdiger und erfreulicher, daß er sich gern abgeschiedener oder abwesender Männer erinnerte, mit denen er in Verhältnis gestanden hatte, oder solches noch immerfort erhielt; wie er denn, wenn er jemanden einmal seine Achtung geschenkt, unveränderlich in dem Betragen gegen denselben blieb und sich immer gleich geneigt erwies.

Nachdem wir unter den Franzosen vorzüglich Caylus hatten rühmen hören, machte er uns auch mit deutschen, in diesem Fache tätigen Männern bekannt. So erfuhren wir, daß Professor Christ als Liebhaber, Sammler, Kenner, Mitarbeiter der Kunst schöne Dienste geleistet und seine Gelehrsamkeit zu wahrer Förderung derselben angewendet habe. Heinecken dagegen durfte nicht wohl genannt werden, teils weil er sich mit den allzukindlichen Anfängen der deutschen Kunst, welche Oeser wenig schätzte, gar zu emsig abgab, teils weil er einmal mit Winckelmann unsäuberlich verfahren war, welches ihm denn niemals verziehen werden konnte. Auf Lipperts Bemühungen jedoch ward unsere Aufmerksamkeit kräftig hingeleitet, indem unser Lehrer das Verdienst derselben genugsam herauszusetzen wußte. Denn obgleich, sagte er, die Statuen und größeren Bildwerke Grund und Gipfel aller Kunstkenntnis blieben, so seien sie doch sowohl im Original als Abguß selten zu sehen, dahingegen durch Lippert eine kleine Welt von Gemmen bekannt werde, in welcher der Alten faßlicheres Verdienst, glückliche Erfindung, zweckmäßige Zusammenstellung, geschmackvolle Behandlung, auffallender und begreiflicher werde, auch bei so großer Menge die Vergleichung eher möglich sei. Indem wir uns nun damit, soviel als erlaubt war, beschäftigten, so wurde auf das hohe Kunstleben Winckelmanns in Italien hingedeutet, und wir nahmen dessen erste Schriften mit Andacht in die Hände: denn Oeser hatte eine leidenschaftliche Verehrung für ihn, die er uns gar leicht einzuflößen vermochte. Das Problematische jener kleinen Aufsätze, die sich noch dazu durch Ironie selbst verwirren und sich auf ganz spezielle Meinungen und Ereignisse beziehen, vermochten wir zwar nicht zu entziffern; allein weil Oeser viel Einfluß darauf gehabt, und er das Evangelium des Schönen, mehr noch des Geschmackvollen und Angenehmen auch uns unablässig überlieferte, so fanden wir den Sinn im allgemeinen wieder und dünkten uns bei solchen Auslegungen um desto sicherer zu gehen, als wir es für kein geringes Glück achteten, aus derselben Quelle zu schöpfen, aus der Winckelmann seinen ersten Durst gestillt hatte.

Einer Stadt kann kein größeres Glück begegnen, als wenn mehrere, im Guten und Rechten gleichgesinnte, schon gebildete Männer daselbst neben einander wohnen. Diesen Vorzug hatte Leipzig und genoß ihn um so friedlicher, als sich noch nicht so manche Entzweiungen des Urteils hervorgetan hatten. Huber, Kupferstichsammler und wohlgeübter Kenner, hatte noch außerdem das dankbar anerkannte Verdienst, daß er den Wert der deutschen Literatur auch den Franzosen bekannt zu machen gedachte; Kreuchauff, Liebhaber mit geübtem Blick, der, als Freund der ganzen Kunstsozietät, alle Sammlungen für die seinigen ansehen konnte; Winkler, der die einsichtsvolle Freude, die er an seinen Schätzen hegte, sehr gern mit andern teilte; mancher andere, der sich anschloß, alle lebten und wirkten nur in einem Sinne, und ich wüßte mich nicht zu erinnern, so oft ich auch, wenn sie Kunstwerke durchsahen, beiwohnen durfte, daß jemals ein Zwiespalt entstanden wäre: immer kam billigerweise, die Schule in Betracht, aus welcher der Künstler hervorgegangen, die Zeit, in der er gelebt, das besondere Talent, das ihm die Natur verliehen, und der Grad, auf welchen er es in der Ausführung gebracht. Da war keine Vorliebe weder für geistliche noch für weltliche Gegenstände, für ländliche oder für städtische, lebendige oder leblose; die Frage war immer nach dem Kunstgemäßen.

Ob sich nun gleich diese Liebhaber und Sammler, nach ihrer Lage, Sinnesart, Vermögen und Gelegenheit mehr gegen die niederländische Schule richteten, so ward doch, indem man sein Auge an den unendlichen Verdiensten der nordwestlichen Künstler übte, ein sehnsuchtsvoll verehrender Blick nach Südosten immer offen gehalten.

Und so mußte die Universität, wo ich die Zwecke meiner Familie, ja meine eignen versäumte, mich in demjenigen begründen, worin ich die größte Zufriedenheit meines Lebens finden sollte; auch ist mir der Eindruck jener Lokalitäten, in welchen ich so bedeutende Anregungen empfangen, immer höchst lieb und wert geblieben. Die alte Pleißenburg, die Zimmer der Akademie, vor allen aber Oesers Wohnung, nicht weniger die Winklersche und Richtersche Sammlungen habe ich noch immer lebhaft gegenwärtig.

Ein junger Mann jedoch, der, indem sich ältere unter einander von schon bekannten Dingen unterhalten, nur beiläufig unterrichtet wird und welchem das schwerste Geschäft, das alles zurecht zu legen, dabei überlassen bleibt, muß sich in einer sehr peinlichen Lage befinden. Ich sah mich daher mit andern sehnsuchtsvoll nach einer neuen Erleuchtung um, die uns denn auch durch einen Mann kommen sollte, dem wir schon so viel schuldig waren.

Auf zweierlei Weise kann der Geist höchlich erfreut werden: durch Anschauung und Begriff. Aber jenes erfordert einen würdigen Gegenstand, der nicht immer bereit, und eine verhältnismäßige Bildung, zu der man nicht gerade gelangt ist. Der Begriff hingegen will nur Empfänglichkeit, er bringt den Inhalt mit, und ist selbst das Werkzeug der Bildung. Daher war uns jener Lichtstrahl höchst willkommen, den der vortrefflichste Denker durch düstre Wolken auf uns herableitete. Man muß Jüngling sein, um sich zu vergegenwärtigen, welche Wirkung Lessings *Laokoon* auf uns ausübte, indem dieses Werk uns aus der Region eines kümmerlichen Anschauens in die freien Gefilde des Gedankens hinriß. Das so lange mißverstandene *ut pictura poesis* war auf einmal beseitigt, der Unterschied der bildenden und Redekünste klar, die Gipfel beider erschienen nun getrennt, wie nah ihre Basen auch zusammenstoßen mochten. Der bildende Künstler sollte sich innerhalb der Grenze des Schönen halten, wenn dem redenden, der die Bedeutung jeder Art nicht entbehren kann, auch darüber hinauszuschweifen vergönnt wäre. Jener arbeitet für den äußeren Sinn, der nur durch das Schöne befriedigt wird, dieser für die Einbildungskraft, die sich wohl mit dem Häßlichen noch abfinden mag. Wie vor einem Blitz erleuchteten sich uns alle Folgen dieses herrlichen Gedankens, alle bisherige anleitende und urteilende Kritik ward, wie ein abgetragener Rock, weggeworfen, wir hielten uns von allem Übel erlöst und glaubten mit einigem Mitleid auf das sonst so herrliche sechzehnte Jahrhundert herabblicken zu dürfen, wo man in deutschen Bildwerken und Gedichten das Leben nur unter der Form eines schellenbehangenen Narren, den Tod unter der Unform eines klappernden Gerippes, so wie die notwendigen und zufälligen Übel der Welt unter dem Bilde des fratzenhaften Teufels zu vergegenwärtigen wußte.

Am meisten entzückte uns die Schönheit jenes Gedankens, daß die Alten den Tod als den Bruder des Schlafs anerkannt und beide, wie es Menächmen geziemt, zum Verwechseln gleich gebildet. Hier konnten wir nun erst den Triumph des Schönen höchlich feiern und das Häßliche jeder Art, da es doch einmal aus der Welt nicht zu vertreiben ist, im Reiche der Kunst nur in den niedrigen Kreis des Lächerlichen verweisen.

Die Herrlichkeit solcher Haupt- und Grundbegriffe erscheint nur dem Gemüt, auf welches sie ihre unendliche Wirksamkeit ausüben, erscheint nur der Zeit, in welcher sie ersehnt, im rechten Augenblick hervortreten. Da beschäftigen sich die, welchen mit solcher Nahrung gedient ist, liebevoll ganze Epochen ihres Lebens damit und erfreuen sich eines überschwenglichen Wachstums, indessen es nicht an Menschen fehlt, die sich auf der Stelle einer solchen Wirkung widersetzen, und nicht an andern, die in der Folge an dem hohen Sinne markten und mäkeln.

Wie sich aber Begriff und Anschauung wechselsweise fordern, so konnte ich diese neuen Gedanken nicht lange verarbeiten, ohne daß ein unendliches Verlangen bei mir entstanden wäre, doch einmal bedeutende Kunstwerke in größerer Masse zu erblicken. Ich entschied mich daher, Dresden ohne Aufenthalt zu besuchen. An der nötigen Barschaft fehlte es mir nicht; aber es waren andere Schwierigkeiten zu überwinden, die ich durch mein grillenhaftes Wesen noch ohne Not vermehrte: denn ich hielt meinen Vorsatz vor jedermann geheim, weil ich die dortigen Kunstschätze ganz nach eigner Art zu betrachten wünschte und, wie ich meinte, mich von niemand wollte irre machen lassen. Außer diesem ward durch noch eine andre Wunderlichkeit eine so einfache Sache verwickelter.

Wir haben angeborne und anerzogene Schwächen, und es möchte noch die Frage sein, welche von beiden uns am meisten zu schaffen geben. So gern ich mich mit jeder Art von Zuständen bekannt machte und dazu manchen Anlaß gehabt hatte, war mir doch von meinem Vater eine äußerste Abneigung gegen alle Gasthöfe eingeflößt worden. Auf seinen Reisen durch Italien, Frankreich und Deutschland hatte sich diese Gesinnung fest bei ihm eingewurzelt. Ob er gleich selten in Bildern sprach und dieselben nur, wenn er sehr heiter war zu Hilfe rief, so pflegte er doch manchmal zu wiederholen: in dem Tore eines Gasthofs glaube er immer ein großes Spinnengewebe ausgespannt zu sehen, so künstlich, daß die Insekten zwar hineinwärts, aber selbst die privilegierten Wespen nicht ungerupft heraus fliegen könnten. Es schien ihm etwas Erschreckliches, dafür, daß man seinen Gewohnheiten und allem, was einem lieb im Leben wäre, entsagte und nach der Weise des Wirts und der Kellner lebte, noch übermäßig bezahlen zu müssen. Er pries die Hospitalität alter Zeiten, und so ungern er sonst auch etwas Ungewohntes im Hause duldete, so übte er doch Gastfreundschaft, besonders an Künstlern und Virtuosen; wie denn Gevatter Seekatz immer sein Quartier bei uns behielt, und Abel, der letzte Musiker, welcher die Gambe mit Glück und Beifall behandelte, wohl aufgenommen und bewirtet wurde. Wie hätte ich mich nun mit solchen Jugendeindrücken, die bisher durch nichts ausgelöscht worden, entschließen können, in einer fremden Stadt einen Gasthof zu betreten? Nichts wäre leichter gewesen, als bei guten Freunden ein Quartier zu finden: Hofrat Krebel, Assessor Herrmann und andere hatten mir schon oft davon gesprochen; allein auch diesen sollte meine Reise ein Geheimnis bleiben, und ich geriet auf den wunderlichsten Einfall. Mein Stubennachbar, der fleißige Theolog, dem seine Augen leider immer mehr ablegten, hatte einen Verwandten in Dresden, einen Schuster, mit dem er von Zeit zu Zeit Briefe wechselte. Dieser Mann war mir wegen seiner Äußerungen schon längst höchst merkwürdig geworden, und die Ankunft eines seiner Briefe ward von uns immer festlich gefeiert. Die Art, womit er die Klagen seines die Blindheit befürchtenden Vetters erwiderte, war ganz eigen: denn er bemühte sich nicht um Trostgründe, welche immer schwer zu finden sind; aber die heitere Art, womit er sein eignes enges, armes, mühseliges Leben betrachtete, der Scherz, den er selbst den Übeln und Unbequemlichkeiten abgewann, die unverwüstliche Überzeugung, daß das Leben an und für sich ein Gut sei, teilte sich demjenigen mit, der den Brief las, und versetzte ihn, wenigstens für Augenblicke, in eine gleiche Stimmung. Enthusiastisch wie ich war, hatte ich diesen Mann öfters verbindlich grüßen lassen, seine glückliche Naturgabe gerühmt und den Wunsch, ihn kennen zu lernen, geäußert. Dieses alles vorausgesetzt, schien mir nichts natürlicher als ihn aufzusuchen, mich mit ihm zu unterhalten, ja bei ihm zu wohnen und ihn recht genau kennen zu lernen. Mein guter Kandidat gab mir, nach einigem Widerstreben, einen mühsam geschriebenen Brief mit, und ich fuhr, meine Matrikel in der Tasche, mit der gelben Kutsche sehnsuchtsvoll nach Dresden.

Ich suchte nach meinem Schuster und fand ihn bald in der Vorstadt. Auf seinem Schemel sitzend empfing er mich freundlich und sagte lächelnd, nachdem er den Brief gelesen: »Ich sehe hieraus, junger Herr, daß ihr ein wunderlicher Christ seid.« Wie das, Meister? versetzte ich. »Wunderlich ist nicht übel gemeint«, fuhr er fort, »man nennt jemand so, der sich nicht gleich ist, und ich nenne Sie einen wunderlichen Christen, weil Sie sich in einem Stück als den Nachfolger des Herrn bekennen, in dem andern aber nicht.« Auf meine Bitte, mich aufzuklären, sagte er weiter: »Es scheint, daß Ihre Absicht ist, eine fröhliche Botschaft den Armen und Niedrigen zu verkündigen; das ist schön, und diese Nachahmung des Herrn ist löblich; Sie sollten aber dabei bedenken, daß er lieber bei wohlhabenden und reichen Leuten zu Tische saß, wo es gut her ging, und daß er selbst den Wohlgeruch des Balsams nicht verschmähte, wovon Sie wohl bei mir das Gegenteil finden könnten.«

Dieser lustige Anfang setzte mich gleich in guten Humor und wir neckten einander eine ziemliche Weile herum. Die Frau stand bedenklich, wie sie einen solchen Gast unterbringen und bewirten solle? Auch hierüber hatte er sehr artige Einfälle, die sich nicht allein auf die Bibel, sondern auch auf Gottfrieds Chronik bezogen, und als wir einig waren, daß ich bleiben solle, so gab ich meinen Beutel, wie er war, der Wirtin zum Aufheben und ersuchte sie, wenn etwas nötig sei, sich daraus zu versehen. Da er es ablehnen wollte und mit einiger Schalkheit zu verstehen gab, daß er nicht so abgebrannt sei, als er aussehen möchte, so entwaffnete ich ihn dadurch, daß ich sagte: und wenn es auch nur wäre, um das Wasser in Wein zu verwandeln, so würde wohl, da heutzutage keine Wunder mehr geschehen, ein solches probates Hausmittel nicht am unrechten Orte sein. Die Wirtin schien mein Reden und Handeln immer weniger seltsam zu finden, wir hatten uns bald in einander geschickt und brachten einen sehr heitern Abend zu. Er blieb sich immer gleich, weil alles aus *einer* Quelle floß. Sein Eigentum war ein tüchtiger Menschenverstand, der auf einem heitern Gemüt ruhte und sich in der gleichmäßigen hergebrachten Tätigkeit gefiel. Daß er unablässig arbeitete, war sein Erstes und Notwendigstes, daß er alles Übrige als zufällig ansah, dies bewahrte sein Behagen; und ich mußte ihn vor vielen andern in die Klasse derjenigen rechnen, welche praktische Philosophen, bewußtlose Weltweisen genannt wurden.

Die Stunde, wo die Galerie eröffnet werden sollte, mit Ungeduld erwartet, erschien. Ich trat in dieses Heiligtum, und meine Verwunderung überstieg jeden Begriff, den ich mir gemacht hatte. Dieser in sich selbst wiederkehrende Saal, in welchem Pracht und Reinlichkeit bei der größten Stille herrschten, die blendenden Rahmen, alle der Zeit noch näher, in der sie vergoldet wurden, der gebohnte Fußboden, die mehr von Schauenden betretenen als von Arbeitenden benutzten Räume gaben ein Gefühl von Feierlichkeit, einzig in seiner Art, das um so mehr der Empfindung ähnelte, womit man ein Gotteshaus betritt, als der Schmuck so manches Tempels, der Gegenstand so mancher Anbetung hier abermals, nur zu heiligen Kunstzwecken aufgestellt erschien. Ich ließ mir die kursorische Demonstration meines Führers gar wohl gefallen, nur erbat ich mir, in der äußeren Galerie bleiben zu dürfen. Hier fand ich mich, zu meinem Behagen, wirklich zu Hause. Schon hatte ich Werke mehrerer Künstler gesehn, andere kannte ich durch Kupferstiche, andere dem Namen nach; ich verhehlte es nicht und flößte meinem Führer dadurch einiges Vertrauen ein, ja ihn ergötzte das Entzücken, das ich bei Stücken äußerte, wo der Pinsel über die Natur den Sieg davontrug: denn solche Dinge waren es vorzüglich, die mich an sich zogen, wo die Vergleichung mit der bekannten Natur den Wert der Kunst notwendig erhöhen mußte.

Als ich bei meinem Schuster wieder eintrat, um das Mittagsmahl zu genießen, trauete ich meinen Augen kaum: denn ich glaubte ein Bild von Ostade vor mir zu sehen, so vollkommen, daß man es nur auf die Galerie hätte hängen dürfen. Stellung der Gegenstände, Licht, Schatten, bräunlicher Teint des Ganzen, magische Haltung, alles, was man in jenen Bildern bewundert, sah ich hier in der Wirklichkeit. Es war das erste Mal, daß ich auf einen so hohen

Grad die Gabe gewahr wurde, die ich nachher mit mehrerem Bewußtsein übte, die Natur nämlich mit den Augen dieses oder jenes Künstlers zu sehen, dessen Werken ich soeben eine besondere Aufmerksamkeit gewidmet hatte. Diese Fähigkeit hat mir viel Genuß gewährt, aber auch die Begierde vermehrt, der Ausübung eines Talents, das mir die Natur versagt zu haben schien, von Zeit zu Zeit eifrig nachzuhängen.

Ich besuchte die Galerie zu allen vergönnten Stunden und fuhr fort mein Entzücken über manche köstliche Werke vorlaut auszusprechen. Ich vereitelte dadurch meinen löblichen Vorsatz, unbekannt und unbemerkt zu bleiben, und da sich bisher nur ein Unteraufseher mit mir abgegeben hatte, nahm nun auch der Galerie-Inspektor, Rat Riedel, von mir Notiz und machte mich auf gar manches aufmerksam, welches vorzüglich in meiner Sphäre zu liegen schien. Ich fand diesen trefflichen Mann damals eben so tätig und gefällig, als ich ihn nachher mehrere Jahre hindurch gesehen und wie er sich noch heute erweist. Sein Bild hat sich mir mit jenen Kunstschätzen so in eins verwoben, daß ich beide niemals gesondert erblicke, ja sein Andenken hat mich nach Italien begleitet, wo mir seine Gegenwart in manchen großen und reichen Sammlungen sehr wünschenswert gewesen wäre.

Da man auch mit Fremden und Unbekannten solche Werke nicht stumm und ohne wechselseitige Teilnahme betrachten kann, ihr Anblick vielmehr am ersten geeignet ist, die Gemüter gegen einander zu eröffnen, so kam ich auch daselbst mit einem jungen Manne ins Gespräch, der sich in Dresden aufzuhalten und einer Legation anzugehören schien. Er lud mich ein, Abends in einen Gasthof zu kommen, wo sich eine muntere Gesellschaft versammle, und wo man, indem jeder eine mäßige Zeche bezahle, einige ganz vergnügte Stunden zubringen könne.

Ich fand mich ein, ohne die Gesellschaft anzutreffen, und der Kellner setzte mich einigermaßen in Verwunderung, als er mir von dem Herrn, der mich bestellt, ein Kompliment ausrichtete, wodurch dieser eine Entschuldigung, daß er etwas später kommen werde, an mich gelangen ließ, mit dem Zusatze, ich sollte mich an nichts stoßen was vorgehe, auch werde ich nichts weiter als meine eigne Zeche zu bezahlen haben. Ich wußte nicht, was ich aus diesen Worten machen sollte, aber die Spinneweben meines Vaters fielen mir ein, und ich faßte mich, um zu erwarten, was da kommen möchte. Die Gesellschaft versammelte sich, mein Bekannter stellte mich vor und ich durfte nicht lange aufmerken, so fand ich, daß es auf Mystifikation eines jungen Menschen hinausgehe, der als ein Neuling sich durch ein vorlautes anmaßliches Wesen auszeichnete: ich nahm mich daher gar sehr in Acht, daß man nicht etwa Lust finden möchte, mich zu seinem Gefährten auszuersehen. Bei Tische ward jene Absicht jedermann deutlicher, nur nicht ihm. Man zechte immer stärker, und als man zuletzt seiner Geliebten zu Ehren gleichfalls ein Vivat angestimmt, so schwur jeder hoch und teuer, aus diesen Gläsern dürfe nun weiter kein Trunk geschehen; man warf sie hinter sich, und dies war das Signal zu weit größeren Torheiten. Endlich entzog ich mich ganz sachte, und der Kellner, indem er mir eine sehr billige Zeche abforderte, ersuchte mich wiederzukommen, da es nicht alle Abende so bunt hergehe. Ich hatte weit in mein Quartier, und es war nah an Mitternacht als ich es erreichte. Die Türen fand ich unverschlossen, alles war zu Bette und eine Lampe erleuchtete den enghäuslichen Zustand, wo denn mein immer mehr geübtes Auge sogleich das schönste Bild von Schalken erblickte, von dem ich mich nicht losmachen konnte, so daß es mir allen Schlaf vertrieb.

Die wenigen Tage meines Aufenthalts in Dresden waren allein der Gemäldegalerie gewidmet. Die Antiken standen noch in den Pavillons des Großen Gartens, ich lehnte ab sie zu sehen, so wie alles Übrige was Dresden Köstliches enthielt; nur zu voll von der Überzeugung, daß in und an der Gemäldesammlung selbst mir noch vieles verborgen bleiben müsse. So nahm ich den Wert der italienischen Meister mehr auf Treu und Glauben an, als daß ich mir eine Einsicht in denselben hätte anmaßen können. Was ich nicht als Natur ansehen, an die Stelle der Natur setzen, mit einem bekannten Gegenstand vergleichen konnte, war auf mich nicht wirksam. Der materielle Eindruck ist es, der den Anfang selbst zu jeder höheren Liebhaberei macht.

Mit meinem Schuster vertrug ich mich ganz gut. Er war geistreich und mannigfaltig genug, und wir überboten uns manchmal an neckischen Einfällen; jedoch ein Mensch, der sich glücklich preist und von andern verlangt, daß sie das gleiche tun sollen, versetzt uns in ein Mißbehagen, ja die Wiederholung solcher Gesinnungen macht uns Langeweile. Ich fand mich wohl beschäftigt, unterhalten, aufgeregt, aber keineswegs glücklich, und die Schuhe nach seinem Leisten wollten mir nicht passen. Wir schieden jedoch als die besten Freunde, und auch meine Wirtin war beim Abschiede nicht unzufrieden mit mir.

So sollte mir denn auch, noch kurz vor meiner Abreise, etwas sehr Angenehmes begegnen. Durch die Vermittlung jenes jungen Mannes, der sich wieder bei mir in einigen Kredit zu setzen wünschte, ward ich dem Direktor von Hagedorn vorgestellt, der mir seine Sammlung mit großer Güte vorwies und sich an dem Enthusiasmus des jungen Kunstfreundes höchlich ergötzte. Er war, wie es einem Kenner geziemt, in die Bilder, die er besaß, ganz eigentlich verliebt und fand daher selten an andern eine Teilnahme, wie er sie wünschte. Besonders machte es ihm Freude, daß mir ein Bild von Swanevelt ganz übermäßig gefiel, daß ich dasselbe in jedem einzelnen Teile zu preisen und zu erheben nicht müde ward: denn gerade Landschaften, die mich an den schönen heiteren Himmel, unter welchem ich herangewachsen, wieder erinnerten, die Pflanzenfülle jener Gegenden, und was sonst für Gunst ein wärmeres Klima den Menschen gewährt, rührten mich in der Nachbildung am meisten, indem sie eine sehnsüchtige Erinnerung in mir aufregten.

Diese köstlichen, Geist und Sinn zur wahren Kunst vorbereitenden Erfahrungen wurden jedoch durch einen der traurigsten Anblicke unterbrochen und gedämpft, durch den zerstörten und verödeten Zustand so mancher Straßen Dresdens, durch die ich meinen Weg nahm. Die Mohrenstraße im Schutt, so wie die Kreuzkirche mit ihrem geborstenen Turm drückten sich mir tief ein und stehen noch wie ein dunkler Fleck in meiner Einbildungskraft. Von der Kuppel der Frauenkirche sah ich diese leidigen Trümmer zwischen die schöne städtische Ordnung hineingesät; da rühmte mir der Küster die Kunst des Baumeisters, welcher Kirche und Kuppel auf einen so unerwünschten Fall schon eingerichtet und bombenfest erbaut hatte. Der gute Sakristan deutete mir alsdann auf Ruinen nach allen Seiten und sagte bedenklich lakonisch: »Das hat der Feind getan!«

So kehrte ich nun zuletzt, obgleich ungern, nach Leipzig zurück, und fand meine Freunde, die solche Abschweifungen von mir nicht gewohnt waren, in großer Verwunderung, beschäftigt mit allerlei Konjekturen, was meine geheimnisvolle Reise wohl habe bedeuten sollen. Wenn ich ihnen darauf meine Geschichte ganz ordentlich erzählte, erklärten sie mir solche für ein Märchen und suchten scharfsinnig hinter das Rätsel zu kommen, das ich unter der Schusterherberge zu verhüllen mutwillig genug sei.

Hätten sie mir aber ins Herz sehen können, so würden sie keinen Mutwillen darin entdeckt haben: denn die Wahrheit jenes alten Worts, Zuwachs an Kenntnis ist Zuwachs an Unruhe, hatte mich mit ganzer Gewalt getroffen, und je mehr ich mich anstrengte, dasjenige, was ich gesehn, zu ordnen und mir zuzueignen, je weniger gelang es mir; ich mußte mir zuletzt ein stilles Nachwirken gefallen lassen. Das gewöhnliche Leben ergriff mich wieder, und ich fühlte mich zuletzt ganz behaglich, wenn ein freundschaftlicher Umgang, Zunahme an Kenntnissen, die mir gemäß waren, und eine gewisse Übung der Hand mich auf eine weniger bedeutende, aber meinen Kräften mehr proportionierte Weise beschäftigten.

Eine sehr angenehme und für mich heilsame Verbindung, zu der ich gelangte, war die mit dem Breitkopfischen Hause. Bernhard Christoph Breitkopf, der eigentliche Stifter der Familie, der als ein armer Buchdruckergesell nach Leipzig gekommen war, lebte noch und bewohnte den Goldenen Bären, ein ansehnliches Gebäude auf dem Neuen Neumarkt, mit Gottsched als Hausgenossen. Der Sohn, Johann Gottlob Immanuel, war auch schon längst verheiratet und Vater mehrerer Kinder. Einen Teil ihres ansehnlichen Vermögens glaubten sie nicht besser anwenden zu können, als indem sie ein großes neues Haus, Zum silbernen Bären, dem ersten gegenüber errichteten, welches höher und weitläufiger als das Stammhaus selbst angelegt ward. Gerade zu der Zeit des Baues ward ich mit der Familie bekannt. Der älteste Sohn mochte einige Jahre mehr haben als ich, ein wohlgestalteter junger Mann, der Musik ergeben und geübt sowohl den Flügel als die Violine fertig zu behandeln. Der zweite, eine treue gute Seele, gleichfalls musikalisch, belebte nicht weniger als der älteste die Konzerte, die öfters veranstaltet wurden. Sie waren mir beide, so wie auch Eltern und Schwestern, gewogen; ich ging ihnen beim Auf- und Ausbau, beim Möblieren und Einziehen zur Hand, und begriff dadurch manches, was sich auf ein solches Geschäft bezieht; auch hatte ich Gelegenheit, die Oeserischen Lehren angewendet zu sehen. In dem neuen Hause, das ich also entstehen sah, war ich oft zum Besuch. Wir trieben manches gemeinschaftlich, und der älteste komponierte einige meiner Lieder, die, gedruckt, seinen Namen, aber nicht den meinigen führten und wenig bekannt geworden sind. Ich habe die besseren ausgezogen und zwischen meinen übrigen kleinen Poesien eingeschaltet. Der Vater hatte den Notendruck erfunden oder vervollkommnet. Von einer schönen Bibliothek, die sich meistens auf den Ursprung der Buchdruckerei und ihr Wachstum bezog, erlaubte er mir den Gebrauch, wodurch ich mir in diesem Fache einige Kenntnis erwarb. Ingleichen fand ich daselbst gute Kupferwerke, die das Altertum darstellten, und setzte meine Studien auch von dieser Seite fort, welche dadurch noch mehr gefördert wurden, daß eine ansehnliche Schwefelsammlung beim Umziehen in Unordnung geraten war. Ich brachte sie, so gut ich konnte, wieder zurechte und war genötigt, dabei mich im Lippert und andern umzusehen. Einen Arzt, Doktor Reichel, gleichfalls einen Hausgenossen, konsultierte ich von Zeit zu Zeit, da ich mich wo nicht krank, doch unmustern fühlte, und so führten wir zusammen ein stilles anmutiges Leben.

Nun sollte ich in diesem Hause noch eine andere Art von Verbindung eingehen. Es zog nämlich in die Mansarde der Kupferstecher Stock. Er war aus Nürnberg gebürtig, ein sehr fleißiger und in seinen Arbeiten genauer und ordentlicher Mann. Auch er stach, wie Geyser, nach Oeserischen Zeichnungen größere und kleinere Platten, die zu Romanen und Gedichten immer mehr in Schwung kamen. Er radierte sehr sauber, so daß die Arbeit aus dem Ätzwasser beinahe vollendet herauskam und mit dem Grabstichel, den er sehr gut führte, nur weniges nachzuhelfen blieb. Er machte einen genauen Überschlag, wie lange ihn eine Platte beschäftigen würde, und nichts war vermögend ihn von seiner Arbeit abzurufen, wenn er nicht sein täglich vorgesetztes Pensum vollbracht hatte. So saß er an einem breiten Arbeitstisch am großen Giebelfenster, in einer sehr ordentlichen und reinlichen Stube, wo ihm Frau und zwei Töchter häusliche Gesellschaft leisteten. Von diesen letzten ist die eine glücklich verheiratet und die andere eine vorzügliche Künstlerin; sie sind lebenslänglich meine Freundinnen geblieben. Ich teilte nun meine Zeit zwischen den obern und untern Stockwerken und attachierte mich sehr an den Mann, der bei seinem anhaltenden Fleiße einen herrlichen Humor besaß und die Gutmütigkeit selbst war.

Mich reizte die reinliche Technik dieser Kunstart, und ich gesellte mich zu ihm, um auch etwas dergleichen zu verfertigen. Meine Neigung hatte sich wieder auf die Landschaft gelenkt, die mir bei einsamen Spaziergängen unterhaltend, an sich erreichbar und in den Kunstwerken faßlicher erschien als die menschliche Figur, die mich abschreckte. Ich radierte daher unter seiner Anleitung verschiedene Landschaften nach Thiele und andern, die, obgleich von einer ungeübten Hand verfertigt, doch einigen Effekt machten und gut aufgenommen wurden. Das Grundieren der Platten, das Weißanstreichen derselben, das Radieren selbst und zuletzt das Ätzen, gab mannigfaltige Beschäftigung, und ich war bald dahin gelangt, daß ich meinem Meister in manchen Dingen beistehen konnte. Mir fehlte nicht die beim Ätzen nötige Aufmerksamkeit, und selten daß mir etwas mißlang; aber ich hatte nicht Vorsicht genug, mich gegen die schädlichen Dünste zu verwahren, die sich bei solcher Gelegenheit zu entwickeln pflegen, und sie mögen wohl zu den Übeln beigetragen haben, die mich nachher eine Zeitlang quälten. Zwischen solchen Arbeiten wurde auch manchmal, damit ja alles versucht würde, in Holz geschnitten. Ich verfertigte verschiedene kleine Druckerstöcke, nach französischen Mustern, und manches davon ward brauchbar gefunden.

Man lasse mich hier noch einiger Männer gedenken, welche sich in Leipzig aufhielten oder daselbst auf kurze Zeit verweilten. Kreissteuereinnehmer Weiße, in seinen besten Jahren, heiter, freundlich und zuvorkommend, ward von uns geliebt und geschätzt. Zwar wollten wir seine Theaterstücke nicht durchaus für musterhaft gelten lassen, ließen uns aber doch davon hinreißen, und seine Opern, durch Hillern auf eine leichte Weise belebt, machten uns viel Vergnügen. Schiebeler, von Hamburg, betrat dieselbige Bahn, und dessen *Lisuart und Dariolette* ward von uns gleichfalls begünstigt. Eschenburg, ein schöner junger Mann, nur um weniges älter als wir, zeichnete sich unter den Studierenden vorteilhaft aus. Zachariä ließ sich's einige Wochen bei uns gefallen und speiste, durch seinen Bruder eingeleitet, mit uns an *einem* Tische. Wir schätzten es, wie billig, für eine Ehre, wechselsweise durch ein paar außerordentliche Gerichte, reichlicheren Nachtisch und ausgesuchteren Wein unserm Gast zu willfahren, der, als ein großer, wohlgestalteter, behaglicher Mann, seine Neigung zu einer guten Tafel nicht verhehlte. Lessing traf zu einer Zeit ein, wo wir ich weiß nicht was, im Kopf hatten: es beliebte uns, ihm nirgends zu Gefallen zu gehen, ja die Orte, wo er hinkam, zu vermeiden, wahrscheinlich weil wir uns zu gut dünkten, von ferne zu stehen, und keinen Anspruch machen konnten, in ein näheres Verhältnis mit ihm zu gelangen. Diese augenblickliche Albernheit, die aber bei einer anmaßlichen und grillenhaften Jugend nichts Seltenes ist, bestrafte sich freilich in der Folge, indem ich diesen so vorzüglichen und von mir aufs höchste geschätzten Mann niemals mit Augen gesehen.

Bei allen Bemühungen jedoch, welche sich auf Kunst und Altertum bezogen, hatte jeder stets Winckelmann vor Augen, dessen Tüchtigkeit im Vaterlande mit Enthusiasmus anerkannt wurde. Wir lasen fleißig seine Schriften und suchten uns die Umstände bekannt zu machen, unter welchen er die ersten geschrieben hatte. Wir fanden darin manche Ansichten, die sich von Oesern herzuschreiben schienen, ja sogar Scherz und Grillen nach seiner Art, und ließen nicht nach, bis wir uns einen ungefähren Begriff von der Gelegenheit gemacht hatten, bei welcher diese merkwürdigen und doch mitunter so rätselhaften Schriften entstanden waren; ob wir es gleich dabei nicht sehr genau nahmen: denn die Jugend will lieber angeregt als unterrichtet sein, und es war nicht das letzte Mal, daß ich eine bedeutende Bildungsstufe sibyllinischen Blättern verdanken sollte.

Es war damals in der Literatur eine schöne Zeit, wo vorzüglichen Menschen noch mit Achtung begegnet wurde, obgleich die Klotzischen Händel und Lessings Kontroversen schon darauf hindeuteten, daß diese Epoche sich bald schließen werde. Winckelmann genoß einer solchen allgemeinen, unangetasteten Verehrung, und man weiß, wie empfindlich er war gegen irgend etwas Öffentliches, das seiner wohl gefühlten Würde nicht gemäß schien. Alle Zeitschriften stimmten zu seinem Ruhme überein, die besseren Reisenden kamen belehrt und entzückt von ihm zurück, und die neuen Ansichten, die er gab, verbreiteten sich über Wissenschaft und

Leben. Der Fürst von Dessau hatte sich zu einer gleichen Achtung emporgeschwungen. Jung, wohl- und edeldenkend, hatte er sich auf seinen Reisen und sonst recht wünschenswert erwiesen. Winckelmann war im höchsten Grade von ihm entzückt und belegte ihn, wo er seiner gedachte, mit den schönsten Beinamen. Die Anlage eines damals einzigen Parks, der Geschmack zur Baukunst, welchen von Erdmannsdorf durch seine Tätigkeit unterstützte, alles sprach zugunsten eines Fürsten, der, indem er durch sein Beispiel den übrigen vorleuchtete, Dienern und Untertanen ein goldnes Zeitalter versprach. Nun vernahmen wir jungen Leute mit Jubel, daß Winckelmann aus Italien zurückkehren, seinen fürstlichen Freund besuchen, unterwegs bei Oesern eintreten und also auch in unsern Gesichtskreis kommen würde. Wir machten keinen Anspruch mit ihm zu reden; aber wir hofften ihn zu sehen, und weil man in solchen Jahren einen jeden Anlaß gern in eine Lustpartie verwandelt, so hatten wir schon Ritt und Fahrt nach Dessau verabredet, wo wir in einer schönen, durch Kunst verherrlichten Gegend, in einem wohl administrierten und zugleich äußerlich geschmückten Lande, bald da bald dort aufzupassen dachten, um die über uns so weit erhabenen Männer mit eigenen Augen umherwandeln zu sehen. Oeser war selbst ganz exaltiert, wenn er daran nur dachte, und wie ein Donnerschlag bei klarem Himmel fiel die Nachricht von Winckelmanns Tode zwischen uns nieder. Ich erinnere mich noch der Stelle, wo ich sie zuerst vernahm: es war in dem Hofe der Pleißenburg, nicht weit von der kleinen Pforte, durch die man zu Oeser hinaufzusteigen pflegte. Es kam mir ein Mitschüler entgegen, sagte mir, daß Oeser nicht zu sprechen sei, und die Ursache, warum. Dieser ungeheure Vorfall tat eine ungeheure Wirkung; es war ein allgemeines Jammern und Wehklagen, und sein frühzeitiger Tod schärfte die Aufmerksamkeit auf den Wert seines Lebens. Ja vielleicht wäre die Wirkung seiner Tätigkeit, wenn er sie auch bis in ein höheres Alter fortgesetzt hätte, nicht so groß gewesen, als sie jetzt werden mußte, da er, wie mehrere außerordentliche Menschen, auch noch durch ein seltsames und widerwärtiges Ende vom Schicksal ausgezeichnet worden.

Indem ich nun aber Winckelmanns Abscheiden grenzenlos beklagte, so dachte ich nicht, daß ich mich bald in dem Fall befinden würde, für mein eigenes Leben besorgt zu sein: denn unter allem diesem hatten meine körperlichen Zustände nicht die beste Wendung genommen. Schon von Hause hatte ich einen gewissen hypochondrischen Zug mitgebracht, der sich in dem neuen sitzenden und schleichenden Leben eher verstärkte als verschwächte. Der Schmerz auf der Brust, den ich seit dem Auerstädter Unfall von Zeit zu Zeit empfand und der, nach einem Sturz mit dem Pferde, merklich gewachsen war, machte mich mißmutig. Durch eine unglückliche Diät verdarb ich mir die Krähe der Verdauung; das schwere Merseburger Bier verdüsterte mein Gehirn, der Kaffee, der mir eine ganz eigne triste Stimmung gab, besonders mit Milch nach Tisch genossen, paralysierte meine Eingeweide und schien ihre Funktionen völlig aufzuheben, so daß ich deshalb große Beängstigungen empfand, ohne jedoch den Entschluß zu einer vernünftigeren Lebensart fassen zu können. Meine Natur, von hinlänglichen Kräften der Jugend unterstützt, schwankte zwischen den Extremen von ausgelassener Lustigkeit und melancholischem Unbehagen. Ferner war damals die Epoche des Kaltbadens eingetreten, welches unbedingt empfohlen ward. Man sollte auf hartem Lager schlafen, nur leicht zugedeckt, wodurch denn alle gewohnte Ausdünstung unterdrückt wurde. Diese und andere Torheiten, in Gefolg von mißverstandenen Anregungen Rousseaus, würden uns, wie man versprach, der Natur näher führen und uns aus dem Verderbnisse der Sitten retten. Alles Obige nun, ohne Unterscheidung, mit unvernünftigem Wechsel angewendet, empfanden mehrere als das Schädlichste, und ich verhetzte meinen glücklichen Organismus dergestalt, daß die darin enthaltenen besondern Systeme zuletzt in eine Verschwörung und Revolution ausbrechen mußten, um das Ganze zu retten.

Eines Nachts wachte ich mit einem heftigen Blutsturz auf, und hatte noch so viel Kraft und Besinnung, meinen Stubennachbar zu wecken. Doktor Reichel wurde gerufen, der mir aufs freundlichste hilfreich ward, und so schwankte ich mehrere Tage zwischen Leben und Tod, und selbst die Freude an einer erfolgenden Besserung wurde dadurch vergällt, daß sich, bei jener Eruption, zugleich ein Geschwulst an der linken Seite des Halses gebildet hatte, den man jetzt erst, nach vorübergegangener Gefahr, zu bemerken Zeit fand. Genesung ist jedoch immer angenehm und erfreulich, wenn sie auch langsam und kümmerlich von statten geht, und da bei mir sich die Natur geholfen, so schien ich auch nunmehr ein anderer Mensch geworden zu sein: denn ich hatte eine größere Heiterkeit des Geistes gewonnen, als ich mir lange nicht gekannt, ich war froh mein Inneres frei zu fühlen, wenn mich gleich äußerlich ein langwieriges Leiden bedrohte.

Was mich aber in dieser Zeit besonders aufrichtete, war zu sehen, wieviel vorzügliche Männer mir unverdient ihre Neigung zugewendet hatten. Unverdient, sage ich: denn es war keiner darunter, dem ich nicht, durch widerliche Launen, beschwerlich gewesen wäre, keiner, den ich nicht durch krankhaften Widersinn mehr als einmal verletzt, ja den ich nicht, im Gefühl meines eignen Unrechts, eine Zeitlang störrisch gemieden hätte. Dies alles war vergessen, sie behandelten mich aufs liebreichste und suchten mich teils auf meinem Zimmer, teils sobald ich es verlassen konnte, zu unterhalten und zu zerstreuen. Sie fuhren mit mir aus, bewirteten mich auf ihren Landhäusern, und ich schien mich bald zu erholen.

Unter diesen Freunden nenne ich wohl zuvörderst den damaligen Ratsherrn, nachherigen Burgemeister von Leipzig, Doktor Hermann. Er war unter denen Tischgenossen, die ich durch Schlosser kennen lernte, derjenige, zu dem sich ein immer gleiches und dauerndes Verhältnis bewährte. Man konnte ihn wohl zu den fleißigsten der akademischen Mitbürger rechnen. Er besuchte seine Kollegien auf das regelmäßigste und sein Privatfleiß blieb sich immer gleich. Schritt vor Schritt, ohne die mindeste Abweichung, sah ich ihn den Doktorgrad erreichen, dann sich zur Assessur emporheben, ohne daß ihm hiebei etwas mühsam geschienen, daß er im mindesten etwas übereilt oder verspätet hätte. Die Sanftheit seines Charakters zog mich an, seine lehrreiche Unterhaltung hielt mich fest; ja ich glaube wirklich, daß ich mich an seinem geregelten Fleiß vorzüglich deswegen erfreute, weil ich mir von einem Verdienste, dessen ich mich keineswegs rühmen konnte, durch Anerkennung und Hochschätzung wenigstens einen Teil zuzueignen meinte.

Eben so regelmäßig als in seinen Geschäften war er in Ausübung seiner Talente und im Genuß seiner Vergnügungen. Er spielte den Flügel mit großer Fertigkeit, zeichnete mit Gefühl nach der Natur, und regte mich an das gleiche zu tun; da ich denn in seiner Art auf grau Papier mit schwarzer und weißer Kreide gar manches Weidicht der Pleiße und manchen lieblichen Winkel dieser stillen Wasser nachzubilden und dabei immer sehnsüchtig meinen Grillen nachzuhängen pflegte. Er wußte mein mitunter komisches Wesen durch heitere Scherze zu erwidern, und ich erinnere mich mancher vergnügten Stunde, die wir zusammen zubrachten, wenn er mich mit scherzhafter Feierlichkeit zu einem Abendessen unter vier Augen einlud, wo wir mit eignem Anstand, bei angezündeten Wachslichtern, einen sogenannten Ratshasen, der ihm als Deputat seiner Stelle in die Küche gelaufen war, verzehrten, und mit gar manchen Späßen, in Behrischens Manier, das Essen zu würzen und den Geist des Weines zu erhöhen beliebten. Daß dieser treffliche und noch jetzt in seinem ansehnlichen Amte immerfort wirksame Mann mir bei einem zwar geahneten, aber in seiner ganzen Größe nicht vorausgesehenen Übel den treulichsten Beistand leistete, mir jede freie Stunde schenkte und durch Erinnerung an frühere Heiterkeiten den trüben Augenblick zu erhellen wußte, erkenne ich noch immer mit dem aufrichtigsten Dank, und freue mich nach so langer Zeit ihn öffentlich abstatten zu können.

Außer diesem werten Freunde nahm sich Gröning von Bremen besonders meiner an. Ich hatte erst kurz vorher seine Bekanntschaft gemacht, und sein Wohlwollen gegen mich ward ich erst bei dem Unfalle gewahr; ich fühlte den Wert dieser Gunst um so lebhafter, als niemand leicht eine nähere Verbindung mit Leidenden sucht. Er sparte nichts, um mich zu ergötzen, mich aus dem Nachsinnen über meinen Zustand herauszuziehen und mir Genesung und gesunde Tätigkeit in der nächsten Zeit vorzuzeigen und zu versprechen. Wie oft habe ich mich gefreut, in dem Fortgange des Lebens zu hören, wie sich dieser vorzügliche Mann, in den wichtigsten Geschäften, seiner Vaterstadt nützlich und heilbringend erwiesen.

Hier war es auch, wo Freund Horn seine Liebe und Aufmerksamkeit ununterbrochen wirken ließ. Das ganze Breitkopfische Haus, die Stockische Familie, manche andere behandelten mich als einen nahen Verwandten; und so wurde mir durch das Wohlwollen so vieler freundlicher Menschen das Gefühl meines Zustandes auf das zarteste gelindert.

Umständlicher muß ich jedoch hier eines Mannes erwähnen, den ich erst in dieser Zeit kennen lernte und dessen lehrreicher Umgang mich über die traurige Lage, in der ich mich befand, dergestalt verblendete, daß ich sie wirklich vergaß. Es war Langer, nachheriger Bibliothekar in Wolfenbüttel. Vorzüglich gelehrt und unterrichtet, freute er sich an meinem Heißhunger nach Kenntnissen, der sich nun bei der krankhaften Reizbarkeit völlig fieberhaft äußerte. Er suchte mich durch deutliche Übersichten zu beruhigen, und ich bin seinem, obwohl kurzen Umgange sehr viel schuldig geworden, indem er mich auf mancherlei Weise zu leiten verstand und mich aufmerksam machte, wohin ich mich gerade gegenwärtig zu richten hätte. Ich fand mich diesem bedeutenden Manne um so mehr verpflichtet, als mein Umgang ihn einiger Gefahr aussetzte: denn als er nach Behrischen die Hofmeisterstelle bei dem jungen Grafen Lindenau erhielt, machte der Vater dem neuen Mentor ausdrücklich zur Bedingung, keinen Umgang mit mir zu pflegen. Neugierig, ein so gefährliches Subjekt kennen zu lernen, wußte er mich mehrmals am dritten Orte zu sehen. Ich gewann bald seine Neigung, und er, klüger als Behrisch, holte mich bei Nachtszeit ab, wir gingen zusammen spazieren, unterhielten uns von interessanten Dingen, und ich begleitete ihn endlich bis an die Türe seiner Geliebten: denn auch dieser äußerlich streng scheinende, ernste, wissenschaftliche Mann war nicht frei von den Netzen eines sehr liebenswürdigen Frauenzimmers geblieben.

Die deutsche Literatur und mit ihr meine eignen poetischen Unternehmungen waren mir schon seit einiger Zeit fremd geworden, und ich wendete mich wieder, wie es bei einem solchen autodidaktischen Kreisgange zu erfolgen pflegt, gegen die geliebten Alten, die noch immer, wie ferne blaue Berge, deutlich in ihren Umrissen und Maßen, aber unkenntlich in ihren Teilen und inneren Beziehungen, den Horizont meiner geistigen Wünsche begrenzten. Ich machte einen Tausch mit Langer, wobei ich zugleich den Glaukus und Diomedes spielte: ich überließ ihm ganze Körbe deutscher Dichter und Kritiker und erhielt dagegen eine Anzahl griechischer Autoren, deren Benutzung mich, selbst bei dem langsamsten Genesen, erquicken sollte.

Das Vertrauen, welches neue Freunde sich einander schenken, pflegt sich stufenweise zu entwickeln. Gemeinsame Beschäftigungen und Liebhabereien sind das erste, worin sich eine wechselseitige Übereinstimmung hervortut; sodann pflegt die Mitteilung sich über vergangene und gegenwärtige Leidenschaften, besonders über Liebesabenteuer zu erstrecken; es ist aber noch ein Tieferes, das sich aufschließt, wenn das Verhältnis sich vollenden will, es sind die religiösen Gesinnungen, die Angelegenheiten des Herzens, die auf das Unvergängliche Bezug haben und welche sowohl den Grund einer Freundschaft befestigen als ihren Gipfel zieren.

Die christliche Religion schwankte zwischen ihrem eignen Historisch-Positiven und einem reinen Deismus, der, auf Sittlichkeit gegründet, wiederum die Moral begründen sollte. Die Verschiedenheit der Charaktere und Denkweisen zeigte sich hier in unendlichen Abstufungen, besonders da noch ein Hauptunterschied mit einwirkte, indem die Frage entstand, wieviel Anteil die Vernunft, wieviel die Empfindung an solchen Überzeugungen haben könne und dürfe. Die lebhaftesten und geistreichsten Männer erwiesen sich in diesem Falle als Schmetterlinge, welche ganz uneingedenk ihres Raupenstandes die Puppenhülle wegwerfen, in der sie zu ihrer organischen Vollkommenheit gediehen sind. Andere, treuer und bescheidner gesinnt, konnte man den Blumen vergleichen, die, ob sie sich gleich zur schönsten Blüte entfalten, sich doch von der Wurzel, von dem Mutterstamme nicht losreißen, ja vielmehr durch diesen Familienzusammenhang die gewünschte Frucht erst zur Reife bringen. Von dieser letzteren Art war Langer; denn obgleich Gelehrter und vorzüglich Bücherkenner, so mochte er doch der Bibel vor andern überlieferten Schriften einen besondern Vorzug gönnen und sie als ein Dokument ansehen, woraus wir allein unsern sittlichen und geistigen Stammbaum dartun könnten. Er gehörte unter diejenigen, denen ein unmittelbares Verhältnis zu dem großen Weltgotte nicht in den Sinn will; ihm war daher eine Vermittlung notwendig, deren Analogon er überall in irdischen und himmlischen Dingen zu finden glaubte. Sein Vortrag, angenehm und konsequent, fand bei einem jungen Menschen leicht Gehör, der durch eine verdrießliche Krankheit von irdischen Dingen abgesondert, die Lebhaftigkeit seines Geistes gegen die himmlischen zu wenden höchst erwünscht fand. Bibelfest wie ich war, kam es bloß auf den Glauben an, das, was ich menschlicherweise zeither geschätzt, nunmehr für göttlich zu erklären, welches mir um so leichter fiel, da ich die erste Bekanntschaft mit diesem Buche als einem göttlichen gemacht hatte. Einem Duldenden, zart, ja schwächlich Fühlenden war daher das Evangelium willkommen, und wenn auch Langer bei seinem Glauben zugleich ein sehr verständiger Mann war und fest darauf hielt, daß man die Empfindung nicht solle vorherrschen, sich nicht zur Schwärmerei solle verleiten lassen, so hätte ich doch nicht recht gewußt, mich ohne Gefühl und Enthusiasmus mit dem Neuen Testament zu beschäftigen.

Mit solchen Unterhaltungen verbrachten wir manche Zeit, und er gewann mich als einen getreuen und wohl vorbereiteten Proselyten dergestalt lieb, daß er manche seiner Schönen zugedachte Stunde mir aufzuopfern nicht anstand, ja sogar Gefahr lief verraten und, wie Behrisch, von seinem Patron übel angesehen zu werden. Ich erwiderte seine Neigung auf das dankbarste, und wenn dasjenige, was er für mich tat, zu jeder Zeit wäre schätzenswert gewesen, so mußte es mir in meiner gegenwärtigen Lage höchst verehrlich sein.

Da nun aber gewöhnlich, wenn unser Seelenkonzent am geistigsten gestimmt ist, die rohen kreischenden Töne des Weltwesens am gewaltsamsten und ungestümsten einfallen, und der in geheim immer fortwaltende Kontrast, auf einmal hervortretend, nur desto empfindlicher wirkt, so sollte ich auch nicht aus der peripatetischen Schule meines Langers entlassen werden, ohne vorher noch ein, für Leipzig wenigstens, seltsames Ereignis erlebt zu haben, einen Tumult nämlich, den die Studierenden erregten, und zwar aus folgendem Anlasse. Mit den Stadtsoldaten hatten sich junge Leute vereinigt, es war nicht ohne Tätlichkeiten abgelaufen. Mehrere Studierende verbanden sich, die zugefügten Beleidigungen zu rächen. Die Soldaten widerstanden hartnäckig, und der Vorteil war nicht auf der Seite der sehr unzufriedenen akademischen Bürger. Nun ward erzählt, es hätten angesehene Personen wegen tapferen Widerstands die Obsiegenden gelobt und belohnt, und hierdurch ward nun das jugendliche Ehr- und Rachgefühl mächtig aufgefordert. Man erzählte sich öffentlich, daß den nächsten Abend Fenster eingeworfen werden sollten, und einige Freunde, welche mir die Nachricht brachten, daß es wirklich geschehe, mußten mich hinführen, da Jugend und Menge wohl immer durch Gefahr und Tumult angezogen wird. Es begann wirklich ein seltsames Schauspiel.

Die übrigens freie Straße war an der einen Seite von Menschen besetzt, welche ganz ruhig, ohne Lärm und Bewegung abwarteten, was geschehen solle. Auf der leeren Bahn gingen etwa ein Dutzend junge Leute einzeln hin und wider, in anscheinender größter Gelassenheit; sobald sie aber gegen das bezeichnete Haus kamen, so warfen sie im Vorbeigehn Steine nach den Fenstern, und dies zu wiederholten Malen hin und widerkehrend, so lange die Scheiben noch klirren wollten. Eben so ruhig, wie dieses vorging, verlief sich auch endlich alles, und die Sache hatte keine weiteren Folgen.

Mit einem so gellenden Nachklange akademischer Großtaten fuhr ich im September 1768 von Leipzig ab, in dem bequemen Wagen eines Hauderers und in Gesellschaft einiger mir bekannten zuverlässigen Personen. In der Gegend von Auerstädt gedachte ich jenes früheren Unfalls; aber ich konnte nicht ahnen, was viele Jahre nachher mich von dorther mit größerer Gefahr bedrohen würde, ebensowenig, als in Gotha, wo wir uns das Schloß zeigen ließen, ich, in dem großen, mit Stuccaturbildern verzierten Saale denken durfte, daß mir an eben der Stelle so viel Gnädiges und Liebes widerfahren sollte.

Je mehr ich mich nun meiner Vaterstadt näherte, desto mehr rief ich mir, bedenklicherweise, zurück, in welchen Zuständen, Aussichten, Hoffnungen ich von Hause weggegangen; und es war ein sehr niederschlagendes Gefühl, daß ich nunmehr gleichsam als ein Schiffbrüchiger zurückkehrte. Da ich mir jedoch nicht sonderlich viel vorzuwerfen hatte, so wußte ich mich ziemlich zu beruhigen, indessen war der Willkommen nicht ohne Bewegung. Die große Lebhaftigkeit meiner Natur, durch Krankheit gereizt und erhöht, verursachte eine leidenschaftliche Szene. Ich mochte übler aussehen als ich selbst wußte: denn ich hatte lange keinen Spiegel zu Rate gezogen; und wer wird sich denn nicht selbst gewohnt! genug man kam stillschweigend überein, mancherlei Mitteilungen erst nach und nach zu bewirken und vor allen Dingen sowohl körperlich als geistig einige Beruhigung eintreten zu lassen.

Meine Schwester gesellte sich gleich zu mir, und wie vorläufig aus ihren Briefen, so konnte ich nunmehr umständlicher und genauer die Verhältnisse und die Lage der Familie vernehmen. Mein Vater hatte nach meiner Abreise seine ganze didaktische Liebhaberei der Schwester zugewendet, und ihr bei einem völlig geschlossenen, durch den Frieden gesicherten und selbst von Mietleuten geräumten Hause fast alle Mittel abgeschnitten, sich auswärts einigermaßen umzutun und zu erholen. Das Französische, Italienische, Englische mußte sie abwechselnd treiben und bearbeiten, wobei er sie einen großen Teil des Tags sich an dem Klaviere zu üben nötigte. Das Schreiben durfte auch nicht versäumt werden, und ich hatte wohl schon früher gemerkt, daß er ihre Korrespondenz mit mir dirigiert und seine Lehren durch ihre Feder mir hatte zukommen lassen. Meine Schwester war und blieb ein indefinibles Wesen, das sonderbarste Gemisch von Strenge und Weichheit, von Eigensinn und Nachgiebigkeit, welche Eigenschaften bald vereint, bald durch Willen und Neigung vereinzelt wirkten. So hatte sie auf eine Weise, die mir fürchterlich erschien, ihre Härte gegen den Vater gewendet, dem sie nicht verzieh, daß er ihr diese drei Jahre lang so manche unschuldige Freude verhindert oder vergällt, und von dessen guten und trefflichen Eigenschaften sie auch ganz und gar keine anerkennen wollte. Sie tat alles, was er befahl und anordnete, aber auf die unlieblichste Weise von der Welt. Sie tat es in hergebrachter Ordnung, aber auch nichts drüber und nichts drunter. Aus Liebe oder Gefälligkeit bequemte sie sich zu nichts, so daß dies eins der ersten Dinge war, über die sich die Mutter in einem geheimen Gespräch mit mir beklagte. Da nun aber meine Schwester so liebebedürftig war, als irgend ein menschliches Wesen, so wendete sie nun ihre Neigung ganz auf mich. Ihre Sorge für meine Pflege und Unterhaltung verschlang alle ihre Zeit, ihre Gespielinnen, die von ihr beherrscht wurden, ohne daß sie daran dachte, mußten gleichfalls allerlei aussinnen, um mir gefällig und trostreich zu sein. Sie war erfinderisch mich zu erheitern, und entwickelte sogar einige Keime von possenhaftem Humor, den ich an ihr nie gekannt hatte und der ihr sehr gut ließ. Es entspann sich bald unter uns eine Koterie-Sprache, wodurch wir vor allen Menschen reden konnten, ohne daß sie uns verstanden, und sie bediente sich dieses Rotwelsches öfters mit vieler Keckheit in Gegenwart der Eltern.

Persönlich war mein Vater in ziemlicher Behaglichkeit. Er befand sich wohl, brachte einen großen Teil des Tags mit dem Unterrichte meiner Schwester zu, schrieb an seiner Reisebeschreibung und stimmte seine Laute länger, als er darauf spielte. Er verhehlte dabei so gut er konnte den Verdruß, anstatt eines rüstigen tätigen Sohns, der nun promovieren und jene vorgeschriebene Lebensbahn durchlaufen sollte, einen Kränkling zu finden, der noch mehr an der Seele als am Körper zu leiden schien. Er verbarg nicht seinen Wunsch, daß man sich mit der Kur expedieren möge; besonders aber mußte man sich mit hypochondrischen Äußerungen in seiner Gegenwart in Acht nehmen, weil er alsdann heftig und bitter werden konnte.

Meine Mutter, von Natur sehr lebhaft und heiter, brachte unter diesen Umständen sehr langweilige Tage zu. Die kleine Haushaltung war bald besorgt. Das Gemüt der guten, innerlich niemals unbeschäftigten Frau wollte auch einiges Interesse finden, und das nächste begegnete ihr in der Religion, das sie um so lieber ergriff, als ihre vorzüglichsten Freundinnen gebildete und herzliche Gottesverehrerinnen waren. Unter diesen stand Fräulein von Klettenberg obenan. Es ist dieselbe, aus deren Unterhaltungen und Briefen die Bekenntnisse der schönen Seele entstanden sind, die man in Wilhelm Meister eingeschaltet findet. Sie war zart gebaut, von mittlerer Größe; ein herzliches natürliches Betragen war durch Welt- und Hofart noch gefälliger geworden. Ihr sehr netter Anzug erinnerte an die Kleidung Herrnhutischer Frauen. Heiterkeit und Gemütsruhe verließen sie niemals. Sie betrachtete ihre Krankheit als einen notwendigen Bestandteil ihres vorübergehenden irdischen Seins; sie litt mit der größten Geduld, und in schmerzlosen Intervallen war sie lebhaft und gesprächig. Ihre liebste, ja vielleicht einzige Unterhaltung waren die sittlichen Erfahrungen, die der Mensch, der sich beobachtet, an sich selbst machen kann; woran sich denn die religiösen Gesinnungen anschlossen, die auf eine sehr anmutige, ja geniale Weise bei ihr als natürlich und übernatürlich in Betracht kamen. Mehr bedarf es kaum, um jene ausführliche, in ihre Seele verfaßte Schilderung den Freunden solcher Darstellungen wieder ins Gedächtnis zu rufen. Bei dem ganz eignen Gange, den sie von Jugend auf genommen hatte, und bei dem vornehmeren Stande, in dem sie geboren und erzogen war, bei der Lebhaftigkeit und Eigenheit ihres Geistes vertrug sie sich nicht zum besten mit den übrigen Frauen, welche den gleichen Weg zum Heil eingeschlagen hatten. Frau Griesbach, die vorzüglichste, schien zu streng, zu trocken, zu gelehrt; sie wußte, dachte, umfaßte mehr als die andern, die sich mit der Entwickelung ihres Gefühls begnügten, und war ihnen daher lästig, weil nicht jede einen so großen Apparat auf dem Wege zur Seligkeit mit sich führen konnte noch wollte. Dafür aber wurden denn die meisten freilich etwas eintönig, indem sie sich an eine gewisse Terminologie hielten, die man mit jener der späteren Empfindsamen wohl verglichen hätte. Fräulein von Klettenberg führte ihren Weg zwischen beiden Extremen durch und schien sich mit einiger Selbstgefälligkeit in dem Bilde des Grafen Zinzendorf zu spiegeln, dessen Gesinnungen und Wirkungen Zeugnis einer höheren Geburt und eines vornehmeren Standes ablegten. Nun fand sie an mir, was sie bedurfte: ein junges, lebhaftes, auch nach einem unbekannten Heile strebendes Wesen, das, ob es sich gleich nicht für außerordentlich sündhaft halten konnte, sich doch in keinem behaglichen Zustand befand und weder an Leib noch Seele ganz gesund war. Sie erfreute sich an dem, was mir die Natur gegeben, so wie an manchem, was ich mir erworben hatte. Und wenn sie mir viele Vorzüge zugestand, so war es keineswegs demütigend für sie: denn erstlich gedachte sie nicht mit einer Mannsperson zu wetteifern, und zweitens glaubte sie, in

Absicht auf religiöse Bildung sehr viel vor mir voraus zu haben. Meine Unruhe, meine Ungeduld, mein Streben, mein Suchen, Forschen, Sinnen und Schwanken legte sie auf ihre Weise aus, und verhehlte mir ihre Überzeugung nicht, sondern versicherte mir unbewunden, das alles komme daher, weil ich keinen versöhnten Gott habe. Nun hatte ich von Jugend auf geglaubt, mit meinem Gott ganz gut zu stehen, ja ich bildete mir, nach mancherlei Erfahrungen, wohl ein, daß er gegen mich sogar im Rest stehen könne, und ich war kühn genug, zu glauben, daß ich ihm einiges zu verzeihen hätte. Dieser Dünkel gründete sich auf meinen unendlich guten Willen, dem er, wie mir schien, besser hätte zu Hilfe kommen sollen. Es läßt sich denken, wie oft ich und meine Freundin hierüber in Streit gerieten, der sich doch immer auf die freundlichste Weise und manchmal, wie meine Unterhaltung mit dem alten Rektor, damit endigte: daß ich ein närrischer Bursche sei, dem man manches nachsehen müsse.

Da ich mit der Geschwulst am Halse sehr geplagt war, indem Arzt und Chirurgus diese Excrescenz erst vertreiben, hernach, wie sie sagten, zeitigen wollten, und sie zuletzt aufzuschneiden für gut befanden, so hatte ich eine geraume Zeit mehr an Unbequemlichkeit als an Schmerzen zu leiden, obgleich gegen das Ende der Heilung das immer fortdauernde Betupfen mit Höllenstein und andern ätzenden Dingen höchst verdrießliche Aussichten auf jeden neuen Tag geben mußte. Arzt und Chirurgus gehörten auch unter die abgesonderten Frommen, obgleich beide von höchst verschiedenem Naturell waren. Der Chirurgus, ein schlanker wohlgebildeter Mann von leichter und geschickter Hand, der, leider etwas hektisch, seinen Zustand mit wahrhaft christlicher Geduld ertrug, und sich in seinem Berufe durch sein Übel nicht irre machen ließ. Der Arzt, ein unerklärlicher, schlaublickender, freundlich sprechender, übrigens abstruser Mann, der sich in dem frommen Kreise ein ganz besonderes Zutrauen erworben hatte. Tätig und aufmerksam, war er den Kranken tröstlich; mehr aber als durch alles erweiterte er seine Kundschaft durch die Gabe, einige geheimnisvolle selbstbereitete Arzneien im Hintergrunde zu zeigen, von denen niemand sprechen durfte, weil bei uns den Ärzten die eigene Dispensation streng verboten war. Mit gewissen Pulvern, die irgend ein Digestiv sein mochten, tat er nicht so geheim; aber von jenem wichtigen Salze, das nur in den größten Gefahren angewendet werden durfte, war nur unter den Gläubigen die Rede, ob es gleich noch niemand gesehen oder die Wirkung davon gespürt hatte. Um den Glauben an die Möglichkeit eines solchen Universalmittels zu erregen und zu stärken, hatte der Arzt seinen Patienten, wo er nur einige Empfänglichkeit fand, gewisse mystische chemisch-alchimische Bücher empfohlen und zu verstehen gegeben, daß man durch eignes Studium derselben gar wohl dahin gelangen könne, jenes Kleinod sich selbst zu erwerben; welches um so notwendiger sei, als die Bereitung sich sowohl aus physischen als besonders aus moralischen Gründen nicht wohl überliefern lasse, ja daß man, um jenes große Werk einzusehen, hervorzubringen und zu benutzen, die Geheimnisse der Natur im Zusammenhang kennen müsse, weil es nichts Einzelnes, sondern etwas Universelles sei und auch wohl gar unter verschiedenen Formen und Gestalten hervorgebracht werden könne. Meine Freundin hatte auf diese lockenden Worte gehorcht. Das Heil des Körpers war zu nahe mit dem Heil der Seele verwandt; und könnte je eine größere Wohltat, eine größere Barmherzigkeit auch an andern ausgeübt werden, als wenn man sich ein Mittel zu eigen machte, wodurch so manches Leiden gestillt, so manche Gefahr abgelehnt werden könnte? Sie hatte schon insgeheim Wellings *Opus mago-cabbalisticum* studiert, wobei sie jedoch, weil der Autor das Licht, was er mitteilt, sogleich wieder selbst verfinstert und aufhebt, sich nach einem Freunde umsah, der ihr in diesem Wechsel von Licht und Finsternis Gesellschaft leistete. Es bedurfte nur einer geringen Anregung, um auch mir diese Krankheit zu inokulieren. Ich schaffte das Werk an, das, wie alle Schriften dieser Art, seinen Stammbaum in gerader Linie bis zur Neuplatonischen Schule verfolgen konnte. Meine vorzüglichste Bemühung an diesem Buche war, die dunklen Hinweisungen, wo der Verfasser von einer Stelle auf die andere deutet und dadurch das, was er verbirgt, zu enthüllen verspricht, aufs genauste zu bemerken und am Rande die Seitenzahlen solcher sich einander aufklären sollender Stellen zu bezeichnen. Aber auch so blieb das Buch noch dunkel und unverständlich genug; außer daß man sich zuletzt in eine gewisse Terminologie hineinstudierte, und indem man mit derselben nach eignem Belieben gebarte, etwas wo nicht zu verstehen, doch wenigstens zu sagen glaubte. Gedachtes Werk erwähnt seiner Vorgänger mit vielen Ehren, und wir wurden daher angeregt, jene Quellen selbst aufzusuchen. Wir wendeten uns nun an die Werke des Theophrastus Paracelsus und Basilius Valentinus; nicht weniger an Helmont, Starkey und andere, deren mehr oder weniger auf Natur und Einbildung beruhende Lehren und Vorschriften wir einzusehen und zu befolgen suchten. Mir wollte besonders die *Aurea Catena Homeri* gefallen, wodurch die Natur, wenn auch vielleicht auf phantastische Weise, in einer schönen Verknüpfung dargestellt wird; und so verwendeten wir teils einzeln, teils zusammen, viele Zeit an diese Seltsamkeiten, und brachten die Abende eines langen Winters, während dessen ich die Stube hüten mußte, sehr vergnügt zu, indem wir zu dreien, meine Mutter mit eingeschlossen, uns an diesen Geheimnissen mehr ergötzten, als die Offenbarung derselben hätte tun können.

Mir war indes noch eine sehr harte Prüfung vorbereitet: denn eine gestörte und man dürfte wohl sagen für gewisse Momente vernichtete Verdauung brachte solche Symptome hervor, daß ich unter großen Beängstigungen das Leben zu verlieren glaubte und keine angewandten Mittel weiter etwas fruchten wollten. In diesen letzten Nöten zwang meine bedrängte Mutter mit dem größten Ungestüm den verlegnen Arzt, mit seiner Universalmedizin hervorzurücken; nach langem Widerstande eilte er tief in der Nacht nach Hause und kam mit einem Gläschen kristallisierten trocknen

Salzes zurück, welches, in Wasser aufgelöst, von dem Patienten verschluckt wurde und einen entschieden alkalischen Geschmack hatte. Das Salz war kaum genommen, so zeigte sich eine Erleichterung des Zustandes, und von dem Augenblick an nahm die Krankheit eine Wendung, die stufenweise zur Besserung führte. Ich darf nicht sagen, wie sehr dieses den Glauben an unsern Arzt, und den Fleiß uns eines solchen Schatzes teilhaftig zu machen, stärkte und erhöhte.

Meine Freundin, welche eltern- und geschwisterlos in einem großen wohlgelegenen Hause wohnte, hatte schon früher angefangen, sich einen kleinen Windofen, Kolben und Retorten von mäßiger Größe anzuschaffen, und operierte, nach Wellingischen Fingerzeigen und nach bedeutenden Winken des Arztes und Meisters, besonders auf Eisen, in welchem die heilsamsten Kräfte verborgen sein sollten, wenn man es aufzuschließen wisse, und weil in allen uns bekannten Schriften das Luftsalz, welches herbeigezogen werden mußte, eine große Rolle spielte, so wurden zu diesen Operationen Alkalien erfordert, welche, indem sie an der Luft zerfließen, sich mit jenen überirdischen Dingen verbinden und zuletzt ein geheimnisvolles treffliches Mittelsalz *per se* hervorbringen sollten.

Kaum war ich einigermaßen wieder hergestellt und konnte mich, durch eine bessere Jahrszeit begünstigt, wieder in meinem alten Giebelzimmer aufhalten, so fing auch ich an, mir einen kleinen Apparat zuzulegen; ein Windöfchen mit einem Sandbade war zubereitet, ich lernte sehr geschwind mit einer brennenden Lunte die Glaskolben in Schalen verwandeln, in welchen die verschiedenen Mischungen abgeraucht werden sollten. Nun wurden sonderbare Ingredienzien des Makrokosmus und Mikrokosmus auf eine geheimnisvolle wunderliche Weise behandelt, und vor allem suchte man Mittelsalze auf eine unerhörte Art hervorzubringen. Was mich aber eine ganze Weile am meisten beschäftigte, war der sogenannte *Liquor Silicum* (Kieselsaft), welcher entsteht, wenn man reine

Quarzkiesel mit einem gehörigen Anteil Alkali schmilzt, woraus ein durchsichtiges Glas entspringt, welches an der Luft zerschmilzt und eine schöne klare Flüssigkeit darstellt. Wer dieses einmal selbst verfertigt und mit Augen gesehen hat, der wird diejenigen nicht tadeln, welche an eine jungfräuliche Erde und an die Möglichkeit glauben, auf und durch dieselbe weiter zu wirken. Diesen Kieselsaft zu bereiten hatte ich eine besondere Fertigkeit erlangt, die schönen weißen Kiesel, welche sich im Main finden, gaben dazu ein vollkommenes Material; und an dem übrigen so wie an Fleiß ließ ich es nicht fehlen: nur ermüdete ich doch zuletzt, indem ich bemerken mußte, daß das Kieselhafte keineswegs mit dem Salze so innig vereint sei, wie ich philosophischerweise geglaubt hatte: denn es schied sich gar leicht wieder aus, und die schönste mineralische Flüssigkeit, die mir einigemal zu meiner größten Verwunderung in Form einer animalischen Gallert erschienen war, ließ doch immer ein Pulver fallen, das ich für den feinsten Kieselstaub ansprechen mußte, der aber keineswegs irgend etwas Produktives in seiner Natur spüren ließ, woran man hätte hoffen können diese jungfräuliche Erde in den Mutterstand übergehen zu sehen.

So wunderlich und unzusammenhängend auch diese Operationen waren, so lernte ich doch dabei mancherlei. Ich gab genau auf alle Kristallisationen Acht, welche sich zeigen mochten, und ward mit den äußern Formen mancher natürlichen Dinge bekannt, und indem mir wohl bewußt war, daß man in der neuern Zeit die chemischen Gegenstände methodischer aufgeführt, so wollte ich mir im allgemeinen davon einen Begriff machen, ob ich gleich als Halbadept vor den Apothekern und allen denjenigen, die mit dem gemeinen Feuer operierten, sehr wenig Respekt hatte. Indessen zog mich doch das chemische Kompendium des Boerhave gewaltig an und verleitete mich mehrere Schriften dieses Mannes zu lesen, wodurch ich denn, da ohnehin meine langwierige Krankheit mich dem Ärztlichen näher gebracht hatte, eine Anleitung fand, auch die Aphorismen dieses trefflichen Mannes zu studieren, die ich mir gern in den Sinn und ins Gedächtnis einprägen mochte.

Eine andere, etwas menschlichere und bei weitem für die augenblickliche Bildung nützlichere Beschäftigung war, daß ich die Briefe durchsah, welche ich von Leipzig aus nach Hause geschrieben hatte. Nichts gibt uns mehr Aufschluß über uns selbst, als wenn wir das, was vor einigen Jahren von uns ausgegangen ist, wieder vor uns sehen, so daß wir uns selbst nunmehr als Gegenstand betrachten können. Allein freilich war ich damals noch zu jung und die Epoche noch zu nahe, welche durch diese Papiere dargestellt ward. Überhaupt, da man in jungen Jahren einen gewissen selbstgefälligen Dünkel nicht leicht ablegt, so äußert sich dieser besonders darin, daß man sich im kurz Vorhergegangenen verachtet: denn indem man freilich von Stufe zu Stufe gewahr wird, daß dasjenige, was man an sich so wie an andern für gut und vortrefflich achtet, nicht Stich hält, so glaubt man über diese Verlegenheit am besten hinauszukommen, wenn man das selbst wegwirft, was man nicht retten kann. So ging es auch mir. Denn wie ich in Leipzig nach und nach meine kindlichen Bemühungen geringschätzen lernte, so kam mir nun meine akademische Laufbahn gleichfalls geringschätzig vor, und ich sah nicht ein, daß sie eben darum vielen Wert für mich haben müßte, weil sie mich auf eine höhere Stufe der Betrachtung und Einsicht gehoben. Der Vater hatte meine Briefe sowohl an ihn als an meine Schwester sorgfältig gesammelt und geheftet; ja er hatte sie sogar mit Aufmerksamkeit korrigiert und sowohl Schreib- als Sprachfehler verbessert.

Was mir zuerst an diesen Briefen auffiel, war das Äußere; ich erschrak vor einer unglaublichen Vernachlässigung der Handschrift, die sich vom Oktober 1765 bis in die Hälfte des folgenden Januars erstreckte. Dann erschien aber auf einmal in der Hälfte des Märzes eine ganz gefaßte geordnete Hand, wie ich sie sonst bei Preisbewerbungen anzuwenden pflegte. Meine Verwunderung darüber löste sich in Dank gegen den guten Gellert auf, welcher, wie ich mich nun wohl erinnerte, uns bei den Aufsätzen, die wir ihm einrichten, mit seinem herzlichen Tone zur heiligen Pflicht machte, unsere Hand so sehr, ja mehr als unsern Stil, zu üben. Dieses wiederholte er so oft, als ihm eine kritzliche nachlässige Schrift zu Gesicht kam; wobei er mehrmals äußerte, daß er sehr gern die schöne Handschrift seiner Schüler zum Hauptzweck seines Unterrichts machen möchte, um so mehr, weil er oft genug bemerkt habe, daß eine gute Hand einen guten Stil nach sich ziehe.

Sonst konnte ich auch bemerken, daß die französischen und englischen Stellen meiner Briefe, obgleich nicht fehlerlos, doch mit Leichtigkeit und Freiheit geschrieben waren. Diese Sprachen hatte ich auch in meiner Korrespondenz mit Georg Schlosser, der sich noch immer in Treptow befand, zu üben fortgefahren und war mit ihm in beständigem Zusammenhang geblieben, wodurch ich denn von manchen weltlichen Zuständen (denn immer ging es ihm nicht ganz so wie er gehofft hatte) unterrichtet wurde und zu seiner ernstern edlen Denkweise immer mehr Zutrauen faßte.

Eine andere Betrachtung, die mir beim Durchsehen jener Briefe nicht entgehen konnte, war, daß der gute Vater mit der besten Absicht mir einen besondern Schaden zugefügt und mich zu der wunderlichen Lebensart veranlaßt hatte, in die ich zuletzt geraten war. Er hatte mich nämlich wiederholt vom Kartenspiel abgemahnt; allein Frau Hofrat Böhme, so lange sie lebte, wußte mich nach ihrer Weise zu bestimmen, indem sie die Abmahnung meines Vaters nur von dem Mißbrauch erklärte. Da ich nun auch die Vorteile davon in der Sozietät einsah, so ließ ich mich gern durch sie regieren. Ich hatte wohl den Spielsinn, aber nicht den Spielgeist: ich lernte alle Spiele leicht und geschwind, aber niemals konnte ich die gehörige Aufmerksamkeit einen ganzen Abend zusammenhalten. Wenn ich also recht gut anfing, so verfehlte ich's doch immer am Ende und machte mich und andre verlieren; wodurch ich denn jederzeit verdrießlich entweder zur Abendtafel oder aus der Gesellschaft ging. Kaum war Madame Böhme verschieden, die mich ohnedem während ihrer langwierigen Krankheit nicht mehr zum

Spiel angehalten hatte, so gewann die Lehre meines Vaters Kraft; ich entschuldigte mich erst von den Partien, und weil man nun nichts mehr mit mir anzufangen wußte, so ward ich mir noch mehr als andern lästig, schlug die Einladungen aus, die denn sparsamer erfolgten und zuletzt ganz aufhörten. Das Spiel, das jungen Leuten, besonders denen die einen praktischen Sinn haben und sich in der Welt umtun wollen, sehr zu empfehlen ist, konnte freilich bei mir niemals zur Liebhaberei werden, weil ich nicht weiter kam, ich mochte spielen so lange ich wollte. Hätte mir jemand einen allgemeinen Blick darüber gegeben und mich bemerken lassen, wie hier gewisse Zeichen und mehr oder weniger Zufall eine Art von Stoff bilden, woran sich Urteilskraft und Tätigkeit üben können, hätte man mich mehrere Spiele auf einmal einsehen lassen, so hätte ich mich wohl eher damit befreunden können. Bei alledem war ich durch jene Betrachtungen in der Epoche, von welcher ich hier spreche, zu der Überzeugung gekommen, daß man die gesellschaftlichen Spiele nicht meiden, sondern sich eher nach einer Gewandtheit in denselben bestreben müsse. Die Zeit ist unendlich lang und ein jeder Tag ein Gefäß, in das sich sehr viel eingießen läßt, wenn man es wirklich ausfüllen will.

So vielfach war ich in meiner Einsamkeit beschäftigt, um so mehr als die verschiedenen Geister der mancherlei Liebhabereien, denen ich mich nach und nach gewidmet, Gelegenheit hatten wieder hervorzutreten. So kam es auch wieder ans Zeichnen, und da ich immer unmittelbar an der Natur oder vielmehr am Wirklichen arbeiten wollte, so bildete ich mein Zimmer nach, mit seinen Möbeln, die Personen die sich darin befanden, und wenn mich das nicht mehr unterhielt, stellte ich allerlei Stadtgeschichten dar, die man sich eben erzählte, und woran man Interesse fand. Das alles war nicht ohne Charakter und nicht ohne einen gewissen Geschmack, aber leider fehlte den Figuren die Proportion und das eigentliche Mark, so wie denn auch die Ausführung höchst nebulistisch war. Mein Vater, dem diese Dinge Vergnügen zu machen fortfuhren, wollte sie deutlicher haben; auch sollte alles fertig und abgeschlossen sein. Er ließ sie daher aufziehen und mit Linien einfassen; ja der Maler Morgenstern, sein Hauskünstler — es ist derselbe, der sich später durch Kirchenprospekte bekannt, ja berühmt gemacht — mußte die perspektivischen Linien der Zimmer und Räume hineinziehen, die sich denn freilich ziemlich grell gegen die nebulistisch angedeuteten Figuren verhielten. Er glaubte mich dadurch immer mehr zur Bestimmtheit zu nötigen, und um ihm gefällig zu sein, zeichnete ich mancherlei Stilleben, wo ich, indem das Wirkliche als Muster vor mir stand, deutlicher und entschiedener arbeiten konnte. Endlich fiel mir auch wieder einmal das Radieren ein. Ich hatte mir eine ziemlich interessante Landschaft komponiert und fühlte mich sehr glücklich, als ich meine alten von Stock überlieferten Rezepte vorsuchen und mich jener vergnüglichen Zeiten bei der Arbeit erinnern konnte. Ich ätzte die Platte bald und ließ mir Probeabdrücke machen. Unglücklicherweise war die Komposition ohne Licht und Schatten, und ich quälte mich nun beides hineinzubringen; weil es mir aber nicht ganz deutlich war, worauf es ankam, so konnte ich nicht fertig werden. Ich befand mich zu der Zeit nach meiner Art ganz wohl; allein in diesen Tagen befiel mich ein Übel, das mich noch nie gequält hatte. Die Kehle nämlich war mir ganz wund geworden und besonders das, was man den Zapfen nennt, sehr entzündet; ich konnte nur mit großen Schmerzen etwas schlingen, und die Ärzte wußten nicht, was sie daraus machen sollten. Man quälte mich mit Gurgeln und Pinseln und konnte mich von dieser Not nicht befreien. Endlich ward ich wie durch eine Eingebung gewahr, daß ich bei dem Ätzen nicht vorsichtig genug gewesen, und daß ich, indem ich es öfters und leidenschaftlich wiederholt, mir dieses Übel zugezogen und solches immer wieder erneuert und vermehrt. Den Ärzten war die Sache plausibel und gar bald gewiß, indem ich das Radieren und Ätzen um so mehr unterließ, als der Versuch keineswegs gut ausgefallen war, und ich eher Ursache hatte meine Arbeit zu verbergen als vorzuzeigen, worüber ich mich um so leichter tröstete, als ich mich von dem beschwerlichen Übel sehr bald befreit sah. Dabei konnte ich mich doch der Betrachtung nicht enthalten, daß wohl die ähnlichen Beschäftigungen in Leipzig manches möchten zu jenen Übeln beigetragen haben, an denen ich so viel gelitten hatte. Freilich ist es eine langweilige und mitunter traurige Sache, zu sehr auf uns selbst, und was uns schadet und nutzt, Acht zu haben; allein es ist keine Frage, daß bei der wunderlichen Idiosynkrasie der menschlichen Natur von der einen Seite, und bei der unendlichen Verschiedenheit der Lebensart und Genüsse von der andern, es noch ein Wunder ist, daß das menschliche Geschlecht sich nicht schon lange aufgerieben hat. Es scheint die menschliche Natur eine eigne Art von Zähigkeit und Vielseitigkeit zu besitzen, da sie alles, was an sie herankommt oder was sie in sich aufnimmt überwindet, und wenn sie sich es nicht assimilieren kann, wenigstens gleichgültig macht. Freilich muß sie bei einem großen Exzeß trotz alles Widerstandes den Elementen nachgeben, wie uns so viele endemische Krankheiten und die Wirkungen des Branntweins überzeugen. Könnten wir, ohne ängstlich zu werden, auf uns Acht geben, was in unserm komplizierten bürgerlichen und geselligen Leben auf uns günstig oder ungünstig wirkt, und möchten wir das, was uns als Genuß freilich behaglich ist, um der üblen Folgen willen unterlassen, so würden wir gar manche Unbequemlichkeit, die uns bei sonst gesunden Konstitutionen oft mehr als eine Krankheit selbst quält, leicht zu entfernen wissen. Leider ist es im Diätetischen wie im Moralischen: wir können einen Fehler nicht eher einsehen, als bis wir ihn los sind; wobei denn nichts gewonnen wird, weil der nächste Fehler dem vorhergehenden nicht ähnlich sieht und also unter derselben Form nicht erkannt werden kann.

Beim Durchlesen jener Briefe, die von Leipzig aus an meine Schwester geschrieben waren, konnte mir unter andern auch diese Bemerkung nicht entgehen, daß ich mich sogleich bei dem ersten akademischen Unterricht für sehr klug und weise gehalten, indem ich mich, sobald ich etwas gelernt, dem Professor substituierte und daher auch auf der Stelle didaktisch ward. Mir war es lustig genug zu sehen, wie ich dasjenige, was Gellert uns im Kollegium überliefert oder geraten, sogleich wieder gegen meine Schwester gewendet, ohne einzusehen, daß sowohl im Leben als im Lesen etwas dem Jüngling gemäß sein könne, ohne sich für ein Frauenzimmer zu schicken; und wir scherzten gemeinschaftlich über diese Nachäfferei. Auch waren mir die Gedichte, die ich in Leipzig verfaßt hatte, schon zu gering, und sie schienen mir kalt, trocken und in Absicht dessen was die Zustände des menschlichen Herzens oder Geistes ausdrücken sollte, allzu oberflächlich. Dieses bewog mich, als ich nun abermals das väterliche Haus verlassen und auf eine zweite Akademie ziehen sollte, wieder ein großes Haupt-Autodafé über meine Arbeiten zu verhängen. Mehrere angefangene Stücke, deren einige bis zum dritten oder vierten Akt, andere aber nur bis zu vollendeter Exposition gelangt waren, nebst vielen andern Gedichten, Briefen und Papieren wurden dem Feuer übergeben, und kaum blieb etwas verschont außer dem Manuskript von Behrisch, *Die Laune des Verliebten* und *Die Mitschuldigen,* an welchem letzteren ich immerfort mit besonderer Liebe besserte, und da das Stück schon fertig war, die Exposition nochmals durcharbeitete, um sie zugleich bewegter und klarer zu machen. Lessing hatte in den zwei ersten Akten der Minna ein unerreichbares Muster aufgestellt, wie ein Drama zu exponieren sei, und es war mir nichts angelegener, als in seinen Sinn und seine Absichten einzudringen.

Umständlich genug ist zwar schon die Erzählung von dem, was mich in diesen Tagen berührt, aufgeregt und beschäftigt; allein ich muß dessen ungeachtet wieder zu jenem Interesse zurückkehren, das mir die übersinnlichen Dinge eingeflößt hatten, von denen ich ein für allemal, insofern es möglich wäre, mir einen Begriff zu bilden unternahm.

Einen großen Einfluß erfuhr ich dabei von einem wichtigen Buche, das mir in die Hände geriet: es war Arnolds *Kirchen- und Ket-*

zergeschichte. Dieser Mann ist nicht ein bloß reflektierender Historiker, sondern zugleich fromm und fühlend. Seine Gesinnungen stimmten sehr zu den meinigen, und was mich an seinem Werk besonders ergötzte, war, daß ich von manchen Ketzern, die man mir bisher als toll oder gottlos vorgestellt hatte, einen vorteilhaften Begriff erhielt. Der Geist des Widerspruchs und die Lust zum Paradoxen steckt in uns allen. Ich studierte fleißig die verschiedenen Meinungen, und da ich oft genug hatte sagen hören, jeder Mensch habe am Ende doch seine eigene Religion, so kam mir nichts natürlicher vor, als daß ich mir auch meine eigene bilden könne, und dieses tat ich mit vieler Behaglichkeit. Der neue Platonismus lag zum Grunde; das Hermetische, Mystische, Kabbalistische gab auch seinen Beitrag her, und so erbaute ich mir eine Welt, die seltsam genug aussah.

Ich mochte mir wohl eine Gottheit vorstellen, die sich von Ewigkeit her selbst produziert; da sich aber Produktion nicht ohne Mannigfaltigkeit denken läßt, so mußte sie sich notwendig sogleich als ein zweites erscheinen, welches wir unter dem Namen des Sohns anerkennen; diese beiden mußten nun den Akt des Hervorbringens fortsetzen, und erschienen sich selbst wieder im dritten, welches nun eben so bestehend lebendig und ewig als das Ganze war. Hiermit war jedoch der Kreis der Gottheit geschlossen, und es wäre ihnen selbst nicht möglich gewesen, abermals ein ihnen völlig Gleiches hervorzubringen. Da jedoch der Produktionstrieb immer fortging, so erschufen sie ein Viertes, das aber schon in sich einen Widerspruch hegte, indem es, wie sie, unbedingt und doch zugleich in ihnen enthalten und durch sie begrenzt sein sollte. Dieses war nun Lucifer, welchem von nun an die ganze Schöpfungskraft übertragen war und von dem alles übrige Sein ausgehen sollte. Er bewies sogleich seine unendliche Tätigkeit, indem er die sämtlichen Engel erschuf, alle wieder nach seinem Gleichnis, unbedingt, aber in ihm enthalten und durch ihn begrenzt. Umgeben von einer solchen Glorie vergaß er seines höhern Ursprungs und glaubte ihn in sich selbst zu finden, und aus diesem ersten Undank entsprang alles, was uns nicht mit dem Sinne und den Absichten der Gottheit übereinzustimmen scheint. Je mehr er sich nun in sich selbst konzentrierte, je unwohler mußte es ihm werden, so wie allen den Geistern, denen er die süße Erhebung zu ihrem Ursprunge verkümmerte. Und so ereignete sich das, was uns unter der Form des Abfalls der Engel bezeichnet wird. Ein Teil derselben konzentrierte sich mit Lucifer, der andere wendete sich wieder gegen seinen Ursprung. Aus dieser Konzentration der ganzen Schöpfung, denn sie war von Lucifer ausgegangen und mußte ihm folgen, entsprang nun alles das, was wir unter der Gestalt der Materie gewahr werden, was wir uns als schwer, fest und finster vorstellen, welches aber, indem es wenn auch nicht unmittelbar doch durch Filiation vom göttlichen Wesen herstammt, eben so unbedingt mächtig und ewig ist als der Vater und die Großeltern. Da nun das ganze Unheil, wenn wir es so nennen dürfen, bloß durch die einseitige Richtung Lucifers entstand, so fehlte freilich dieser Schöpfung die bessere Hälfte: denn alles, was durch Konzentration gewonnen wird, besaß sie, aber es fehlte ihr alles, was durch Expansion allein bewirkt werden kann; und so hätte die sämtliche Schöpfung durch immerwährende Konzentration sich selbst aufreiben, sich mit ihrem Vater Lucifer vernichten und alle ihre Ansprüche an eine gleiche Ewigkeit mit der Gottheit verlieren können. Diesem Zustand sahen die Elohim eine Weile zu, und sie hatten die Wahl, jene Äonen abzuwarten, in welchen das Feld wieder rein geworden und ihnen Raum zu einer neuen Schöpfung geblieben wäre, oder ob sie in das Gegenwärtige eingreifen und dem Mangel nach ihrer Unendlichkeit zu Hilfe kommen wollten. Sie erwählten nun das letztere und supplierten durch ihren bloßen Willen in einem Augenblick den ganzen Mangel, den der Erfolg von Lucifers Beginnen an sich trug. Sie gaben dem unendlichen Sein die Fähigkeit sich auszudehnen, sich gegen sie zu bewegen; der eigentliche Puls des Lebens war wieder hergestellt, und Lucifer selbst konnte sich dieser Einwirkung nicht entziehen. Dieses ist die Epoche, wo dasjenige hervortrat, was wir als Licht kennen, und wo dasjenige begann, was wir mit dem Worte Schöpfung zu bezeichnen pflegen. So sehr sich auch nun diese durch die immer fortwirkende Lebenskraft der Elohim stufenweise vermannigfaltigte, so fehlte es doch noch an einem Wesen, welches die ursprüngliche Verbindung mit der Gottheit wiederherzustellen geschickt wäre, und so wurde der Mensch hervorgebracht, der in allem der Gottheit ähnlich, ja gleich sein sollte, sich aber freilich dadurch abermals in dem Falle Lucifers befand, zugleich unbedingt und beschränkt zu sein; und da dieser Widerspruch durch alle Kategorien des Daseins sich an ihm manifestieren und ein vollkommenes Bewußtsein so wie ein entschiedener Wille seine Zustände begleiten sollte, so war vorauszusehen, daß er zugleich das vollkommenste und unvollkommenste, das glücklichste und unglücklichste Geschöpf werden müsse. Es währte nicht lange, so spielte er auch völlig die Rolle des Lucifer. Die Absonderung vom Wohltäter ist der eigentliche Undank, und so ward jener Abfall zum zweitenmal eminent, obgleich die ganze Schöpfung nichts ist und nichts war, als ein Abfallen und Zurückkehren zum Ursprünglichen.

Man sieht leicht, wie hier die Erlösung nicht allein von Ewigkeit her beschlossen, sondern als ewig notwendig gedacht wird, ja daß sie durch die ganze Zeit des Werdens und Seins sich immer wieder erneuern muß. Nichts ist in diesem Sinne natürlicher, als daß die Gottheit selbst die Gestalt des Menschen annimmt, die sie sich zu einer Hülle schon vorbereitet hatte, und daß sie die Schicksale desselben auf kurze Zeit teilt, um durch diese Verähnlichung das Erfreuliche zu erhöhen und das Schmerzliche zu mildern. Die Geschichte aller Religionen und Philosophien lehrt uns, daß diese große, den Menschen unentbehrliche Wahrheit von verschiedenen Nationen in verschiedenen Zeiten auf mancherlei Weise, ja in seltsamen Fabeln und Bildern der Beschränktheit gemäß überliefert worden; genug, wenn nur anerkannt wird, daß wir uns in einem

Zustande befinden, der, wenn er uns auch niederzuziehen und zu drücken scheint, dennoch Gelegenheit gibt, ja zur Pflicht macht, uns zu erheben und die Absichten der Gottheit dadurch zu erfüllen, daß wir, indem wir von einer Seite uns zu verselbsten genötigt sind, von der andern in regelmäßigen Pulsen uns zu entselbstigen nicht versäumen.

Neuntes Buch

»Das Herz wird ferner öfters zum Vorteil verschiedener besonders geselliger und feiner Tugenden gerührt, und die zärteren Empfindungen werden in ihm erregt und entwickelt werden; besonders werden sich viele Züge eindrücken, welche dem jungen Leser eine Einsicht in den verborgenern Winkel des menschlichen Herzens und seiner Leidenschaften geben; eine Kenntnis, die mehr als alles Latein und Griechisch wert ist und von welcher Ovid ein gar vortrefflicher Meister war. Aber dies ist es noch nicht, warum man eigentlich der Jugend die alten Dichter und also auch den Ovid in die Hände giebet. Wir haben von dem gütigen Schöpfer eine Menge Seelenkräfte, welchen man ihre gehörige Kultur und zwar in den ersten Jahren gleich zu geben nicht verabsäumen muß, und die man doch weder mit Logik, noch Metaphysik, Latein oder Griechischem kultivieren kann: wir haben eine Einbildungskraft, der wir, wofern sie sich nicht der ersten besten Vorstellungen selbst bemächtigen soll, die schicklichsten und schönsten Bilder vorlegen und dadurch das Gemüt gewöhnen und üben müssen, das Schöne überall und in der Natur selbst, unter seinen bestimmten wahren und auch in den feinern Zügen zu erkennen und zu lieben. Wir haben eine Menge Begriffe und allgemeine Kenntnisse nötig, sowohl für die Wissenschaften als für das tägliche Leben, die sich in keinem Kompendio erlernen lassen. Unsre Empfindungen, Neigungen, Leidenschaften sollen mit Vorteil entwickelt und gereinigt werden.«

Diese bedeutende Stelle, welche sich in der *Allgemeinen deutschen Bibliothek* vorfand, war nicht die einzige in ihrer Art. Von gar vielen Seiten her offenbarten sich ähnliche Grundsätze und gleiche Gesinnungen. Sie machten auf uns rege Jünglinge sehr großen

Eindruck, der um desto entschiedener wirkte, als er durch Wielands Beispiel noch verstärkt wurde: denn die Werke seiner zweiten, glänzenden Epoche bewiesen klärlich, daß er sich nach solchen Maximen gebildet hatte. Und was konnten wir mehr verlangen? Die Philosophie mit ihren abstrusen Forderungen war beseitigt, die alten Sprachen, deren Erlernung mit so viel Mühseligkeit verknüpft ist, sah man in den Hintergrund gerückt, die Kompendien, über deren Zulänglichkeit uns Hamlet schon ein bedenkliches Wort ins Ohr geraunt hatte, wurden immer verdächtiger, man wies uns auf die Betrachtung eines bewegten Lebens hin, das wir so gerne führten, und auf die Kenntnis der Leidenschaften, die wir in unserem Busen teils empfanden, teils ahneten und die, wenn man sie sonst gescholten hatte, uns nunmehr als etwas Wichtiges und Würdiges vorkommen mußten, weil sie der Hauptgegenstand unserer Studien sein sollten und die Kenntnis derselben als das vorzüglichste Bildungsmittel unserer Geisteskräfte angerühmt ward. Überdies war eine solche Denkweise meiner eigenen Überzeugung, ja meinem poetischen Tun und Treiben ganz angemessen. Ich fügte mich daher ohne Widerstreben, nachdem ich so manchen guten Vorsatz vereitelt, so manche redliche Hoffnung verschwinden sehn, in die Absicht meines Vaters, mich nach Straßburg zu schicken, wo man mir ein heiteres lustiges Leben versprach, indessen ich meine Studien weiter fortsetzen und am Ende promovieren sollte.

Im Frühjahr fühlte ich meine Gesundheit, noch mehr aber meinen jugendlichen Mut wieder hergestellt und sehnte mich abermals aus meinem väterlichen Hause, obgleich aus ganz andern Ursachen als das erste Mal: denn es waren mir diese hübschen Zimmer und Räume, wo ich so viel gelitten hatte unerfreulich geworden, und mit dem Vater selbst konnte sich kein angenehmes Verhältnis anknüpfen; ich konnte ihm nicht ganz verzeihen, daß er, bei den Rezidiven meiner Krankheit und bei dem langsamen Genesen, mehr Ungeduld als billig sehen lassen, ja daß er, anstatt durch Nachsicht mich zu trösten, sich oft auf eine grausame Weise über das, was in keines Menschen Hand lag, geäußert, als wenn es nur vom Willen abhinge. Aber auch er ward auf mancherlei Weise durch mich verletzt und beleidigt.

Denn junge Leute bringen von Akademien allgemeine Begriffe zurück, welches zwar ganz recht und gut ist; allein weil sie sich darin sehr weise dünken, so legen sie solche als Maßstab an die vorkommenden Gegenstände, welche denn meistens dabei verlieren müssen. So hatte ich von der Baukunst der Einrichtung und Verzierung der Häuser eine allgemeine Vorstellung gewonnen, und wendete diese nun unvorsichtig im Gespräch auf unser eigenes Haus an. Mein Vater hatte die ganze Einrichtung desselben ersonnen und den Bau mit großer Standhaftigkeit durchgeführt, und es ließ sich auch, insofern es eine Wohnung für ihn und seine Familie ausschließlich sein sollte, nichts dagegen einwenden; auch waren in diesem Sinne sehr viele Häuser von Frankfurt gebaut. Die Treppe ging frei hinauf und berührte große Vorsäle, die selbst recht gut hätten Zimmer sein können; wie wir denn auch die gute Jahreszeit immer daselbst zubrachten. Allein dieses anmutige heitere Dasein einer einzelnen Familie, diese Kommunikation von oben bis unten ward zur größten Unbequemlichkeit, sobald mehrere Partien das Haus bewohnten, wie wir bei Gelegenheit der französischen Einquartierung nur zu sehr erfahren hatten. Denn jene ängstliche Szene mit dem Königsleutnant wäre nicht vorgefallen, ja mein Vater hätte weniger von allen Unannehmlichkeiten empfunden, wenn unsere Treppe, nach der Leipziger Art, an die Seite gedrängt, und jedem Stockwerk eine abgeschlossene Türe zugeteilt gewesen wäre. Diese Bauart rühmte ich einst höchlich und setzte ihre Vorteile heraus, zeigte dem Vater die Möglichkeit, auch seine Treppe zu verlegen, worüber er in einen unglaublichen Zorn geriet, der um so heftiger war, als ich kurz vorher einige schnörkelhafte Spiegelrahmen getadelt und gewisse chinesische Tapeten verworfen hatte. Es gab eine Szene, welche, zwar wieder getuscht und ausgeglichen, doch meine Reise nach dem schönen Elsaß beschleunigte, die ich denn auch, auf der neu eingerichteten bequemen Diligence, ohne Aufenthalt und in kurzer Zeit vollbrachte.

Ich war im Wirtshaus Zum Geist abgestiegen und eilte sogleich, das sehnlichste Verlangen zu befriedigen und mich dem Münster zu nähern, welcher durch Mitreisende mir schon lange gezeigt und eine ganze Strecke her im Auge geblieben war. Als ich nun erst durch die schmale Gasse diesen Koloß gewahrte, sodann aber auf dem freilich sehr engen Platz allzunah vor ihm stand, machte derselbe auf mich einen Eindruck ganz eigner Art, den ich aber auf der Stelle zu entwickeln unfähig, für diesmal nur dunkel mit mir nahm, indem ich das Gebäude eiligst bestieg, um nicht den schönen Augenblick einer hohen und heitern Sonne zu versäumen, welche mir das weite, reiche Land auf einmal offenbaren sollte.

Und so sah ich denn von der Plattform die schöne Gegend vor mir, in welcher ich eine Zeitlang wohnen und hausen durfte: die ansehnliche Stadt, die weitumherliegenden, mit herrlichen dichten Bäumen besetzten und durchflochtenen Auen, diesen auffallenden Reichtum der Vegetation, der dem Laufe des Rheins folgend, die Ufer, Inseln und Werder bezeichnet. Nicht weniger mit mannigfaltigem Grün geschmückt ist der von Süden herab sich ziehende flache Grund, welchen die Ill bewässert; selbst westwärts, nach dem Gebirge zu, finden sich manche Niederungen, die einen eben so reizenden Anblick von Wald und Wiesenwuchs gewähren, so wie der nördliche mehr hügelige Teil von unendlichen kleinen Bächen durchschnitten ist, die überall schnelles Wachstum begünstigen. Denkt man sich nun zwischen diesen üppig ausgestreckten Matten, zwischen diesen fröhlich ausgesäeten Hainen alles zum Fruchtbau schickliche Land trefflich bearbeitet, grünend und reifend, und die besten und reichsten Stellen desselben durch Dörfer und Meierhöfe bezeichnet, und eine solche große und unübersehliche, wie ein neues Paradies für den Menschen recht vorbereitete Fläche näher und ferner von teils angebauten teils waldbewachsenen Bergen begrenzt, so wird man das Entzücken begreifen, mit dem ich mein Schicksal segnete, das mir für einige Zeit einen so schönen Wohnplatz bestimmt hatte.

Ein solcher frischer Anblick in ein neues Land, in welchem wir uns eine Zeitlang aufhalten sollen, hat noch das Eigne, so Angenehme als Ahnungsvolle, daß das Ganze wie eine unbeschriebene Tafel vor uns liegt. Noch sind keine Leiden und Freuden, die sich auf uns beziehen, darauf verzeichnet, diese heitre, bunte, belebte Fläche ist noch stumm für uns; das Auge haftet nur an den Gegenständen insofern sie an und für sich bedeutend sind, und noch haben weder Neigung noch Leidenschaft diese oder jene Stelle besonders herauszuheben; aber eine Ahnung dessen, was kommen wird beunruhigt schon das junge Herz, und ein unbefriedigtes Bedürfnis fordert im stillen dasjenige, was kommen soll und mag und welches auf alle Fälle, es sei nun Wohl oder Weh, unmerklich den Charakter der Gegend, in der wir uns befinden, annehmen wird.

Herabgestiegen von der Höhe verweilte ich noch eine Zeitlang vor dem Angesicht des ehrwürdigen Gebäudes; aber was ich mir weder das erste Mal noch in der nächsten Zeit ganz deutlich machen konnte, war, daß ich dieses Wunderwerk als ein Ungeheures gewahrte, das mich hätte erschrecken müssen, wenn es mir nicht zugleich als ein Geregeltes faßlich und als ein Ausgearbeitetes sogar angenehm vorgekommen wäre. Ich beschäftigte mich doch keineswegs, diesem Widerspruch nachzudenken, sondern ließ ein so erstaunliches Denkmal durch seine Gegenwart ruhig auf mich fortwirken.

Ich bezog ein kleines aber wohlgelegenes und anmutiges Quartier an der Sommerseite des Fischmarkts, einer schönen langen Straße, wo immerwährende Bewegung jedem unbeschäftigten Augenblick zu Hilfe kam. Dann gab ich meine Empfehlungsschreiben ab und fand unter meinen Gönnern einen Handelsmann, der mit seiner Familie jenen frommen, mir genugsam bekannten Gesinnungen ergeben war, ob er sich gleich, was den äußeren Gottesdienst betrifft, nicht von der Kirche getrennt hatte. Er war dabei ein verständiger Mann und keineswegs kopfhängerisch in seinem Tun und Lassen. Die Tischgesellschaft, die man mir und der man mich empfahl, war sehr angenehm und unterhaltend. Ein paar alte Jungfrauen hatten diese Pension schon lange mit Ordnung und gutem Erfolg geführt; es konnten ungefähr zehn Personen sein, ältere und jüngere. Von diesen letztern ist mir am gegenwärtigsten einer, genannt Meyer, von Lindau gebürtig. Man hätte ihn, seiner Gestalt und seinem Gesicht nach, für den schönsten Menschen halten können, wenn er nicht zugleich etwas Schlottriges in seinem ganzen Wesen gehabt hätte. Eben so wurden seine herrlichen Naturgaben durch einen unglaublichen Leichtsinn und sein köstliches Gemüt durch eine unbändige Liederlichkeit verunstaltet. Er hatte ein mehr rundes als ovales, offnes, frohes Gesicht; die Werkzeuge der Sinne Augen, Nase, Mund, Ohren, konnte man reich nennen, sie zeugten von einer entschiedenen Fülle, ohne übertrieben groß zu sein. Der Mund besonders war allerliebst durch übergeschlagene Lippen, und seiner ganzen Physiognomie gab es einen eigenen Ausdruck, daß er ein *Räzel* war, d.h. daß seine Augenbrauen über der Nase zusammenstießen, welches bei einem schönen Gesichte immer einen angenehmen Ausdruck von Sinnlichkeit hervorbringt. Durch Jovialität, Aufrichtigkeit und Gutmütigkeit machte er sich bei allen Menschen beliebt; sein Gedächtnis war unglaublich, die Aufmerksamkeit in den Kollegien kostete ihm nichts; er behielt alles, was er hörte, und war geistreich genug, an allem einiges Interesse zu finden, und um so leichter, da er Medizin studierte. Alle Eindrücke blieben ihm lebhaft, und sein Mutwille in Wiederholung der Kollegien und Nachäffen der Professoren ging manchmal so weit, daß wenn er drei verschiedene Stunden des Morgens gehört hatte, er Mittags bei Tische paragraphenweis, ja manchmal noch abgebrochener, die Professoren mit einander abwechseln ließ: welche buntscheckige Vorlesung uns oft unterhielt, oft aber auch beschwerlich fiel.

Die übrigen waren mehr oder weniger feine, gesetzte, ernsthafte

Leute. Ein pensionierter Ludwigsritter befand sich unter denselben; doch waren Studierende die Überzahl, alle wirklich gut und wohlgesinnt, nur mußten sie ihr gewöhnliches Weindeputat nicht überschreiten. Daß dieses nicht leicht geschah, war die Sorge unseres Präsidenten, eines Doktor Salzmann. Schon in den Sechzigen, unverheiratet, hatte er diesen Mittagstisch seit vielen Jahren besucht und in Ordnung und Ansehen erhalten. Er besaß ein schönes Vermögen; in seinem Äußeren hielt er sich knapp und nett, ja er gehörte zu denen, die immer in Schuh- und Strümpfen und den Hut unter dem Arm gehen. Den Hut aufzusetzen war bei ihm eine außerordentliche Handlung. Einen Regenschirm führte er gewöhnlich mit sich, wohl eingedenk, daß die schönsten Sommertage oft Gewitter und Streifschauer über das Land bringen.

Mit diesem Manne beredete ich meinen Vorsatz, mich hier in Straßburg der Rechtswissenschaft ferner zu befleißigen, um baldmöglichst promovieren zu können. Da er von allem genau unterrichtet war, so befragte ich ihn über die Kollegia, die ich zu hören hätte, und was er allenfalls von der Sache denke? Darauf erwiderte er mir, daß es sich in Straßburg nicht etwa wie auf deutschen Akademien verhalte, wo man wohl Juristen im weiten und gelehrten Sinne zu bilden suche. Hier sei alles, dem Verhältnis gegen Frankreich gemäß, eigentlich auf das Praktische gerichtet und nach dem Sinne der Franzosen eingeleitet, welche gern bei dem Gegebnen verharren. Gewisse allgemeine Grundsätze, gewisse Vorkenntnisse suche man einem jeden beizubringen, man fasse sich so kurz wie möglich und überliefere nur das Notwendigste. Er machte mich darauf mit einem Manne bekannt, zu dem man, als Repetenten, ein großes Vertrauen hegte; welches dieser sich auch bei mir sehr bald zu erwerben wußte. Ich fing an, mit ihm zur Einleitung über Gegenstände der Rechtswissenschaft zu sprechen, und er wunderte sich nicht wenig über mein Schwadronieren: denn mehr als ich in meiner bisherigen Darstellung aufzuführen Gelegenheit nahm, hatte ich bei meinem Aufenthalte in Leipzig an

Einsicht in die Rechtserfordernisse gewonnen; obgleich mein ganzer Erwerb nur als ein allgemeiner enzyklopädischer Überblick, und nicht als eigentliche bestimmte Kenntnis gelten konnte. Das akademische Leben, wenn wir uns auch bei demselben des eigentlichen Fleißes nicht zu rühmen haben, gewährt doch in jeder Art von Ausbildung unendliche Vorteile, weil wir stets von Menschen umgeben sind, welche die Wissenschaft besitzen oder suchen, so daß wir aus einer solchen Atmosphäre, wenn auch unbewußt, immer einige Nahrung ziehen.

Mein Repetent, nachdem er mit meinem Umhervagieren im Diskurse einige Zeit Geduld gehabt, machte mir zuletzt begreiflich, daß ich vor allen Dingen meine nächste Absicht im Auge behalten müsse, die nämlich, mich examinieren zu lassen, zu promovieren und alsdann allenfalls in die Praxis überzugehen. Um bei dem ersten stehen zu bleiben, sagte er, so wird die Sache keineswegs im Weiten gesucht. Es wird nicht nachgefragt, wie und wo ein Gesetz entsprungen, was die innere oder äußere Veranlassung dazu gegeben; man untersucht nicht, wie es sich durch Zeit und Gewohnheit abgeändert, sowenig als inwiefern es sich durch falsche Auslegung oder verkehrten Gerichtsbrauch vielleicht gar umgewendet. In solchen Forschungen bringen gelehrte Männer ganz eigens ihr Leben zu; wir aber fragen nach dem, was gegenwärtig besteht, dies prägen wir unserm Gedächtnis fest ein, daß es uns stets gegenwärtig sei, wenn wir uns dessen zu Nutz und Schutz unsrer Klienten bedienen wollen. So statten wir unsre jungen Leute fürs nächste Leben aus, und das Weitere findet sich nach Verhältnis ihrer Talente und ihrer Tätigkeit. Er übergab mir hierauf seine Hefte, welche in Fragen und Antworten geschrieben waren und woraus ich mich sogleich ziemlich konnte examinieren lassen, weil Hoppes kleiner juristischer Katechismus mir noch vollkommen im Gedächtnis stand; das Übrige supplierte ich mit einigem Fleiße und qualifizierte mich, wider meinen Willen, auf die leichteste Art zum Kandidaten.

Da mir aber auf diesem Wege jede eigne Tätigkeit in dem Studium abgeschnitten ward (denn ich hatte für nichts Positives einen Sinn, sondern wollte alles, wo nicht verständig, doch historisch erklärt haben), so fand ich für meine Kräfte einen größern Spielraum, den ich auf die wunderlichste Weise benutzte, indem ich einem Interesse nachgab, das mir zufällig von außen gebracht wurde.

Die meisten meiner Tischgenossen waren Mediziner. Diese sind, wie bekannt, die einzigen Studierenden, die sich von ihrer Wissenschaft, ihrem Metier auch außer den Lehrstunden mit Lebhaftigkeit unterhalten. Es liegt dieses in der Natur der Sache. Die Gegenstände ihrer Bemühungen sind die sinnlichsten und zugleich die höchsten, die einfachsten und die kompliziertesten. Die Medizin beschäftigt den ganzen Menschen, weil sie sich mit dem ganzen Menschen beschäftigt. Alles, was der Jüngling lernt, deutet sogleich auf eine wichtige, zwar gefährliche, aber doch in manchem Sinn belohnende Praxis. Er wirft sich daher mit Leidenschaft auf das, was zu erkennen und zu tun ist, teils weil es ihn an sich interessiert, teils weil es ihm die frohe Aussicht von Selbständigkeit und Wohlhaben eröffnet.

Bei Tische also hörte ich nichts anderes als medizinische Gespräche, eben wie vormals in der Pension des Hofrats Ludwig. Auf Spaziergängen und bei Lustpartien kam auch nicht viel anderes zur Sprache: denn meine Tischgesellen, als gute Kumpane, waren mir auch Gesellen für die übrige Zeit geworden, und an sie schlossen sich jedesmal Gleichgesinnte und Gleiches Studierende von allen Seiten an. Die medizinische Fakultät glänzte überhaupt vor den übrigen, sowohl in Absicht auf die Berühmtheit der Lehrer als die Frequenz der Lernenden, und so zog mich der Strom dahin, um so leichter, als ich von allen diesen Dingen gerade so viel Kenntnis hatte, daß meine Wissenslust bald vermehrt und angefeuert werden konnte. Beim Eintritt des zweiten Semesters besuchte ich daher Chemie bei Spielmann, Anatomie bei Lobstein und nahm mir vor, recht fleißig zu sein, weil ich bei unserer Sozietät, durch meine wunderlichen Vor- oder vielmehr Überkenntnisse, schon einiges Ansehen und Zutrauen erworben hatte.

Doch es war an dieser Zerstreuung und Zerstückelung meiner Studien nicht genug, sie sollten abermals bedeutend gestört werden: denn eine merkwürdige Staatsbegebenheit setzte alles in Bewegung und verschaffte uns eine ziemliche Reihe Feiertage. Marie Antoinette, Erzherzogin von Österreich, Königin von Frankreich, sollte auf ihrem Wege nach Paris über Straßburg gehen. Die Feierlichkeiten, durch welche das Volk aufmerksam gemacht wird, daß es Große in der Welt gibt, wurden emsig und häufig vorbereitet, und mir besonders war dabei das Gebäude merkwürdig, das zu ihrem Empfang und zur Übergabe in die Hände der Abgesandten ihres Gemahls, auf einer Rheininsel zwischen den beiden Brücken aufgerichtet stand. Es war nur wenig über den Boden erhoben, hatte in der Mitte einen großen Saal, an beiden Seiten kleinere, dann folgten andere Zimmer, die sich noch etwas hinterwärts erstreckten; genug es hätte, dauerhafter gebaut, gar wohl für ein Lusthaus hoher Personen gelten können. Was mich aber daran besonders interessierte, und weswegen ich manches Büsel (ein kleines damals kurrentes Silberstück) nicht schonte, um mir von dem Pförtner einen wiederholten Eintritt zu verschaffen, waren die gewirkten Tapeten, mit denen man das Ganze inwendig ausgeschlagen hatte. Hier sah ich zum erstenmal ein Exemplar jener nach Raffaels Kartonen gewirkten Teppiche, und dieser Anblick war für mich von ganz entschiedener Wirkung, indem ich das Rechte und Vollkommene, obgleich nur nachgebildet, in Masse kennen lernte. Ich ging und kam und kam und ging, und konnte mich nicht satt sehen; ja ein vergebliches Streben quälte mich, weil ich das, was mich so außerordentlich ansprach auch gern begriffen hätte. Höchst erfreulich und erquicklich fand ich diese Nebensäle, desto schrecklicher aber den Hauptsaal. Diesen hatte man mit viel größern, glänzendern, reichern und von gedrängten Zieraten umgebenen Hautelissen behängt, die nach Gemälden neuerer Franzosen gewirkt waren.

Nun hätte ich mich wohl auch mit dieser Manier befreundet, weil meine Empfindung wie mein Urteil nicht leicht etwas völlig ausschloß; aber äußerst empörte mich der Gegenstand. Diese Bilder enthielten die Geschichte von Jason, Medea und Kreusa und also ein Beispiel der unglücklichsten Heirat. Zur Linken des Throns sah man die mit dem grausamsten Tode ringende Braut, umgeben von jammervollen Teilnehmenden; zur Rechten entsetzte sich der Vater über die ermordeten Kinder zu seinen Füßen; während die Furie auf dem Drachenwagen in die Luft zog. Und damit ja dem Grausamen und Abscheulichen nicht auch ein Abgeschmacktes fehle, so ringelte sich, hinter dem roten Samt des goldgestickten Thronrückens, rechter Hand der weiße Schweif jenes Zauberstiers hervor, inzwischen die feuerspeiende Bestie selbst und der sie bekämpfende Jason von jener kostbaren Draperie gänzlich bedeckt waren.

Hier nun wurden alle Maximen, welche ich in Oesers Schule mir zu eigen gemacht, in meinem Busen rege. Daß man Christum und die Apostel in die Seitensäle eines Hochzeitgebäudes gebracht, war schon ohne Wahl und Einsicht geschehen, und ohne Zweifel hatte das Maß der Zimmer den königlichen Teppichverwahrer geleitet; allein das verzieh ich gern, weil es mir zu so großem Vorteil gereichte: nun aber ein Mißgriff, wie der im großen Saale, brachte mich ganz aus der Fassung, und ich forderte, lebhaft und heftig, meine Gefährten zu Zeugen auf eines solchen Verbrechens gegen Geschmack und Gefühl. – Was! rief ich aus, ohne mich um die Umstehenden zu bekümmern: ist es erlaubt, einer jungen Königin das Beispiel der gräßlichsten Hochzeit, die vielleicht jemals vollzogen worden, bei dem ersten Schritt in ihr Land so unbesonnen vors Auge zu bringen! Gibt es denn unter den französischen Architekten, Dekorateuren, Tapezierern gar keinen Menschen, der begreift, daß Bilder etwas vorstellen, daß Bilder auf Sinn und Gefühl wirken, daß sie Eindrücke machen, daß sie Ahnungen erregen! Ist es doch nicht anders, als hätte man dieser schönen und, wie man hört, lebenslustigen Dame das abscheulichste Gespenst bis an die Grenze entgegen geschickt. – Ich weiß nicht, was ich noch alles weiter sagte, genug meine Gefährten suchten mich zu beschwichtigen und aus dem Hause zu schaffen, damit es nicht Verdruß setzen möchte. Alsdann versicherten sie mir, es wäre nicht jedermanns Sache, Bedeutung in den Bildern zu suchen; ihnen wenigstens wäre nichts dabei eingefallen, und auf dergleichen Grillen würde die ganze Population Straßburgs und der Gegend, wie sie auch herbeiströmen sollte, so wenig als die Königin selbst mit ihrem Hofe jemals geraten.

Der schönen und vornehmen, so heitern als imposanten Miene dieser jungen Dame erinnere ich mich noch recht wohl. Sie schien, in ihrem Glaswagen uns allen vollkommen sichtbar, mit ihren Begleiterinnen in vertraulicher Unterhaltung über die Menge, die ihrem Zug entgegenströmte, zu scherzen. Abends zogen wir durch die Straßen, um die verschiedenen illuminierten Gebäude, besonders aber den brennenden Gipfel des Münsters zu sehen, an dem wir, sowohl in der Nähe als in der Ferne, unsere Augen nicht genugsam weiden konnten.

Die Königin verfolgte ihren Weg; das Landvolk verlief sich, und die Stadt war bald ruhig wie vorher. Vor Ankunft der Königin hatte man die ganz vernünftige Anordnung gemacht, daß sich keine mißgestalteten Personen, keine Krüppel und ekelhaften Kranken auf ihrem Wege zeigen sollten. Man scherzte hierüber, und ich machte ein kleines französisches Gedicht, worin ich die Ankunft Christi, welcher besonders der Kranken und Lahmen wegen auf der Welt zu wandeln schien und die Ankunft der Königin, welche diese Unglücklichen verscheuchte, in Vergleichung brachte. Meine Freunde ließen es passieren; ein Franzose hingegen, der mit uns lebte, kritisierte sehr unbarmherzig Sprache und Versmaß, obgleich, wie es schien, nur allzugründlich, und ich erinnere mich nicht, nachher je wieder ein französisches Gedicht gemacht zu haben.

Kaum erscholl aus der Hauptstadt die Nachricht von der glücklichen Ankunft der Königin, als eine Schreckenspost ihr folgte, bei dem festlichen Feuerwerke sei, durch ein Polizeiversehen, in einer von Baumaterialien versperrten Straße eine Unzahl von Menschen mit Pferden und Wagen zu Grunde gegangen und die Stadt bei diesen Hochzeitfeierlichkeiten in Trauer und Leid versetzt worden. Die Größe des Unglücks suchte man sowohl dem jungen königlichen Paare als der Welt zu verbergen, indem man die umgekommenen Personen heimlich begrub, so daß viele Familien nur durch das völlige Ausbleiben der Ihrigen überzeugt wurden, daß auch diese von dem schrecklichen Ereignis mit hingerafft seien. Daß mir lebhaft bei dieser Gelegenheit jene gräßlichen Bilder des Hauptsaales wieder vor die Seele traten, brauche ich kaum zu erwähnen: denn jedem ist bekannt, wie mächtig gewisse sittliche Eindrücke sind, wenn sie sich an sinnlichen gleichsam verkörpern.

Diese Begebenheit sollte jedoch auch die Meinigen durch eine Posse, die ich mir erlaubte, in Angst und Not versetzen. Unter uns jungen Leuten, die wir in Leipzig zusammen waren, hatte sich auch nachher ein gewisser Kitzel erhalten, einander etwas aufzubinden und wechselsweise zu mystifizieren. In solchem frevelhaften Mutwillen schrieb ich an einen Freund in Frankfurt (es war derselbe, der mein Gedicht an den Kuchenbäcker Händel amplifiziert, auf *Medon* angewendet und dessen allgemeine Verbreitung verursacht hatte) einen Brief von Versailles aus datiert, worin ich ihm meine glückliche Ankunft daselbst, meine Teilnahme an den Feierlichkeiten und was dergleichen mehr war vermeldete, ihm zugleich aber das strengste Stillschweigen gebot. Dabei muß ich noch bemerken, daß unsere kleine Leipziger Sozietät von jenem Streich an, der uns so manchen Verdruß gemacht, sich angewöhnt hatte, ihn von Zeit zu Zeit mit Mystifikationen zu verfolgen, und das um so mehr, da er der drolligste Mensch von der Welt war, und niemals liebenswürdiger, als wenn er den Irrtum entdeckte, in den man ihn vorsätzlich hineingeführt hatte. Kurz darauf als ich diesen Brief geschrieben, machte ich eine kleine Reise und blieb wohl vierzehn Tage aus. Indessen war die Nachricht jenes Unglücks nach Frankfurt gekommen; mein Freund glaubte mich in Paris, und seine

Neigung ließ ihn besorgen, ich sei in jenes Unglück mitverwickelt. Er erkundigte sich bei meinen Eltern und andern Personen, an die ich zu schreiben pflegte, ob keine Briefe angekommen, und weil eben jene Reise mich verhinderte dergleichen abzulassen, so fehlten sie überall. Er ging in großer Angst umher und vertraute es zuletzt unsern nächsten Freunden, die sich nun in gleicher Sorge befanden. Glücklicherweise gelangte diese Vermutung nicht eher zu meinen Eltern, als bis ein Brief angekommen war, der meine Rückkehr nach Straßburg meldete. Meine jungen Freunde waren zufrieden, mich lebendig zu wissen, blieben aber völlig überzeugt, daß ich in der Zwischenzeit in Paris gewesen. Die herzlichen Nachrichten von den Sorgen, die sie um meinetwillen gehabt, rührten mich dermaßen, daß ich dergleichen Possen auf ewig verschwor, mir aber doch leider in der Folge manchmal etwas Ähnliches habe zu Schulden kommen lassen. Das wirkliche Leben verliert oft dergestalt seinen Glanz, daß man es manchmal mit dem Firnis der Fiktion wieder auffrischen muß.

Jener gewaltige Hof- und Prachtstrom war nunmehr vorübergeronnen und hatte mir keine andere Sehnsucht zurückgelassen, als nach jenen Raffaelschen Teppichen, welche ich gern jeden Tag und Stunde betrachtet, verehrt, ja angebetet hätte. Glücklicherweise gelang es meinen leidenschaftlichen Bemühungen, mehrere Personen von Bedeutung dafür zu interessieren, so daß sie erst so spät als möglich abgenommen und eingepackt wurden. Wir überließen uns nunmehr wieder unserm stillen gemächlichen Universitäts- und Gesellschaftsgang, und bei dem letzten blieb Aktuarius Salzmann, unser Tischpräsident, der allgemeine Pädagog. Sein Verstand, seine Nachgiebigkeit, seine Würde, die er bei allem Scherz und selbst manchmal bei kleinen Ausschweifungen, die er uns erlaubte, immer zu erhalten wußte, machten ihn der ganzen Gesellschaft lieb und wert, und ich wüßte nur wenige Fälle, wo er sein ernstliches Mißfallen bezeigt oder mit Autorität zwischen kleine Händel und Streitigkeiten eingetreten wäre. Unter allen jedoch war ich derjenige, der sich am meisten an ihn anschloß, und er nicht weniger geneigt, sich mit mir zu unterhalten, weil er mich mannigfaltiger gebildet fand als die übrigen und nicht so einseitig im Urteil. Auch richtete ich mich im Äußern nach ihm, damit er mich für seinen Gesellen und Genossen öffentlich ohne Verlegenheit erklären konnte: denn ob er gleich nur eine Stelle bekleidete, die von geringem Einfluß zu sein scheint, so versah er sie doch auf eine Weise, die ihm zur größten Ehre gereichte. Er war Aktuarius beim Pupillenkollegium und hatte freilich daselbst, wie der perpetuierliche Sekretär einer Akademie, eigentlich das Heft in Händen. Indem er nun dieses Geschäft viele Jahre lang auf das genaueste besorgte, so gab es keine Familie von der ersten bis zu der letzten, die ihm nicht Dank schuldig gewesen wäre; wie denn beinahe in der ganzen Staatsverwaltung kaum jemand mehr Segen oder Fluch ernten kann als einer, der für die Waisen sorgt oder ihr Hab und Gut vergeudet oder vergeuden läßt.

Die Straßburger sind leidenschaftliche Spaziergänger, und sie haben wohl Recht, es zu sein. Man mag seine Schritte hinwenden, wohin man will, so findet man teils natürliche, teils in alten und neuern Zeiten künstlich angelegte Lustörter, einen wie den andern besucht und von einem heitern lustigen Völkchen genossen. Was aber hier den Anblick einer großen Masse Spazierender noch erfreulicher machte als an andern Orten, war die verschiedene Tracht des weiblichen Geschlechts. Die Mittelklasse der Bürgermädchen behielt noch die aufgewundenen mit einer großen Nadel festgesteckten Zöpfe bei; nicht weniger eine gewisse knappe Kleidungsart, woran jede Schleppe ein Mißstand gewesen wäre; und was das Angenehme war, diese Tracht schnitt sich nicht mit den Ständen scharf ab: denn es gab noch einige wohlhabende vornehme Häuser, welche den Töchtern sich von diesem Kostüm zu entfernen nicht erlauben wollten. Die übrigen gingen französisch, und diese Partie machte jedes Jahr einige Proselyten. Salzmann hatte viel Bekanntschaften und überall Zutritt; eine große Annehmlichkeit für seinen

Begleitenden, besonders im Sommer, weil man überall in Gärten nah und fern gute Aufnahme, gute Gesellschaft und Erfrischung fand, auch zugleich mehr als eine Einladung zu diesem oder jenem frohen Tage erhielt. In einem solchen Falle traf ich Gelegenheit, mich einer Familie, die ich erst zum zweiten Male besuchte, sehr schnell zu empfehlen. Wir waren eingeladen und stellten uns zur bestimmten Zeit ein. Die Gesellschaft war nicht groß, einige spielten und einige spazierten wie gewöhnlich. Späterhin, als es zu Tische gehen sollte, sah ich die Wirtin und ihre Schwester lebhaft und wie in einer besondern Verlegenheit mit einander sprechen. Ich begegnete ihnen eben und sagte: Zwar habe ich kein Recht, meine Frauenzimmer, in Ihre Geheimnisse einzudringen; vielleicht bin ich aber im stande, einen guten Rat zu geben oder wohl gar zu dienen. Sie eröffneten mir hierauf ihre peinliche Lage: daß sie nämlich zwölf Personen zu Tische gebeten, und in diesem Augenblicke sei ein Verwandter von der Reise zurückgekommen, der nun als der dreizehnte, wo nicht sich selbst, doch gewiß einigen der Gäste ein fatales *Memento mori* werden würde. – Der Sache ist sehr leicht abzuhelfen, versetzte ich: Sie erlauben mir, daß ich mich entferne und mir die Entschädigung vorbehalte. Da es Personen von Ansehen und guter Lebensart waren, so wollten sie es keineswegs zugeben, sondern schickten in der Nachbarschaft umher, um den vierzehnten aufzufinden. Ich ließ es geschehen, doch da ich den Bedienten unverrichteter Sache zur Gartentür hereinkommen sah, entwischte ich und brachte meinen Abend vergnügt unter den alten Linden der Wanzenau hin. Daß mir diese Entsagung reichlich vergolten worden, war wohl eine natürliche Folge.

Eine gewisse allgemeine Geselligkeit läßt sich ohne das Kartenspiel nicht mehr denken. Salzmann erneuerte die guten Lehren der Madame Böhme, und ich war um so folgsamer, als ich wirklich eingesehen hatte, daß man sich durch diese kleine Aufopferung, wenn es ja eine sein sollte, manches Vergnügen, ja sogar eine größere Freiheit in der Sozietät verschaffen könne, als man sonst genießen würde. Das alte eingeschlafene Piquet wurde daher hervorgesucht; ich lernte Whist, richtete mir nach Anleitung meines Mentors einen Spielbeutel ein, welcher unter allen Umständen unantastbar sein sollte; und nun fand ich Gelegenheit, mit meinem Freunde die meisten Abende in den besten Zirkeln zuzubringen, wo man mir meistens wohlwollte und manche kleine Unregelmäßigkeit verzieh, auf die mich jedoch der Freund, wiewohl milde genug, aufmerksam zu machen pflegte.

Damit ich aber dabei symbolisch erführe, wie sehr man sich auch im Äußern in die Gesellschaft zu schicken und nach ihr zu richten hat, so ward ich zu etwas genötigt, welches mir das Unangenehmste von der Welt schien. Ich hatte zwar sehr schöne Haare, aber mein Straßburger Friseur versicherte mir sogleich, daß sie viel zu tief nach hinten hin verschnitten seien und daß es ihm unmöglich werde, daraus eine Frisur zu bilden, in welcher ich mich produzieren dürfe, weil nur wenig kurze und gekrauste Vorderhaare statuiert würden, alles Übrige vom Scheitel an in den Zopf oder Haarbeutel gebunden werden müsse. Hierbei bleibe nun nichts übrig, als mir eine Haartour gefallen zu lassen, bis der natürliche Wachstum sich wieder nach den Erfordernissen der Zeit hergestellt habe. Er versprach mir, daß niemand diesen unschuldigen Betrug, gegen den ich mich erst sehr ernstlich wehrte, jemals bemerken solle, wenn ich mich sogleich dazu entschließen könnte. Er hielt Wort und ich galt immer für den bestfrisierten und bestbehaarten jungen Mann. Da ich aber vom frühen Morgen an so aufgestutzt und gepudert bleiben und mich zugleich in Acht nehmen mußte, nicht durch Erhitzung und heftige Bewegung den falschen Schmuck zu verraten, so trug dieser Zwang wirklich viel bei, daß ich mich eine Zeitlang ruhiger und gesitteter benahm, mir angewöhnte, mit dem Hut unterm Arm und folglich auch in Schuh und Strümpfen zu gehen; doch durfte ich nicht versäumen, feinlederne Unterstrümpfe zu tragen, um mich gegen die Rheinschnaken zu sichern, welche sich an schönen Sommerabenden über die Auen und Gärten zu verbreiten pflegen. War mir nun unter diesen Umständen eine heftige körperliche Bewegung versagt, so entfalteten sich unsere geselligen Gespräche immer lebhafter und leidenschaftlicher, ja sie waren die interessantesten, die ich bis dahin jemals geführt hatte.

Bei meiner Art, zu empfinden und zu denken, kostete es mich gar nichts, einen jeden gelten zu lassen für das, was er war, ja sogar für das, was er gelten wollte, und so machte die Offenheit eines frischen jugendlichen Mutes, der sich fast zum erstenmal in seiner vollen Blüte hervortat, mir sehr viele Freunde und Anhänger. Unsere Tischgesellschaft vermehrte sich wohl auf zwanzig Personen, und weil unser Salzmann bei seiner hergebrachten Methode beharrte, so blieb alles im alten Gange, ja die Unterhaltung ward beinahe schicklicher, indem sich ein jeder vor mehreren in Acht zu nehmen hatte. Unter den neuen Ankömmlingen befand sich ein Mann, der mich besonders interessierte; er hieß Jung und ist derselbe, der nachher unter dem Namen Stilling zuerst bekannt geworden. Seine Gestalt, ungeachtet einer veralteten Kleidungsart, hatte, bei einer gewissen Derbheit, etwas Zartes. Eine Haarbeutelperücke entstellte nicht sein bedeutendes und gefälliges Gesicht. Seine Stimme war sanft, ohne weich und schwach zu sein, ja sie wurde wohltönend und stark, sobald er in Eifer geriet, welches sehr leicht geschah. Wenn man ihn näher kennen lernte, so fand man an ihm einen gesunden Menschenverstand, der auf dem Gemüt ruhte und sich deswegen von Neigungen und Leidenschaften bestimmen ließ, und aus eben diesem Gemüt entsprang ein Enthusiasmus für das Gute, Wahre, Rechte in möglichster Reinheit. Denn der Lebensgang dieses Mannes war sehr einfach gewesen und doch gedrängt an Begebenheiten und mannigfaltiger Tätigkeit. Das Element seiner Energie war ein unverwüstlicher Glaube an Gott und an eine unmittelbar von daher fließende Hilfe, die sich in einer ununterbrochenen Vorsorge und in einer unfehlbaren Rettung aus aller Not, von jedem Übel augenscheinlich bestätige. Jung hatte dergleichen Erfahrungen in seinem Leben so viele gemacht, sie hatten sich selbst in der neueren Zeit, in Straßburg, öfters wiederholt, so daß er mit der größten Freudigkeit ein zwar mäßiges aber doch sorgloses Leben führte und seinen Studien aufs ernstlichste oblag, wiewohl er auf kein sicheres Auskommen von einem Vierteljahre zum andern rechnen konnte. In seiner Jugend, auf dem Wege Kohlenbrenner zu werden, ergriff er das Schneiderhandwerk, und nachdem er sich nebenher von höhern Dingen selbst belehrt, so trieb ihn sein lehrlustiger Sinn zu einer Schulmeisterstelle. Dieser Versuch mißlang, und er kehrte zum Handwerk zurück, von dem er jedoch zu wiederholten Malen, weil jedermann für ihn leicht Zutrauen und Neigung faßte, abgerufen ward, um abermals eine Stelle als Hauslehrer zu übernehmen. Seine innerlichste und eigentlichste Bildung aber hatte er jener ausgebreiteten Menschenart zu danken, welche auf ihre eigne Hand ihr Heil suchten und, indem sie sich durch Lesung der Schrift und wohlgemeinter Bücher, durch wechselseitiges Ermahnen und Bekennen zu erbauen trachteten, dadurch einen Grad von Kultur erhielten, der Bewunderung erregen mußte. Denn indem das Interesse, das sie stets begleitete und das sie in Gesellschaft unterhielt, auf dem einfachsten Grunde der Sittlichkeit, des Wohlwollens und Wohltuns ruhte, auch die Abweichungen, welche bei Menschen von so beschränkten Zuständen vorkommen können, von geringer Bedeutung sind, und daher ihr Gewissen meistens rein und ihr Geist gewöhnlich heiter blieb: so entstand keine künstliche, sondern eine wahrhaft natürliche Kultur, die noch darin vor andern den Vorzug hatte, daß sie allen Altern und Ständen gemäß und ihrer Natur nach allgemein gesellig war; deshalb auch diese Personen in ihrem Kreise, wirklich beredt und fähig waren, über alle Herzensangelegenheiten, die zartesten und tüchtigsten, sich gehörig und gefällig auszudrücken. In demselben Falle nun war der gute Jung. Unter wenigen, wenn auch nicht gerade Gleichgesinnten, doch solchen, die sich seiner Denkweise nicht abgeneigt erklärten, fand man ihn nicht allein redselig, sondern beredt; besonders erzählte er seine Lebensgeschichte auf das anmutigste, und wußte dem Zuhörer alle Zustände deutlich und lebendig zu vergegenwärtigen. Ich trieb ihn, solche aufzuschreiben, und er versprach's. Weil er aber in seiner Art sich zu äußern einem Nachtwandler glich, den man nicht anrufen darf, wenn er nicht von seiner Höhe herabfallen, einem sanften Strom, dem man nichts entgegenstellen darf, wenn er nicht brausen soll, so mußte er sich in größerer Gesellschaft oft unbehaglich fühlen. Sein Glaube duldete keinen Zweifel und seine Überzeugung keinen Spott. Und wenn er in freundlicher Mitteilung unerschöpflich war, so stockte gleich alles bei ihm, wenn er Widerspruch erlitt. Ich half ihm in solchen Fällen gewöhnlich über, wofür er mich mit aufrichtiger Neigung belohnte. Da mir seine Sinnesweise nichts Fremdes war und ich dieselbe vielmehr an meinen besten Freunden und Freundinnen schon genau hatte kennen lernen, sie mir auch in ihrer Natürlichkeit und Naivetät überhaupt wohl zusagte, so konnte er sich mit mir durchaus am besten finden. Die Richtung seines Geistes war mir angenehm und seinen Wunderglauben, der ihm so wohl zu statten kam, ließ ich unangetastet. Auch Salzmann betrug sich schonend gegen ihn; schonend, sage ich, weil Salzmann, seinem Charakter, Wesen, Alter und Zuständen nach, auf der Seite der vernünftigen oder vielmehr verständigen Christen stehen und halten mußte, deren Religion eigentlich auf der Rechtschaffenheit des Charakters und auf einer männlichen Selbständigkeit beruhte, und die sich daher nicht gern mit Empfindungen, die sie leicht ins Trübe, und Schwärmerei, die sie bald ins Dunkle hätte führen können, abgaben und vermengten. Auch diese Klasse war respektabel und zahlreich; alle ehrlichen tüchtigen Leute verstanden sich und waren von gleicher Überzeugung so wie von gleichem Lebensgang.

    Lerse, ebenmäßig unser Tischgeselle, gehörte auch zu dieser Zahl; ein vollkommen rechtlicher und bei beschränkten Glücksgütern mäßiger und genauer junger Mann. Seine Lebens- und Haushaltungsweise war die knappste, die ich unter Studierenden je kannte. Er trug sich am saubersten von uns allen, und doch erschien er immer in denselben Kleidern; aber er behandelte auch seine Garderobe mit der größten Sorgfalt, er hielt seine Umgebung reinlich und so verlangte er auch nach seinem Beispiel alles im gemeinen Leben. Es begegnete ihm nicht, daß er sich irgendwo angelehnt oder seinen Ellbogen auf den Tisch gestemmt hätte; niemals vergaß er, seine Serviette zu zeichnen und der Magd geriet es immer zum Unheil, wenn die Stühle nicht höchst sauber gefunden wurden. Bei allem diesem hatte er nichts Steifes in seinem Äußern. Er sprach treuherzig, bestimmt und trocken lebhaft, wobei ein leichter ironischer Scherz ihn gar wohl kleidete. An Gestalt war er gut gebildet schlank und von ziemlicher Größe, sein Gesicht pockennarbig und unscheinbar, seine kleinen blauen Augen heiter und durchdringend. Wenn er uns nun von so mancher Seite zu hofmeistern Ursache hatte, so ließen wir ihn auch noch außerdem für unsern Fechtmeister gelten: denn er führte ein sehr gutes Rapier, und es schien ihm Spaß zu machen, bei dieser Gelegenheit alle Pedanterie dieses Metiers an uns auszuüben. Auch profitierten wir bei ihm wirklich und mußten ihm dankbar sein für manche gesellige Stunde, die er uns in guter Bewegung und Übung verbringen ließ.

Durch alle diese Eigenschaften qualifizierte sich nun Lerse völlig zu der Stelle eines Schieds- und Kampfrichters bei allen kleinen und größern Händeln, die in unserm Kreise, wiewohl selten, vorfielen, und welche Salzmann auf seine väterliche Art nicht beschwichtigen konnte. Ohne die äußeren Formen welche auf Akademien so viel Unheil anrichten, stellten wir eine durch Umstände und guten Willen geschlossene Gesellschaft vor, die wohl mancher andere zufällig berühren, aber sich nicht in dieselbe eindrängen konnte. Bei Beurteilung nun innerer Verdrießlichkeiten zeigte Lerse stets die größte Unparteilichkeit, und wußte, wenn der Handel nicht mehr mit Worten und Erklärungen ausgemacht werden konnte, die zu erwartende Genugtuung auf ehrenvolle Weise ins Unschädliche zu leiten. Hiezu war wirklich kein Mensch geschickter als er; auch pflegte er oft zu sagen, da ihn der Himmel weder zu einem Kriegs- noch Liebeshelden bestimmt habe, so wolle er sich, im Romanen- und Fechtersinn, mit der Rolle des Sekundanten begnügen. Da er sich nun durchaus gleich blieb und als ein rechtes Muster einer guten und beständigen Sinnesart angesehen werden konnte, so prägte sich der Begriff von ihm so tief als liebenswürdig bei mir ein, und als ich den Götz von Berlichingen schrieb, fühlte ich mich veranlaßt, unserer Freundschaft ein Denkmal zu setzen und der wackern Figur, die sich auf so eine würdige Art zu subordinieren weiß, den Namen Franz Lerse zu geben.

Indes er nun mit seiner fortgesetzten humoristischen Trockenheit uns immer zu erinnern wußte, was man sich und andern schuldig sei, und wie man sich einzurichten habe, um mit den Menschen so lange als möglich in Frieden zu leben, und sich deshalb gegen sie in einige Positur zu setzen, so hatte ich innerlich und äußerlich mit ganz andern Verhältnissen und Gegnern zu kämpfen, indem ich mit mir selbst, mit den Gegenständen, ja mit den Elementen im Streit lag. Ich befand mich in einem Gesundheitszustand, der mich bei allem, was ich unternehmen wollte und sollte hinreichend förderte; nur war mir noch eine gewisse Reizbarkeit übrig geblieben, die mich nicht immer im Gleichgewicht ließ. Ein starker Schall war mir zuwider, krankhafte Gegenstände erregten mir Ekel und Abscheu. Besonders aber ängstigte mich ein Schwindel, der mich jedesmal befiel, wenn ich von einer Höhe herunter blickte. Allen diesen Mängeln suchte ich abzuhelfen, und zwar, weil ich keine Zeit verlieren wollte, auf eine etwas heftige Weise. Abends beim Zapfenstreich ging ich neben der Menge Trommeln her, deren gewaltsame Wirbel und Schläge das Herz im Busen hätten zersprengen mögen. Ich erstieg ganz allein den höchsten Gipfel des Münsterturms und saß in dem sogenannten Hals, unter dem Knopf oder der Krone, wie man's nennt, wohl eine Viertelstunde lang, bis ich es wagte wieder heraus in die freie Luft zu treten, wo man auf einer Platte, die kaum eine Elle ins Gevierte haben wird, ohne sich sonderlich anhalten zu können, stehend das unendliche Land vor sich sieht, indessen die nächsten Umgebungen und Zieraten die Kirche und alles, worauf und worüber man steht, verbergen. Es ist völlig, als wenn man sich auf einer Montgolfiere in die Luft erhoben sähe. Dergleichen Angst und Qual wiederholte ich so oft, bis der Eindruck mir ganz gleichgültig ward, und ich habe nachher bei Bergreisen und geologischen Studien, bei großen Bauten, wo ich mit den Zimmerleuten um die Wette über die freiliegenden Balken und über die Gesimse des Gebäudes herlief, ja in Rom, wo man eben dergleichen Wagstücke ausüben muß, um bedeutende Kunstwerke näher zu sehen, von jenen Vorübungen großen Vorteil gezogen. Die Anatomie war mir auch deshalb doppelt wert, weil sie mich den widerwärtigsten Anblick ertragen lehrte, indem sie meine Wißbegierde befriedigte. Und so besuchte ich auch das Klinikum des ältern Doktor Ehrmann, so wie die Lektionen der Entbindungskunst seines Sohns, in der doppelten Absicht, alle Zustände kennen zu lernen und mich von aller Apprehension gegen widerwärtige Dinge zu befreien. Ich habe es auch wirklich darin so weit gebracht, daß nichts dergleichen mich jemals aus der Fassung setzen konnte. Aber nicht allein gegen diese sinnlichen Eindrücke, sondern auch gegen die Anfechtungen der Einbildungskraft suchte ich mich zu stählen. Die ahnungs- und schauervollen Eindrücke der Finsternis der Kirchhöfe, einsamer Örter nächtlicher Kirchen und Kapellen und was hiemit verwandt sein mag, wußte ich mir ebenfalls gleichgültig zu machen; und auch darin brachte ich es so weit, daß mir Tag und Nacht und jedes Lokal völlig gleich war, ja daß, als in später Zeit mich die Lust ankam, wieder einmal in solcher Umgebung die angenehmen Schauer der Jugend zu fühlen, ich diese in mir kaum durch die seltsamsten und fürchterlichsten Bilder, die ich hervorrief, wieder einigermaßen erzwingen konnte.

Dieser Bemühung, mich von dem Drang und Druck des Allzuernsten und Mächtigen zu befreien, was in mir fortwaltete, und mir bald als Kraft bald als Schwäche erschien, kam durchaus jene freie, gesellige, bewegliche Lebensart zu Hilfe, welche mich immer mehr anzog, an die ich mich gewöhnte, und zuletzt derselben mit voller Freiheit genießen lernte. Es ist in der Welt nicht schwer zu bemerken, daß sich der Mensch am freisten und am völligsten von seinen Gebrechen los und ledig fühlt, wenn er sich die Mängel anderer vergegenwärtigt und sich darüber mit behaglichem Tadel verbreitet. Es ist schon eine ziemlich angenehme Empfindung, uns durch Mißbilligung und Mißreden über unseresgleichen hinauszusetzen, weswegen auch hierin die gute Gesellschaft, sie bestehe aus wenigen oder mehreren, sich am liebsten ergeht. Nichts aber gleicht der behaglichen Selbstgefälligkeit, wenn wir uns zu Richtern der Obern und Vorgesetzten, der Fürsten und Staatsmänner erheben, öffentliche Anstalten ungeschickt und zweckwidrig finden, nur die möglichen und wirklichen Hindernisse beachten und weder die Größe der Intention noch die Mitwirkung anerkennen, die bei jedem Unternehmen von Zeit und Umständen zu erwarten ist.

Wer sich der Lage des französischen Reichs erinnert und sie aus spätern Schriften genau und umständlich kennt, wird sich leicht vergegenwärtigen, wie man damals in dem elsässischen Halbfrankreich über König und Minister, über Hof und Günstlinge sprach. Für meine Lust, mich zu unterrichten, waren es neue, und für Naseweisheit und jugendlichen Dünkel sehr willkommene Gegenstände; ich merkte mir alles genau, schrieb fleißig auf und sehe jetzt an dem wenigen übrig Gebliebenen, daß solche Nachrichten, wenn gleich nur aus Fabeln und unzuverlässigen allgemeinen Gerüchten im Augenblick aufgefaßt, doch immer in der Folge einen gewissen Wert haben, weil sie dazu dienen, das endlich bekanntgewordene Geheime mit dem damals schon Aufgedeckten und Öffentlichen, das von Zeitgenossen richtig oder falsch Geurteilte mit den Überzeugungen der Nachwelt zusammenzuhalten und zu vergleichen.

Auffallend und uns Pflastertretern täglich vor Augen war das Projekt zur Verschönerung der Stadt, dessen Ausführung von den Rissen und Plänen auf die seltsamste Weise in die Wirklichkeit überzugehen anfing. Intendant Gayot hatte sich vorgenommen, die winkeligen und ungleichen Gassen Straßburgs umzuschaffen und eine wohl nach der Schnur geregelte, ansehnliche, schöne Stadt zu gründen. Blondel, ein Pariser Baumeister, zeichnete darauf einen Vorschlag, durch welchen hundert und vierzig Hausbesitzer an Raum gewannen, achtzig verloren und die übrigen in ihrem vorigen Zustande blieben. Dieser genehmigte, aber nicht auf einmal in Ausführung zu bringende Plan sollte nun durch die Zeit seiner Vollständigkeit entgegen wachsen, indessen die Stadt, wunderlich genug, zwischen Form und Unform schwankte. Sollte z.B. eine eingebogene Straßenseite gerad werden, so rückte der erste Baulustige auf die bestimmte Linie vor; vielleicht sein nächster Nachbar, vielleicht aber auch der dritte, vierte Besitzer von da, durch welche Vorsprünge die ungeschicktesten Vertiefungen als Vorhöfe der hinterliegenden Häuser zurückblieben. Gewalt wollte man nicht brauchen, aber ohne Nötigung wäre man gar nicht vorwärts gekommen, deswegen durfte niemand an seinem einmal verurteilten Hause etwas bessern oder herstellen, was sich auf die Straße bezog. Alle die seltsamen zufälligen Ungeschicklichkeiten gaben uns wandelnden Müßiggängern den willkommensten Anlaß unsern Spott zu üben, Vorschläge zu Beschleunigung der Vollendung nach Behrischens Art zu tun und die Möglichkeit derselben immer zu bezweifeln, ob uns gleich manches neu entstehende schöne Gebäude hätte auf andere Gedanken bringen sollen. Inwieweit jener Vorsatz durch die lange Zeit begünstigt worden, wüßte ich nicht zu sagen.

Ein anderer Gegenstand, wovon sich die protestantischen Straßburger gern unterhielten, war die Vertreibung der Jesuiten. Diese

Väter hatten, sobald als die Stadt den Franzosen zu Teil geworden, sich gleichfalls eingefunden und um ein Domizilium nachgesucht. Bald breiteten sie sich aber aus und bauten ein herrliches Kollegium, das an den Münster dergestalt anstößt, daß das Hinterteil der Kirche ein Dritteil seiner Face bedeckt. Es sollte ein völliges Viereck werden und in der Mitte einen Garten haben; drei Seiten davon waren fertig geworden. Es ist von Steinen, solid, wie alle Gebäude dieser Väter. Daß die Protestanten von ihnen gedrängt, wo nicht bedrängt wurden, lag in dem Plane der Gesellschaft, welche die alte Religion in ihrem ganzen Umfange wieder herzustellen sich zur Pflicht machte. Ihr Fall erregte daher die größte Zufriedenheit des Gegenteils, und man sah nicht ohne Behagen, wie sie ihre Weine verkauften, ihre Bücher wegschafften und das Gebäude einem andern, vielleicht weniger tätigen Orden bestimmt ward. Wie froh sind die Menschen, wenn sie einen Widersacher, ja nur einen Hüter los sind, und die Herde bedenkt nicht, daß da, wo der Rüde fehlt, sie den Wölfen ausgesetzt ist.

Weil denn nun auch jede Stadt ihre Tragödie haben muß, wovor sich Kinder und Kindeskinder entsetzen, so ward in Straßburg oft des unglücklichen Prätors Klinglin gedacht, der, nachdem er die höchste Stufe irdischer Glückseligkeit erstiegen, Stadt und Land fast unumschränkt beherrscht und alles genossen, was Vermögen, Rang und Einfluß nur gewähren können, endlich die Hofgunst verloren habe, und wegen alles dessen, was man ihm bisher nachgesehen, zur Verantwortung gezogen worden, ja sogar in den Kerker gebracht, wo er, über siebenzig Jahre alt, eines zweideutigen Todes verblichen.

Diese und andere Geschichten wußte jener Ludwigsritter, unser Tischgenosse, mit Leidenschaft und Lebhaftigkeit zu erzählen, deswegen ich auch gern auf Spaziergängen mich zu ihm gesellte, anders als die übrigen, die solchen Einladungen auswichen und mich mit ihm allein ließen. Da ich mich bei neuen Bekanntschaften meistenteils eine Zeitlang gehen ließ, ohne viel über sie noch über die Wirkung zu denken, die sie auf mich ausübten, so merkte ich erst nach und nach, daß seine Erzählungen und Urteile mich mehr beunruhigten und verwirrten als unterrichteten und aufklärten. Ich wußte niemals woran ich mit ihm war, obgleich das Rätsel sich leicht hätte entziffern lassen. Er gehörte zu den vielen, denen das Leben keine Resultate gibt und die sich daher im einzelnen, vor wie nach, abmühen. Unglücklicherweise hatte er dabei eine entschiedene Lust, ja Leidenschaft zum Nachdenken, ohne zum Denken geschickt zu sein, und in solchen Menschen setzt sich leicht ein gewisser Begriff fest, den man als eine Gemütskrankheit ansehen kann. Auf eine solche fixe Ansicht kam auch er immer wieder zurück und ward dadurch auf die Dauer höchst lästig. Er pflegte sich nämlich bitter über die Abnahme seines Gedächtnisses zu beklagen, besonders was die nächsten Ereignisse betraf, und behauptete, nach einer eignen Schloßfolge, alle Tugend komme von dem guten Gedächtnis her, alle Laster hingegen aus der Vergessenheit. Diese Lehre wußte er mit vielem Scharfsinn durchzusetzen; wie sich denn alles behaupten läßt, wenn man sich erlaubt, die Worte ganz unbestimmt, bald in weiterm, bald engerm, in einem näher oder ferner verwandten Sinne zu gebrauchen und anzuwenden.

Die ersten Male unterhielt es wohl ihn zu hören, ja seine Suade setzte in Verwunderung. Man glaubte vor einem rednerischen Sophisten zu stehen, der, zu Scherz und Übung, den seltsamsten Dingen einen Schein zu verleihen weiß. Leider stumpfte sich dieser erste Eindruck nur allzubald ab: denn am Ende jedes Gesprächs kam der Mann wieder auf dasselbe Thema, ich mochte mich auch anstellen wie ich wollte. Er war bei älteren Begebenheiten nicht festzuhalten, ob sie ihn gleich selbst interessierten, ob er sie schon mit den kleinsten Umständen gegenwärtig hatte. Vielmehr ward er öfters, durch einen geringen Umstand, mitten aus einer weltgeschichtlichen Erzählung herausgerissen und auf seinen feindseligen Lieblingsgedanken hingestoßen.

Einer unserer nachmittäglichen Spaziergänge war hierin besonders unglücklich; die Geschichte desselben stehe hier statt ähnlicher Fälle, welche den Leser ermüden, wo nicht gar betrüben könnten.

Auf dem Wege durch die Stadt begegnete uns eine bejahrte Bettlerin, die ihn, durch Bitten und Andringen, in seiner Erzählung störte. — Pack dich, alte Hexe! sagte er und ging vorüber. Sie rief ihm den bekannten Spruch hinterdrein, nur etwas verändert, da sie wohl bemerkte, daß der unfreundliche Mann selbst alt sei: Wenn ihr nicht alt werden wolltet, so hättet ihr euch in der Jugend sollen hängen lassen! Er kehrte sich heftig herum, und ich fürchtete einen Auftritt. — Hängen lassen! rief er, mich hängen lassen! Nein das wäre nicht gegangen, dazu war ich ein zu braver Kerl; aber mich hängen, mich selbst aufhängen, das ist wahr, das hätte ich tun sollen; einen Schuß Pulver sollt' ich an mich wenden, um nicht zu erleben, daß ich keinen mehr wert bin. — Die Frau stand wie versteinert, er aber fuhr fort: Du hast eine große Wahrheit gesagt, Hexenmutter! Und weil man dich noch nicht ersäuft oder verbrannt hat, so sollst du für dein Sprüchlein belohnt werden. Er reichte ihr ein Büsel, das man nicht leicht an einen Bettler zu wenden pflegte.

Wir waren über die erste Rheinbrücke gekommen und gingen nach dem Wirtshause, wo wir einzukehren gedachten, und ich suchte ihn auf das vorige Gespräch zurückzuführen, als unerwartet auf dem angenehmen Fußpfad ein sehr hübsches Mädchen uns entgegenkam, vor uns stehenblieb, sich artig verneigte und ausrief: Ei, ei, Herr Hauptmann, wohin? und was man sonst bei solcher Gelegenheit zu sagen pflegt. — Mademoiselle, versetzte er, etwas verlegen, ich weiß nicht ... Wie? sagte sie mit anmutiger Verwunderung, vergessen Sie Ihre Freunde so bald? Das Wort *vergessen* machte ihn verdrießlich, er schüttelte den Kopf und erwiderte mürrisch genug: Wahrhaftig, Mademoiselle, ich wüßte nicht! — Nun versetzte sie mit einigem Humor, doch sehr gemäßigt: Nehmen Sie sich in Acht, Herr Hauptmann, ich dürfte Sie ein andermal auch verkennen! Und so eilte sie an uns vorbei, stark zuschreitend, ohne sich umzusehen. Auf einmal schlug sich mein Weggesell mit den beiden Fäusten heftig vor den Kopf: O ich Esel! rief er aus, ich alter Esel! da seht Ihr's nun, ob ich Recht habe oder nicht. Und nun erging er sich auf eine sehr heftige Weise in seinem gewohnten Reden und Meinen, in welchem ihn dieser Fall nur noch mehr bestärkte. Ich kann und mag nicht wiederholen, was er für eine Philippische Rede wider sich selbst hielt. Zuletzt wendete er sich zu mir und sagte: Ich rufe Euch zum Zeugen an! Erinnert Ihr Euch jener Krämerin, an der Ecke, die weder jung noch hübsch ist? Jedesmal grüße ich sie, wenn wir vorbeigehen, und rede manchmal ein paar freundliche Worte mit ihr; und doch sind schon dreißig Jahre vorbei, daß sie mir günstig war. Nun aber, nicht vier Wochen, schwör' ich, sind's, da erzeigte sich dieses Mädchen gegen mich gefälliger als billig, und nun will ich sie nicht kennen und beleidige sie für ihre Artigkeit! Sage ich es nicht immer: Undank ist das größte Laster, und kein Mensch wäre undankbar, wenn er nicht vergeßlich wäre!

Wir traten ins Wirtshaus, und nur die zechende schwärmende Menge in den Vorsälen hemmte die Invektiven, die er gegen sich und seine Altersgenossen ausstieß. Er war still, und ich hoffte ihn begütigt, als wir in ein oberes Zimmer traten, wo wir einen jungen Mann allein auf und ab gehend fanden, den der Hauptmann mit Namen begrüßte. Es war mir angenehm, ihn kennen zu lernen; denn der alte Gesell hatte mir viel Gutes von ihm gesagt und mir erzählt, daß dieser, beim Kriegsbüro angestellt, ihm schon manchmal, wenn die Pensionen gestockt uneigennützig sehr gute Dienste geleistet habe. Ich war froh, daß das Gespräch sich ins Allgemeine lenkte, und wir tranken eine Flasche Wein, indem wir es fortsetzten. Hier entwickelte sich aber zum Unglück ein anderer Fehler, den mein Ritter mit starrsinnigen Menschen gemein hatte. Denn wie er im ganzen von jenem fixen Begriff nicht loskommen konnte, eben sosehr hielt er an einem augenblicklichen unangenehmen Eindruck fest und ließ seine Empfindungen dabei ohne Mäßigung abschnurren. Der letzte Verdruß über sich selbst war noch nicht verklungen und nun trat abermals etwas Neues hinzu, freilich von ganz anderer Art. Er hatte nämlich nicht lange die Augen hin und her gewandt, so bemerkte er auf dem Tische eine doppelte Portion Kaffee und zwei Tassen; daneben mochte er auch, er, der selbst ein feiner Zeisig war, irgend sonst eine Andeutung aufgespürt haben, daß dieser junge Mann sich nicht eben immer so allein befunden. Und kaum war die Vermutung in ihm aufgestiegen und zur Wahrscheinlichkeit geworden, das hübsche Mädchen habe einen Besuch hier abgestattet, so gesellte sich zu jenem ersten Verdruß noch die wunderlichste Eifersucht, um ihn vollends zu verwirren.

Ehe ich nun irgend etwas ahnen konnte, denn ich hatte mich bisher ganz harmlos mit dem jungen Mann unterhalten, so fing der Hauptmann mit einem unangenehmen Ton, den ich an ihm wohl kannte, zu sticheln an, auf das Tassenpaar und auf dieses und jenes. Der Jüngere, betroffen, suchte heiter und verständig auszuweichen, wie es unter Menschen von Lebensart die Gewohnheit ist; allein der Alte fuhr fort schonungslos unartig zu sein, daß dem andern nichts übrig blieb, als Hut und Stock zu ergreifen und beim Abschiede eine ziemlich unzweideutige Ausforderung zurückzulassen. Nun brach die Furie des Hauptmanns und um desto heftiger los, als er in der Zwischenzeit noch eine Flasche Wein beinahe ganz allein ausgetrunken hatte. Er schlug mit der Faust auf den Tisch und rief mehr als einmal: Den schlag' ich tot. Es war aber eigentlich so bös nicht gemeint, denn er gebrauchte diese Phrase mehrmals, wenn ihm jemand widerstand oder sonst mißfiel. Eben so unerwartet verschlimmerte sich die Sache auf dem Rückweg: denn ich hatte die Unvorsichtigkeit, ihm seinen Undank gegen den jungen Mann vorzuhalten und ihn zu erinnern, wie sehr er mir die zuvorkommende Dienstfertigkeit dieses Angestellten gerühmt habe. Nein! solche Wut eines Menschen gegen sich selbst ist mir nie wieder vorgekommen; es war die leidenschaftlichste Schlußrede zu jenen Anfängen, wozu das hübsche Mädchen Anlaß gegeben hatte. Hier sah ich Reue und Buße bis zur Karikatur getrieben, und, wie alle Leidenschaft das Genie ersetzt, wirklich genialisch. Denn er nahm die sämtlichen Vorfallenheiten unserer Nachmittagswanderung wieder auf, benutzte sie rednerisch zur Selbstscheltung, ließ zuletzt die Hexe nochmals gegen sich auftreten und verwirrte sich dergestalt, daß ich fürchten mußte, er werde sich in den Rhein stürzen. Wäre ich sicher gewesen, ihn, wie Mentor seinen Telemach, schnell wieder aufzufischen, so mochte er springen, und ich hätte ihn für diesmal abgekühlt nach Hause gebracht.

Ich vertraute sogleich die Sache Lersen, und wir gingen des andern Morgens zu dem jungen Manne, den mein Freund, mit seiner Trockenheit, zum Lachen brachte. Wir wurden eins, ein ungefähres Zusammentreffen einzuleiten, wo eine Ausgleichung vor sich gehen sollte. Das Lustigste dabei war, daß der Hauptmann auch diesmal seine Unart verschlafen hatte, und zur Begütigung des jungen Mannes, dem auch an keinen Händeln gelegen war, sich bereit finden ließ. Alles war an einem Morgen abgetan, und da die Begebenheit nicht ganz verschwiegen blieb, so entging ich nicht den Scherzen meiner Freunde, die mir aus eigener Erfahrung hätten voraussagen können, wie lästig mir gelegentlich die Freundschaft des Hauptmanns werden dürfte.

Indem ich nun aber darauf sinne, was wohl zunächst weiter mitzuteilen wäre, so kommt mir durch ein seltsames Spiel der Erinnerung das ehrwürdige Münstergebäude wieder in die Gedanken, dem ich gerade in jenen Tagen eine besondere Aufmerksamkeit widmete und welches überhaupt in der Stadt sowohl als auf dem Lande sich den Augen beständig darbietet.

Je mehr ich die Fassade desselben betrachtete, desto mehr bestärkte und entwickelte sich jener erste Eindruck, daß hier das Erhabene mit dem Gefälligen in Bund getreten sei. Soll das Ungeheuere, wenn es uns als Masse entgegentritt, nicht erschrecken, soll es nicht verwirren, wenn wir sein Einzelnes zu erforschen suchen, so muß es eine unnatürliche, scheinbar unmögliche Verbindung eingehen, es muß sich das Angenehme zugesellen. Da uns nun aber allein möglich wird den Eindruck des Münsters auszusprechen, wenn wir uns jene beiden unverträglichen Eigenschaften vereinigt denken, so sehen wir schon hieraus, in welchem hohen Wert wir dieses alte Denkmal zu halten haben, und beginnen mit Ernst eine Darstellung, wie so widersprechende Elemente sich friedlich durchdringen und verbinden konnten.

Vor allem widmen wir unsere Betrachtungen, ohne noch an die Türme zu denken, allein der Fassade, die als ein aufrecht gestelltes längliches Viereck unsern Augen mächtig entgegnet. Nähern wir uns derselben in der Dämmerung, bei Mondschein bei sternheller Nacht, wo die Teile mehr oder weniger undeutlich werden und zuletzt verschwinden, so sehen wir nur eine kolossale Wand, deren Höhe zur Breite ein wohltätiges Verhältnis hat. Betrachten wir sie bei Tage und abstrahieren durch Kraft unseres Geistes vom Einzelnen, so erkennen wir die Vorderseite eines Gebäudes, welche dessen innere Räume nicht allein zuschließt, sondern auch manches Danebenliegende verdeckt. Die Öffnungen dieser ungeheueren Fläche deuten auf innere Bedürfnisse, und nach diesen können wir sie sogleich in neun Felder abteilen. Die große Mitteltüre, die auf das Schiff der Kirche gerichtet ist, fällt uns zuerst in die Augen. Zu beiden Seiten derselben liegen zwei kleinere, den Kreuzgängen angehörig. Über der Hauptüre trifft unser Blick auf das radförmige Fenster, das in die Kirche und deren Gewölbe ein ahnungsvolles Licht verbreiten soll. An den Seiten zeigen sich zwei große senkrechte, länglich viereckte Öffnungen, welche mit der mittelsten bedeutend kontrastieren und darauf hindeuten, daß sie zu der Base emporstrebender Türme gehören. In dem dritten Stockwerke reihen sich drei Öffnungen an einander, welche zu Glockenstühlen und sonstigen kirchlichen Bedürfnissen bestimmt sind. Zuoberst sieht man das Ganze durch die Balustrade der Galerie, anstatt eines

Gesimses, horizontal abgeschlossen. Jene beschriebenen neun Räume werden durch vier vom Boden aufstrebende Pfeiler gestützt, eingefaßt und in drei große perpendikulare Abteilungen getrennt.

Wie man nun der ganzen Masse ein schönes Verhältnis der Höhe zur Breite nicht absprechen kann, so erhält sie auch durch diese Pfeiler, durch die schlanken Einteilungen dazwischen, im Einzelnen etwas gleichmäßig Leichtes.

Verharren wir aber bei unserer Abstraktion und denken uns diese ungeheure Wand ohne Zieraten mit festen Strebepfeilern, in derselben die nötigen Öffnungen, aber auch nur insofern sie das Bedürfnis fordert; gestehen wir auch diesen Hauptabteilungen gute Verhältnisse zu, so wird das Ganze zwar ernst und würdig, aber doch immer noch lästig unerfreulich und als zierdelos unkünstlich erscheinen. Denn ein Kunstwerk, dessen Ganzes in großen, einfachen, harmonischen Teilen begriffen wird, macht wohl einen edlen und würdigen Eindruck, aber der eigentliche Genuß, den das Gefallen erzeugt, kann nur bei Übereinstimmung aller entwickelten Einzelnheiten stattfinden.

Hierin aber gerade befriedigt uns das Gebäude, das wir betrachten, im höchsten Grade: denn wir sehen alle und jede Zieraten jedem Teil, den sie schmücken, völlig angemessen, sie sind ihm untergeordnet, sie scheinen aus ihm entsprungen. Eine solche Mannigfaltigkeit gibt immer ein großes Behagen, indem sie sich aus dem Gehörigen herleitet und deshalb zugleich das Gefühl der Einheit erregt, und nur in solchem Falle wird die Ausführung als Gipfel der Kunst gepriesen.

Durch solche Mittel sollte nun eine feste Mauer, eine undurchdringliche Wand, die sich noch dazu als Base zweier himmelhoher Türme anzukündigen hatte, dem Auge zwar als auf sich selbst ruhend, in sich selbst bestehend, aber auch dabei leicht und zierlich erscheinen und, obgleich tausendfach durchbrochen, den Begriff von unerschütterlicher Festigkeit geben.

Dieses Rätsel ist auf das glücklichste gelöst. Die Öffnungen der Mauer, die soliden Stellen derselben, die Pfeiler, jedes hat seinen besondern Charakter, der aus der eignen Bestimmung hervortritt; dieser kommuniziert sich stufenweis den Unterabteilungen, daher alles im gemäßen Sinne verziert ist, das Große wie das Kleine sich an der rechten Stelle befindet, leicht gefaßt werden kann und so das Angenehme im Ungeheueren sich darstellt. Ich erinnere nur an die perspektivisch in die Mauerdicke sich einsenkenden, bis ins Unendliche an ihren Pfeilern und Spitzbogen verzierten Türen, an das Fenster und dessen aus der runden Form entspringende Kunstrose, an das Profil ihrer Stäbe, so wie an die schlanken Rohrsäulen der perpendikularen Abteilungen. Man vergegenwärtige sich die stufenweis zurücktretenden Pfeiler, von schlanken, gleichfalls in die Höhe strebenden, zum Schutz der Heiligenbilder baldachinartig bestimmten, leichtsäuligen Spitzgebäudchen begleitet, und wie zuletzt jede Rippe, jeder Knopf als Blumenknauf und Blattreihe oder als irgend ein anderes im Steinsinn umgeformtes Naturgebilde erscheint. Man vergleiche das Gebäude, wo nicht selbst, doch Abbildungen des Ganzen und des Einzelnen, zu Beurteilung und Belebung meiner Aussage. Sie könnte manchem übertrieben scheinen: denn ich selbst, zwar im ersten Anblicke zur Neigung gegen dieses Werk hingerissen, brauchte doch lange Zeit, mich mit seinem Wert innig bekannt zu machen.

Unter Tadlern der gotischen Baukunst aufgewachsen, nährte ich meine Abneigung gegen die vielfach überladenen verworrenen Zieraten, die durch ihre Willkürlichkeit einen religiös düsteren Charakter höchst widerwärtig machten; ich bestärkte mich in diesem Unwillen, da mir nur geistlose Werke dieser Art, an denen man weder gute Verhältnisse, noch eine reine Konsequenz gewahr wird, vors Gesicht gekommen waren. Hier aber glaubte ich eine neue Offenbarung zu erblicken, indem mir jenes Tadelnswerte keineswegs erschien, sondern vielmehr das Gegenteil davon sich aufdrang.

Wie ich nun aber immer länger sah und überlegte, glaubte ich über das Vorgesagte noch größere Verdienste zu entdecken. Herausgefunden war das richtige Verhältnis der größern Abteilungen, die so sinnige als reiche Verzierung bis ins kleinste; nun aber erkannte ich noch die Verknüpfung dieser mannigfaltigen Zieraten unter einander, die Hinleitung von einem Hauptteile zum andern, die Verschränkung zwar gleichartiger, aber doch an Gestalt höchst abwechselnder Einzelheiten, vom Heiligen bis zum Ungeheuer, vom Blatt bis zum Zacken. Je mehr ich untersuchte, desto mehr geriet ich in Erstaunen; je mehr ich mich mit Messen und Zeichnen unterhielt und abmüdete, desto mehr wuchs meine Anhänglichkeit, so daß ich viele Zeit darauf verwendete, teils das Vorhandene zu studieren, teils das Fehlende, Unvollendete, besonders der Türme, in Gedanken und auf dem Blatte wieder herzustellen.

Da ich nun an alter deutscher Stätte dieses Gebäude gegründet und in echter deutscher Zeit so weit gediehen fand, auch der Name des Meisters auf dem bescheidenen Grabstein gleichfalls vaterländischen Klanges und Ursprungs war, so wagte ich, die bisher verrufene Benennung *gotische Bauart,* aufgefordert durch den Wert dieses Kunstwerks, abzuändern und sie als *deutsche Baukunst* unserer Nation zu vindizieren; sodann aber verfehlte ich nicht, erst mündlich, und hernach in einem kleinen Aufsatz, *D. M. Erwini a Steinbach* gewidmet, meine patriotischen Gesinnungen an den Tag zu legen.

Gelangt meine biographische Erzählung zu der Epoche, in welcher gedachter Bogen im Druck erschien, den Herder sodann in sein Heft *Von deutscher Art und Kunst* aufnahm, so wird noch manches über diesen wichtigen Gegenstand zur Sprache kommen. Ehe ich mich aber diesmal von demselben abwende, so will ich die Gelegenheit benutzen, um das dem gegenwärtigen Bande vorgesetzte Motto bei denjenigen zu rechtfertigen, welche einigen Zweifel daran hegen sollten. Ich weiß zwar recht gut, daß gegen das brave und hoffnungsreiche altdeutsche Wort »Was einer in der Jugend wünscht, hat er im Alter genug!« manche umgekehrte Erfahrung anzuführen, manches daran zu deuten sein möchte; aber auch viel Günstiges spricht dafür, und ich erkläre, was ich dabei denke.

Unsere Wünsche sind Vorgefühle der Fähigkeiten, die in uns liegen, Vorboten desjenigen, was wir zu leisten im stande sein werden. Was wir können und möchten, stellt sich unserer Einbildungskraft außer uns und in der Zukunft dar; wir fühlen eine Sehnsucht nach dem, was wir schon im stillen besitzen. So verwandelt ein leidenschaftliches Vorausergreifen das wahrhaft Mögliche in ein erträumtes Wirkliche. Liegt nun eine solche Richtung entschieden in unserer Natur, so wird mit jedem Schritt unserer Entwickelung ein Teil des ersten Wunsches erfüllt, bei günstigen Umständen auf dem geraden Wege, bei ungünstigen auf einem Umwege, von dem wir immer wieder nach jenem einlenken. So sieht man Menschen durch Beharrlichkeit zu irdischen Gütern gelangen, sie umgeben sich mit Reichtum, Glanz und äußerer Ehre. Andere streben noch sicherer nach geistigen Vorteilen, erwerben sich eine klare Übersicht der Dinge, eine Beruhigung des Gemüts und eine Sicherheit für die Gegenwart und Zukunft.

Nun gibt es aber eine dritte Richtung, die aus beiden gemischt ist und deren Erfolg am sichersten gelingen muß. Wenn nämlich die Jugend des Menschen in eine prägnante Zeit trifft, wo das Hervorbringen das Zerstören überwiegt, und in ihm das Vorgefühl beizeiten erwacht, was eine solche Epoche fordre und verspreche, so wird er, durch äußere Anlässe zu tätiger Teilnahme gedrängt, bald da- bald dorthin greifen, und der Wunsch, nach vielen Seiten wirksam zu sein, wird in ihm lebendig werden. Nun gesellen sich aber zur menschlichen Beschränktheit noch so viele zufällige Hindernisse, daß hier ein Begonnenes liegen bleibt, dort ein Ergriffenes aus der Hand fällt und ein Wunsch nach dem andern sich verzettelt. Waren aber diese Wünsche aus einem reinen Herzen entsprungen, dem Bedürfnis der Zeit gemäß, so darf man ruhig rechts und links liegen und fallen lassen und kann versichert sein, daß nicht allein dieses wieder aufgefunden und aufgehoben werden muß, sondern daß auch noch gar manches Verwandte, das man nie berührt, ja woran man nie gedacht hat, zum Vorschein kommen werde. Sehen wir nun während unseres Lebensganges dasjenige von andern geleistet, wozu wir selbst früher einen Beruf fühlten, ihn aber, mit manchem andern, aufgeben mußten, dann tritt das schöne Gefühl ein, daß die Menschheit zusammen erst der wahre Mensch ist und daß der einzelne nur froh und glücklich sein kann, wenn er den Mut hat, sich im Ganzen zu fühlen.

Diese Betrachtung ist hier recht am Platze; denn wenn ich die Neigung bedenke, die mich zu jenen alten Bauwerken hinzog, wenn ich die Zeit berechne, die ich allein dem Straßburger Münster gewidmet, die Aufmerksamkeit, mit der ich späterhin den Dom zu Köln und den zu Freiburg betrachtet und den Wert dieser Gebäude immer mehr empfunden, so könnte ich mich tadeln, daß ich sie nachher ganz aus den Augen verloren, ja, durch eine entwickeltere Kunst angezogen, völlig im Hintergrunde gelassen. Sehe ich nun aber in der neusten Zeit die Aufmerksamkeit wieder auf jene Gegenstände hingelenkt, Neigung, ja Leidenschaft gegen sie hervortreten und blühen, sehe ich tüchtige junge Leute, von ihr ergriffen, Kräfte, Zeit, Sorgfalt, Vermögen diesen Denkmalen einer vergangenen Welt rücksichtslos widmen, so werde ich mit Vergnügen erinnert, daß das, was ich sonst wollte und wünschte, einen Wert hatte. Mit Zufriedenheit sehe ich, wie man nicht allein das von unsern Vorvordern Geleistete zu schätzen weiß, sondern wie man sogar aus vorhandenen unausgeführten Anfängen, wenigstens im Bilde, die erste Absicht darzustellen sucht, um uns dadurch mit dem Gedanken, welcher doch das Erste und Letzte alles Vornehmens bleibt, bekannt zu machen, und eine verworren scheinende Vergangenheit mit besonnenem Ernst aufzuklären und zu beleben strebt. Vorzüglich belobe ich hier den wackern Sulpiz Boisserée, der unermüdet beschäftigt ist, in einem prächtigen Kupferwerke, den Kölnischen Dom aufzustellen als Musterbild jener ungeheuren Konzeptionen, deren Sinn babylonisch in den Himmel strebte und die zu den irdischen Mitteln dergestalt außer Verhältnis waren, daß sie notwendig in der Ausführung stocken mußten. Haben wir bisher gestaunt, daß solche Bauwerke nur so weit gediehen, so werden wir mit der größten Bewunderung erfahren, was eigentlich zu leisten die Absicht war.

Möchten doch literarisch-artistische Unternehmungen dieser Art durch alle, welche Kraft, Vermögen und Einfluß haben, gebührend befördert werden, damit uns die große und riesenmäßige Gesinnung unserer Vorfahren zur Anschauung gelange und wir uns einen Begriff machen können von dem, was sie wollen durften. Die hieraus entspringende Einsicht wird nicht unfruchtbar bleiben und das Urteil sich endlich einmal mit Gerechtigkeit an jenen Werken zu üben im stande sein. Ja dieses wird auf das gründlichste geschehen, wenn unser tätiger junger Freund, außer der dem Kölnischen Dome gewidmeten Monographie, die Geschichte der Baukunst unserer Mittelzeit bis ins einzelne verfolgt. Wird ferner an Tag gefördert, was irgend über werkmäßige Ausübung dieser Kunst zu erfahren ist, wird sie durch Vergleichung mit der griechisch-römischen und der orientalisch-ägyptischen in allen Grundzügen dargestellt, so kann in diesem Fache wenig zu tun übrigbleiben. Ich aber werde, wenn die Resultate solcher vaterländischen Bemühungen öffentlich vorliegen, so wie jetzt bei freundlichen Privatmitteilungen, mit wahrer Zufriedenheit jenes Wort im besten Sinne wiederholen können: Was man in der Jugend wünscht, hat man im Alter genug.

Kann man aber bei solchen Wirkungen, welche Jahrhunderten angehören, sich auf die Zeit verlassen und die Gelegenheit erharren, so gibt es dagegen andere Dinge, die in der Jugend, frisch, wie reife Früchte, weggenossen werden müssen. Es sei mir erlaubt, mit dieser raschen Wendung, des Tanzes zu erwähnen, an den das Ohr, so wie das Auge an den Münster, jeden Tag, jede Stunde in Straßburg, im Elsaß erinnert wird. Von früher Jugend an hatte mir und meiner Schwester der Vater selbst im Tanzen Unterricht gegeben, welches einen so ernsthaften Mann wunderlich genug hätte kleiden sollen; allein er ließ sich auch dabei nicht aus der Fassung bringen, unterwies uns auf das bestimmteste in den Positionen und Schritten, und als er uns weit genug gebracht hatte, um eine Menuett zu tanzen, so blies er auf einer *Flûte douce* uns etwas Faßliches im Dreivierteltakt vor, und wir bewegten uns darnach, so gut wir konnten. Auf dem französischen Theater hatte ich gleichfalls von Jugend auf, wo nicht Ballette, doch Solos und *Pas-de-deux* gesehn und mir davon mancherlei wunderliche Bewegungen der Füße und allerlei Sprünge gemerkt. Wenn wir nun der Menuett genug hatten, so ersuchte ich den Vater um andere Tanzmusiken, dergleichen die Notenbücher in ihren Giguen und Murkis reichlich darboten, und ich erfand mir sogleich die Schritte und übrigen Bewegungen dazu, indem der Takt meinen Gliedern ganz gemäß und mit denselben geboren war. Dies belustigte meinen Vater bis auf einen gewissen Grad, ja er machte sich und uns manchmal den Spaß, die Affen auf diese Weise tanzen zu lassen. Nach meinem Unfall mit Gretchen und während meines ganzen Aufenthalts in Leipzig kam ich nicht wieder auf den Plan; vielmehr weiß ich noch, daß, als man mich auf einem Balle zu einer Menuett nötigte, Takt und Bewegung aus meinen Gliedern gewichen schien und ich mich weder der Schritte noch der Figuren mehr erinnerte, so daß ich mit Schimpf und Schanden bestanden wäre, wenn nicht der größere Teil der Zuschauer behauptet hätte, mein ungeschicktes Betragen sei bloßer Eigensinn, in der Absicht den Frauenzimmern alle Lust zu benehmen, mich wider Willen aufzufordern und in ihre Reihen zu ziehen.

Während meines Aufenthalts in Frankfurt war ich von solchen Freuden ganz abgeschnitten; aber in Straßburg regte sich bald, mit der übrigen Lebenslust, die Taktfähigkeit meiner Glieder. An Sonn- und Werkeltagen schlenderte man keinen Lustort vorbei, ohne daselbst einen fröhlichen Haufen zum Tanze versammelt, und zwar meistens im Kreise drehend zu finden. Ingleichen waren auf den Landhäusern Privatbälle, und man sprach schon von den brillanten Redouten des zukommenden Winters. Hier wäre ich nun freilich nicht an meinem Platz und der Gesellschaft unnütz gewesen; da riet mir ein Freund, der sehr gut walzte, mich erst in minder guten Gesellschaften zu üben, damit ich hernach in der besten etwas gelten könnte. Er brachte mich zu einem Tanzmeister, der für geschickt bekannt war; dieser versprach mir, wenn ich nur einigermaßen die ersten Anfangsgründe wiederholt und mir zu eigen gemacht hätte, mich dann weiter zu leiten. Er war eine von den trockenen, gewandten französischen Naturen und nahm mich freundlich auf. Ich zahlte ihm den Monat voraus und erhielt zwölf Billette, gegen die er mir gewisse Stunden Unterricht zusagte. Der Mann war streng, genau, aber nicht pedantisch; und da ich schon einige Vorübung hatte, so machte ich es ihm bald zu Danke und erhielt seinen Beifall.

Den Unterricht dieses Lehrers erleichterte jedoch ein Umstand gar sehr: er hatte nämlich zwei Töchter, beide hübsch und noch unter zwanzig Jahren. Von Jugend auf in dieser Kunst unterrichtet, zeigten sie sich darin sehr gewandt und hätten als Moitié auch dem ungeschicktesten Scholaren bald zu einiger Bildung verhelfen können. Sie waren beide sehr artig, sprachen nur französisch, und ich nahm mich von meiner Seite zusammen, um vor ihnen nicht linkisch und lächerlich zu erscheinen. Ich hatte das Glück, daß auch sie mich lobten, immer willig waren, nach der kleinen Geige des Vaters eine Menuett zu tanzen, ja sogar, was ihnen freilich beschwerlicher ward, mir nach und nach das Walzen und Drehen einzulernen. Übrigens schien der Vater nicht viele Kunden zu haben, und sie führten ein einsames Leben. Deshalb ersuchten sie mich manchmal, nach der Stunde bei ihnen zu bleiben und die Zeit ein wenig zu verschwätzen; das ich denn auch ganz gerne tat, um so mehr, als die Jüngere mir wohl gefiel und sie sich überhaupt sehr anständig betrugen. Ich las manchmal aus einem Roman etwas vor, und sie taten das gleiche. Die Ältere, die so hübsch, vielleicht noch hübscher war als die Zweite, mir aber nicht so gut wie diese zusagte, betrug sich durchaus gegen mich verbindlicher und in allem gefälliger. Sie war in der Stunde immer bei der Hand und zog sie manchmal in die Länge; daher ich mich einigemal verpflichtet glaubte, dem Vater zwei Billette anzubieten, die er jedoch nicht annahm. Die Jüngere hingegen, ob sie gleich nicht unfreundlich gegen mich tat, war doch eher still für sich und ließ sich durch den Vater herbeirufen, um die Ältere abzulösen.

Die Ursache davon ward mir eines Abends deutlich. Denn als ich mit der Ältesten, nach vollendetem Tanz, in das Wohnzimmer gehen wollte, hielt sie mich zurück und sagte: Bleiben wir noch ein wenig hier; denn ich will es Ihnen nur gestehen, meine Schwester hat eine Kartenschlägerin bei sich, die ihr offenbaren soll, wie es mit einem auswärtigen Freund beschaffen ist, an dem ihr ganzes Herz hängt, auf den sie alle ihre Hoffnung gesetzt hat. Das meinige ist frei, fuhr sie fort, und ich werde mich gewöhnen müssen, es verschmäht zu sehen. Ich sagte ihr darauf einige Artigkeiten, indem ich versetzte, daß sie sich, wie es damit stehe, am ersten überzeugen könne, wenn sie die weise Frau gleichfalls befragte; ich wolle es auch tun, denn ich hätte schon längst so etwas zu erfahren gewünscht, woran mir bisher der Glaube gefehlt habe. Sie tadelte mich deshalb und beteuerte, daß nichts in der Welt sicherer sei, als die Aussprüche dieses Orakels, nur müsse man es nicht aus Scherz und Frevel, sondern nur in wahren Anliegenheiten befragen. Ich nötigte sie jedoch zuletzt mit mir in jenes Zimmer zu gehen, sobald sie sich versichert hatte, daß die Funktion vorbei sei. Wir fanden die Schwester sehr aufgeräumt, und auch gegen mich war sie zutulicher als sonst, scherzhaft und beinahe geistreich: denn da sie eines abwesenden Freundes sicher geworden zu sein schien, so mochte sie es für unverfänglich halten, mit einem gegenwärtigen Freund ihrer Schwester, denn dafür hielt sie mich, ein wenig artig zu tun.

Der Alten wurde nun geschmeichelt und ihr gute Bezahlung zugesagt, wenn sie der älteren Schwester und auch mir das Wahrhafte sagen wollte. Mit den gewöhnlichen Vorbereitungen und Zeremonien legte sie nun ihren Kram aus, und zwar, um der Schönen zuerst zu weissagen. Sie betrachtete die Lage der Karten sorgfältig, schien aber zu stocken und wollte mit der Sprache nicht heraus. — Ich sehe schon, sagte die Jüngere, die mit der Auslegung einer solchen magischen Tafel schon näher bekannt war, Ihr zaudert und wollt meiner Schwester nichts Unangenehmes eröffnen; aber das ist eine verwünschte Karte! — Die Ältere wurde blaß, doch faßte sie sich und sagte: So sprecht nur; es wird ja den Kopf nicht kosten! — Die Alte, nach einem tiefen Seufzer, zeigte ihr nun an, daß sie liebe, daß sie nicht geliebt werde, daß eine andere Person dazwischenstehe und was dergleichen Dinge mehr waren. Man sah dem guten Mädchen die Verlegenheit an. Die Alte glaubte die Sache wieder etwas zu verbessern, indem sie auf Briefe und Geld Hoffnung machte. — Briefe, sagte das schöne Kind, erwarte ich nicht, und Geld mag ich nicht. Wenn es wahr ist, wie Ihr sagt, daß ich liebe, so verdiene ich ein Herz, das mich wieder liebt. — Wir wollen sehen, ob es nicht besser wird, versetzte die Alte, indem sie die Karten mischte und zum zweitenmal auflegte; allein es war vor unser aller Augen nur noch schlimmer geworden. Die Schöne stand nicht allein einsamer, sondern auch mit mancherlei Verdruß umgeben; der Freund war etwas weiter und die Zwischenfiguren näher gerückt. Die Alte wollte zum drittenmal auslegen, in Hoffnung einer bessern Ansicht; allein das schöne Kind hielt sich nicht länger, sie brach in unbändiges Weinen aus, ihr holder Busen bewegte sich auf eine gewaltsame Weise, sie wandte sich um und rannte zum Zimmer hinaus. Ich wußte nicht was ich tun sollte. Die Neigung hielt mich bei der Gegenwärtigen, das Mitleid trieb mich zu jener; meine Lage war peinlich genug. — Trösten Sie Lucinden, sagte die Jüngere, gehen Sie ihr nach. Ich zauderte; wie durfte ich sie trösten, ohne sie wenigstens einer Art von Neigung zu versichern, und konnte ich das wohl in einem solchen Augenblick auf eine kalte mäßige Weise! – Lassen Sie uns zusammen gehn, sagte ich zu Emilien. Ich weiß nicht, ob ihr meine Gegenwart wohl tun wird, versetzte diese. Doch gingen wir, fanden aber die Tür verriegelt. Lucinde antwortete nicht, wir mochten pochen, rufen, bitten, wie wir wollten. Wir müssen sie gewähren lassen, sagte Emilie, sie will nun nicht anders! Und wenn ich mir freilich ihr Wesen von unserer ersten Bekanntschaft an erinnerte, so hatte sie immer etwas Heftiges und Ungleiches, und ihre Neigung zu mir zeigte sie am meisten dadurch, daß sie ihre Unart nicht an mir bewies. Was wollte ich tun! Ich bezahlte die Alte reichlich für das Unheil, das sie gestiftet hatte, und wollte gehen, als Emilie sagte: Ich bedinge mir, daß die Karte nun auch auf Sie geschlagen werde. Die Alte war bereit. – Lassen Sie mich nicht dabei sein! rief ich und eilte die Treppe hinunter.

Den andern Tag hatte ich nicht Mut hinzugehen. Den dritten ließ mir Emilie durch einen Knaben, der mir schon manche Botschaft von den Schwestern gebracht und Blumen und Früchte dagegen an sie getragen hatte, in aller Frühe sagen, ich möchte heute ja nicht fehlen. Ich kam zur gewöhnlichen Stunde und fand den Vater allein, der an meinen Tritten und Schritten, an meinem Gehen und Kommen, an meinem Tragen und Behaben noch manches ausbesserte und übrigens mit mir zufrieden schien. Die Jüngste kam gegen das Ende der Stunde und tanzte mit mir eine sehr graziöse Menuett, in der sie sich außerordentlich angenehm bewegte, und der Vater versicherte, nicht leicht ein hübscheres und gewandteres Paar auf seinem Plane gesehen zu haben. Nach der Stunde ging ich wie gewöhnlich ins Wohnzimmer; der Vater ließ uns allein, ich vermißte Lucinden. – Sie liegt im Bette, sagte Emilie, und ich sehe es gern: haben Sie deshalb keine Sorge. Ihre Seelenkrankheit lindert sich am ersten, wenn sie sich körperlich für krank hält; sterben mag sie nicht gern, und so tut sie alsdann, was wir wollen. Wir haben gewisse Hausmittel, die sie zu sich nimmt und ausruht; und so legen sich nach und nach die tobenden Wellen. Sie ist gar zu gut und liebenswürdig bei so einer eingebildeten Krankheit, und da sie sich im Grunde recht wohl befindet und nur von Leidenschaft angegriffen ist, so sinnt sie sich allerhand romanenhafte Todesarten aus, vor denen sie sich auf eine angenehme Weise fürchtet, wie Kinder, denen man von Gespenstern erzählt. So hat sie mir gestern Abend noch mit großer Heftigkeit erklärt, daß sie diesmal gewiß sterben würde, und man sollte den undankbaren falschen Freund, der ihr erst so schön getan und sie nun so übel behandle, nur dann wieder zu ihr führen, wenn sie wirklich ganz nahe am Tode sei: sie wolle ihm recht bittre Vorwürfe machen und auch sogleich den Geist aufgeben. — Ich weiß mich nicht schuldig! rief ich aus, daß ich irgend eine Neigung zu ihr geäußert. Ich kenne jemand, der mir dieses Zeugnis am besten erteilen kann. Emilie lächelte und versetzte: Ich verstehe Sie, und wenn wir nicht klug und entschlossen sind, so kommen wir alle zusammen in eine üble Lage. Was werden Sie sagen, wenn ich Sie ersuche, Ihre Stunden nicht weiter fortzusetzen? Sie haben von dem letzten Monat allenfalls noch vier Billette, und mein Vater äußerte schon, daß er es unverantwortlich finde, Ihnen noch länger Geld abzunehmen: es müßte denn sein, daß Sie sich der Tanzkunst auf eine ernstlichere Weise widmen wollten; was ein junger Mann in der Welt brauchte, besäßen Sie nun. — Und diesen Rat, Ihr Haus zu meiden, geben Sie mir, Emilie? versetzte ich. — Eben ich, sagte sie, aber nicht aus mir selbst. Hören Sie nur. Als Sie vorgestern wegeilten, ließ ich die Karte auf Sie schlagen, und derselbe Ausspruch wiederholte sich dreimal und immer stärker. Sie waren umgeben von allerlei Gutem und Vergnüglichem, von Freunden und großen Herren, an Geld fehlte es auch nicht. Die Frauen hielten sich in einiger Entfernung. Meine arme Schwester besonders stand immer am weitesten; eine andere rückte Ihnen immer näher, kam aber nie an Ihre Seite, denn es stellte sich ein Dritter dazwischen. Ich will Ihnen nur gestehen, daß ich mich unter der zweiten Dame gedacht hatte, und nach diesem Bekenntnisse werden Sie meinen wohlmeinenden Rat am besten begreifen. Einem entfernten Freund habe ich mein Herz und meine Hand zugesagt, und bis jetzt liebt' ich ihn über alles; doch es wäre möglich, daß Ihre Gegenwart mir bedeutender würde als bisher, und was würden Sie für einen Stand zwischen zwei Schwestern haben, davon Sie die eine durch Neigung und die andere durch Kälte unglücklich gemacht hätten, und alle diese Qual um nichts und auf kurze Zeit. Denn wenn wir nicht schon wüßten, wer Sie sind und was Sie zu hoffen haben, so hätte mir es die Karte aufs deutlichste vor Augen gestellt. Leben Sie wohl, sagte sie, und reichte mir die Hand. – Ich zauderte. – Nun, sagte sie, indem sie mich gegen die Tür führte, damit es wirklich das letzte Mal sei, daß wir uns sprechen, so nehmen Sie, was ich Ihnen sonst versagen würde. Sie fiel mir um den Hals und küßte mich aufs zärtlichste. Ich umfaßte sie und drückte sie an mich.

In diesem Augenblicke flog die Seitentür auf, und die Schwester sprang in einem leichten aber anständigen Nachtkleide hervor und rief: Du sollst nicht allein von ihm Abschied nehmen! Emilie ließ mich fahren, und Lucinde ergriff mich, schloß sich fest an mein Herz, drückte ihre schwarzen Locken an meine Wangen und blieb eine Zeitlang in dieser Lage. Und so fand ich mich denn in der Klemme zwischen beiden Schwestern, wie mir's Emilie einen Augenblick vorher geweissagt hatte. Lucinde ließ mich los und sah mir ernst ins Gesicht. Ich wollte ihre Hand ergreifen und ihr etwas Freundliches sagen; allein sie wandte sich weg, ging mit starken Schritten einigemal im Zimmer auf und ab und warf sich dann in die Ecke des Sofas. Emilie trat zu ihr, ward aber sogleich weggewiesen, und hier entstand eine Szene, die mir noch in der Erinnerung peinlich ist, und die, ob sie gleich in der Wirklichkeit nichts Theatralisches hatte, sondern einer lebhaften jungen Französin ganz angemessen war, dennoch nur von einer guten empfindenden Schauspielerin auf dem Theater würdig wiederholt werden könnte.

Lucinde überhäufte ihre Schwester mit tausend Vorwürfen. Es

ist nicht das erste Herz, rief sie aus, das sich zu mir neigt und das du mir entwendest. War es doch mit dem Abwesenden ebenso, der sich zuletzt unter meinen Augen mit dir verlobte. Ich mußte es ansehen, ich ertrug's; ich weiß aber wie viele tausend Tränen es mich gekostet hat. Diesen hast du mir nun auch weggefangen, ohne jenen fahren zu lassen, und wie viele verstehst du nicht auf einmal zu halten. Ich bin offen und gutmütig, und jedermann glaubt mich bald zu kennen und mich vernachlässigen zu dürfen; du bist versteckt und still, und die Leute glauben wunder was hinter dir verborgen sei. Aber es ist nichts dahinter als ein kaltes selbstisches Herz, das sich alles aufzuopfern weiß: das aber kennt niemand so leicht, weil es tief in deiner Brust verborgen liegt, so wenig als mein warmes treues Herz, das ich offen trage, wie mein Gesicht.«

Emilie schwieg und hatte sich neben ihre Schwester gesetzt, die sich im Reden immer mehr erhitzte, und sich über gewisse besondere Dinge herausließ, die mir zu wissen eigentlich nicht frommte. Emilie dagegen, die ihre Schwester zu begütigen suchte, gab mir hinterwärts ein Zeichen, daß ich mich entfernen sollte; aber wie Eifersucht und Argwohn mit tausend Augen sehen, so schien auch Lucinde es bemerkt zu haben. Sie sprang auf und ging auf mich los, aber nicht mit Heftigkeit. Sie stand vor mir und schien auf etwas zu sinnen. Drauf sagte sie: Ich weiß, daß ich Sie verloren habe; ich mache keine weitern Ansprüche auf Sie. Aber du sollst ihn auch nicht haben, Schwester! Sie faßte mich mit diesen Worten ganz eigentlich beim Kopf, indem sie mir mit beiden Händen in die Locken fuhr, mein Gesicht an das ihre drückte und mich zu wiederholten Malen auf den Mund küßte. Nun, rief sie aus, fürchte meine Verwünschung. Unglück über Unglück für immer und immer auf diejenige, die zum ersten Male nach mir diese Lippen küßt! Wage es nun wieder mit ihm anzubinden; ich weiß, der Himmel erhört mich diesmal. Und Sie, mein Herr, eilen Sie nun, eilen Sie was Sie können!

Ich flog die Treppe hinunter mit dem festen Vorsatze, das Haus nie wieder zu betreten.

Zehntes Buch

Die deutschen Dichter, da sie nicht mehr als Gildeglieder für *einen* Mann standen, genossen in der bürgerlichen Welt nicht der mindesten Vorteile. Sie hatten weder Halt, Stand noch Ansehen, als insofern sonst ein Verhältnis ihnen günstig war, und es kam daher bloß auf den Zufall an, ob das Talent zu Ehren oder Schanden geboren sein sollte. Ein armer Erdensohn, im Gefühl von Geist und Fähigkeiten, mußte sich kümmerlich ins Leben hineinschleppen und die Gabe, die er allenfalls von den Musen erhalten hatte, von dem augenblicklichen Bedürfnis gedrängt, vergeuden. Das Gelegenheitsgedicht, die erste und echteste aller Dichtarten, ward verächtlich auf einen Grad, daß die Nation noch jetzt nicht zu einem Begriff des hohen Wertes desselben gelangen kann, und ein Poet, wenn er nicht gar den Weg Günthers einschlug, erschien in der Welt auf die traurigste Weise subordiniert, als Spaßmacher und Schmarutzer, so daß er sowohl auf dem Theater als auf der Lebensbühne eine Figur vorstellte, der man nach Belieben mitspielen konnte.

Gesellte sich hingegen die Muse zu Männern von Ansehen, so erhielten diese dadurch einen Glanz, der auf die Geberin zurückfiel. Lebensgewandte Edelleute wie Hagedorn, stattliche Bürger wie Brockes, entschiedene Gelehrte wie Haller, erschienen unter den Ersten der Nation, den Vornehmsten und Geschätztesten gleich. Besonders wurden auch solche Personen verehrt, die neben jenem angenehmen Talente sich noch als emsige, treue Geschäftsmänner auszeichneten. Deshalb erfreuten sich Uz, Rabener, Weiße einer Achtung ganz eigner Art, weil man die heterogensten, selten mit einander verbundenen Eigenschaften hier vereint zu schätzen hatte.

Nun sollte aber die Zeit kommen, wo das Dichtergenie sich selbst gewahr würde, sich seine eignen Verhältnisse selbst schüfe und den Grund zu einer unabhängigen Würde zu legen verstünde. Alles traf in Klopstock zusammen, um eine solche Epoche zu begründen. Er war, von der sinnlichen wie von der sittlichen Seite betrachtet, ein reiner Jüngling. Ernst und gründlich erzogen, legt er von Jugend an, einen großen Wert auf sich selbst und auf alles, was er tut, und indem er die Schritte seines Lebens bedächtig vorausmißt, wendet er sich, im Vorgefühl der ganzen Kraft seines Innern, gegen den höchsten denkbaren Gegenstand. Der Messias, ein Name, der unendliche Eigenschaften bezeichnet, sollte durch ihn aufs neue verherrlicht werden. Der Erlöser sollte der Held sein, den er, durch irdische Gemeinheit und Leiden, zu den höchsten himmlischen Triumphen zu begleiten gedachte. Alles, was Göttliches, Englisches, Menschliches in der jungen Seele lag, ward hier in Anspruch genommen. Er, an der Bibel erzogen und durch ihre Kraft genährt, lebt nun mit Erzvätern, Propheten und Vorläufern als Gegenwärtigen; doch alle sind seit Jahrhunderten nur dazu berufen, einen lichten Kreis um den *einen* zu ziehn, dessen Erniedrigung sie mit Staunen beschauen und an dessen Verherrlichung sie glorreich teilnehmen sollen. Denn endlich, nach trüben und schrecklichen Stunden, wird der ewige Richter sein Antlitz entwölken, seinen Sohn und Mitgott wieder anerkennen, und dieser wird ihm dagegen die abgewendeten Menschen, ja sogar einen abgefallenen Geist wieder zuführen. Die lebendigen Himmel jauchzen in tausend Engelstimmen um den Thron, und ein Liebesglanz übergießt das Weltall, das seinen Blick kurz vorher auf eine greuliche Opferstätte gesammelt hielt. Der himmlische Friede, welchen Klopstock bei Konzeption und Ausführung dieses Gedichtes empfunden, teilt sich noch jetzt einem jeden mit, der die ersten zehn Gesänge liest, ohne die Forderungen bei sich laut werden zu lassen, auf die eine fortrückende Bildung nicht gerne Verzicht tut.

Die Würde des Gegenstandes erhöhte dem Dichter das Gefühl

eigner Persönlichkeit. Daß er selbst dereinst zu diesen Chören eintreten, daß der Gottmensch ihn auszeichnen, ihm von Angesicht zu Angesicht den Dank für seine Bemühungen abtragen würde, den ihm schon hier jedes gefühlvolle fromme Herz, durch manche reine Zähre, lieblich genug entrichtet hatte: dies waren so unschuldige kindliche Gesinnungen und Hoffnungen, als sie nur ein wohlgeschaffenes Gemüt haben und hegen kann. So erwarb nun Klopstock das völlige Recht, sich als eine geheiligte Person anzusehen, und so befliß er sich auch in seinem Tun der aufmerksamsten Reinigkeit. Noch in spätem Alter beunruhigte es ihn ungemein, daß er seine erste Liebe einem Frauenzimmer zugewendet hatte, die ihn, da sie einen andern heiratete, in Ungewißheit ließ, ob sie ihn wirklich geliebt habe, ob sie seiner wert gewesen sei. Die Gesinnungen, die ihn mit Meta verbanden, diese innige ruhige Neigung, der kurze heilige Ehestand, des überbliebenen Gatten Abneigung vor einer zweiten Verbindung, alles ist von der Art, um sich desselben einst im Kreise der Seligen wohl wieder erinnern zu dürfen.

Dieses ehrenhafte Verfahren gegen sich selbst ward noch dadurch erhöht, daß er in dem wohlgesinnten Dänemark, in dem Hause eines großen und, auch menschlich betrachtet, fürtrefflichen Staatsmanns eine Zeitlang wohl aufgenommen war. Hier, in einem höheren Kreise, der zwar in sich abgeschlossen, aber auch zugleich der äußeren Sitte, der Aufmerksamkeit gegen die Welt gewidmet war, entschied sich seine Richtung noch mehr. Ein gefaßtes Betragen, eine abgemessene Rede, ein Lakonismus, selbst wenn er offen und entscheidend sprach, gaben ihm durch sein ganzes Leben ein gewisses diplomatisches ministerielles Ansehen, das mit jenen zarten Naturgesinnungen im Widerstreit zu liegen schien, obgleich beide aus *einer* Quelle entsprangen. Von allem diesem geben seine ersten Werke ein reines Ab- und Vorbild, und sie mußten daher einen unglaublichen Einfluß gewinnen. Daß er jedoch persönlich andere Strebende im Leben und Dichten gefördert, ist kaum als eine seiner entschiedenen Eigenschaften zur Sprache gekommen.

Aber eben ein solches Fördernis junger Leute im literarischen Tun und Treiben, eine Lust, hoffnungsvolle, vom Glück nicht begünstigte Menschen vorwärts zu bringen und ihnen den Weg zu erleichtern, hat einen deutschen Mann verherrlicht, der, in Absicht auf Würde die er sich selbst gab, wohl als der zweite, in Absicht aber auf lebendige Wirkung als der erste genannt werden darf. Niemanden wird entgehen, daß hier Gleim gemeint sei. Im Besitz einer zwar dunkeln, aber einträglichen Stelle, wohnhaft an einem wohlgelegenen, nicht allzugroßen, durch militärische, bürgerliche, literarische Betriebsamkeit belebten Orte, von wo die Einkünfte einer großen und reichen Stiftung ausgingen, nicht ohne daß ein Teil derselben zum Vorteil des Platzes zurückblieb, fühlte er einen lebhaften produktiven Trieb in sich, der jedoch bei aller Stärke ihm nicht ganz genügte, deswegen er sich einem andern vielleicht mächtigern Triebe hingab, dem nämlich, andere etwas hervorbringen zu machen. Beide Tätigkeiten flochten sich während seines ganzen langen Lebens unablässig durch einander. Er hätte ebensowohl des Atemholens entbehrt als des Dichtens und Schenkens, und indem er bedürftigen Talenten aller Art über frühere oder spätere Verlegenheiten hinaus und dadurch wirklich der Literatur zu Ehren half, gewann er sich so viele Freunde, Schuldner und Abhängige, daß man ihm seine breite Poesie gerne gelten ließ, weil man ihm für die reichlichen Wohltaten nichts zu erwidern vermochte als Duldung seiner Gedichte.

Jener hohe Begriff nun, den sich beide Männer von ihrem Wert bilden durften und wodurch andere veranlaßt wurden, sich auch für etwas zu halten, hat im Öffentlichen und Geheimen sehr große und schöne Wirkungen hervorgebracht. Allein dieses Bewußtsein, so ehrwürdig es ist, führte für sie selbst, für ihre Umgebungen, ihre Zeit ein eignes Übel herbei. Darf man beide Männer, nach ihren geistigen Wirkungen, unbedenklich groß nennen, so blieben sie gegen die Welt doch nur klein, und gegen ein bewegteres Leben betrachtet, waren ihre äußeren Verhältnisse nichtig. Der Tag ist lang und die Nacht dazu; man kann nicht immer dichten, tun oder geben; ihre Zeit konnte nicht ausgefüllt werden, wie die der Weltleute, Vornehmen und Reichen; sie legten daher auf ihre besondern engen Zustände einen zu hohen Wert, in ihr tägliches Tun und Treiben eine Wichtigkeit, die sie sich nur unter einander zugestehen mochten; sie freuten sich mehr als billig ihrer Scherze, die, wenn sie den Augenblick anmutig machten, doch in der Folge keineswegs für bedeutend gelten konnten. Sie empfingen von andern Lob und Ehre wie sie verdienten, sie gaben solche zurück, wohl mit Maß, aber doch immer zu reichlich, und eben weil sie fühlten, daß ihre Neigung viel wert sei, so gefielen sie sich, dieselbe wiederholt auszudrücken, und schonten hierbei weder Papier noch Tinte. So entstanden jene Briefwechsel, über deren Gehaltsmangel die neuere Welt sich verwundert, der man nicht verargen kann, wenn sie kaum die Möglichkeit einsieht, wie vorzügliche Menschen sich an einer solchen Wechselnichtigkeit ergötzen konnten, wenn sie den Wunsch laut werden läßt, dergleichen Blätter möchten ungedruckt geblieben sein. Allein man lasse jene wenigen Bände doch immer neben so viel andern auf dem Bücherbrette stehen, wenn man sich daran belehrt hat, daß der vorzüglichste Mensch auch nur vom Tage lebt und nur kümmerlichen Unterhalt genießt, wenn er sich zu sehr auf sich selbst zurückwirft und in die Fülle der äußeren Welt zu greifen versäumt, wo er allein Nahrung für sein Wachstum und zugleich einen Maßstab desselben finden kann.

Die Tätigkeit jener Männer stand in ihrer schönsten Blüte, als wir jungen Leute uns auch in unserem Kreise zu regen anfingen, und ich war so ziemlich auf dem Wege mit jüngeren Freunden, wo nicht auch mit älteren Personen, in ein solches wechselseitiges Schönetun, Geltenlassen, Heben und Tragen zu geraten. In meiner Sphäre konnte das, was ich hervorbrachte, immer für gut gehalten werden. Frauenzimmer, Freunde, Gönner werden nicht schlecht finden, was man ihnen zu Liebe unternimmt und dichtet; aus solchen Verbindlichkeiten entspringt zuletzt der Ausdruck eines leeren Behagens an einander, in dessen Phrasen sich ein Charakter leicht verliert, wenn er nicht von Zeit zu Zeit zu höherer Tüchtigkeit gestählt wird.

Und so hatte ich von Glück zu sagen, daß, durch eine unerwartete Bekanntschaft alles, was in mir von Selbstgefälligkeit, Bespiegelungslust, Eitelkeit, Stolz und Hochmut ruhen oder wirken mochte, einer sehr harten Prüfung ausgesetzt ward, die in ihrer Art einzig, der Zeit keineswegs gemäß und nur desto eindringender und empfindlicher war.

Denn das bedeutendste Ereignis, was die wichtigsten Folgen für mich haben sollte, war die Bekanntschaft und die daran sich knüpfende nähere Verbindung mit Herder. Er hatte den Prinzen von Holstein-Eutin, der sich in traurigen Gemütszuständen befand, auf Reisen begleitet und war mit ihm bis Straßburg gekommen. Unsere Sozietät, sobald sie seine Gegenwart vernahm, trug ein großes Verlangen, sich ihm zu nähern, und mir begegnete dies Glück zuerst ganz unvermutet und zufällig. Ich war nämlich in den Gasthof Zum Geist gegangen, ich weiß nicht welchen bedeutenden Fremden aufzusuchen. Gleich unten an der Treppe fand ich einen Mann, der eben auch hinaufzusteigen im Begriff war und den ich für einen Geistlichen halten konnte. Sein gepudertes Haar war in eine runde Locke aufgesteckt, das schwarze Kleid bezeichnete ihn gleichfalls, mehr noch aber ein langer, schwarzer, seidner Mantel, dessen Ende er zusammengenommen und in die Tasche gesteckt hatte. Dieses einigermaßen auffallende, aber doch im ganzen galante und gefällige Wesen, wovon ich schon hatte sprechen hören, ließ mich keineswegs zweifeln, daß er der berühmte Ankömmling sei, und meine Anrede mußte ihn sogleich überzeugen, daß ich ihn kenne. Er fragte nach meinem Namen, der ihm von keiner Bedeutung sein konnte; allein meine Offenheit schien ihm zu gefallen, indem er sie mit großer Freundlichkeit erwiderte, und als wir die Treppe hinaufstiegen, sich sogleich zu einer lebhaften Mitteilung bereit finden ließ. Es ist mir entfallen, wen wir damals besuchten; genug, beim Scheiden bat ich mir die Erlaubnis aus, ihn bei sich zu sehen, die er mir denn auch freundlich genug erteilte. Ich versäumte nicht, mich dieser Vergünstigung wiederholt zu bedienen, und ward immer mehr von ihm angezogen. Er hatte etwas Weiches in seinem Betragen, das sehr schicklich und anständig war, ohne daß es eigentlich adrett gewesen wäre. Ein rundes Gesicht, eine bedeutende Stirn, eine etwas stumpfe Nase, einen etwas aufgeworfenen, aber höchst individuell angenehmen, liebenswürdigen Mund. Unter schwarzen Augenbrauen ein paar kohlschwarze Augen, die ihre Wirkung nicht verfehlten, obgleich das eine rot und entzündet zu sein pflegte. Durch mannigfaltige Fragen suchte er sich mit mir und meinem Zustande bekannt zu machen, und seine Anziehungskraft wirkte immer stärker auf mich. Ich war überhaupt sehr zutraulicher Natur, und vor ihm besonders hatte ich gar kein Geheimnis. Es währte jedoch nicht lange, als der abstoßende Puls seines Wesens eintrat und mich in nicht geringes Mißbehagen versetzte. Ich erzählte ihm mancherlei von meinen Jugendbeschäftigungen und Liebhabereien, unter andern von einer Siegelsammlung, die ich hauptsächlich durch des korrespondenzreichen Hausfreundes Teilnahme zusammengebracht. Ich hatte sie nach dem Staatskalender eingerichtet, und war bei dieser Gelegenheit mit sämtlichen Potentaten, größern und geringern Mächten und Gewalten, bis auf den Adel herunter wohl bekannt geworden, und meinem Gedächtnis waren diese heraldischen Zeichen gar oft, und vorzüglich bei der Krönungsfeierlichkeit zu statten gekommen. Ich sprach von diesen Dingen mit einiger Behaglichkeit; allein er war anderer Meinung, verwarf nicht allein dieses ganze Interesse, sondern wußte es mir auch lächerlich zu machen, ja beinahe zu verleiden.

Von diesem seinem Widersprechungsgeiste sollte ich noch gar manches ausstehen: denn er entschloß sich, teils weil er sich vom Prinzen abzusondern gedachte, teils eines Augenübels wegen, in Straßburg zu verweilen. Dieses Übel ist eins der beschwerlichsten und unangenehmsten und um desto lästiger, als es nur durch eine schmerzliche, höchstverdrießliche und unsichere Operation geheilt werden kann. Das Tränensäckchen nämlich ist nach unten zu verschlossen, so daß die darin enthaltene Feuchtigkeit nicht nach der Nase hin und um so weniger abfließen kann, als auch dem benachbarten Knochen die Öffnung fehlt, wodurch diese Sekretion naturgemäß erfolgen sollte. Der Boden des Säckchens muß daher aufgeschnitten und der Knochen durchbohrt werden, da denn ein Pferdehaar durch den Tränenpunkt, ferner durch das eröffnete Säckchen und durch den damit in Verbindung gesetzten neuen Kanal gezogen und täglich hin und wider bewegt wird, um die Kommunikation zwischen beiden Teilen herzustellen, welches alles nicht getan noch erreicht werden kann, wenn nicht erst in jener Gegend äußerlich ein Einschnitt gemacht worden.

Herder war nun vom Prinzen getrennt, in ein eignes Quartier gezogen, der Entschluß war gefaßt, sich durch Lobstein operieren zu lassen. Hier kamen mir jene Übungen gut zu statten, durch die ich meine Empfindlichkeit abzustumpfen versucht hatte: ich konnte der Operation beiwohnen und einem so werten Manne auf mancherlei Weise dienstlich und behilflich sein. Hier fand ich nun alle Ursache, seine große Standhaftigkeit und Geduld zu bewundern: denn weder bei den vielfachen chirurgischen Verwundungen, noch bei dem oftmals wiederholten schmerzlichen Verbande bewies er sich im mindesten verdrießlich, und er schien derjenige von uns zu sein, der am wenigsten litt; aber in der Zwischenzeit hatten wir freilich den Wechsel seiner Laune vielfach zu ertragen. Ich sage *wir*: denn es war außer mir ein behaglicher Russe, namens Pegelow, meistens um ihn. Dieser war ein früherer Bekannter von Herder in Riga gewesen, und suchte sich, obgleich kein Jüngling mehr, noch in der Chirurgie unter Lobsteins Anleitung zu vervollkommen. Herder konnte allerliebst einnehmend und geistreich sein, aber eben so leicht eine verdrießliche Seite hervorkehren. Dieses Anziehen und Abstoßen haben zwar alle Menschen ihrer Natur nach, einige mehr, einige weniger, einige in langsamern, andere in schnelleren Pulsen; wenige können ihre Eigenheiten hierin wirklich bezwingen, viele zum Schein. Was Herdern betrifft, so schrieb sich das Übergewicht seines widersprechenden, bittern, bissigen Humors gewiß von seinem Übel und den daraus entspringenden Leiden her. Dieser Fall kommt im Leben öfters vor, und man beachtet nicht genug die moralische Wirkung krankhafter Zustände, und beurteilt daher manche Charaktere sehr ungerecht, weil man alle Menschen für gesund nimmt und von ihnen verlangt, daß sie sich auch in solcher Maße betragen sollen.

Die ganze Zeit dieser Kur besuchte ich Herdern Morgens und Abends; ich blieb auch wohl ganze Tage bei ihm und gewöhnte mich in kurzem um so mehr an sein Schelten und Tadeln, als ich seine schönen und großen Eigenschaften, seine ausgebreiteten Kenntnisse, seine tiefen Einsichten täglich mehr schätzen lernte. Die Einwirkung dieses gutmütigen Polterers war groß und bedeutend. Er hatte fünf Jahre mehr als ich, welches in jüngern Tagen schon einen großen Unterschied macht; und da ich ihn für das anerkannte, was er war, da ich dasjenige zu schätzen suchte, was er schon geleistet hatte, so mußte er eine große Superiorität über mich gewinnen. Aber behaglich war der Zustand nicht: denn ältere Personen, mit denen ich bisher umgegangen, hatten mich mit Schonung zu bilden gesucht, vielleicht auch durch Nachgiebigkeit verzogen; von Herdern aber konnte man niemals eine Billigung erwarten, man mochte sich anstellen wie man wollte. Indem nun also auf der einen Seite meine große Neigung und Verehrung für ihn und auf der andern das Mißbehagen, das er in mir erweckte, beständig mit einander im Streit lagen, so entstand ein Zwiespalt in mir, der erste in seiner Art, den ich in meinem Leben empfunden hatte. Da seine Gespräche jederzeit bedeutend waren, er mochte fragen, antworten oder sich sonst auf eine Weise mitteilen, so mußte er mich zu neuen Ansichten täglich, ja stündlich befördern. In Leipzig hatte ich mir eher ein enges und abgezirkeltes Wesen angewöhnt, und meine allgemeinen Kenntnisse der deutschen Literatur konnten durch meinen Frankfurter Zustand nicht erweitert werden; ja mich hatten jene mystisch-religiösen chemischen Beschäftigungen in dunkle Regionen geführt, und was seit einigen Jahren in der weiten literarischen Welt vorgegangen, war mir meistens fremd geblieben. Nun wurde ich auf einmal durch Herder mit allem neuen Streben und mit allen den Richtungen bekannt, welche dasselbe zu nehmen schien. Er selbst hatte sich schon genugsam berühmt gemacht und durch seine *Fragmente,* die *Kritischen Wälder* und anderes unmittelbar an die Seite der vorzüglichsten Männer gesetzt, welche seit längerer Zeit die Augen des Vaterlandes auf sich zogen. Was in einem solchen Geiste für eine Bewegung, was in einer solchen Natur für eine Gärung müsse gewesen sein, läßt sich weder fassen noch darstellen. Groß aber war gewiß das eingehüllte Streben, wie man leicht eingestehen wird, wenn man bedenkt, wie viele Jahre nachher, und was er alles gewirkt und geleistet hat.

Wir hatten nicht lange auf diese Weise zusammengelebt, als er mir vertraute, daß er sich um den Preis, welcher auf die beste Schrift über den Ursprung der Sprachen von Berlin ausgesetzt war, mit zu bewerben gedenke. Seine Arbeit war schon ihrer Vollendung nahe, und wie er eine sehr reinliche Hand schrieb, so konnte er mir bald ein lesbares Manuskript heftweise mitteilen. Ich hatte über solche Gegenstände niemals nachgedacht, ich war noch zu sehr in der Mitte der Dinge befangen, als daß ich hätte an Anfang und Ende denken sollen. Auch schien mir die Frage einigermaßen müßig: denn wenn Gott den Menschen als Menschen erschaffen hatte, so war ihm ja so gut die Sprache als der aufrechte Gang anerschaffen; so gut er gleich merken mußte, daß er gehen und greifen könne, so gut mußte er auch gewahr werden, daß er mit der Kehle zu singen, und diese Töne durch Zunge, Gaumen und Lippen noch auf verschiedene Weise zu modifizieren vermöge. War der Mensch göttlichen Ursprungs, so war es ja auch die Sprache selbst, und war der Mensch, in dem Umkreis der Natur betrachtet, ein natürliches Wesen, so war die Sprache gleichfalls natürlich. Diese beiden Dinge konnte ich wie Seel' und Leib niemals aus einander bringen. Süßmilch, bei einem kruden Realismus doch etwas phantastisch gesinnt, hatte sich für den göttlichen Ursprung entschieden, das heißt, daß Gott den Schulmeister bei den ersten Menschen gespielt habe. Herders Abhandlung ging darauf hinaus, zu zeigen, wie der Mensch als Mensch wohl aus eignen Kräften zu einer Sprache gelangen könne und müsse. Ich las die Abhandlung mit großem Vergnügen und zu meiner besondern Kräftigung; allein ich stand nicht hoch genug, weder im Wissen noch im Denken, um ein Urteil darüber zu begründen. Ich bezeigte dem Verfasser daher meinen Beifall, indem ich nur wenige Bemerkungen, die aus meiner Sinnesweise herflossen, hinzufügte. Eins aber wurde wie das andere aufgenommen; man wurde gescholten und getadelt, man mochte nun bedingt oder unbedingt zustimmen. Der dicke Chirurgus hatte weniger Geduld als ich; er lehnte die Mitteilung dieser Preisschrift humoristisch ab und versicherte, daß er gar nicht eingerichtet sei, über so abstrakte Materien zu denken. Er drang vielmehr aufs l'Hombre, welches wir gewöhnlich Abends zusammen spielten.

Bei einer so verdrießlichen und schmerzhaften Kur verlor unser Herder nicht an seiner Lebhaftigkeit; sie ward aber immer weniger wohltätig. Er konnte nicht ein Billett schreiben, um etwas zu verlangen, das nicht mit irgend einer Verhöhnung gewürzt gewesen wäre. So schrieb er mir z.B. einmal:

Wenn des Brutus Briefe dir sind in Ciceros Briefen,
Dir, den die Tröster der Schulen von wohlgehobelten Brettern,
Prachtgerüstete, trösten, doch mehr von außen als innen,
Der von Göttern du stammst, von Goten oder vom Kote,
Goethe, sende mir sie.

Es war freilich nicht fein, daß er sich mit meinem Namen diesen

Spaß erlaubte; denn der Eigenname eines Menschen ist nicht etwa wie ein Mantel, der bloß um ihn her hängt und an dem man allenfalls noch zupfen und zerren kann, sondern ein vollkommen passendes Kleid, ja wie die Haut selbst ihm über und über angewachsen, an der man nicht schaben und schinden darf, ohne ihn selbst zu verletzen.

Der erste Vorwurf hingegen war gegründeter. Ich hatte nämlich die von Langern eingetauschten Autoren und dazu noch verschiedene schöne Ausgaben aus meines Vaters Sammlung mit nach Straßburg genommen und sie auf einem reinlichen Bücherbrett aufgestellt, mit dem besten Willen, sie zu benutzen. Wie sollte aber die Zeit zureichen, die ich in hunderterlei Tätigkeiten zersplitterte! Herder, der auf Bücher höchst aufmerksam war, weil er deren jeden Augenblick bedurfte, gewahrte beim ersten Besuch meine schöne Sammlung, aber auch bald, daß ich mich derselben gar nicht bediente; deswegen er, als der größte Feind alles Scheins und aller Ostentation, bei Gelegenheit mich damit aufzuziehen pflegte.

Noch ein anderes Spottgedicht fällt mir ein, das er mir Abends nachsendete, als ich ihm von der Dresdner Galerie viel erzählt hatte. Freilich war ich in den höhern Sinn der italienischen Schule nicht eingedrungen, aber Domenico Feti, ein trefflicher Künstler, wiewohl Humorist und also nicht vom ersten Range, hatte mich sehr angesprochen. Geistliche Gegenstände mußten gemalt werden. Er hielt sich an die neutestamentlichen Parabeln und stellte sie gern dar, mit viel Eigenheit, Geschmack und guter Laune. Er führte sie dadurch ganz ans gemeine Leben heran, und die so geistreichen als naiven Einzelnheiten seiner Kompositionen, durch einen freien Pinsel empfohlen, hatten sich mir lebendig eingedrückt. Über diesen meinen kindlichen Kunstenthusiasmus spottete Herder folgendergestalt:

> Aus Sympathie
> Behagt mir besonders ein Meister,

>Domenico Feti heißt er.
>Der parodiert die biblische Parabel
>So hübsch zu einer Narrenfabel,
>Aus Sympathie. – Du närrische Parabel!

Dergleichen mehr oder weniger heitre oder abstruse, muntre oder bittre Späße könnte ich noch manche anführen. Sie verdrossen mich nicht, waren mir aber unbequem. Da ich jedoch alles, was zu meiner Bildung beitrug, höchlich zu schätzen wußte und ich ja mehrmals frühere Meinungen und Neigungen aufgegeben hatte, so fand ich mich gar bald darein und suchte nur, so viel mir auf meinem damaligen Standpunkte möglich war, gerechten Tadel von ungerechten Invektiven zu unterscheiden. Und so war denn auch kein Tag, der nicht auf das fruchtbarste lehrreich für mich gewesen wäre.

Ich ward mit der Poesie von einer ganz andern Seite, in einem andern Sinne bekannt als bisher, und zwar in einem solchen, der mir sehr zusagte. Die hebräische Dichtkunst, welche er nach seinem Vorgänger Lowth geistreich behandelte, die Volkspoesie, deren Überlieferungen im Elsaß aufzusuchen er uns antrieb, die ältesten Urkunden als Poesie, gaben das Zeugnis, daß die Dichtkunst überhaupt eine Welt- und Völkergabe sei, nicht ein Privaterbteil einiger feinen, gebildeten Männer. Ich verschlang das alles, und je heftiger ich im Empfangen, desto freigebiger war er im Geben, und wir brachten die interessantesten Stunden zusammen zu. Meine übrigen angefangenen Naturstudien suchte ich fortzusetzen, und da man immer Zeit genug hat, wenn man sie gut anwenden will, so gelang mir mitunter das Doppelte und Dreifache. Was die Fülle dieser wenigen Wochen betrifft, welche wir zusammen lebten, kann ich wohl sagen, daß alles, was Herder nachher allmählich ausgeführt hat, im Keim angedeutet ward und daß ich dadurch in die glückliche Lage geriet, alles, was ich bisher gedacht, gelernt, mir zugeeignet hatte, zu komplettieren, an ein Höheres anzuknüpfen, zu erweitern. Wäre Herder methodischer gewesen, so hätte ich auch für eine dauerhafte Richtung meiner Bildung die köstlichste Anleitung gefunden; aber er war mehr geneigt zu prüfen und anzuregen, als zu führen und zu leiten. So machte er mich zuerst mit Hamanns Schriften bekannt, auf die er einen sehr großen Wert setzte. Anstatt mich aber über dieselben zu belehren und mir den Hang und Gang dieses außerordentlichen Geistes begreiflich zu machen, so diente es ihm gewöhnlich nur zur Belustigung, wenn ich mich, um zu dem Verständnis solcher sibyllischen Blätter zu gelangen, freilich wunderlich genug gebärdete. Indessen fühlte ich wohl, daß mir in Hamanns Schriften etwas zusagte, dem ich mich überließ, ohne zu wissen, woher es komme und wohin es führe.

Nachdem die Kur länger als billig gedauert, Lobstein in seiner Behandlung zu schwanken und sich zu wiederholen anfing, so daß die Sache kein Ende nehmen wollte, auch Pegelow mir schon heimlich anvertraut hatte, daß wohl schwerlich ein guter Ausgang zu hoffen sei, so trübte sich das ganze Verhältnis: Herder ward ungeduldig und mißmutig, es wollte ihm nicht gelingen, seine Tätigkeit wie bisher fortzusetzen, und er mußte sich um so mehr einschränken, als man die Schuld des mißratenen chirurgischen Unternehmens auf Herders allzugroße geistige Anstrengung und seinen ununterbrochenen lebhaften, ja lustigen Umgang mit uns zu schieben anfing. Genug, nach so viel Qual und Leiden wollte die künstliche Tränenrinne sich nicht bilden und die beabsichtigte Kommunikation nicht zu stande kommen. Man sah sich genötigt, damit das Übel nicht ärger würde, die Wunde zugehn zu lassen. Wenn man nun bei der Operation Herders Standhaftigkeit unter solchen Schmerzen bewundern mußte, so hatte seine melancholische, ja grimmige Resignation in den Gedanken, zeitlebens einen solchen Makel tragen zu müssen, etwas wahrhaft Erhabenes, wodurch er sich die Verehrung derer, die ihn schauten und liebten, für immer zu eigen machte. Dieses Übel, das ein so bedeutendes Angesicht entstellte, mußte ihm um so ärgerlicher sein, als er ein vorzügliches Frauenzimmer in Darmstadt kennen gelernt und sich ihre Neigung erworben hatte. Hauptsächlich in diesem Sinne mochte er sich jener Kur unterwerfen, um bei der Rückreise freier, fröhlicher, wohlgebildeter vor seine Halbverlobte zu treten und sich gewisser und unverbrüchlicher mit ihr zu verbinden. Er eilte jedoch, so bald als möglich von Straßburg wegzukommen, und weil sein bisheriger Aufenthalt so kostbar als unangenehm gewesen, erborgte ich eine Summe Geldes für ihn, die er auf einen bestimmten Termin zu erstatten versprach. Die Zeit verstrich, ohne daß das Geld ankam. Mein Gläubiger mahnte mich zwar nicht, aber ich war doch mehrere Wochen in Verlegenheit. Endlich kam Brief und Geld, und auch hier verleugnete er sich nicht: denn anstatt eines Dankes, einer Entschuldigung, enthielt sein Schreiben lauter spöttische Dinge in Knittelversen, die einen andern irre oder gar abwendig gemacht hätten; mich aber rührte das nicht weiter, da ich von seinem Wert einen so großen und mächtigen Begriff gefaßt hatte, der alles Widerwärtige verschlang, was ihm hätte schaden können.

Man soll jedoch von eignen und fremden Fehlern niemals, am wenigsten öffentlich reden, wenn man nicht dadurch etwas Nützliches zu bewirken denkt; deshalb will ich hier gewisse zudringende Bemerkungen einschalten.

Dank und Undank gehören zu denen, in der moralischen Welt jeden Augenblick hervortretenden Ereignissen, worüber die Menschen sich unter einander niemals beruhigen können. Ich pflege einen Unterschied zu machen zwischen Nichtdankbarkeit, Undank und Widerwillen gegen den Dank. Jene erste ist dem Menschen angeboren, ja anerschaffen: denn sie entspringt aus einer glücklichen leichtsinnigen Vergessenheit des Widerwärtigen wie des Erfreulichen, wodurch ganz allein die Fortsetzung des Lebens möglich wird. Der Mensch bedarf so unendlich vieler äußeren Vor- und Mitwirkungen zu einem leidlichen Dasein, daß wenn er der Sonne und der Erde, Gott und der Natur, Vorvordern und Eltern,

Freunden und Gesellen immer den gebührenden Dank abtragen wollte, ihm weder Zeit noch Gefühl übrig bliebe, um neue Wohltaten zu empfangen und zu genießen. Läßt nun freilich der natürliche Mensch jenen Leichtsinn in und über sich walten, so nimmt eine kalte Gleichgültigkeit immer mehr überhand, und man sieht den Wohltäter zuletzt als einen Fremden an, zu dessen Schaden man allenfalls, wenn es uns nützlich wäre, auch etwas unternehmen dürfte. Dies allein kann eigentlich Undank genannt werden, der aus der Roheit entspringt, worin die ungebildete Natur sich am Ende notwendig verlieren muß. Widerwille gegen das Danken jedoch, Erwiderung einer Wohltat durch unmutiges und verdrießliches Wesen ist sehr selten und kommt nur bei vorzüglichen Menschen vor: solchen, die mit großen Anlagen und dem Vorgefühl derselben, in einem niederen Stande oder in einer hilflosen Lage geboren, sich von Jugend auf Schritt vor Schritt durchdrängen und von allen Orten her Hilfe und Beistand annehmen müssen, die ihnen denn manchmal durch Plumpheit der Wohltäter vergällt und widerwärtig werden, indem das, was sie empfangen, irdisch und das, was sie dagegen leisten, höherer Art ist, so daß eine eigentliche Kompensation nicht gedacht werden kann. Lessing hat bei dem schönen Bewußtsein, das ihm in seiner besten Lebenszeit über irdische Dinge zu teil ward, sich hierüber einmal derb, aber heiter ausgesprochen. Herder hingegen vergällte sich und andern immerfort die schönsten Tage, da er jenen Unmut, der ihn in der Jugend notwendig ergriffen hatte, in der Folgezeit durch Geisteskraft nicht zu mäßigen wußte.

Diese Forderung kann man gar wohl an sich machen: denn der Bildungsfähigkeit eines Menschen kommt das Licht der Natur, welches immer tätig ist, ihn über seine Zustände aufzuklären, auch hier gar freundlich zu statten; und überhaupt sollte man in manchen sittlichen Bildungsfällen die Mängel nicht zu schwer nehmen, und sich nicht nach allzu ernsten, weitliegenden Mitteln umsehen, da sich gewisse Fehler sehr leicht, ja spielend abtun lassen.

So können wir z.B. die Dankbarkeit in uns durch bloße Gewohnheit erregen, lebendig erhalten, ja zum Bedürfnis machen.

In einem biographischen Versuch ziemt es wohl, von sich selbst zu reden. Ich bin von Natur so wenig dankbar als irgend ein Mensch, und beim Vergessen empfangenes Guten konnte das heftige Gefühl eines augenblicklichen Mißverhältnisses mich sehr leicht zum Undank verleiten.

Diesem zu begegnen, gewöhnte ich mich zuvörderst, bei allem, was ich besitze, mich gern zu erinnern, wie ich dazu gelangt, von wem ich es erhalten, es sei durch Geschenk, Tausch oder Kauf, oder auf irgend eine andre Art. Ich habe mich gewöhnt, beim Vorzeigen meiner Sammlungen der Personen zu gedenken, durch deren Vermittelung ich das einzelne erhielt, ja der Gelegenheit, dem Zufall, der entferntesten Veranlassung und Mitwirkung, wodurch mir Dinge geworden, die mir lieb und wert sind, Gerechtigkeit widerfahren zu lassen. Das, was uns umgibt erhält dadurch ein Leben, wir sehen es in geistiger, liebevoller, genetischer Verknüpfung, und durch das Vergegenwärtigen vergangener Zustände wird das augenblickliche Dasein erhöht und bereichert, die Urheber der Gaben steigen wiederholt vor der Einbildungskraft hervor, man verknüpft mit ihrem Bilde eine angenehme Erinnerung, macht sich den Undank unmöglich und ein gelegentliches Erwidern leicht und wünschenswert. Zugleich wird man auf die Betrachtung desjenigen geführt, was nicht sinnlicher Besitz ist, und man rekapituliert gar gern, woher sich unsere höheren Güter schreiben und datieren.

Ehe ich nun von jenem für mich so bedeutenden und folgereichen Verhältnisse zu Herdern den Blick hinwegwende, finde ich noch einiges nachzubringen. Es war nichts natürlicher, als daß ich nach und nach in Mitteilung dessen, was bisher zu meiner Bildung beigetragen, besonders aber solcher Dinge, die mich noch in dem Augenblicke ernstlich beschäftigten, gegen Herdern immer karger und karger ward. Er hatte mir den Spaß an so manchem, was ich früher geliebt, verdorben und mich besonders wegen der Freude, die ich an Ovids *Metamorphosen* gehabt, aufs strengste getadelt. Ich mochte meinen Liebling in Schutz nehmen, wie ich wollte, ich mochte sagen, daß für eine jugendliche Phantasie nichts erfreulicher sein könne, als in jenen heitern und herrlichen Gegenden mit Göttern und Halbgöttern zu verweilen und ein Zeuge ihres Tuns und ihrer Leidenschaften zu sein; ich mochte jenes oben erwähnte Gutachten eines ernsthaften Mannes umständlich beibringen und solches durch meine eigne Erfahrung bekräftigen: das alles sollte nicht gelten, es sollte sich keine eigentliche unmittelbare Wahrheit in diesen Gedichten finden; hier sei weder Griechenland noch Italien, weder eine Urwelt noch eine gebildete, alles vielmehr sei Nachahmung des schon Dagewesenen und eine manierierte Darstellung, wie sie sich nur von einem Überkultivierten erwarten lasse. Und wenn ich denn zuletzt behaupten wollte: was ein vorzügliches Individuum hervorbringe, sei doch auch Natur, und unter allen Völkern, frühern und spätern, sei doch immer nur der Dichter Dichter gewesen, so wurde mir dies nun gar nicht gut gehalten, und ich mußte manches deswegen ausstehen, ja mein Ovid war mir beinah dadurch verleidet: denn es ist keine Neigung, keine Gewohnheit so stark, daß sie gegen die Mißreden vorzüglicher Menschen, in die man Vertrauen setzt, auf die Länge sich erhalten könnte. Immer bleibt etwas hängen, und wenn man nicht unbedingt lieben darf, sieht es mit der Liebe schon mißlich aus.

Am sorgfältigsten verbarg ich ihm das Interesse an gewissen Gegenständen, die sich bei mir eingewurzelt hatten und sich nach und nach zu poetischen Gestalten ausbilden wollten. Es war *Götz von Berlichingen* und *Faust*. Die Lebensbeschreibung des erstern hatte mich im Innersten ergriffen. Die Gestalt eines rohen wohlmeinenden Selbsthelfers in wilder anarchischer Zeit erregte meinen tiefsten Anteil. Die bedeutende Puppenspielfabel des andern klang und summte gar vieltönig in mir wieder. Auch ich hatte mich in allem

Wissen umhergetrieben und war früh genug auf die Eitelkeit desselben hingewiesen worden. Ich hatte es auch im Leben auf allerlei Weise versucht und war immer unbefriedigter und gequälter zurückgekommen. Nun trug ich diese Dinge, so wie manche andre, mit mir herum und ergötzte mich daran in einsamen Stunden, ohne jedoch etwas davon aufzuschreiben. Am meisten aber verbarg ich vor Herdern meine mystisch-kabbalistische Chemie und was sich darauf bezog, ob ich mich gleich noch sehr gern heimlich beschäftigte, sie konsequenter auszubilden, als man sie mir überliefert hatte. Von poetischen Arbeiten glaube ich ihm *Die Mitschuldigen* vorgelegt zu haben, doch erinnere ich mich nicht, daß mir irgend eine Zurechtweisung oder Aufmunterung von seiner Seite hierüber zu teil geworden wäre. Aber bei diesem allem blieb er, der er war: was von ihm ausging wirkte, wenn auch nicht erfreulich, doch bedeutend; ja seine Handschrift sogar übte auf mich eine magische Gewalt aus. Ich erinnere mich nicht, daß ich eins seiner Blätter, ja nur ein Kuvert von seiner Hand, zerrissen oder verschleudert hätte; dennoch ist mir, bei den so mannigfaltigen Ort- und Zeitwechseln, kein Dokument jener wunderbaren, ahnungsvollen und glücklichen Tage übrig geblieben.

Daß übrigens Herders Anziehungskraft sich so gut auf andre als auf mich wirksam erwies, würde ich kaum erwähnen, hätte ich nicht zu bemerken, daß sie sich besonders auf Jung, genannt Stilling, erstreckt habe. Das treue, redliche Streben dieses Mannes mußte jeden, der nur irgend Gemüt hatte, höchlich interessieren, und seine Empfänglichkeit jeden, der etwas mitzuteilen im stande war, zur Offenheit reizen. Auch betrug sich Herder gegen ihn nachsichtiger als gegen uns andre: denn seine Gegenwirkung schien jederzeit mit der Wirkung, die auf ihn geschah, im Verhältnis zu stehen. Jungs Umschränktheit war von so viel gutem Willen, sein Vordringen von so viel Sanftheit und Ernst begleitet, daß ein Verständiger gewiß nicht hart gegen ihn sein, und ein Wohlwollender ihn nicht verhöhnen noch zum besten haben konnte.

Auch war Jung durch Herdern dergestalt exaltiert, daß er sich in allem seinem Tun gestärkt und gefördert fühlte, ja seine Neigung gegen mich schien in eben diesem Maße abzunehmen; doch blieben wir immer gute Gesellen, wir trugen einander vor wie nach und erzeigten uns wechselseitig die freundlichsten Dienste.

Entfernen wir uns jedoch nunmehr von der freundschaftlichen Krankenstube und von den allgemeinen Betrachtungen, welche eher auf Krankheit als auf Gesundheit des Geistes deuten; begeben wir uns in die freie Luft, auf den hohen und breiten Altan des Münsters, als wäre die Zeit noch da, wo wir junge Gesellen uns öfters dorthin auf den Abend beschieden, um mit gefüllten Römern die scheidende Sonne zu begrüßen. Hier verlor sich alles Gespräch in die Betrachtung der Gegend, alsdann wurde die Schärfe der Augen geprüft, und jeder bestrebte, sich die entferntesten Gegenstände gewahr zu werden, ja deutlich zu unterscheiden. Gute Fernrohre wurden zu Hilfe genommen, und ein Freund nach dem andern bezeichnete genau die Stelle, die ihm die liebste und werteste geworden; und schon fehlte es auch mir nicht an einem solchen Plätzchen, das, ob es gleich nicht bedeutend in der Landschaft hervortrat, mich doch mehr als alles andere mit einem lieblichen Zauber an sich zog. Bei solchen Gelegenheiten ward nun durch Erzählung die Einbildungskraft angeregt und manche kleine Reise verabredet, ja oft aus dem Stegreife unternommen, von denen ich nur eine statt vieler umständlich erzählen will, da sie in manchem Sinne für mich folgereich gewesen.

Mit zwei werten Freunden und Tischgenossen, Engelbach und Weyland, beide aus dem untern Elsaß gebürtig, begab ich mich zu Pferde nach Zabern, wo uns, bei schönem Wetter, der kleine freundliche Ort gar anmutig anlachte. Der Anblick des bischöflichen Schlosses erregte unsere Bewunderung; eines neuen Stalles Weitläufigkeit, Größe und Pracht zeugten von dem übrigen Wohlbehagen des Besitzers. Die Herrlichkeit der Treppe überraschte uns, die Zimmer und Säle betraten wir mit Ehrfurcht, nur kontrastierte die Person des Kardinals, eines kleinen zusammengefallenen Mannes, den wir speisen sahen. Der Blick in den Garten ist herrlich, und ein Kanal drei Viertelstunden lang, schnurgerade auf die Mitte des Schlosses gerichtet, gibt einen hohen Begriff von dem Sinn und den Kräften der vorigen Besitzer. Wir spazierten daran hin und wider und genossen mancher Partien dieses schön gelegenen Ganzen, zu Ende der herrlichen Elsasser Ebene, am Fuße der Vogesen.

Nachdem wir uns nun an diesem geistlichen Vorposten einer königlichen Macht erfreut und es uns in seiner Region wohl sein lassen, gelangten wir früh den andern Morgen zu einem öffentlichen Werk, das höchst würdig den Eingang in ein mächtiges Königreich eröffnet. Von der aufgehenden Sonne beschienen erhob sich vor uns die berühmte Zaberner Steige, ein Werk von unüberdenklicher Arbeit. Schlangenweis, über die fürchterlichsten Felsen aufgemauert, führt eine Chaussee, für drei Wagen neben einander breit genug, so leise bergauf, daß man es kaum empfindet. Die Härte und Glätte des Wegs, die geplatteten Erhöhungen an beiden Seiten für die Fußgänger, die steinernen Rinnen zum Ableiten der Bergwasser, alles ist so reinlich als künstlich und dauerhaft hergerichtet, daß es einen genügenden Anblick gewährt. So gelangt man allmählich nach Pfalzburg, einer neueren Festung. Sie liegt auf einem mäßigen Hügel; die Werke sind elegant auf schwärzlichen Felsen von gleichem Gestein erbaut, die mit Kalk weiß ausgestrichenen Fugen bezeichnen genau die Größe der Quadern und geben von der reinlichen Arbeit ein auffallendes Zeugnis. Den Ort selbst fanden wir, wie sich's für eine Festung geziemt, regelmäßig, von Steinen gebaut, die Kirche geschmackvoll. Als wir durch die Straßen wandelten — es war sonntags früh um neun — hörten wir Musik; man walzte schon im Wirtshause nach Herzenslust, und da sich die Einwohner durch die große Teurung, ja durch die drohende Hungersnot, in ihrem Vergnügen nicht irre machen ließen, so ward auch unser jugendlicher Frohsinn keineswegs getrübt, als uns der Bäcker einiges Brot auf die Reise versagte und uns in den Gasthof verwies, wo wir es allenfalls an Ort und Stelle verzehren dürften.

Sehr gern ritten wir nun wieder die Steige hinab, um dieses architektonische Wunder zum zweiten Male anzustaunen und uns der erquickenden Aussicht über das Elsaß nochmals zu erfreuen. Wir gelangten bald nach Buchsweiler, wo uns Freund Weyland eine gute Aufnahme vorbereitet hatte. Dem frischen jugendlichen Sinne ist der Zustand einer kleinen Stadt sehr gemäß; die Familienverhältnisse sind näher und fühlbarer, das Hauswesen, das zwischen läßlicher Amtsbeschäftigung, städtischem Gewerb, Feld- und Gartenbau, mit mäßiger Tätigkeit sich hin und wider bewegt, lädt uns ein zu freundlicher Teilnahme, die Geselligkeit ist notwendig, und der Fremde befindet sich in den beschränkten Kreisen sehr angenehm, wenn ihn nicht etwa die Mißhelligkeiten der Einwohner, die an solchen Orten fühlbarer sind, irgendwo berühren. Dieses Städtchen war der Hauptplatz der Grafschaft Hanau-Lichtenberg, dem Landgrafen von Darmstadt unter französischer Hoheit gehörig. Eine daselbst angestellte Regierung und Kammer machten den Ort zum bedeutenden Mittelpunkt eines sehr schönen und wünschenswerten fürstlichen Besitzes. Wir vergaßen leicht die ungleichen Straßen, die unregelmäßige Bauart des Orts, wenn wir heraustraten, um das alte Schloß und die an einem Hügel vortrefflich angelegten Gärten zu beschauen. Mancherlei Lustwäldchen, eine zahme und wilde Fasanerie und die Reste mancher ähnlichen Anstalten zeigten, wie angenehm diese kleine Residenz ehemals müsse gewesen sein.

Doch alle diese Betrachtungen übertraf der Anblick, wenn man von dem nahgelegenen Bastberg die völlig paradiesische Gegend überschaute. Diese Höhe, ganz aus verschiedenen Muscheln zusammengehäuft, machte mich zum ersten Male auf solche Dokumente der Vorwelt aufmerksam; ich hatte sie noch niemals in so großer Masse beisammen gesehen. Doch wendete sich der schaulustige Blick bald ausschließlich in die Gegend. Man steht auf dem letzten Vorgebirge nach dem Lande zu; gegen Norden liegt eine fruchtbare, mit kleinen Wäldchen durchzogene Fläche, von einem ernsten Gebirge begrenzt, das sich gegen Abend nach Zabern hin erstreckt, wo man den bischöflichen Palast und die eine Stunde davon liegende Abtei Sankt Johann deutlich erkennen mag. Von da verfolgt das Auge die immer mehr schwindende Bergkette der Vogesen bis nach Süden hin. Wendet man sich gegen Nordost, so sieht man das Schloß Lichtenberg auf einem Felsen, und gegen Südost hat das Auge die unendliche Fläche des Elsasses zu durchforschen, die sich in immer mehr abduftenden Landschaftsgründen dem Gesicht entzieht, bis zuletzt die schwäbischen Gebirge schattenweis in den Horizont verfließen.

Schon bei meinen wenigen Wanderungen durch die Welt hatte ich bemerkt, wie bedeutend es sei, sich auf Reisen nach dem Laufe der Wasser zu erkundigen, ja bei dem kleinsten Bache zu fragen, wohin er denn eigentlich laufe. Man erlangt dadurch eine Übersicht von jeder Flußregion, in der man eben befangen ist, einen Begriff von den Höhen und Tiefen, die auf einander Bezug haben, und windet sich am sichersten an diesen Leitfäden, welche sowohl dem Anschauen als dem Gedächtnis zu Hilfe kommen, aus geologischem und politischem Ländergewirre. In dieser Betrachtung nahm ich feierlichen Abschied von dem teuren Elsaß, da wir uns den andern Morgen nach Lothringen zu wenden gedachten.

Der Abend ging hin in vertraulichen Gesprächen, wo man sich über eine unerfreuliche Gegenwart durch Erinnerung an eine bessere Vergangenheit zu erheitern suchte. Vor allem andern war hier, wie im ganzen Ländchen, der Name des letzten Grafen Reinhard von Hanau in Segen, dessen großer Verstand und Tüchtigkeit in allem seinem Tun und Lassen hervortrat, und von dessen Dasein noch manches schöne Denkmal übrig geblieben war. Solche Männer haben den Vorzug doppelte Wohltäter zu sein, einmal für die Gegenwart, die sie beglücken, und sodann für die Zukunft, deren Gefühl und Mut sie nähren und aufrecht erhalten.

Als wir nun uns nordwestwärts in das Gebirg wendeten und bei Lützelstein, einem alten Bergschloß in einer sehr hügelvollen Gegend, vorbeizogen, und in die Region der Saar und Mosel hinabstiegen, fing der Himmel an sich zu trüben, als wollte er uns den Zustand des rauheren Westreiches noch fühlbarer machen. Das Tal der Saar, wo wir zuerst Bockenheim, einen kleinen Ort, antrafen, und gegenüber Neusaarwerden, gut gebaut, mit einem Lustschloß, erblickten, ist zu beiden Seiten von Bergen begleitet, die traurig heißen könnten, wenn nicht an ihrem Fuß eine unendliche Folge von Wiesen und Matten, die Hohnau genannt, sich bis Saaralben und weiterhin unübersehlich erstreckte. Große Gebäude eines ehemaligen Gestütes der Herzoge von Lothringen ziehen hier den Blick an; sie dienen gegenwärtig, zu solchen Zwecken freilich sehr wohl gelegen, als Meierei. Wir gelangten über Saargemünd nach Saarbrück, und diese kleine Residenz war ein lichter Punkt in einem so felsig waldigen Lande. Die Stadt, klein und hüglig, aber durch den letzten Fürsten wohl ausgeziert, macht sogleich einen angenehmen Eindruck, weil die Häuser alle grauweiß angestrichen sind und die verschiedene Höhe derselben einen mannigfaltigen Anblick gewährt. Mitten auf einem schönen mit ansehnlichen Gebäuden umgebenen Platze steht die lutherische Kirche, in einem kleinen, aber dem Ganzen entsprechenden Maßstabe. Die Vorderseite des Schlosses liegt mit der Stadt auf ebenem Boden, die Hinterseite dagegen am Abhange eines steilen Felsens. Diesen hat man nicht allein terrassenweis abgearbeitet, um bequem in das Tal zu gelangen, sondern man hat sich auch unten einen länglich viereckten Gartenplatz, durch Verdrängung des Flusses an der einen und durch Abschroten des Felsens an der andern Seite, verschafft, worauf denn dieser ganze Raum erst mit Erde ausgefüllt und bepflanzt worden. Die Zeit dieser Unternehmung fiel in die Epoche, da man bei Gartenanlagen den Architekten zu Rate zog, wie man gegenwärtig das Auge des Landschaftsmalers zu Hilfe nimmt. Die ganze Einrichtung des Schlosses, das Kostbare und Angenehme, das Reiche und Zierliche, deuteten auf einen lebenslustigen Besitzer, wie der verstorbene Fürst gewesen war; der gegenwärtige befand sich nicht am Orte. Präsident von Günderode empfing uns aufs verbindlichste und bewirtete uns drei Tage besser als wir es erwarten durften. Ich benutzte die mancherlei Bekanntschaften, zu denen wir gelangten, um mich vielseitig zu unterrichten. Das genußreiche Leben des vorigen Fürsten gab Stoff genug zur Unterhaltung, nicht weniger die mannigfaltigen Anstalten, die er getroffen, um Vorteile, die ihm die Natur seines Landes darbot, zu benutzen. Hier wurde ich nun eigentlich in das Interesse der Berggegenden eingeweiht, und die Lust zu ökonomischen und technischen Betrachtungen, welche mich einen großen Teil meines Lebens beschäftigt haben, zuerst erregt. Wir hörten von den reichen Duttweiler Steinkohlengruben, von Eisen- und Alaunwerken, ja sogar von einem brennenden Berge, und rüsteten uns, diese Wunder in der Nähe zu beschauen.

Nun zogen wir durch waldige Gebirge, die demjenigen, der aus einem herrlichen fruchtbaren Lande kommt, wüst und traurig erscheinen müssen und die nur durch den innern Gehalt ihres Schoßes uns anziehen können. Kurz hinter einander wurden wir mit einem einfachen und einem komplizierten Maschinenwerke bekannt, mit einer Sensenschmiede und einem Drahtzug. Wenn man sich an jener schon erfreut, daß sie sich an die Stelle gemeiner Hände setzt, so kann man diesen nicht genug bewundern, indem er in einem höheren organischen Sinne wirkt, von dem Verstand und Bewußtsein kaum zu trennen sind. In der Alaunhütte erkundigten wir uns genau nach der Gewinnung und Reinigung dieses so nötigen Materials, und als wir große Haufen eines weißen, fetten, lockeren, erdigen Wesens bemerkten und dessen Nutzen erforschten, antworteten die Arbeiter lächelnd, es sei der Schaum, der sich beim Alaunsieden obenauf werfe, und den Herr Staudt sammeln lasse, weil er denselben gleichfalls hoffe zu Gute zu machen. – Lebt Herr Staudt noch? rief mein Begleiter verwundert aus. Man bejahte es und versicherte, daß wir, nach unserm Reiseplan, nicht weit von seiner einsamen Wohnung vorbeikommen würden.

Unser Weg ging nunmehr an den Rinnen hinauf, in welchen das Alaunwasser heruntergeleitet wird, und an dem vornehmsten Stollen vorbei, den sie die Landgrube nennen, woraus die berühmten Duttweiler Steinkohlen gezogen werden. Sie haben, wenn sie trocken sind, die blaue Farbe eines dunkel angelaufenen Stahls, und die schönste Irisfolge spielt bei jeder Bewegung über die Oberfläche hin. Die finstern Stollenschlünde zogen uns jedoch um so weniger an, als der Gehalt derselben reichlich um uns her ausgeschüttet lag. Nun gelangten wir zu offnen Gruben, in welchen die gerösteten Alaunschiefer ausgelaugt werden, und bald darauf überraschte uns, obgleich vorbereitet, ein seltsames Begegnis. Wir traten in eine Klamme und fanden uns in der Region des brennenden Berges. Ein starker Schwefelgeruch umzog uns; die eine Seite der Hohle war nahezu glühend, mit rötlichem, weißgebranntem Stein bedeckt; ein dicker Dampf stieg aus den Klunsen hervor, und man fühlte die Hitze des Bodens auch durch die starken Sohlen. Ein so zufälliges Ereignis, denn man weiß nicht wie diese Strecke sich entzündete, gewährt der Alaunfabrikation den großen Vorteil, daß die Schiefer, woraus die Oberfläche des Berges besteht, vollkommen geröstet daliegen und nur kurz und gut ausgelaugt werden dürfen. Die ganze Klamme war entstanden, daß man nach und nach die kalzinierten Schiefer abgeräumt und verbraucht hatte. Wir kletterten aus dieser Tiefe hervor und waren auf dem Gipfel des Berges. Ein anmutiger Buchenwald umgab den Platz, der auf die Hohle folgte und sich ihr zu beiden Seiten verbreitete. Mehrere Bäume standen schon verdorrt, andere welkten in der Nähe von andern, die, noch ganz frisch, jene Glut nicht ahneten, welche sich auch ihren Wurzeln bedrohend näherte.

Auf dem Platze dampften verschiedene Öffnungen, andere hatten schon ausgeraucht, und so glomm dieses Feuer bereits zehn Jahre durch alte verbrochene Stollen und Schächte, mit welchen der

Berg unterminiert ist. Es mag sich auch auf Klüften durch frische Kohlenlager durchziehen: denn einige hundert Schritte weiter in den Wald gedachte man bedeutende Merkmale von ergiebigen Steinkohlen zu verfolgen; man war aber nicht weit gelangt, als ein starker Dampf den Arbeitern entgegendrang und sie vertrieb. Die Öffnung ward wieder zugeworfen; allein wir fanden die Stelle noch rauchend, als wir daran vorbei den Weg zur Residenz unseres einsiedlerischen Chemikers verfolgten. Sie liegt zwischen Bergen und Wäldern; die Täler nehmen daselbst sehr mannigfaltige und angenehme Krümmungen, rings umher ist der Boden schwarz und kohlenartig, die Lager gehen häufig zu Tage aus. Ein Kohlenphilosoph – *Philosophus per ignem,* wie man sonst sagte – hätte sich wohl nicht schicklicher ansiedeln können.

Wir traten vor ein kleines, zur Wohnung nicht übel dienliches Haus und fanden Herrn Staudt, der meinen Freund sogleich erkannte und mit Klagen über die neue Regierung empfing. Freilich konnten wir aus seinen Reden vermerken, daß das Alaunwerk, so wie manche andere wohlgemeinte Anstalt, wegen äußerer, vielleicht auch innerer Umstände, die Unkosten nicht trage, und was dergleichen mehr war. Er gehörte unter die Chemiker jener Zeit, die, bei einem innigen Gefühl dessen, was mit Naturprodukten alles zu leisten wäre, sich in einer abstrusen Betrachtung von Kleinigkeiten und Nebensachen gefielen, und bei unzulänglichen Kenntnissen nicht fertig genug dasjenige zu leisten verstanden, woraus eigentlich ökonomischer und merkantilischer Vorteil zu ziehen ist. So lag der Nutzen, den er sich von jenem Schaum versprach, sehr im weiten; so zeigte er nichts als einen Kuchen Salmiak, den ihm der brennende Berg geliefert hatte.

Bereitwillig und froh, seine Klagen einem menschlichen Ohre mitzuteilen, schleppte sich das hagere, abgelebte Männchen in einem Schuh und einem Pantoffel, mit herabhängenden, vergebens wiederholt von ihm heraufgezogenen Strümpfen, den Berg hinauf, wo die Harzhütte steht, die er selbst errichtet hat und nun mit großem Leidwesen verfallen sieht. Hier fand sich eine zusammenhangende Ofenreihe, wo Steinkohlen abgeschwefelt und zum Gebrauch bei Eisenwerken tauglich gemacht werden sollten; allein zu gleicher Zeit wollte man Öl und Harz auch zu Gute machen, ja sogar den Ruß nicht missen, und so unterlag den vielfachen Absichten alles zusammen. Bei Lebzeiten des vorigen Fürsten trieb man das Geschäft aus Liebhaberei, auf Hoffnung; jetzt fragte man nach dem unmittelbaren Nutzen, der nicht nachzuweisen war.

Nachdem wir unsern Adepten seiner Einsamkeit überlassen, eilten wir — denn es war schon spät geworden — der Friedrichsthaler Glashütte zu, wo wir eine der wichtigsten und wunderbarsten Werktätigkeiten des menschlichen Kunstgeschickes im Vorübergehen kennen lernten.

Doch fast mehr als diese bedeutenden Erfahrungen interessierten uns junge Bursche einige lustige Abenteuer und bei einbrechender Finsternis, unweit Neunkirch, ein überraschendes Feuerwerk. Denn wie vor einigen Nächten, an den Ufern der Saar, leuchtende Wolken Johanniswürmer zwischen Fels und Busch um uns schwebten, so spielten uns nun die funkenwerfenden Essen ihr lustiges Feuerwerk entgegen. Wir betraten bei tiefer Nacht die im Talgrunde liegenden Schmelzhütten und vergnügten uns an dem seltsamen Halbdunkel dieser Bretterhöhlen, die nur durch des glühenden Ofens geringe Öffnung kümmerlich erleuchtet werden. Das Geräusch des Wassers und der von ihm getriebenen Blasbälge, das fürchterliche Sausen und Pfeifen des Windstroms, der, in das geschmolzene Erz wütend, die Ohren betäubt und die Sinne verwirrt, trieb uns endlich hinweg, um in Neunkirch einzukehren, das an dem Berg hinaufgebaut ist.

Aber ungeachtet aller Mannigfaltigkeit und Unruhe des Tags konnte ich hier noch keine Rast finden. Ich überließ meinen Freund einem glücklichen Schlafe und suchte das höher gelegene Jagdschloß. Es blickt weit über Berg und Wälder hin, deren Umrisse nur an dem heitern Nachthimmel zu erkennen, deren Seiten und Tiefen aber meinem Blick undurchdringlich waren. So leer als einsam stand das wohlerhaltene Gebäude; kein Kastellan, kein Jäger war zu finden. Ich saß vor den großen Glastüren auf den Stufen, die um die ganze Terrasse hergehen. Hier, mitten im Gebirg, über einer waldbewachsenen finsteren Erde, die gegen den heitern Horizont einer Sommernacht nur noch finsterer erschien, das brennende Sterngewölbe über mir, saß ich an der verlassenen Stätte lange mit mir selbst und glaubte niemals eine solche Einsamkeit empfunden zu haben. Wie lieblich überraschte mich daher aus der Ferne der Ton von einem paar Waldhörnern, der auf einmal wie ein Balsamduft die ruhige Atmosphäre belebte. Da erwachte in mir das Bild eines holden Wesens, das vor den bunten Gestalten dieser Reisetage in den Hintergrund gewichen war, es enthüllte sich immer mehr und mehr, und trieb mich von meinem Platze nach der Herberge, wo ich Anstalten traf, mit dem frühsten abzureisen.

Der Rückweg wurde nicht benutzt wie der Herweg. So eilten wir durch Zweibrücken, das, als eine schöne und merkwürdige Residenz, wohl auch unsere Aufmerksamkeit verdient hätte. Wir warfen einen Blick auf das große einfache Schloß, auf die weitläufigen, regelmäßig mit Lindenstämmen bepflanzten, zum Dressieren der Parforcepferde wohleingerichteten Esplanaden, auf die großen Ställe, auf die Bürgerhäuser, welche der Fürst baute, um sie ausspielen zu lassen. Alles dieses, so wie Kleidung und Betragen der Einwohner, besonders der Frauen und Mädchen, deutete auf ein Verhältnis in die Ferne und machte den Bezug auf Paris anschaulich, dem alles Überrheinische seit geraumer Zeit sich nicht entziehen konnte. Wir besuchten auch den vor der Stadt liegenden herzoglichen Keller, der weitläufig ist, mit großen und künstlichen Fässern versehen. Wir zogen weiter und fanden das Land zuletzt wie im Saarbrückischen: zwischen wilden und rauhen Bergen wenig Dörfer; man verlernt hier, sich nach Getreide umzusehen. Den Hornbach zur Seite stiegen wir nach Bitsch, das an dem bedeutenden Platze liegt, wo die Gewässer sich scheiden, und ein Teil in die

Saar, ein Teil dem Rheine zufällt; diese letzteren sollten uns bald nach sich ziehen. Doch konnten wir dem Städtchen Bitsch, das sich sehr malerisch um einen Berg herumschlingt, und der oben liegenden Festung unsere Aufmerksamkeit nicht versagen. Diese ist teils auf Felsen gebaut, teils in Felsen gehauen. Die unterirdischen Räume sind besonders merkwürdig; hier ist nicht allein hinreichender Platz zum Aufenthalt einer Menge Menschen und Vieh, sondern man trifft sogar große Gewölbe zum Exerzieren, eine Mühle, eine Kapelle und was man unter der Erde sonst fordern könnte, wenn die Oberfläche beunruhigt würde.

Den hinabstürzenden Bächen folgten wir nunmehr durchs Bärental. Die dicken Wälder auf beiden Höhen sind unbenutzt. Hier faulen Stämme zu Tausenden über einander, und junge Sprößlinge keimen in Unzahl auf halbvermoderten Vorfahren. Hier kam uns durch Gespräche einiger Fußbegleiter der Name von Dietrich wieder in die Ohren, den wir schon öfter in diesen Waldgegenden ehrenvoll hatten aussprechen hören. Die Tätigkeit und Gewandtheit dieses Mannes, sein Reichtum, die Benutzung und Anwendung desselben, alles erschien im Gleichgewicht; er konnte sich mit Recht des Erworbenen erfreuen, das er vermehrte, und das Verdiente genießen, das er sicherte. Je mehr ich die Welt sah, je mehr erfreute ich mich, außer den allgemein berühmten Namen, auch besonders an denen, die in einzelnen Gegenden mit Achtung und Liebe genannt wurden; und so erfuhr ich auch hier bei einiger Nachfrage gar leicht, daß von Dietrich früher als andre sich der Gebirgsschätze, des Eisens, der Kohlen und des Holzes, mit gutem Erfolg zu bedienen gewußt und sich zu einem immer wachsenden Wohlhaben herangearbeitet habe.

Niederbronn, wohin wir gelangten, war ein neues Zeugnis hiervon. Er hatte diesen kleinen Ort den Grafen von Leiningen und andern Teilbesitzern abgekauft, um in der Gegend bedeutende Eisenwerke einzurichten.

Hier in diesen von den Römern schon angelegten Bädern umspülte mich der Geist des Altertums, dessen ehrwürdige Trümmer in Resten von Basreliefs und Inschriften, Säulenknäufen und -schäften mir aus Bauershöfen, zwischen wirtschaftlichem Wust und Geräte, gar wundersam entgegenleuchteten.

So verehrte ich auch, als wir die nahe gelegene Wasenburg bestiegen, an der großen Felsmasse, die den Grund der einen Seite ausmacht, eine gut erhaltene Inschrift, die dem Merkur ein dankbares Gelübd abstattet. Die Burg selbst liegt auf dem letzten Berge von Bitsch her gegen das Land zu. Es sind die Ruinen eines deutschen, auf römische Reste gebauten Schlosses. Von dem Turm übersah man abermals das ganze Elsaß, und des Münsters deutliche Spitze bezeichnete die Lage von Straßburg. Zunächst jedoch verbreitete sich der große Hagenauer Forst, und die Türme dieser Stadt ragten dahinter ganz deutlich hervor. Dorthin wurde ich gezogen. Wir ritten durch Reichshofen, wo von Dietrich ein bedeutendes Schloß erbauen ließ, und nachdem wir, von den Hügeln bei Niedermodern, den angenehmen Lauf des Moderflüßchens am Hagenauer Wald her betrachtet hatten, ließ ich meinen Freund bei einer lächerlichen Steinkohlengruben-Visitation, die zu Duttweiler freilich etwas ernsthafter würde gewesen sein, und ritt durch Hagenau, auf Richtwegen, welche mir die Neigung schon andeutete, nach dem geliebten Sesenheim.

Denn jene sämtlichen Aussichten in eine wilde Gebirgsgegend und sodann wieder in ein heiteres, fruchtbares, fröhliches Land konnten meinen innern Blick nicht fesseln, der auf einen liebenswürdigen anziehenden Gegenstand gerichtet war. Auch diesmal erschien mir der Herweg reizender als der Hinweg, weil er mich wieder in die Nähe eines Frauenzimmers brachte, der ich von Herzen ergeben war und welche so viel Achtung als Liebe verdiente. Mir sei jedoch, ehe ich meine Freunde zu ihrer ländlichen Wohnung führe, vergönnt, eines Umstandes zu erwähnen, der sehr viel beitrug, meine Neigung und die Zufriedenheit, welche sie mir gewährte, zu beleben und zu erhöhen.

Wie sehr ich in der neuern Literatur zurück sein mußte, läßt sich aus der Lebensart schließen, die ich in Frankfurt geführt, aus den Studien, denen ich mich gewidmet hatte, und mein Aufenthalt in Straßburg konnte mich darin nicht fördern. Nun kam Herder und brachte neben seinen großen Kenntnissen noch manche Hilfsmittel und überdies auch neuere Schriften mit. Unter diesen kündigte er uns den *Landpriester von Wakefield* als ein fürtreffliches Werk an, von dem er uns die deutsche Übersetzung durch selbsteigne Vorlesung bekannt machen wollte.

Seine Art zu lesen war ganz eigen; wer ihn predigen gehört hat, wird sich davon einen Begriff machen können. Er trug alles, und so auch diesen Roman, ernst und schlicht vor; völlig entfernt von aller dramatisch-mimischen Darstellung, vermied er sogar jene Mannigfaltigkeit, die bei einem epischen Vortrag nicht allein erlaubt ist, sondern wohl gefordert wird: eine geringe Abwechslung des Tons, wenn verschiedene Personen sprechen, wodurch das, was eine jede sagt, herausgehoben und der Handelnde von dem Erzählenden abgesondert wird. Ohne monoton zu sein ließ Herder alles in *einem* Ton hinter einander folgen, eben als wenn nichts gegenwärtig, sondern alles nur historisch wäre, als wenn die Schatten dieser poetischen Wesen nicht lebhaft vor ihm wirkten, sondern nur sanft vorübergleiteten. Doch hatte diese Art des Vortrags, aus seinem Munde, einen unendlichen Reiz: denn weil er alles aufs tiefste empfand und die Mannigfaltigkeit eines solchen Werks hochzuschätzen wußte, so trat das ganze Verdienst einer Produktion rein und um so deutlicher hervor, als man nicht durch scharf ausgesprochene Einzelnheiten gestört und aus der Empfindung gerissen wurde, welche das Ganze gewähren sollte.

Ein protestantischer Landgeistlicher ist vielleicht der schönste Gegenstand einer modernen Idylle; er erscheint, wie Melchisedek, als Priester und König in *einer* Person. An den unschuldigsten Zustand, der sich auf Erden denken läßt, an den des Ackermanns, ist er meistens durch gleiche Beschäftigung so wie durch gleiche

Familienverhältnisse geknüpft; er ist Vater, Hausherr, Landmann und so vollkommen ein Glied der Gemeine. Auf diesem reinen, schönen, irdischen Grunde ruht sein höherer Beruf; ihm ist übergeben, die Menschen ins Leben zu führen, für ihre geistige Erziehung zu sorgen, sie bei allen Hauptepochen ihres Daseins zu segnen, sie zu belehren, zu kräftigen, zu trösten und, wenn der Trost für die Gegenwart nicht ausreicht, die Hoffnung einer glücklicheren Zukunft heranzurufen und zu verbürgen. Denke man sich einen solchen Mann, mit rein menschlichen Gesinnungen, stark genug, um unter keinen Umständen davon zu weichen, und schon dadurch über die Menge erhaben, von der man Reinheit und Festigkeit nicht erwarten kann; gebe man ihm die zu seinem Amte nötigen Kenntnisse so wie eine heitere gleiche Tätigkeit, welche sogar leidenschaftlich ist, indem sie keinen Augenblick versäumt das Gute zu wirken — und man wird ihn wohl ausgestattet haben. Zugleich aber füge man die nötige Beschränktheit hinzu, daß er nicht allein in einem kleinen Kreise verharren, sondern auch allenfalls in einen kleineren übergehen möge; man verleihe ihm Gutmütigkeit, Versöhnlichkeit, Standhaftigkeit und was sonst noch aus einem entschiedenen Charakter Löbliches hervorspringt, und über dies alles eine heitere Nachgiebigkeit und lächelnde Duldung eigner und fremder Fehler — so hat man das Bild unseres trefflichen Wakefield so ziemlich beisammen.

Die Darstellung dieses Charakters auf seinem Lebensgange durch Freuden und Leiden, das immer wachsende Interesse der Fabel, durch Verbindung des ganz Natürlichen mit dem Sonderbaren und Seltsamen, macht diesen Roman zu einem der besten, die je geschrieben worden; der noch überdies den großen Vorzug hat, daß er ganz sittlich, ja im reinen Sinne christlich ist, die Belohnung des guten Willens, des Beharrens bei dem Rechten darstellt, das unbedingte Zutrauen auf Gott bestätigt und den endlichen Triumph des Guten über das Böse beglaubigt und dies alles ohne eine Spur von Frömmelei oder Pedantismus. Vor beiden hatte den

Verfasser der hohe Sinn bewahrt, der sich hier durchgängig als Ironie zeigt, wodurch dieses Werkchen uns eben so weise als liebenswürdig entgegenkommen muß. Der Verfasser, Doktor Goldsmith, hat ohne Frage große Einsicht in die moralische Welt, in ihren Wert und in ihre Gebrechen; aber zugleich mag er nur dankbar anerkennen, daß er ein Engländer ist, und die Vorteile, die ihm sein Land, seine Nation darbietet, hoch anrechnen. Die Familie, mit deren Schilderung er sich beschäftigt, steht auf einer der letzten Stufen des bürgerlichen Behagens, und doch kommt sie mit dem höchsten in Berührung; ihr enger Kreis, der sich noch mehr verengt, greift, durch den natürlichen und bürgerlichen Lauf der Dinge, in die große Welt mit ein; auf der reichen bewegten Woge des englischen Lebens schwimmt dieser kleine Kahn, und in Wohl und Weh hat er Schaden oder Hilfe von der ungeheuern Flotte zu erwarten, die um ihn hersegelt.

Ich kann voraussetzen, daß meine Leser dieses Werk kennen und im Gedächtnis haben; wer es zuerst hier nennen hört, so wie der, welcher aufgeregt wird, es wieder zu lesen, beide werden mir danken. Für jene bemerke ich nur im Vorübergehen, daß des Landgeistlichen Hausfrau von der tätigen guten Art ist, die es sich und den Ihrigen an nichts fehlen läßt, aber auch dafür auf sich und die Ihrigen etwas einbildisch ist. Zwei Töchter, Olivie, schön und mehr nach außen, Sophie, reizend und mehr nach innen gesinnt; einen fleißigen, dem Vater nacheifernden, etwas herben Sohn, Moses, will ich zu nennen nicht unterlassen.

Wenn Herder bei seiner Vorlesung eines Fehlers beschuldigt werden konnte, so war es der Ungeduld; er wartete nicht ab, bis der Zuhörer einen gewissen Teil des Verlaufs vernommen und gefaßt hätte, um richtig dabei empfinden und gehörig denken zu können; voreilig wollte er sogleich Wirkungen sehen, und doch war er auch mit diesen unzufrieden, wenn sie hervortraten. Er tadelte das Übermaß von Gefühl, das bei mir von Schritt zu Schritt mehr überfloß. Ich empfand als Mensch, als junger Mensch; mir war alles lebendig, wahr, gegenwärtig. Er, der bloß Gehalt und Form beachtete, sah freilich wohl, daß ich vom Stoff überwältigt ward, und das wollte er nicht gelten lassen. Pegelows Reflexionen zunächst, die nicht von den feinsten waren, wurden noch übler aufgenommen; besonders aber erzürnte er sich über unsern Mangel an Scharfsinn, daß wir die Kontraste, deren sich der Verfasser oft bedient, nicht voraussahen, uns davon rühren und hinreißen ließen, ohne den öfters wiederkehrenden Kunstgriff zu merken. Daß wir aber gleich zu Anfang, wo Burchell, indem er bei einer Erzählung aus der dritten Person in die erste übergeht, sich zu verraten im Begriff ist, daß wir nicht gleich eingesehen oder wenigstens gemutmaßt hatten, daß er der Lord, von dem er spricht, selbst sei, verzieh er uns nicht, und als wir zuletzt, bei Entdeckung und Verwandlung des armen kümmerlichen Wanderers in einen reichen mächtigen Herrn, uns kindlich freuten, rief er erst jene Stelle zurück, die wir nach der Absicht des Autors überhört hatten, und hielt über unsern Stumpfsinn eine gewaltige Strafpredigt. Man sieht hieraus, daß er das Werk bloß als Kunstprodukt ansah und von uns das gleiche verlangte, die wir noch in jenen Zuständen wandelten, wo es wohl erlaubt ist, Kunstwerke wie Naturerzeugnisse auf sich wirken zu lassen.

Ich ließ mich durch Herders Invektiven keineswegs irre machen; wie denn junge Leute das Glück oder Unglück haben, daß, wenn einmal etwas auf sie gewirkt hat, diese Wirkung in ihnen selbst verarbeitet werden muß, woraus denn manches Gute, so wie manches Unheil entsteht. Gedachtes Werk hatte bei mir einen großen Eindruck zurückgelassen, von dem ich mir selbst nicht Rechenschaft geben konnte; eigentlich fühlte ich mich aber in Übereinstimmung mit jener ironischen Gesinnung, die sich über die Gegenstände, über Glück und Unglück, Gutes und Böses, Tod und Leben erhebt und so zum Besitz einer wahrhaft poetischen Welt gelangt. Freilich konnte dieses nur später bei mir zum Bewußtsein kommen, genug, es machte mir für den Augenblick viel zu schaffen; keineswegs aber hätte ich erwartet, alsobald aus dieser fingierten Welt in eine ähnliche wirkliche versetzt zu werden.

Mein Tischgenosse Weyland, der sein stilles, fleißiges Leben dadurch erheiterte, daß er, aus dem Elsaß gebürtig, bei Freunden und Verwandten in der Gegend von Zeit zu Zeit einsprach, leistete mir auf meinen kleinen Exkursionen manchen Dienst, indem er mich in verschiedenen Ortschaften und Familien teils persönlich, teils durch Empfehlungen einführte. Dieser hatte mir öfters von einem Landgeistlichen gesprochen, der nahe bei Drusenheim, sechs Stunden von Straßburg, im Besitz einer guten Pfarre mit einer verständigen Frau und ein paar liebenswürdigen Töchtern lebe. Die Gastfreiheit und Anmut dieses Hauses ward immer dabei höchlich gerühmt. So viel bedurfte es kaum, um einen jungen Ritter anzureizen, der sich schon angewöhnt hatte, alle abzumüßigenden Tage und Stunden zu Pferde und in freier Luft zuzubringen. Also entschlossen wir uns auch zu dieser Partie, wobei mir mein Freund versprechen mußte, daß er bei der Einführung weder Gutes noch Böses von mir sagen, überhaupt aber mich gleichgültig behandeln wolle, sogar erlauben, wo nicht schlecht, doch etwas ärmlich und nachlässig gekleidet zu erscheinen. Er willigte darein und versprach sich selbst einigen Spaß davon.

Es ist eine verzeihliche Grille bedeutender Menschen, gelegentlich einmal äußere Vorzüge ins Verborgene zu stellen, um den eignen innern menschlichen Gehalt desto reiner wirken zu lassen; deswegen hat das Inkognito der Fürsten und die daraus entspringenden Abenteuer immer etwas höchst Angenehmes: es erscheinen verkleidete Gottheiten, die alles Gute, was man ihrer Persönlichkeit erweist, doppelt hoch anrechnen dürfen und im Fall sind, das Unerfreuliche entweder leicht zu nehmen, oder ihm ausweichen zu können. Daß Jupiter bei Philemon und Baucis, Heinrich der Vierte nach einer Jagdpartie unter seinen Bauern sich in ihrem Inkognito wohlgefallen, ist ganz der Natur gemäß, und man mag es gern; daß aber ein junger Mensch ohne Bedeutung und Namen sich einfallen läßt, aus dem Inkognito einiges Vergnügen zu ziehen, möchte mancher für einen unverzeihlichen Hochmut auslegen. Da aber hier die Rede nicht ist von Gesinnungen und Handlungen, inwiefern sie lobens- oder tadelnswürdig, sondern wiefern sie sich offenbaren und ereignen können, so wollen wir für diesmal, unserer Unterhaltung zuliebe, dem Jüngling seinen Dünkel verzeihen, um so mehr, als ich hier anführen muß, daß von Jugend auf in mir eine Lust, mich zu verkleiden selbst durch den ernsten Vater erregt worden.

Auch diesmal hatte ich mich, teils durch eigne ältere, teils durch einige geborgte Kleidungsstücke und durch die Art die Haare zu kämmen, wo nicht entstellt, doch wenigstens so wunderlich zugestutzt, daß mein Freund unterwegs sich des Lachens nicht erwehren konnte, besonders wenn ich Haltung und Gebärde solcher Figuren, wenn sie zu Pferde sitzen und die man lateinische Reiter nennt, vollkommen nachzuahmen wußte. Die schöne Chaussee, das herrlichste Wetter und die Nähe des Rheins gaben uns den besten Humor. In Drusenheim hielten wir einen Augenblick an, er, um sich nett zu machen, und ich, um mir meine Rolle zurückzurufen, aus der ich gelegentlich zu fallen fürchtete. Die Gegend hier hat den Charakter des ganzen freien ebenen Elsasses. Wir ritten einen anmutigen Fußpfad über Wiesen, gelangten bald nach Sesenheim, ließen unsere Pferde im Wirtshause und gingen gelassen nach dem Pfarrhofe. — Laß dich, sagte Weyland, indem er mir das Haus von weitem zeigte, nicht irren, daß es einem alten und schlechten Bauernhause ähnlich sieht; inwendig ist es desto jünger. — Wir traten in den Hof; das Ganze gefiel mir wohl: denn es hatte gerade das, was man malerisch nennt und was mich in der niederländischen Kunst so zauberisch angesprochen hatte. Jene Wirkung war gewaltig sichtbar, welche die Zeit über alles Menschenwerk ausübt. Haus und Scheune und Stall befanden sich in dem Zustande des Verfalls gerade auf dem Punkte, wo man unschlüssig, zwischen Erhalten und Neuaufrichten zweifelhaft, das eine unterläßt, ohne zu dem andern gelangen zu können.

Alles war still und menschenleer, wie im Dorfe so im Hofe. Wir fanden den Vater, einen kleinen, in sich gekehrten aber doch freundlichen Mann, ganz allein: denn die Familie war auf dem Felde. Er hieß uns willkommen, bot uns eine Erfrischung an, die wir ablehnten. Mein Freund eilte die Frauenzimmer aufzusuchen, und ich blieb mit unserem Wirt allein. — Sie wundern sich vielleicht, sagte er, daß Sie mich in einem reichen Dorfe und bei einer einträglichen Stelle so schlecht quartiert finden; das kommt aber, fuhr er fort, von der Unentschlossenheit. Schon lange ist mir's von der Gemeine, ja von den oberen Stellen zugesagt, daß das Haus neu aufgerichtet werden soll; mehrere Risse sind schon gemacht, geprüft, verändert, keiner ganz verworfen und keiner ausgeführt worden. Es hat so viele Jahre gedauert, daß ich mich vor Ungeduld kaum zu fassen weiß. — Ich erwiderte ihm, was ich für schicklich hielt, um seine Hoffnung zu nähren und ihn aufzumuntern, daß er die Sache stärker betreiben möchte. Er fuhr darauf fort, mit Vertrauen die Personen zu schildern, von denen solche Sachen abhingen, und obgleich er kein sonderlicher Charakterzeichner war, so konnte ich doch recht gut begreifen, wie das ganze Geschäft stocken mußte. Die Zutraulichkeit des Mannes hatte was eignes; er sprach zu mir, als wenn er mich zehen Jahre gekannt hätte, ohne daß irgend etwas in seinem Blick gewesen wäre, woraus ich einige Aufmerksamkeit auf mich hätte mutmaßen können. Endlich trat mein Freund mit der Mutter herein. Diese schien mich mit ganz andern Augen anzusehn. Ihr Gesicht war regelmäßig und der Ausdruck desselben verständig; sie mußte in ihrer Jugend schön gewesen sein. Ihre Gestalt war lang und hager, doch nicht mehr als solchen Jahren geziemt; sie hatte vom Rücken her noch ein ganz jugendliches angenehmes Ansehen. Die älteste Tochter kam darauf lebhaft hereingestürmt; sie fragte nach Friedriken, so wie die andern beiden auch nach ihr gefragt hatten. Der Vater versicherte, sie nicht gesehen zu haben, seitdem alle drei fortgegangen. Die Tochter fuhr wieder zur Türe hinaus, um die Schwester zu suchen; die Mutter brachte uns einige Erfrischungen, und Weyland setzte mit den beiden Gatten das Gespräch fort, das sich auf lauter bewußte Personen und Verhältnisse bezog, wie es zu geschehen pflegt, wenn Bekannte nach einiger Zeit zusammenkommen, von den Gliedern eines großen Zirkels Erkundigung einziehn und sich wechselsweise berichten. Ich hörte zu und erfuhr nunmehr, wie viel ich mir von diesem Kreise zu versprechen hatte.

Die älteste Tochter kam wieder hastig in die Stube, unruhig, ihre Schwester nicht gefunden zu haben. Man war besorgt um sie und schalt auf diese oder jene böse Gewohnheit; nur der Vater sagte ganz ruhig: Laßt sie immer gehn, sie kommt schon wieder! In diesem Augenblick trat sie wirklich in die Tür; und da ging fürwahr an diesem ländlichen Himmel ein allerliebster Stern auf. Beide Töchter trugen sich noch deutsch, wie man es zu nennen pflegt, und diese fast verdrängte Nationaltracht kleidete Friedriken besonders gut. Ein kurzes weißes rundes Röckchen mit einer Falbel, nicht länger als daß die nettsten Füßchen bis an die Knöchel sichtbar blieben; ein knappes weißes Mieder und eine schwarze Taffetschürze — so stand sie auf der Grenze zwischen Bäuerin und Städterin. Schlank und leicht, als wenn sie nichts an sich zu tragen hätte, schritt sie, und beinahe schien für die gewaltigen blonden Zöpfe des niedlichen Köpfchens der Hals zu zart. Aus heitern blauen Augen blickte sie sehr deutlich umher, und das artige Stumpfnäschen forschte so frei in die Luft, als wenn es in der Welt keine Sorge geben könnte; der Strohhut hing ihr am Arm, und so hatte ich das Vergnügen, sie beim ersten Blick auf einmal in ihrer ganzen Anmut und Lieblichkeit zu sehn und zu erkennen.

Ich fing nun an, meine Rolle mit Mäßigung zu spielen, halb beschämt, so gute Menschen zum besten zu haben, die zu beobachten es mir nicht an Zeit fehlte: denn die Mädchen setzten jenes Gespräch fort und zwar mit Leidenschaft und Laune. Sämtliche

Nachbarn und Verwandte wurden abermals vorgeführt, und es erschien meiner Einbildungskraft ein solcher Schwarm von Onkeln und Tanten, Vettern, Basen, Kommenden, Gehenden, Gevattern und Gästen, daß ich in der belebtesten Welt zu hausen glaubte. Alle Familienglieder hatten einige Worte mit mir gesprochen, die Mutter betrachtete mich jedesmal, so oft sie kam oder ging, aber Friedrike ließ sich zuerst mit mir in ein Gespräch ein, und indem ich umherliegende Noten aufnahm und durchsah, fragte sie, ob ich auch spiele? Als ich es bejahte, ersuchte sie mich etwas vorzutragen; aber der Vater ließ mich nicht dazu kommen: denn er behauptete, es sei schicklich, dem Gaste zuerst mit irgend einem Musikstück oder einem Liede zu dienen.

Sie spielte verschiedenes mit einiger Fertigkeit, in der Art, wie man es auf dem Lande zu hören pflegt, und zwar auf einem Klavier, das der Schulmeister schon längst hätte stimmen sollen, wenn er Zeit gehabt hätte. Nun sollte sie auch ein Lied singen, ein gewisses zärtlich-trauriges; das gelang ihr nun gar nicht. Sie stand auf und sagte lächelnd, oder vielmehr mit dem auf ihrem Gesicht immerfort ruhenden Zuge von heiterer Freude: Wenn ich schlecht singe, so kann ich die Schuld nicht auf das Klavier und den Schulmeister werfen; lassen Sie uns aber nur hinauskommen, dann sollen Sie meine Elsasser- und Schweizerliedchen hören, die klingen schon besser.

Beim Abendessen beschäftigte mich eine Vorstellung, die mich schon früher überfallen hatte, dergestalt, daß ich nachdenklich und stumm wurde, obgleich die Lebhaftigkeit der ältern Schwester und die Anmut der jüngern mich oft genug aus meinen Betrachtungen schüttelten. Meine Verwunderung war über allen Ausdruck, mich so ganz leibhaftig in der Wakefieldschen Familie zu finden. Der Vater konnte freilich nicht mit jenem trefflichen Manne verglichen werden; allein wo gäbe es auch seinesgleichen! Dagegen stellte sich alle Würde, welche jenem Ehegatten eigen ist, hier in der Gattin dar. Man konnte sie nicht ansehen, ohne sie zugleich zu ehren und zu scheuen. Man bemerkte bei ihr die Folgen einer guten Erziehung; ihr Betragen war ruhig, frei, heiter und einladend.

Hatte die ältere Tochter nicht die gerühmte Schönheit Oliviens, so war sie doch wohlgebaut, lebhaft und eher heftig; sie zeigte sich überall tätig und ging der Mutter in allem an Handen. Friedriken an die Stelle von Primrosens Sophie zu setzen, war nicht schwer: denn von jener ist wenig gesagt, man gibt nur zu, daß sie liebenswürdig sei; diese war es wirklich. Wie nun dasselbe Geschäft, derselbe Zustand überall, wo er vorkommen mag, ähnliche, wo nicht gleiche Wirkungen hervorbringt, so kam auch hier manches zur Sprache, es geschah gar manches, was in der Wakefieldschen Familie sich auch schon ereignet hatte. Als nun aber gar zuletzt ein längst angekündigter und von dem Vater mit Ungeduld erwarteter jüngerer Sohn ins Zimmer sprang und sich dreist zu uns setzte, indem er von den Gästen wenig Notiz nahm, so enthielt ich mich kaum auszurufen: Moses, bist du auch da!

Die Unterhaltung bei Tische erweiterte die Ansicht jenes Land- und Familienkreises, indem von mancherlei lustigen Begebenheiten, die bald da bald dort vorgefallen, die Rede war. Friedrike, die neben mir saß, nahm daher Gelegenheit, mir verschiedene Ortschaften zu beschreiben, die es wohl zu besuchen der Mühe wert sei. Da immer ein Geschichtchen das andere hervorruft, so konnte ich nun auch mich desto besser in das Gespräch mischen und ähnliche Begebenheiten erzählen, und weil hiebei ein guter Landwein keineswegs geschont wurde, so stand ich in Gefahr, aus meiner Rolle zu fallen, weshalb der vorsichtigere Freund den schönen Mondschein zum Vorwand nahm und auf einen Spaziergang antrug, welcher denn auch sogleich beliebt wurde. Er bot der Ältesten den Arm, ich der Jüngsten, und so zogen wir durch die weiten Fluren, mehr den Himmel über uns zum Gegenstand habend als die Erde, die sich neben uns in der Breite verlor. Friedrikens Reden jedoch hatten nichts Mondscheinhaftes: durch die Klarheit, womit sie sprach, machte sie die Nacht zum Tage, und es war nichts darin, was eine Empfindung angedeutet oder erweckt hätte, nur bezogen sich ihre Äußerungen mehr als bisher auf mich, indem sie sowohl ihren Zustand als die Gegend und ihre Bekannten mir von *der* Seite vorstellte, wiefern ich sie würde kennen lernen: denn sie hoffe, setzte sie hinzu, daß ich keine Ausnahme machen und sie wieder besuchen würde, wie jeder Fremde gern getan, der einmal bei ihnen eingekehrt sei.

Es war mir sehr angenehm, stillschweigend der Schilderung zuzuhören, die sie von der kleinen Welt machte, in der sie sich bewegte, und von denen Menschen, die sie besonders schätzte. Sie brachte mir dadurch einen klaren und zugleich so liebenswürdigen Begriff von ihrem Zustande bei, der sehr wunderlich auf mich wirkte: denn ich empfand auf einmal einen tiefen Verdruß, nicht früher mit ihr gelebt zu haben, und zugleich ein recht peinliches neidisches Gefühl gegen alle, welche das Glück gehabt hatten, sie bisher zu umgeben. Ich paßte sogleich, als wenn ich ein Recht dazu gehabt hätte, genau auf alle ihre Schilderungen von Männern, sie mochten unter dem Namen von Nachbarn, Vettern oder Gevattern auftreten, und lenkte bald da- bald dorthin meine Vermutung; allein wie hätte ich etwas entdecken sollen in der völligen Unbekanntschaft aller Verhältnisse. Sie wurde zuletzt immer redseliger und ich immer stiller. Es hörte sich ihr gar so gut zu, und da ich nur ihre Stimme vernahm, ihre Gesichtsbildung aber so wie die übrige Welt in Dämmerung schwebte, so war es mir, als ob ich in ihr Herz sähe, das ich höchst rein finden mußte, da es sich in so unbefangener Geschwätzigkeit vor mir eröffnete.

Als mein Gefährte mit mir in das für uns zubereitete Gastzimmer gelangte, brach er sogleich mit Selbstgefälligkeit in behaglichen Scherz aus und tat sich viel darauf zu gute, mich mit der Ähnlichkeit der Primrosischen Familie so sehr überrascht zu haben. Ich stimmte mit ein, indem ich mich dankbar erwies. – Fürwahr! rief er aus, das Märchen ist ganz beisammen. Diese Familie vergleicht sich jener sehr gut, und der verkappte Herr da mag sich die Ehre antun, für Herrn Burchell gelten zu wollen; ferner, weil wir im gemeinen Leben die Bösewichter nicht so nötig haben als in Romanen, so will ich für diesmal die Rolle des Neffen übernehmen und mich besser aufführen als er. Ich verließ jedoch sogleich dieses Gespräch, so angenehm es mir auch sein mochte, und fragte ihn vor allen Dingen auf sein Gewissen, ob er mich wirklich nicht verraten habe. Er beteuerte: nein! und ich durfte ihm glauben. Sie hätten sich vielmehr, sagte er, nach dem lustigen Tischgesellen erkundigt, der in Straßburg mit ihm in *einer* Pension speise und von dem man ihnen allerlei verkehrtes Zeug erzählt habe. Ich schritt nun zu andern Fragen: ob sie geliebt habe? ob sie liebe? ob sie versprochen sei? Er verneinte das alles. — Fürwahr! versetzte ich, eine solche Heiterkeit von Natur aus ist mir unbegreiflich. Hätte sie geliebt und verloren und sich wieder gefaßt, oder wäre sie Braut, in beiden Fällen wollte ich es gelten lassen.

So schwatzten wir zusammen tief in die Nacht, und ich war schon wieder munter, als es tagte. Das Verlangen, sie wieder zu sehen, schien unüberwindlich; allein indem ich mich anzog, erschrak ich über die verwünschte Garderobe, die ich mir so freventlich ausgesucht hatte. Je weiter ich kam, meine Kleidungsstücke anzulegen, desto niederträchtiger erschien ich mir: denn alles war ja auf diesen Effekt berechnet. Mit meinen Haaren wär' ich allenfalls noch fertig geworden; aber wie ich mich zuletzt in den geborgten, abgetragenen grauen Rock einzwängte und die kurzen Ärmel mir das abgeschmackteste Ansehen gaben, fiel ich desto entschiedener in Verzweiflung, als ich mich in einem kleinen Spiegel nur teilweise betrachten konnte; da denn immer ein Teil lächerlicher aussah als der andre.

Über dieser Toilette war mein Freund aufgewacht und blickte, mit der Zufriedenheit eines guten Gewissens und im Gefühl einer freudigen Hoffnung für den Tag, aus der gestopften seidenen Decke. Ich hatte schon seine hübschen Kleider, wie sie über den Stuhl hingen, längst beneidet, und wär' er von meiner Taille gewesen, ich hätte sie ihm vor den Augen weggetragen, mich draußen umgezogen und ihm meine verwünschte Hülle, in den Garten eilend, zurückgelassen; er hätte guten Humor genug gehabt, sich in meine Kleider zu stecken, und das Märchen wäre bei frühem Morgen zu einem lustigen Ende gelangt. Daran war aber nun gar nicht zu denken, so wenig als wie an irgend eine schickliche Vermittelung. In der Figur, in der mich mein Freund für einen zwar fleißigen und geschickten aber armen Studiosen der Theologie ausgeben konnte, wieder vor Friedriken hinzutreten, die gestern Abend an mein verkleidetes Selbst so freundlich gesprochen hatte, das war mir ganz unmöglich. Ärgerlich und sinnend stand ich da und bot all mein Erfindungsvermögen auf; allein es verließ mich. Als nun aber gar der behaglich Ausgestreckte, nachdem er mich eine Weile fixiert hatte, auf einmal in ein lautes Lachen ausbrach und ausrief: Nein! es ist wahr, du siehst ganz verwünscht aus! versetzte ich heftig: Und ich weiß, was ich tue, leb' wohl und entschuldige mich! — Bist du toll! rief er, indem er aus dem Bette sprang und mich aufhalten wollte. Ich war aber schon zur Türe hinaus, die Treppe hinunter, aus Haus und Hof, nach der Schenke; im Nu war mein Pferd gesattelt und ich eilte in rasendem Unmut galoppierend nach Drusenheim, den Ort hindurch und immer weiter.

Da ich mich nun in Sicherheit glaubte, ritt ich langsamer und fühlte nun erst, wie unendlich ungern ich mich entfernte. Ich ergab mich aber in mein Schicksal, vergegenwärtigte mir den Spaziergang von gestern Abend mit der größten Ruhe und nährte die stille Hoffnung, sie bald wieder zu sehn. Doch verwandelte sich dieses stille Gefühl bald wieder in Ungeduld und nun beschloß ich, schnell in die Stadt zu reiten, mich umzuziehen, ein gutes frisches Pferd zu nehmen, da ich denn wohl allenfalls, wie mir die Leidenschaft vorspiegelte, noch vor Tische, oder, wie es wahrscheinlicher war, zum Nachtische oder gegen Abend gewiß wieder eintreffen und meine Vergebung erbitten konnte.

Eben wollte ich meinem Pferde die Sporen geben, um diesen

Vorsatz auszuführen, als mir ein anderer und, wie mich deuchte sehr glücklicher Gedanke durch den Geist fuhr. Schon gestern hatte ich im Gasthofe zu Drusenheim einen sehr sauber gekleideten Wirtssohn bemerkt, der auch heute früh, mit ländlichen Anordnungen beschäftigt, mich aus seinem Hofe begrüßte. Er war von meiner Gestalt und hatte mich flüchtig an mich selbst erinnert. Gedacht, getan! Mein Pferd war kaum umgewendet, so befand ich mich in Drusenheim, ich brachte es in den Stall und machte dem Burschen kurz und gut den Vortrag: er solle mir seine Kleider borgen, weil ich in Sesenheim etwas Lustiges vorhabe. Da brauchte ich nicht auszureden, er nahm den Vorschlag mit Freuden an und lobte mich, daß ich den Mamsells einen Spaß machen wolle; sie wären so brav und gut, besonders Mamsell Riekchen, und auch die Eltern sähen gerne, daß es immer lustig und vergnügt zuginge. Er betrachtete mich aufmerksam, und da er mich nach meinem Aufzug für einen armen Schlucker halten mochte, so sagte er: Wenn Sie sich insinuieren wollen, so ist das der rechte Weg. Wir waren indessen schon weit in unserer Umkleidung gekommen, und eigentlich sollte er mir seine Festtagskleider gegen die meinigen nicht anvertrauen; doch er war treuherzig und hatte ja mein Pferd im Stalle. Ich stand bald und recht schmuck da, warf mich in die Brust, und mein Freund schien sein Ebenbild mit Behaglichkeit zu betrachten. — Topp, Herr Bruder! sagte er, indem er mir die Hand hinreichte, in die ich wacker einschlug, komme Er meinem Mädel nicht zu nah, sie möchte sich vergreifen.

Meine Haare, die nunmehr wieder ihren völligen Wuchs hatten, konnte ich ungefähr wie die seinigen scheiteln, und da ich ihn wiederholt betrachtete, so fand ich's lustig, seine dichteren Augenbrauen mit einem gebrannten Korkstöpsel mäßig nachzuahmen und sie in der Mitte näher zusammenzuziehen, um mich bei meinem rätselhaften Vornehmen auch äußerlich zum Rätsel zu bilden. Habt Ihr nun, sagte ich, als er mir den bebänderten Hut reichte, nicht irgend etwas in der Pfarre auszurichten, daß ich mich auf eine natürliche Weise dort anmelden könnte? – Gut! versetzte er, aber da müssen Sie noch zwei Stunden warten. Bei uns ist eine Wöchnerin; ich will mich erbieten, den Kuchen der Frau Pfarrin zu bringen, den mögen Sie dann hinübertragen. Hoffart muß Not leiden und der Spaß denn auch. – Ich entschloß mich, zu warten, aber diese zwei Stunden wurden mir unendlich lang, und ich verging vor Ungeduld, als die dritte verfloß, ehe der Kuchen aus dem Ofen kam. Ich empfing ihn endlich ganz warm und eilte bei dem schönsten Sonnenschein mit meinem Kreditiv davon, noch eine Strecke von meinem Ebenbild begleitet, welches gegen Abend nachzukommen und mir meine Kleider zu bringen versprach, die ich aber lebhaft ablehnte und mir vorbehielt, ihm die seinigen wieder zuzustellen.

Ich war nicht weit mit meiner Gabe gesprungen, die ich in einer sauberen zusammengeknüpften Serviette trug, als ich in der Ferne meinen Freund mit den beiden Frauenzimmern mir entgegen kommen sah. Mein Herz war beklommen, wie sich's eigentlich unter dieser Jacke nicht ziemte. Ich blieb stehen, holte Atem und suchte zu überlegen, was ich beginnen solle; und nun bemerkte ich erst, daß das Terrain mir sehr zu statten kam: denn sie gingen auf der andern Seite des Baches, der, so wie die Wiesenstreifen, durch die er hinlief, zwei Fußpfade ziemlich aus einander hielt. Als sie gegen mir über waren rief Friedrike, die mich schon lange gewahrt hatte: George, was bringst du? Ich war klug genug, das Gesicht mit dem Hute, den ich abnahm, zu bedecken, indem ich die beladene Serviette hoch in die Höhe hielt. – Ein Kindtaufkuchen! rief sie dagegen; wie geht's der Schwester? – Guet, sagte ich, indem ich, wo nicht elsässisch, doch fremd zu reden suchte. – Trag ihn nach Hause! sagte die Älteste, und wenn du die Mutter nicht findest, gib ihn der Magd; aber wart' auf uns, wir kommen bald wieder, hörst du! – Ich eilte meinen Pfad hin, im Frohgefühl der besten Hoffnung, daß alles gut ablaufen müsse, da der Anfang glücklich war, und hatte bald die Pfarrwohnung erreicht. Ich fand niemand weder im Haus noch in der Küche; den Herrn, den ich beschäftigt in der Studierstube vermuten konnte, wollte ich nicht aufregen, ich setzte mich deshalb auf die Bank vor der Tür, den Kuchen neben mich und drückte den Hut ins Gesicht.

Ich erinnere mich nicht leicht einer angenehmern Empfindung. Hier an dieser Schwelle wieder zu sitzen, über die ich vor kurzem in Verzweiflung hinausgestolpert war; sie schon wieder gesehen, ihre liebe Stimme schon wieder gehört zu haben, kurz nachdem mein Unmut mir eine lange Trennung vorgespiegelt hatte; jeden Augenblick sie selbst und eine Entdeckung zu erwarten, vor der mir das Herz klopfte, und doch, in diesem zweideutigen Falle, eine Entdeckung ohne Beschämung; dann, gleich zum Eintritt einen so lustigen Streich, als keiner derjenigen, die gestern belacht worden waren! Liebe und Not sind doch die besten Meister, hier wirkten sie zusammen und der Lehrling war ihrer nicht unwert geblieben.

Die Magd kam aber aus der Scheune getreten. — Nun! sind die Kuchen geraten? rief sie mich an; wie geht's der Schwester? — Alles guet, sagte ich und deutete auf den Kuchen, ohne aufzusehen. Sie faßte die Serviette und murrte: Nun was hast du heute wieder? Hat Bärbchen wieder einmal einen andern angesehen? Laß es uns nicht entgelten! Das wird eine saubere Ehe werden, wenn's so fortgeht. — Da sie ziemlich laut sprach, kam der Pfarrer ans Fenster und fragte, was es gebe. Sie bedeutete ihn; ich stand auf und kehrte mich nach ihm zu, doch hielt ich den Hut wieder übers Gesicht. Als er etwas Freundliches gesprochen und mich zu bleiben geheißen hatte, ging ich nach dem Garten und wollte eben hineintreten, als die Pfarrin, die zum Hoftore hereinkam, mich anrief. Da mir die Sonne gerade ins Gesicht schien, so bediente ich mich abermals des Vorteils, den mir der Hut gewährte, grüßte sie mit einem Scharrfuß, sie aber ging in das Haus, nachdem sie mir zugesprochen hatte, ich möchte nicht weggehen, ohne etwas genossen zu haben. Ich ging nunmehr in dem Garten auf und ab; alles hatte bisher den besten Erfolg gehabt, doch holte ich tief Atem, wenn ich dachte, daß die jungen Leute nun bald herankommen würden. Aber unvermutet trat die Mutter zu mir und wollte eben eine Frage an mich tun, als sie mir ins Gesicht sah, das ich nicht mehr verbergen konnte, und ihr das Wort im Munde stockte. – Ich suchte Georgen, sagte sie nach einer Pause, und wen finde ich! Sind Sie es, junger Herr? wieviel Gestalten haben Sie denn? – Im Ernst nur *eine*, versetzte ich, zum Scherz, so viel Sie wollen. – Den will ich nicht verderben, lächelte sie, gehen Sie hinten zum Garten hinaus und auf der Wiese hin, bis es Mittag schlägt, dann kehren Sie zurück und ich will den Spaß schon eingeleitet haben. Ich tat's; allein, da ich aus den Hecken der Dorfgärten heraus war und die Wiesen hingehen wollte, kamen gerade einige Landleute den Fußpfad her, die mich in Verlegenheit setzten. Ich lenkte deshalb nach einem Wäldchen, das ganz nah eine Erderhöhung bekrönte, um mich darin bis zur bestimmten Zeit zu verbergen. Doch wie wunderlich ward mir zu Mute als ich hineintrat: denn es zeigte sich mir ein reinlicher Platz mit Bänken, von deren jeder man eine hübsche Aussicht in die Gegend gewann. Hier war das Dorf und der Kirchturm, hier Drusenheim und dahinter die waldigen Rheininseln, gegenüber die Vogesischen Gebirge und zuletzt der Straßburger Münster. Diese verschiedenen himmelhellen Gemälde waren durch buschige Rahmen eingefaßt, so daß man nichts Erfreulicheres und Angenehmeres sehen konnte. Ich setzte mich auf eine der Bänke und bemerkte an dem stärksten Baum ein kleines längliches Brett mit der Inschrift: »Friedrikens Ruhe«. Es fiel mir nicht ein, daß ich gekommen sein könnte, diese Ruhe zu stören: denn eine aufkeimende Leidenschaft hat das Schöne, daß, wie sie sich ihres Ursprungs unbewußt ist, sie auch keinen Gedanken eines Endes haben, und wie sie sich froh und heiter fühlt, nicht ahnen kann, daß sie wohl auch Unheil stiften dürfte.

Kaum hatte ich Zeit gehabt mich umzusehen, und verlor mich eben in süße Träumereien, als ich jemand kommen hörte; es war Friedrike selbst. – George, was machst du hier? rief sie von weitem. – Nicht George! rief ich, indem ich ihr entgegenlief; aber einer, der tausendmal um Verzeihung bittet. Sie betrachtete mich mit Erstaunen, nahm sich aber gleich zusammen und sagte nach einem tieferen Atemholen: Garstiger Mensch, wie erschrecken Sie mich! – Die erste Maske hat mich in die zweite getrieben, rief ich aus; jene wäre unverzeihlich gewesen, wenn ich nur einigermaßen gewußt hätte, zu wem ich ging, diese vergeben Sie gewiß: denn es ist die Gestalt von Menschen, denen Sie so freundlich begegnen. – Ihre bläßlichen Wangen hatten sich mit dem schönsten Rosenrote gefärbt. – Schlimmer sollen Sie's wenigstens nicht haben als George! Aber lassen Sie uns sitzen! Ich gestehe es, der Schreck ist mir in die Glieder gefahren. – Ich setzte mich zu ihr, äußerst bewegt. – Wir wissen alles bis heute früh durch Ihren Freund, sagte sie, nun erzählen Sie mir das Weitere. Ich ließ mir das nicht zweimal sagen, sondern beschrieb ihr meinen Abscheu vor der gestrigen Figur, mein Fortstürmen aus dem Hause so komisch, daß sie herzlich und anmutig lachte; dann ließ ich das Übrige folgen, mit aller Bescheidenheit zwar, doch leidenschaftlich genug, daß es gar wohl für eine Liebeserklärung in historischer Form hätte gelten können. Das Vergnügen, sie wieder zu finden, feierte ich zuletzt mit einem Kusse auf ihre Hand, die sie in den meinigen ließ. Hatte sie bei dem gestrigen Mondscheingang die Unkosten des Gesprächs übernommen, so erstattete ich die Schuld nun reichlich von meiner Seite. Das Vergnügen, sie wiederzusehen und ihr alles sagen zu können, was ich gestern zurückhielt, war so groß, daß ich in meiner Redseligkeit nicht bemerkte, wie sie selbst nachdenkend und schweigend war. Sie holte einigemal tief Atem, und ich bat sie aber- und abermal um Verzeihung wegen des Schrecks, den ich ihr verursacht hatte. Wie lange wir mögen gesessen haben, weiß ich nicht; aber auf einmal hörten wir Riekchen! Riekchen! rufen. Es war die Stimme der Schwester. – Das wird eine schöne Geschichte geben, sagte das liebe Mädchen, zu ihrer völligen Heiterkeit wieder hergestellt. Sie kommt an meiner Seite her, fügte sie hinzu, indem sie sich vorbog, mich halb zu verbergen: Wenden Sie sich weg, damit man Sie nicht gleich erkennt. Die Schwester trat in den Platz, aber nicht allein, Weyland ging mit ihr, und beide, da sie uns erblickten, blieben wie versteinert.

Wenn wir auf einmal aus einem ruhigen Dache eine Flamme gewaltsam ausbrechen sähen oder einem Ungeheuer begegneten, dessen Mißgestalt zugleich empörend und fürchterlich wäre, so würden wir von keinem so grimmigen Entsetzen befallen werden als dasjenige ist, das uns ergreift, wenn wir etwas unerwartet mit Augen sehen, das wir moralisch unmöglich glaubten. — Was heißt das? rief jene mit der Hastigkeit eines Erschrockenen: was ist das? Du mit Georgen! Hand in Hand! Wie begreif' ich das? — Liebe Schwester, versetzte Friedrike ganz bedenklich: der arme Mensch, er bittet mir was ab, er hat dir auch was abzubitten, du mußt ihm aber zum voraus verzeihen. — Ich verstehe nicht, ich begreife nicht, sagte die Schwester, indem sie den Kopf schüttelte und Weylanden ansah, der, nach seiner stillen Art, ganz ruhig dastand und die Szene ohne irgend eine Äußerung betrachtete. Friedrike stand auf und zog mich nach sich. Nicht gezaudert! rief sie, Pardon gebeten und gegeben! Nun ja! sagte ich, indem ich der Ältesten ziemlich nahe trat: Pardon habe ich vonnöten! Sie fuhr zurück, tat einen lauten Schrei und wurde rot über und über, dann warf sie sich aufs Gras, lachte überlaut und wollte sich gar nicht zufrieden geben. Weyland lächelte behaglich und rief: Du bist ein exzellenter Junge! Dann schüttelte er meine Hand in der seinigen. Gewöhnlich war er mit Liebkosungen nicht freigebig, aber sein Händedruck hatte etwas Herzliches und Belebendes; doch war er auch mit diesem sparsam.

Nach einiger Erholung und Sammlung traten wir unsern Rückweg nach dem Dorfe an. Unterwegs erfuhr ich, wie dieses wunderbare Zusammentreffen veranlaßt worden. Friedrike hatte sich von dem Spaziergange zuletzt abgesondert, um auf ihrem Plätzchen noch einen Augenblick vor Tische zu ruhen, und als jene beiden nach Hause gekommen, hatte die Mutter sie abgeschickt, Friedriken eiligst zu holen, weil das Mittagsessen bereit sei.

Die Schwester zeigte den ausgelassensten Humor, und als sie erfuhr, daß die Mutter das Geheimnis schon entdeckt habe, rief sie aus: Nun ist noch übrig, daß Vater, Bruder, Knecht und Magd gleichfalls angeführt werden. Als wir uns an dem Gartenzaun befanden, mußte Friedrike mit dem Freund voraus nach dem Hause gehen. Die Magd war im Hausgarten beschäftigt und Olivie (so mag auch hier die ältere Schwester heißen) rief ihr zu: Warte, ich habe dir was zu sagen! Mich ließ sie an der Hecke stehen und ging zu dem Mädchen. Ich sah, daß sie sehr ernsthaft sprachen. Olivie bildete ihr ein, George habe sich mit Bärben überworfen und schiene Lust zu haben, sie zu heiraten. Das gefiel der Dirne nicht übel; nun ward ich gerufen und sollte das Gesagte bekräftigen. Das hübsche derbe Kind senkte die Augen nieder und blieb so, bis ich ganz nahe vor ihr stand. Als sie aber auf einmal das fremde Gesicht erblickte, tat auch sie einen lauten Schrei und lief davon. Olivie hieß mich ihr nachlaufen und sie festhalten, daß sie nicht ins Haus geriet und Lärm machte; sie aber wolle selbst hingehen und sehen, wie es mit dem Vater stehe. Unterwegs traf Olivie auf den Knecht, welcher der Magd gut war; ich hatte indessen das Mädchen ereilt und hielt sie fest. — Denk einmal! welch ein Glück, rief Olivie: mit Bärben ist's aus, und George heiratet Liesen. — Das habe ich lange gedacht, sagte der gute Kerl und blieb verdrießlich stehen.

Ich hatte dem Mädchen begreiflich gemacht, daß es nur darauf ankomme, den Papa anzuführen. Wir gingen auf den Burschen los, der sich umkehrte und sich zu entfernen suchte; aber Liese holte ihn herbei und auch er machte, indem er enttäuscht ward, die wunderlichsten Gebärden. Wir gingen zusammen nach dem Hause. Der Tisch war gedeckt und der Vater schon im Zimmer. Olivie, die mich hinter sich hielt, trat an die Schwelle und sagte: Vater, es ist dir doch recht, daß George heute mit uns ißt? Du mußt ihm aber erlauben, daß er den Hut aufbehält. — Meinetwegen! sagte der

Alte: aber warum so was Ungewöhnliches? Hat er sich beschädigt? – Sie zog mich vor wie ich stand und den Hut aufhatte. Nein! sagte sie, indem sie mich in die Stube führte, aber er hat eine Vogelhecke darunter, die möchten hervorfliegen und einen verteufelten Spuk machen, denn es sind lauter lose Vögel. Der Vater ließ sich den Scherz gefallen, ohne daß er recht wußte, was es heißen sollte. In dem Augenblick nahm sie mir den Hut ab, machte einen Scharrfuß und verlangte von mir das gleiche. Der Alte sah mich an, erkannte mich, kam aber nicht aus seiner priesterlichen Fassung. Ei ei! Herr Kandidat! rief er aus, indem er einen drohenden Finger aufhob: Sie haben geschwind umgesattelt, und ich verliere über Nacht einen Gehilfen, der mir erst gestern so treulich zusagte, manchmal die Wochenkanzel für mich zu besteigen. Darauf lachte er von Herzen, hieß mich willkommen, und wir setzten uns zu Tische. Moses kam um vieles später; denn er hatte sich, als der verzogene Jüngste, angewöhnt, die Mittagsglocke zu verhören. Außerdem gab er wenig Acht auf die Gesellschaft, auch kaum, wenn er widersprach. Man hatte mich, um ihn sicherer zu machen, nicht zwischen die Schwestern, sondern an das Ende des Tisches gesetzt, wo George manchmal zu sitzen pflegte. Als er, mir im Rücken, zur Tür hereingekommen war, schlug er mir derb auf die Achsel und sagte: George, gesegnete Mahlzeit! – Schönen Dank, Junker! erwiderte ich. – Die fremde Stimme, das fremde Gesicht erschreckten ihn. – Was sagst du? rief Olivie, sieht er seinem Bruder nicht recht ähnlich? – Ja wohl, von hinten, versetzte Moses, der sich gleich wieder zu fassen wußte, wie allen Leuten. Er sah mich gar nicht wieder an und beschäftigte sich bloß, die Gerichte, die er nachzuholen hatte, eifrig hinunterzuschlingen. Dann beliebte es ihm auch, gelegentlich aufzustehen und sich in Hof und Garten etwas zu schaffen zu machen. Zum Nachtische trat der wahrhafte George herein und belebte die ganze Szene noch mehr. Man wollte ihn wegen seiner Eifersucht aufziehen und nicht billigen, daß er sich an mir einen Rival geschaffen hätte; allein er war bescheiden und gewandt genug und mischte auf eine halb dusselige Weise sich, seine Braut, sein Ebenbild und die Mamsells dergestalt durcheinander, daß man zuletzt nicht mehr wußte, von wem die Rede war, und daß man ihn das Glas Wein und ein Stück von seinem eigenen Kuchen in Ruhe gar zu gern verzehren ließ.

Nach Tische war die Rede, daß man spazieren gehen wolle; welches doch in meinen Bauerkleidern nicht wohl anging. Die Frauenzimmer aber hatten schon heute früh, als sie erfuhren, wer so übereilt fortgelaufen war, sich erinnert, daß eine schöne Pekesche eines Vettern im Schrank hänge, mit der er, bei seinem Hiersein, auf die Jagd zu gehen pflege. Allein ich lehnte es ab, äußerlich zwar mit allerlei Späßen, aber innerlich mit dem eitlen Gefühl, daß ich den guten Eindruck, den ich als Bauer gemacht, nicht wieder durch den Vetter zerstören wolle. Der Vater hatte sich entfernt, sein Mittagsschläfchen zu halten, die Mutter war in der Haushaltung beschäftigt wie immer. Der Freund aber tat den Vorschlag ich solle etwas erzählen, worein ich sogleich willigte. Wir begaben uns in eine geräumige Laube, und ich trug ein Märchen vor, das ich hernach unter dem Titel *Die neue Melusine* aufgeschrieben habe. Es verhält sich zum *Neuen Paris* wie ungefähr der Jüngling zum Knaben, und ich würde es hier einrücken, wenn ich nicht der ländlichen Wirklichkeit und Einfalt, die uns hier gefällig umgibt, durch wunderliche Spiele der Phantasie zu schaden fürchtete. Genug mir gelang, was den Erfinder und Erzähler solcher Produktionen belohnt, die Neugierde zu erregen, die Aufmerksamkeit zu fesseln, zu voreiliger Auflösung undurchdringlicher Rätsel zu reizen, die Erwartungen zu täuschen, durch das Seltsamere, das an die Stelle des Seltsamen tritt, zu verwirren, Mitleid und Furcht zu erregen, besorgt zu machen, zu rühren und endlich durch Umwendung eines scheinbaren Ernstes in geistreichen und heitern Scherz das Gemüt zu befriedigen, der Einbildungskraft Stoff zu neuen Bildern und dem Verstande zu fernerm Nachdenken zu hinterlassen.

Sollte jemand künftig dieses Märchen gedruckt lesen und zweifeln, ob es eine solche Wirkung habe hervorbringen können, so bedenke derselbe, daß der Mensch eigentlich nur berufen ist, in der Gegenwart zu wirken. Schreiben ist ein Mißbrauch der Sprache, stille für sich lesen ein trauriges Surrogat der Rede. Der Mensch wirkt alles, was er vermag auf den Menschen durch seine Persönlichkeit, die Jugend am stärksten auf die Jugend, und hier entspringen auch die reinsten Wirkungen. Diese sind es, welche die Welt beleben und weder moralisch noch physisch aussterben lassen. Mir war von meinem Vater eine gewisse lehrhafte Redseligkeit angeerbt; von meiner Mutter die Gabe, alles, was die Einbildungskraft hervorbringen, fassen kann, heiter und kräftig darzustellen, bekannte Märchen aufzufrischen, andere zu erfinden und zu erzählen, ja im Erzählen zu erfinden. Durch jene väterliche Mitgift wurde ich der Gesellschaft mehrenteils unbequem: denn wer mag gern die Meinungen und Gesinnungen des andern hören, besonders eines Jünglings, dessen Urteil, bei lückenhafter Erfahrung, immer unzulänglich erscheint. Meine Mutter hingegen hatte mich zur gesellschaftlichen Unterhaltung eigentlich recht ausgestattet. Das leerste Märchen hat für die Einbildungskraft schon einen hohen Reiz und der geringste Gehalt wird vom Verstande dankbar aufgenommen.

Durch solche Darstellungen, die mich gar nichts kosteten, machte ich mich bei Kindern beliebt, erregte und ergötzte die Jugend und zog die Aufmerksamkeit älterer Personen auf mich. Nur mußte ich in der Sozietät, wie sie gewöhnlich ist, solche Übungen gar bald einstellen, und ich habe nur zu sehr an Lebensgenuß und freier Geistesförderung dadurch verloren; doch begleiteten mich jene beiden elterlichen Gaben durchs ganze Leben, mit einer dritten verbunden, mit dem Bedürfnis, mich figürlich und gleichnisweise auszudrücken. In Rücksicht dieser Eigenschaften, welche der so einsichtige als geistreiche Doktor Gall, nach seiner Lehre, an mir anerkannte, beteuerte derselbe, ich sei eigentlich zum Volksredner geboren. Über diese Eröffnung erschrak ich nicht wenig: denn hätte sie wirklich Grund, so wäre, da sich bei meiner Nation nichts zu reden fand, alles Übrige, was ich vornehmen konnte, leider ein verfehlter Beruf gewesen.

Über diese Ausgabe

Dichtung und Wahrheit folgt wie die weiteren Texte dieser Werk-Ausgabe, soweit nicht anders angegeben, der Ausgabe: Goethes Werke, Auswahl in fünfzehn Bänden, herausgegeben von Eduard von der Hellen, Stuttgart und Berlin 1921 bis 1922.

Für seine freundliche Unterstützung danken wir dem Goethe-Museum, Anton-und-Katharina-Kippenberg-Stiftung in Düsseldorf, das uns die Abbildung zur Verfügung stellte.

Goethe, Relief in Gips nach Rauchs Büste von 1820 von Angelika Facius, zwischen 1827 und 1832.